미즈치처럼 가라앉는 것

MIZUCHI NO GOTOKI SHIZUMUMONO
by Shinzo Mitsuda

Copyright ⓒ Shinzo Mitsuda, 2009
All rights reserved.

Originally Published in Japan by Hara Publishing Co., Ltd., Tokyo.
This Korean edition was published by Viche,
an imprint of Gimm-Young Publishers, Inc., in 2013
by arranged with Hara Publishing Co., Ltd., Tokyo c/o Tuttle-Mori Agency, Inc.,
Tokyo through Imprima Korea Agency, Seoul.

미즈치처럼 가라앉는 것 블랙&화이트 051

1판 1쇄 발행 2013년 11월 15일 1판 4쇄 발행 2023년 6월 1일
지은이 미쓰다 신조 옮긴이 권영주
펴낸이 고세규
편집 박정선 디자인 정지현
발행처 김영사
주소 경기도 파주시 문발로 197(문발동) 우편번호 10881
등록 1979년 5월 17일(제406-2003-036호)
구입 문의 전화 031)955-3100 팩스 031)955-3111
편집부 전화 02)3668-3291 팩스 02)745-4827 전자우편 literature@gimmyoung.com
비채 블로그 blog.naver.com/viche_books
인스타그램 @drviche 트위터 @vichebook
ISBN 979-11-85014-39-5 03830 책값은 뒤표지에 있습니다.

비채는 김영사의 문학 브랜드입니다.

이 도서의 국립중앙도서관 출판예정도서목록(CIP)은 서지정보유통지원시스템 홈페이지(http://seoji.nl.go.kr)와 국가자료공동목록시스템(http://www.nl.go.kr/kolisnet)에서 이용하실 수 있습니다. (CIP제어번호: CIP2013022047)

미즈치처럼 가라앉는 것

미쓰다 신조 장편소설 · 권영주 옮김

차례

들어가기에 앞서 9

1. 아부쿠마가와 가라스, 미즈치 님을 이야기하다 11
2. 소후에 시노, 외눈 광을 겁내다 39
3. 기억 75
4. 귀향 105
5. 도조 겐야, 하미 땅을 찾아가다 141
6. 감옥 175
7. 비밀 211
8. 귀녀 237
9. 미즈시 류지, 노발대발하다 263
10. 신남, 미즈치 님 제의에서 죽다 295
11. 진신 호, 밀실이 되다 329
12. 외눈 광, 정체를 드러내다 363
13. 대체 391
14. 미즈치 님의 신부, 모습을 감추다 419
15. 신남 연쇄살인, 마침내 발생하다 459
16. 죄인 광, 인질을 삼키다 481
17. 유폐 507
18. 신남 연쇄살인, 또다시 발생하다 519
19. 도조 겐야, 사건의 해석을 시도하다 547
20. 미즈치 님, 모든 것을 집어삼키다 597

종장 625

주요 등장인물

사요 촌

미즈시 류지 미즈시 신사 신관
이쓰코 류지의 아내
류이치 큰아들
류조 작은아들
야에 류조의 세번째 아내
시게조 미즈시 신사의 고용인
도메코 미즈시 가의 하녀 우두머리

구키 사기리 미즈시 가의 양녀
쓰루코 큰딸
사요코 작은딸
쇼이치 아들

아오야기 도미코 옛 촌장 집안의 딸
시미즈 고로 주류 상점의 데릴사위
구보 청년단 대표
다카시마 마을 의사
쓰보즈카 마을 주재소 순사

모도다네 촌

미즈우치 다쓰키치로 미즈치 신사 신관
세이지 넷째 아들
가이지 세이지의 아들

사호 촌

스이바 류코 스이바 신사 신관
류마 양자

아마기 마을 주재소 순사

아오타 촌

미쿠마리 다쓰오 미쿠마리 신사 선대 신관
다쓰조 아들. 현직 신관

그밖의 인물

다루미 이치로 오사카 주류 상점의 큰아들. 시미즈 고로의 형

도조 겐야 괴기환상 작가. 필명은 도조 마사야
아부쿠마가와 가라스 재야 민속학자
소후에 시노 괴상사 편집자

/ 들어가기에 앞서 /

    전쟁이 끝나고 십 년 가까이 지난 어느 해 6월 나라 현 다로 군의 하미 지방에서 벌어진 신남神男 연쇄살인사건을 기록함에 있어, 나는 기본적으로 내 시점을 기축으로 하는 삼인칭 서술 방식을 따르기로 했다. 그렇지만 미묘하게 다른 인물의 시점에서 묘사되는 부분도 작중에 존재한다. 그런 의미에서는 상당히 느슨한 내 시점의 삼인칭 서술이라고 하는 게 좋을지 모르겠다.
    다만 구키 쇼이치 씨에게 취재한 부분은 분량이 워낙 많다 보니 도저히 본편의 기록에 편입시킬 수 없었던지라, 그 부분만 쇼이치 씨의 시점에 의한 삼인칭 서술을 시도했다. 따라서 해당되는 장은 취재노트를 토대로 하되 내 상상이 다분히 가미됐음을, 두 개의 기록이 반드시 시계열로 구성된 게 아니라는 사실도 포함해 사전에 분명히 밝혀두고자 한다. 한편 쇼이치 씨와 같은 수법으로 묘사된 인물이 한 명 더 존재하는데, 이쪽은 쇼이치 씨보다 더욱 있는 그대로의 모습을 기록할 수 있었다고 자부한다.

쇼와의 어느 해 오월에
도조 마사야 또는 도조 겐야

1

아부쿠마가와 가라스, 미즈치 님을 이야기하다

"엄청 불가해한 상황에서 사람이 죽었다는 기우제가 몇 년 만에 나라 지방의 산골 마을에서 거행되는 모양이야."

아부쿠마가와 가라스가 무거운 입을 연 것은, 교토 가와라 정町의 양식집에서 라이스 카레를, 중국 음식점에서 볶음밥을, 백반집에서 닭고기계란덮밥을 연이어 먹은 뒤 찻집에서 핫케이크를 주문하고, 양식집으로 다시 돌아가 이번에는 팥소와 당밀을 얹은 삶은 콩을 먹으며 사이다를 마시고, 마지막으로 자리 잡은 또 다른 찻집에서 커피를 세 잔째 시킨 다음이었다.

"이거 정말 경비로 처리되는 겁니까?"

"다마키 씨 술값에 비하면 이 정도는 귀여운 수준이에요."

도조 겐야가 걱정스레 묻자, 편집자인 소후에 시노는 태연한 표정으로 대답했다.

그것은……. 겐야는 생각했다.

다마키 편집부장이 여러 쟁쟁한 작가들과 술을 마시기 때문이며, 그 성과가 괴상사怪相舍 출판사가 출간하는 탐정소설 잡지 〈서재의 시체〉에 장편연재라는 형태로 나타나기에 인정받는 것이다. 지금 당신이 상대하는 아부쿠마가와 선배의 애초에 어디까지 믿어도 되는지 알 수 없는 엉터리 소리는, 과연 커피에 넣는 설탕 한 스푼의 값어치조차 있는 것인지 대단히 의심스럽다. 그렇지만 아무리 그래도 본인 앞에서 그런 말을 할 수는 없었다. 하물며 당신이 먹은 것도 회사에서 대주느냐는 질문은 차마 입이 찢어져도 할 수 없었다.

여섯 집을 돌면서 겐야는 라이스 카레와 커피만 먹었지만, 시노는 라이스 카레와 중국식 만주, 핫케이크, 홍차 및 커피 한 잔씩을 주문했다. 말로는 아무것도 시키지 않으면 미안해서 그런다고 했지만 아무리 봐도 먹고 싶어서 그러는 것처럼 보였다.

시노가 느닷없이 불만스러운 표정으로 겐야를 돌아보았다.

"그보다 선생님, 늘 드리는 말씀인데, 매번 그렇게 정중한 투로 말씀하시지 않으면 안 될까요? 선생님은 여기저기 민속탐방을 다니시니까 늘 오랜만에 뵙는 셈이지만, 아무리 그래도 너무 서먹하잖아요."

"맞아, 넌 옛날부터 쌀쌀맞은 녀석이었어."

아부쿠마가와가 다소 생뚱맞게 맞장구를 쳤다. 그는 대학 후배인 겐야가 업신여김을 당하거나 험담을 듣거나 괴롭힘을 당하는 것을 좋아하는 비뚤어진 취향을 가지고 있었다. 특히 상대방이 여성일 경우 그렇게 좋아할 수 없었다.

"겨우 편히 말씀해주시나 싶으면 금세 다음 목적지로 떠나시니 말이에요. 그랬다가 돌아오면 또 어색하게 대하시니 다시 처음부터 시작해야 하고요. 계속 그렇게 반복하는 것도 이젠 지겨워요."

"죄송합니다. 괜한 신경을 쓰시게……."

"아! 또 그런 식으로 말씀하시죠!"

"어…… 죄송합…… 아니, 미안합…… 그게 아니라, 미안?"

"네, 이제 됐어요."

"그렇지만 소후에 군도 내가 만날 때마다 선생님이라고 부르지 말아달라고 부탁하는데 들어줄 생각을 안 하잖아."

겐야는 평소의 그답지 않게 반격에 나섰다.

"선생님은 선생님이신걸요."

"그러니까 선생님이라고 부를 사람은 좀더 경험 많은 대가들이고 나 같은……."

"풋내기에 인기도 없고 하잘것없기 짝이 없는 삼문문사 나부랭이 같은 한심한 애송이는 도저히 선생님이라 할 수 없다 이거지."

아부쿠마가와가 즉각 말을 받았다. 그는 이런 때 정말 혀가 술술 잘도 돌아간다.

"구로 선배, 그렇게까지 스스로를 비하하진 않아요."

"야, 너 자만하면 안 돼."

참고로 '구로(검정) 선배'는 아부쿠마가와의 '가라스(까마귀)'라는 특이한 이름에서 나온 별명이다.

아부쿠마가와 가라스의 본가는 교토에서도 유서 깊은 신사였다. 출생만은 본인의 불쾌한 성품으로는 생각도 할 수 없을 정도로 훌륭하다고 할 수 있었다. 그러나 그런 신사의 후계자로 태어나고도 본인은 대학 시절부터 뻔질나게 다니던 민속탐방을, 졸업한 뒤로도 계속하며 전국을 방랑하고 있었다. 지방의 기괴한 의례며 기묘한 풍습 등에 유별나게 밝은 데다가, 아는 사람은 다 아는 유서 깊은 신사인 본가 덕인지 좌우지간 발이 넓어 못 드나드는 데가 없었다. 덕분에 이제는 엄연한 재야 민속학자였다.

한편 도조 겐야는 도조 마사야라는 필명으로 괴기환상소설이며 변격탐정소설을 발표하는 작가였다. 옛날부터 괴담, 기담이라면 자다

가도 벌떡 일어났는데, 어느새 취미와 실익을 겸해 괴이담 수집에 열중하게 되어 일본 각지를 행각 중이다. 원고 집필도 대부분 여행 중에 하기 때문에 편집자들은 그를 '유랑하는 괴기소설가'라고 불렀다.

그런 편집자들 중 하나가 괴상사에서 도조 겐야를 담당하는 소후에 시노였다. 〈서재의 시체〉라는 탐정소설 전문 월간지를 펴내는 괴상사는 전후에 창립된 신흥 출판사였다. 〈보석〉에서 데뷔한 인기 작가 에가와 란코의 연재 등 다채로운 지면 구성을 위해 늘 신경 쓰는 덕에 다른 전문지들의 휴간이 잇따르는 중에도 안정된 부수를 유지하고 있었다.

이 세 사람이 교토에서 얼굴을 마주하게 된 것은, 아부쿠마가와가 오랜만에 본가에 돌아와 있던 시기와 시노가 제사 때문에 오사카 본가에 돌아와 있던 시기가 우연히 겹친 데다 겐야가 그즈음 간사이를 지나게 됐기 때문이다. 그렇다면 중대한 이야기가 있으니 만나자는 아부쿠마가와의 제안에 두 사람은 교토로 발걸음을 한 것인데, 어쩐지 그의 분위기가 이상했다. 아니, 이상한 것은 늘 그렇다지만, 일부러 불러다놓고 아무리 기다려도 정작 중요한 이야기를 꺼내지 않았다.

겐야가 이상하게 여기고 있으려니, 아부쿠마가와는 속 보이게도 배가 그득 차자 그제야 이야기를 시작했다. 맥 빠지는 동시에 지금까지 먹은 식비가 경비로 처리되지 않으면 어쩌나 걱정이 들었다. 그러자 이번에는 시노가 묘한 트집을 걸고 나서는 바람에 이야기가 점점 곁길로 샜다. 아부쿠마가와가 편승하니 더 말할 것도 없었다.

역시 선배하고 소후에 군을 동석시키는 게 아니었어.

과거의 경험으로 이미 알고 있었으면서. 겐야는 후회했다. 게다가 생각해보니 어느 한쪽만 상대해도 충분히 힘든데, 둘을 동시에 상대할 생각을 하다니 너무나도 무모했다. 좀더 자신을 소중히 여겨야겠다고 반성했다.

"그래서 구로 선배님, 그 기우제라는 거 재미있나요? 소설의 소재로 쓸 수 있을 만큼?"

겐야가 뒤늦게 이 생각 저 생각을 하고 있으려니 갑자기 시노가 하던 이야기로 되돌아갔다. 그녀가 아부쿠마가와의 식비를 대준 것은 겐야가 관심을 가질 만한 민속학적 괴이담을 듣기 위해서다. 나아가 필요에 따라 취재해 신작 장편을 〈서재의 시체〉에 연재하도록 하는 게 목적이었다.

"아, 사양 말고 아부쿠마가와 선생님이라고 불러도 돼."

그러고 보니 그는 전부터 겐야와 달리 상대가 누구든 자신을 '선생님'으로 불러주기를 원했다. 아닌 게 아니라 민속학을 중심으로 괴이 전반에 대한 지식 면에서는 그런 존칭이 어색하지 않았다. 다만 그의 인간성이 대단히 문제였다. 상대방을 존경하는 마음이 없으면 역시 '선생님'으로 인정하기가 쉽지 않다. 그런 마음이 없는데도 아무렇지도 않게 '선생님'이라 부르는 족속은 대체로 무슨 저의가 있게 마련이다.

"아부쿠마가와 선생님, 꼭 듣고 싶어요."

소후에 시노가 지금 그렇듯이 말이다.

"오, 그래."

그러나 아부쿠마가와 본인은 매우 흐뭇한 듯했다. 원래 자신에 대한 험담에 둔하다고 할지, 남이 자신을 흉본다는 생각을 꿈에도 못하는 사람이다. 그렇기에 상대방이 노골적으로 업신여기는 어조로 '아부쿠마가와 선생님'이라고 해도 절대로 못 알아차린다. 하여간 득 보는 성격인지, 손해 보는 성격인지 모르겠다.

"아니, 시노 씨한테 이야기하는 건 좋은데……."

겐야가 드디어 문제의 이야기를 듣게 됐다고 안도하려던 찰나, 아부쿠마가와가 묘한 말을 했다.

"잠깐만요, 구로 선배. 꼭 저한테 무슨 문제가 있어서 이야기를 못 하겠다는 것 같잖아요."

"아부쿠마가와 선생님이라고 불러."

"가라스 신이시여, 어찌 된 일이옵니까?"

"보라고, 하여간 이 녀석은 꼭 이렇게 딴청을 부린다니까."

아부쿠마가와는 시노를 돌아보며 우는 시늉을 해 보였다. 어찌나 연기가 서툰지 삼류배우도 그보다는 나을 성싶었다.

"도조 선생님, 정말 짚이는 데가 없으세요?"

"으음…… 없는데요."

서슴없이 부정하는 겐야를 시노는 가볍게 노려보고는 비장의 미소를 띠며 말했다.

"아부쿠마가와 선생님, 가라스 신이시여, 부디 저를 봐서 부탁드리옵나이다."

"글쎄, 이 녀석이 앞으로 같은 잘못을 다신 안 저지르겠다고 약속하면 생각 못할 것도 없는데."

"알겠습니다. 절대 그런 일은 없을 거예요. 없게 할게요. 약속은 꼭 지키겠습니다. 지키게 하겠습니다."

시노가 무슨 잘못인지도 모르면서 대뜸 대답했다. 아부쿠마가와도 여기에는 불신감을 느꼈는지 미심쩍은 눈으로 그녀를 보았다.

"선배, 무슨 이야기인지 확실하게 말씀해주세요."

겐야는 이대로 가다가는 끝이 없겠다 싶어서 진지하게 물었다.
"요는 나한테 정보만 빼내고 실속은 네가 차지하는 악행을 하지 말라는 거다."
"네? 제가 언제 그런 몹쓸 짓을 했죠?"
"아, 이놈이 또 시치미 떼네."
"그러니까 언제요?"
"음, 처음엔 작년 가을이었나."
"그거…… 혹시 선배하고 오쿠타마에서 더 들어간 히메카미 촌에 가려다가 고도 지방의 구마도를 찾아갔을 때 말입니까?"
"그거 봐, 기억하잖아."
"작년 가을이란 말을 듣고 연상한 것뿐이에요. 그 이상은……."
"아직도 모르겠어? 히메카미 촌으로 가는 기차에서 먹을 것 갖고 쩨쩨하게 굴던 주재소 순사가 우리 앞자리에 있었잖아."
참고로 아부쿠마가와는 그 사람에게서 귤 한 개와 센베이 과자 한 봉지를 얻어먹었다. 정확히 말하자면 귤 반 개는 상대방이 겐야에게 준 것을 그가 옆에서 가로챘다. 그런 사람에게 먹을 것 갖고 쩨쩨하게 굴었다는 말이 잘도 나온다 싶었지만, 겐야는 이야기가 또 곁길로 샐까봐 그냥 들어넘겼다.
"아오쿠비 님 이야기를 하셨죠."
"그래. 그렇지만 문제는 그다음이야."
"그다음이라면…… 산마 말입니까?"
"그래, 그거야. 애초에 노랑이 순사한테 산마 이야기를 꺼낸 건 나였잖아."
"그래서 중간에 기차에서 내려 같이 구마도로 갔잖아요."

"그땐 그랬지."

"네?"

"이게 진짜 시치미를 떼네. '네?'는 무슨. 두 달쯤 전에 너 혼자 구마도에 갔잖아."

"그건 소후에 군이 고키 노부요시 씨의 원고를 보여줘서……."

"구마도에 또 갈 마음이 날 만큼 재미있는 원고를 읽었으면 나한테도 연락하는 게 도리 아니냐?"

"구로 선배도 여기저기 떠돌아다니는 생활인데 어떻게 연락을 하라고요? 게다가 저처럼 정기적으로 출판사하고 연락을 취하는 것도 아니고, 정말 발 닿는 대로 다니는 방랑의 까마귀 아닌가요? 어디 있는지 누가 안다고 그러세요?"

"너, 내가 여기저기 여행 다니는 생활에 이름이 '까마귀'라고 '방랑의 까마귀'라고 해놓고, 그럴싸한 표현이라면서 혼자 우쭐해하고 있지? 시시하다, 시시해."

"저, 아무도 그런 생각은 안 하는데요."

하여간 성가시다고 할지, 골치 아픈 사람이다.

"게다가 혼자 구마도로 간 것뿐이면 또 모르겠는데, 넌 거기서 기괴한 사건하고 마주쳤다고."

아닌 게 아니라 겐야는 그곳에서 예로부터 촌락에 전해지는 여섯 지장님 동요에 맞춘 기묘한 연쇄살인사건에 휘말렸다.

"그렇지만 구로 선배, 그게 어떻게 선배한테 정보만 빼내고 저 혼자 즐긴 겁니까. 살인사건이라고요. 오히려 생고생을 한 건데……."

"거짓말 마라. 산속 외딴 집에서 증발한 일가족에, 밀실에서 발견된 얼굴 없는 시체, 동요살인, 금광의 수수께끼까지 재미있는 사건 아니냐. 그걸 네 녀석이 독차지한 거야."

 "무슨 그런 억지소리를……."

 "도대체가 그때 도중에 기차를 내리지만 않았으면, 우리는 히메카미 촌에서 잘린 머리 연쇄살인사건하고 마주쳤을 거라고."

 "마침 그 마을의 문학 동인을 찾아온 복면작가 에가와 란코 씨가 연관됐던 사건이죠."

 란코는 그 사건을 토대로 〈서재의 시체〉에 금년 1월호부터 〈피투성이 혼사婚事의 신부〉라는 장편을 연재하는 중이었다.

 "그렇군. 그때 마을로 갔으면 란코 씨의 정체를 알았을지도……."

 "이놈이 지금 뭔 소리를 지껄이는 거냐. 게다가 복면작가란 족속은 대개 얼굴에 자신이 없는 주제에 자기애만 강한 인간들이라고. 그러니까 실제로 만나보면 대부분 너무 못생겨서 실망할 거다."

 "복면작가를 만나본 적이 있으신 겁니까?"

 "없어."

 "……."

 "안 만나봐도 그쯤은 알아. 아니, 그런 건 아무래도 상관없고. 도대체가 현실에서 벌어진 살인사건은 에가와 란코한테 짐이 너무 무거워. 그러니까 미제사건이 된 거 아니냐. 내가 그 마을에 갔더라면 쾌도난마의 명추리로 단박에 여러 수수께끼를 풀어서 지금쯤 명탐정 아부쿠마가와 가라스로 명성을 떨치고 있었을 걸 네놈이 망쳐버린 거야."

 이 정도로 시비를 걸고넘어지면 아부쿠마가와의 폭주에 익숙한 겐야도 뭐라고 대꾸할 방법이 없다. 그 이전에 우선 대꾸할 기력이 없어진다. 학창 시절에도 비슷한 트집을 잡힌 적이 있었던 것 같다는 생각이 어렴풋이 들 뿐, 그밖에는 머릿속에 아무런 생각도 떠오르지 않았다.

그 때문에 소후에 시노가 한 말의 의미가 순간적으로 이해되지 않았다.

"그럼 이번엔 구로 선배님도 나라의 산골 마을에 같이 가시면 되잖아요."

"뭐라고?"

"도조 선생님은 괴이담을 수집하러 가시는 데마다 기괴한 현상이며 불가해한 사건에 말려드시죠. 아니, 결국 가진 않았지만 가려고 했던 히메카미 촌에서도 무시무시한 잘린 머리 살인사건이 일어났으니 얼마나 확률이 높은지 알 수 있지 않겠어요?"

"소후에 군, 대체 무슨 말을……."

"그러니까 도조 선생님이랑 같이 기우제에 참가하시면 어쩌면 엄청난 사건에 말려들 가능성이……."

"오, 그거 좋은 생각인걸! 왜 지금까지 그 생각을 못 했지?"

"네? 아, 아니, 잠깐만요."

겐야는 허둥댔다. 어느새 선배와 동행하는 것으로 되었다.

"물론 지도 갈 거예요!"

"뭐, 뭐라고?"

거기에 시후가 한 술 더 떴다. 그녀가 자신을 '지'라고 말할 때면 변변한 일이 없다.

"소후에 군은 일도 있는데 도쿄로 돌아가야지."

"담당 작가 선생님 취재에 동행하는 것도 어엿한 일이에요."

"아직 현지로 간다고 정해진 건……."

"그걸 판단하기 위해서 지금부터 구로 선배님께 문제의 의식에 대한 이야기를 듣는 거잖아요. 그렇죠, 아부쿠마가와 선생님?"

"그야 물론이지. 나랑 시노 씨는 그럴 생각이었는데 네놈이 자꾸 상관없는 소리를 늘어놓으니까 이야기가 한참 돈 거 아니냐."

두 사람은 완전히 의기투합했다. 겐야는 악몽을 꾸는 기분이었다. 이 두 사람이 동석하는 자리에는 앞으로 절대 끼지 않겠다고 굳게 결심했다.

"나라의 깊은 산골에 하미라는 땅이 있어."

아부쿠마가와가 비로소 문제의 이야기를 꺼냈다.

"사방이 산으로 둘러싸였고 동서로 긴 분지에 마을 네 개가 있지. 맨 안쪽 서쪽 끄트머리의 사요 촌이 처음으로 개척됐고, 이어서 모노다네 촌, 사호 촌, 아오타 촌 순서로 동쪽으로 확장된 거야."

"마을의 주된 산업은 농업, 그것도 논농사겠군요."

겐야는 마을 이름의 한자 표기를 확인한 뒤 물었다.

"그래. 어느 마을이나 남북으로 펼쳐진 땅 중 북쪽 오분의 사에 논과 거주 지역이 집중돼 있고, 남쪽 오분의 일에 신사가 있지."

"도조 선생님, 논농사가 주된 산업이라는 건 어떻게 아셨어요?"

시노의 질문에 겐야의 말수가 많아졌다.

"마을 이름에서 그렇지 않을까 싶었어. 사요五月夜 촌의 '五月'은 모를 심는 시기고, 모노다네物種 촌의 '物種'은 봄에 뿌리는 씨앗을 의미해. 사호佐保 촌의 '佐保'는 봄의 신인 사호 아가씨를 연상시키고, 아오타青田 촌의 '青田'은 말하나마나 벼가 푸르게 자란 전답을 가리키지. 참고로 物種은 4월, 佐保는 3월의 계절어거든. 즉 마을이 개척된 순서대로 5월, 4월, 3월로 거슬러 올라가는 거지. 네번째 마을인 靑田이 6월의 계절어인 건, 아마도 2월이 겨울이라 그렇겠지."

"어머, 재미있네요. 그렇지만 그럴 거면 맨 처음 생긴 마을을 아오타 촌이라고 했으면 좋았을 텐데요. 그럼 6월부터 3월까지 쭉 이어지잖아요."

"사요 촌 사람들은 자기들 뒤에 누가 와서 마을을 만들 거란 생각을 못한 게 아닐까."

시노의 당연한 의문에 겐야는 웃으며 대답했다.

"그러네요. 그런데 선생님, 북쪽에 전답이 있으면 볕이 안 들지 않을까요?"

"하미 땅은 사방이 산으로 둘러싸여 있다니까 남쪽이면 산에 가로막혀 볕이 안 드는 곳이 생길 테지. 그 점에서 북쪽에 전답을 두면 전체에 볕이 내리쬘 거야."

"그런가요?"

"또 신사가 있는 남쪽을 성스러운 공간으로 간주한다면 마을 사람들이 생활하는 북쪽은 속세가 되겠지. 즉 성과 속을 의도적으로 구분했다고 볼 수도 있어."

"아, 그러고 보니 그렇겠네요."

"어이, 내 이야기를 들을 마음이 있는 거냐?"

아부쿠마가와는 겐야와 시노가 잠시 둘이서 이야기했다고 벌써 심사가 틀어졌다.

"그야 물론이죠, 아부쿠마가와 선생님! 제 의문도, 도조 선생님의 대답도, 가라스 신의 말씀이 있으셨기에 나온 것 아니겠어요?"

시노가 즉각 비위를 맞추자 아부쿠마가와는 알면 됐다는 듯 이야기를 계속했다.

"북쪽하고 남쪽 지역 사이로 미쓰 천이라는 강이 서쪽에서 동쪽으로 굽이굽이 돌며 흘러. 이 물을 전답에 끌어 쓰고 또 마을의 생활용수로도 쓰는 터라 하미의 네 마을에게 대단히 중요한 강이지만, 홍수며 가뭄 같은 재액을 마을에 가져다주는 것 또한 이 미쓰 천이란 말이지."

"그래서 기우제입니까?"

"좀 기다려봐. 아무리 그래도 바로 그 이야기가 나오진 않아. 하미엔 번수番水 관행이 있거든."

"그게 뭐죠?"

시노의 물음에 겐야가 대답했다.

"번수란 건, 벼농사를 짓는 시기에 가뭄이 들어 모든 전답에 농업용수가 고루 돌아갈 수 없게 됐을 때, 마을 또는 지역별로 시간을 정해 순서대로 급수하는 제도를 말해. 말하자면 물 때문에 다툼이 벌어지지 않게, 급수를 둘러싸고 불평등이 발생하지 않게 생겨난 관행인 거지."

아부쿠마가와가 또 자신만 따돌림 당한다고 생각했는지 바로 말을 이었다.

"그런데 번수를 실시하려면 조직이 필요하단 말이지. 이런 건 제도를 갖추고 통제해서 운영해야 성립되니까. 현縣 단위의 수리조합 같은 경우 조합원은 농가가 아니야. 지자체의 직원이 겸하지. 겸무라 해봤자 평소엔 할 일이 아무것도 없지만. 그런데 하미 지방에선 각 마을의 신사들이 수리조합을 조직하고 있거든. 이건 전국적으로도 드문 경우야."

"허어."

겐야가 대꾸인지 감탄인지 한숨인지 알 수 없는 묘한 소리를 냈다. 시노의 눈에는 그가 마치 뭔가를 예감한 것처럼 보였다.

물론 아부쿠마가와는 후배의 그런 미묘한 변화를 알아차리지 못했다.

"각 마을의 신사라는 게 또, 사요 촌이 미즈시水使 신사, 모노다네 촌이 미즈치水內 신사, 사호 촌이 스이바水庭 신사, 아오타 촌이 미쿠마리水分 신사, 이렇게 죄 '물'이 들어가 있지 뭐야."

"한자의 표의도 제법 흥미로운데요."

"그런 해석은 나중에 하고, 그보다 흥미로운 건 네 신사의 신체神體라고."

"물의 신인 미쓰하노메노카미며 전답의 토양을 수호하는 하니야스히메노카미를 모시는 게 아닙니까?"

"모시는 건 그런 신이 맞는데, 내가 말하는 건 신체 자체라고. 끊임없이 변화하면서도 영원히 변하지 않는 게 여기 신체인데……."

"수수께끼 같군요."

"그게 뭐예요?"

시노가 영문을 모르겠다는 표정으로 겐야를 보았다.

"물이 아닐까."

겐야가 중얼거렸다.

"네? 물……?"

"혹시 네 신사 모두 미쓰 천의 물을 각 본당까지 끌어오는 게 아닙니까?"

겐야가 바로 맞혀버린 탓에 아부쿠마가와는 김이 샌 표정이었다.

"그래, 그런 거야. 다만 끌어온 물을 도로 강으로 돌려보내니까 본당의 물이 특별한 건 아니고."

"그렇지만 말 그대로 물의 신을 모시는 게 되지 않나요?"

"겉으로야 그렇지."

아부쿠마가와가 의미심장한 투로 말하자, 겐야는 별안간 몸을 앞으로 내밀었다.

"지방의 신사에 가면 표면상으로는 《고지키古事紀》나 《니혼쇼키日本書紀》의 황실계보와 관련되는 신을 모시는 척하면서 실제 제신祭神은 따로 있는 경우를 종종 볼 수 있는데요. 하미의 신사도 그런 겁니까?"

아부쿠마가와는 일부러 애를 태우듯 이야기를 되돌렸다.

"그전에, 수리조합의 설명이 아직 안 끝났어. 네 신사는 미쓰 천 남쪽에 있어. 맨 안쪽 사요 촌의 미즈시 신사만 빼고 나머지 세 곳은 마을 경계에 위치하지. 즉 서쪽 끝인 거야. 근처 강가에 통문樋門이 있어서······."

"통문이란 농업용수를 끌어들이는 입구를 말해."

겐야는 시노가 질문하려는 눈치를 채고 아부쿠마가와의 이야기가 중단될까봐 앞질러 설명했다. 그런데 그 설명이 문제였다.

"서일본에선 '굴길'이라고 하고, 동일본에선 '둑굴'이라고 부르기도 하지. 산지에서 흘러온 강물이 평지로 나가는 지점에 부채꼴로 선상지가 발달해서 그 중심 부분에 작은 바위산이 나타나는 경우가 많거든. 이 바위산 덕분에 물의 흐름이 안정되는 셈인데, 거기에 굴을 뚫어 용수를 끌어들이는 거야. 그래서 굴길이니 둑굴 같은 명칭이 붙은 거고. 이런 통문은 홍수의 영향도 잘 받지 않으니까 농업용수를 끌어들이는 입구로 더할 나위 없이 적합한······."

언제까지고 설명이 끝나지 않으니 아부쿠마가와의 심기가 순식간에 불편해졌다. 시노는 그것을 알아채고 조마조마해하면서도 겐야를 제지하지 않고 오히려 열심히 들었다.

"그렇군요. 도조 선생님, 감사합니다. 자, 아부쿠마가와 선생님, 오래 기다리셨습니다."

그러고는 통문에 관해 대략 알게 되자, 그런 말로 겐야의 입을 슥 다물게 하고 아부쿠마가와의 입을 열게 했다. 이 셋 중 가장 강한 사람은 실은 소후에 시노일지도 모른다.

"가뭄이 들었을 경우 번수는 일시를 정해 평등하게, 차례대로 돌아가면서 하게 되는데……."

아부쿠마가와가 다시 기분 좋게 이야기하기 시작하는 것을 보고 겐야는 감탄했다. 아니, 오히려 경외하는 마음으로 시노를 바라보았다.

"가장 상류에 위치한 사요 촌이 제일 유리한 건 누가 봐도 분명하단 말이지."

"맨 처음 마을을 개척했으니 그 정도의 우위는 차지해도 될 것 같은데요."

"그건 아니지. 그렇게 되면 번수의 의미가 없잖아. 뭣보다도 그런 예외를 인정했다간 마을 간에 다툼이 벌어질걸."

"아, 그렇겠네요."

"그렇긴 하지만 그건 어디까지나 표면적으로 그렇단 뜻이고."

"이것도 실제로는 다르다는 뜻입니까?"

"마을의 입지랑 역사 문제뿐이었다면, 어쩌면 하미 지방 수리조합 내의 세력관계는 발생하지 않았을 수도 있어."

겐야가 불안스레 묻자 아부쿠마가와는 무슨 순진한 소리를 하냐는 표정으로 대답했다.

"또 다른 문제가 있었군요."

시노가 추임새를 넣어주자 겐야는 중얼거렸다.

"십중팔구 번수의 조직 주체가 신사라는 점에 문제가……."

"이놈아, 다른 사람의 이야기를 들을 땐 좀더 순수한 마음으로 들을 수 없겠냐."

"제 말이 맞는군요."

"이거 봐, 난 아직 아무 말 안 했다."

"그렇지만 네 신사의 신체는 똑같이 미쓰 천에서 끌어온 물일 텐데요. 차이가 있다면 제신일 텐데, 그렇다고 물의 신이나 전답의 신이 각 신사의 세력관계에 영향을 미친다고 생각하긴 어렵죠."

"그런 식으로 앞서 나가지 말란 소리야."

"죄송합니다. 그렇다면 네 신사가 진짜로 모시는 신, 아니, 모시는 방식, 모시는 힘에 뚜렷한 차가 있는지도 모르겠네요."

"시노 씨, 이 녀석, 괜찮은 청년처럼 보여도 실제로는 근성이 배배 꼬였지?"

생각에 빠져든 겐야를 앞에 두고 아부쿠마가와가 투덜거렸다.

"도조 선생님은 자기가 모르는 괴이담을 들었을 때도 그렇지만 이렇게 해석을 시작하고 나면 도무지 멈추질 못하세요."

"멈추려면 어떻게 해야 하지?"

"도조 선생님보다 먼저 올바른 해석을 내놓으면 되지 않을까요?"

아부쿠마가와의 억지스러운 질문에 시노는 서슴없이 대답했다.

"하미의 네 신사가 진짜로 모시는 신은 미즈치水魑란 신인데……."

아부쿠마와는 당장 이야기를 시작했다. 애태우던 핵심 부분을 얼른 이야기하고 이어서 하미 지방의 민속에 관해 일장연설을 늘어놓을 생각이었다.

그런데…….

"미즈치? 물의 영이라고 쓰는 미즈치水靈 말입니까?"

"그게 아냐. 물 수水에 이매망량魑魅魍魎의 '이'를 써서 미즈치. 정체는 정확히 알 수 없지만 일종의 용신龍神이 아닐까 하는데……."

"뭐, 뭐, 뭐라고요? 정체불명의 신에, 이매망량의 '이'를 써서 미즈치!"

"이놈아, 갑자기 소리 지르지 마라. 간 떨어지겠다."

아부쿠마가와가 불평했으나, 겐야는 이미 듣고 있지 않았다. 그는 명백히 달라진 말투로 이야기를 시작했다.

"과거로 거슬러 올라가면 《닌토쿠기仁德紀》에 '미즈치가 있어 사람들을 괴롭혔다'는 말이 나옵니다. 뱀 비슷한 생물인데 네 발이 있고 입에서 독기를 뿜어내 인간한테 해를 미칩니다. 원래는 미쓰치라고 해서 청음이었는데, '미'는 '물'을 나타내고 '쓰'는 조사, '치'는 영을 뜻하니 그야말로 물의 정령이죠. 한자로는 蛟라고 씁니다만, 중국에선 용의 전신前身으로 간주됩니다. 즉 승천해서 용이 되기 전에 물 속에 사는 게 미즈치인 거죠."

"야……."

아부쿠마가와가 끼어들려 하지만 겐야는 틈을 주지 않았다.

"원래 중국에서 용은 봉황, 기린, 거북과 함께 신성시되는 사령四靈 중 하나거든요. 구름을 일으켜 비를 부른다고 여겨지니, 물의 정령인 미즈치가 그 전신이라고 이야기되는 것도 납득할 수 있죠. 또 교룡蛟龍은 비늘이 붙은 용이란 설도 있고 말이죠. 다만 중국의 용에 대한 이런 사상에 비해 일본의 미즈치에 대한 개념은 다소 명확하지 않다고 할 수 있거든요. 물의 신이었던 게 불교가 들어오면서 수해를 일으키는 악신이 됐다든지, 마찬가지로 물의 정령인 갓파를 일컫는 호칭이 됐다든지, 제법 다양하단 말이죠."

"이거 봐……."

"야마타노오로치[머리가 여덟 개 달렸다는 일본 전설상의 큰 뱀]를 대홍수로 보고 그걸 퇴치한 스사노오노미코토를 물의 신으로 여기는 설도 있으니까요. 즉 큰 뱀과 용의 대결인 셈입니다. 스사노오노미코토는 폭풍의 신이라고도 이야기되니 뭐, 용신으로 취급하는 게 꼭 무리인 건 아니죠. 다만……."

"이놈아, 언제까지……."

"맞아요, 《만요슈》 16권에 '사카이베境部 왕, 몇 가지를 노래하는 한 수'로 '호랑이 타고 오래된 집 넘어 푸른 심연의 교룡[미즈치] 잡아올 검 있다면'이라는 게 있는데……."

"여보세요, 겐 씨?"

그제야 아부쿠마가와는 뒤늦게나마 도조 겐야의 건드려서 안 되는 부분을 자신이 건드리고 말았다는 것을 인정할 마음이 들었다. 이쯤 되면 제아무리 아부쿠마가와 가라스라도 겐야를 막을 수 없다. 그저 계속해서 달래고 진정시키는 수밖에 없다.

"네 이론은 큰 도움이 됐으니까 이제 그만……."

"아!"

"이, 이, 이번엔 또 뭐냐? 난 아직 아무 말도 안 했다."

아부쿠마가와는 놀라면서도 다소 넌더리난다는 표정을 지었다.

"애당초 하미波美란 지명에 단서가 있었던 거야!"

"그게 무슨 말씀이죠?"

아부쿠마가와가 상대하지 말라고 눈짓했으나, 시노는 아랑곳없이 질문했다.

"《와묘쇼和名抄》에 보면 '蛇'를 일본어로 '헤미倍美', '蝮'을 '하미波美'라고 하거든. 즉 지명 자체에 뱀이란 뜻이 들어 있는 거지."

"그건 억지지. 도대체가 하미는 살무사蝮 아니냐."

아부쿠마가와가 즉각 걸고 넘어졌으나 겐야는 신경 쓰지 않았다.

"《젠안 수필善庵隨筆》에선 물속에서 사람을 잡아 죽이는 존재로 갓파하고 자라, 물뱀을 듭니다. 사람을 홀려 해를 가하는 물뱀은 '미즈치'라고도 했죠. 갓파도 같은 이름으로 불렸다는 걸 생각하면 제법 흥미로운데요. 어라? 이름으로 말하자면, 여기서 중요한 강이 미쓰천 아닙니까!"

"그게 어때서요?"

시노는 아부쿠마가와가 상관하지 말라고 고개를 흔드는 것을 또다시 무시하고 물었다.

"미쓰深通 천의 深[미]는 뱀을 가리키는 巳[미]랑 통하거든요. 다시 말해 뱀이 지나는 강인 거죠. 야마타노오로치를 수해로 해석하는 설하고 좀 비슷한데…… 아니, 미쓰 천의 경우는 십중팔구 상류에 문제의 존재가 있는 게 틀림없어."

"문제의 존재?"

"그게 미즈치군요."

그제야 겐야가 아부쿠마가와에게 시선을 돌렸다. 그러나 아부쿠마가와는 토라져서 그를 외면한 채 대답하지 않았다.

"어라, 아닌가요?"

겐야는 그럴 리 없다는 표정으로 말했다.

"네 신사의 신체가 미쓰 천에 흐르는 물인 이상, 그 근본에 주체가 되는 신이 모셔져 있는 게 아닐까. 즉 각 신사는 일종의 별궁이 아닌가 하는 게 제 생각인데요."

아부쿠마가와는 모른 척했다.

"저기요, 선배?"

"……."

"왜 그러세요, 선배?"

"도조 선생님이랑 같이 기괴한 사건에 마주쳐서 쾌도난마의 명추리로 보기 좋게 수수께끼를 풀고 위대한 명탐정 아부쿠마가와 가라스의 이름을 세상에 널리 알릴 예정이시잖아요."

아부쿠마가와가 삐쳤다는 것을 재빨리 알아차린 시노가 말했다.

"오, 그랬지."

아부쿠마가와의 태도가 순식간에 바뀌었다. 여러모로 성가신 사내이긴 해도 근본은 아주 단순하다.

"미쓰 천을 거슬러 올라가면 후타에 산이라고, 하미 서쪽 끝에 위치한 산속으로 들어가게 되거든."

그는 아무 일 없었다는 듯 이야기를 계속했다.

"그 산에 수원水源이 있는 겁니까?"

겐야도 아무렇지도 않게 대꾸했다. 결국은 선배나 후배나 비슷한 인종인지 모른다.

"진신 호라는 큰 연못이 있어. '호수'라고 쓰긴 해도 우에노의 시노바즈 연못만 한 모양이더라."

"산속의 호수라……."

"짚신 호도, 진심 호도 아냐."

"구로 선배님…… 너무 재미없는데요."

시노는 당연하다는 듯 무시했다.

"호수 서쪽에 류쇼 폭포가 있고 그 옆 바위가 내민 곳에 석조 사당이 모셔져 있거든. 네 녀석이 또 독선적인 해석을 늘어놓기 전에 미리 말해두자면, 류쇼流昇 폭포의 流(류)는 말하나마나 龍(류)하고 통하겠지."

"류쇼 폭포 자체를 신앙하는 건 아니죠?"

"그래. 그랬다면 수험도의 성격을 띠었겠지."

"제 생각도 그래요. 기왕 말 나온 김에 덧붙이자면, 진신沈深 호의 深도 巳의 의미가 있을지 모릅니다. 다만 '진신'이라는 말 자체가 깊은 물을 나타내니까……."

"실제로 수심은 꽤 깊은 모양인데 재본 사람은 없어. 그래서 폭포를 거슬러 올라가는 잉어처럼, 진신 호의 물속 깊은 곳에서 미즈치 님이 떠올라 류쇼 폭포를 타고 하늘로 올라가선 우룡雨龍이 돼서 비를 내린다. 뭐, 그런 거지."

"후…… 이제야 겨우 문제의 기우제 이야기에 다다른 건가요?"

소후에 시노가 크게 한숨을 내쉬며 말했다.

"그러게 말이야. 이 녀석 때문에 이야기가 한참을 빙빙 돌았지 뭐야."

아부쿠마가와가 겐야를 노려보며 시노에게 동조했지만, 그녀의 눈초리는 명백히 '댁 탓도 있거든'이라고 말하고 있었다.

"어떤 의식인데요?"

겐야는 그런 두 사람을 아랑곳하지 않고 채근했다.

"괴이담에 홀린 너한테는 우는 애도 못 당할 거다. 아니지, 우는 애야 눈물샘이 마를 때까지 울게 놔두면 그만이지만 네놈은 그보다 더 악질이야."

아부쿠마가와는 갓난아기 어머니가 들으면 기절할 말을 하며 이야기를 시작했다.

"미즈치 님의 제의는 마을이 개척된 당시부터 있었던 모양이야. 그때 가뭄이 꽤 혹독하게 들었거든. 그러면서 의식의 원형이 생겨난 거지."

"역사가 상당히 길군요."

"그런 옛날 이야기는 아무래도 상관없고, 지금 미즈치 님의 제의가 재미있는 건 거기에 수리조합이 기능한다는 점이야. 즉 의식을 집전하는 역할도 번수처럼 네 신사가 돌아가면서 맡는다는 거라고."

"저런, 전 사요 촌의 미즈시 신사에서 주관할 줄 알았는데요."

"그건 왜?"

"수리조합이 존재하는데도 네 마을 중에서 사요 촌이 제일 번수 덕을 많이 보고 있다는 눈치를 구로 선배가 줬잖아요. 그 이유도 마을의 개척 역사와 지리적으로 유리한 입지 문제만이 아니라는 식으로 넌지시 비쳤죠. 그래서 전 신사로서 격의 차가 아닌가 하는……."

"그래, 맞아. 미즈치 님을 모시는 힘이 가장 큰 게 사요 촌의 미즈시 신사다."

"그 경우, 힘이란 물론 기우제하고도 상관있겠죠?"

"그러니까 불평등한 번수도 어느 정도는 암묵적으로 허용되는 거야."

"기우제를 올린다고 정말 비가 오나요?"

보아하니 시노는 반신반의라기보다 90퍼센트 정도는 의심하는 듯했다.

"그게 신기하게도 미즈시 신사의 의식은 틀림없다고 하니 대단한 거지."

"만약 그렇다면 어째서 미즈시 신사에서 매번 기우제를 주관하지 않는 거죠?"

시노는 고개를 갸웃거리며 물었다.

"사요 촌만 있었을 땐 그랬겠지. 그런데 점점 개척민이 늘고 새로운 마을이 동쪽으로 확대됐어. 그러면서 신사가 분사分社됐고 이윽고 수리조합이 생겼어. 그때 번수 제도에 자연히 기우제가 편입된 거야. 그 둘은 떼려야 뗄 수 없는 관계니 말이야."

"그렇군요."

"다만 진짜 이유는 따로 있단 말이지. 아니, 방금 한 설명이 틀렸다는 말은 아니야. 마을의 발전과 신사의 분사로 현재의 조직체계가 생겨났다는 건 틀림없겠지."

"그렇지만 그런 자연발생적인 요인 외에 더 강력한 원인이 있다는 거죠?"

겐야는 흥미진진한 표정으로 물었다.

"그래. 그게 뭐냐 하면, 압도적인 공포란 말이지."

"네?"

"미즈치 님에 대한 강렬한 두려움이야."

"음…… 신사神事란 아닌 게 아니라 원래 무서운 일이긴 하죠. 신을 모시는 의례에 소홀함이 있었다간 엄청난 노여움을 살 위험이 늘 따르는 법이니까요. 불교의 불사佛事에선 찾아볼 수 없는 특징이에요. 그렇지만 구로 선배가 말하는 그런 압도적인 공포라든지 강렬한 두려움을 느끼는 의식이 요새 일본에 얼마나 있을지 생각하면……."

"생거짓말 같지? 그렇지만 하미 땅엔 존재한다고. 미즈치 님의 신기神器라 불리는 칠종 보물이 그 상징일지 몰라."

"삼종신기도 아니고 그 갑절도 더 되는 칠종인가요."
"미즈치 신의 뿔, 수염, 송곳니, 비늘, 뼈, 꼬리, 벼락인데, 의식을 거행할 신사에서 모시거든. 다음번 의식이 결정되면 그걸 담당할 신사로 넘겨주고. 그렇게 네 신사를 순서대로 도는 거야."
"그거 진짜일까요?"
시노가 호기심 어린 표정으로 물었다.
"본 사람 말로는 상아 같더라고 하던데……."
"그렇지만 뼈라니…… 미즈치 님은 죽은 거예요?"
"용의 뼈란 뜻이겠지."
"게다가 벼락은 물건이 아니잖아요."
"그러게. 보아하니 벼락은 철제 같더군."
아부쿠마가와와 시노는 쓴웃음을 지었다. 그러나 겐야만은 진지한 표정으로 물었다.
"미즈치 님에 대한 압도적인 공포라는 게 대체 뭡니까? 실제로 사람이 죽은 사례가 있어서 그런 건가요?"
"그에 관해 뭐라 말할 수 없이 불가해하고 기묘한, 무시무시한 이야기를 지금부터 해줄 테니 들어보라고."

2

소후에 시노, 외눈 괭을 겁내다

아부쿠마가와 가라스는 가게 안을 둘러본 뒤 또다시 커피를 시켰다. 다른 손님이 맛있어 보이는 것을 먹고 있으면 자신도 당연히 그것을 주문할 생각이었다. 그러나 점심시간이 이미 오래전에 지난 탓인지 커피만 마시는 손님이 대부분이었다.
"흥."
그는 어린애처럼 콧방귀를 뀌고는 어쩔 수 없다는 표정으로 이야기를 시작했다.
"미즈치 님과 관련된 의식은 두 종류가 있어. 미쓰 천의 증수를 진정시키는 감의減儀, 반대로 갈수를 해소하기 위한 증의增儀. 감의는 진신 호도, 류쇼 폭포도 거칠어져 있는 상태니까 의식을 올리기가 쉽지 않아. 호수 동쪽 기슭에 설치된 무대에서 '예녀泄女[가리온내]'라고 불리는 무녀가 춤추는 동안, 그 옆 나루에서 '신남神男[가미오토코]'이라는 신관이 집배처럼 생긴 특별한 배를 타고 폭포로 다가가 신찬神饌과 공물이 든 나무통을 물에 던지면서 축사를 읊거든."
"신남, 예녀?"
고개를 갸웃하는 소후에 시노에게 아부쿠마가와는 한자를 설명해주고 말을 이었다.

"신남도, 예녀도 원래는 '가남假男[가리오토코]'에 '가녀假女[가리온나]'였던 모양이야. 전자는 음이, 후자는 한자가 변한 거지."

"'假'는 신관도, 무녀도 제의에선 일시적인 대역에 불과하다는 의미일까요."

"아마 그렇겠지. 어디까지나 주체는 미즈치 님이라는 뜻 아니겠냐."

도조 겐야의 물음에 아부쿠마가와는 성가시다는 듯 고개를 끄덕이며 대답했다.

"그렇지만 의식을 집전하는 신관까지 '대역'이라고 하는 건……."

"그러니까 신관에 어울리게 '신남'이란 명칭으로 바꿨겠지. 그 김에 벼농사에서 연상해 예녀로 바꾸고."

"그렇겠죠. 신찬은 뭡니까?"

"호박이나 무처럼 밭에서 수확한 작물에 멧돼지의 간, 전복, 미역 등 산과 바다의 산물을 더한, 별로 진기할 것도 없는 내용이야. 거기에 커다란 조롱박이 포함되는 게 유일한 특징일지 모르지."

"왜 그런 게……."

"조롱박이란 게, 이게 꽤 재미있거든. 쑥쑥 잘 자라는 성질 때문에 하늘과 땅을 잇는 존재로 여겨졌어. 왜 있잖아, 서양의 《잭과 콩나무》처럼."

의아스레 묻는 시노에게 겐야가 대답했다.

"아, 그렇군요."

"하늘을 향해 뻗는다는 건 하늘로 올라가 비를 내리는 용신하고도 통해. 더욱이 조롱박은 불로불사로 대표되는 영원성, 이승과 저승의 경계도 상징한단 말이지."

"어머, 그래요?"

"조롱박 속에 아무것도 안 들어 있어도 그런 무無의 상태가……."
"야! 이야기 좀 탈선시키지 마라!"
아부쿠마가와가 고함쳤다. 그 이상 겐야의 이야기를 들어줄 마음이 없는 듯했다.
"아차, 죄송해요."
겐야는 순순히 사과하고는 시노에게 빠른 말투로 말을 이었다.
"게다가 조롱박은 용이며 뱀, 또 물의 신하고도 관련이 있으니까, 미즈치 님의 신찬에 포함돼도 이상할 것 없어. 다만……."
"정 뭐하면 네 녀석이 미즈치 님 이야기를 하든지."
"아니, 그건…… 구로 선배, 그런 건 무리잖아요."
"그럼……."
"아부쿠마가와 선생님! 공물로 바치는 나무통엔 뭐가 들었나요?"
시노가 초등학생처럼 손을 들고 질문하자, 아부쿠마가와는 만면에 웃음을 띠었다.
"술통, 쌀통, 땅통, 산통, 바다통, 보물통, 이렇게 순서대로 여섯 개가 있거든. 술통엔 말 그대로 술, 쌀통엔 쌀을 비롯한 각종 곡물, 땅통엔 밭에서 거둔 채소, 산통엔 인접 촌락에서 사온 사냥해 잡은 짐승 고기와 산나물, 바다통엔 와카야마 어촌에 주문한 해산물, 그리고 보물통엔 의식을 거행하는 신사의 마을 사람들이 바치는 물건들이 들어가지. 말이 보물통이지, 마을의 보물이 진짜로 들어 있는 건 아니야. 밤늦게까지 만든 짚신이니 삿갓, 의복 등 마을 사람들의 생활 용품이 대부분인 모양이던데."
"그러면 신찬은 결국 통에서 조금씩 덜어낸 걸로 이루어지는 거네요."

"오오! 시노 씨, 대단하잖아! 그건 나도 못 알아차렸는데. 너도 그렇지?"

아부쿠마가와는 과장되게 수선을 피우며 겐야에게 동의를 구해놓고는, 대답을 듣지도 않고 그럴 것이라고 단정했다.

"질문이 하나 더 있는데요. 신남은 직접 배를 젓나요?"

칭찬을 받은 그녀는 우쭐한 얼굴이었다.

"아니, 사공이 따로 있어. 그렇지만 감의 같은 경우엔 거친 호수에서 공물을 바쳐야 하니 신남도 분명 여간 힘든 게 아닐 테지."

"자칫하면 목숨도 위험하겠는데요."

시노는 원래 이야기로 되돌리려는 생각인지 다소 과장되게 납득하는 시늉을 했다. 그러자 아부쿠마가와가 이번에는 빈정거리는 웃음을 띠며 말했다.

"그런데 진짜 무서운 건 증의 쪽인 모양이란 말이지."

"어머나, 그래요?"

"같은 나라 현이라도 비가 많이 오는 오다이가하라와는 달리 하미는 원래 그렇게 호우가 많은 편이 아니야. 어쩌다 쏟아져도 오래 끌지 않고. 그러니 대개는 감의를 올리기 전에 비가 그치지. 때문에 감의는 좀처럼 거행되는 일이 없어."

"그에 비해 증의 쪽이 많은 거군요."

"그렇다고 매년 올리는 건 아니고. 감의든 증의든 올해는 아무리 그래도 이상하다 싶을 때만 올리는 거야. 미즈치 님 제의는 안이하게 거행하지 않아."

"그건 알겠는데요, 증의 때는 물이 줄어든 상태잖아요? 진신 호도, 류쇼 폭포도 잠잠할 거 아니에요. 그런데 뭐가 무섭다는 거죠?"

"감의에 따르는 위험이란 건 세찬 비바람이나 거친 물, 번쩍이는 번개 같은, 그야말로 자연이 주는 물리적인 공포야. 물론 그걸 미즈치 님이 진노한 걸로 보는 셈이긴 하지만, 신남이랑 사공이 주의해야 하는 건 배가 뒤집혀 물에 빠지는 일이 없도록 하는 거거든. 과거에 물에 빠져 못 돌아온 사람도 있는 모양이지만, 대부분은 자기 힘으로 배에 기어올라 목숨을 건졌어. 즉 자연의 맹위에 충분히 주의를 기울이면 이럭저럭 무사히 끝낼 수 있다는 이야기야."

아부쿠마가와는 여기서 의미심장하게 이야기를 잠시 멈추고 겐야와 시노에게 시선을 주었다.

"역설적인 말이 되지만, 감의 때 미즈치 님은 이미 노여워하고 있으니까 어지간히 실례되는 일만 안 하면 그 이상의 노여움을 사진 않아. 그렇지만 증의 때 미즈치 님은 말하자면 평상시 같은 상태로 호수 밑바닥에 계신단 말이지. 거기에 인간이 침입하는 거야. 즉 평소 상태의 신을 쓸데없이 집적이는 셈이라고. 인간계는 비가 안 와서 큰일이지만 신한테는 그런 거 관계없지. 어때, 이거 잘 생각해보면 무섭잖아?"

"그러고 보니……."

구체적으로 상상이라도 해봤는지 시노가 불안한 표정을 지었다. 한편 겐야는 짚이는 데가 있는지 연신 고개를 끄덕이며 말했다.

"흉어 때 어부 우두머리가 평소엔 여인금제女人禁制인 배에 자기 부인을 태워 배의 수호신께 부인의 음부를 보여주고 풍어를 기원하는 의식이 있죠. 그건 여성인 배의 수호신 앞에 동성의 음부를 드러내는 실례를 일부러 범해서 노여움을 사는 게 목적입니다. 요는 수호신의 분노에 힘입어 풍어를 유인하려는 겁니다. 그와 비슷한 행위를 기우제에서도 종종 해요. 용신이 사는 못을 향해 밭을 갈 때 쓰는 괭이를 휘두르는 시늉을 한다든지, 더 직접적인 예로 못에 오물을 넣는다든지, 그렇게 용신을 화나게 해서 비구름을 부르는 거죠. 미즈치 님 제의의 증의에서도 그런 효과를 기대하는 게 아닌가요?"

그러나 아부쿠마가와의 대답은 부정적이었다.

"나도 처음엔 그런 줄 알았어. 그런데 아니더라고. 어디까지나 미즈치 님께 정중하게 부탁드려 비를 내려주시게 하는 게 증의야."

"섣불리 노여움을 샀다간 오히려 가뭄이 오래가는 겁니까."

"그래, 그런 거지. 하는 일은 감의하고 기본적으로 같아. 진신 호 나루터의 무대에서 무녀가 춤추는 동안, 신관은 공물이 든 통을 배에 싣고 류쇼 폭포로 향하는 거지. 그런데도 증의가 몇 십 배는 더 무서워……."

"낮에도 어둡고 시야가 좋지 않은 미쳐 날뛰는 호수를 배를 타고 나아가는 것보다, 쨍쨍하게 내리비추는 햇볕 아래 고요하고 잔잔한 수면을 가는 편이 더 겁난다, 그런 상황 자체가 저한테는 더 무섭게 느껴지는데요."

"아닌 게 아니라 그렇지. 그런데 이 의식에 사용되는 배가, 이게 또 제법 괴상야릇하게 생겼거든. 집배를 줄여놓은 느낌인데."

"지붕이 있고 사방이 막힌 건가요?"

"그래. 게다가 바닥 중앙에 구멍이 크게 뚫려 있어."

"그런데 배가 안 가라앉아요?"

"그 점은 생각해서 만들었겠지. 구멍은 신찬과 공물로 바칠 나무통을 진신 호에 던져넣기 위해 뚫은 거야. 호수의 이름대로 깊이 가라앉아야 하거든. 미즈치 님이 계시는 호수 밑바닥까지 닿도록."

"지금까지 어느 정도로 의식을 거행했는지는 몰라도, 시노바즈 연못만 한 크기라면 연못 바닥에 나무통이 꽤 많이 쌓였을 텐데요. 아니, 그전에 통 속의 공물이 부패해서 가스라도 발생하면 물 위로 떠오르지 않을까요?"

시노가 느닷없이 괴상한 소리를 질렀다.

"아니, 물 위로 떠오른 통도, 바닥에 쌓인 통도 없어."

"왜죠?"

"물론 미즈치 님이 먹어치우기 때문이지."

"……"

말문이 막힌 시노를 아부쿠마가와가 빤히 응시했다. 표정이 워낙 진지하다 보니 그녀도 어떻게 대응하면 좋을지 몰라 동요하는 듯했다.

시노의 그런 모습을 본 겐야는 선배를 달래는 어조로 말했다.

"구로 선배, 혹시 류쇼 폭포 밑에 지하 수로로 통하는 흐름이 있는 게 아닙니까?"

"아아, 진짜! 하여간 너 정말 재미없는 녀석이군."

"그, 그게 무슨 뜻이죠?"

시노가 놀라 도움을 청하듯 겐야를 돌아보았다.

"물속에 계시는 미즈치 님께 공물을 바친다면 호수 중앙에서 통을 던져넣을 것 같잖아? 그런데 실제로는 일부러 류쇼 폭포 근처까지 가서 거기서 통을 빠뜨린단 말이지. 폭포는 진신 호 서쪽 가장자리에 있어. 나루터는 반대편인 동쪽. 증의 때는 그렇다 치고 감의 때 폭포까지 가기는 쉽지 않을 거야. 그런데도 폭포로 다가가는 건 아마 낙하하는 물의 힘을 이용해서 통을 물속에 가라앉히기 위해서겠지. 다만 그것만으론 소후에 군의 말처럼 언젠가 떠오를 가능성이 있어. 그런데도 선배는 떠오른 통뿐 아니라 호수 밑에 쌓인 통도 없다고 하거든. 그렇다면 통이 진신 호에서 다른 곳으로 이동했다고 생각할 수밖에 없지. 그렇지만 미쓰 천으로 떠내려갔을 리는 없어. 미즈치 님께 바친 공물이 하류로 떠내려가는 모습을 마을 사람들이 본다면 여간 김새는 게 아닐 테니까. 그렇다고 류쇼 폭포를 거슬러 올라갔을 리도 당연히 없잖아? 그렇다면 남은 가능성은 물속밖에 없다고 봤을 때, 각지의 못에 전해지는 통저通底 전설이 진신 호에선 전승이 아니라 실제로 존재하는 게 아닐까……."

"대단하세요! 역시 도조 겐야 선생님은 다르시다니까요!"

뛸 듯이 기뻐하는 시노 앞에서 아부쿠마가와는 벌레 씹은 얼굴로 겐야를 밉살스럽게 노려보았다. 그러나 당사자는 두 사람의 태도를 알아차리지 못하고 설명을 계속했다.

"그중에서도 유명한 건 후쿠이 현 와카사에서 하는 우노세의 물 보내기 의식이겠지. 이 의식은 나라 도다이 사寺의 물 긷기 의식에 앞서 반드시 거행돼. 그곳 못에 난 구멍이 도다이 사의 와카사 우물로 통한다는 전승이 전해지기 때문이거든. 옛날 어느 젊은이가 가을 추수 뒤 이삭 털기를 거들러 간 집의 딸한테 그런 전승은 거짓말이라면서 우노세에 왕겨를 대량으로 쏟아부었어. 이윽고 이삭 털기가 끝나고 12월이 돼서 젊은이가 도다이 사로 참배를 갔더니 글쎄, 와카사 우물에 왕겨가 둥둥 떠 있었던 거야. 그뒤 젊은이는 미쳐 죽고 말았다는 이야기가……."

"언제까지 상관없는 이야기를 지껄이고 있을 거냐!"

급기야 아부쿠마가와가 화를 냈다.

"어? 아차, 죄, 죄송해요. 그렇지만 구로 선배, 상관없진……."

"시끄러! 그래, 네놈 지적대로 류쇼 폭포 밑에 땅속으로 물이 흘러드는 구멍이 있어. 실제로 본 사람은 한정돼 있으니 전승에 가깝긴 하지만. 뭐, 구멍에 나무통이 빨려든다니까 정말 존재하긴 하겠지."

"그게 미즈치 님의 입인 셈입니까."

"구멍 근처까지 잠수해본 신관의 말로는 수심 20에서 30미터 사이에 구멍이 있다는군. 이나 송곳니처럼 보이는 기름한 돌이 구멍 위아래로 삐죽삐죽 내민 모양이야."

"미즈치 님 제의 때 진신 호에 잠수해요?"

겐야가 놀라 물었다.

"아니, 보통은 안 해. 감의 같으면 완전히 자살행위 아니냐."

"그러면 어떤 특별한 의례 때?"

"그런 게 아니라 아무리 해도 통이 안 가라앉을 때가 있어서 말이다. 공물을 담은 통이 안 가라앉는다는 건 미즈치 님이 거부한다는 뜻으로 받아들여질 텐데, 그건 곤란하잖냐. 의식을 집전한 신사에는 그야말로 신용 문제인 셈이니까."

"그렇군요. 감의 때는 류쇼 폭포의 흐름도 세찰 테니 통도 별 문제없이 가라앉겠지만, 증의 때는 흐름이 약하니 통이 떠오를 수 있겠죠. 그래서 신관이 직접 물속에 들어가 통을 구멍에 밀어넣는다는 말이군요. 그거 쉽지 않겠는데요."

"그래. 20에서 30미터에 이르는 수심이라면 연습 없이 바로 잠수할 수 있는 깊이도 아니고 말이야."

"아닌 게 아니라 목숨을 걸어야 하겠군요."

"지금까지 실수로 구멍에 빨려든 사람은 없고요?"

겐야의 말을 받아 시노가 질문했다.

"예전은 그렇다 치고 최근 몇 십 년 사이에도 있었던 모양이야."
"저런, 역시……."
"이십삼 년 전이라니까 쇼와 초기겠지. 미쿠마리 신사의 선대 신관인 다쓰오가 아무리 기다려도 배를 되돌리란 지시를 내리지 않았어. 사공은 이상하게 생각했지만, 의식 도중에 배 안을 들여다보면 눈이 먼다는 말에 겁나서 확인할 수 없었어. 그러다가 이변이 벌어졌다고 판단한, 당시 미즈시 신사의 신관이 기슭에서 몸짓으로 배 안을 들여다보라고 지시했어. 사공은 내키지 않았지만 미즈시 신사의 신관 말을 거역할 순 없단 말이지. 하는 수 없이 조심조심 들여다봤더니 아무도 없거든. 배에 실었던 통은 전부 없어졌고, 배에 뚫린 구멍 주위는 온통 물바다. 사공이 본 대로 보고했더니 좀더 기다려보자는 답이 돌아왔어. 그런데 아무리 기다려도 다쓰오가 떠오르지 않는 거야. 물속에 들어갔다면 이미 오래전에 숨 쉬러 올라왔어야 하는데. 나루에 있던 다른 신사 신관들이 황급히 쪽배를 띄워서 류쇼 폭포로 다가가 잠수해봤지만, 미쿠마리 다쓰오는 어디에도 없었다더라."
"상황으로 보건대 미즈치 님의 입에 실수로 빨려들었다고 판단한 겁니까?"
"그래. 다만 그때는 추모나 동정보다 경멸과 노여움, 냉소 어린 시선이 미쿠마리 신사에 집중됐어."
"세상에…… 너무해요."
"아마 다쓰오 씨의 안부보다 의식의 실패가 더 문제가 됐겠지. 그나저나 그때 비는 왔대요?"
시노가 분개와 측은함이 어린 표정을 보이는 옆에서 겐야가 냉정한 말투로 대꾸했다.

"아니."

"그럼 더 그랬겠죠. 미쿠마리 신사는 네 신사 중 가장 역사가 짧았습니다. 신관이 미숙했던 탓에 하미 사람들한테 대단히 중요한 의식을 망치고 말았다. 그 대가를 대체 어떻게 치를 것인가. 누가 책임을 질 것인가. 당시 마을 사람들은 그런 식으로 생각하지 않았을까요."

"말도 안 돼요! 마을을 위해 목숨을 잃은 신관은 생각도 않고 자기들 걱정만 하다니요! 그런 건 너무 가혹한 거 아닌가요?"

시노의 노여움에 불이 붙었다. 그러나 공격 대상이 겐야였던 탓에 아부쿠마가와는 히죽거리며 재미있다는 표정으로 바라보고 있었다.

"그야 그렇지만 마을 사람들한테도 사활이 걸린 문제니까……."

"신관은 진짜 죽었다고요."

"응, 그렇다고 다쓰오 씨의 죽음을 경시해도 된다는 건 아니지. 그렇지만 그 지역에 밀착된 종교가란 존재는 가문이나 가족, 개인 같은 단위를 넘어서 완전히 지역의 일부로 화하는 경우가 종종 있거든. 말하자면 자연의 일부인 셈이야. 바로 그 때문에 사람들은 종교가를 존경하는 동시에 두려워해. 그리고 그렇기에 대단히 인간적인 실책을 저지르면 배신당하는 것 같은 거야. 종교가로서 권위가 실추되는 정도가 아닌 문제가 갑자기 출현하는 거지. 이런 경향은 토착 종교일수록……."

그러나 시노는 겐야의 설명을 듣고 있지 않았다.

"도조 선생님이 그렇게 차가운 분이신 줄 몰랐어요."

"저기, 소후에 군……?"

"맞아, 이 녀석은 정말 몹쓸 인간이야."

어쩐지 똑같은 일이 반복되는 것 같아 겐야는 살짝 어지럼증이 났다. 이 셋이 대화를 하는 한 언제까지고 결판이 나지 않는 게 아닐까.

"그래서 아부쿠마가와 선생님, 처음에 말씀하신 기우제에서 사람이 죽었다는 건 그 신관 말씀인가요?"

겐야가 어쩔 줄 몰라하고 있으려니, 화를 내고 후련해졌는지 시노가 아무렇지도 않게 하던 이야기로 되돌아갔다.

"어? 아, 그건 아닌데……."

아부쿠마가와는 벌써 끝났느냐는 듯 낙담했으나, 시노의 채근을 받고 마지못해 이야기를 시작했다.

"지금으로부터 십삼 년 전 미즈치 님의 중의가 있었어. 의식을 거행한 건 미즈시 신사였지. 신관은 오십대 초반의 류지란 남자였는데, 젊었을 때부터 선대의 대역을 맡는 등 신직神職으로서 상당한 힘을 갖고 있었어. 다만 구두쇠에 호색가, 술고래였거든. 주사까지 심했다고 하니 인간적으로 칭찬할 인물은 아니었어. 그렇지만 미즈치 님을 모시는 힘이 워낙 뛰어났던 터라 다들 인정하고 있었지."

"미즈시 신사의 신관에 걸맞은 능력을 갖고 있었으니 개인적인 문제점은 다들 눈감아줬겠죠."

중요한 이야기에 접어들자 겐야도 바로 추임새를 넣어주었다.

"그렇지. 그런데 류지에게는 류이치龍一와 류조龍三란 아들이 있었어. 당시 큰아들이 서른 전후, 작은아들이 이십대 초반쯤이었지."

"작은아들인데 류조라고요?"

"아버지가 류지龍貳 아니냐. 작은아들 이름을 류지龍二라고 지었다간 부를 때 복잡할 거 아니야."

"아닌 게 아니라 그렇겠네요."

"후계자는 큰아들인 류이치였지만 아버지에 비해 영 미덥지 않았어. 그래서 류지는 경험을 쌓게 하기 위해 큰아들한테 증의를 맡기기로 했어."

"류지 씨는 미쿠마리 신사의 실패가 마음에 걸리지 않았나보죠?"

"경험이 적은 아들한테 시켰다가 만에 하나 실패하면 미즈시 신사의 체면이 깎일 수 있다는 뜻이냐?"

"네. 그나저나 이십삼 년 전 미쿠마리 신사 때부터 십삼 년 전 미즈시 신사 때까지 증의를 몇 번이나 했죠?"

"두 번. 처음이 스이바 신사, 그다음이 미즈치 신사 차례였지."

"그때는 어땠습니까?"

"두 번 다 성공해서 비도 왔어. 다만 스이바 신사 때보다 미즈치 신사 때 든 가뭄이 훨씬 심해서 증의가 여간 위험한 게 아니었어. 그랬건만 미즈치 신사의 당시 신관인 다쓰키치로는 일흔이 넘은 나이에도 훌륭하게 해냈다더군."

"그럼 더 의식했을 것 같은데요. 미즈치 신사는 말하자면 제2세력인 거잖아요. 미즈시 신사에서 중대한 실수를 저질렀다간 자칫하면 입장이 역전될 수 있다고요."

"그 생각은 나도 들었어. 한자가 다르다지만 미즈치 님하고 똑같이 미즈치라고 읽으니. 물의 신을 모시기에 더 적합한 것 같지. 하기야 미즈치 신사는 '즈'가 'づ'가 아니라 'ず'고, 성은 '미즈우치'라고 읽긴 하지만. 이건 미즈치 님에 대한 배려라고 할지, 뭐, 황송해서 그런 거겠지."

"그런 한 발짝 물러난 부분에서도 신직으로서 겸허함이 엿보이는 점이, 미즈시 가의 류지 씨에 비해 꽤 호감이 느껴지는데요."

"그렇지만 얼마나 좋은 사람이건, 얼마만큼 마을 사람들한테 존경을 받건, 하미의 신관한테 가장 중요한 자질은 미즈치 님을 훌륭하게 모실 수 있는 힘이란 말이지. 그것만 완벽하면 설사 인간성이 꽝이라도 다들 눈감는 거야."

"음…… 류지 씨란 사람이 그 정도로 대단하단 말이군요."

"그렇다고 결코 다쓰키치로의 힘이 뒤떨어졌다는 뜻은 아니야."

아부쿠마가와의 말을 듣고 겐야는 놀랐다.

"미즈시 신사와 미즈치 신사의 차이라는 게 류지 씨와 다쓰키치로 씨의 힘의 차이가 아니었던 겁니까?"

"그런 것도 있긴 하겠지만, 개인적인 힘의 차이는 얼마 안 됐을 수도 있어. 뭣보다도 그래선 다쓰키치로와 류이치가 처음부터 승부가 안 되잖냐."

"아, 맞아요, 그 이야기였죠. 그런데도 류지 씨가 큰아들 류이치 씨한테 의식을 맡긴 건 대체 왜죠? 왜 그렇게 자신이 있었던 겁니까?"

"실은……"

아부쿠마가와가 별안간 목소리를 낮추더니 거구를 앞으로 불쑥 내밀었다. 겐야와 시노도 덩달아 무심코 몸을 앞으로 내밀었다.

"그것 말인데……"

"네?"

"나도 잘 모르겠거든."

"엥?"

"미즈시 신사의 류지가 미즈치 님 제의에 대해 갖고 있는 절대적인 자신감이 어디서 유래하는지 분명하지가 않다고."

원래 아부쿠마가와는 어떤 형태로든 패배를 인정하는 게 싫은 사람이었다. 하지만 이 경우는 어쩔 수 없었는지 모른다. 직접 취재한

이야기가 아니었기 때문이다.

그런데.

"어머나, 구로 선배님도 모르는 게 있군요."

시노의 너무나도 솔직한 말이 아부쿠마가와의 가슴에 못을 콱 박았다.

"소, 소후에 군, 오히려 가보지도 않은 곳에서 일어난 일을 이 정도로 자세히 알고 있다는 사실에 감탄해야 하지 않을까. 조금쯤 모르는 게 있는 건 당연한 거야."

이대로 가다가는 아부쿠마가와가 수틀려서 입을 다물어버릴 것이라고 생각한 겐야는 어떻게든 시노에게 그 점을 깨닫게 하려 했다.

그러나……

"그건 그렇지만 구로 선배님이 스스로 모른다고 인정한 게 어쩐지 신선하다고나 할지……"

"아, 그러네. 구로 선배만큼 실은 아무것도 모르면서 '그건 이렇다!' 하고 단언하는 사람도 흔치 않지."

"맞아요. 그런데도 모른다고 했다는 건……"

"정말 모르는 거군."

"네, 진짜 모르는 거예요."

"선배도 모르는 건……"

"모르는 거죠."

"이것들이! 모른다, 모른다, 대체 몇 번이나 말하는 거냐! 완전히 아무것도 모르는 건 아니라고!"

수가 틀리기 전에 아부쿠마가와의 성질이 폭발했다.

"선배는 역시 다르군요. 짚이는 데는 있었던 거죠?"

"이제 와서 그래봤자 늦었다."

"아부쿠마가와 선생님, 선생님 생각을 꼭 말씀해주세요."

"이놈들, 지금 완전히 둘이 호흡을 맞춰서 날 갖고 노는 거지?"

"에이, 아무리 그럴 리가요."

"지들이…… 아니, 지가 그런 짓궂은 사람으로 보이시나요?"

시노가 눈물을 글썽거리며 아부쿠마가와를 빤히 바라보았다. 화가 나 있던 그의 얼굴에 순식간에 불안의 빛이 떠올랐다.

"아, 아니, 그건…… 시노 씨만은 그럴 리 없지."

"다행이에요. 지는 정말이지, 아부쿠마가와 선생님께 미움을 받으면 어쩌나 싶어서……."

우는 척하는 시노 앞에서 쩔쩔매는 아부쿠마가와를 보자 겐야는 한숨을 쉬고 싶은 심정이었다. 이러다가 가까운 장래에 여자에게 속아 몹쓸 꼴이라도 당하면 어쩌나 걱정스럽기까지 했다. 겐야는 물론 자신에게도 그런 위험이 다분히 있다는 걸 자각하지 못했다.

"그래서 아부쿠마가와 선생님의 의견은 어떠세요?"

시노가 우는 시늉을 그만두고 순식간에 원래 표정으로 돌아갔다. 그러나 아부쿠마가와는 그런 극적인 변화도 못 알아차리고 신이 나서 이야기를 시작했다.

"미즈시 가는 시골의 구가라 광이 여러 개 있어. 그중엔 창살 방이 있는 광도 있는 모양인데, 그런 걸 포함해서 광마다 각각 뚜렷한 용도가 있거든. 그런데 부지 한구석에 외따로 떨어진 토광이 하나 있는데, 이 광이 뭐하는 곳인지 아무도 모르는 거야. 아니, 애초에 마을 사람들이나 이 집 하인들이나 광의 존재를 아는 사람이 몇 안 된다나 봐. 아는 사람들도 광 이야기를 기피하는 경향이 있다 하고. 누가 붙인 이름인지 '미즈시 신사의 외눈 광'이라고 부른다던데, 내심 기분 나빠하긴 하지만 자세히 아는 건 아무것도 없는 괴상야릇한 광이란 말이지."

"미즈시 신사의 외눈 광……."

"류지 씨는 물론 전부 알고 있겠죠."

시노가 섬뜩한 듯 중얼거리는 옆에서 젠야가 물었다.

"그야 그렇겠지. 참고로 지금까지 한 이야기는 하미 사람들도 어느 정도 아는 내용이지만, 이 토광만은 별개야."

"구로 선배의 독자적인 정보원인가요?"

"우리 신사엔 전국 각지에서 정말 다양한 종교 관계자가 모여들거든. 그중 미즈치 님에 관심을 가진 사람이 몇 명 있는데, 이 사람들이 전에 미즈시 가나 미즈우치 가에 머문 적이 있어. 그때 다들 마음에 걸렸던 게 이 외눈 광인 모양이야."

"미즈치 님 제의보다도요? 아니, 정작 중요한 미쓰 천이며 진신호, 류쇼 폭포보다도 말인가요?"

"그래. 내가 만난 사람들은 다들 나름대로 능력 있는 종교가들이었어. 그런 사람들이 예외 없이 반응했으니 그냥 쓸모없는 광일 리 없지."

"어떤 토광인데요? 뭐 눈에 띄는 특징은 없고요?"

"겉으로 보이는 모습은 없어. 그런데 보아하니 안으로 물을 끌어오는 것 같다는……."

"본당처럼 미쓰 천에서 말입니까?"

"그 부분은 확인되지 않았어. 하지만 십중팔구 그렇지 않겠냐."

"아닌 게 아니라 관심이 가는데요."

"물만 문제가 되는 게 아니야. 광 안에 뭐가 있는 게 아닌가, 그런 말을 하는 사람도 있다고."

"네?"

시노와 겐야가 동시에 소리쳤다. 다만 시노는 공포에서 그런 것이었으나, 겐야는 엄청나게 흥미가 당겨서였다.

"어, 어째 오싹하네요."

"수리조합에선 미즈시 신사의 외눈 광에 관한 실태를 파악하고 있습니까?"

"존재는 알지만 광의 비밀은 모르지 않을까."

"신사의 본당과 마찬가지로 미쓰 천에서 물을 끌어오는 광이 있는데도 수리조합에서 역할을 파악하지 못했다……."

"수상하지?"

"즉 류지 씨가 독자적으로…… 이렇게 말하면 그럴싸하지만, 실제로는 미즈시 신사만 멋대로 어떤 특수한 일을 하고 있다는 거군요."

여기서 시노가 고개를 갸웃하며 물었다.

"저…… 방금 말씀하신 외눈 광이랑 중단됐던 십삼 년 전 의식 이야기랑 무슨 관계가 있는 거죠?"

그 질문에는 겐야가 대답했다.

"미즈시 신사의 류지 씨가 미즈치 님 제의에 상당한 자신을 보이는 게 그 사람 개인의 능력 때문만은 아닌 듯하다는 건, 아들 류이치 씨 일을 봐도 알 수 있잖아?"

"네."

"그러면 이건 다른 세 신사엔 없는 어떤 특권 같은 게 미즈시 신사에 있기 때문이라는 추측이 가능하지."

"그게 외눈 광이라고요?"

"내가 보기엔 그런데. 선배도 그렇게 보는 것 같고."

"내가 먼저고 넌 그다음이다."

아부쿠마가와가 구태여 지적하지 않아도 될 말을 했다. 정말이지 어린애다.

"그렇지만 대체 그 광에 어떤 힘이 있길래요?"

"구로 선배, 혹시……."

"역시 너라면 그렇게 생각할 줄 알았다."

"그러면 선배한테 외눈 광 이야기를 해준 종교가 분들도?"

"몇몇은 그런 식으로 보고 있었고, 나도 같은 의견이긴 해. 그렇지만 증거가 전혀 없거든. 그냥 그렇게 보이는 것일 뿐."

"어디까지나 상황증거에서 도출한 해석일 뿐이죠."

"그렇지만 딱 들어맞긴 하지."

"아이, 정말! 무슨 말씀인데요? 지만 따돌리고 두 분만 아는 이야기를 하다니, 너무하세요."

시노가 답답하다는 듯 소리쳤다. 그러면서도 그녀는 재주 좋게 아부쿠마가와에게는 우는 척하는 얼굴을, 겐야에게는 화난 표정을 지어 보였다. 상대방에게 가장 효과적일 반응을 보인 결과 그렇게 된 모양이다.

"아, 아니, 시노 씨, 그런 건 아닌데."

허둥대는 아부쿠마가와를 겐야는 딱하다는 듯 바라보며 침착한 어조로 말했다.

"본당하고 마찬가지로 미쓰 천에서 물을 끌어온다면, 이 광도 말하자면 종교적 장치라는 뜻이 돼. 그런데 각 신사의 본당이 정식으로 모셔지는 데 비해 외눈 광은 다르지. 오히려 은폐되어 있거든. 결코 공개되지 않는 존재야. 그런 사실을 고려할 때, 이건 어디까지나 대담한 가설이지만, 외눈 광 자체가 소위 주술적 장치로 기능하며 그게 미즈시 신사가 거행하는 의식에 어떤 영향을 미친다고 해석하는 게 가능한 거야."

"뭐, 대충 그런 이야기지."

"무슨 말씀이신지 알 것도 같고 모를 것도 같고……."

아부쿠마가와가 진지하게 대답하는 데 비해 시노는 당혹한 표정을 지었다.

"어쩔 수 없어. 현재로선 이 이상의 해석은 무리니까."

"정말요?"

시노가 얼굴을 바짝 갖다대고 겐야의 얼굴을 유심히 쳐다보았다.

"뭐, 뭐가?"

"거기까지 생각하면서 참 추상적이다 싶어서요."

"그러니까 아까도 말했지만, 지금 단계에선……."

"네, 그건 알겠어요. 그렇지만 선생님이라면 확신은 없어도 그 이상의 해석도 하셨을 것 같거든요."

"그게 정말이냐?"

아부쿠마가와까지 나섰다.

"아뇨, 해석 같은 건 아니고 그저……."

"뭐가 있긴 있군. 남만 떠들게 시키고 자기 생각은 꿍쳐놓겠다고?"

"아뇨, 그런 건 절대……."

"그럼 빨리 불어."

"아, 이거 난처한데……."

"난처한 건 이쪽이야. 얼른 말 못해?"
"상상이라기보다 공상이나 다름없는데……."
그러자 아부쿠마가와가 터무니없는 소리를 했다.
"공상! 공상 좋지. 도대체가 명탐정의 추리란 게 대개는 공상이라고. 앗, 그렇다고 네가 명탐정이란 말은 아니고."
"네, 알아요."
"그래서 뭔데?"
"미즈치 님은 용신에 가까운 존재라고 하지만 정체가 정확히 밝혀져 있진 않죠."
"그래."
"용신의 경우 신인 동시에 용이란 생물이기도 합니다. 물론 용은 가공의 동물이지만 이런 예는 마귀 등에서도 찾아볼 수 있거든요."
"개犬 신이나 구다管 같은 건 결국 그렇지."
"어쩌면 미즈치 님도 그런 생물로서의 모습이 있는 게 아닐까요. 외눈 광 안에서 그런 신에 가까운 미즈치란 생물을 기르고 있는 건지도 몰라요."
"……."
시노는 놀란 나머지 할 말을 잃은 듯했으나, 아부쿠마가와는 어처구니가 없어 입이 다물어지지 않는 것 같았다.
"하여간 바보가 따로 없군!"
"그래서 말하기 싫었던 거라고요."
"공상이 아니라 망상이다, 망상."
"그럴지도 모르지만……."
"그럴지도 모르는 게 아니라 그래."

그러자 시노가 끼어들었다.

"하지만 구로 선배님, 일본 각지에 유령하고도 요괴하고도 다른, 그야말로 동물 같은 괴물에 대한 전승이 많이 있잖아요. 구로 선배님도 그런 전승을 다수 수집하셨죠. 그런 것도 전부 망상인가요?"

"……그야 하나하나 검증해보지 않는 한 일률적으로 다 그렇다고 할 순 없겠지."

"그럼 도조 선생님의 상상도……."

"이 이야기는 그만하죠."

겐야는 스스로 나서서 이야기를 중단시킨 뒤 어조를 달리했다.

"그래서 선배, 불가해한 상황에서 사람이 죽었다는 증의 이야기를 해주세요."

"아아…… 이제야 겨우 본론에 이르렀군요."

시노가 크게 한숨을 내쉬며 중얼거렸다.

"소후에 군, 이런 대단히 특수한 세계관을 가진 지역에서 일어난 일 이야기를 들을 때 그곳에서 공유되는 사상이며 습관, 생활형태를 사전에 파악해두는 건 매우 중요한 작업이야. 그런 준비를 해둬도, 일어났다고 여겨지는 현상을 지역 사람들에 비해 우리가 과연 얼마만큼 정확히 이해할 수 있을지 영 불안하니 말이야."

"그건 알겠지만…… 두 분 다 걸핏하면 곁길로 새질 않나, 말씀이 너무 길어요!"

분위기가 심상치 않아졌기에 겐야는 아부쿠마가와를 채근하려 했으나, 그전에 본인이 시노의 변화를 알아차리고 허겁지겁 이야기를 시작했다.

"지금으로부터 십삼 년 전 6월, 하미 지방에 마른장마가 심하게 들었어. 그래서 수리조합에서 협의한 결과 증의를 올리기로 했지. 미즈시 신사에서 담당할 차례였던 터라 다른 세 신사와 마을 사람들도 안심했어. 그런데 류지가 자기가 안 하고 큰아들 류이치한테 시키겠다고 한 거야. 물론 조합에선 문제 삼았어. 기본적으로 신남은 해당되는 신사의 신관이 맡는다는 암묵의 양해가 있었으니 말이지. 그렇지만 규칙으로 정해진 건 아니거든. 누가 신남을 맡을지에 대한 결정권은 최종적으로 담당하는 신사의 신관한테 있었던 거야."

"게다가 미즈시 신사의 류지 씨가 상대였으니 수리조합에서도 반대할 수 없었겠죠."

"또 류지도 자신이 없었다면 가뭄을 해소하기 위한 중대한 의식에 아들을 기용하겠단 생각을 안 했을 테고."

"일리 있는 말인데요."

"증의를 거행하기 일주일 전에 신남은 재계齋戒를 시작해. 하루라도 빨리 비가 와야 하는 상황이지만, 역시 재계는 필요하니 말이지. 일주일이란 기간은 길다면 길고 짧다면 짧다고나 할까."

"그동안 류이치 씨는 어땠죠?"

"상당히 침착했던 모양이야. 재계라곤 하지만 어디 틀어박히는 게 아니라 일상생활은 그대로 하거든. 요는 고기를 끊는다든지 여인을 멀리한다든지, 그런 규칙들을 지키면서 심신을 정화하는 거야. 그런데 이때 미즈치 신사 다쓰키치로의 넷째 아들이 문안 삼아 류이치를 두 차례 찾아갔어. 세이지란 사내인데, 류이치하고 나이가 비슷한 데다가 당시는 대를 이을 예정이 아니었던 터라 아버지들하고 달리 서로 오가는 사이였거든. 그래서 세이지가 위문차 류이치를 만나러 간 거지."

"류이치 씨는 십중팔구 재계 기간 내내 엄청난 긴장에 사로잡혀 있었을 테죠."

겐야는 그럴 만도 하다는 어조로 말했으나, 아부쿠마가와는 고개를 흔들었다.

"그게 말이지, 겁에 질려 있었다지 뭐냐."

"겁에……."

"류이치가 증의에서 신남 역할을 하는 건 그때가 처음이었어. 그렇지만 감의는 경험이 있었는데 그땐 재계 중에 태연했던 터라 세이지도 묘하다고 생각했던 모양이야."

"구로 선배님, 그거, 아까 하신, 감의보다 증의 때의 미즈치 님이 더 무섭다는 이야기랑 연결되는 거 아닌가요?"

시노가 끼어들었다.

"뭐, 그런 것도 있지만, 본인이 그 사실을 뼈저리게 실감하는 건 실제로 배를 타고 진신 호에 나간 다음이거든. 그때가 되어서야 비로소 감의 때의 거친 호수보다 증의 때의 잔잔한 호수가 훨씬 무시무시하다는 걸 깨닫는 모양이야."

"그렇지만 류이치는 아직 증의를 경험해본 적이 없었다……."

"그래. 물론 아버지나 다른 신관들한테 증의가 무섭다는 말은 들었겠지. 하지만 그런 것치곤 너무 심하게 무서워하는 거야. 문안 온 게 다른 사람이었으면 류이치도 체면을 차렸을지 모르지만, 상대가 세이지였던 탓에 저도 모르게 본심이 드러났겠지."

"세이지 씨는 짚이는 데가 없었답니까?"

"그게 실은 있었단 말이지."

겐야의 질문에 아부쿠마가와는 별안간 목소리를 낮추더니 시노를 돌아보았다.

"이십삼 년 전 미쿠마리 신사의 선대 신관이 증의 중에 진신 호에서 행방불명됐다고 했잖아?"

"네. 미즈치 님의 입에 실수로 빨려든 사람…… 다쓰오 씨라고 하셨죠?"

"그래. 그뒤 스이바 신사와 미즈치 신사가 증의를 했고."

"두 번 다 성공했다고 말씀하셨는데, 무슨 문제가 있었던 건가요?"

"이제부터 할 이야기는 오랫동안 네 신사의 관계자들만 알고 있었던 사실이야. 세이지는 당시 아버지인 다쓰키치로한테 직접 들었기 때문에 알고 있었던 거고."

"어, 어떤 이야기인데요?"

시노는 그렇게 물으면서도 불길한 예감이 드는지 슬그머니 몸을 뒤로 빼는 듯했다.

"미즈치 신사에서 증의를 거행했을 때, 통 두 개가 잘 가라앉지 않았어. 그래서 다쓰키치로가 당시 일흔이 넘은 나이에도 잠수해서 미즈치 님의 입속에 통을 밀어넣었을 때, 송곳니 같기도 하고 이 같기도 한 돌 틈으로 별안간 흰 손이 쑥 나오는 바람에 하마터면 끌려들어갈 뻔했다는 거야."

"……"

시노의 팔에 소름이 쫙 돋았다. 저도 모르게 겐야 쪽으로 다가앉았다.

"그때 마침 두번째 통이 구멍으로 빨려들어서 다쓰키치로는 급히 물 위로 떠올랐어. 그러니 영감이 본 건 흰 손뿐이야."

"다쓰키치로 씨는 흰 손을 똑똑히 목격한 건가요?"

겐야의 질문에 아부쿠마가와는 어깨를 으쓱했다.

"그때는 분명히 자기를 구멍 속으로 끌어들이려고 하는 손으로 보였던 모양이야. 하지만 배 위로 올라와 의식을 마치고 신사로 돌아와서 아들을 만날 즈음이 되니 확신이 없어졌던 거지. 당시는 세이지의 형들이 아직 살아 있었거든."

"그럼 스이바 신사 쪽은요?"

겐야가 물었다. 아부쿠마가와는 겐야의 말을 기다렸다는 듯 또다시 시노를 응시하며 말을 이었다.

"스이바 신사의 중의 때는 통들이 이상 없이 가라앉은 모양이야. 다만 신관이 바닥의 구멍으로 마지막 통을 빠뜨리고 물속을 살펴보니, 흔들흔들하는 희끄무레한 뭔가가 보이더라는 거야."

"……."

"꼭 신관이 잠수하길 기다리는 것처럼 말이지."

"흰 손이 아니라 희끄무레한 뭔가란 말이죠."

겐야는 자신에게 매달리려는 시노를 피하며 확인했다.

"그래. 스이바 신사 신관의 인상으론 사람처럼 보이더라고……."

"사람……."

"그것도 벌거벗은."

"그럼 미쿠마리 신사의 선대 신관이…… 다쓰오 씨가 동료를 부른 걸까요?"

"꺅! 선생님……."

점점 더 매달려드는 시노를 피해 거의 격투를 벌이다시피 하는 겐야를 바라보며, 아부쿠마가와는 재미있어하는 것도 같고 샘내는 것도 같은 복잡한 표정으로 말했다.

"이 이야기를 들은 마을 노인들은 팽것이 나왔다고 수군거렸어."

"패, 팽것이라고요? 그, 그, 그게 뭐……."

"잠깐! 어원은 알 수 없지만 물속에 가라앉은 시체는 팽창하잖나. 그러니 팽창한 것을 의미한다는 설이 있어. 죽고 나서 성불 못 하고 방황하는 사람을 '방것'으로 부르는 것하고 마찬가지야."

겐야가 표변하기 전에 아부쿠마가와가 소리 질러 재빨리 가로막고 빠른 말투로 설명했다. 그 덕인지 겐야는 아무 일 없었던 것처럼 말했다.

"온 마을이 발칵 뒤집혔겠는데요."

"아니, 당시는 아직 일부 노인들을 제외하면 수리조합에서만 알고 넘어간 모양이더라."

"그렇지만 당연히 류이치 씨 귀엔 이야기가 들어갔겠죠. 그래서 류이치 씨는……."

"세이지도 그렇게 생각했어. 하지만 그런 것치고는 겁에 질린 정도가 보통이 아닌 거야. 왜 그러느냐고 물어도 '무섭다, 정말 무섭다'라고만 하고."

"류이치 씨는 분명 그렇게까지 소심한 성격이 아니었을 테죠. 세이지 씨도 그걸 알고 있었습니다. 그런데도 기이할 정도로 겁에 질려 있었어요. 그렇기에 영 석연치 않았던 겁니다."

"세이지가 묘하다고 느낀 건 일종의 예감이었는지 몰라."

"문제의 의식에 대해 가르쳐주세요."

아부쿠마가와는 의자에 앉은 채 거구를 옴짝거리더니 겨우 편한 자세를 찾았는지 이야기를 시작했다.

"증의가 거행된 건 오전 중이었어. 아, 먼저 호수에 대해 간단히 설명할까. 거의 원형이라 해도 될 호수 동쪽에 나루, 동북동쪽에 무녀가 춤추는 무대, 남쪽에 객석이 있어. 류쇼 폭포는 서쪽에 위치하고."

"객석이 있습니까?"

"수리조합 사람들이 앉아서 소, 횡적, 장구, 징 등의 악기로 예녀가 춤추는 데 반주하는 자리야. 동시에 집배를 지켜보는 곳이기도 하고. 이게 제법 교묘하게 계단식으로 만들어져 있거든. 말하자면 관람석인 거지."

"미쓰 천으로 연결되는 물줄기는요?"

"북동쪽에서 흘러넘친 물이 산을 타고 구불구불 내려가서 그게 서에서 동으로 흐르는 미쓰 천이 돼. 참고로 기슭으로 통하는 산길은 이 물줄기의 남쪽을 따라 뻗어 있어. 진신 호에선 나루 주위로 이어지지."

"위치 관계는 이제 잘 알았습니다."

"수리조합 사람들이 진신 호에 도착한 건 9시경, 통을 배에 싣고 이런저런 준비를 마친 뒤 도와주러 온 마을 사람들을 돌려보냈어. 약식 제복祭服을 입은 류이치하고 사공이 배에 올라탄 뒤, 미즈시 신사의 무녀가 무대에 서고 수리조합 사람들이 객석에 앉았어. 배가 출발하는 동시에 신관들의 반주에 맞춰 무녀가 예녀로서 춤을 추기 시작했어. 이 무녀란 게 원래는 마을 처녀란 말이야. 네 신사 모두 자기 마을에서 제일 적합한 처녀를 골라 무녀로 삼는데, 단 스무 살이 넘거나 시집갈 곳이 정해지면 다른 처녀로 바꿔야 해. 그렇게 반복하다 보면 어느 마을이나 무녀가 나오는 집이 대충 정해지게 마련이거든. 이때도 사요 촌의 전 촌장 집안이고 대대로 무녀를 여럿 배출한 아오야기란 집의 딸이 역시 소임을 맡았어."

"사공은 어떻죠?"

"안 그래도 지금 말하려고 했다. 이것도 부자라든지 형제가 대를 이어서 맡는 집이 있어. 사요 촌의 경우엔 시미즈란 주류 상점 집이지."

"무녀인 아오야기 씨와 사공인 시미즈 씨는 전에 미즈치 님 제의에 참가한 적이 있었나요?"

"사공은 감의, 증의 둘 다 경험이 있었지만, 무녀는 첫 경험이었어. 애초에 다른 첫 경험을 하고 나면 무녀로서 소임을 못 다하게 되거든. 그러다 보니 다들 나이가 젊은 데다 대개 의식을 한 번만 경험하고 말아."

"그렇겠죠."

겐야는 대꾸하며 다른 첫 경험이라니 그게 뭐냐고 시노가 질문하겠거니 했는데, 보아하니 의미를 이해한 듯했다.

"그때 있던 신관은 미즈시 신사의 류지, 미즈치 신사의 다쓰키치로, 스이바 신사의 류코, 미쿠마리 신사의 다쓰조, 이렇게 넷이었어. 류지가 오십대 초반에, 다쓰키치로는 일흔쯤, 류코가 육십대, 다쓰조가 사십대 초반이었지. 다른 세 사람에 비해 다쓰조만 젊은 건 선대 신관인 아버지 다쓰오가 미즈치 님의 입으로 빨려든 뒤 아들인 그가 뒤를 이었기 때문이야. 참고로 신관들은 정식 제복을 갖추고 있었어. 원래는 신남도 그렇게 입으면 좋겠지만, 장소와 의식의 내용을 생각해서 가장 간편한 복장을 하는 거겠지."

"객석에 앉는 건 각 신사의 신관들뿐인가요?"

"아니, 그렇진 않아. 애초에 수리조합이 각 신사의 관계자들로 이루어져 있으니 말이야. 하긴 그래봤자 아들이며 친척이지만. 이때도 다쓰키치로의 큰아들 다쓰이치로가 있었어. 아버지가 나이를 먹었으니 후계자인 다쓰이치로가 후학을 위해 참가했겠지."

"'龍'이나 '辰'각각 [류] 혹은 [다쓰] 자를 쓰거나 '류'일본어로 '용'이 [류]를 넣은 이름이 많은 걸 보면, 역시 다들 미즈치 님의 정체는 용신 님이라고 생각하는 모양인데요."

"그러게. 게다가 미즈시 신사하고 미즈치 신사에선 '龍' 자를 쓰는데, 스이바 신사의 류코는 '龍虎'가 아니라 '流'를 써서 '流虎'고, 미쿠마리 신사의 '다쓰조辰卅'도 '辰' 자를 썼거든. 이름만 봐도 신사의 세력관계를 알 수 있잖아?"

"류코 씨의 경우 정말 용과 호랑이라면 이름으로는 최강이죠."

"아무리 그래도 그건 곤란하니까 '流' 자를 썼겠지."

"그렇게 생각하면 미즈치 신사의 넷째 아들 세이지 씨는 반대로 특이한 이름이라고 할 수 있겠는데요."

"큰아들 다쓰이치로 밑으로 둘째 다쓰지로, 셋째 다쓰사부로가 있었으니, 넷째 아들 정도는 세상을 보고 다니라고 다쓰키치로가 '세이지世路'라고 이름을 지었다는데……."

"설마……."

"큰아들하고 둘째 아들은 전사, 셋째는 병으로 죽었어. 지금은 세이지가 신관대리를 맡고 있다더라."

"비뚤게 보면 '龍'이란 이름이 너무 센 탓이라고 생각할 수도 있겠는데요. 하미란 지역에 관해 알면 알수록."

"그렇지, 도대체가 이름이란 건……."

"두 분, 언제까지 이름 이야기를 하고 계실 거죠?"

시노는 기다리다 지쳤다기보다 어처구니가 없는 듯했다.

"네놈이 쓸데없는 걸 물으니 그렇잖아."

아부쿠마가와는 겐야에게 화를 내고는 서둘러 중단됐던 이야기를 계속했다.

"신남인 류이치가 배에 올라타고 사공이 배를 젓기 시작한다. 신관들의 반주에 맞춰 예녀가 춤을 추기 시작한다. 이렇게 의식이 개시된 게 9시 반경이야. 반주가 문외한의 영역을 못 넘듯이 예녀의 춤도 소박하고 동작이 단순하지. 이윽고 배가 류쇼 폭포 근처에 서면 신남이 신찬하고 통을 물에 던져넣어. 물론 그 동작은 객석이나 무대에서는 안 보이고 하다못해 사공도 볼 수 없어. 다만 아무리 폭포 옆이라도 통을 빠뜨리면 배가 출렁거리니 알 순 있지."

"호수가 거친 감의에선 무리겠지만 잔잔한 중의라면 짐작할 수 있겠죠."

"그러다가 신찬하고 통을 전부 가라앉혔는지 배가 흔들리던 게 멎었어. 그뒤로 혹시 통이 떠오르는지 얼마 동안 축사를 읊으면서 기다릴 필요가 있거든. 안 가라앉은 통이 있을 경우, 신기하게도 꼭 축사가 끝나기 전에 떠오르는 모양이더라."

"하지만 떠오른 통이 늘 바닥의 구멍으로 돌아오는 건 아닐 텐데요. 배에서 떨어진 곳에 떠오를 때도 있을 겁니다. 그럴 때 집배 안에 있던 신남은 대체 그걸 어떻게 알죠?"

"사방이 둘러싸여 있다고 하지만 전부 격자라 밖을 내다볼 수 있거든. 그렇지만 객석이나 무대에선 너무 머니까 배 안이 안 보이고, 사공은 눈이 먼다고 하니 절대 엿보지 않아."

"격자 너머로 확인해서 떠오른 통이 있으면 신남은 바닥의 구멍으로 물속에 들어가는 겁니까. 그때 제복은요?"

"그야 당연히 벗지. 안 그러면 빠져 죽을 거다. 잠수할 때는 의식용으로 새로 지은 훈도시 바람으로!"

아부쿠마가와가 마치 자기 일인 양 가슴을 쫙 펴고 뽐내는 바람에, 겐야는 하마터면 훈도시를 입은 선배의 모습을 상상할 뻔하고 허둥댔다.

"그런데 이때 통 하나가 떠오른 거야. 그게 배 북쪽이었던 탓에 객석에선 잘 보이지 않았어. 그렇지만 사공하고 예녀는 떠오른 통을 똑똑히 봤고, 류이치가 그걸 가라앉히려고 물속으로 들어가는 것도 분명히 목격했거든."

"그렇군요."

"그런데 신남이 분명히 그 통을 가라앉힌 것 같은데, 아무리 기다려도 배가 움직일 생각을 않는 거야. 사공도 어째 심상치 않은 분위기로 연신 객석 쪽만 돌아보고 있고, 꼭 도움을 청하는 것처럼 말이야. 시간은 10시 반, 평소 같으면 의식이 끝날 즈음이었지. 무녀의 춤도 이미 끝난 다음이었다고 하니까."

"대략 한 시간쯤 걸렸군요."

"그때 다쓰키치로가 십 년 전 미쿠마리 신사의 다쓰오 이야기를 꺼냈어. 같은 사고가 벌어진 게 아닌가 걱정됐겠지. 그러자마자 류지가 나루로 향했어. 겉으로 드러내진 않았지만 속으로는 아들이 염려됐을 거야. 다쓰키치로가 같이 가려고 했는데 일단은 자기만 가도 될 거라면서 혼자 쪽배를 저어 출발했어."

"그래서……."

드디어 이야기가 핵심에 이르자 겐야도, 시노도 몸을 앞으로 내밀었다.

"류지의 쪽배가 집배까지 접근하자, 사공이 곤혹스러운 표정으로 신남이 물속에서 안 돌아온 것 같다고 말한 거야. 바닥의 구멍으로 기어올라왔다면 소리도 날 테고 중단했던 축사도 계속해서 읊었을 텐데, 아무런 기척도 없고 목소리도 안 들린다고 겁에 질려 있었어."

"즉 아직 물속에 있을 거다?"

"류지가 집배로 건너가 안으로 들어갔더니 류이치가 없었어. 바닥의 구멍을 들여다보니 엎드린 채 떠 있더란 말이지. 황급히 끌어올리던 차에 사공도 들어왔지만, 류이치는 이미 숨이 끊어진 뒤였던 모양이야."

"사인은 익사입니까?"

"심장마비. 다만 표정이 무시무시했어. 엄청나게 끔찍한 걸 본 것처럼 두 눈을 부릅뜨고 겁에 질린 얼굴이었다나……."

"단순한 사고가 아니라고요?"

"이 말만은 할 수 있지 않겠나. 심장이 멎을 만한 뭔가, 원인이 된 뭔가가 진신 호 물속에 존재하고 있었다고."

"하지만 의식이 계속되던 중 물속에 있던 건 미즈시 류이치 씨뿐일 터였다."

"그래, 그밖엔 아무도 없었어. 애초에 의식이 거행되기 전부터 물속에서 신남이 잠수하길 기다린다는 건 불가능하고 말이지."

"그런 일을 해야 하는 동기도 알 수 없죠. 류이치 씨한테 살의가 있었다면 다른 기회를 얼마든지 생각할 수 있었을 겁니다."

"노파심에서 미리 말해두는데, 류이치의 시체가 발견되고 나서 몰래 뭍으로 올라온 사람도 물론 없었다."

"으음……."

"당시 하미 지방에 아주 자연스럽게 소문이 퍼진 모양이더라. 십년 전 진신 호에서 행방불명된 미쿠마리 다쓰오의 팽것이 류이치를 불렀다고."

"미즈치 신사의 다쓰키치로 씨와 스이바 신사의 류코 씨의 목격담이 마을 사람들한테 새나서 그런 게 아니고요?"

"그래, 오히려 그쪽 이야기는 나중에 퍼진 모양이던데."

두 사람의 이야기를 잠자코 듣고 있던 시노가 겁에 질린 듯 나지막이 중얼거렸다.

"류이치 씨는 대체 진신 호 물속에서 뭘 본 걸까요?"

3

기억

구키 쇼이치는 귀국선이 마이즈루 항에 도착하기 며칠 전 배 위에서 다섯번째 생일을 맞았다. 그 때문에 나서 자란 고향 만주에 대한 기억이 거의 없었다. 하지만 뇌리에 남아 있는 세 가지 사건은 하나같이 선명하게 기억났다. 모두 다 일상생활을 영위하는 집 안에서 벌어진 것이라 온갖 소리가 곁들여져 있기 때문인지도 모른다.

쇼이치가 방 안에서 노는데 통탕통탕 바쁘게 뛰어오는 발소리가 들리고 장지가 드르륵 열리는가 싶더니, 느닷없이 누가 자기를 확 떠밀어 뒤로 쓰러졌다. 딱히 저항하지 않고 그대로 꼼짝 않고 누워 있으려니, 이윽고 위이잉 하는 불길한 폭음이 멀리서부터 점점 가까워졌다. 순간적으로 얼굴을 내밀고 천장을 올려본 그때, 집 상공에서 타타타타 소리가 잇따라 울렸다. 동시에 눈 깜짝할 사이에 천장널에 구멍이 뚫리는 모습을 그는 어머니의 어깨 너머로 바라보았다. 이상하게도 공포는 느껴지지 않았다. 어머니가 자신을 지켜준다는 안심감 때문이었을까.

아니, 그것만은 아니었다. 구멍이 뚫릴 때마다 어둑어둑한 실내에 비쳐드는 햇빛이 뭐라 말할 수 없이 환상적이기 때문이었다. 가느다란 광선 속에 반짝이는 먼지가 무척 탐미적이었다. 그때 그는 난생처음으로 이 세상 것이 아닌 별세계의 광경을 본 기분이었다. 현실적인 공포보다 환상적인 아름다움에 사로잡혔던 것이다.

두번째 기억도 같은 방에서 시작됐다. 쇼이치가 그림책을 보는데 뒤에서 삐걱삐걱 이상한 소리가 나서 돌아봤다가 놀랐다. 방 중앙에 어머니가 사다리를 세워놓고 올라가 천장널을 떼고 있었다. 그러더니 두 누나를 부르고 쇼이치에게는 사다리를 옆방에 감추어놓으라고 이른 뒤 셋이 천장 위로 올라가버렸다.

당시 그에게 사다리는 지나치게 무거웠지만, 그래도 애써 옆방으로 옮겨 그럭저럭 커튼 뒤에 숨겼다. 작업을 마칠 때까지 꽤나 시간이 걸렸던 것 같다.

이 기묘한 숨바꼭질에서 술래는 대체 누굴까?

자신은 어머니와 누나가 어디 있는지 알고 있으니 술래가 아니다. 쇼이치는 고개를 갸웃거렸다.

얼마 지나자 군화 소리임이 명백한 복수의 묵직한 발소리가 다가왔다. 갑자기 주택가가 소란스러워지고 여기저기에서 젊은 여자의 비명이 잇따라 들려왔다.

쇼이치의 집 앞도 곧 시끌시끌해졌다. 현관문이 부서지고 두 병사가 구둣발로 올라왔다. 소련군이었다.

"마담, 다바이!"

소련군 병사들은 몇 번씩 같은 말을 소리쳤다. 쇼이치는 의미를 알 수 없었지만, 나중에 '여자를 내놔라'라는 뜻이었음을 알고 비로소 어머니와 누나들이 숨은 이유를 깨달았다. 진짜 의미를 이해한 것은 더 큰 다음이었지만.

당시 그는 그저 겁에 질려 벌벌 떨고 있었다. 기총소사로부터 몸으로 자신을 지켜주었던 어머니가 그때는 그를 홀로 방치해두었으니 그럴 만도 했다. 왜 같이 지붕 밑으로 데려가주지 않았나. 왜 자기만 혼자 버려두었나. 도저히 말로는 표현할 수 없을 만큼 처참한 기분이었다. 충격이 워낙 커서 울 생각조차 나지 않았다.

두 병사는 쇼이치를 흘깃 보더니 집 수색을 시작했다. 모든 방을 확인하고 반침과 장도 모조리 열어보았다. 그는 두 병사의 뒤를 조금 뒤처져 따라다녔다. 달리 어떻게 하면 좋을지 알 수 없었기 때문이다.

이윽고 얼굴이 불그레한 젊은 병사가 커튼 뒤에서 사다리를 발견했다. 얼마 동안 유심히 쳐다보더니 갑자기 천장을 살살 둘러보기 시작했다. 어머니와 누나들이 숨은 곳은 옆방의 천장이었지만 그래도 쇼이치는 안절부절못했다. 상대방이 사다리를 보고 천장에 주목했다면 들키는 것도 시간문제인지도 모른다.

별안간 젊은 병사가 그를 돌아보더니 히죽히죽 불쾌하게 웃으며 탐색하는 듯한 눈초리로 그를 바라보았다. 병사는 집에 침입했을 때 고함치던 소리와는 전혀 딴판인 어르는 듯한 목소리로 뭐라 말하며 천천히 다가왔다. 여전히 무슨 말을 하는지는 알 수 없었지만 의미는 대략 예상할 수 있었다.

어머니와 누나들이 숨은 천장을 올려다보고 싶다.

순간 쇼이치는 믿기지 않을 충동에 사로잡혔다. 물론 죽을힘을 다해 억눌렀다. 그렇지만 젊은 병사의 의미심장한 시선을 받을수록 저도 모르게 시선을 피해 옆방 천장을 올려다보고 싶어졌다.

안 돼, 그러면 절대 안 돼…….

쇼이치는 눈이 따끔따끔 쑤셔 눈물이 쏟아질 정도로 병사를 빤히 쳐다보았다. 그러면서도 자칫하면 의사에 반하는 행동을 할 것 같아서 그런 자신이 너무나도 무서웠다.

 소련군 병사에게 어머니와 누나들이 있는 곳이 발각됐다간 두 번 다시 못 만나게 될 것이다.

 머리로는 이해하건만 정반대의 행동을 할 것만 같았다. 그렇게 하면 편해질 수 있을 것 같아서였을까. 지금 자신을 짓누르는 무거운 압박감이 안개처럼 사라질 것 같아서였을까.

 그렇지만 그런 일을 했다간 어머니와 누나들이……

 악마의 속삭임에 맞서 싸우고 있던 쇼이치의 얼굴 앞에 병사가 별안간 오른손 검지를 들이댔다. 반사적으로 뒷걸음치면서 저도 모르게 속으로 소리쳤다.

 죽겠구나!

 그러나 불그레한 얼굴의 젊은 병사는 손가락으로 등뒤의 방을 가리켰다. 말할 수 없이 천박한 웃음을 띠고 빠른 말투로 뭐라 지껄였다. 말은 몰라도 이때 눈앞의 병사가 무슨 말을 했는지 순식간에 알아차렸다.

 너는 처음에 옆방에 있었다.

 십중팔구 그 비슷한 의미의 말이었을 것이다. 그 증거로 병사는 커튼 뒤에서 사다리를 꺼내더니 두 방의 경계에 우두커니 선 쇼이치를 마구잡이로 밀쳐내고 옆방 중앙에 세웠다. 바로 소련군 병사들이 들어왔을 때 그가 주저앉아 있던 곳이었다.

 젊은 병사는 비웃는 표정으로 쇼이치를 바라보며 일부러 보란 듯이 천천히 사다리를 올라갔다. 그리고 반쯤 올라간 위치에서 오른손을 뻗어 여기저기 천장널을 밀어올렸다. 바로 어머니와 누나들이 숨어 있는 언저리를.

이제 틀렸어……. 들킬 거야…….

체념한 쇼이치의 고개가 저절로 수그러졌을 때였다.

또 한 소련군 병사의 외침이 집 안에 울려퍼졌다. 안쪽 방에서 동료를 부르는 듯 똑같은 말을 몇 번씩 반복했다.

위기를 넘겼나?

어렴풋이 희망이 싹텄다. 그러나 사다리 위의 병사는 대답하면서도 여전히 천장에 집중했다. 바야흐로 두 손을 모두 써서 머리 위의 널을 여기저기 만지고 있었다. 어떻게든 천장널을 떼내려고 편집에 가까우리만큼 집착했다.

그러나 다행히 천장널은 꿈쩍도 하지 않았다. 어머니가 들어올렸던 곳을 분명히 남자가 두 손으로 몇 번씩 밀어올리는 데도 들썩하지도 않았다.

쇼이치는 이상하게 생각했지만 금세 어머니와 누나들이 올라앉아 있나 보다는 생각이 들었다. 그러자 또다시 무사할지도 모른다는 희망이 생겼다.

그런데 불그레한 얼굴의 젊은 병사는 포기하지 않고 오히려 같은 부분만 계속 밀어올렸다. 그것도 어머니가 떼냈던 바로 그 천장널을.

자세히 보니 널이 약간 움직였다. 병사가 두 손으로 힘주어 밀면 보일 듯 말 듯 올라갔다. 바로 원위치로 돌아오는 것은 위에 어머니와 누나들이 올라앉아 있기 때문일 것이다. 남자의 손바닥이 그런 부자연스러운 감촉을 감지한 게 틀림없었다.

들켰구나.

쇼이치는 이루 말할 수 없는 절망감에 사로잡혔다. 어머니와 누나들이 천장 위에서 끌려나와 소련군 병사들에게 끌려가는 광경이 눈앞에 선했다. 물론 능욕이라는 말도, 그 의미도 아직 몰랐지만 세 사람이 끔찍한 일을 당하리라는 것은 확신할 수 있었다.

젊은 병사는 사다리 위에서 태세를 바로잡더니 두 팔을 천장널에 대고 얼굴이 더욱 벌게질 정도로 힘주어 밀기 시작했다. 그러자 단숨에 널이 들려 천장 위의 캄캄한 어둠이 엿보였다. 동시에 "아!" 하는 누나들의 비명이 들렸다.

여자 목소리를 들은 순간, 병사의 눈에 음탕한 빛이 번득였다. 흥분한 표정으로 천장널을 떼어내려 했다.

틀렸어……

희망이 깨진 쇼이치는 사다리를 향해 돌진하려 했다. 당시의 사회적 상황상, 그도 어쨌거나 군국소년이었다. 순간적으로 육탄 3용사_{1932년 상해사변 당시 폭탄을 들고 적진에 돌격해 폭사한 세 명의 일본군 병사}가 생각났다.

몸을 낮추었다가 사다리 밑동을 향해 달려들려고 했을 때, 또 한 병사의 외침 소리가 다시 들려왔다. 조금 전보다 더 큰 소리로 같은 말을 몇 번씩 반복했다. 게다가 언제까지고 그칠 줄 몰랐다.

심상치 않은 분위기에 젊은 병사도 궁금해졌는지 미련이 남는 듯 천장을 올려다보면서도 사다리에서 내려와 방에서 나갔다.

곧 집 안쪽에서 두 병사가 환성을 질렀다. 마치 보물을 발견한 양 환희에 찬 목소리였다. 집 수색을 계속하는 기척이 이어지더니 뒷문이 열렸다 닫히는 소리가 나고 집 안이 별안간 조용해졌다.

쇼이치는 현관과 뒷문으로 밖을 살펴본 뒤 소련군 병사들이 사라진 것을 확인하고 나서 방으로 돌아와 천장 위의 어머니를 불렀다. 그러자 천장널의 일부가 천천히 움직이더니 캄캄한 틈새로 머리가 쑤욱 나왔다.

그후로 그는 종종 악몽에 시달렸다. 밤중에 퍼뜩 잠이 깨면 머리 위의 천장널이 조금씩 옆으로 움직이기 시작했다. 그리고 천장 위의 어둠 속에서 여자의 잘린 머리가 나타나 그의 눈앞까지 내려왔다.

얼굴은 어머니 것이었지만 진짜 어머니가 아니라 괴물이었다. 표정 없는 얼굴로 그의 눈앞까지 단숨에 늘어져 내려왔다. 쑤우욱 뻗어왔다. 그 순간의 끔찍함은 어떤 말로도 표현할 수 없었다. 얼굴에서 핏기가 싹 가시고 심장이 쭈그러들었다. 온몸의 모공에서 땀이 왈칵 쏟아졌다. 학질에 걸린 것처럼 몸이 와들와들 떨렸다.

그나마 다행이라고 해야 할지, 여자의 잘린 머리와 대면하자마자 악몽에서 깼다. 그러나 언젠가 그다음을 체험할 것 같다는 생각이 자꾸만 들었다. 꿈에서 깨기 직전 늘 괴물이 입을 열기 때문이었다. 뭐라 말하기 때문이었다. 쇼이치는 그 무시무시한 잘린 머리의 말을 조만간 듣게 될 게 틀림없다고 생각하고 있었다.

만주 집 천장 위에서 얼굴을 내민 것은 물론 진짜 어머니였다. 사다리를 타고 내려온 어머니는 그를 끌어안고 "너라면 해낼 줄 알았어"라고 말하더니 한동안 그를 놓으려 하지 않았다. 나중에 그는 어머니의 생각을 이해했다. 그 절박한 상황에서 어머니는 생각했던 것이다. 소련군 병사도 어린 남자애에게는 볼일이 없을 것이다. 절대 안전하다는 보증은 없지만 지금은 다른 방법이 없다. 그래서 그에게 모든 것을 맡겼다. 아니, 그럴 수밖에 없었다.

사다리 옆에서는 사요코가 천장을 올려다보며 연신 큰 소리로 말했다.

"쓰루 언니, 이제 내려와도 괜찮아."

천장을 올려다보니 쓰루코가 아직 위에 남아 있었다. 여동생이 안전하다고 하는데도 무서워서 못 내려오는 듯했다. 어머니까지 거들어도 소용없었다. 쇼이치가 소련군 병사들이 완전히 물러갔다고 설명하자 겨우 모습을 드러냈다.

이때 큰누나인 쓰루코는 열한 살, 작은누나 사요코는 여덟 살이었다. 늘 차분하고 살빛이 흰 쓰루코는 규중처녀라는 말이 어울리는 외모와 분위기를 가지고 있었다. 한편 사요코는 활발한 성격을 드러내듯 살빛이 검고 말괄량이였다. 쓰루코는 여동생을 '사요 짱', 남동생을 '쇼 짱'이라고 불렀지만, 사요코는 언니를 '쓰루 언니'라고 부르고 남동생을 그냥 '쇼이치'라고 했다. 또 언니와 남동생에게 늘 자신을 그냥 사요라고 불러달라고 했다. '사요 짱'이니 '누나' 같은 호칭은 들쩍지근해서 싫은 모양이었다. '사요코'라고 이름에 '코'가 붙은 것도 별로 마음에 안 드는 듯했다. 이 정도로 대조적인 자매도 흔치 않을지 모른다.

그런 두 사람이지만 공통점이 딱 하나 있었다. 둘 다 남동생을 아꼈다는 점이다. 일본이 전쟁에 패해 만주에 있던 일본 국민이 목숨을 걸고 귀국길에 올랐을 때, 그는 두 누나의 깊은 애정을 통감했다.

패전 뒤 이때 한 체험이 실은 만주에서 가장 선명하게 뇌리에 아로새겨진 기억이었다. 부모와 누나들과 함께 살던 집에서의 생활은 아무것도 기억나지 않는데, 얄궂게도 가혹했던 여정 중에 있었던 일은 머릿속에 적잖이 남아 있었다. 유일한 구원은 쓰루코, 사요코와의 달콤씁쓸한 추억들이 함께 섞여 있다는 것일까.

구키 일가의 귀국 이야기로 옮아가기 전에 쇼이치의 머릿속에 남아 있던 세번째 광경을 언급해야 한다. 그것은 기총소사의 기억보다 더 현실감이 희박해서 마치 신기루처럼 아스라이 그의 머릿속에서

늘 흔들리고 있었다.
 현관문이 드르르 열리는 소리와 함께 별안간 바깥의 빛이 실내로 비쳐든다. 현관 앞에 등을 돌리고 서 있던 남자의 모습이 반짝이는 빛 속으로 빨려들어 사라진다.
 그것뿐이었다. 등을 보이고 서 있던 남자가 자신의 아버지로, 군인이었다는 지식은 있다. 그렇지만 어쩐지 실감이 나지 않았다. 누나들에게 물어봐도 더욱 혼란스러워질 뿐, 쇼이치의 아버지에 대한 이미지는 늘 둘로 나뉘었다.
 쓰루코는 매번 눈물을 글썽이며 이렇게 말했다.
 "아버지는 나라를 위해 돌아가셨단다."
 그런데 사요코는 달랐다.
 "그 인간은 가족을 버리고 도망치더니 결국 죽은 거야."
 사요코는 아버지 이야기만 나오면 늘 감정적이 되곤 했다. 그녀는 만주 집에 드나들던 간사이 출신의 상인을 매우 따랐다고 한다. 간사이 사투리를 쓰는 것도 그의 영향인 모양이다. 어쩌면 누나는 그 상인에게서 아버지의 모습을 본 것인지 모른다.
 어머니는 아무 말도 하지 않았다. 아버지에 관해 물어도 쓸쓸하게 미소를 지을 뿐 침묵했다. 쇼이치도 어머니의 그런 얼굴을 보는 게 싫어서 이윽고 묻지 않게 되었다.
 두 누나의 이야기에서 공통되는 것은 아버지가 평소 가정을 돌보지 않는 사람이었다는 점이었다. 그것을 쓰루코는 나라를 위해 일하느라 그랬다고 이해했고, 사요코는 가족을 버렸다고 해석했다. 어느 쪽이 아버지의 진짜 모습인지 그는 여태 알지 못했다.
 아버지가 집을 나간 것은 소련군 병사 둘이 나타나기 며칠 전이었던 모양이다. 그러나 쇼이치의 기억 속에서는 늘 세번째로 자리했다. 왜 그런지 아버지가 사라졌기 때문에 자신들도 집을 떠났다는 생각이 늘 마음속에 있었다.

동생의 이런 기묘한 착각을 쓰루코는 다음과 같이 생각했다.

"아버지와 함께 가족 모두가 일본으로 돌아오고 싶었던 거야. 그런 바람이 그런 식으로 나타났겠지."

물론 사요코는 언니의 말을 전적으로 부정했다.

"우리는 그런 인간을 뒤쫓아 집을 떠난 게 아니야. 꾸물대고 있다간, 비겁하게도 막바지에 이르러 참전한 소련군한테 죽임을 당할 테니까 그런 거야."

실제로 '왕도낙토王道樂土'라고 불리던 만주는 일본의 패전 뒤 일본 국민에게 지옥이나 다름없어졌다. 아니, 애초에 정부가 재향군인들을 보낸 무장이민에서 시작해, 각 지방에서 농촌의 둘째, 셋째 아들들을 모아 집단으로 이주시킨 분촌이민을 거쳐, 일반 개척단뿐 아니라 만주개척청년의용대로서 열여섯 살에서 열아홉 살 사이의 청년들을 훈련소며 기숙학교로 보내기 시작할 즈음 그곳은 이미 꺼림칙한 '나라'가 되어 있었다.

학생이든 일반 이민이든 언제나 항일 조직의 습격을 받을 위험이 따라다녔다. 게다가 낙토라는 대지는 겨울이면 기온이 영하 20도까지 떨어져 꽁꽁 얼어붙는지라 고생이 이루 말할 수 없었다. 더욱이 전황의 악화와 더불어 열일곱 살에서 마흔다섯 살 사이의 남자들이 속속 소집되었다. 만주에서 십수 년 생활하다가 전쟁에 패배하면서 귀국한 사람들이 유일하게 가지고 돌아온 게 가족의 유골이며 유발遺髮이었다는 예는 결코 드물지 않았다. 당시는 살아서 일본 땅을 밟을 수 있다는 것만으로도 기뻐해야 했다.

쇼이치의 가족도 귀국선이 출발하는 항구 근처의 수용소에 다다르기까지 정말 갖은 고생을 다했다. 어머니는 자식을 셋이나 데리고 꽤나 힘들었을 것이다. 하지만 젖먹이를 들쳐 업고 어린애의 손을 잡고 가는 가족들도 주위에 여럿 있었으니 구키 일가만 특별했던 것은 아니었다.

도중에 일본군과 여러 번 엇갈려 지나쳤다. 그때마다 어머니들은 '병사 나리, 도와주세요' '제발 이 애만이라도…… 부탁드려요' 하며 머리를 숙여 애원했다. 그러나 그들은 '무사히 돌아가십시오'라고만 했다.

일본군은 국경을 넘어 침입해오는 소련군에 맞서 싸운다는 임무를 띠고 있었으나, 그것을 수행할 수 있었던 사람이 과연 얼마나 됐을까.

마주치는 것은 일본군 병사만이 아니었다. 약탈과 폭행을 일삼는 소련군, 팔로군이라고 불리던 중국 공산당 군대, 장제스가 이끄는 무기에서 통신설비까지 최신 장비를 자랑하는 중국 국민정부군, 도망치는 일본 개척민을 습격하거나 반대로 친절하게 대해주는 중국 민중, 그리고…… 좌우지간 온갖 입장의 사람들이 그들 앞에 잇따라 나타났다.

이건 어디까지나 쇼이치가 받은 인상이지만, 최악의 상대는 소련군 병사였다. 그들은 좌우지간 소와 말, 돼지부터 곡물, 귀금속, 일용품까지 눈앞에 있는 것은 모조리 빼앗았다. 게다가 여자에 대한 욕망이 강했다. 그 때문에 젊은 처녀와 유부녀는 일부러 몸차림을 지저분하게 하고 세수를 하지 않았으므로 옴과 발진티푸스가 만연했다. 소련군에 비하면 팔로군 병사들은 꽤나 예의 발랐다. 물건을 원할 때도 적정한 대가를 치르고 거래하려 했다. 감색 면 옷을 입은 열 살쯤 되는 홍안의 소년병의 늠름한 모습이 지금도 선명하게 기억에 남아 있었다.

그러나 사요코에게 그런 구별은 전혀 없었다. 성장해서 어쩌다 만주 이야기만 나오면 늘 내뱉듯이 이렇게 말했다.

"다들 똑같이 군인이란 최악의 인종이었어. 여자들이랑 애들을 희생하고 살인을 저지른 존재일 뿐이야."

누나의 의견이 옳다는 생각이 들면서도 쇼이치에게는 잊히지 않는 광경이 있었다.

쇼이치의 가족들이 길 아닌 길을 걷고 있을 때, 고물이나 다름없는 트럭 세 대에 나눠 탄 일본군 소대가 전망이 좋은 군용도로를 달려 그들을 추월했다. 앞쪽에 수많은 병사들이 보였는데, 진창으로 얼룩진 군복은 팔로군의 것이었다. 트럭이 속도를 늦추자 십대 중반쯤 된 소년병이 트럭에 훌쩍 올라탔다. 그가 무슨 생각으로 일본군에 접근했는지는 알 수 없다. 다만 적어도 적의가 있는 것 같지는 않았다.

그런데 이십대 후반으로 보이는 일본군 병사가 느닷없이 중국 공산당 소년병의 따귀를 갈겼다. 아마도 갑작스러운 사태에 동요해 무심코 한 일이었을 것이다. 그렇지만 이쪽은 패전국 군대였다. 소년의 뒤에는 그의 동료 병사들이 무수히 많았다. 쇼이치가 저 일본 병사는 이제 죽은 목숨이나 다름없다고 생각하면서 마른침을 삼키고 지켜보고 있으려니, 소년병이 뭐라 말했다. 매우 온화한 모습이었다. 다음 순간 일본군 병사가 흠칫하더니 창피한 표정으로 말없이 담배를 꺼내 건넸다. 소년병은 할 말이 더 있는 것 같았으나 미소를 짓고는 손을 흔들며 트럭에서 내렸다.

그때 소년병이 일본군 병사에게 어떤 말을 했는지 실제로는 알 길이 없다. 그렇지만 쇼이치는 생각했다. 전쟁은 이미 끝났다. 우리 젊은 세대가 서로 적대시할 필요가 없다. 그는 그런 의미의 말을 하지 않았을까.

사요코라면 무슨 그런 물러터진 말을 하느냐고 할 게 틀림없었다. 게다가 사실 그도 팔로군 병사가 도망치는 일본인에게 금품을 요구하는 장면을 여러 번 보았다. 그러니 다들 똑같은 인종이었다는 누나의 말이 틀린 것은 아니라고 생각했다. 그렇지만 쇼이치는 최소한 자신의 기억에 남아 있는 두 소년병만은 다르다고 믿고 있었다.

무더위 속의 보행은 무척 힘들었다. 집단으로 걷다가 조금이라도 줄에서 벗어날라치면 곧바로 중국 민중이 신발을 빼앗으려 들었다. 또 중국 병사가 멈춰세울 때마다 다 같이 의논해서 뭔가를 주었다. 그런 일이 반복되면서 가진 물건이 점차 줄어들자, 누구누구는 아직 뭔가 몰래 갖고 있지 않을까 하는 의심이 사람들 사이에 싹트기 시작했다.

"구키 씨, 그 댁엔 귀중품이 더 있을 텐데요?"

어머니는 동향인인 듯한 나이 많은 여자에게 그런 비난을 여러 차례 들었다. 하도 집요하게 말하는 바람에 결국은 화가 난 사요코가 소리쳤다.

"소련군한테 거의 다 빼앗겼단 말이에요!"

도중에 누가 죽으면 젊은 사람들이 땅을 파 묻어주었다. 그러면 바로 중국 민중이 파내서 파 죽은 이가 입은 의복을 벗겼다. 전쟁으로 피해를 입는 것은 늘 일반 국민이며 그것은 승전국도 다를 바 없다는 사실을 이야기해주는 광경이었다.

밤이면 화물열차도 탔다. 주위 산들에 기총소사의 불빛이 번쩍일 때마다 정지했지만 걷지 않아도 되니 기뻤다. 차 안은 콩나물시루라 정신이 아득해질 만큼 후텁지근했고 갓난아기들이 쉴 새 없이 울어대는 통에 마음 편히 쉴 수 있는 상태가 아니었다. 특히 문이며 연결기 부근은 늘 분뇨의 악취가 떠돌아 숨쉬기가 힘들 지경이었다.

좌우지간 집을 떠난 뒤 지나칠 정도로 강렬한 체험의 연속이었다. 그래도 한 발짝 한 발짝 고국을 향해 나아가던 그들은 그나마 행복했는지 모른다. 귀국은 고사하고, 개척촌을 떠나기 전 중국인의 습격을 받았으나 남자들 대다수가 소집되고 없었던 탓에 자위가 여의치 않자, 분촌이민단장의 결단으로 약 오백 명에 달하는 마을 사람들이 다이너마이트로 집단자결을 도모한 예도 있었다. 당초 정예를 자랑하던 간토 군도 그 무렵에는 은밀히 남방으로 옮겨가, 개척민의 소집은 완전히 그들의 빈자리를 메우기 위한 것이었다. 많은 남자들이 자신의 가족조차 지키지 못하고 무의미하게 죽어갔다.

또 수용소에 도착하기 전에 많은 아이들이 영양실조로 쇠약해져 목숨을 잃었다. 어머니들도 마찬가지였다. 죽어 누워 있는 어머니의 가슴에, 등에 매달리는 아이들의 모습을 곳곳에서 볼 수 있었다.

내일은 내 신세일지 모른다.

그런 공포가 늘 따라다녔다. 쇼이치는 어머니와 누나들의 보호를 받으면서도 늘 겁에 질려 있었다. 겨우 철이 들었을 무렵 눈앞에 나타난 것이 폭력과 공포, 죽음이 지배하는 세계였으니 그럴 만도 했다. 그가 미치지 않은 것은 순전히 누나들의 헌신 덕이었다.

"우리가 용기를 잃지 않을 수 있었던 건 어머니가 있었기 때문인지도 몰라."

한번은 사요코가 별안간 그렇게 중얼거렸다. 쇼이치가 무슨 뜻이냐고 묻자, 누나는 고개를 갸웃거리며 말을 이었다.

"음…… 뭐라고 하면 좋을까. 당시 어머니는 꼭 달관한 사람 같았어. 소련군이 쳐들어와서 천장 위에 숨었을 때도 그랬어. 나랑 쓰루 언니는 이제 틀렸다고 생각했는데 어머니는 이상하게 냉정했거든. 마치 꼭 무사할 거란 자신이 있는 것처럼."

그러더니 사요코는 그녀답지 않게 우물쭈물했다.

"사실은 나, 만주 집을 떠나서 일본에 도착할 때까지 어머니가…… 묘하게 무서웠어."

그러고 보면 어머니는 예사롭지 않은 분위기였는지 모른다. 그러나 쇼이치는 만주 집에 대한 기억이 거의 없는 탓에 일상생활을 영위하던 어머니와 비교할 길이 없었다. 게다가 전화戰禍가 남은 이국땅에서 어린 세 자식을 데리고 도피했던 것을 생각하면 다소의 이상한 언동은 당연하다고도 할 수 있었다. 게다가 사요코도 인정하다시피 어머니가 구체적으로 문제가 될 행동을 했던 것은 아니었다.

"그렇지만 어머니, 어쩐지 이상했어."

이상하다는 의미로는 사실 쇼이치도 마음에 걸리는 기억이 있었다. 어머니는 자식들의 무사를 빌면서도 한편으로는 만주를 떠나기를 주저한다는 느낌이 문득 들 때가 여러 번 있었다. 그렇다고 어머니가 그곳에 특별한 애착을 갖고 있는 것 같지도 않았다. 그렇다면 대체 왜?

어쨌든 구키 일가 네 사람이 다같이 귀국선에 탈 수 있었던 게 기적이나 다름없다는 것은 틀림없었다. 종전 뒤 이 년이 지났을 때였다.

귀국용 화물선은 온갖 공간이 작게 나뉘어 밑바닥까지 사람이 꽉꽉 들어차 있었다. 일본에 겨우 돌아갈 수 있다는 흥분에 선내의 분위기는 기이할 정도로 고조되어 있었다. 그러나 배가 출항해 오랜 항해가 시작되자 금세 어둡게 침체된 공기가 감돌기 시작했다. 선내의 열악한 환경과 빈약한 식사, 그리고 고국에 관한 온갖 소문이 사람들에게서 점차 희망을 앗아간 것이다.

"일본에 신형 폭탄이 떨어져서 싹 사라져버린 모양이야."

가장 충격적이었던 게 원폭투하였다. 다만 정보가 대단히 불분명해서, 지방 도시 한두 개가 없어졌다고 말하는 사람이 있는가 하면 국토의 태반이 초토화됐다고 주장하는 사람도 있었다. 누구나 고국의 안부를 염려했다.

쇼이치의 가족에게 할당된 자리는 맨 아래 선창의 한 구역이었다. 그런 곳이라도 자신들 가족의 공간이라고 생각하니 어쩐지 마음이 놓였다. 그에게는 만주 집보다 그 먼지투성이 구획이 진짜 집처럼 느껴졌다.

옆에 앉은 사요라는 가족과는 금세 친해졌다. 어머니는 예전에 알던 사람과 성이 같다고 기뻐했고, 또 젊은 사요 부인이 홀로 사내애 넷을 데리고 있었던 것에 친근감을 느끼는 것 같았다. 이것저것 돌봐주고 배고픔을 참아가면서까지 얼마 안 되는 식량 중 일부를 네 아이들에게 나눠줄 정도였다.

선내에서도 죽는 사람이 잇따라 나왔다. 다수는 귀국선에 타기까지 겪은, 그리고 여전히 이어지고 있는 너무나도 가혹한 환경 탓에 병으로 죽은 것이었다. 기껏 일본으로 돌아갈 수 있는 배에 탔건만 죽고 만 사람들은 얼마나 원통했을까. 그나마 구원이라면 선상에서 죽은 사람은 모두 수장된 터라 사후에 옷가지를 빼앗길 염려는 없었다는 걸까.

그러나 사인은 병만이 아니었다. 그밖에도 끔찍한 죽음이 존재한다는 것을 쇼이치는 우연히 알게 되었다.

그날 밤, 그는 사요코에게 같이 가달라고 해서 갑판 위에 마련된 변소로 갔다. 잠에 취한 채 흔들리는 변기를 향해 소변을 보고 나왔을 때 별안간 누나가 끌어안았다.

"앗, 보면 안 돼!"

반사적으로 몸을 비튼 쇼이치는 누나가 보여주지 않으려 한 어떤 것을 순간 보고 말았다.

배보다도 높은 시커먼 산이었다. 바다 위인데도 크고 시커먼 산이 바다에서 우뚝 솟아 있었다. 그 검은 산을 향해 여자가 두 손을 내밀고 있었다. 그녀의 모습은 거대한 검은 산을 맞아들이려는 것 같기도, 자신을 데려가달라고 애원하는 것 같기도 했다. 뭐라 말할 수 없이 기묘한 광경이었다. 게다가 그 산이…….

"보지 마!"

사요코는 소곤거리면서도 매서운 목소리로 그를 야단치더니 "가자. 얼른" 하며 그의 손을 꽉 잡고 서둘러 갑판을 벗어났다.

그들의 자리로 돌아온 사요코는 흥분한 표정으로 어머니에게 뭐라 귓속말을 했다. 조용히 듣고 있던 어머니가 이윽고 누나에게 귓속말로 대답하자, 사요코가 흠칫 놀라 긴장했다. 그러더니 슬픈 표정을 지었다.

쇼이치는 자신이 본 게 무엇인지 궁금했지만 물어볼 수 있는 분위기가 아니었다. 그날 밤은 뜬눈으로 새우고 말았다.

이튿날 이른 오후, 사요코는 아무도 없는 갑판 구석으로 그를 데리고 가더니 전날 밤 이야기를 꺼냈다.

"네가 어디까지 봤는지는 모르겠지만 그 여자는 사요 아줌마였어."
"뭘 하고 있었던 거야?"
"아기를 바다에 던진 거야."
"뭐?"
"어머니가 그랬어. 아줌마는 영양부족 때문에 젖이 안 나오게 됐다고."

그러고 보니 제일 어린 갓난아기는 거의 울지 않았다. 그 말은 울 기운도 없을 만큼 쇠약해져 있었다는 뜻이다. 어머니 젖을 충분히 먹지 못했던 탓에.

"일본에 신형 폭탄이 떨어졌다는 소문이 전에 퍼졌잖아? 아줌마는 큰 애들한테만이라도 조국을 보여주고 싶다고 어머니한테 말했나봐."
"그럼 아기는……."

사요코는 고개를 살짝 흔들더니 수용소며 귀국선에 다다르기 전에 자식을 버린 부모들이 많다는 사실을 가르쳐주었다.

가슴 속에 순식간에 시커멓고 질척한 뭔가가 가득 차올랐다. 많은 부모들은 자신이 살려고 자식을 버린 게 아니리라. 이대로 데려간들 어차피 죽을 것이라고 생각해 하는 수 없이 두고 오지 않았을까. 그 때의 부모 심정과, 어쨌거나 버림받은 셈이 된 아이의 심정을 생각하니 견딜 수가 없었다. 그리고 지금 자신이 어머니와 누나들과 같이 있다는 게 얼마나 행복한 일인지 새삼 곱씹었다.

"사요 아줌마한테도, 애들한테도 잘 해줘야 해."

사요코가 타이르듯 말하고 돌아가려고 하기에 쇼이치는 여자보다 마음에 걸렸던 존재에 관해 물었다.

"그 이상한 검은 산은 뭐였어?"

"산?"
"배 바로 옆에…… 바다 위에…… 커다란 시커먼 산이…….."
"쇼이치, 바다에 산은 없어."
누나가 어처구니없다는 듯 말했다.
"그렇지만 진짜 이상한 산이……."
"일본은 아직 한참 더 가야 해. 설사 어떤 섬을 지나쳤다 해도 부딪칠 정도로 가까이 지나갈 리 없잖아."
"섬이 아냐. 그건 산…… 아니, 산처럼 생긴……."
"쇼이치, 너……."
"얘들아, 싸우면 안 되지."

그때 나이 지긋한 남자가 그들에게 말했다. 두 아이가 모르는 사이에 갑판으로 나온 모양이었다. 남자는 쇼이치에게 기이한 산을 목격했다는 게 무슨 이야기냐고 물었다. 쇼이치는 사요 부인 이야기는 하지 않고 바다 위에 우뚝 솟아 있던 산에 관해서만 말했다.

"아, 그건 파도야."
"네? 배보디 더 큰 파도가 있어요?"

쇼이치보다 사요코가 먼저 반응을 보였다. 그러자 남자는 어린애에게 당연한 사실을 가르쳐주는 투로 말했다.

"파도는 얕볼 게 아니란다. 게다가 배가 흔들릴 때면 실제보다 더 커 보이는 법이거든. 그런 데다 밤에 보면 더 크게 느껴지고. 넌 배 타고 바다에 나온 게 처음이지?"

쇼이치는 고개를 끄덕했다. 그러자 남자는 웃으며 말을 이었다.

"그럼 더 크게 보였어도 이상할 것 없지."
"흠, 그런 거구나."

사요코는 납득한 듯했지만 쇼이치는 어쩐지 석연치 않았다.
"커다란 파도는 배랑 같이 움직여요?"
"뭐라고 했니?"
남자가 미소를 지으며 물었다.
"배 옆에 죽 있었거든요."
"뭐?"
"꼭 따라오는 것처럼 계속 배 옆에 있었어요."
"그건 배 옆에서 파도가 계속 일어서 그런 거겠지. 파도의 움직임이랑 배의 진행 방향이 우연히 일치했던 거야."
"아뇨, 움직이지 않았어요. 진짜 산처럼 그냥 그 모습 그대로 줄곧 배 옆에 붙어서 왔는걸요. 게다가……."
남자의 얼굴에는 바야흐로 웃음기가 없었다. 오히려 섬뜩한 듯 쇼이치를 바라보고 있었다. 그 때문에 그는 순간적으로 하려던 말을 삼켰다.
게다가 산 위쪽에 커다란 눈이 하나 있었는데…….
"하하, 너, 잠에 취해 있었던 모양이구나."
남자는 억지로 큰 소리로 웃고는 서둘러 두 아이를 떠났다.
"진짜로 봤어?"
사요코가 정색하고 묻기에 쇼이치도 진지한 표정으로 고개를 끄덕였다.
"그래……."
누나는 뭔가 짚이는 데가 있는지 생각에 잠겼다.
"쇼이치, 전에도 비슷한 거 본 적 있니?"
"비슷한 거……."

"똑같지 않아도 그런 이상한 거."

사실은 있었다. 어머니에게도, 누나들에게도 말하지 않았지만, 광대한 대지를 걷다가 저물녘이 되면 길가 풀숲이나 도랑에서, 깊은 숲 입구에서, 강가에서, 온몸이 숯처럼 검고 조그만 머리통과 뽈록 나온 배, 기다란 팔다리를 가진 유아만 한 뭔가가 굼실굼실 움직이는 광경을 여러 번 목격했다. 가면 갈수록 그것을 보는 빈도가 늘고, 뿐만 아니라 그것의 수도 늘었다. 특히 전사한 병사나 개척민의 시체 곁에는 거의 늘 그것이 있었다. 화물열차 연결기의 어둠 속에서 그것을 봤을 때는 저도 모르게 등골이 오싹해져서 하마터면 비명을 지를 뻔했다.

솔직하게 이야기하자 사요코는 또다시 생각에 잠긴 표정을 지으며 말했다.

"좌우지간 이상한 이야기는 전부 어머니랑 쓰루 언니한테 비밀로 해줘. 알았지?"

물론 말할 생각은 없었다. 사실 사요코에게도 말하고 싶지 않았다. 다른 사람에게 그 이야기를 하는 순간 자신이 알아차렸다는 것을 그것에게 들킬 것 같아서 싫었다.

여기까지 털어놓은 이상 어차피 마찬가지다 싶어 그런 생각을 누나에게 말하자, "그럴지도 몰라" 하고 대뜸 긍정하는 바람에 그는 겁에 질렸다.

정말 그것의 영향인지 아닌지, 쇼이치는 갑자기 병이 났다. 지금까지 앓아눕지 않은 게 이상했고 오히려 너무 늦은 셈이었는데, 그에 호응하듯 쓰루코까지 쓰러졌다.

그 무렵부터 큰누나는 조금씩 정신의 균형을 잃었다. 너무나도 가혹하고 비참한 여로의 영향과 더불어 그런 가운데 어떻게든 남동생을 지키겠다는 마음이 화가 됐는지, 서서히 마음이 좀먹기 시작했다. 그나마 언동에 큰 변화가 없어 다행이었다. 겉으로만 보면 예전과 다름없이 차분하고 자상한 누나였다. 하지만 확실하게 '그녀 자신'이 희박해졌다. 점점 '자기 자신'을 잃어가면서 사물을 주체적으로 생각하고 판단하지 못했다.

어머니는 딸의 변화를 슬퍼했지만 선뜻 받아들이는 것 같기도 했다. 마치 그런 운명이라고 처음부터 짐작하고 있었던 것처럼.

쓰루코의 몫까지 다해야겠다고 생각한 건지 사요코는 성격이 더욱 야무져졌다. 어머니를 도와 언니와 남동생을 간병했다. 그러나 아무리 그래도 너무 무리한 탓인지 결국 사요코마저 몸져눕고 말았다.

그런 구키 일가에게 옮았는지, 사요 가의 세 아이들도 잇따라 병이 났다. 게다가 사요 부인까지 앓아눕는 바람에 쇼이치의 어머니 혼자 전원을 돌봐야 했다. 두 가족이 누워 있는 구획에 순식간에 기분 나쁜 분위기가 가득 찼다. 어둡고 묵직한 공기에 분명히 '죽음'의 기운이 감돌고 있었다고 생각한다.

어머니는 여전히 자신이 먹을 몫을 줄여가면서 사요 가 아이들을 돌보았다. 그러나 사요 가의 셋째 아들이 먼저 죽었다. 이틀 뒤 둘째 아들이, 나흘 뒤 큰아들이 죽었다. 반대로 구키 가의 세 아이는 차츰 회복되어 얄궂게도 두 가족의 명암이 뚜렷이 갈리고 말았다.

마지막으로 큰아들을 수장한 뒤 사요 부인이 자신들을 보던 눈초리가 쇼이치는 못 견디게 무서웠다.

그날 밤 문득 잠에서 깨자 귓가에서 묘한 소리가 났다. 졸음에 취한 눈으로 옆을 보았지만 아무도 없었다. 몸을 일으켜 주위를 둘러보니 사요 부인이 복도에 서서 이쪽을 물끄러미 응시하고 있었다. 노가면처럼 무표정하게 자신을 꼼짝 않고 바라보고 있었다. 그러더니 이리 와, 이리 와, 하고 오른손을 들어 천천히 손짓했다.

목덜미를 타고 찬물이 흘러든 것처럼 오한이 등줄기를 훑었다. 그런데도 부인에게서 눈을 뗄 수 없었다. 보면 안 된다고 생각하면서도 그녀의 오른손 손목을 홀린 듯이 쳐다보았다. 더욱이 흔들흔들하는 손을 응시하는 사이에 '앗, 가야겠어' 하는 생각에 사로잡혀 저도 모르게 일어나 휘청휘청 걷기 시작했다.

그러자 사요 부인이 웃었다. 아니, 그렇게 보였다. 입술 양끝이 쑥 올라가 좌우 뺨이 움푹 팼기 때문이었다. 웃음을 띤 것인데 꺼림칙함만 느껴지는 표정을 쇼이치는 이때 생전 처음 보았다.

싫어. 가고 싶지 않아.

속으로는 필사적으로 저항하는데 발은 한 걸음, 한 걸음 앞으로 나아갔다. "어머니! 사요! 쓰루코 누나!" 하고 부르짖건만 목소리가 나오지 않았다.

부인은 선창을 나서더니 비좁고 가파른 계단을 오르기 시작했다. 쇼이치는 뒤를 따르면서도 난간을 잡은 두 손에 힘을 주어 애써 멈춰 서려 했다. 그러나 멈춰설라치면 꼭 부인이 돌아보고 빤히 응시했다. 그때마다 두 팔의 힘이 스르르 빠지면서 따라가야 한다는 생각이 들었다.

아줌마와 같이 가서…… 갑판으로 올라가서…… 그래서…….

어떻게 될지는 알 수 없었다. 그렇지만 몹시 무서웠다. 터무니없는 뭔가가 자신을, 아니, 두 사람을 기다린다는 생각이 들었다.

이윽고 갑판으로 나가는 문이 보였다. 부인은 문을 열더니 쇼이치가 나가기를 기다리며 잡고 있었다. 밖으로 나가면 끝장이라고 생각하면서도 그러면 편해질 것 같았다. 어쨌거나 그에게 선택의 여지는 없었다.

육중한 문이 철컹 닫히는 소리가 등뒤에서 섬뜩하게 울렸다. 단두대의 거대한 칼날이 떨어지는 순간이 연상되는 불쾌한 소리였다.

쇼이치는 등을 떠밀려 또다시 걷기 시작했다. 고개를 숙이고 있었기 때문에 보이지 않았지만 갑판 난간으로 다가가고 있다는 것은 알 수 있었다. 난간 너머 시커먼 해원이 펼쳐진 화물선의 끄트머리를 향해 가는 것이었다. 열흘쯤 전 사요 부인이 갓난아기를 버린 바로 그곳으로 나아가고 있었다.

"……."

바로 뒤에서 비명인지 통곡인지 환희에 찬 외침인지 알 수 없는 묘한 목소리가 들린 순간, 그녀의 두 팔이 쇼이치의 몸에 휘감겼다.

"앗……."

쇼이치는 퍼뜩 정신이 들었다. 흡사 마귀가 떨어져나간 기분이었다.

그는 무턱대고 날뛰었다. 우선 두 팔부터 풀려 했으나, 사요 부인이 꽉 끌어안고 있어서 꼼짝을 할 수 없었다. 그래서 두 발로 갑판을 힘주어 딛고 서서 뒤에서 밀어도 앞으로 밀리지 않으려 저항했다. 이것은 효과가 있었다. 부인은 그의 몸뚱이를 안아올리려 했지만, 중심을 낮추어 죽을힘을 다해 버텼다.

한밤중의 귀국선 갑판 위에서 여자와 사내애의 기묘한 싸움이 벌어졌다. 그에게는 그야말로 사투였다.

쇼이치가 계속해서 저항하자 부인도 지쳤는지 두 팔의 힘이 눈에 띄게 약해졌다. 벗어나려면 기회는 지금이다 싶었다. 일부러 자신도 몸의 힘을 뺐다가 단숨에 몸부림치면 도망칠 수 있다. 그렇게 생각한 그가 은밀히 준비하려 했을 때였다.

눈앞에 그것이 있음을 깨달은 것은.

산처럼 크고 시커먼 것이 바다에 우뚝 솟아 있었다. 거대한 외눈을 부릅뜬 채 꼼짝 않고 이쪽을 내려다보고 있다.

그렇게 느껴졌다. 고개를 들고 확인한 것은 아니다. 절대 보면 안 된다는 생각이 들었다. 어쩌면 부인은 정면에서 본지도 모른다. 그 때문에 팔 힘이 빠져서⋯⋯.

"쇼이치!"

사요코의 외침이 갑판에 울려퍼지는 동시에 그는 단숨에 부인의 두 팔을 떨치고 잽싸게 문 옆에 있던 누나에게 달려갔다. 그러고는 반사적으로 돌아보려 했다.

"보면 안 돼!"

그러나 또다시 사요코가 끌어안았다. 그가 저항해 돌아봤을 때 갑판 어디에도 사요 부인의 모습은 보이지 않았다. 산 같은 검은 존재도 사라지고 없었다.

"아줌마는?"

물으나마나였다. 누나는 갑판 난간 너머를, 으스스하게 출렁이는 칠흑의 해원을 말없이 바라보고 있었다.

"봤어?"

쇼이치는 물론 그것을 봤느냐고 물은 것이었다. 그렇지만 사요 부인의 마지막으로 착각할 것 같아서 고쳐 말하려 했을 때, 사요코가 오른손을 꽉 잡았다. 그러더니 선내로 끌고 들어가 단숨에 선창까지 내려갔다.

사요도 봤구나.

그러나 그녀가 그 사실을 인정한 것은 귀국선이 마이즈루 항에 도착해 두 발이 대지를 단단히 밟은 다음이었다. 다만 누나는 거대한 외눈을 보지 못했다. 또 시간이 흐르면서 역시 커다란 파도였다고 생각하게 된 모양이었다.

"그 아줌마는 머리가 돈 거야."

사요 부인은 갓난아기를 희생하면서까지 큰 아이들 셋을 일본으로 데려가려 했다. 그랬건만 세 아들이 잇따라 죽고 말았다. 똑같이 병이 났던 옆칸 구키 가의 아이들은 살아났는데. 그런 상황에서 그녀는 미치고 만 것이다. 누나는 그렇게 생각했다.

쇼이치의 의견도 거의 같았지만 그것만은 아니라는 생각이 들었다. 그것과 관계된 게 틀림없었다. 갓난아기를 바다에 버린 시점에서, 또는 그보다 더 전에 부인은 바다의 마물에 홀린 게 아닐까. 어쩌면 세 아이가 죽은 것도 그 탓인지 모른다.

사건이 있은 다음 날, 쇼이치는 다섯 살이 되었다. 그때 사요코가 나타나지 않았다면 그는 영원히 네 살인 채로 너른 바다를 떠돌고 있었을 게 틀림없다.

며칠 뒤 저물녘, "일본이다!" "일본이 보인다!" 하는 외침이 눈 깜짝할 새에 갑판에 퍼져나갔다. 모두가 기뻐하며 눈물을 흘렸으나 고국을 눈앞에 두고 목숨을 잃은 사람도 몇 명 있었다. 여기까지 고생해서 돌아왔는데 죽은 그들을 쇼이치는 진심으로 동정했지만, 고향에 묻힐 수 있으니 만주에서 죽어 육체가 썩은 사람들보다는 낫다고 생각하기로 했다.

마이즈루 항 부두에 귀국자들이 내리자 환성이 터져나왔다. 동시에 순식간에 인파에 둘러싸였다. 그것을 후생성 마이즈루 귀국 지원국 직원이 정리해 귀국자들을 지원국으로 인솔했다. 아주 천천히 걷는 것은 귀국한 사람도, 마중 나온 사람도 눈을 등잔만 하게 뜨고 육친을 찾기 때문이리라. 이윽고 재회를 기뻐하며 포옹하는 부모자식이며 형제자매, 부부의 모습이 여기저기에서 눈에 띄기 시작했다.

그런 사람들 중에는 큰 종이에 이름을 써서 명함처럼 든 여자들도 여럿 있었다. 자세히 보니 이름 옆에 '만주 ××부대' '××소대' 또는 '쇼와 몇 년생'이며 '몇 년, 어디에서 출정' 같은 정보가 적혀 있었다. 이른바 안벽岸壁의 어머니, 안벽의 아내가 소집되어 만주로 간 아들이며 남편을 찾으러 온 것이었다.

"××××의 소식을 모르시는지요?" "××의 제××부대에 있던 분 안 계신가요?" "×××을 모르시나요?"

여자들의 목소리가 잇따라 들렸다. 그러나 아무도 대답하는 사람이 없는 채 물음이 공허하게 사라져가는 모습에 쇼이치는 가슴이 아팠다. 그들 중 과연 얼마나 되는 어머니와 아내가 자식과 남편을 만날 수 있었을까.

지원국까지 몇 십 미터 남겨놓았을 때였다. 그곳으로 갔다가 그뒤 어떻게 될지 물론 그는 알지 못했다. 다만 그 무렵에야 비로소 어머니, 누나들과 함께 일본으로 무사히 돌아왔다는 실감이 들었다. 살아 있다는 기쁨을 사무치게 느끼고 있었다.

그때 묘한 목소리가 들렸다. 주위는 가족을 찾는 사람들로 발 디딜 틈 없이 혼잡했고 누구를 부르는 소리가 쉴 새 없이 들렸다. 그러나 그런 가운데 그 목소리가 특히 귀에 들어온 것은, 부르는 방식이 명백히 기묘했기 때문이었다.

사기리 님.

누구를 찾든 높임말로 부르는 사람은 주위에 한 명도 없었다. 그런데도 '님'을 붙여 부르는 인물이 있다.

쇼이치가 목소리가 들린 쪽을 돌아보기 전에 어머니가 별안간 멈춰섰다. 마치 어두운 밤 홀로 걷다가 느닷없이 뒤에서 이름을 불린 것처럼 몸을 흠칫 떨면서.

어머니의 이름이 실은 '사기리'임을 그가 안 것은 그 직후였다.

4
귀향

어머니에게 말을 건 사람은 몸집이 작은 노인이었다. 어린애로 보일 만큼 키가 작았다. 그렇지만 옷을 입었어도 알 수 있을 정도로 근육이 다부졌다. 그 때문에 얼굴만 보면 일흔이 다 됐을 것 같은데 목 아래는 삼사십대라고 해도 통할 듯했다. 그런 불일치가 어쩐지 섬뜩했다.

"사기리 님……."

그러나 어머니의 이름을 부르는 어조는 매우 자상했다. 진심 어린 존경과 공경, 어렴풋한 경외심이 느껴졌다.

"시게조 씨……."

한편 노인을 부르는 어머니는 당혹감뿐인 듯했다. 왜 지금 여기에 그가 있는지 이해되지 않는 모양이었다. 뿐만 아니라 시간이 흐르며 오히려 겁을 내기 시작했다. 서서히 경계심이 싹트는 듯했다.

"시게조 씨가 어떻게 여기에……."

그러더니 어머니는 흠칫 깨달은 듯 물었다.

"사요 촌 분을 마중 나오신 건가요?"

시게조는 고개를 흔들었다.

"만주 귀국선이 이 항구로 들어온다는 말을 들은 후로 줄곧 기다렸습니다. 돌아오신다면 여기로 오실 게 틀림없다 싶어서 말이죠."
"그건……."
"네, 류지 님의 의향입니다."
 그렇게 대답하는 노인의 표정은 복잡해 보였다. 어머니를 맞이하는 기쁨을 느끼면서도 그것을 지시한 게 류지라는 인물이라는 사실이 불만인 듯했다.
"그래요."
"앞으로 몸을 의탁하실 곳은 정하셨습니까?"
"네……."
 대답하기는 했지만 어머니는 명백히 주저하는 어조였다.
"죄송하지만 어디인지 알 수 있겠습니까?"
"시댁에……."
 그러자 시게조의 표정이 별안간 험악해졌다.
"그건 안 됩니다. 그러느니 차라리 미즈시 가로 돌아가시는 편이 낫죠. 어쨌거나 사기리 님께서 자라나신 본가 아닙니까."
"……."
 어머니는 고개를 떨어뜨리고는 잠자코 생각하는 듯했다. 시게조도 그 이상 말하지 않고 어머니가 결단을 내리기를 조용히 기다렸다. 그러자 사요코가 노인의 웃옷 소매를 잡아끌었다.
 시게조는 씩 웃고는 세 아이를 조금 떨어진 곳으로 데려가 이름과 나이를 물었다. 십중팔구 어머니에게 방해되지 않게 마음을 써준 것이리라.
 사요코가 대표로 세 남매를 간단히 소개했다. 시게조는 쓰루코의 상태가 예사롭지 않다는 것을 바로 알아차린 듯했다. 이때 노인의 반응이 기묘하게도 어머니와 똑같았다. 측은한 눈초리로 큰누나를 보면서도 어쩔 수 없다고 납득하는 느낌이었다.

"쫓아왔나……."

게다가 그런 영문을 알 수 없는 말을 중얼거렸다.

그렇지만 사요코는 시계조의 불가해한 언동보다는 외가가 궁금한지 어디냐고 물었다.

"나라 현 다우 군 산속에 하미라는 곳이 있단다. 그곳에 네 마을이 있는데 맨 처음 개척된 사요 촌이 너희 어머니 고향이지."

"많이 멀어요?"

"그러게. 그렇지만 만주에 비하면 일본은 좁으니 조금만 더 참으려무나."

"친가는 어디인데요?"

사요코의 질문에 시계조의 얼굴이 흐려졌다.

"교토야. 그렇지만 그곳에 가는 게……."

과연 행복할지는 알 수 없는 일이라고 노인은 말하고 싶은 듯했다. 어머니를 흘깃 보는 시선이 매우 걱정스러워 보였다.

"우리도 아버지네 집엔 가기 싫어요."

사요코가 똑똑히 말하자 노인은 놀란 표정을 지었다.

"음, 뭐, 본인이 의절 당한 집에……."

말하다 말고 허둥지둥 입을 다물었다.

"어? 아버지, 집에서 의절 당했어요?"

"아, 아니……."

"그래서 사요 촌 쪽이 그나마 낫다는 거예요?"

"아니, 그게…… 그나저나 어디서 간사이 사투리를 배운 거냐? 만주에서 태어난 애 같지 않구나."

"아버지네 집엔 안 가는 게 나아요?"

"이거야 원, 괜한 이야기를 했구나. 그게 그러니까…… 너희 아버지 본가에 갔다간 마음이 편치 않을 거란 뜻으로 한 말이란다."

그러나 사요코는 그런 말로 얼버무려도 속아 넘어가지 않았다.

"어머니가 아버지랑 결혼했을 때 뭐 문제가 있었던 거예요?"

"으음…… 그러나저러나 사요코 양은 꽤나 야무지구나."

시게조가 감탄하며 이제 겨우 열 살된 어린애를 믿음직스럽다는 듯 바라보았다.

"사요라고 불러주세요. '양' 같은 건 필요 없어요."

"하하, 이거야 원, 너희 어머니 어렸을 때랑 똑같은걸."

이 말에는 사요코도 놀란 듯했다.

"아무리요……. 닮은 건 쓰루 언니 쪽 아니에요?"

"아니, 너도 분명 너희 어머니처럼 아름답고 조신하게 자랄 거다."

흡사 귀여운 손녀를 바라보는 눈길이었다.

"어머니네 집은 어떤 곳이에요?"

사요코가 평소의 그녀답지 않게 겸연쩍어하며 일부러 퉁명스러운 어조로 물었다.

"미즈시 신사라고, 사요 촌에서도 유서 깊은 구가란다."

"어, 어머니, 신사 집안에서 태어났어요?"

놀라 호들갑을 떠는 사요코와는 대조적으로 시게조가 석연치 않은 표정으로 어물거리는 것을 보면, 어머니의 출생에 무슨 사정이 있는 모양이라는 것은 누구라도 짐작할 수 있었다. 다만 여기에서도 알 수 있듯 노인은 어린애를 상대로도 거짓말을 못하는 성격이었다.

"아니에요?"

사요코가 다그쳐 묻는 바람에 시게조가 난처해하던 차에 어머니의 목소리가 들렸다.

"오래 기다리셨죠? 시게조 씨, 죄송하지만 마을까지 데려다주시겠어요?"

그러자 노인의 표정에 안도의 빛이 떠올랐다.

"아아, 가시겠습니까? 그편이 자녀분들께도 좋지 않을까 합니다."

그날 밤은 마이즈루에 머물고 이튿날 아침 일찍 교토로 가서 기차를 갈아타고 나라로 향했다.

만주의 광대한 벌판을 한없이 걸었던 가혹했던 도피행에 비하면, 공습을 면한 교토에서 나라까지의 여로는 마치 꿈만 같았다. 물론 기차는 혼잡했고 식량 사정도 열악했지만, 적어도 목숨이 위험에 노출될 염려는 없었다. 그리고 무엇보다도 가는 곳마다 보이는 일본의 자연이 그들의 황폐해진 마음을 달래주었다.

나라 분지에 들어서 기차에서 버스로 갈아탔다. 산을 여러 개 넘어 다우 군에 이르렀다. 이 언저리부터 쇼이치는 주위 산들과 울창한 숲에 압도되기 시작했다. 그때까지 단순히 아름답고 색채가 선명하다고 감탄하던 자연이 묘하게 원색적으로 느껴졌다. 똑같이 푸른 수목인데도 근원적으로 다른 뭔가가 숨어 있는 듯했다. 그때까지 지나온 산야는 정신을 해방하고 몸을 맡길 수 있는 것처럼 느껴졌건만, 지금 자신들이 침입하려는 공간은 경계심을 품으며 공경하고 두려워해야 할 것 같았다. 똑같은 일본의 자연 풍경처럼 보이지만 사실은 전혀 딴판인지 모른다.

쇼이치는 별안간 겁이 났다.

이곳 산과 숲, 강에는 평범한 자연으로 전락하기 이전의 뭔가가 아직 남아 있는 것이다. 인간이 침범해서는 안 되는 원초의, 본래의 위협이 깃든 참된 어떤 것. 그는 그 비밀을 본능적으로 감지한 셈이었는데, 그렇다고 어떻게 할 수 있는 것도 아니었다. 사요코에게 털어놓으려도 어디까지나 관념적인 것이니 설명할 방법이 없었다. 게다가 상대는 대자연이다. 처음부터 인간이 맞설 수 있을 리 없다.

버스가 다오 정에 도착하자 마차가 기다리고 있었다. 짐칸에 타고 또다시 산을 넘어 겨우 하미 지방에 이르렀다.

"여기가 하미에서도 가장 동쪽 끝에 위치한 아오타 촌이란다."

시게조는 오는 길에 어머니뿐 아니라 세 아이들도 다정하게 보살펴주었다. 그 덕분에 쇼이치도 조금씩 노인에게 익숙해졌다. 사요코는 마이즈루 항에서 만났을 때부터 노인과 친해져서 지금은 둘이 아오타 촌을 이곳저곳 가리키며 즐겁게 이야기하고 있었다. 쓰루코도 자연스럽게 그의 존재를 받아들인 듯 보였다.

마차는 굽이치며 흐르는 큰 강의 북쪽 길을 따라 나아갔다. 강을 따라 뻗어 있다고 단순히 '강길'이라 불리는 흙길이었다.

"이건 미쓰 천이라고, 하미의 벼에 은혜로운 물을 주는 고마운 강이지."

그러고 보니 아오타 촌뿐 아니라 가는 길에 마주치는 마을마다 너른 논이 펼쳐져 있었다. 강 북쪽이 전부 논이었다. 면적으로 보건대 벼 수확량이 꽤 될 성싶었다.

"미쓰 천은 마을에 은혜뿐 아니라 화도 가져다준다만."

시게조는 그렇게 말을 잇더니 강이 범람해 마을이 입는 수해의 공포를 이야기했다. 그야말로 하미 사람들의 생과 사 모두에 관계되는 강이라 할 수 있었다.

"그건 모두 미즈치 님께서 미쓰 천의 근원인 진신 호에 계시기 때문이란다."

"미즈치 님?"

"그래, 물의 신이시지. 봐라, 저기 정면에 산이 보이지? 후타에 산이라고, 하미의 산신 님이신데, 저 산 중턱에 진신 호라는 큰 못이 있고 그곳에 미즈치 님이 사시는 거야."

"이 강의 물이 거기서 흘러온다는 뜻이에요?"

사요코뿐 아니라 쇼이치도 눈앞의 큰 강을 따라가면 산속의 호수에 도달한다는 사실이 도무지 실감나지 않았다.

시게조는 두 사람의 반응에 미소를 지으며 설명했다.

"진신 호에서 물이 솟는 건 아니야. 그곳에는 류쇼 폭포가 있는데, 그 폭포를 거슬러 올라가면 산속 더 깊은 곳에 이르거든. 시작은 작은 샘물인데 하류로 내려가면서 큰 강이 되는 게 물의 흐름이라는 것이지."

"혹시 미즈치 님을 모시는 데가 우리가 지금 가는 미즈시 신사예요?"

사요코의 질문에 시게조는 잠자코 고개를 끄덕였다. 미즈치 님 이야기를 꺼낸 것을 뒤늦게 후회하는 듯했다. 어머니에 대한 배려일까.

노인은 다소 갑작스레 앞쪽의 석비를 가리켰다.

"저기 보이는 게 수신水神탑이라고, 수천水天 님이나 변재천弁財天 님 같은 물의 신을 모시는 곳이다만, 마을 경계의 표지이기도 하단 말이지. 수신탑 앞까지가 아오타 촌이고, 그 너머가 사호 촌이야."

사호 촌을 지나자 다음은 모노다네 촌이었다. 다만 마을의 이름은 달라졌어도 풍경은 다를 바 없었다. 어느 마을이나 논이 끝없이 펼쳐져 있고 무수한 벼이삭이 바람에 흔들리고 있었다. 이상하게 처음 보는 광경인데도 매우 친근하게 느껴졌다. 이곳에는 하미로 오는 길에 느꼈던 원초의 자연에 대한 공포가 없었다. 질서정연하게 줄지어 늘어선 벼에서 인공의 자연미가 묻어나기 때문인지도 모른다.

그런 논 한복판에 키 큰 남자가 서 있었다. 양복을 단정하게 입은 모습이 흡사 쇼이치의 가족을 마중 나온 것처럼 보였다. 하지만 남자와 강길 사이에는 상당한 거리가 있었다. 만약 마차를 기다리고 있었던 것이라면 좀더 가까이 다가와도 될 것 같은데.

그러나 삼십대 초반으로 보이는 남자는 이미 얼마 전부터 쇼이치의 가족을 눈으로 좇고 있었다. 아니, 시선뿐 아니라 마차의 진행에 맞춰 몸까지 틀었다. 누가 봐도 구키 일가의 귀향을 마중 나온 것으로 보였다.

"……."

숨을 훅 들이마시는 기척이 나더니 별안간 어머니가 움찔했다. 쇼이치가 시선을 주자 어머니는 몸을 보일 듯 말 듯 앞으로 내밀고 남자를 열심히 쳐다보고 있었다.

"저 사람……."

사요코도 알아차리고 말하자 시게조가 마부에게 지시를 내렸다. 곧바로 마차의 속도가 느려졌다. 그들은 사람이 빨리 걷는 정도의 속도로 남자 앞을 지나쳤다. 그때 어머니가 천천히 머리를 숙여 인사하자, 상대방도 조용히 답례했다.

쇼이치가 돌아보자 남자가 그들을 지켜보고 있었다. 어머니는 고개를 숙이고 돌아보고 싶은 것을 필사적으로 참는 듯 보였다. 사요코는 궁금한 표정으로 남자와 어머니를 번갈아 봤지만 아무 말도 하지 않았다. 도무지 물어볼 분위기가 아니었기 때문이리라.

그런데 마차에 탄 뒤로 한 마디도 하지 않았던 쓰루코가 별안간 일어서더니 멀어져가는 남자를 향해 기쁨에 찬 목소리로 외쳤다.

"아버지!"

하마터면 마차에서 굴러떨어질 뻔한 큰누나를 시게조가 당황해서 끌어안았다. 흥분한 딸을 달래는 어머니 옆에서 쇼이치와 사요코는 서로 마주 보았다.

어떻게 된 거지?

쓰루코는 만주에서 나서 자랐을 터였다. 무엇보다도 이 지방은 고사하고 일본에 온 것 자체가 처음이다. 방금 전 남자와도 분명 초면일 텐데, 그런데 아버지라니…….

그때 쇼이치는 뒤늦게나마 무언가를 깨달았다. 그 남자가 어디의 누구든 자신들을 맞이해준 유일한 마을 사람이라는 사실이었다. 여기에 이르기까지 강길에서 엇갈려 지나친 사람, 논두렁, 밭두렁 길이며 마을길에 멈춰서서 마차를 바라보던 사람은 있었다. 그러나 하나같이 흘깃 보고는 바로 고개를 돌려버렸다. 처음에는 시골 사람답게 낯을 가리는 것이라고 생각했는데 아무래도 아닌 듯했다. 마치 호기심에 눈길을 주기는 했으나 보자마자 후회해서 황급히 시선을 피하는 것처럼 느껴졌다.

환영받지 못하는 건가?

이곳은 어머니의 고향이 아니던가. 아니면 아오타 촌이며 사호 촌, 모노다네 촌이라 그런 것이고 어머니가 자란 마을에 가면 달라질까.

그때 문제의 마을 이름이 시게조의 입에서 나왔다.

"보려무나, 저게 사요 촌이야! 하미 지방을 맨 처음 개척한 게 사요 촌의 조상님들이지."

마차에 감도는 묘한 공기를 몰아내려는 건지 짐짓 크고 명랑한 목소리로 말했다.

쇼이치가 시선을 앞으로 돌렸을 때, 때마침 마차가 마을 경계의 수신탑을 지나 하미 지방 맨 서쪽 끝에 위치한 사요 촌에 들어섰다. 미쓰 천 남쪽, 서남 방향으로 도리이〔신사 입구 기둥문〕가 보였다.

"저기가 미즈시 신사예요?"

분위기를 맞춰준 사요코의 물음에 시계조가 고개를 끄덕였다. 그러고 보니 아오타 촌, 사호 촌, 모노다네 촌 모두 서쪽 끝 마을 경계 부근의 강 건너 남쪽에 신사가 있었다.

"용케 알아차렸구나. 신사는 전부 미쓰 천 남쪽에 있단다."

쇼이치가 그 사실을 언급하자 노인은 감탄하며 네 신사에 관해 이야기해주었다. 막상 문제의 미즈시 신사에 관해서 미즈치 님의 본궁이라고만 한 것은 어머니를 배려해서인 듯했다. 참고로 미쓰 천 남쪽으로 뻗은 강변길은 '참배길'이라 불린다고 했다.

마차가 마을을 절반쯤 지났을 즈음 이상한 논이 눈에 띄었다. 그곳만 주위에 말뚝을 박은 데다가 구획이 아주 작았다. 말뚝 밖으로 논두렁길도 보이고 다른 논들과 마찬가지로 벼도 심었다. 다만 크기가 정상이 아니었다.

너른 논 가운데 조그만 논이 섞여 있다. 같은 논인데 그곳만 명백히 이질적인 느낌이 들었다. 그 공간만이 별세계였다.

이유가 뭐지?

쇼이치가 이상하게 생각하는데 마차가 속도를 늦추기 시작했다. 문제의 논 앞에 다리가 있는데 그 다리를 건너는 듯했다.

아…….

마차가 강길에서 다리로 꺾어진 순간, 조그만 논 속에 수건으로 머리를 싸고 기모노를 입은 여자가 서 있는 게 보였다. 온몸이 진흙투성이인 게 딱 한창 모내기를 하는 사람처럼 보였다. 하지만 모내기 시기는 이미 오래전에 지났을 터였다.

저 여자는 대체……?

저도 모르게 뒤를 돌아본 쇼이치는 여자가 비정상적으로 키가 작다는 사실을 깨달았다. 아니, 키가 작은 게 아니라 하반신이 논에 파묻힌 것처럼 보였다. 게다가 머리에 쓴 수건 안은 시커멨다. 볕에 타서 얼굴이 검은 게 아니라 그저 시커먼 어둠이 있을 뿐이었다.

허겁지겁 도로 앞을 향했지만, 팔에 소름이 좍 돋았다. 마차가 다리를 건너는 동안 여자가 줄곧 자신을 쳐다보는 것만 같아 등골이 오싹했다.

"왜 그래?"

사요코가 눈치를 챈 듯 물었다.

"아, 아니, 아무것도 아냐."

그렇게 대답한 쇼이치를 사요코뿐 아니라 시게조까지 걱정스레 바라보았다. 어쩌면 노인은 그곳이 꺼림칙한 장소라는 것을 아는지도 모른다.

기분 나쁜 걸 보고 말았네.

그가 우울한 기분에 사로잡혀 있으려니, 미쓰 천 남쪽 길을 달리던 마차가 왼쪽으로 길을 틀어 이윽고 미즈시 신사의 큰 도리이 앞에 멈춰섰다.

어머니는 잠시 주저하는 눈치를 보인 뒤, 자식들을 데리고 경내 참배길을 걸어갔다. 그러고는 배례전에 들어가 다 같이 참배했다.
 그동안 배례전 안쪽에서 졸졸 물 흐르는 소리가 들렸다. 신비한 음색에 귀를 기울이는 사이에 마음이 정화되는 양 기분이 좋아져 잠에 빠져들 것 같았다. 방금 전까지 자신을 감싸고 있던 음침한 기운이 슥 걷히는 것을 알 수 있었다.
 다음 순간, 목덜미에 소름이 돋았다. 상쾌한 기분이 들었을 때 정체를 알 수 없는 어떤 것이 목 뒤로 스멀스멀 들어오려 한다는 불쾌한 느낌에 사로잡혔다. 너무나도 생생한 감촉에 나지막이 "헉" 하고 비명을 지르며 두 손으로 목덜미를 있는 힘껏 털었다.
 "쇼이치?"
 사요코는 놀라면서도 어떻게 하면 좋을지 몰라 우왕좌왕했다. 그러자 어머니가 그의 손을 잡고 재빨리 배례전 밖으로 데리고 나와서는 매우 의미심장한 말을 했다.
 "너도 엄마처럼 여기 신하고 안 맞는지 모르겠구나."
 "무슨 뜻이에요?"
 쇼이치보다도 먼저 사요코가 물었지만 어머니는 고개를 저으며 이렇게 말했다.
 "방금 있었던 일은 비밀로 해야 해. 특히 이제부터 만날 사람……, 너희 할아버지께는 절대로 말하면 안 돼요. 알겠니?"
 어조는 차분했지만 반론을 허용하지 않는 박력이 느껴졌다. 두 아이 모두 허둥지둥 약속했다.
 바깥 도리이 밖에서 기다리던 시게조는 그들이 돌아오자 미즈시가 본채로 안내했다. 왜 그런지 정면 현관으로 가지 않고 옆으로 난 뒷문으로 향했다. 그는 널문을 열고 조심스럽게 안쪽을 향해 사람을 불렀다.
　얼마 지나자 젊은 하녀가 나왔다. 그러나 시게조를 보더니 별안간 쩔쩔매기 시작했다. 노인이 류지 님께 안내해달라고 아무리 말해도 소용이 없었다. 그러다가 소란을 들었는지 나이 지긋한 하녀가 얼굴을 내비쳤다.
　그런데 어머니를 보더니 몹시 허둥댔다. 다만 그래도 나이를 먹은 덕인지 바로 아무 일도 없었던 것처럼 정좌하고 머리를 깊숙이 조아렸다. 그것을 보고 젊은 하녀가 나직이 비명을 질렀다. 서둘러 자신도 정좌하고 바닥에 머리가 닿을 정도로 절했다. 거의 엎드려 비는 듯한 모습에 쇼이치도, 사요코도 어안이 벙벙했다.
　하녀들의 그런 모습을 어머니는 아무 말도 않고 자연스럽게 받아들였다. 가볍게 답례하고 나이 지긋한 하녀에게 "오랜만이에요" 하고 말을 건네는 태도는 매우 담담했다.
　그곳에서 시게조와 헤어져 별채의 한 방으로 안내되었다. 도중에 나이 지긋한 하녀가 도메코라는 이름이며 예전부터 미즈시 가에서 일했고 지금은 하녀 우두머리라는 것을 알았다. 도메코 자신이 그렇게 말했기 때문인데, 그녀는 별채의 방으로 들어갈 때까지 내내 이야기를 주절거렸다. 마치 조금이라도 침묵이 흐르면 무서워 못 견디겠다는 양.
　쇼이치의 가족은 꽤 오랜 시간 별채에서 기다려야 했다. 자신들의 존재를 잊어버린 게 아닐까 진심으로 걱정이 될 만큼 오래 방치되었다.
　사요코는 그 기회를 놓치지 않았다. 마이즈루 항에서 시게조가 그런 반응을 보였기 때문인지, 누나는 어머니에게 그때까지 사요 촌이며 미즈시 신사에 관해 구체적으로 아무것도 묻지 않았다. 누나치고는 보기 드물게 소극적이었던 셈인데, 여기까지 왔으니 이제 됐다고 판단했는지 조금씩 캐묻기 시작했다.

어머니가 대답해준 것은 얼마 되지 않았다. 자신은 철들 무렵 이 집에 들어온 양녀라는 것. 양아버지와 관계가 좋지 못해 가출하다시피 교토의 구키 가로 시집갔다는 것. 그뒤 쓰루코를 밴 채 만주로 건너가 본가로 돌아온 게 오늘이 처음이라는 것. 그리고…….

"그럼 어머니는 어디서 태어났어요?"

사요코의 질문에 어머니는 한참을 꼼짝 않고 생각하더니 먼 곳을 바라보는 눈길로 "소류 향의 가가구시 촌……"이라고만 대답했다. 게다가 금세 방금 말한 지명은 아무에게도 밝혀선 안 된다고 했다.

"왜 양녀로 보내진 건데요?"

이때가 되자 사요코는 여느 때와 같은 누나로 돌아와 있었다. 어머니가 조금이나마 입을 열어 우쭐해진 것이다.

"게다가 왜 이 신사예요?"

잇따라 질문을 던졌다.

그러나 어머니는 쓸쓸하게 미소를 지을 뿐 그 이상 아무 말도 하려 하지 않았다. 어딘지 모르게 슬퍼 보이는 어머니의 표정은 자신의 과거보다 자식들의 미래를 생각하는 것처럼 보였다. 귀국을 주저했던 것은, 어쩌면 결국은 저항할 수 없는 힘에 의해 하미 땅으로, 사요 촌으로, 미즈시 가로 돌아오게 될 운명을 어머니 나름대로 예감했기 때문인지도 모른다.

그때 별안간 장지가 거칠게 열리더니 육십대 중반쯤에 앙상하게 여윈 남자가 들어왔다. 그냥 여윈 게 아니라 군살을 모조리 도려내고 몸을 단련한 느낌이었다. 그게 날카로운 눈초리에도 드러나, 그가 흘깃 눈길을 던지는 것만으로도 쇼이치는 간이 쭈그러들 것 같았다.
 남자가 장식단을 등지고 앉았다.
 "그간 별고 없으셨는지요."
 어머니가 두 손을 짚고 절했다.
 "음."
 남자는 의젓하게 고개를 끄덕이며 그저 신음하듯 말했다. 십몇 년 만에 재회하는 부녀의 인사는 겨우 그것으로 싱겁게 끝났다. 게다가 남자는 딸은 변변히 보지도 않고 손주들, 그것도 쓰루코만 계속 쳐다보았다.
 "네 딸이냐?"
 "네……."
 그렇게 대답하는 어머니의 어조에서 왜인지 망설임이 느껴졌다.
 "몇 살이지?"
 "큰딸인 쓰루코가 열세 살이고 작은딸 사요코가 열 살, 그리고 쇼이치가 다섯 살입니다."
 그런데 이번에는 달랐다. 마치 중대한 결심을 한 양 당당하게 자식들의 이름과 나이를 말했다. 눈앞의 남자에게 도전이라도 하듯이.
 그 순간, 남자의 얼굴이 경악에 일그러졌다. 그때까지 철저하게 무표정했던 만큼 상당히 큰 충격을 받았음을 알 수 있었다.
 어머니는 양아버지의 그런 태도를 아랑곳하지 않고 자식들에게 할아버지를 소개했다.
 "이분이 너희 할아버지란다. 미즈치 님을 모시는 미즈시 신사의 신관이 너희 할아버지세요."
 "여기선 내가 신이야."

놀란 표정을 남기면서도 류지는 불손한 말을 내뱉었다. '여기'는 미즈시 가를 뜻하는가 보다고 생각했으나, 나중에 쇼이치는 하미 땅을 가리키는 것이었음을 이해했다.

"처음 뵙겠습니다, 사요코예요."

"그래."

"아, 안녕하세요. 쇼이치예요."

쇼이치도 허둥지둥 인사했지만 할아버지는 거들떠보지도 않았다. 여전히 쓰루코만 응시하고 있었다.

"아버지."

어머니의 목소리에 겨우 흠칫 정신을 차리더니 류지는 별안간 딸을 똑바로 보며 말했다.

"너……."

"아니에요."

"그렇지만……."

"아뇨, 말씀드릴 것도 없는 일이지만 그럴 생각은 털끝만큼도 없습니다."

"……."

순간 할아버지의 얼굴이 곤혹에 휩싸였다. 그러나 금세 뭔가를 짐작했는지 "그래, 그러냐"라고 했다.

"네."

"뭐, 됐다. 찬찬히 생각해봐라. 신의 비호가 없으면 어떻게 될지 자기들이 처한 상황을 잘 생각하고."

그날 밤, 몇 달 만에 제대로 된 저녁식사를 하고 훌륭한 편백나무 욕조에서 목욕을 한 뒤 푹신한 이부자리에서 잤다. 처음 안내된 별채가 자연히 그들의 방이 되었다.

미즈시 가에는 가족이라곤 할아버지인 류지 외에 세 사람밖에 없었다. 류지의 아내인 이쓰코, 아들 류조, 며느리 야에였다. 신사에서 일하는 사람들이며 도메코, 시게조 같은 하인들이 가족보다 훨씬 많았다.

할머니 이쓰코는 남편과 나이 차는 별로 나지 않는데도 조금 망령이 들었다. 그 때문에 귀향한 어머니를 알아보기는 하는지 심히 불안했다. 삼십대 중반인 류조는 아버지와 정반대로 얌전하고 자상한 사람으로, 수양누나인 어머니와 세 아이들에게 신경 써주었다. 그보다 열 살은 젊은 야에는 보아하니 세번째 부인인 듯했다. 전의 두 부인은 자식을 낳지 못해 류지가 몰인정하게 내쫓았다고 했다.

이런 정보를 사요코는 교묘하게 시게조며 도메코에게 얻어들어 오곤 했다. 사요코를 마음에 들어하는 노인이야 그렇다 치고 만난 지 얼마 안 되는 하녀 우두머리와도 벌써 친해진 것을 보고 쇼이치는 놀랐다.

"삼촌은 류지 앞에서 꼼짝도 못하나봐."

사요코는 류조를 제외한 세 사람을 서슴없이 이름으로 불렀다.

누나가 가르쳐준 정보에 따르면, 류조는 첫번째 아내와 매우 금실이 좋았으나 자식을 보지 못했다. 류지에게 '대를 이을 아들을 못 낳는 여자는 필요 없다'는 말을 듣고, 아버지 말을 거역하지 못하는 그는 마지못해 이혼했다. 본가로 돌아간 부인은 슬픔에 겨워 이윽고 병으로 죽었다. 두번째 아내는 아이를 뱄으나 사산하자 그 즉시 류지가 이혼시켰다. 류조도 이쯤 되자 반대했으나 아버지의 한마디에 체념하고 말았다. 그뒤 두번째 아내는 자살했다.

"너무하지 않아? 정말 어처구니가 없어."

사요코가 분개하는 것도 무리는 아니었다.

"어머니가 류지랑 관계가 안 좋아서 집을 나간 것도 이해돼. 진짜 외할아버지가 아니라 다행이야."

사요코는 류지를 덮어놓고 싫어했고 쇼이치는 겁냈다. 그렇기는 해도 둘 다 애초에 상대방의 안중에 없었다. 할아버지가 관심을 가진 것은 처음부터 쓰루코뿐이었다.

"그 인간이 쓰루 언니를 보는 눈초리, 어째 기분 나쁘지 않아?"

쇼이치도 비슷한 느낌이었지만 속내는 달랐다. 사요코는 어린 마음에도 할아버지의 눈에 어린 엉큼함을 민감하게 감지한 듯했다. 아직 열 살이지만 어른스럽고 성숙한 사요코다운 관찰력이었다. 한편 쇼이치는 그 추잡한 눈초리 속 깊은 곳에 더욱 무서운 꿍꿍이가 숨어 있다는 생각이 들었다. 그게 무엇인지는 알 수 없지만 온몸의 털이 주뼛 곤두설 만큼 끔찍한 어떤 것이었다.

그러나 정작 쓰루코 본인은 태평했다. 류지에게서 예쁜 기모노며 장신구를 선물받고 좋아했다. 어디까지나 냉정하고 공평하게 보면 미즈시 가에서의 생활은 큰누나의 정신에 좋은 영향을 주었다. 할아버지의 부정한 시선을 알아차리지 않으면, 그게 구체화되지만 않으면 큰누나의 요양에 좋은 곳임에는 분명했다.

그러나 이때 쇼이치는 사실 할아버지보다 할머니가 더 무서웠다. 이쓰코에게는 류지 같은 오만함, 자기중심적인 면모, 냉철함이 일절 없었다. 조금 망령이 들었으니 어떤 의미에서는 그런 인간다움이 처음부터 결여되어 있었다고 할 수도 있다.

"그런 노망난 할망구가 뭐가 무섭다는 거니?"

사요코는 전혀 신경 쓰지 않았다. 좌우지간 모든 악의 근원은 류지라고 단정했다. 물론 그 말이 옳기는 했다. 그러나 할아버지에게 느끼는 무서움이 본인의 성격에서 비롯되는 데 반해, 할머니는 정체를 알 수 없는 공포였다.

"쇼……."

어둑어둑한 본채 복도에서 별안간 속삭이는 소리가 들려온다. 돌아봐도 아무도 없다. 잘못 들었나 싶다가 복도 모퉁이에서 꼼짝 않고 자신을 엿보는 할머니를 알아차리고 등골이 오싹한다.

그런 일이 여러 번 있었다. 똑같은 일을 몇 번씩 당하는데도 도무지 익숙해지지 않았다. 이윽고 복도를 걸을 때면 겁에 질려 벌벌 떨게 되었다.

그러다 어느 날 할머니가 모습을 온전히 드러냈다. 식사도 할머니 혼자 방에서 하는 터라 그녀의 모습을 제대로 본 것은 그때가 처음이었다. 그 이래로 그는 조심조심 할머니와 대화를 하게 되었다.

"쇼…… 네가 쇼."

쇼이치는 이 말이 무슨 뜻인지 잘 알 수 없었다. '쇼냐?' 하고 묻는 것 같기도 하고 '쇼다' 하고 단정하는 것처럼도 들렸다. 게다가 할머니는 사투리 억양이 심해 말을 잘 알아들을 수 없었지만, 어느 쪽이 됐든 이 말에 대한 대답은 똑같았다.

"네……."

그래서 그는 고개를 끄덕이며 대답했다.

"역시 그렇구나. 쇼…… '소나무'에 하나 둘의 '하나'라고 써서 쇼이치松—……."

"네?"

"그러니까 쇼……."

"아, 아니에요. 제 이름은 '바르다'에 '하나'라고 써서 쇼이치正—예요."

"바르다? 아니다. 넌 '소나무'에 '하나'인 쇼이치야."

할머니와의 대화는 이런 식으로 엇나갔다. 자신과 비슷하게 생긴 쇼이치松—라는 애가 있나 싶어 시게조에게 물어봤지만, 그가 알기로 하미에는 그런 아이가 없다고 했다.

"쇼, 넌 세 눈."

"눈은 두 개뿐이에요."

"후후…… 최소한 외눈은 아니야."

수수께끼 같았지만 할머니가 답을 알고 있는 것 같지는 않았다.

"쇼, 밥을 더 든든히 먹어야지. 그렇게 말라선 미즈치 님을 모시는 무당이 될 수 없어."

어쩌다 할머니답게 걱정하는 말을 하는 것 같다가도 결국은 영문을 알 수 없는 소리를 진지한 표정으로 했다. 전에는 이쓰코 자신이 무녀였던 모양인데, 정말로 후보를 생각한다면 역시 쓰루코나 사요코일 것이다. 무엇보다도 쇼이치는 무당이 될 마음이 없는 데다가 그 이전에 할아버지가 인정할 리 없었다.

할머니 이야기를 해도 사요코는 머리 옆에 검지를 빙글빙글 돌리며 "여기 문제니까 신경 쓸 거 없어"라고만 했다.

그러나 쇼이치가 느끼기에, 할머니는 사람들 말처럼 노망난 게 아니라 말하자면 몸 절반이 별세계에 있어서 가끔 인간이 아닌 쪽 몸 절반이 표면으로 나오는 것 같았다. 이유는 모르겠지만 자신과 함께 있을 때 그게 가장 현저하게 드러나는 것이라고 반쯤은 체념하고 있었다.

"역시 신사는 신사네. 꼭 극락 같아."

사요코는 만주에서의 생활이 생각나는지 종종 그런 말을 했다. 극락은 불교의 개념이지만 누나가 무슨 말을 하는지는 알 수 있었다. 천만 명이 굶어죽었다고 이야기되는 전후 일본에서 일하지 않고도 의식주가 보장되니 아닌 게 아니라 극락이었다.

다만 사요코는 그때마다 이렇게 말을 이었다.

"그렇지만 이렇게 집이 큰데, 옷은 안 깨끗하지, 식사는 맛없지, 별채가 쾌적하지 않은 건 류지가 엄청난 노랑이라서 그래."

실제로 할아버지는 인색했다. 그 때문에 미즈시 가에서 사는 모든 사람의 일상생활에 그의 성격이 큰 그늘을 드리우고 있었다.

"그것도 그냥 구두쇠하곤 달라. 류조 삼촌의 전 부인을, 애를 못 낳는다고 내쫓은 건 결국 자기한테 도움이 안 되는 인간은 필요 없다고 판단했기 때문이라고. 그 인간은 분명 전생에 지옥의 악마였을 거야."

쇼이치는 누나의 비유에 납득하며 그렇다면 할머니는 반半 요괴 같은 존재일지 모른다고 생각했다.

그러나 사요코가 싫어하는 지옥의 악마와 쇼이치가 꺼림칙하게 생각하는 별세계의 반 요괴와 뜻밖에도 곧 헤어지게 되었다. 어머니가 집을 나왔기 때문이었다. 아니, 정확히는 류지에게 쫓겨났다고 해야 할까.

두 사람 사이에 무슨 일이 있었는지 사요코도, 쇼이치도 알지 못했다. 누나가 캐내보려고 했지만 어머니는 구체적인 이야기는 일절 하지 않았다.

"이걸로 할아버지의 주술에서 풀려난 거야."

그렇게 말하며 웃기만 했다. 미즈시 가 별채에서 그들 가족이 산 것은 겨우 이 주 정도였다.

할아버지는 어째서 한번 받아들였던 딸과 손주들을 내쫓았을까. 그가 말한 '찬찬히 생각해봐라'라는 말과 관계가 있을까. 어머니가 그에 대한 답을 얻었으며 그게 할아버지의 뜻에 맞지 않은 결과인가. 양아버지와 양딸 사이에 대체 어떤 대화가 오갔나.

의문은 끝이 없었지만 사요코와 쇼이치는 기뻐했다. 이로써 네 식구가 오붓이 살 수 있기 때문이다. 그러나 두 아이는 중요한 문제를 생각하지 못했다. 미즈시 가에서 나오면 살 집이 없다. 게다가 무슨 수로 먹고 살 것인가. 순식간에 길가에 나앉게 되었다.

이때만큼 사요코가 분한 표정을 지은 적이 없었다. 제아무리 야무져도 결국은 어린애라는 사실을 통감했기 때문이리라.

시게조의 소개로 네 식구는 사요 촌과 모노다네 촌 경계에 있는 초라한 움막으로 옮겼다. 미쓰 천에서 조금 북쪽으로 들어간 곳에 있는 쓸쓸한 곳으로, 주위에 다른 집은 한 채도 없었다. 아니, 움막 자체가 집이라 부르기도 뭣할 만큼 정말 비바람만 피할 수 있는 초라한 누옥이었다. 미즈시 가가 극락의 저택이라면 주춧돌도 없이 지은 움막은 저승으로 가는 길에 있는 삼도천의 옷 뺏는 할멈의 거처 같았다.

"면목이 없습니다. 사기리 님께 이런 곳을……."

고개를 떨군 노인에게 어머니는 밝은 웃음을 지으며 말했다.

"아니에요. 시게조 씨가 도와주지 않으셨으면 지금쯤 네 식구가 길바닥에 나앉아 막막했을 거예요."

"제가 곧 어떻게든 해볼 테니 잠시만 참아주십시오."

말은 그렇게 해도 하인인 그가 어떻게 할 수 있는 문제가 아니라는 것은 쇼이치도 알 수 있었다. 만약 류지가 이 움막에서조차 딸과 손주들이 사는 것을 허락하지 않으면 당장 무슨 수를 쓸 게 틀림없다. 사요코도, 쇼이치도 그 무렵에는 할아버지가 이곳 하미 땅에서 그 정도로 큰 힘을 가졌다는 것을 어렴풋이 알아차리고 있었다.

그 증거라고 해도 될 것 같은데, 미즈시 가에 종종 드나들며 류지와 늘 은밀히 이야기를 나누던 구보라는 안경 낀 사내의 모습이 이따금 움막 주변에서 눈에 띄기 시작했다. 구보는 사요 촌 청년단 대표였는데, 십중팔구 할아버지의 첩자가 아닐까.

그날부터 어머니는 일을 나가기 시작했다. 일감을 맡겨달라고 이집 저집 찾아다녔다. 그러나 마을 사람들의 태도는 냉랭했다. 어머니에게 일거리를 주려 하지 않았다. 어쩌다 일을 시켜도 변변한 일이 아니었고 품삯도 형편없었다. 그래도 어머니는 온 마을을 돌아다니며 스스로 일거리를 찾아 부지런히 일했다. 하지만 다들 부탁하지도 않았는데 어머니가 알아서 한 일이라며 최저의 대가만 주려고 했다.

그런 어머니를 보다 못해 사요코도 일하기 시작했다. 소학교가 끝난 뒤부터 밤늦게까지 열심히 일했다. 그나마 어머니보다는 좀 더 일감을 얻을 수 있었기 때문이다. 쇼이치도 소학교에 입학한 뒤로 일했다. 어머니와 누나보다 왜 그런지 일은 더 많았다. 사내애라고 처음부터 밭일을 시켰다.

새벽 5시에 일어나 콩밭을 맸다. 잎사귀에 맺힌 이슬 때문에 일이 끝날 무렵에는 옷이 흠뻑 젖어 무거웠다. 서둘러 아침밥을 먹고 학교로 갔다가, 방과 후에는 놀지도 않고 집으로 가지도 않고 바로 밭일을 나갔다. 저녁때가 되면 이미 녹초가 되어 오른손에 젓가락, 왼손에 밥그릇을 든 채 꾸벅꾸벅 졸 때도 많았다. 밤에는 짚으로 새끼를 꼬아 가마니를 짰다. 공출미를 넣는 섬이었는데, 그곳 논일이 무척 힘들었다. 특히 써레로 흙을 고를 때면 "더 평평하게 못해!" 하고 호통을 듣기 일쑤였는데, 어린애가 써레를 다루기가 쉽지 않았다. 자루가 어깨보다 높은 탓에 힘을 줄 수 없었다. 울고 싶지 않은데 저절로 눈물이 뺨을 타고 흘러내렸다. 같은 또래의 마을 아이들도 제대로 다루지 못했지만 쇼이치에게는 더욱 버거웠다. 열너덧 살 된 소년이 몇십 킬로그램이나 되는 쌀가마를 지고 창고 꼭대기까지 올라가는 모습을 보면, 자신도 저 나이가 되면 과연 같은 쌀가마를 운반할 수 있을까 싶었다. 하지만 아무리 봐도 절대 무리일 듯했다. 마을 아이들과 자신은 체격 자체가 달랐다.

그런 세 사람을 뒤에서 도와준 게 시게조였다. 그는 마을 대부분의 집을 알고 지내는 터라 각 가정의 사정을 잘 알고 있었다. 그런 입장을 활용해서 구키 가에 조금이라도 쏠쏠한 일거리가 들어오도록 힘써주었다. 그가 없었으면 세 사람이 얻는 일감의 양도, 품삯도 훨씬 못했을 것이다.

시게조는 구키 가를 편들어주는 몇 안 되는 사람들 중 한 명이었다. 어쩌면 류지보다 어머니에게 더 큰 충성심을 갖고 있었는지 모른다. 그렇지만 오랜 세월 미즈시 신사를 위해 일해온 그가 느닷없이 류지의 말에 거역할 수는 없었다. 어머니를 도와주고 싶어도 드러나게 움직일 수 없었고, 또 뒤에서 은밀히 도와주는 데에는 한계가 있었다. 그는 종종 자신의 무력함을 한탄했다. 하지만 어머니는 그런 노인을 늘 고맙게 생각했다.

생각해보면 두 사람의 관계는 기묘했다. 경우에 따라서는 주종으로도, 조손으로도, 부녀로도, 나이 차가 많이 나는 남매로도, 한 여자와 그녀를 사랑하는 남자로도 보이는 참으로 기이한 관계였다.

쇼이치가 마을 일을 하던 중에 실수를 저지르거나 도움이 안 될 때면 곧잘 "막된 것의 자식이……" 하고 사람들이 뒤에서 수군거렸다. '자식'은 자기를 가리키는 것이니 '막된 것'은 부모라는 뜻이다. 아니, 아마도 아버지가 아니라 어머니 쪽일 것이다.

"막된 것이 뭐예요?"

시게조에게 묻자 노인은 눈에 띄게 안색이 달라졌다. 그런데도 설명은 너무나도 평범했다.

"인간의 도리에서 벗어난 행동을 하는 사람이란 뜻이다만, 이 근방에선 타지 사람을 가리키니 널 타지 사람으로 취급하는 모양이구나."

쇼이치는 시게조가 심지어 자식들로부터도 어머니를 지키려 한다는 느낌을 받았다. 그렇기에 막된 것이 어머니를 말하는 게 아니냐는 말은 차마 할 수 없었다. 대신 다른 것을 물었다. 그때까지 쇼이치에게 있는 대로 거들먹거리던 덩치 큰 사내 어른이 "막된 것의 자식이……"라고 말할 때 들릴 듯 말 듯한 소리로 소곤거리는 이유는 무엇인가. 마치 쇼이치에게 대놓고 말하기를 겁내는 것 같은 것은 어째서인가.

"그건 사실 마음속으로는 널……."

시게조는 어물거리더니 이렇게 이었다.

"사실 너한테 미안하게 생각하기 때문이란다. 그러니 조금도 신경 쓸 필요 없어. 그냥 넘겨들으려무나."

"네, 알았어요."

순순히 고개를 끄덕이면서도 쇼이치는 시게조가 '그건 사실 마음속으로는 널 겁내기 때문이란다'라고 하려던 게 아닐까 생각했다. 하지만 마을 어른들이 자신을 두려워할 이유가 없다. 그렇다면 그들은 쇼이치의 등뒤에 어머니의 그림자를 보고 무서워하는 게 아닐까. 그렇기에 시게조는 말을 얼버무린 게 아닐까.

이런 기묘한 대우는 사실 사요코도 받고 있었다. 게다가 사요코를 한층 더 흡사 종기를 건드리듯 조심스럽게 대하는 모양이었다.

"그럴 거면 처음부터 아예 말을 말든지."

누나는 여전히 듬직했다. 실제로 누나는 학교 공부와 일을 양립하면서 조금이라도 시간이 나면 그새 생긴 친구들과 놀았다. 산과 들을 원숭이처럼 뛰어다니며 폭포와 강에서 갓파처럼 헤엄치고 절 경내에서는 술래잡기며 숨바꼭질을 했다. 친구가 생기기는커녕 괴롭힘을 당하던 쇼이치는 그런 누나가 부러웠다.

"콱 박아주란 말이야! 이쪽도 가만있지 않는다는 걸, 반격한다는 걸 상대방에게 똑똑히 알려줘야 해. 처음엔 앙갚음을 당하겠지만 기죽지 말고 맞서는 수밖에 없어. 물렁하지 않다는 걸 보여주는 거야."

"으, 응…… 그렇지만 어머니를……."

"그래, 나도 들었어. 그렇지만 그 의미를 아는 녀석은 아무도 없는 걸. 다들 제 할아버지, 할머니, 부모한테 주워들은 걸 뜻도 모르면서 지껄이는 것뿐이야. 그러니까 어른들이 말할 때만큼 악의는 없어."

듣고 보니 아닌 게 아니라 그런 것 같기는 했다. 쇼이치는 새삼 누나는 역시 대단하다고 감탄했다.

사요코의 목소리가 갑자기 작아졌다.

"그렇지만…… 어머니한테 아무래도 우리가 모르는 과거가 있는 것 같아. 우리한테 알리고 싶지 않은 과거가. 그게 사요 촌으로 돌아오면서 조금씩 되살아나서 여러모로 영향을 미치는 건지도 몰라."

"어머니가 옛날에 집을 나온 것도, 이번에 또 쫓겨난 것도 그 과거가 원인이야?"

"아마…… 그것만은 아니겠지만 근본 원인은 거기 있는 것 같아."

여기에 대해서는 그 이상 캐지 않기로 했다. 언젠가 어머니가 먼저 말해줄 때까지 기다리자는 방향으로 의견이 일치했다. 호기심 왕성한 사요코가 참을 수 있을지 걱정스러웠지만 그뒤로 누나는 쇼이치와의 약속을 지켰다.

미즈시 가에서 나온 뒤로도 쇼이치의 가족은 이렇게 해서 이럭저럭 생활할 수 있었다. 문제는 쓰루코였다. 어머니와 누나가 가져오는, 집에서도 할 수 있는 일을 거들기는 했는데, 열악한 환경이 그녀의 정신에 좋지 않은 영향을 끼치는 것은 명백했다. 미즈시 가에서 회복되는 듯했던 만큼 어머니는 한동안 몹시 고민했지만, 그렇다고 양아버지에게 돌아갈 마음은 털끝만큼도 없는 것 같았다. 그들이 짐작도 할 수 없는 어떤 엄청난 갈등이 있다는 생각이 들었다.

구키 가의 생활은 몹시 힘겨웠지만, 욕심만 부리지 않으면 이상하게도 먹을 것은 그리 부족하지 않았다. 밤사이 움막 문밖에 누가 채소며 과일을 놓아두고 가곤 했기 때문이다. 사요코는 처음에 시게조의 호의라고 생각했던 모양이지만, 시게조가 갖고 올 때는 그렇게 숨기거나 하지 않고 바로 주었다. 게다가 본인이 아니라고 부인했다. 쇼이치는 마을에 친절한 사람이 있어서 몰래 가져다주는 것이라고 생각했으나, 누나는 그런 생각을 대뜸 부정했다.

"쇼이치, 그런 인간은 이 마을에 한 명도 없어."

쇼이치도 후에 일을 나가면서 누나 말이 옳았음을 몸소 실감했다.

"미즈우치 아저씨 아닐까?"

미즈우치란 모노다네 촌 미즈치 신사에서 대대로 신관을 맡아온 집안이다. 현재의 신관은 여든이 넘은 다쓰키치로였지만, 실제 신관 역할은 몇 년 전부터 넷째 아들 세이지가 다하고 있었다. 세 형들은 모두 병사했거나 전사했다.

이 미즈우치 세이지가 바로 만주에서 귀국한 쇼이치의 가족이 하미 땅에 도착해 마차로 아오타 촌에서 사요 촌으로 향하던 중, 모노다네 촌을 지났을 무렵 논 한복판에서 그들을 맞이해준 인물이었다.

세이지는 미즈시 가에 있을 때도 한 번 찾아왔었는데, 쇼이치의 가족이 움막으로 옮기자 자주 얼굴을 비치기 시작했다. 그때마다 통조림이며 의복, 일용품 등을 들고 왔다. 학교에 가고 일하러 나가 다들 없을 때에도 뭔가를 놓고 가곤 했다.

"아니, 아저씨는 아닐 거야."

"왜?"

"아저씨가 가져다주는 건 마을에선 잘 못 구하는 통조림 같은 보존식품이 많잖아. 그렇지만 밤사이 갖다놓는 건 죄 채소처럼 마을에서 구할 수 있는 것들인걸."

"그러고 보니……."

사요코는 여전히 날카로웠다.

"게다가 아무래도 같은 사람이 갖다놓는 게 아니란 생각이 들어."

"뭐? 그럼 역시 마을 사람들이……."

사요코는 또다시 고개를 단호하게 내저으며 그 가능성을 부정했다. 어쨌거나 갖다준 사람이 누구든 이 수수께끼의 선물에 구키 가가 큰 도움을 받은 것은 틀림없었다.

어머니는 처음에는 세이지의 호의를 고맙게 받아들였다. 그러나 그런 일이 거듭되면서 계속 받기만 하자 미안해하며 사양하게 되었다.

"내가 멋대로 하는 일이니 신경 쓰지 말아요."

세이지는 오히려 모자란다고 생각하는 듯했다. 그러나 어머니가 정말로 괴롭게 생각한다는 것을 알자, 매번 선물을 들고 오던 것을 몇 번에 한 번으로 줄였다. 다만 한 번에 들고 오는 양을 늘렸다 보니 결국 달라진 것은 아무것도 없었다.

"미즈우치 아저씨, 분명히 옛날에 어머니를 좋아했을 거야."

사요코의 말을 듣지 않아도 쇼이치도 그쯤은 이미 알아차리고 있었다. 하지만 불쾌하지는 않았다. 세이지의 태도가 솔직하고 밝았기 때문이다.

"어머니를 만나는 게 정말 즐거운 것 같지."

그것은 어머니도 마찬가지였다. 아침 일찍부터 밤늦게까지 내처 일만 하는 어머니가 숨을 돌릴 수 있는 유일한 순간이 세이지와 잠시 대화를 나눌 때였을 것이다.

"어머니, 어째 젊어진 것 같지 않아?"

미즈시 가에서 살던 때보다, 지금 사는 초라한 움막으로 옮겨온 당초보다 어머니는 아닌 게 아니라 생기가 넘쳐 보였다.

쇼이치 남매도 세이지의 방문은 대환영이었다. 솔직히 처음에는 선물을 바라고 그런 것이었으나, 세이지는 자신이 들고 온 음식을 쇼이치의 가족이 맛있게 먹으면 무척 기쁜 표정을 지었다. 그런 때 그가 웃는 얼굴을 보면 자신들까지 마음이 누그러졌다. 쓰루코의 정신 상태가 더 악화되지 않는 것도 그의 존재 덕이 컸다.

"아버지."

큰누나가 그렇게 부를 때마다 어머니도 세이지도 뭐라 말할 수 없는 표정을 지었다. 서로 마주 봤다가 당황해서 시선을 피한 적도 몇 번 있었다. 두 사람 다 그렇다고 쓰루코를 나무라거나 하지는 않고 마음대로 하게 두었다. 쓰루코의 마음의 병을 생각해서인지, 아니면 다른 이유가 있어서인지, 쇼이치는 물론 알지 못했다.

비좁고 초라한 움막 안에서 일주일에 겨우 몇 십 분뿐인 시간이었지만, 쇼이치는 아버지가 있는 따스한 가정의 분위기를 맛보았다. 그런 느낌을 체험하는 것만으로도 어쨌든 만족했다.

하지만 사요코는 달랐다. 더 앞날을 내다보고 있었다.

"어머니가 아저씨랑 결혼하면 좋을 텐데. 아저씨 부인은 몇 년 전에 병으로 죽었잖아. 우리 쪽은 전사해서 문제될 게 전혀 없는걸."

전사한 '우리 쪽'이란 쇼이치 남매의 아버지를 말했다.

"아저씨한테 아들이 하나 있긴 하지만 그 애도 어머니를 갖고 싶지 않을까."

세이지에게는 가이지芥路라는 이름의 열한 살 먹은 아들이 있었다. 세이지가 아쿠타가와 류노스케芥川龍之介의 애독자라 그렇게 이름을 지었다고 했다.

가이지는 아버지를 따라 움막에 온 적이 딱 한 번 있었다. 살빛이 희고 얌전한 소년으로, 아버지를 닮아 이목구비가 단정했다. 어머니가 이것저것 말을 붙여봤지만 수줍은지 말을 별로 하지 않았다. 그러니 그가 어머니를 원한다는 것은 누나의 독단적인 해석이었다.

가이지는 다소 내성적인 아이였지만 어느새 쇼이치 남매와 어울려 놀고 있었다. 쓰루코까지 놀이에 끼었으니 아이들의 궁합은 결코 나쁘지 않았던 것 같다.

뜻밖에도 문제는 어머니 본인이었다.

"주제넘게 나서는 것 같지만 살 곳을 소개해도 될까요?"

처음 움막을 찾아왔을 때 세이지가 그런 말을 꺼냈으나 어머니가 거절했다. 그뒤로도 세이지는 똑같은 제안을 여러 번 했는데 어머니가 늘 고개를 가로저었다.

세이지는 단정적인 말투를 쓰지 않았다. 자신의 의견을 말할 때도 반드시 상대방의 의향을 먼저 묻곤 했다. 그런 그가 딱 한 번 명확히 말했다.

"당신과 애들을 내가 돌보게 해줘요."

그때 우연히 쇼이치 남매는 움막 밖에 있었다. 그리고 쇼이치만이 세이지의 말과 어머니의 대답을 들었다.

"고맙습니다. 하지만 그래선 미즈치 신사가 몰락할 거예요."

몰락한다는 말이 무슨 뜻인지 몰라 누나에게 묻자 '망하다' '기울다'라고 대답했다. 왜 묻느냐고 하기에 방금 들은 대화를 설명하자 사요코는 "이 바보야! 그 말을 먼저 해야지!"라고 했다.

누나는 황급히 움막 바깥벽에 들러붙어 귀를 기울였지만 두 사람의 대화는 이미 끝난 듯했다.

이날부터 사요코는 어머니에게 걸핏하면 세이지 이야기를 꺼냈다.

"그런 아버지는 나도 좋을 것 같아요."

때로는 상당히 노골적인 말까지 했다. 그러나 어머니는 쓸쓸한 미소를 띨 뿐 대답하지 않았다.

"이상하네. 미즈우치 아저씨만의 짝사랑이 아니라 어머니도 같은 마음인 것 같은데."

쇼이치도 사요코의 생각이 맞는다는 생각이 들었다. 그런데 어째서 거절했을까. 게다가 그 이유가 너무나도 기묘했다.

이윽고 어머니는 세이지의 방문을 넌지시 피하기 시작했다. 하지만 그에게는 전혀 통하지 않았다. 여전히 빈번히 찾아왔다. 애초에 만날 가능성이 낮으니 자주 와보는 수밖에 없다고 생각한 모양이었다.
 다음번 대화는 이번에는 우연히 사요코가 들었다.
 "미즈치 신사의 대를 이으실 분이 이런 데를 드나들다가 나쁜 소문이라도 나면……. 아니, 이미 양쪽 마을 사람들이 뭐라고들 하고 있어요."
 "마을 사람들은 예전부터 그랬어요. 난 신경 쓰지 않습니다."
 "세이지 씨 개인의 문제만으로 끝나지 않아요."
 "그때 그렇게 생각했던 게 잘못이었던 겁니다."
 "……."
 "난 그 대가로 사기리 씨, 당신을 잃고 말았습니다. 두 번 다시 같은 실수를 하고 싶지 않아요."
 "그렇게 생각해주시는 건 기뻐요. 하지만…… 마을 전체를 적으로 돌리고 대체 어떻게 살아갈 생각이세요?"
 "그건……."
 "게다가 십중팔구 모노다네 촌만의 문제로 끝나지 않을 테죠. 온 하미 땅에서 완전히 고립될 거예요. 가이지 군은 어떻게 되겠어요?"
 "그럼 당신 애들은요? 당신은?"
 "저희는 괜찮아요. 딱히 마을 전체에서 따돌림을 당하는 것도……."
 "아니, 거의 그와 다름없는……."
 "게다가 당사자는 사실 의외로 강한 법이랍니다."
 "사기리 씨……."
 "아시면서 그러세요. 그때나 지금이나 안 되는 건 역시 안 된다는

걸…….''

 그후로 세이지의 방문이 조금 뜸해졌다. 실제로 이 무렵 쇼이치 남매의 귀에도 세이지와 어머니에 대해 좋지 않은 소문이 들릴 정도였다. 사요코가 넌지시 시게조를 떠보니 모노다네 촌에서는 상당히 문제가 심각해진 모양이었다.

 "그렇지만 아저씨의 방문이 줄어든 건 그런 이유 때문이 아냐."
 "어머니 때문에?"
 "응. 결심이 굳다는 걸 알고……."
 "이러다가 영영 안 오게 될까?"
 "글쎄…… 좀더 애써주면 좋겠지만 뭔지 몰라도 복잡한 사정이 있는 것 같으니 말이지."

 당시 사요코와 쇼이치는 단둘이 있을 때면 어머니와 세이지 이야기만 했다.

 "우리가 만주에서 왔기 때문이라든지, 그런 게 아닌 건 확실해."
 "그보다 더 전 일이 원인인 것 같지."
 "어머니가 미즈시 신사에 있던 시절…… 미즈우치 아저씨랑 서로 사랑했을 때……."
 "무슨 일이 생겨서 헤어졌다고?"
 "분명히 강제로 떨어뜨려놓은 거야, 류지가."

 사요코의 예상이 적중했다. 시게조에게 확인하자 마지못해 가르쳐주었다. 다만 그 까닭은 결코 말하려 하지 않았다.

 "류지 님은 미즈우치 가 사람들을 고깝게 생각하시거든."

 그게 표면적인 이유라는 것은 쇼이치도 짐작할 수 있었다. 그 속에 더 깊은 까닭이 있는 게 틀림없다. 알고 싶은 반면 모르는 편이 낫다는 생각도 들었다. 알고 나면 돌이킬 수 없이 후회할 것 같았다.
 어머니가 말하기 싫다면…….
 그대로 두는 게 좋을지도 모른다. 일부러 캐고 다니는 것은 터무니없이 어리석은 행동이 아닐까.
 어머니가 우리에게 먼저 말할 때까지…….
 시계조건 미즈우치 세이지건 다른 사람에게 물어봐선 안 된다. 무엇보다도 그런 일을 했다간 어머니가 슬퍼할 것이다.
 쇼이치는 솔직한 생각을 말했다. 사요코는 불만인 듯했지만, 어머니가 자식들에게 가르쳐주기 싫다고 생각하는 한 그 마음을 존중해야 한다는 것에 대해서는 동의했다. 누나도 물론 어머니를 쓸데없이 괴롭히고 싶지는 않았다. 두 사람은 때가 될 때까지 잠시 두고 보기로 했다.
 그러나 그런 기회는 영영 찾아오지 않았다.
 어머니는 가슴속에 묻어둔 것을 쇼이치 남매에게 이야기하기 전에 허망하게 죽고 말았다.

5

도조 겐야, 하미 땅을 찾아가다

교토에서 나라로 향하는 기차 안에서 소후에 시노는 내내 기분이 좋았다.
"이번엔 선생님이랑 쭉 같이 다니네요."
첫째 이유는 도조 겐야의 민속탐방 여행에 동행할 수 있었기 때문이다. 그리고 둘째 이유는…….
"구로 선배님도 오셨으면 정말 좋았을 텐데요."
아부쿠마가와 가라스만 교토에 남았다. 그는 나라행 기차가 출발하는 플랫폼에서 원망스러운 표정으로 두 사람을 배웅했다.
물론 아부쿠마가와도 처음에는 같이 갈 생각이었다. 그렇기에 찻집에서 미즈치 님 이야기를 장황하게 한 것인데, 약속 장소에 나타난 그는 기운 없는 얼굴로 퉁명스럽게 사정이 생겨 못 가겠다고만 했다.
"어머나, 세상에……."
아쉬워하는 말투인 것과는 달리 시노의 표정에 순식간에 웃음기가 번졌다. 아부쿠마가와가 그것을 실쭉한 얼굴로 바라보고, 겐야는 두 사람 사이에서 우왕좌왕해야 했다.
"그나저나 구로 선배님이 욕구를 억눌러야 할 사정이란 게 대체 뭘까요?"

미즈치처럼 가라앉는 것 143

처음에는 단순히 기뻐하던 시노도 기차가 출발하고 아부쿠마가와의 모습이 사라지자, 어떻게 된 일인지 마음에 걸리는 듯했다.

"신사에서 뭐 할 일이 있는 거겠지."

아무 일 아니라는 투로 대답했지만, 겐야는 사실 전부터 아부쿠마가와에 대해 어떤 의혹을 갖고 있었다. 그가 꼼짝 못하는 인물이 아부쿠마가와 집안에 있는 게 아닐까 하는 추측이었다. 안하무인일 만큼 자기중심적인 사내가 그 사람 말만은 절대 거역하지 못한다. 겐야의 감으로는 아버지도, 어머니도 아니고 할머니가 아닐까 싶었다. 아마 이번에도 신나서 출발하려는 그에게 할머니가 무슨 말을 한 게 틀림없다. 정말로 신사 일 때문이었을 가능성은 있다.

"맨날 그렇게 싸다니지만 말고 집에 있을 때 정도는 소임을 다하려무나."

할머니에게 그런 잔소리를 듣는 바람에 마지못해 하미 여행을 단념한 게 아닐까. 겐야는 속으로 그런 생각을 하면서도 시노에게 자신의 가설을 이야기하지 않았다. 만약 사실이라면 아부쿠마가와의 유일한 약점일 수도 있다. 그것을 그녀에게 알려도 되는 건지 판단이 서지 않았다. 결국 측은지심에서 가르쳐주지 않기로 했다.

구로 선배도 힘들겠어.

자신 역시 민속탐방을 열심히 다니는 사람으로서 겐야는 아부쿠마가와를 동정했다. 하지만 하미 여행에 그가 못 가게 됐다는 말을 듣는 순간 솔직히 마음이 놓였다. 그 어떤 평온한 곳도 아부쿠마가와가 가면 소동이 일어난다. 아니, 그가 소동을 일으킨다. 게다가 그 뒷수습은 늘 겐야가 해야 한다. 학창 시절부터 비슷한 경험을 이미 여러 번 했던 터라 이번에도 전전긍긍하고 있었다. 미즈치 님 이야기에 관심이 당겨 선배의 입을 열게 하려면 하는 수 없다고 타협한 셈이었는데, 출발 직전에 구사일생으로 살아난 기분이었다.

그나저나 뭐였을까.

헤어질 때 아부쿠마가와가 갑자기 죽통을 건넸다.

"여행 잘 다녀오란 선물인가요?"

겐야는 설마 그럴 리는 없다고 생각하며 물었다.

"내가 왜 너한테 선물을 주냐!"

"그야 그렇죠."

"뭐, 갖고 가라. 쓸모가 있을 수도 있어."

죽통의 한쪽 단면에 구멍이 있고 나무 조각으로 마개를 막았다. 안에는 액체가 든 듯했다. 그야말로 옛날 물통이나 다름없었다.

혹시…….

겐야가 가방에 든 죽통의 정체를 생각하는데, 눈앞에 앉은 소후에 시노가 별안간 괴상한 목소리로 소리를 질렀다.

"아! 교토 역에서 도시락을 사둘걸!"

그래, 다른 문제가 남아 있었지.

신나서 떠드는 그녀를 보며 몰래 한숨을 쉬었다. 시노는 우수한 편집자라 겐야도 여러모로 도움을 받고 있다. 그렇지만 지금까지 그녀 탓에 기괴한 사건의 한복판에 던져진 게 한두 번이 아니었다. 시노는 겐야가 사건에 휘말리는 확률이 높다고 했지만, 확률을 높이는 원인 중에 자신이 있다는 것을 못 알아차리는 듯했다.

그래도 구로 선배에 비하면…….

터무니없는 소동을 일으킬 염려는 없다고 생각했다가도, 곧바로 진짜 그럴까 싶어지는 지경이었다.

"소후에 군, 지금부터 너무 설치면 나중에 힘들 텐데."
"괜찮아요. 제가 선생님을 확실하게 보살펴드릴 거예요!"
그런데 기차가 나라 역에 도착해 휴식을 취할 겨를도 없이 올라탄 버스가 산을 넘어 다우 군 다오 정에 이른 뒤, 여기서부터 수리조합에서 보낸 차로 갈아타고 간다는 걸 알기 무섭게 시노는 약한 소리를 하기 시작했다.
"너무 강행군 아닌가요. 이럴 줄 알았으면 나라에서 일박할 걸 그랬네요."
"아직 해 지려면 멀었는데? 게다가 미즈치 님 제의는 내일 오전 중에 거행된다고."
"저는 오사카 출신인데도 아직 대불을 제대로 본 적이 없지 뭐예요."
"아, 아니, 대불은 지금……."
"나라로 돌아갈까요?"
"이거 봐, 소후에 군……."
"아부쿠마가와 선생님이십니까?"
두 사람이 엇나가는 대화를 주고받는데 누가 조심스럽게 말을 걸었다. 겐야가 돌아보자 나이는 마흔 살쯤, 양복을 잘 갖춰 입고 제법 단정한 용모의 키 큰 남자가 서 있었다.
"아, 네. 아부쿠마가와 가라스의 관계자입니다. 하미에서 나오신 분인지요?"
아부쿠마가와에게 들은 이야기라고는 다오 정 버스 정류장에 네 신사 중 한 곳에서 차를 보내리라는 것뿐이었다. 미즈치 님 제의를 참관하는 문제는 이미 하미의 수리조합에 특별히 허가를 받았다. 아부쿠마가와의 본가인 신사의 후광 덕이다.

"하미 수리조합을 대표해서 마중 나왔습니다. 모노다네 촌 미즈치 신사의 미즈우치 세이지라 합니다."

"일부러 나와주셔서 감사합니다. 실은 아부쿠마가와가……."

"어려운 청을 이렇게 들어주셔서 감사합니다. 전 도쿄의 괴상사란 출판사에서 도조 겐야 선생님의 담당 편집자를 맡고 있는 소후에 시노라고 합니다."

시노가 별안간 겐야와 자신을 소개했다.

"네? 도조 겐야 선생님과 편집자 소후에 시노 씨……?"

당연히 세이지는 어안이 벙벙했다.

"네. 아부쿠마가와 선생님께서 급한 일이 생겨 못 오시게 되는 바람에, 선생님이 전폭적으로 신뢰하시는 도조 겐야 선생님께 꼭 대신 가달라고 정중하게 부탁하셨거든요. 그래서 도조 선생님도 바쁘신 중임에도 불구하고 수락하셨죠."

"아, 그런 사정이……."

"이렇게 말씀드리면 뭐하지만 도조 겐야 선생님은 민속학에 관련된 조예가 아부쿠마가와 선생님보다 훨씬 깊으시고 또 민속탐방 경험도 풍부하시기 때문에, 이번 같은 경우 그야말로 안성맞춤인 분이시랍니다."

"도조 선생님도 재야 민속학자이십니까?"

"아뇨, 선생님의 본업은 작가세요. 민속학적 제재를 다룬 작품을 다수 쓰신 터라, 이렇게 기회가 있을 때마다 되도록 귀중한 의식을 참관하려고 하시죠."

"그렇습니까. 이거 실례 많았습니다."

세이지는 다시금 겐야에게 인사를 한 뒤 말을 이었다.

"하지만 도조 선생님 같은 분이 아부쿠마가와 선생님 대신 와주셔서 정말 다행입니다. 아부쿠마가와 선생님은 아직 수행 중인 미숙한 몸이라 도무지 쓸모가 없고 글러먹은 조수 둘을 데려올 거라고 말씀하셨던 터라, 혹시 그 두 분이면 어쩌나 싶었거든요."

정말 안도했는지 끝에 가서 말투가 편해졌다.

즉각 시노가 나섰다.

"잠깐만요. 저, 아부쿠마가와가 수행 중인 미숙한 몸이라 도무지 쓸모가 없고 글러먹은 조수가 둘이라고 했는지요?"

"네, 분명히 둘이라고……."

"호, 그런가요."

시노의 싸늘한 목소리를 들은 겐야는 하미에서 돌아가는 길에 그녀와 같이 교토의 아부쿠마가와를 찾아가는 사태는 반드시 피해야겠다고 다짐했다.

"도조 선생님뿐 아니라 소후에 씨처럼 아름다운 여성 편집자 분까지 와주시니 저희도 마중 나온 보람이 있군요."

"어머, 무슨 그런……."

시노의 태도가 확 달라졌다. 미남인 세이지에게 그런 말을 들었으니 더하다.

"여성 분인데도 이렇게 작가 선생님과 동행해서 직접 취재하시는군요."

"아뇨, 꼭 그런 건 아니랍니다. 다만 도조 선생님은 특별하시거든요. 척하면 삼천리로 눈치가 통하는 제가 없으면 아무것도 못한다고 그러시지 뭐예요. 네, 전 선생님의 매니저 같은 존재예요. 또 탐정 조수이기도 하고, 때로는 보호자도 되죠. 지가 담당 편집자가 된 뒤로……."

"내일 의식을 앞둔 중대한 시기에 마중까지 나와주시고 이것저것 폐를 끼치게 됐습니다."

기고만장한 시노가 폭주하기 시작했으므로 겐야는 황급히 말머리를 돌렸다.

"아이고, 아닙니다. 원래라면 미즈시 신사의 신관이 직접 나왔어야 하는데, 내일 준비도 있겠다, 실례를 무릅쓰고 제가 대리로……."

여기에 이르러 세이지는 정작 중요한 인사를 하지 않았다는 것을 깨달은 듯했다.

그런 그의 대각선 뒤로 서른 전후쯤 될 듯한 남자가 빈정거리는 웃음을 띠고 서 있었다. 의식 준비가 없어도 미즈시 신사의 신관이 마중 나올 리가 없다. 남자의 눈은 그렇게 말하는 듯 보였다.

세이지와 분위기는 전혀 딴판이었지만 제법 미남이었다. 그늘이 느껴지는 미소가 마치 개성파 영화배우 같았다. 다만 키가 그리 크지 않아 외모에서 다소 손해를 보는지도 모른다. 키가 큰 세이지가 옆에 있는 탓에 작은 키가 더 눈에 띄었다.

겐야의 시선을 알아차렸는지 세이지가 별안간 뒤돌아보며 말했다.

"이 친구는 사호 촌 스이바 신사의 스이바 류마입니다."

미즈치 신사와 스이바 신사의 현 신관이 다쓰키치로와 류코라는 사실을 생각하면, 하미의 수리조합은 두번째와 세번째 신사의 후계자들을 보내 겐야 일행을 마중하게 한 셈이다.

물론 겐야는 그런 대우를 불쾌하게 생각하는 게 아니었다. 다만 상대방의 이런 대응은 자신들이 정말 환영받고 있는지, 실은 불청객이 아닌지를 파악하는 데 지침이 된다. 그런 의미에서 이번 판단은 영 쉽지 않았다.

"미즈치 님 제의가 재미있으면 소설로 쓰려고?"

류마가 갑자기 사투리가 섞인 무뚝뚝한 어조로 물었다.

"글쎄요. 그렇지만 있는 그대로 쓰는 일은 별로 없거든요. 거기서 발상을 확대해서 이것저것 각색하니까 완성된 작품을 보시면 상당히 다를 수도 있습니다."

"그렇습니까."

세이지가 나서서 대답했다. 류마가 결례가 되는 말을 할 것이라 생각했으리라. 그러나 당사자는 아랑곳하지 않았다.

"그러면 바꿀 여지가 없을 정도로 무시무시한 사건이 일어나면 그대로 쓸 수밖에 없겠군. 아니, 그런 사건의 수수께끼를 풀 수밖에 없는 처지가 되겠어."

"자, 류마 군, 그만 가자고. 차에 타시죠."

세이지는 류마의 어깨를 탁 쳐서 재촉하고, 겐야와 시노에게 차 뒷문을 열어주었다.

"선생님, 방금 스이바 류마 씨가 하신 이야기는 미즈시 류이치 씨의 죽음에 관한 걸까요?"

차에 올라타 두 사람만 있게 되자 시노가 소곤거렸다.

"그런 것 같기도 하고……."

"왜요?"

"앞으로 일어날 사건을 예견하는 것처럼 보이기도 하는데."

"네? 설마……."

그때 류마가 운전석에 올라탔다. 차는 금세 다오 정을 벗어났.

시골 길을 얼마 동안 달린 차는 이윽고 산속으로 들어섰다. 차창 밖으로 보이는 풍경이 순식간에 울창한 수목들로 변했다.

조수석에 앉은 미즈우치 세이지는 뒤로 몸을 비스듬히 틀고 두 사람에게 이것저것 말을 했다. 스이바 류마가 내내 입을 다물고 있는 터라 더더욱 자신이 손님을 상대해야 한다고 생각하는 듯했다.

겐야의 매니저를 자칭했기 때문인지 시노가 진지하게 대답했다. 미인 편집자라는 말을 들은 영향인지 애써 유능한 여자처럼 보이도록 연기하는 것도 같아서 절로 미소가 지어졌다. 그러나 구불구불 뻗은 산길을 가며 차가 좌우로 계속 흔들리는 사이에 시노의 말수가 점차 줄어들기 시작했다. 이윽고 겐야의 어깨에 몸을 기대는가 싶더니 "안 되겠어요. 지는 이제……" 하고는 그의 무릎 위로 쓰러지려 했다.

"아니, 이런, 소후에 군, 괜찮아?"

"저런, 멀미입니까?"

세이지가 차를 세우라고 했으나, 류마는 어차피 또 가면 마찬가지라고 대꾸하고는 무자비하게 차를 계속 몰았다.

"이런 땐 안 눕는 게 나아."

겐야는 시노의 몸을 일으켜 문에 기대게 하려고 했다. 물론 그녀를 생각해서 한 일이었다.

"선생님, 잔인해요……."

그렇건만 시노는 그런 말을 중얼거렸다.

당장 차 안이 조용해졌다. 시노를 배려해서 그러는지 세이지도 입을 다물고 있었다.

"운전을 잘하시는군요."

겐야는 자기 앞에 있는 류마에게 말을 붙였다. 익숙한 영향도 있겠지만 그가 운전대를 다루는 솜씨는 여간이 아니었다. 거칠게 보이기는 해도 묘하게 안심감을 주었다. 왜 그런지 그에게 맡기면 무사히 산을 넘을 수 있을 것 같았다.

"류마 군은 기계 다루는 걸 좋아하거든요."

대답은 세이지가 했다.

"하미는 벼농사가 주된 산업이라 그 때문에 번수제도가 있는데…… 아, 이 근방에 대해 이미 아시는지요?"

"네, 아부쿠마가와에게 들었습니다."

"그러면 통문의 존재도 아시겠군요. 류마 군은 그걸 좀더 기계화할 수 없나 생각 중이랍니다."

"번수에 맞춰 자동적으로 물이 흐르면 편하겠군요."

"수리조합의 수장인 신관들은 예로부터 쓰던 방법이면 충분하다고 합니다만……."

오십대에서 팔십대에 이르는 미즈시 류지, 미즈우치 다쓰키치로, 스이바 류코, 미쿠마리 다쓰조와 삼십대에서 사십대인 그들의 아들들 사이에는 보아하니 이런저런 갈등이 있는 모양이다.

"세이지 씨도, 류마 씨도 현 신관의 뒤를 이으시는 겁니까?"

"그렇게 되겠죠. 미즈시 신사는 둘째인 류조 군이 대를 이을 겁니다. 저희 미즈치 신사는 큰아들 다쓰이치로가 후계자였습니다만 전사해서 말입니다. 둘째 다쓰지로도 전사, 셋째 다쓰사부로는 옛날부터 병약해서 징병 검사도 못 받은 채 전쟁 중에 죽고 말았습니다."

"형님을 연달아 잃으셨군요."

"당시는 딱히 특이한 일도 아니었죠. 그래서 미즈치 신사는 예정에 없던 넷째인 제가 대를 잇게 됐습니다. 스이바 신사도 두 아들을 전쟁으로 잃었습니다. 그래서 전후에 류마 군을 양자로 들인 겁니다."

"그렇군요."

"미쿠마리 신사는 다쓰조 신관이 오십대 중반이라 아직 그런 이야기는 나오지 않았습니다. 신관에게 적자가 없으니 언젠가 조카를 양자로 들이실 것 같긴 합니다만."

세이지의 이야기를 들으며 겐야는 같은 신관이라도 미쿠마리 다쓰조는 아들 세대에 속하는지 모르겠다고 생각했다.

그때 별안간 류마가 입을 열었다.

"신풍神風이 안 불었는데, 하필이면 신사의 양자가 돼서 신을 모시는 신관이 되다니 세상일이란 게 정말 모를 일이야."

여전히 빈정거리는 말투였지만 딱히 불쾌한 느낌은 들지 않았다. 겐야는 오히려 그의 허무적인 태도에 관심이 생겼다.

"태평양 전쟁에서 불었을 신풍, 가미카제 말씀입니까?"

"류마 군은 전쟁 중에 해군 공작학교에 있었거든요."

"특공대의 생존자야. 아니, 거기까지 가지도 못했으니 미숙한 훈련생이었던 거지."

이번에도 세이지가 대답하자 류마가 덧붙였다.

"특공대는 전투기 조종사 아닌가요?"

뜻밖에도 시노가 대화에 끼었다.

"소후에 군, 괜찮아?"

겐야가 걱정되어 물었으나, 보아하니 조금 전 태도에 아직 화가 풀리지 않았는지 샐쭉한 표정으로 고개를 돌려버렸다.

류마가 설명했다.

"전투기를 몰고 적함에 충돌하는 가미카제 특공대가 워낙 유명하긴 하지만 육해공 모두 특공대는 있었어. 뭐, 가미카제 특공대가 겉보기에 제일 야단스러우니까 각광을 받은 것도 어쩔 수 없긴 하지.

그렇지만 명색이 편집자라면서 다른 특공대에 대해 아무것도 몰라?"

"몰라요."

"후…… 딱 부러지는 성격이군."

울컥할까 했는데 류마는 오히려 재미있어 하는 듯했다.

"충돌하는 건 가미카제랑 똑같지만 '쓰루기劍'란 전투기가 있었어. 이건 이륙하는 동시에 바퀴가 떨어지거든. 즉 두 번 다시 착륙할 수 없으니 적을 향해 뛰어들 수밖에 없는 자살특공 전용의 기체인 거지. 그리고 '오카桜花'란 것도 있었는데, 이건 폭탄 속에 사람이 타는 거야. 그래서 전투기 뱃속에 싣고 가서 적함에 접근해서 투하해."

"어째서 폭탄에 사람이 타죠?"

"그냥 폭탄을 떨어뜨리면 적을 못 맞힐 수도 있어. 하지만 폭탄을 인간이 조종할 수 있다면 어떻겠어?"

"아……."

"이거의 해군판이 가이텐回天이거든. 쉽게 말하면 인간어뢰인 거지."

"……."

할 말을 잃은 시노에게 류마는 이야기를 계속했다. 그런데 지금까지 어딘지 모르게 태연했던 어조가 갑자기 무거워졌다.

"그렇지만 가미카제 특공대뿐 아니라 쓰루기도, 오카도, 가이텐도 그나마 폼은 나잖아."

"폼이 나다니요, 그런 건……."

"후쿠류伏龍 특별 공격대를 알아?"

반론하려는 시노를 무시하고 류마가 말했다.

"아뇨."

시노가 고개를 흔들며 겐야를 얼핏 보았다.

"잠수복과 압축 공기통을 장비한 수중 특공대죠."
겐야는 말했다.
"과연 선생님이라 불릴 만하군."
"류마 씨는 그 후보생이셨던 겁니까?"
"음……."
류마는 신음인지 한숨인지 알 수 없는 기묘한 소리로 대꾸했다.
"편집자 분은 여자라 모르는 것 같으니 설명하자면, 그쪽 선생 말처럼 잠수복을 입고 압축 공기통을 진 대원 십여 명이 기뢰를 붙인 길이 2미터쯤 되는 막대를 들고 먼저 물속에서 대기해. 그러니 키 작은 나도 후보생이 될 수 있었던 거지. 참고로 잠수 장비만 해도 부피가 큰데 몸하고 다리에 추를 달아. 그러니 연습할 때마다 정말로 두 번 다시 못 떠오를 것 같은 우울한 기분이 들곤 했지. 실전에선 그런 모습으로 적 함선이 머리 위로 올 때까지 꼼짝 않고 기다렸다가 막대로 배 밑바닥을 찔러서 기뢰를 폭발시켜 적을 격침시키는 거야. 그게 후쿠류 특별 공격대의 임무였어."

"육군에 지뢰를 안은 채 적 전차의 무한궤도에 뛰어들게 하는 니쿠하쿠肉薄 공격대란 특공대가 있었는데……."

겐야가 다른 예를 들어 시노에게 설명하려는데, 류마가 또렷한 목소리로 부정했다.

"아니, 다른 특공대에 대해 이러쿵저러쿵할 생각은 없어. 다들 무의미하게 죽어야 했다는 점에선 다를 바가 없지. 그렇지만 후쿠류만큼 초라하고 괴롭고 비참한 자살은 없다고. 자기 몸에 추를 단 상태로 적 양륙함이 머리 위로 오길 꼼짝 않고 물속에서 기다리는 거라고. 다른 특공대처럼 스스로 뛰어드는 것도 아니고, 다른 대원들이 그 모습을 봐주는 것도 아니야. 이런 비참한 특공대가 또 있겠어? 게다가 우리 같은 후보생들이 훈련 중에 공기통 사고로 잇따라 죽었으니…… 그야말로 개죽음이야."

차 안이 또다시 조용해졌다. 조금 전의 침묵보다 훨씬 무거운 공기가 흘렀다.

"뭐, 결국 실전엔 못 나가고 말았지만……. 그렇게 되면 훈련 중의 사고사가 더 어이없게 느껴지는 거지."

겐야가 다른 이야기를 꺼내 분위기를 바꿔야겠다고 생각하는데, 류마가 그때까지와는 달리 감정을 억누른 담담한 목소리로 말을 이었다. 그러더니 "내가 살아난 건 역시 이름 덕분이겠지" 하고 나지막이 중얼거렸다.

"무슨 뜻입니까?"

겐야는 까닭을 물었다.

"이 근방에선 옛날에 애들한테 일부러 나쁜 이름을 지어줘서 재난을 물리치는 풍습이 있었거든. 나도 처음엔 사카모토 료마龍馬의 '龍'자를 바꿔서 '류마龍馬'라고 이름을 지으려고 했는데, 할아버지가 한자를 '游魔'로 바꾼 모양이야."

"이곳 출신이십니까?"

양자가 아니었던가 생각하며 겐야는 조심스레 물었다.

"그래. 다만 태어나서 바로 어머니랑 같이 마을을 떠났지."

보아하니 무슨 사정이 있는 듯했다. 하지만 개인적인 문제인 데다가 본인보다 세이지가 화제를 바꾸고 싶어하는 것을 여실히 알 수 있었던 터라 그 이상 캐묻지 않았다.

"하지만 류마 군, '游'는 헤엄친다는 뜻이니 물의 신을 모시는 신사의 후계자로서 그 이상 어울리는 이름이 또 있겠어?"
 아니나 다를까, 세이지가 이름 이야기로 돌아갔다.
 "그렇지만 세이지 씨, 그다음이 '魔'잖아. 그래선 설득력이 없다고. 보통 자식 이름에 '魔' 자를 쓰진 않지."
 류마가 자못 재미있다는 듯 대꾸하면서 무겁게 짓누르던 차 안 분위기도 조금은 가벼워졌다.
 "그래서 저랑 류조 군은 류마 군이 해군 공작학교 출신인 걸 활용해서 하미의 물 문제를 해결할 수 없을까 생각하는 거죠."
 세이지가 다소 억지로 이야기를 맺었을 즈음 마지막 산을 거의 다 넘었다. 이제 곧 하미 땅에 이른다.
 이윽고 산길이 평탄해지면서 시야가 트였을 때, 앞쪽에 마차 한 대가 보였다. 지붕이 없는 직사각형의 크고 소박한 마차였다. 옆에는 깜짝 놀랄 만큼 몸집이 작은 노인이 서 있었다. 다만 먼발치에서도 키에 반비례하듯 체격이 다부지다는 것을 알 수 있었다.
 차가 마차 앞에서 멈춰서고 겐야와 시노가 내리자, 노인은 두 사람의 얼굴을 똑바로 바라본 뒤 정중히 머리를 숙여 절했다. 세이지가 소개했다.
 "오래전부터 미즈시 신사에서 일하고 계시는 시게조 씨입니다. 저희 아버지 다쓰키치로와 마찬가지로 하미 지방의 살아 있는 사전 같은 분이시죠."
 "당치도 않습니다. 다쓰키치로 신관님과 마찬가지라니 천벌 받을 소리죠."
 진지하게 부정하는 시게조를 세이지는 "아니, 뭘요" 하고 달래고는 겐야와 시노를 소개했다.

"먼 길을 오시느라 고생 많으셨습니다. 자, 타시죠."
"감사합니다. 잘 부탁드립니다."
 겐야가 고개를 숙이고 마차에 타려는데, 시노가 뭐라 말할 수 없는 불안한 표정으로 물었다.
"여기서 마을까지 차로는 못 가나요? 마차로만 다닐 수 있는 길인가요?"
"아뇨, 아오타 촌이라면 여기서 금방입니다."
"네?"
"전쟁이 끝난 뒤로 차로도 사요 촌까지 갈 수 있게 됐죠. 미쓰 천 옆 강길을 달리려면 마차가 나을 거라고 하셔서……."
"누가 말씀이죠?"
"저, 접니다만……."
 세이지가 미안해하면서 앞으로 나섰다가 시노의 얼굴을 보더니 허둥댔다.
"아, 아뇨, 제 의견이 아닙니다. 아부쿠마가와 선생님이 이 기회에 미쓰 천과 통문을 보고 싶다고 말씀하셔서…… 그, 그렇지만 이대로 차로 모셔다 드리는 편이……."
 시노가 입을 열기 전에 겐야가 앞질러 대답했다.
"아뇨, 마차로 가겠습니다. 소후에 군도 마차를 타고 바람을 쐬는 편이 멀미도 가라앉고 좋을 거야."
"그건 뭐…… 그럴 수도 있겠네요."
 그럭저럭 납득됐는지 시노도 겐야의 채근을 받고 마차에 올라탔다. 앞쪽에 세이지가 뒤를 향해 앉고 뒤쪽에 겐야와 시노가 똑바로 보고 앉았다. 류마는 차를 운전했다.

"그럼 이제 출발하겠습니다."

시게조가 마부석에서 말하더니 고삐를 가볍게 흔들어 마차를 출발시켰다.

"기분 좋네요."

강길을 달리기 시작한 지 얼마 안 돼서 겐야가 짐짓 과장되게 심호흡을 하는 순간, 자욱이 피어오른 흙먼지에 휩싸이고 말았다.

"죄송합니다. 수위가 좀더 높을 때는 정말 상쾌한 곳인데, 가뭄이 이렇게까지 심하니 이 모양이군요."

세이지가 열심히 사과한 것은 시노가 콜록콜록 기침을 했기 때문이다. 그러나 그녀의 원한 어린 시선은 겐야를 향하고 있었다.

"하지만 차를 타고 가는 것보다는……."

겐야는 말하다 말고 어물어물했다.

미쓰 천이 굽이치며 흐르는 것과 나란히 흙길도 구불구불 굽었다. 그곳을 마차로 가고 있으니 여간 흔들리는 게 아니었다. 차로 산길을 왔을 때보다 오히려 더 심한지도 모른다. 게다가 흙먼지 세례까지 받아야 하니 어느 쪽이 나은지는 말할 것도 없었다.

얼마 있다가 뒤에서 경적 소리가 들렸다. 돌아보자 류마의 차가 마차를 추월했다. 흙먼지를 뽀얗게 일으키며 눈 깜짝할 사이에 달려가 버렸다.

시노는 또다시 콜록콜록하며 그 모습을 미련 어린 눈으로 응시하고 있었다.

"이, 이 부근이 아, 아오타 촌입니까?"

겐야는 오른편으로 펼쳐진 전답을 바라보며 큰 소리로 말했다.

"네. 뭐, 어느 마을이나 비슷한 풍경입니다만……. 아, 저기 보이는 게 미쿠마리 신사입니다."

 세이지가 가리키는 반대편 왼쪽 전방에 눈을 주자, 미쓰 천에서 조금 떨어진 곳에 도리이가 보였다.

 "저렇게 가까우면, 물이 불었을 때 신사가 맨 먼저 피해를 입을 것 같은데요."

 "아뇨, 보기보다 높은 데 있어서요. 그 점은 괜찮습니다."

 그러고 보니 평탄한 북쪽에 비해 강 남쪽은 산기슭이 그대로 이어진 듯한 다소 융기한 지형이었다. 마을을 일구기에는 그리 적합하지 않은 것 같다.

 마차가 신사로 접근하자 강변에 마련된 통문이 나타났다. 그 옆의 석비에서 한 남자가 열심히 참배를 드리고 있었다.

 "저기 있는 게…… 잠깐 기다려주시겠습니까?"

 시계조에게 말해 마차를 그 앞에 세우게 한 세이지는 남자에게 다가가더니, 금세 함께 돌아와 남자를 겐야와 시노에게 소개했다.

 "이분은 미쿠마리 신사의 다쓰조 신관입니다."

 이십삼 년 전 미즈치 님의 입에 빨려든 다쓰오의 큰아들이었다. 네 신사의 신관들 중에서도 가장 젊은 만큼 세이지 등 다음 세대의 입장에 가깝지 않을까 겐야가 생각했던 인물이다.

 그러나 다쓰조는 세이지에게 딱히 친근한 기색을 보이지도 않고 겐야와 시노에게 공손하게 인사하더니 바로 마차에 올라탔다.

 "방금 신관께서 참배하셨던 석비는 수신탑인지요?"

 겐야는 앞자리에 걸터앉은 다쓰조에게 물었다.

 "네, 통문 옆에 모셔져 있죠."

 "각 마을 통문 근처에 수신탑이 모셔져 있답니다. 하기야 수신탑

쪽이 더 오래됐습니다만."
 다쓰조의 간략한 설명을 보충하듯 옆에서 세이지가 말했다.
 "수해로 돌아가신 분의 공양을 위한 겁니까?"
 "그것도 있지만 원래는 마을 경계를 나타내는 표지였죠. 물론 지금도 기능하고 있습니다."
 "그렇군요."
 "그러니 이미 사호 촌으로 들어온 겁니다."
 지적을 받지 않았다면 다른 마을로 넘어왔다는 것을 전혀 몰랐을 것이다. 세이지의 말처럼 똑같은 풍경이 끝없이 계속되는 것처럼 보였다. 그 정도로 전답이 넓다는 증거인지도 모른다.
 이윽고 왼쪽 전방에 이번에는 스이바 신사의 도리이가 보였다. 뒤를 돌고 있던 세이지가 그것을 가르쳐주었을 때였다. 그때까지 말이 없던 다쓰조가 갑자기 겐야를 똑바로 보며 말했다.
 "스이바의 류마가 그러던데, 댁은 탐정인가?"
 "네?"
 "뭐라나 하는 잡지에서 댁의 기사를 읽었다던데."
 "어떤 잡지입니까?"
 "몰라."
 자기가 이야기를 꺼내놓고 어처구니없는 태도였지만 겐야는 붙임성 있게 대답했다.
 "거기에 저에 대해 그렇게 쓰여 있었다는 말씀이죠."
 "그래, 그러던데."
 "어떤 내용이었을까요?"
 "여기저기 시골에 가선 그곳 전승에 얽힌 무시무시한 사건에 참견해서 탐정 노릇을 한다고…….”

"선생님! 〈엽기인〉이 틀림없어요!"

마차에 탄 뒤로 입을 열지 않았던 시노가 별안간 부르짖었다. 그러더니 다쓰조를 돌아보고 열심히 이야기하기 시작했다.

"신관님, 그런 잡지 기사는 날조나 다름없어요. 도조 선생님이 찾아가신 지방에서 기괴하고 불가해한 사건과 마주치시는 건 사실이고, 그걸 보기 좋게 해결하시는 것도 맞아요. 다만 원래 가시는 목적은 어디까지나 민속탐방, 일 때문이고, 그곳에서 우연히 말려든 사건에 관여하시는 건 신세 진 분을 도와드리기 위해서거든요. 그런 걸 〈엽기인〉에서 괜히 선정적으로 부풀려 써서는, 선생님을 무슨 연예인 취급하면서 재미있어하는 그런 저속한 잡지를…….”

그녀가 헐뜯는 〈엽기인〉이란 종전 직후에 에로틱하고 그로테스크한 실화 게재를 내세워 창간된 저속한 '지게미 소주 잡지'였다. 하기야 '실화'는 명목뿐이고 적당히 창작한 이야기가 대부분이었다. 하지만 도조 겐야처럼 실재하는 인물을 다루면서 거기에 실제 사건도 조금 곁들이면 이게 걷잡을 수 없다. 기사 내용은 전혀 근거 없는 것인데도 많은 독자들이 간단히 믿어버린다.

참고로 '지게미 소주 잡지'란, 3홉만 마셔도 취해 나가떨어진다고 이야기되는 지게미 소주에 빗대어, 질 나쁜 종이와 저속한 지면 탓에 겨우 3호를 내고 폐간되는 경우가 많았던 잡지들을 멸시해서 일컫는 명칭이었다.

겐야 자신은 어쩐지 자신이 명탐정인 것처럼 쓰여 있어서 창피한 반면 슬그머니 기쁜 것도 같은 복잡한 심경이었다. 시노에게 그렇게 말했다가 "선생님이 야밤에 몰래 마을 처녀를 찾아가는 장면도 있었는데 무슨 그런 태평한 말씀을 하시는 거예요!" 하고 호되게 야단맞았다. 아닌 게 아니라 그런 거짓말은 곤란하다.

하지만 곤란한 것으로 말하자면, 시노의 설명이 어느새 단순히 탐정 도조 겐야의 활약상에 대한 자랑이 되어 있는 것도 문제였다. 그녀는 이야기꾼 못지않게 열변을 토하고 있었다.

"저, 류마 씨께 들으셨다는 이야기 말씀입니다만……."

넌지시 시노의 이야기를 가로막으며 다쓰조에게 말을 걸자, 다행히 바로 겐야에게 시선을 돌려주었다.

"뭐지?"

"언제, 어디서, 어떤 상황에서 들으셨는지요?"

"방금 전이네. 내가 마을에서 돌아오는데 그 친구가 차로 지나갔거든. 그때 아부하치가와란 민속학자 대신 유명한 탐정이 왔다고 하더군."

"전혀 유명하지 않고 애초에 전 탐정이 아닙니다."

"그렇지만 그 뭐라나 하는 잡지에 나온 기사하고 방금 이 아가씨가 한 이야기가 어떻게 다른지는 몰라도 댁이 탐정이라는 건 일치하는데."

"그, 그건……."

겐야는 대답이 궁해졌으나, 곧바로 마음에 걸린 의문을 제기했다.

"가령 제가 탐정이라 치고…… 그러면 뭐가 있는 겁니까?"

이번에는 다쓰조가 대답하지 못했다.

설마 이십삼 년 전 선대 신관의 사건을 이제 와서 조사해달라는 말인가 싶어 겐야는 고개를 갸웃거렸다. 그러다 문득 이런 생각이 들었다.

미쿠마리 다쓰조의 이 퉁명스러운 태도는 원래 그런 것인가.

류마의 무뚝뚝함이 비참한 특공대 체험에서 비롯된 것이라면, 다쓰조는 선대 신관이 미즈치 님 제의에 실패한 것과 그뒤 마을 사람들의 처사 때문이 아닐까. 그는 세월이 지난 지금도 응어리가 남아 있어 늘 어떻게든 하고 싶다고 고민하고 있었다. 그런데 류마가 가르쳐 준 도조 겐야라는 묘한 사내가 어쩐지 도움이 될 성싶었다. 그래서 미리 앞질러 기다리고 있다가 마차에 올라탔다.

거기에서 류마에 이어 시노의 이야기까지 듣고, 그 지방 특유의 괴이가 관련된 사건일수록 눈앞의 사내가 더더욱 탐정으로서의 재능을 발휘하는 모양임을 알았다. 그야말로 안성맞춤의 인물이라 믿은 건지 모른다. 그렇기에 탐정이냐고 물었다. 하지만 그 이상 구체적인 이야기를 못 꺼내고 있다. 겐야는 순간적으로 그렇게 분석했다.

자, 이제 어떻게 할까.

자기가 먼저 다쓰오 사건에 관해 묻는 것은 지금은 그만두는 게 좋을 것이다. 이 자리에는 세이지도 있을뿐더러 미즈시 가를 모시는 시게조의 귀도 있다. 그렇다고 다쓰조가 말을 꺼내기를 기다린들 소용없을 게 틀림없다. 기회를 봐서 단둘이 있을 때 이야기하는 수밖에 없겠다.

그나저나 류마는 어째서 다쓰조에게 자신에 관해 알렸을까?

네 신사의 신관 및 후계자로 조직된 수리조합에 실은 눈에 보이지 않는 금이 여럿 가 있어 계기만 있으면 단숨에 쪼개질지 모르겠다는 생각이 자꾸만 들었다.

"저게 스이바 신사입니다. 이제 곧 모노다네 촌에 들어섭니다."

세이지의 조심스러운 목소리에 고개를 들자, 마침 마차가 마을 경계의 수신탑을 지나는 참이었다. 하미 땅의 절반을 온 셈이다.

"넓군요."

겐야는 새삼 동서를 둘러보며 감탄했다.

"다행히 어느 마을이나 비옥하니 벼농사에 적합한 토지겠죠. 그러다 보니 가뭄에 따른 물 부족이 아주 큰 문제랍니다."

"그 때문에 미즈치 님 제의가, 특히 증의가 중요시되는군요."

"네. 저희 수리조합의 책임도 중대한……."

그때 다쓰조가 문득 중얼거렸다.

"하지만 실패하면 지옥이지……."

그의 아버지가, 당시 신관이던 다쓰오가 진신 호에서 사라진 뒤 미쿠마리 신사가 어떤 일을 당했을지, '지옥'이라는 한 단어에 전부 드러나 있었다. 하미 땅에서, 수리조합에서, 미쿠마리 신사의 입장이 단숨에 악화되어 기를 못 폈을 게 틀림없다. 신사이니 마을에서 따돌림을 당할 걱정은 없었을 것이다. 그러나 어쩌면 차라리 아예 무시당하는 편이 더 편하지 않았을까. 철저하게 비난받으면서 명예회복을 강요받는 입장의 고통은 당사자가 아니면 모른다.

그렇지만…… 겐야는 생각했다.

미쿠마리 다쓰오의 행방불명에 사건성이 있는가 하면, 판단이 쉽지 않다. 증의가 거행되는 동안 진신 호에 잠수했던 사람은 다쓰오뿐이다. 아무리 기다려도 물 위로 떠오르지 않는 바람에, 당시 상황을 고려한 결과 실수로 미즈치 님의 입에 빨려들었다고 추측되었다. 즉 사고다. 지극히 타당한 해석이라 할 수 있었다. 그뒤 다쓰오의 행방을 영영 알지 못한 것을 보더라도, 유감이지만 그는 진신 호 지하 수로로 떠내려갔다고 봐야 할 것이다.

그뒤 아무 일이 없었다면 이윽고 시간이 모든 것을 해결해주었을지 모른다. 그러나 그렇게 되지 않았다.

몇 년 뒤, 미즈치 신사의 다쓰키치로와 스이바 신사의 류코가 각각 증의를 올리던 중 미즈치 님의 입과 집배 바닥 밑에서 꿈틀거리는 끔찍한 것을 목격했다. 그것을 익사한 미쿠마리 다쓰오의 팽것으로 봤으니 문제였다. 그나마 의식이 성공했으니 다행이었지, 어느 한쪽이라도 실패해 비가 오지 않았다면 난리가 났을 게 틀림없다. 전 신관의 팽것이 의례를 방해했다는 소문이 퍼져 미쿠마리 신사는 완전히 궁지에 몰렸을 것이다.

비가 내린 덕분에 섬뜩한 체험담은 수리조합 내부에서 그치고 하미 땅 구석구석까지 퍼지지 않았다. 그러나 이 일로 미쿠마리 신사의 입장은 다시 악화되었다. 어디까지나 수리조합 내에서 그랬겠지만, 그런 변화는 아무리 숨겨도 마을 사람들에게까지 전해지게 마련이다. 내용이 알려지지 않았으니 엉뚱한 소문으로 번질 위험도 있었다.

그러다가 십삼 년 전, 증의에서 미즈시 류이치가 사망했다. 사인은 심장마비였으나 터무니없이 무서운 어떤 것을 본 듯한 형상이었다. 당연히 수리조합 사람들의 뇌리에 진신 호에서 사라진 다쓰오의 팽것이 되살아났을 것이다. 그래도 그들은 어떻게든 말이 외부로 새나지 않게 하려 했다.

그런데 실제로 사람이 죽는 바람에 과거의 사고부터 괴이에 이르기까지 눈 깜짝할 사이에 마을 사람들에게 알려지고 말았다. 불확실했던 소문도 현실미를 띤 이야기로 전해지기 시작했다.

다쓰조는 그때 생각했는지 모른다. 만약 류이치의 죽음이 사고가 아니라면 자신의 아버지도 그렇지 않을까. 이번 사건이 해결되면 미쿠마리 다쓰오도 오명을 벗을 수 있지 않을까.

그러나 류이치의 불가해한 죽음은 결국 수수께끼로 남고 말았다. 게다가 염려했던 대로 모두가 다쓰오의 팽것 탓이라고 생각했다.

겐야의 이런 예측이 들어맞고 다쓰조가 류마와 시노의 이야기를 믿었다면, 그에게 도조 겐야의 등장은 그야말로 바라던 바인지도 모른다.

"저게 저희 미즈치 신사입니다. 저 수신탑을 지나면 사요 촌이죠."

겐야가 말없이 깊은 생각에 빠져 있기 때문인지, 세이지가 작은 목소리로 시노에게 설명했다.

"그러고 보니 지금까지 다리를 하나밖에 못 봤는데요."

시노의 지적대로 다리라곤 사호 촌 동쪽 끄트머리에 하나가 있을 뿐이었다.

"마을마다 튼튼한 다리를 하나씩 놓고 싶긴 한데, 예산하고 장소 문제 때문에……."

"앗, 과거에 물이 불어 떠내려간 건가요?"

"간단한 다리라면 얼마든지 놓을 수 있죠. 이 부근은 가뭄이 들 때가 많지만, 가끔 엄청난 물살이 밀려들면 버티질 못합니다. 사요 촌 한가운데에 하나 있어서 모노다네 촌 사람들은 그쪽 다리를 이용합니다. 아까 지나친 다리는 사호 촌과 아오타 촌 사람들이 쓰고요. 요는 마을 사람들이 신사에 볼일이 있을 때, 또 저희가 마을에 갈 때 불편한 것뿐이라 그렇게 절실한 문제는 아니거든요. 그러다 보니 계속 뒤로 미루는 거죠."

두 사람이 대화를 계속하는 사이에 두번째 다리가 왼쪽 전방에 보이기 시작했다. 그쪽 다리는 단순히 '윗다리', 또 한쪽은 '아랫다리'라 불린다고 했다.

윗다리로 접어들기 직전에 마차가 속도를 늦추었다. 그때 무척 묘한 것이 겐야의 눈에 띄었다. 강길에 면한 전답의 맨 끄트머리에 왜 그런지 말뚝을 빙 둘러 박아놓았다. 사각형으로 작게 구분되어 있는데, 벼도 심었고 논두렁길까지 있었다. 그런 의미에서는 다른 전답과 다를 바가 없었다. 다만 기이할 정도로 좁았다. 바로 왼쪽 옆에 커다란 소나무가 있는 탓에 더더욱 작아 보였다.

"저기는 뭐죠?"

마차가 왼쪽으로 꺾어져 다리를 건너기 시작하기 전에 겐야는 황급히 그곳을 가리키며 물었다.

"네? 아아…… 저것 말씀입니까……."

세이지가 흐린 표정으로 대답했다. 그러나 호기심에 가득 찬 겐야의 시선에 이기지 못하고 쓴웃음을 지으며 말했다.

"아주 오래전부터, 그야말로 사요 촌이 개척된 직후부터 저곳은 저런 식으로 구분되어 있다고 하는군요."

"무슨 사연이 있을 것 같군요."

겐야가 몸을 조금 내밀자 옆에서 시노가 어쩐지 경계하는 자세를 취했다.

"어디나 있는 옛날이야기입니다만."

세이지는 그런 두 사람을 의아스레 바라보면서도 말했다.

"그곳에 진흙녀란 요물이 나온다고……."

"진, 진, 진흙녀라고요!"

순간, 겐야가 고함을 치면서 벌떡 일어나 뒤를 돌아보려 했다. 맞은편에 있던 세이지는 놀라 간이 떨어졌는지 엉겁결에 자신도 소리를 지르며 일어서려 했다. 십중팔구 겐야를 앉히려고 그랬을 것이다.

그렇지만 달리는 마차 위에서 한 명이면 또 몰라도 둘씩이나 동시에 일어서는 것은 너무나도 위험했다. 말수가 적은 다쓰조가 "어이! 얼른 앉아!" 하고 소리를 질렀을 정도다.

세 사람의 갑작스러운 고함 소리에 마부석의 시게조가 소스라치게 놀랐다. 그 결과 고삐를 잡은 손을 잘못 놀려 말이 다리 난간으로 향하고 말았다. 간발의 차로 시게조가 말을 붙들었으니 망정이지, 하마터면 미쓰 천에 뛰어들 뻔했다.

그런 소동 중에 소후에 시노만이 냉정했다. 겐야가 몸을 일으킨 단계에서 재빨리 그의 팔에 손을 얹더니 "자, 선생님, 우선 진정하시고요." 하고 마치 어린애를 달래듯 다정하게, 그러면서도 어딘지 모르게 반론을 허용하지 않는 어조로 말하며 강제로 그를 앉혔다.

"휴……."

다리 난간 직전에서 말이 히히힝 울며 마차가 멈춰서자, 세이지와 다쓰조와 시게조가 동시에 안도의 한숨을 내쉬었다.

"왜, 왜 그러시죠?"

세이지가 조심조심 묻자, 겐야는 어리둥절한 얼굴로 "네? 어라? 여기서 미쓰 천을 보는 겁니까?" 하고 엉뚱한 대답을 해서 상대방의 표정을 얼어붙게 했다. 그때까지 도조 겐야라는 청년에 대해 적어도 세이지는 호감을 가진 듯 보였는데, 지금 그런 인상이 확실히 흔들리고 있었다. 다쓰조는 노골적으로 수상한 인물을 보듯 그를 노려보고 있었다.

별로 좋지 못한 분위기 속에서 시노는 정중히 고개를 숙였다.

"실례 많았습니다. 도조 선생님은 자신이 모르는 괴이담을 들으시면 흥분해서 주위가 안 보이게 되는 버릇이 있으시거든요. 이것도 재능 있는 작가의 징표일 것이라고 저희 편집자는 이해하고 있습니다만, 처음 보신 분은 역시 놀라시겠죠."

"그, 그렇습니까."

사람이 좋은 듯한 세이지는 시노의 설명을 받아들인 듯 보였으나, 다쓰조는 더욱 수상쩍은 눈초리로 겐야를 바라보았다.

"그래서 전 방금 선생님이 폭주하실 듯한 눈치를 채고 재빨리 저지한 것이랍니다. 다만 그러고 나면 선생님은 일시적으로 혼란에 빠지시거든요. 전 미지의 괴이담에 대해 치민 흥미가 억지로 억눌렸기 때문이 아닐까 생각합니다만, 어쨌든 앞으로도 다양한 방법을 시도하면서 연구를 거듭해 나갈 작정입니다."

"……고생 많으십니다."

세이지도 뭐라고 대꾸하면 좋을지 모르겠는지 상당히 엉뚱한 소리를 하며 머리를 숙였다.

"아뇨, 이것도 담당 편집자의 소임이죠. 저 스스로 이런 말씀을 드리긴 뭐하지만, 애초에 도조 겐야란 작가를 능숙하게 다룰 수 있는 편집자는 저희 업계에서도 저 정도가 아닐까……."

"폐를 끼쳤군요. 죄송합니다."

간신히 정신이 든 겐야가 세이지와 다쓰조, 시게조에게 한 사람씩 정중히 사과하고 말했다.

"이젠 괜찮으니 시게조 씨, 출발해주시겠습니까? 세이지 씨, 그래서 진흙녀는……."

"잠깐만요, 선생님, 그 이야기는 지가 지금 여쭈려고……."

"그래, 같이 듣자고."

한마디로 시노를 꼼짝 못하게 하고 겐야는 기대에 찬 눈초리로 세이지를 바라보았다.

"이게 참…… 과연 선생님이 만족하실 이야기인지 다소 불안하긴 합니다만……."

보아하니 그는 아직 겐야를 경계하는 듯했다. '진흙녀'라고 한 마디 했을 뿐인데 그런 소동이 벌어졌으니 주저하는 것도 무리가 아니다.

"그 점은 걱정 안 하셔도 됩니다. 자, 부탁드립니다."

물론 겐야는 어떻게든 이야기를 들을 작정이었다.

"아, 예…… 이야기하는 게 낫겠습니까?"

"네, 꼭 듣고 싶습니다. 앗, 이젠 정말 괜찮습니다."

"담당 편집자인 제가 보증해드려요."

시노의 자신 있는 태도에 세이지는 비로소 이야기할 마음이 든 듯했다.

"음, 이런 이야기입니다. 옛날 옛적 사요 촌 어느 집에 타지에서 '쓰루鶴'란 이름의 여자가 시집왔는데, 그뒤 바로 모심는 시기가 됐다. 그러자 시어머니가 '무슨 일이 있어도 오늘 내로 모심기를 끝내라' 하고 며느리한테 터무니없는 일을 시켰다. 그것도 며느리 혼자 하라고 했다. 며느리는 하는 수 없이 모심기를 시작했지만 넓은 논인데 혼자서 가능할 리가 없었다. 그래도 시어머니가 시킨 일이라고 며느리는 열심히 노력했다. 그러다 날이 저물기 시작했다. 주위가 점점 어두워지는데, 이대로 가다간 그날 중으로 못 끝낼 것 같았다. 필사적으로 모를 심은 며느리가 간신히 일을 마치고 허리를 편 순간, 해가 뚝 떨어졌다. 애쓰는 며느리를 보고 해님이 기다려준 것이었다. 아아, 드디어 끝났다……, 그렇게 생각한 며느리가 미쓰 천에서 팔다리를 씻으려고 논에서 올라왔다가 픽 쓰러져 죽었다. 큰 소나무가 있던 그 주변이죠. 아무리 기다려도 돌아오지 않는 아내를 찾으러 온 남편은 소나무 밑에 죽어 쓰러져 있는 그녀를 발견하고 발작적으로 목을 매려 했다. 여담이지만 남편의 이름은 '쇼松'랍니다. 어떤 운명 같은 게 느껴지죠. 그러나 소나무에 건 밧줄이 끊어지는 바람에 실패하자 미쓰 천에 몸을 던져 아내의 뒤를 따랐다. 이후로 타지에서 시집온 여자가 모내기를 하면 논의 진흙 속에서 손이 나와 발목을 붙들기 시작했다. 도망치면 이번에는 미쓰 천에서 나온 익사체 요물이 강물로 끌고 들어가려 했다. 그런 일이 빈번히 일어난 탓에 며느리가 죽은 논에 공양비를 세우고 그곳에만 말뚝을 둘러 모시게 됐다는 이야기랍니다. 못 알아차리셨을 수도 있겠는데, 다리 어귀에 있던 수신탑은 강물에 뛰어든 남편의 공양을 위해 세운 거죠. 또 그 소나무 앞에서 짚신이나 게다 끈이 끊어지면 가까운 시일 내에 가족이 죽는다고 두려워했습니다. 목을 매는 데 실패한 남편의 저주라고 생각한 거죠. 그리고 팽것이라는…… 앗, 아뇨…….”

세이지는 팽것에 대해서도 말하려다가 허둥지둥 입을 다물었다. 또 겐야가 모르는 이름을 꺼냈다간 조금 전 같은 소동이 벌어질지 모른다고 걱정한 것이다.

겐야는 상대방을 안심시키듯 미소를 지으며 말했다.

"팽것은 압니다. 혹시 미쓰 천에 빠져 죽은 며느리의 남편 이야기에서 팽것이란 요물의 전승이 비롯됐을까요?”

"십중팔구 그렇지 않을까 합니다만…….”

"진흙녀에 대한 옛날이야기는 전형적인 며느리 밭 전승이군요.”

"네? 다른 지방에도 비슷한 이야기가 있습니까?”

"시어머니한테 하루 만에 모내기를 끝내란 말을 듣고 애써 일을 마친 며느리가 죽는다는 이야기는 다른 곳에서도 찾아볼 수 있죠. 며느리와 관련된 전승은 그밖에도 꽤 많거든요."
"호오, 그건 왜죠?"
"지금도 그렇지만 며느리란 존재가 완전히 하나의 노동력으로 간주되기 때문이겠죠. 게다가 대개는 바깥에서, 타지에서 들어오는 일종의 다른 인종이니까요."
"예에……."
세이지는 이해한 건지 아닌지 알 수 없는 소리로 모호하게 대답했다.
"다만 며느리가 진흙녀란 요물이 된 건 다른 데선 찾아볼 수 없는 예인데요."
겐야는 흡족해서 싱글벙글했다.
"마음에 드신 것 같아 다행이군요."
세이지가 일단 무난하게 대답하는데, 마부석에서 시게조가 "이제 곧 미즈시 신사에 도착할 겁니다"라고 했다.
앞으로 고개를 돌린 겐야의 눈에 도리이와 신사, 그리고 커다란 저택과 광 몇 개가 순식간에 다가들었다.
"수리조합 사람들과 아까 만나신 류마 군을 비롯해 관계자 전원이 이미 모여서 선생님을 기다리고 있을 겁니다."
갑자기 맡은 임무가 생각났는지 세이지가 말투를 가다듬어 알렸다.
"죄송합니다. 내일 의식을 앞두고 모두 바쁘실 텐데……."
"아뇨, 어차피 수리조합은 모여야 하니 신경 쓰지 마십시오. 모였다고 딱히 뭘 하는 것도 아니고요. 뭐, 어디까지나 의례적인 자리입니다."
마차가 미즈시 신사 앞에 멈춰섰다. 세이지의 안내를 받아 겐야와 시노는 미즈시 가 저택을 향해 걸음을 뗐다. 그때 갑자기 여자의 비명이 들렸다.
 그들이 향하던 미즈시 가에서 들리는 소리였다.

6

감옥

미즈시 가에서 쫓겨나 초라한 움막에서 살기 시작한 지 일 년 남짓 된 어느 날 아침, 어머니가 일어나 나왔다가 쓰러졌다.

"다 나을 때까지 편히 쉬세요. 나랑 쇼이치만 일해도 그럭저럭 벌 수 있으니까."

사요코는 학교에 다녀와 일 나가는 틈틈이 어머니를 간병하며 그런 말로 어머니를 안심시켰다. 누나야 그렇다 치고 그의 벌이 따위 별것 아니었으나, 그도 물론 어머니 몫까지 일할 생각이었다.

"고맙다. 그럼 좀 쉴게."

어머니는 무척 지친 표정이었지만 보일 듯 말 듯 지은 미소는 진심으로 기뻐하는 것처럼 보였다.

"쓰루코랑 사요코랑 쇼이치가 있어서 엄마는 정말 행복하구나."

왜 그런지 어머니는 그때 간사이 사투리로 말했다. 의식이 반쯤은 몽롱했기 때문일까. 저녁때가 되어도 깨지 않았지만 그냥 자게 두기로 했다.

이튿날 아침, 어머니는 얄팍한 이부자리에 싸늘한 주검으로 누워 있었다. 급히 시게조와 미즈우치 가에 알리자, 노인은 사요 촌의 기도꾼을, 세이지는 모노다네 촌의 의사를 데리고 달려왔지만 이미 손을 쓸 수 없는 상태였다.

"사기리 님……."

시게조는 어머니의 이름을 부르더니 고개를 떨군 채 꼼짝하지 않았다.

"내가 좀더 자주 드나들면서 어머니의 상태에 주의했더라면……."

세이지는 쇼이치 남매에게 머리를 깊이 수그리며 조용히 눈물을 흘렸다.

그런 두 사람을 보고 쇼이치는 그제야 어머니가 정말 죽었음을 실감했다. 그 순간, 지난밤의 악몽이 떠올랐다. 아니, 정말 꿈이었을까. 가위에 눌려 잠에서 깨니 움막 천장에 구멍이 나 있고 그곳에서 여자의 잘린 머리가 그의 얼굴 앞으로 쑥 뻗어왔다. 그러더니 의식이 멀어지기 직전 이렇게 속삭였다.

어머니가 죽어…….

너무나도 큰 공포에 쇼이치의 뇌가 꿈으로 처리한 뒤 아침이 되어 잊으려 했을지도 모른다. 잘린 머리에 대한 두려움과 어머니를 잃은 슬픔에 눈물이 후드득 쏟아지더니 그쳐지지 않았다. 어느새 소리 내어 오열하고 있었다.

뜻밖이라고 해야 할지, 어머니의 장례는 미즈시 가에서 주관했다. 이 문제를 두고 류지와 세이지가 상당히 옥신각신한 모양이었다. 그러나 미즈시 가에서 어머니 생전에 어떤 짓을 했든 어머니가 그 집안의 딸이라는 것은 틀림없었다. 따라서 미즈시 가 명의로 장례를 지내는 것은 당연했다. 류지가 그런 식으로 주장하면 타인인 세이지는 어떻게 할 수가 없었다.

장례는 심하게 간소화되어 무미건조할 지경이었다. 마을에서 생활하면서 쇼이치는 마을 사람들의 장례를 여러 번 봤다. 딱히 의원이며 촌장, 옛 촌장, 지주 같은 유력자 집안이 아니라도 마을의 장례는 제법 성대했다. 시골 지역사회에는 상부상조의 정신이 남아 있는 터라 가난한 집도 그런 대로 괜찮게 장례를 치를 수 있었다.

게다가 미즈시 신사라고 하면 사요 촌에서 명백히 가장 세력 있는 집안의 부류에 들어갈 텐데도, 어머니의 장례는 그런 집 딸의 장례 같지 않게 너무나도 초라했다. 장지까지 따라간 사람은 구키 가의 세 남매, 미즈우치 세이지와 가이지 부자, 그리고 시계조뿐이었다. 미즈시 가 사람들은 장례에만 참석했다. 류조는 마지막까지 가고 싶어했으나 류지 탓에 결국 포기한 듯했다. 섬뜩했던 것은 하녀 우두머리인 도메코였다. 그녀는 독경 때도, 매장 때도 멀찍이 숨어 계속 살펴보았다. 마치 당장에라도 어머니의 시신이 벌떡 일어날지 모른다고 겁내는 것처럼…….

어머니의 장례 뒤, 미즈우치 세이지와 미즈시 류지는 또다시 싸웠다. 둘 다 자신이 쇼이치 남매를 키우겠다고 한 것이었다. 게다가 이번에는 본인들 앞에서였다.

그러나 이것도 류지가 훨씬 유리했다. 법률상으로는 그의 손주들이다. 미즈시 가에서 키우는 게 당연하다. 누가 들어도 맞는 말인 만큼 세이지는 손 쓸 도리가 없었다. 아무리 생각해도 친권은 상대방에게 있었다. 그런데도 그는 최후의 저항을 시도했다.

"아이들 의견도 물어보죠."

"별 허튼 소리를 다 하는군. 댁한테 갈 생각이었으면 그 낡은 움막에서 살았을 때 벌써 갔을 게 아니야."

류지는 들을 가치도 없다는 듯 마치 파리를 쫓는 것처럼 손을 흔들었다.

"그건…… 그때는 사기리 씨의 생각이 달라서……."

"허허, 그러니까 어머니인 사기리가 댁한테 애들을 보낼 수 없다고 판단했다는 이야기군."

"아뇨, 결코 그런 게……."

"예전에 댁은 나한테서 사기리를 빼앗았지. 그래놓고 이번엔 손주까지 빼앗겠다는 건가!"

"아닙니다. 당신이 저한테서 사기리 씨를 빼앗은 겁니다."

세이지의 어조는 침착했지만 그 말에서 어머니에 대한 굳은 마음이 느껴졌다.

"이, 이, 이놈이! 한낱 미즈치 신사의 견습 주제에 미즈시 신사의 신관한테 잘도 그런 무례한 소리를……."

"자신이 없으십니까?"

"뭐, 뭐야?"

"할아버지 집에서 살지, 생판 남인 제 집에서 살지, 이 애들한테 선택하라고 하는 게 자신 없어서 싫으신 것 아닙니까?"

"어처구니가 없군. 그런 문제가 아니야."

류지는 짤막하게 대답했지만 아픈 데를 찔린 듯했다.

"그럼 애들한테 의견을 물어서 안 될 이유가 없는 셈이군요."

"그러니까 애초에 그런 무의미한 짓을 할 필요가……."

"도망치시는 겁니까?"

"뭐야!"

저도 모르게 벌떡 일어서려던 류지는 잠깐 생각하는 표정을 짓더니 이렇게 말했다.

"그래, 그러자고. 그래서 만약 애들이 미즈시 가를 선택하면 댁은 앞으로 이 애들한테 일절 접근하지 않겠다고 약속하는 거네."
"네?"
"왜? 자신 없나?"
류지는 심술궂은 미소를 띠었다.
"알겠습니다. 그러죠."
"좋아. 너희, 잘 생각해야 한다."
류지는 쓰루코, 사요코, 쇼이치를 한 명씩 바라보며 말을 이었다.
"너희 어머니가 뭘 바랐는지, 정말 원한 게 뭔지, 잘 생각해보는 거다."
그날 밤 쇼이치는 두 누나와 함께 미즈시 가 별채에서 잤다. 회의에는 쓰루코도 끼었지만 아무래도 사요코와 쇼이치 둘이서 진행하게 되었다.
"어머니는 우리를 류지 밑에서 기르고 싶어하지 않았어. 이건 틀림없지."
"응, 그렇지."
"한편, 미즈우치 아저씨를 좋아하긴 했지만 아저씨 집에 신세를 지면 엄청난 폐를 끼치게 될 걸 알고 있었어. 그래서 아저씨의 제안을 거절했어."
"그럼 둘 다 안 된다는 뜻이야?"
"그렇게 되지."
"하지만 둘 중에 골라야 하는데."
"우리 생각만 한다면 아저씨한테 가야겠지."
"응……."
"그렇지만 아저씨한테 엄청난 폐를 끼치게 된다면……."

"어머니가 슬퍼할 거야."

"그러게……. 앗, 류지가 말한 '어머니가 뭘 바랐는지, 정말 원하는 게 뭐였는지'가 혹시 이걸 뜻하는 게 아닐까."

"어? 그게 무슨 뜻이야?"

"방금 내가 한 말 말이야. 그 인간, 우리가 아저씨한테 폐 끼치는 걸 어머니는 결코 바라지 않았을 거라고 말한 게 틀림없어."

"그러니까 자기한테 오라고?"

"우리가 어머니 생각을 해서 아저씨한테 못 가게 하려고 그런 식으로 수를 쓴 거야. 진짜 기분 나쁜 인간이라니까!"

"그렇지만……."

"그러게. 어머니한테는 미안하지만 역시……. 류지가 우리를 정상적으로 길러줄 것 같진 않으니까……."

"응……."

'우리'라는 말로 자신들도 포함시켰지만, 사요코가 걱정한 것은 쓰루코였다. 그것은 쇼이치에게도 충분히 전해졌다.

"그럼……."

"우리가 갈 곳은……."

두 사람이 결론을 내리려 했을 때 웬일인지 쓰루코가 끼어들었다.

"이 집에서도 처음엔 재미있게 살았잖니."

"아, 음, 그건 쓰루 언니만 그랬을지도."

"그래?"

사요코의 빈정거리는 말투에 큰누나는 생긋 웃으며 대답하더니, 이어서 믿기지 않는 말을 했다.

"할아버지는 말이지, 우리를 행복하게 해주고 싶다고 하셨어."

"거짓말이지……."

"아냐, 정말로."

"쓰루 언니한테 그랬어?"

"아니, 어머니한테. 할아버지 방 앞을 지나가는데 목소리가 들리더라고. 그래서 계속 들었지 뭐야."

부끄러운 표정으로 털어놓는 쓰루코는 마치 동녀童女처럼 보였다.

"우리가 이 땅에서 살면 언제까지고 행복하게 살 수 있다고……."

"무슨 옛날이야기도 아니고."

사요코는 어이가 없다는 듯 말했으나 쓰루코는 온화하게 말을 이었다.

"우리가 미즈시 신사에서 자라면 언제나 신이랑 같이 사는 게 되니까, 그 어떤 화도 당하지 않고 병도 안 걸리고 늘 건강하고 쾌적하게 살 수 있을 거라고, 할아버지가 그러셨어."

"너무 말이 번지르르해서 오히려 더 수상쩍은데."

"그렇지만 할아버지가 그건 너도 알 거라고 하셨더니 어머니도 부정하지 않으셨는걸."

"뭐?"

"'저도 압니다' 그렇게 대답하셨어."

"그럴 리가……."

"그리고 '그 애들은 평범한 행복이면 충분합니다. 그 이상은 바라지 않아요'라고 말씀하셨어."

어쩐지 묘한 이야기였지만, 쓰루코가 거짓말을 할 것 같지는 않았다. 그렇다고 그 누추한 움막에서의 생활이 어머니가 말하는 평범한 행복이었을 리도 없다.

"그럼 쓰루 언니는 이렇게 말하고 싶은 거야? 류지는 우리 행복을 생각했는데 어머니가 그걸 거부했다고?"

"그런 게 아냐. 어머니는 망설이셨지만 결국 이곳으로 돌아오셨어. 할아버지도 딸과 손주들을 받아들이셨지. 그런데 우리가 집을 나가게 된 건 두 분 사이에 무슨 오해가 있었기 때문이 아닐까. 난 죽 그런 생각이 들었거든."

쓰루코는 주위에서 일어나는 일을 그다지 이해하지 못한다. 쇼이치는 언제부터인가 멋대로 그렇게 생각하고 있었다. 하지만 터무니없는 착각이었는지도 모르겠다. 하기야 미즈시 가에 며칠 있는 동안 그녀의 상태가 전에 없이 좋았으니, 일시적으로 회복했다고 생각할 수도 있다.

셋이 의논한 결과 일단 미즈시 가에 살면서 두고 보기로 했다. 쓰루코가 류지의 그런 말을 들었다고 갑자기 할아버지를 믿을 마음은 들지 않았지만, 얼마 동안 상대방이 어떻게 나올지 살펴보기로 한 것이다.

이런 결정의 배경에는 역시 세이지에게 폐를 끼칠 수 없다는 이유도 있었다. 어머니와 그의 대화를 떠올린 사요코가 자신들이 생각하는 이상의 큰 소동이 벌어질 게 틀림없다고 생각한 탓이 컸다. 설령 그런 문제가 일어나지 않는다고 해도 류지가 분명 못된 계략을 꾸밀 것이라는 누나의 의견은 쇼이치가 보기에도 신빙성이 있었다.

다음 날 자신들의 의견을 두 사람에게 전하자, 류지는 씩 웃고 세이지는 몹시 낙담했다.

"귀여운 손주들이 할아버지 집에서 사는 건 당연한 일이지."

의기양양하게 말하는 할아버지를 가로막듯 사요코가 즉각 말을 이었다.

"그렇지만 만약 이 집에서 부당한 대우를 받으면 나갈 거예요."
류지의 얼굴이 순식간에 노여움으로 일그러졌다.
"애새끼가 시건방진 소리를! 너희끼리 살아갈 수 있을 줄 알아!"
그때 세이지가 끼어들었다.
"미즈시 신관, 그때는 제가 이 애들을 돌보겠습니다."
"어제 한 약속을 잊었어? 이 녀석들이 날 선택한 시점에서 댁은 앞으로 이 애들한테 일절 관여 않기로 했을 텐데."
"그것과 이건……."
"다르지 않지. 같은 거야."
"아뇨, 다릅니다."
"정말 이 애들을 데려다 기를 생각인가."
류지의 어조가 별안간 달라졌다. 대체 무슨 생각인가, 하고 순수하게 의문을 느낀 듯했다. 오만함과 노기가 서려 있던 얼굴에 이해가 안 된다는 표정이 떠올라 있었다.
"그런 짓을 했다간 미즈치 신사는 망할 거야."
"……"
"내가 말 안 해도 알 텐데."
"……"
"아니면 뭔가. 미즈치 신사가 어떻게 되든 좌우지간 나한테 맞서서 과거의 한을 풀겠다는 속셈인가?"
류지가 또다시 화를 내기 시작한 찰나, 쓰루코가 차분한 목소리로 "할아버지" 하고 말했다.
"저희는 할아버지께 신세 질 테니 앞으로 잘 부탁드려요."

"아…… 음, 그래, 그랬지."

큰누나의 말로 그 자리는 수습되었다. 류지는 더 할 이야기가 없다는 듯 방에서 나가버렸다. 세이지는 "무슨 일이 있으면 상관 말고 꼭 나한테 의논하렴"이라는 말을 남기고 미련이 남는 표정으로 돌아갔다.

미즈시 가에서 살기 시작한 처음 며칠 동안, 쇼이치 남매의 생활에 특필할 변화는 일어나지 않았다. 물론 주거환경이며 식생활의 변화는 현저했지만, 사요코가 걱정했던 류지의 간섭 등은 일절 없었고 오히려 방치된 상태였다.

그런데 이윽고 쓰루코에게만 본채에 방이 주어지고 의복과 식사도 사치스럽게 변했다. 세 남매 중 큰누나만 노골적으로 특별대우를 받기 시작했다. 큰누나가 말만 하면 뭐든 다 사주었을 것이다. 무리한 부탁이라도 누나가 바라면 이루어졌을 게 틀림없다.

"류지가 드디어 본성을 드러낸 거야."

사요코는 당장 경계하며 눈에 띄지 않게 쓰루코를 지켜보기 시작했다. 밤에는 일부러 언니 방에서 잤다. 그 때문인지 할아버지가 손녀의 잠자리로 숨어든다는, 온몸의 털이 곤두설 것처럼 끔찍한 사태는 벌어지지 않았다.

그래도 사요코는 안심할 수 없는 듯했다. 새로이 마음에 걸리는 문제라도 생겼는지 골똘히 생각에 잠길 때가 많아졌다.

"왜 그러는데?"

"쇼이치, 류지의 말버릇 눈치챘어?"

갑작스러운 질문에 순간적으로 짐작 가는 데가 없었다.

"그 인간은 처음 만났을 때 자기를 '신'이라고 했잖아."

"아, 그거? 지금도 가끔 그러잖아. 자기가 신처럼 위대하다고 으스

대고 싶은 거 아냐?"

"단순히 류지의 오만함이 겉으로 드러나는 거라면 좋겠지만……. 내가 마음에 걸리는 건. 어머니가 그 인간이랑 이야기하는 걸 쓰루 언니가 들었을 때 그 인간이 했다는 말이야."

"우리가 미즈시 신사에서 살면 언제까지고 행복하게 살 수 있다는 거?"

"응. 신이랑 줄곧 같이 있으니까, 항상 신이랑 같이 살 테니까, 하는 이유였지. 난 신이 미즈치 님을 뜻하는 거라고 생각했거든. 미즈치 님이 지켜주니까 화도, 병도 두려워할 것 없다고. 그렇지만 류지가 자기 자신을 가리켜서 한 말이라면……."

"무슨 뜻이야?"

"우리를 돌본다고 하면 말은 그럴싸하지만 요는 자기 지배하에 두고 싶은 거야. 물론 가장 큰 표적은 쓰루 언니고."

"그럼 할아버지는 왜 쓰루코 누나만 데려오고 사요랑 날 세이지 아저씨한테 맡기지 않은 거지?"

"우리는 인질인 거야."

"뭐?"

"쓰루 언니는 상태가 저렇긴 해도, 아무리 그래도 이유도 없이 류지가 시키는 대로 하진 않을 거 아냐? 그렇지만 이 집에서 우리를 편히 살게 해준다는 명목을 갖다 붙이면 아무 소리 않고 따를 것 같지 않아?"

"그러게……."

사요코는 '우리'라고 표현했지만, 쓰루코가 특히 남동생의 장래를 생각한다는 것은 틀림없었다.

"그 대가로 신인 자기 밑에 있으면 아무것도 걱정할 필요 없다는 뜻으로 그런 말을 한 거야."

머리가 조금 모자란 척하지만—그런 부분이 분명히 있긴 하지만—큰누나는 주위 상황을 확실하게 파악하고 있을 때가 많았다. 다만 주체성이 부족한 경향이 있는 탓에 자신의 의견을 잘 말하지 않았다. 그러다가도 이따금 보기 드물게 주장하는 경우가 있었는데, 미즈시 가를 선택할지, 미즈우치 가로 갈 것인지를 놓고 고민했을 때가 바로 그랬다. 그때 쓰루코는 알고 있었던 것이다. 자신이 할아버지가 시키는 대로 하면 동생들은 앞으로 의식주를 걱정하지 않고 살 수 있다. 그 때문에 그런 말을 한 것이다.

사요코에게 그렇게 말하자, 누나는 다시 봤다는 표정을 지었다.

"쇼이치 너도 많이 컸구나. 어머니가 지금 네 모습을 봤으면 얼마나 기뻐했을까……."

"……그보다 쓰루코 누나 생각을 해야지."

누나에게 칭찬을 들어 쑥스러운 것과 더불어 어머니 생각에 가슴이 미어져 뭐라 말할 수 없는 기분이 들었다.

"우리를 위해 스스로를 희생하겠다, 말하자면 산 제물이 되겠다고 본인이 결심한 거라면…… 우리가 아무리 주의해봤자 소용없을지도 몰라."

"말도 안 돼……."

"결국 지금 이상으로 쓰루 언니 주위를 잘 살펴보는 수밖에 없어."

그런 근면한 노력 덕인지, 큰누나 몸에 위험이 미치는 일은 없었다. 적어도 사요코는 그렇게 생각해 자신들의 감시가 도움이 되고 있다고 판단했다.

그러나 쇼이치는 어쩐지 그게 아니라는 생각이 자꾸만 들었다. 뭐가 아니라는 건지 스스로도 알 수 없었던 터라 누나에게 설명할 수 없어 답답했지만, 날이 갈수록 점점 더 기묘한 초조감에 시달렸다.

어떻게 해야 하는데…….

사요코는 지금 방법만으로 문제없다고 생각하고 있다. 그러니 자신이 어떻게든 해야 한다. 그렇지만 뭘 어떻게 하면 좋을지 짐작도 가지 않았다. 그저 마음만 급했다.

이윽고 하녀 우두머리 도메코가 두 남매에게 일을 시키기 시작했다.

"우리가 왜요?"

"류지 님께 직접 너희를 부탁 받았거든. 손주의 교육을 위해 일을 시켜달라고. 게다가 일하지 않는 자는 먹지 말란 말도 있지."

"쓰루 언니도 손주잖아요."

"그분은 특별해. 너희랑 다르다고."

"우리가 쓰루 언니를 지킨다고 류지가 심술부리는 거야. 그 인간이 구두쇠인 이유도 있겠지만."

둘만 있을 때, 사요코가 말했다.

즉 인색한 할아버지가 둘에게 공짜 밥을 먹여주기 싫어서, 그리고 쓰루코 곁에 귀찮게 붙어 있는 데 대한 보복으로 그야말로 일석이조의 방법을 생각해낸 셈이다.

"어쩌지?"

"걱정할 거 없어. 움막에서 살 때 우리가 어떤 일을 했는지 잊었어? 이 집에서 일 좀 시킨다고 우리가 손들 줄 알면 큰 오산이라고."

사요코의 말이 맞았다. 그때까지 마을에서 해온 고된 일 덕분에 무슨 일을 시켜도 견딜 수 있었다. 다만 일손이 부족해서 일을 시키는 게 아니었으니 어떤 의미에서 일종의 학대였다. 그 사실이 쇼이치는 괴로웠다. 도메코가 끊임없이 트집에 불과한 야단을 치는 게 무엇보다도 그의 기를 꺾었다.

"쇼이치, 사내애가 좀더 마음을 강하게 먹어야지."

사요코는 태연했다. 아니, 실제 속마음은 어땠는지 모른다. 적어도 동생 앞에서는 늘 아무렇지도 않은 표정을 보였다.

류조는 할 수 있는 한 사요코와 쇼이치를 감싸주려 했다. 그러나 도메코가 '류지 님이 시키신 일'이라고 한마디 하면 꼼짝하지 못했다. 피를 나누지 않은 조카들을 미안한 눈빛으로 볼 뿐이었다. 류조도 견딜 수 없는 기분이 들었겠지만, 그런 삼촌을 보는 쇼이치 남매가 더욱 괴로웠다.

왜냐하면 그때마다 미즈시 가에서 아닌 게 아니라 류지가 '신'임을 실감해야 했기 때문이다. 바깥세상에 나가면 통하지 않는, 한정된 좁은 공간에서의 '신'에 불과했지만, 쇼이치 남매가 그 세계에 속한 이상 결코 벗어날 수 없는 악신惡神이었다.

류조의 아내 야에는 그들에게 관심을 거의 보이지 않았다. 그들 남매를 정말 하인으로 생각했는지도 모른다. 그렇다고 함부로 부려먹거나 하지도 않았다. 애초에 말을 걸지 않으니 좋은 의미로든 나쁜 의미로든 인간관계가 성립되지 않았다. 다만 쓰루코에 대해서만은 별개였다. 쓰루코만은 아주 싸늘한 눈초리로 빤히 응시할 때가 있었다. 그러나 그 눈에 어떤 감정이 담겨 있는지는 사요코도 간파할 수 없는 듯, 완전히 수수께끼였다.

이쓰코는 애초에 쇼이치 남매가 쫓겨났다가 돌아왔다는 사실을 이해하지 못했다. 줄곧 미즈시 가에 살고 있었는데 잠시 얼굴을 못 봤을 뿐이라고 생각하는 모양이었다. 물론 세 손주가 처해 있는 입장도 알 리가 없었다.

언제까지고 계속될 것이라고 두 남매가 각오했던 심부름은 뜻밖의 형태로 끝났다. 뒤늦게 동생들의 상황을 깨달은 쓰루코가 놀라 할아버지에게 알린 것이다. 보아하니 큰누나는 도메코가 멋대로 한 일이라고 생각한 듯했다. 류지는 형식적으로 도메코를 야단치고 도메코도 서툰 연기로 사과해 사요코가 쓴웃음을 짓게 했다. 그뒤로 두 남매의 일은 줄어들고 도메코의 학대도 자취를 감추었다.

그러자마자 쇼이치는 또 초조함을 느끼기 시작했다. 어떻게든 해야 한다. 하지만 무엇을 해야 하는지 모르겠다. 그는 고민하며 집 안을, 신사 경내를, 주위 지역을 돌아다녔다. 사요코는 어이없어했지만 스스로 생각해도 우스꽝스러웠다. 무엇을 발견해야 하는지 모르면서 어서 찾아야 한다고 조바심을 냈다.

뭘 찾으라는 거지?

뒤져볼 장소는 이제 거의 남지 않았다. 류지의 방과 침실을 비롯해 하인들 방까지 이미 몰래 들여다보았다. 신사의 본당조차 두려움에 떨면서 확인했다.

미즈시 신사와 가옥을 샅샅이 뒤진 쇼이치는 모노다네 촌의 미즈치 신사, 사호 촌의 스이바 신사, 아오타 촌의 미쿠마리 신사로도 가보았다. 다른 신사들을 조사해도 성과가 없으면 다음은 각 마을까지 범위를 넓히는 수밖에 없다고 각오하고 있었다.

하지만 분명히 마을엔 없을 거야.

그런 생각이 들었다. 찾아낸다면 미쓰 천 남쪽, 신사가 집중된 곳 어딘가에, 그것도 신사와 관련된 곳일 것 같았다.

미즈치 신사에서는 세이지가 매우 반갑게 맞아주었다. 생각해보니 어머니의 장례 후로 처음 만난 것이었다. 류지와의 약속을 지킬 필요는 없었지만, 세이지가 미즈시 가로 찾아올 수는 없는 노릇이었고, 쇼이치 남매도 쓰루코에 대한 걱정을 비롯해 이것저것 힘들었던 터라 미즈우치 가에 간다는 생각 자체가 떠오르지 않았다. 그 탓에 자연히 소원해졌다.

세이지의 아버지 다쓰키치로는 모노다네 촌에서 일할 때 몇 번 만난 적이 있었다. 그중 한 번은 마을 아이들에게 괴롭힘을 당하는 그를 넌지시 도와주었다. 또 한 번은 즉석에서 간단한 일을 부탁하고는 지나치게 많은 품삯을 주었다. 아들이 쇼이치의 어머니를 찾아가는 것은 당연히 알고 있었을 텐데도 그에 관해 아무 말도 하지 않았다.

어머니가 만약 세이지 아저씨의 제안을 받아들였다면…….

다쓰키치로는 대체 어떻게 했을까. 자신들을 받아들였을까. 아니면 어머니의 걱정대로 신사의 앞날을 우려해 거부했을까. 마치 친손주가 놀러온 양 기뻐하는 노인을 보며 쇼이치는 문득 그런 생각을 했다.

세이지의 아들 가이지는 이미 중학생이었지만 그래도 같이 놀아주었으므로 미즈치 신사와 미즈우치 가를 쉽게 둘러볼 수 있었다. 물론 하루만으로는 무리였던지라 틈틈이 몇 번에 나눠 살펴보기로 했다. 쇼이치는 어느새 가이지를 '가이지 형'이라고 부르며 본래의 목적을 잊고 놀곤 했다. 둘 다 형제가 없어서 그랬는지 모른다.

쇼이치가 돌아갈 때 가이지는 매번 똑같은 말을 했다.

"다음엔 쓰루코 씨랑 사요코도 같이 와."

쓰루코는 그보다 두 살 연상이고 사요코는 한 살 아래였다. 그러나 쓰루코를 마음대로 데리고 나올 수는 없거니와, 그렇게 되면 큰누나를 지켜야 하는 사요코도 마찬가지다.

마지막 날, 명확한 설명은 피하면서 넌지시 누나들이 처한 상황을 전했다. 그러자 가이지는 놀라기보다 어딘지 모르게 납득한 것처럼 보였다.

"가이지 형, 뭐 아는 게 있는 거야?"

"아니, 그런 건……."

쇼이치가 저도 모르게 묻자 그는 곤혹 어린 표정을 지었다.

"어떤 거든 상관없으니까 가르쳐줘."

쇼이치는 열심히 물고 늘어졌다. 생각지도 못한 곳에서 생각지도 못한 수확을 얻을 수 있을 듯했다.

"할아버지랑 아버지가 말씀하시는 걸 몇 번 얼핏 들은 것뿐이니까 자세한 내용은 전혀 모르지만……."

가이지는 그렇게 운을 떼더니 말했다.

"미즈시 신사의 류지 신관님한테 너희 어머니는 특별한 존재였는데 지금은 쓰루코 씨가 그런 모양이란 이야기였어."

"특별한 존재?"

"미안, 나도 이것저것 생각해봤지만 어떤 뜻인지는 모르겠어."

"어머니랑 쓰루코 누나……."

"어디까지나 나한테 그렇게 느껴진다는 거지만, 류지 신관님은 두 사람한테서 동일한 가치를 발견하고 있다고 할지. 앗, 표현이 좀 그러네. 음, 그러니까 똑같이 소중한 게 아닐까."

어머니와 쓰루코가 똑같다는 것은 대체 무슨 말인가. 무엇을 의미하는가. 쇼이치는 아무리 생각해도 알 수 없었다. 다만 가이지와 달리, 이 문제를 파고들다 보면 터무니없이 무서운 비밀이 얼굴을 내밀

것 같아서 과히 생각하지 않는 편이 낫겠다고 느꼈다.
 그렇다고 쓰루코를 저버릴 수는 없었다. 어머니는 미즈시 가라는 감옥에서 빠져나갔지만, 큰누나는 스스로 그 감옥에 들어갔다. 동생들을 지키기 위해서.
 가이지가 한 말을 전하자, 잠시 생각하던 사요코의 안색이 변했다.
 "왜? 사요, 뭐 짚이는 데가……."
 "어머니가 쓰루 언니를 가진 건 교토에서였다고 했지?"
 "어, 응. 아버지랑 결혼해서……."
 "그렇지만 그전에 임신했다고 해도 이상할 건 없거든."
 "전이라니, 이 마을에서?"
 "쓰루 언니는 세이지 아저씨를 아버지라고 불렀어."
 "아저씨랑 어머니는 서로 좋아했다, 그렇지만 무슨 사정이 있어서 헤어졌다. 그런 이야기지?"
 "헤어지기 전에 어머니 배 속에 쓰루 언니가 있었는지 몰라."
 여성이 어떻게 임신하는지 쇼이치는 아직 잘 알지 못했다. 남녀가 하는 어떤 행위에 의한 것이라고만 이해하고 있었다.
 "그럼 쓰루코 누나는 미즈우치 가에서 살 수 있지 않아?"
 자신들은 미즈시 가에 남아야 하더라도 큰누나가 미즈우치 가로 갈 수 있다면 자신은 상관없다는 게 쇼이치의 생각이었다.
 그런데 사요코가 입을 열지 않았다. 심각한 표정으로 꼼짝 않고 생각에 잠겨 있었다.
 "아냐? 그런 게 아닌 거야? 세이지 아저씨가……."
 "진짜 아버지라면 아닌 게 아니라 그렇게 될 가능성은 있지. 하지만……."

누나의 표정을 본 쇼이치는 무슨 뜻이냐고 물어보기가 무서워졌다. 그러나 어중간한 상태도 싫었다.

"……하지만?"

"류지가 어머니랑 쓰루 언니를 똑같이 본다면…… 그리고 지금 그 인간이 쓰루 언니를 노리고 있다면…… 옛날에 혹시 그 인간이 어머니를……."

"……"

쇼이치는 얼마 동안 무슨 뜻인지 이해되지 않았다. 그러다가 사요코의 소름 끼치는 추측을 불현듯 깨달았다.

"쓰루코 누나의 아버지가 하, 하, 할아버지일지 모른다고?"

사요코가 고개를 끄덕했다.

"그, 그럼 쓰루코 누나는 할아버지의 딸이란…… 어? 그런데 할아버지는 그런 쓰루코 누나를……."

바야흐로 그에게는 이해불능이었다.

"쇼이치."

그런데도 사요코는 충격적인 말을 더 할 모양이었다. 자신의 이름을 부른 어조에서 즉각 눈치챌 수 있었다.

"이건 말이지, 도메코한테 들은 건데……."

누나에 따르면, 도메코는 좌우지간 다른 사람 험담을 하는 것을 좋아하며 선정적인 내용일수록 기뻐한다고 했다. 류조의 첫째와 둘째 아내가 이혼 당한 이야기를 사요코가 안 것도 실은 도메코의 이런 나쁜 버릇 탓이었다. 그런 의미에서 도메코는 매우 귀중한 정보원이었다. 험담을 하기 위해서라면 그녀는 류지의 비밀까지 서슴없이 떠들었다.

"뭐, 일단 이야기할 상대는 가리는 것 같지만."

사요코가 보기에 도메코는 결코 험담의 주인공에게 고자질하지 않을 인물만을 고르는 모양이었다. 그런 도메코에게 들었다는 이야기에 쓰루코가 관련됐다 하고 더욱이 누나가 저렇게 거북해하는 것을 보니, 쇼이치는 듣기도 전부터 암담한 기분이 들었다.

"도메코도 분명하게 말하진 않았지만, 류조 삼촌의 예전 부인 둘이 류지한테 쫓겨났다는 이유란 게……."

"애를 못 낳았기 때문이라며?"

"그건 겉으로 내세운 이유고, 실은 뒷사정이 있다고……."

"뒷사정?"

"류지가 며느리를 건드려서 그걸 얼버무리기 위해서라고……."

"……."

도무지 어린애들이 주고받을 대화가 아니었지만, 만약 사실이라면 그들이 알아둘 필요가 있었다.

"즉 류지란 영감탱이는 여자를 밝힌다든지 바람기가 있다든지, 그런 범주를 뛰어넘는 괴물 같은 인간이란 이야기야."

너무나도 충격적인 폭로에 쇼이치는 순간적으로 무슨 말을 해야 좋을지 알 수 없었다.

"그런 인간이 자기를 신이라고 착각하고 있는 거야."

얼굴을 찡그리며 혐오감을 드러낸 뒤, 사요코는 문득 정색하고 "정말 무서운 일이야……"라고 했다.

"어, 어쩌지?"

하지만 두 사람이 할 수 있는 일은 지금까지 했던 대로 쓰루코를 지켜보는 것뿐이었다. 아니, 쇼이치는 더더욱 얼른 찾아내야 한다는 기분에 휩싸였다. 여전히 스스로도 까닭을 알 수 없었고, 무엇을 찾아내야 하는지도 알 수 없었다. 그렇건만 초조감만 더해갔다.

잘 설명할 수 없는 답답함에 시달리면서 사요코에게 말하자, 누나는 뜻밖에도 반대하지 않았다. 큰누나는 자신에게 맡기고 남은 신사를 찾아보라고 했다.

이튿날, 사호 촌의 스이바 신사를 찾아간 쇼이치는 도리이 앞에서 별안간 굳었다. 신관인 류코와 안면이 없지는 않았다. 말수는 적어도 나쁜 사람은 아니다. 그렇다고 미즈치 신사처럼 어디든 자유롭게 보고 다니는 것은 무리이리라. 경내를 얼쩡거리는 것뿐이면 괜찮을 수 있지만, 스이바 가 안으로 숨어들기는 쉽지 않을 것이다.

쇼이치는 일단 들키기 전에 둘러보자고 신사 쪽을 산책하기 시작했다. 본당과 배례전, 그리고 보물고인 듯한 광을 확인했을 때, 문득 기묘한 움막 같은 게 눈에 띄었다. 경내와 스이바 가의 본채 중간쯤에 있는데, 처음에는 측간인가 했으나 그런 것치고는 장소가 이상했다. 다가가보니 움막이라고 생각했던 것은 속단이었고, 널빤지를 이어 벽을 둘렀을 뿐 지붕이 없었다. 게다가 벽 주위에 금줄을 쳐놓았다.

뭐지?

쇼이치가 고개를 갸웃거리며 좀더 다가갔을 때였다.

앗…….

찾던 게 눈앞에 있다! 순간 그렇게 생각하고 흥분했다. 그러나 바로 비슷한 것 같지만 실은 다르다는 것을 알았다.

"이게 아냐……."

확신할 뻔했던 만큼 실망이 컸다. 그게 한숨과 더불어 부정하는 말이 돼서 입 밖으로 나왔다.

"뭘 찾는 거냐?"

그때 널벽 오른쪽에서 류마가 나타났다. 방금 중얼거린 말을 들었는지 모른다.

"아, 아뇨."

쇼이치는 놀라 반사적으로 부정했지만 그뒤 말을 잇지 못했다.

마을 사람들은 류마가 없는 곳에서 그를 '특공대 물 먹은 놈'이라고 불렀다. 그 말에는 특공대원이었으면서 염치도 없이 살아 돌아왔다는 경멸과 한 번은 버렸던 목숨이니 건드리면 무슨 짓을 할지 모른다는 두려움이 반반씩 섞여 있었다. 하기야 그는 훈련생으로 종전을 맞이했으니 엄밀히 말하면 특공대원이었다고 할 수 없다.

스이바 신사의 후계자였던 큰아들과 작은아들이 전사한 탓에 류마는 전쟁이 끝난 뒤 스이바 가에 양자로 들어왔다. 어머니는 사호 촌 출신으로, 그도 이 마을에서 태어났다. 다만 태어난 직후 하미를 떠났기 때문에 완전히 타지 사람 취급을 받았다. 그런 사연 있는 타지 사람이 신관의 대를 잇는 것을 사호 촌뿐 아니라 다른 마을에서도 문제시한다고 했다. 그러나 거기에는 복잡한 사정이 숨어 있었다.

그의 양아버지인 류코의 아버지, 즉 선대 신관이 당시 허드렛일을 하는 하녀를 건드려 태어난 아이가 류마라는 것이다. 이것은 공공연한 비밀인 듯, 하미 사람이라면 모르는 사람이 없었다. 즉 후계자로서의 혈통은 확실했다.

류코가 나이 차가 많이 나는 '동생'을 '아들'로 데려오려고 했을 때, 소동이 벌어졌다가 자연히 잠잠해진 것은 류마의 태생에 기인한 부분이 컸다. 그렇다고 마을 사람들이 그를 받아들였느냐 하면 일이 그렇게 간단하지는 않은 모양이다.

"놀러 왔냐?"

시선을 떨어뜨린 쇼이치에게 류마가 생각지도 못한 말을 했다. 반사적으로 고개를 끄덕이자 그는 히죽히죽 웃었다. 거짓말인 게 뻔하리라. 그렇지만 화를 내는 눈치는 조금도 없었다.

"이 안, 볼래?"

눈앞의 널벽을 가리키며 손짓을 하기에 쇼이치는 같이 뒤쪽으로 돌아갔다. 그러자 그곳 벽에 널문이 있었다. 류마가 안으로 문을 밀어 열자, 표면이 이끼로 뒤덮인 돌우물이 나타났다.

"지금은 안 쓰나요?"

"그래, 물은 잘 나오지만."

"어째서 이렇게……."

벽을 둘러쌌느냐고 눈빛으로 묻자, 그는 진지한 표정으로 "꿈에 계시를 받았거든"이라고 대답했다.

"네?"

"내가 양자로 들어오고 나서 얼마 지났을 때 꿈에 미즈치 님이 나왔어. 이 우물의 물은 미쓰 천이 바짝 말라붙어도 마른 적이 없는 특별한 우물이니 잘 모시라고. 그것도 나 혼자 하라고 말이야. 처음엔 사당을 만들 생각이었는데, 내가 목수 일을 할 수 있을 리 없잖냐. 간신히 사방을 벽으로 두르고, 그뒤는 물을 길어 깨끗이 청소하는 게 고작이야. 하지만 같은 꿈을 그뒤로 안 꿨으니 이러면 된 거겠지."

그러고 보니 소문을 들은 적이 있었다. 류마가 자기만의 신을 모시기 시작했다고 했다. 마을 사람들의 반응은 물론 나빴다. 스이바 신사의 신관이 될 자격이 있음을 주장하려고 꿈 이야기를 꾸며냈다고 수군댔다. 하지만 류코는 아무 말도 하지 않고 마음대로 하게 둔 모양이었다.

 진심이었을까.

 우물과 주위 널벽을 보며 쇼이치는 속으로 고개를 갸웃했다. 꿈속의 계시가 사실이든, 꾸며낸 것이든, 너무 어중간하게 모신다 싶었다.

 류마는 묘한 사내였다. 사호 촌에서 일할 때 몇 번 만났는데, 그때마다 자신에게 상당히 편하게 말을 붙였던 기억이 있었다. 하지만 딱히 친해졌던 것은 아니다. 쇼이치가 마을 아이들에게 괴롭힘을 당하는 것을 봐도 다쓰키치로처럼 도와주지는 않았다. 그저 잠자코 방관했다. 마지막에 혼자 남은 쇼이치가 그 자리를 떠날 때까지 꼼짝 않고 보기만 했다. 그런데도 이상하게 화는 나지 않았다. 마을 아이들이든 쇼이치든 어느 한쪽 편을 들 생각이 없다는 것을 알 수 있었기 때문이리라.

 그런 식으로 어딘지 모르게 세상을 달관한 듯한 류마에게, 모시는 방법이 어중간하다는 것을 따지기 이전에 꿈속의 계시도, 날조도 어울리지 않았다. 너무나도 부자연스럽고 어색했다.

 널문을 닫고 돌아본 류마는 쇼이치의 의미심장한 시선을 알아차리고 빈정거리는 웃음을 지었다. 그 순간 역시 농담이 아닐까 하는 생각이 들었다. 그러나 우물 근처에서 석비를 발견하자 갑자기 자신이 없어졌다.

 "미즈치 님을 모신 건가요?"

 "아무리 그래도 이것만으로는 좀…… 싶어서 제대로 된 비를 세운 거야. 자, 참배를 드려."

 류마는 뒤쪽의 널벽을 가리키며 말했다.

 시키는 대로 손을 합장하자 마치 누군가의 무덤 앞에서 절하는 기분이 들었다. 이유는 알 수 없었다. 알 수 없는 탓에 살짝 겁이 났다.

우물도, 석비도 어쩐지 이상해…….

"너희 누나, 대단한 미인이야."

참배를 마친 뒤로도 쇼이치가 꼼짝 않고 서 있자, 류마가 느닷없이 맥 빠지는 소리를 했다.

"……쓰루코 누나요?"

"그래. 사요코도 크면 미인이 되겠지만…… 그 애는 원체 야무지니까."

남자를 쥐락펴락할 것 같다는 말투에 쇼이치는 방금 전까지 섬뜩하게 느끼던 것도 잊고 웃음을 터뜨릴 뻔했다.

"그에 비하면 쓰루코는 얌전하고 좋지. 마을에 왔을 때부터 예뻤고."

"누나한테 전할게요."

"오, 꼭 그래 줘라. 아니, 사요코한테는 말하면 안 돼."

이번에는 참지 못하고 웃자 류마도 즐거운 듯 웃었다. 이런 표정도 짓는구나 싶어 뜻밖일 정도로 멋진 얼굴이었다.

그런데 그 웃음이 갑자기 슥 사라졌다.

"넌 남자니까 누나들을 지켜야 해. 뭐, 사요코는 자기 힘으로 어떻게든 하겠지. 하지만 쓰루코는 그렇게 강하지 못해."

"무, 무슨 뜻이에요?"

류지 말인가 싶어 쇼이치는 놀랐다.

"무슨 뜻이고 뭐고 그냥 일반론이야."

그러더니 류마는 쇼이치의 진지한 표정을 보고 생각을 고친 듯했다.

"뭘 숨기는 것도, 괜히 의미심장하게 이야기한 것도 아니야. 진짜 나도 잘 모르겠거든. 하지만 미즈시 신사엔 비밀이 있어."

모른다고 하면서도 비밀이 있다고 단정하는 것은 그만큼 류지의 평소 언동에 불가해함이 눈에 띄기 때문일까.
"너 외눈 광이란 거 못 들어봤냐?"
"아뇨."
고개를 흔들었다가 앗, 하고 소리 지를 뻔했다. 이쓰코가 쇼이치에게 '넌 세 눈'이라고 해서 '눈은 두 개뿐이에요'라고 대답했을 때 '최소한 외눈은 아니야'라고 했다. 그때 말한 '외눈'이 그 광을 가리키는 것 아닐까.
"외눈 광이란 그거, 어디 있는데요?"
"너희 집에 있어."
"저희 집에요?"
"역시 모르는군. 어쩐지 다른 거랑 분위기가 다른 광이 있다든지, 혼자 따로 떨어진 곳에 있다든지, 그렇게 짐작 가는 데도 없어?"
"……없는데요."
"그렇다는 건…… 경내도 아니고 생활권 내도 아니란 거군. 좀더 사람이 가까이 안 가는 곳이 틀림없어."
"남쪽 산 있는 데……."
쇼이치 가족이 처음 살던 별채가 있는 방향이다. 별채는 그 안쪽에도 더 있었지만 전혀 쓰지 않았고, 그 남쪽은 대숲이 우거져 낮에도 어둑어둑했다. 그런 곳으로 갈 일은 아무도 없을 것이다. 설사 있어도 솔직히 별로 가까이 가고 싶지 않다는 게 본심 아닐까. 그도 대숲 앞에서 발길을 돌린 기억이 있었다.
"그 부근이 수상한데."
잠자코 쇼이치의 이야기를 듣던 류마가 확신에 차 말했다.

"혹시 외눈 광을 발견하면 어쩌죠?"

"글쎄, 그야 모르지."

"네? 하지만……."

"그러니까 난 아무것도 모른다고 했잖아. 알면 가르쳐줬지."

류마의 성격을 생각하면 사실일 것이다. 외눈 광의 존재를 시사한 것도 그 나름의 친절에서다. 다만 그 이상 어떻게 할 마음은 없는 것이다.

"뭐, 무슨 재미있는 거라도 찾아내면 그때 또 놀러 오라고."

류마는 그런 말을 남기고 본채 쪽으로 가버렸다.

"네……."

대답을 하면서도 쇼이치는 다른 곳에 정신이 팔려 있었다. 자신이 찾던 게 외눈 광이 아닐까 하는 생각으로 머리가 가득 차 있었다. 스이바 가를 조사할 수 없어도 아무렇지 않았다. 얼른 미즈시 가로 돌아가자고 생각했다.

하지만 미쿠마리 신사의 경내만은 살펴보는 게 낫겠다고 다시 생각했다. 류마의 우물처럼 기묘한 것을 보게 될 수도 있다. 그로부터 새로운 정보를 얻지 못하리라는 보장은 없다. 기껏 사호 촌까지 왔으니 이대로 아오타 촌까지 가보기로 했다.

혹시나 싶어 찾아간 아오타 촌 미쿠마리 신사에서는 아쉽게도 수확이 없었다. 본당을 들여다보다가 다쓰조 신관에게 들켜 호통을 듣는 바람에 자신의 수상쩍은 행동이 류지의 귀에 들어가지 않을까 걱정거리만 늘었다.

미쿠마리 신사에서 도망쳐나온 쇼이치는 미즈시 신사를 향해 곧장 뛰었다. 사호 촌을 벗어나기 전에 이미 숨이 가빠오기 시작했다. 별안간 속도가 확 떨어졌다. 휘청거리면서도 빠른 걸음으로 계속 갔다. 날이 저물기 시작했기 때문이었다. 마물을 만나기 쉽다는 황혼 무렵에 일부러 그 대숲에 침입할 생각만 해도 등골이 오싹했다.

마을 경계의 수신탑을 지나 모노다네 촌으로 들어섰다. 이미 걷는 것과 별 차이가 없었다. 마음만 자꾸 앞섰다. 정면의 후타에 산 위로 태양이 보였다. 아직 괜찮다. 지려면 아직 더 있어야 할 것 같다. 아직 이렇게 환하다. 이윽고 미즈치 신사를 지나 겨우 사요 촌으로 돌아왔다. 그러나 그곳은 마을 동쪽 끝이었다. 서쪽 끝에 위치하는 미즈시 신사까지 참배길이 길게 이어져 있었다.

마지막 남은 힘을 쥐어짜 뛰기 시작했다. 도무지 뛴다고 할 수 없는 속도였지만 걷는 것보다는 그나마 나았다. 자꾸만 꼬이는 다리로 조금이라도 앞으로 더 가려고 했다. 하지만 그것도 윗다리까지가 한계였다. 다리 어귀에서 저도 모르게 쭈그리고 앉고 말았다. 잠깐 쉬었다 가지 않으면 한 발짝도 더 못 갈 것 같았다.

쇼이치는 다리 난간에 몸을 기대고 호흡을 가다듬었다. 저물녘이 다가오는 참배길은 인적이 없었다. 시계조차도 마차를 몰고 지나가면 태워달라고 할 텐데 일이 그렇게 잘 풀리지 않았다. 거칠었던 숨이 차츰 가라앉기를 기다리는데 문득 흙내 나는 바람이 뺨을 스쳤다. 다리 건너에서 불어오는 바람이었다. 순간적으로 그쪽으로 눈길을 준 그는 저도 모르게 얼굴을 찡그렸다. 그곳에 그 논이 있었다.

어머니 생전에 움막에 살던 시절, 쇼이치는 절대 그 꺼림칙한 논에 가까이 가지 않았다. 사요 촌의 강길을 동쪽으로 갈 일이 있을 때는 멀리 돌아가는 한이 있어도 그곳을 피했다. 뿐만 아니라 되도록 그곳이 시야에 들어오지 않도록 주의했을 정도였다.

처음 미즈시 가에 살던 무렵 시게조에게 진흙녀 이야기를 들었다. 마차에서 본 여자는 그것이 틀림없다. 정체를 알고 나자 두 번 다시 만나기 싫다는 마음이 더욱 강해졌다. 그때는 마차에 타고 있었으니 망정이지, 논 옆을 걷다가 마주치기라도 하면 대체 어떻게 될 것인가. 무사할 리 없다는 생각이 들었다.

게다가 논 왼쪽에 서 있는 소나무도 무서웠다. 워낙 큰 나무이다 보니 아무래도 시야에 들어왔다. 굵은 가지에 목을 맨 사람을 몇 번 본 적이 있었다. 당황해서 근처에 있던 마을 사람에게 알리면, 가지에 매달려 있던 사람은 그새 사라지고 없었다. 거짓말쟁이 애새끼라고 욕을 먹었는데, 그런 일이 몇 번 반복되면서 사람들이 쇼이치를 기분 나빠하게 되었다. 시게조에 따르면 그 소나무에서 실제로 목을 맨 사람이 과거에 적어도 세 명은 됐던 모양이다. 게다가 다들 동기도 잘 알 수 없는 채 발작적으로 목을 맸다고 했다.

진흙녀의 이름이 '쓰루'였던 탓에 사요코와 쇼이치는 마을 아이들에게 쓰루코도 곧 진흙녀가 될 것이라고 종종 놀림을 받았다. 물론 사요코는 상대하지 않았고 쇼이치도 무시했다. 그러나 사실 그는 진흙녀와 쓰루코의 이름이 비슷한 것보다 더 마음에 걸리는 게 있었다. 이쓰코가 '쇼이치正―'가 아니라 '쇼이치松―'라고 했던 일이었다. 혹시 松―의 松은 꺼림칙한 논의 소나무와 상관있는 게 아닐까. 그런 생각을 하니 더더욱 그 근처에 가까이 가고 싶지 않았다. 미즈시 가로 돌아온 뒤로는 마을로 갈 필요가 없어진 터라 까맣게 잊어버리고 있었다. 그런 전답과 소나무가 다리 건너라지만 지금 그의 바로 정면에 있었다.

보면 안 돼. 여기를 벗어나야 해.

그렇게 생각한 쇼이치가 일어선 순간, 꺼림칙한 논의 벼가 흔들리기 시작했다. 주위 전답의 벼도 바람에 너울거리고 있었지만 아무리 봐도 움직임이 달랐다. 다른 논은 자연의 바람에 몸을 맡기고 일제히 같은 방향으로 휘는데, 꺼림칙한 논의 벼만은 마치 그 안에서 뭐가 나오려 하는 것처럼 술렁술렁 움직이는 것처럼 보였다.

큰일 났어. 얼른 도망쳐야겠어.

조바심이 난 그가 시선을 돌리자 소나무가 보였다. 꺼림칙한 논 쪽으로 튀어나온 굵은 가지에 목을 맨 시체가 덜렁덜렁 흔들리고 있었다. 보고 싶지 않건만 그에 맞춰 두 눈이 움직여 이내 쇼이치의 고개도 좌우로 흔들리기 시작했다. 목 맨 시체가 그리는 호가 커지면서 고개를 흔드는 것도 점차 격해지더니 이윽고 상체가 좌우로 흔들렸다. 좌에서 우로 한층 세차게 부웅, 하고 고개가 움직인 찰나 시체가 스르르 사라졌다. 시선 앞에 또다시 꺼림칙한 논이 있었다.

벼 사이로 진흙으로 범벅이 된 손 하나가 나와 있었다. 당장이라도 누군가의 어깨를 칠 듯한 모습으로 쑤욱 뻗었다. 그 손이 천천히 위아래로 팔랑팔랑 움직였다. 이리 오라고 손짓하고 있었다.

부르는구나.

윗다리를 건너며 쇼이치는 전에도 비슷한 체험을 했다는 생각을 했다. 그때도 분명히 누가 손짓했다. 그런데 그가 가려고 했을 때 뜻하지 않게 방해를 받았다. 하지만 이번에는 문제없이 그쪽으로 갈 수 있을 것 같다. 그를 부르고 있는 쪽이 아니라 그것이 사는 세계 자체에 들어갈 수 있을 것 같았다. 저쪽으로 발을 들여놓을 수 있을 것이다.

저쪽으로 간다고?

그러면 자신은 어떻게 될 것인가? 그 생각을 하니 별안간 오싹했다. 자연히 걸음이 느려져 다리 중간 정도에서 멈춰설 뻔했다. 하지만 이리 오라고 손짓하는 진흙 손에 눈길을 주니 그 즉시 가야 한다는 생각에 사로잡혔다.

날 부르고 있어. 나한테 말하고 있어. 난 부름을 받은 거야.

다시 윗다리를 건너기 시작했다. 발밑으로 흐르는 미즈 천의 어렴풋한 졸졸 소리가 귓가에서 뭔가가 속삭이는 소리처럼 들렸다. 진흙녀일까. 아니면 팽것인가. 어쩌면 미즈치 님일지도 모른다. 귓불에 들러붙는 묘한 곡조가 기분 좋았다. 그때마다 걸음은 느려지는데, 손짓과 속삭임에 이끌려 결국 계속 걸었다.

이윽고 다리를 다 건너 강길로 나왔다. 쇼이치는 여전히 꺼림칙한 논에서 눈을 떼지 못했다. 좌우로 뻗은 길 어디에도 사람은 보이지 않았다. 주위 전답의 논두렁길에는 마을 사람들이 드문드문 보였지만, 아무도 그를 알아차리지 못했거니와 설사 봤다 해도 상관하지 않았을 것이다. 황혼이 다가오는 그때, 꺼림칙한 논과 소나무 앞에 우두커니 선 쇼이치는 완전히 홀로 있었다.

꺼림칙한 논의 벼 사이에서 나온 진흙 손이 반쯤 쑥 들어갔다. 그 움직임에 이끌리듯 쇼이치의 몸이 강길을 반쯤 가로질렀다. 손이 또 들어가고, 그가 앞으로 나섰다. 어느새 벼 사이로 보이는 것은 손목뿐이고, 그는 꺼림칙한 논 쪽에 서 있었다. 이제 한 발짝만 더 가면 눈앞의 논에 빠질 지점까지 와 있었다.

그때 갑자기 땅 속에서 또 다른 진흙 손이 쑥 나오더니 스르르 뻗어와 쇼이치의 발목을 잡으려 했다. 그를 단숨에 꺼림칙한 논으로 끌어들여 진흙으로 범벅해서 저쪽으로 데려가려고…….

"쇼이치, 밥 먹으렴."

그때 다리 건너에서 어머니 목소리가 들렸다.

"네."

쇼이치는 반사적으로 대답하고 발길을 돌려 꺼림칙한 논 앞을 벗어났다.

강길을 가로질러 윗다리 어귀까지 왔을 때 퍼뜩 정신이 들었다. 허겁지겁 다리 건너를 살펴봤지만 어머니는 어디에도 보이지 않았다. 조심조심 돌아보자 진흙 손 두 개가 이리 오라고 손짓하고 있었다. 황급히 눈을 질끈 감고 다리 쪽으로 몸을 돌렸다.

눈을 뜨면 다리 반대편에 어머니가 서 있지 않을까. 그런 어렴풋한 기대가 있었다. 천천히 눈을 떴다. 아무도 없었다. 어머니 목소리도 들리지 않았다.

어머니…….

환청은 아니다. 분명히 어머니가 도와준 것이다. 그러고 보니 시게조에게 비슷한 이야기를 들은 기억이 있었다.

옛날 한 마을 사람이 병이 나 열이 펄펄 끓었다. 마을 의사는 '오늘 밤이 고비'라고 했다. 본인은 열에 들떠 꿈인지 생시인지 알 수 없는 세계를 헤매고 있었지만, 머리맡에서 의사가 한 말은 똑똑히 들렸다. 간병하던 아내가 최악의 상황을 각오한 것도 알 수 있었다. 다만 아무리 애써도 말을 할 수 없었다. 간신히 이야기할 수 있게 됐나 싶으면 꿈이었다. 그런 상황을 거듭하다 보니 스스로도 자신이 깨어 있는지 잠들어 있는지 알 수 없게 됐다. 문득 보니 발치에 누가 앉아 있었다. 날이 저물어 가는지 방 안이 어둑어둑했다. 그 사람도 검은 그림자로만 보였다. 그런데 앉은 자세로 검은 그림자의 상반신이 자신 쪽으로 쑥 뻗어왔다. 발치에서 얼굴 앞까지 단숨에 그림자가 길게 늘어났다. 다음 순간 그림자가 철썩 떨어졌다. 온몸이 그림자에 싸였다. 어느새 자신의 의사와는 무관하게 일어나 밖으로 나온 듯, 캄캄한 흙길을 걷고 있었다. 앞쪽에 그림자가 있었다. 떨어져나간 모양이었다. 그럼 돌아가야겠다고 생각했으나 어디로 가는 건지 호기심이 들었다. 잠깐 확인해보자고 생각하던 차, 앞쪽에 널따란 강이 보였다. 강에 걸린 다리를 그림자가 건너기 시작했다. 막연히 저쪽에 가기 싫다는 생각이 들었지만, 그림자가 돌아보고 손짓했다. 그에 이끌려 다리에 발을 디디려 한 순간, 뒤에서 "여보, 도시락 두고 갔어요!" 하고 아내가 불렀다. 앗, 그랬던가, 하면서 돌아갔다가 이불 속에서 깨어났다. 머리맡에는 '이제 고비를 넘겼다'라고 하는 의사와 울며 기뻐하는 아내가 있었다.

시게조에 따르면, 그 강은 삼도천이었으며 다리를 건넜다면 그 사람은 죽었을 것이라고 했다. 아내가 실제로 머리맡에서 도시락을 두고 갔다고 말한 것은 물론 아니었다. 남편을 잃고 싶지 않다는 강한 마음이 죽음의 세계에 반쯤 발을 들여놓은 그를 되부른 것이다. 검은 그림자는 사신 같은 것이라는 말을 듣고 쇼이치는 팔에 소름이 돋았다.

이 이야기에서는 반쯤 죽은 것이나 다름없던 남편을 살아 있는 아내가 도와준 셈이다. 하지만 지금 이 경우는 살아 있는 쇼이치를 이미 이 세상에 없는 어머니가 도와준 것이다.

어머니……

눈물이 뺨을 타고 흘러내리는 게 싫어서 쇼이치가 고개를 숙이자 다리 어귀에 커다란 눈물방울이 뚝뚝 떨어졌다. 그때 시야 끄트머리에 묘한 것이 보였다. 급히 두 손으로 눈물을 훔치고 난간 밑 부분으로 시선을 돌렸다. 팔 같은 것이 쑥 나와 있었다. 오랫동안 물속에 잠겨 있었던 탓에 부푼 데다가 물고기 등에게 뜯어 먹혀 부패한 듯한, 매우 끔찍한 상태의 팔이 강가 비탈을 기어오르려 하고 있었다.

팽것……

진흙녀를 피한 것도 잠시, 다음 괴이가 바로 앞까지 다가와 있었다. 미쓰 천에서, 윗다리 밑에서 그것이 기어올라오고 있었다. 더는 어머니의 도움을 바랄 수 없다. 이대로 꾸물대고 있다간 그것의 전신을 보게 된다.

쇼이치는 쏜살같이 달리기 시작했다. 윗다리를 달리며 저쪽 편으로 앞질러 가 있으면 어떻게 하나 걱정했지만, 있던 곳으로 돌아가면 꺼림칙한 논에 진흙녀가 있다. 강길보다 참배길 쪽이 훨씬 안전하다. 무엇보다도 이곳을 통과해야 미즈시 가로 돌아갈 수 있다.

젖 먹던 힘까지 쥐어짜 다리를 건너서는 그대로 참배길을 뛰어갔다. 되도록 다리에서 멀어지려고 했다. 그러나 미즈시 가까지 반도 못 가서 숨이 차기 시작했다. 금세 한 발짝도 더 못 가겠기에 하는 수 없이 멈춰서서 휴식을 취했다. 잠시 망설이다가 조심조심 돌아보았다. 진흙녀도 팽것도 없었다. 시체가 목을 맸던 소나무 가지만 저물녘의 바람에 흔들리고 있을 뿐이었다.

결국 미즈시 가 남쪽 끝에 우거진 대숲 앞에 쇼이치가 선 것은 태양이 후타에 산 너머 숨은, 황혼이 저무는 바로 그 순간이었다.

7

비밀

미즈시 가로 돌아온 쇼이치는 우선 사요코를 찾았다. 외눈 광 이야기를 하고 같이 가달라고 할 생각이었다. 그러다 더욱 강해지라고 한 류마의 말이 생각났다.

나는 늘 사요에게 의지만 하는구나.

그렇지 않아도 누나는 쓰루코 걱정만으로도 버거운 상황이다. 어디를 찾아야 할지 이미 아는 것이나 다름없는데, 그 정도는 스스로 찾아야 하지 않을까. 그렇게 생각을 고친 쇼이치는 혼자 미즈시 가 남쪽 끝으로 갔다.

쇼이치 가족이 전에 살았던 별채 안쪽으로 다른 별채 두 채가 더 있었다. 그들이 있던 당시 이미 오랜 기간 사용되지 않은 분위기가 감돌았다. 그것은 지금도 마찬가지로, 딱히 썩거나 부서진 곳이 있는 것도 아닌데 폐가처럼 보였다. 그런 황폐함은 두번째보다 세번째 별채 쪽이 더욱 강해서, 마치 본채에서 아주 먼 곳에 지어진 것 같은 착각이 들었다. 적어도 같은 부지 내에 존재한다는 생각은 도무지 들지 않았다.

그런 세번째 별채 뒤로 가자 울창하게 우거진 대숲이 나타났다.

쇼이치는 곧바로 후회했다. 역시 사요코에게 같이 가자고 했어야 했다. 대숲 안은 이미 어둑어둑했다. 저곳에 혼자 들어갈 생각을 하니 역시 겁이 더럭 났다. 도움을 청하듯 뒤를 돌아보았지만 물론 누나는 없다. 본채로 돌아가고 싶은 것을 꾹 참았다.

난 도망치지 않아. 혼자서도 할 수 있어. 괜찮아, 끄떡없어.

쇼이치는 마음속으로 주문을 외우듯 거듭해서 말하며 대숲에 발을 들여놓았다. 금세 시야가 어두워졌다. 밖에서 보던 것보다 어둠이 훨씬 짙었다. 얼마 동안 두 손으로 주위 대나무를 만져가며 나아갔다. 이윽고 어둠에 눈이 익자 대나무와 대나무 사이로 비쳐드는 검붉은 석양이 보였다. 그 빛은 너무나 희미해서 당장에라도 꺼질 듯 했다.

얼른 여기서 나가야 하는데…….

그런데 걷고 또 걸어도 대숲이 끝나지 않았다. 가고 또 가도 대숲이 한없이 이어졌다. 아무리 가도 대숲에서 벗어날 수가 없었다.

이상하네…….

윗다리에서 도망치다가 참배길 도중에 미즈시 가 남쪽 일대를 보았을 때, 대숲은 이렇게까지 깊지 않았다. 등뒤의 산 바로 앞에 우거진 정도였으니 쉽사리 빠져나갈 수 있을 것처럼 보였다. 그렇기에 혼자 올 결심도 할 수 있었다.

벌써 뒷산에 이를 만큼 걸었는데…….

곧장 걸었다고 생각했는데 실은 원을 그리고 있는 건가. 대숲 속을 빙글빙글 돌고 있는 건가.

그렇지만 이상해…….

광대한 삼림지대라면 또 몰라도 이 대숲 안에서는 있을 수 없는 일이다. 쇼이치 자신이 의도적으로 그러지 않는 한 무리다.

일부러?

당연한 말이지만 쇼이치 자신은 그런 일을 하지 않았다. 하지만 뭔가가 그렇게 시키고 있다면, 눈에 보이지 않는 어떤 장치가 있다면 어떨까.

쇼이치는 멈춰서서 용기를 쥐어짜 두 눈을 감았다. 치밀어오르는 공포심을 억누르며 되도록 마음을 진정시켰다. 누가 가르쳐준 것도 아닌데 이상하게 자연스레 그렇게 했다. 처음에는 캄캄했다. 그런데 어둠 속에서 이윽고 빨간 실 한 올이 보였다. 기묘한 실은 그의 주위를, 보아하니 대숲 전체를 에워싼 듯했다.

눈을 뜬 그는 바로 전후좌우를 확인했다. 그러자 겹겹이 둘러싼 대나무 너머로 별채의 일부가 얼핏 보였다. 그와 반대 방향으로 서둘러 걸음을 떼자 거짓말처럼 빠져나올 수 있었다.

대숲에 둘러쳐진 기분 나쁜 빨간 실, 그리고 그 존재를 감지했을 뿐 아니라 회피할 수 있었던 것에 쇼이치는 놀라 전율했다. 그러나 그것도 잠깐이었다.

대숲을 나오자 눈앞에 오래된 토광이 나타났다. 1층에서 2층까지 바깥은 두꺼운 흙벽에 회반죽을 발랐다. 1층 정면에 튼튼해 보이는 흙문이, 그 위 2층에 양쪽으로 열리는 철제 창문이 보였다. 좌우 측벽을 확인해봤지만, 밋밋한 흰색 회반죽이 발라져 있을 뿐 아무것도 없었다.

외눈 광…….

쇼이치는 휘청휘청 흙문으로 다가갔다. 이게 바로 자신이 찾던 것이라는 느낌은 들었지만 확증을 얻고 싶었다. 그러나 문의 빗장에 큼직한 자물쇠가 달려 있었다. 열쇠는 아마 류지가 갖고 있을 것이다. 이상하게 2층 창문도 밖에서 자물쇠로 잠겨 있었다. 마치 광 속에 가둔 것이 못 달아나게 하려는 것처럼.

흙문에 손을 갖다대자 서늘하고 기분 좋은 느낌이 든 것은 잠깐뿐, 곧 불쾌한 한기가 그를 덮쳐 급히 손을 뗐다. 어떻게든 안을 살펴보고 싶었지만, 안을 들여다볼 구멍이 어디에도 없었다. 귀를 기울여보는 수밖에 없을 듯했다.

싫다고 생각하면서도 천천히 두 손을 문에 댔다. 즉시 팔에 소름이 돋았다. 필사적으로 참으며 그 사이로 얼굴을 가져가 한쪽 귀를 갖다 댔다. 단숨에 뺨부터 시작해 온몸이 부르르 떨리고 등골이 오싹했다. 그래도 꾹 참고 귀를 기울였다.

졸졸졸…….

물소리 같은 게 어렴풋이 들렸다. 일 년 몇 개월 전에 가족과 미즈시 신사로 와서 처음 참배를 드렸을 때, 배례전 안쪽에서 들린 기이한 소리와 비슷한 것 같았다.

이런 광에서 왜?

류마가 말하던 미즈시 신사의 비밀이 이것일까. 그렇다면 여기에 대체 어떤 의미가 있는 건가.

앗, 아닌가?

쇼이치는 별안간 외눈 광이 자신이 찾던 게 아니라는 느낌에 사로잡혔다.

매우 근접하지만 이게 아니다.

솔직히 낙담했다. 그러나 이것이 보통 광이 아니라는 것은 틀림없었다. 구태여 눈에 띄지 않는 곳에 지었을 뿐 아니라 아무도 접근하지 못하도록 대숲에 기이한 장치까지 해놓았다. 마을 사람들이 광의 존재를 모르는 것도 이상했다. 알고 있다면 소문이 날 게 틀림없다.

마을 사람들은 그 어떤 비밀도 뒤에서 몰래 수군거리는데, 그랬다면 쇼이치야 그렇다 치고 사요코가 못 들었을 리 없다.

신사 사람들만 아는 것이다.

아까 류마가 한 말로 보건대 원래는 미즈시 신사만의 비밀이리라. 하지만 다른 신사 관계자들도 알아차리고 말았다. 그렇기는 해도 자세한 내용은 아무도 모른다. 류마는 정확한 장소조차 알지 못했다. 하물며 광의 정체는 수수께끼다.

"잡아먹힐 거다."

그때 뒤에서 목소리가 들렸다. 쇼이치는 움찔했다.

누, 누가 있나?

이제 곧 날이 저물려는 때에, 사람의 접근을 전혀 허락하지 않을 곳에서 섬뜩한 말을 하는 누군가가 있다.

목덜미에 소름이 돋았다. 뒤를 돌아보기가 겁났다. 하지만 이대로 누군가에게 등을 보이고 있기는 더 무서웠다.

쇼이치가 주저하면서도 조금씩, 서서히, 천천히 뒤를 돌아보자 누가 서 있었다. 어디서 나타나서 어느새 다가왔는지, 그는 쇼이치의 바로 뒤에 있었다.

"헉……."

저도 모르게 힘없는 비명을 질렀다.

"잡아먹힐 거다."

누군가는 또다시 입을 열더니 앞으로 슥 나섰다. 쇼이치는 반사적으로 뒤로 물러나려고 했지만 등이 바로 흙문에 닿았다. 도망치려면 좌우 어느 한 방향밖에 없다. 재빨리 옆을 확인한 그가 몸을 다시 정면으로 돌렸을 때, 눈앞에 얼굴이 있었다.

"히이익!"

목구멍에서 비명이 터져나왔다. 그러나 바로 다음 순간, 안도했다. 그곳에 있는 게 이쓰코임을 알았기 때문이다.

"노, 노, 놀랐잖아요······."

숨을 몰아쉬며 항의했으나, 그녀는 물론 상관하지 않았다. 상관하기는커녕 더 가까이 다가왔다.

"잡아먹힐 거다."

"뭐, 뭐에 말이에요?"

쇼이치가 옆으로 비키며 묻자 이쓰코는 흙문을 손으로 어루만지며 대답했다.

"광 님께······."

"네?"

영문을 알 수 없는 소리였지만 쇼이치는 반사적으로 광에서 떨어졌다. 직감적으로 그녀의 말이 옳다는 것을 이해했기 때문이다. 아무튼 두 번 다시 광을 건드리고 싶지 않았다.

"광한테 잡아먹히다니 그게 무슨 뜻이에요?"

그래도 광의 비밀에 접근할 좋은 기회라고 생각했다. 미즈시 가로 시집와서 류지의 아내가 된 할머니라면 아는 게 있을지 모른다.

"이게 광 님이에요? 외눈 광이랑 다른 거예요?"

"외눈 광······."

노파는 먼 곳을 바라보는 눈초리로 눈앞의 광을 올려다보더니 말했다.

"그래, 다쓰키치로 신관이 지은 이름 말이구나. 광 님을 그렇게 부르다니 천벌 받을 짓을······."

신사 관계자만 알고 있을 것이라는 쇼이치의 판단은 보아하니 적중한 듯했다. 다만 다쓰키치로와 류마 사이에 이해도의 차이가 있는 건지 모른다.
"광 님은 신령님이신가요?"
이쓰코를 자극하지 않도록 우회해서 질문했다.
"광 님은 광 님이야."
"뭘 하시는데요?"
"여기 계시지."
"어, 음, 이 광에 계신다는 거예요?"
"이런 바보 같은 애가 있나…… 이 광이 광 님인 거야."
쇼이치는 할머니와 대화를 주고받는 게 싫었다. 뜻이 통하지 않을 뿐 아니라 그러다가 자기 머릿속까지 뒤죽박죽될 것 같았기 때문이었다. 그러나 지금은 별개였다. 쓰루코를 구하기 위해서는 이해할 수 없어도 가능한 한 많은 정보를 얻어야 한다.
그런데 그의 그런 생각을 읽은 것처럼 별안간 할머니가 큰누나 이름을 입에 올렸다.
"쓰루코는 좋겠어. 그렇게 소중하게 대해주고…… 무녀 시늉까지 하고……."
류지는 최근 쓰루코에게 무녀 의상을 입혀 이따금 신사의 의식에 참여하게 했다. 사요코는 그것을 대외적으로 얼버무리기 위한 일종의 연극이라고 생각했지만, 쇼이치는 할아버지의 의도가 전혀 다른 데 있을 것 같아서 어쩐지 무서웠다.
"할아버지는 쓰루코 누나를 무녀로 만들 생각이에요?"
이야기가 외눈 광에서 다른 데로 벗어나지만 이건 이것대로 중요한 문제다.

"나도…… 옛날엔 그랬지."

이쓰코가 또다시 먼 곳을, 이번에는 더더욱 먼 곳을 바라보는 눈으로 말했다.

"할머니도 옛날엔 무녀였군요."

"그래, 그래."

기쁜 표정으로 고개를 주억거렸다.

"쓰루코 누나도 무녀가 되는 거예요?"

"그 애는 장차 신의 신부가 될 테니 행복한 애야."

"네?"

"나도 옛날엔 신의 신부로서……."

"자, 자, 잠깐만요! 할머니가 말하는 신이란 게 누구예요?"

쇼이치는 허둥지둥 할머니에게 다가가 눈을 똑바로 보며 물었다.

"이 애는 정말 바보로군. 신은 신이지, 그럼 신이 또 있냐?"

이쓰코는 어이없다는 표정으로 말했다.

"그, 그렇지만……."

"명예로운 일이야. 나도 나이만 젊었으면 다시……."

그뒤로는 이야기하면 할수록 대화가 어긋났다.

날은 이미 저물고 달빛이 비쳤지만, 사연 있는 광 주위에는 묵직한 어둠이 뒤엉켜 있었다. 그런 곳에서 미친 사람이나 다름없는 할머니와 뜻이 통하지 않는 말을 주고받다 보니 뇌가 차츰 녹는 것 같은 착각이 들었다.

그만 가야 하는데…….

지금쯤 사요코가 찾고 있을지 모른다. 누나에게 걱정을 끼쳐선 안 된다.

"저 먼저 갈게요."

박정하기는 해도, 류지나 도메코에게 이쓰코와 같이 있는 모습을 보이는 것은 되도록 피하는 게 좋을 것 같았다. 분명 무슨 말을 했냐고 할머니에게 물을 것이다. 그녀가 정확히 대답할 수 있을 리는 없지만 괜한 위험은 피해야 한다.

쇼이치는 올 때와는 달리 간단히 대숲을 빠져나와 시치미 떼고 본채로 들어갔다.

"쇼이치, 너 대체 어디 갔던 거야?"

사요코가 바로 그를 발견하고 다가왔다. 그러나 이제 곧 저녁식사 시간이다.

"나중에."

그의 표정과 어조에서 뭔가를 느꼈는지 누나는 순순히 고개를 끄덕였다.

미즈시 가에서는 늘 작은 방에서 식사를 했다. 상석에 류지와 쓰루코, 이어서 류조와 야에, 그리고 사요코와 쇼이치가 앉았다. 이쓰코는 자신의 방에서 식사를 하는 터라 그날 저녁식사 자리에 없는 것도 이상하지 않았다.

식사가 시작되기 전에 도메코가 들어오더니 류지에게 귓속말을 했다. 류지가 야단치고 도메코가 머리를 숙여 사과하는 장면이 이어졌다. 간간이 들리는 말로 보건대 이쓰코가 보이지 않는다는 이야기인 듯했다.

아직 외눈 광에 있는 거야.

저도 모르게 소리칠 뻔한 쇼이치는 허겁지겁 말을 삼켰다. 그랬다간 그곳에 갔다는 것을 류지에게 들킨다. 이쓰코가 말할 가능성은 있지만 그것은 잡아뗄 수 있다.
 하지만 내가 가르쳐주지 않으면…….
 그곳에 있는 할머니를 아무도 발견하지 못하는 게 아닐까. 그렇게 생각하니 불쌍해졌다. 어떻게 알릴 방법이 없을까 생각하는데, 류지가 일어나더니 밖으로 나갔다. 할아버지가 돌아올 때까지 물론 아무도 식사를 할 수 없다.
 얼마 있다가 류지가 아무 일 없었다는 듯 자리로 돌아와 앉았다.
 "어머니는요?"
 류조가 묻자 당연하다는 듯 "음" 하고 대답했을 뿐 식사를 시작했다. 류지가 나갔다가 돌아올 때까지 시간을 생각하면 외눈 광까지 직접 다녀온 게 틀림없었다.
 즉 할머니는 종종 그 광에 가는 버릇이 있다는 뜻이다. 잠시 눈만 떼면 그곳으로 가는지도 모른다. 도중의 대숲에 빨간 실 장치가 있으니 류지가 아니면 못 데려오는 것이리라.
 광 님에게 잡아먹힐 것이다.
 신의 신부가 된다.
 대체 무슨 뜻일까. 노망이 든 이쓰코가 왜 외눈 광으로 가려고 하는 건가. 얼른 사요코와 의논하고 싶었던 쇼이치는 서둘러 식사를 마쳤다. 그러나 류지가 방에서 나갈 때까지 아무도 자리를 뜨지 못한다. 식사를 먼저 끝내도 할아버지가 일어나기를 기다려야 했다.
 애를 바짝바짝 태우고 있으려니 사요코가 차를 마시라고 했다. 무슨 태평한 소리를 하나 싶었지만, 요는 진정하라는 뜻인 듯했다. 태도가 수상하다는 것을 들키면 물론 곤란하다. 그렇지 않아도 류지는 두 사람의 언동을 항상 주시하고 있다.

"사요는 역시 대단해."

쇼이치는 순순히 찻잔에 손을 뻗었다. 뜨거운 차를 후후 불며 마시다 보니 아닌 게 아니라 자연히 마음이 평온해졌다.

류지가 겨우 식사를 마치고 일어섰다. 바로 일어서고 싶은 것을 꾹 참고 류조와 야에가 방을 나서기를 기다렸다가 쓰루코를 방으로 데려다준 다음, 두 남매는 별채로 돌아왔다.

쇼이치는 우선 외눈 광 이야기부터 했다. 이 이야기에는 사요코도 놀란 듯했다. 그러나 이쓰코와 주고받은 대화를 꺼내자 갑자기 그쪽에 관심을 더 보였다.

"이쓰코가 그런 말을……."

"응, 쓰루코 누나는 장차 신의 신부가 될 거라고……."

"그리고 이쓰코 자신도 옛날엔 신의 신부였다고 했단 말이지."

"그건 그러니까 할아버지한테, 이 집에 시집왔단 뜻이지? 그럼 지금도 신부 아닌가? 그럼 쓰루코 누나가 신부가 되는 건 절대 무리야."

"신이 류지를 가리키는 거라면 그렇지."

"미즈치 님이라면?"

"무녀가 된다는 뜻 아니겠어?"

이쓰코는 과거 무녀였고, 류지의 아내이기도 하다. 두 가지 해석이 모두 맞는다.

"그렇지만 이쓰코의 입장에서 생각하면 어쩐지 알 것 같거든."

사요코는 신=류지 설에 집착했다.

"무슨 뜻이야?"

"류지는 한 번도 아니고 두 번, 어쩌면 세 번이나 며느리를 건드렸어. 그뿐 아니라 이젠 손녀까지…… 하는 상황이잖아. 게다가 이쓰코는 살짝 노망이 나기 시작했지. 노망도 류지의 몹쓸 행동이 원인이라면 어떨까. 자기가 그 인간의 아내란 의식이 이젠 까맣게 없을 수도 있지 않을까."

쇼이치에게는 다소 어려운 내용이었지만, 사요코의 설명을 이해할 수는 있었다. 다만 자꾸만 외눈 광의 존재가 마음에 걸렸다.

"그렇지만 그 광은 네가 찾던 게 아니라며?"

"응……. 그렇지만 비슷하다고 할지, 가까워."

"쓰루 언니랑 상관있을 것 같아?"

"……."

"류지랑은?"

"그건 틀림없어."

"그러게."

잠시 생각에 잠겨 있던 사요코가 이내 말했다.

"쇼이치, 넌 묘한 힘이 있어."

"어?"

"아마 어머니한테도 있었겠지. 그 덕분에 우리는 만주에서 도망칠 수 있었던 게 아닐까, 최근 그런 생각이 들거든. 그 힘을 너랑 쓰루 언니가 물려받은 거야."

"쓰루코 누나도?"

"그런데 쓰루 언니는 그 힘에 지고 말았어. 영향을 너무 강하게 받았다고 할지, 견디지 못했는지도 몰라. 그 결과 저렇게 되고 말았어."

쓰루코도 자신처럼 이 세상 것이 아닌 이형의 존재를 봤을까. 그 때문에 정신에 이상이 생겼다. 아니, 그렇다면 자신보다 더 엄청난 것을 봤을 수 있다. 쇼이치는 겁이 더럭 났다.

"네 힘은 쓰루 언니만큼 강하지 않은 것 같아."

사요코는 동생의 두려움을 민감하게 알아차렸는지 그렇게 말을 이었다. 그게 일시적인 위안에 불과하다는 것은 쇼이치도 바로 알 수 있었다.

"그렇지만 나한테는 없는 힘을 가진 거니까 활용해야지."

"어떻게?"

"지금 하는 대로 하면 돼. 이상하다 싶으면 원인을 찾아보는 거야. 아직 잘은 모르겠지만, 여기 미즈시 신사에서 네가 묘하다고 반응을 보인 건 언젠가 쓰루 언니랑 연관이 될 것 같거든."

"응……."

"하지만 그렇다고 류지한테서 눈을 뗄 순 없어. 쓰루 언니에 대한 집착이 보통 강한 게 아니란 건 확실하니까."

그뒤로도 남매는 의논을 계속했지만 딱히 새로운 방법이 떠오르지 않았다. 지금까지 하던 대로 쓰루코를 지켜보는 수밖에 없음을 재인식했을 뿐이었다.

외눈 광에 관해서는 쇼이치가 조심에 조심을 거듭해 조사해보기로 했다. 말은 그렇게 했지만 어떻게 움직여야 할지 도무지 알 수 없었다. 그는 하는 수 없이 미즈치 신사로 찾아갔다. 그리고 다쓰키치로, 세이지, 가이지에게 각각 넌지시 '기묘한 광의 존재'를 떠보았다.

가이지는 단순히 기분 나빠했지만, 세이지와 다쓰키치로는 뭔가 아는 듯 보였다. 그런데 세이지는 두 번 다시 그런 곳에 가지 말라고 넌지시 타이른 반면, 다쓰키치로의 태도는 달랐다.

"잘 들어라. 혹시 쓰루코가 보이지 않거든 그 즉시 나한테 알리는 거다."

생각지도 못하게 큰누나 이름이 나오는 바람에 쇼이치는 놀라는 동시에 전율했다. 다쓰키치로는 그 이상 아무 말도 하지 않았지만, 쓰루코의 안전을 걱정하는 기색이 역력했다.

외눈 광과 쓰루 누나는 역시 관계가 있구나.

쇼이치가 그다음 간 곳은 스이바 신사였다.

"정말 있었냐?"

류마라면 더 자세한 이야기를 들을 수 있지 않을까 기대하고 있었던 터라, 그가 맨 처음 한 말을 듣고 쇼이치는 어이가 없었다. 애초에 외눈 광의 존재를 시사한 사람은 류마다.

"문제는 네가 들은 물소리일지 모르겠군."

괜히 왔나 싶어 낙담하는데, 류마가 뜻밖에 진지한 표정으로 쇼이치를 응시하며 말했다.

"거기에 무슨 의미가 있는 건가요? 배례전에서 들은…… 사실은 본당 쪽인 것 같은데, 그때 들은 소리랑 비슷했으니까, 그 광에도 미즈치 님이 모셔져 있는 게 아닐까요?"

"네 신사 모두 미쓰 천에서 본당으로 물을 끌어오지만, 보통 그런 물소리는 안 들리거든. 하물며 배례전에서 그런 소리를 듣다니."

"네? 하지만……."

"그래, 보아하니 너한테는 들리는 것 같군. 그러니까 외눈 광에도 접근할 수 있었겠지."

류마는 흥미 어린 표정으로 쇼이치를 바라보며 말했다.

대숲의 빨간 실 이야기는 하지 않았지만 어떤 장애가 있었던 것을 눈치챈 어투였다.

"광에 관해 누구한테 이야기했지?"

솔직히 대답하자 다쓰키치로의 반응을 알고 싶어했다.

"역시 그렇군. 좌우지간 만만치 않은 영감이야."

있는 그대로 말해주자 류마가 말했다.

"좋은 분인데요."

"그런 뜻이 아니야. 그 영감 나름대로 외눈 광의 존재를 알아차리고 정체를 추측했을 테지. 다만 증거가 없는 거야."

"광의 정체……?"

쇼이치가 두려움에 차 중얼거리자 류마가 별안간 묘한 이야기를 시작했다.

"옛날에 있었던 일이야. 마을에 순례 중인 어머니하고 열너덧 살쯤 된 딸이 왔어. 거의 비렁뱅이나 다름없었던 모양인데, 그런 두 모녀를 미즈시 신사의 류지가 돌봤다는 거야."

구두쇠인 할아버지답지 않은 묘한 일이다.

류마는 쇼이치의 의아한 표정을 알아차렸는지 빈정거리는 웃음을 띠었다.

"그런데 어머니랑 딸이 둘 다 제법 미인이었거든. 특히 딸은 앞으로 점점 더 예뻐질 나이였지. 그래서 마을 사람들은 호색한인 류지의 버릇이 발동했다고 이해했어. 게다가 금세 모녀가 안 보였기 때문에, 다들 류지의 정체를 알아차리고 도망쳤다고만 생각했어."

"아니었던 거예요?"

류마는 쇼이치의 질문에 대답하지 않고 말을 이었다.

"그로부터 몇 년이 지나 마을에 노파랑 어린애 순례자가 나타났어. 굶주린 나머지 당장이라도 쓰러져 죽을 것 같은 꼴이었는데 어째 뭐가 이상하다는 말이지. 묘한 거야. 그러다 마을 사람들 사이에 기이한 소문이 퍼졌어. 그 두 사람은 몇 년 전 마을에 왔던 그때 그 모녀가 아니냐고."

"지, 진짜 그랬던 거예요?"

"글쎄, 그야 모르지. 금세 다른 데로 가버려서 확인을 못한 모양이야. 게다가 겨우 몇 년 지났을 뿐인데 그렇게 미인이던 모녀가 몰라볼 정도로 달라진 탓에, 마을 사람들 사이에서도 의견이 분분했다니까."

"……."

"이 이야기는 전에 세이지 씨한테 들은 건데, 내가 가장 관심이 갔던 건 두 사람의 모습이 이상했다는 점이었어."

"어떻게 이상했는데요?"

"밥을 못 먹어서 말랐다기보다 혼을 빼앗겨서 그 때문에 생기를 잃고 쇠약해진 것처럼 보였다고 하거든."

"앗, 설마 저희 할아버지가 줄곧 외눈 광에 가둬놨기 때문에……?"

순간 무서운 상상을 하고 만 쇼이치는 자신의 생각을 말했다. 그러나 류마는 부정하지 않고 오히려 긍정하는 표정으로 물었다.

"만약 네 말이 맞는다면 외눈 광의 존재 이유는 뭐지?"

모르니까 물으러 왔지 싶은 동시에 언짢은 이야기를 들었다는 생각이 들었다. 미인이었다는 모녀와 쓰루코가 자꾸만 겹쳤다.

"류조의 전 아내들도 꽤나 미인이었다더라."

그런 생각을 말하자, 류마가 말했다.

"…… 그럼……."

"퍼뜩 그런 생각이 들었을 뿐이야. 하지만 너한테 누나를 지켜주라고 충고한 것도 완전히 틀린 건 아니었군."

묘하게 득의양양한 표정이었다. 게다가 의논하러 온 쇼이치에게 "또 뭔가 찾아내면 알려주고" 하고 부탁까지 했다.

미즈치 신사의 세 사람과 스이바 신사의 류마에 관해 말하자, 사요코는 매우 복잡한 표정을 지었다.

"류지가 며느리를 건드린 건 사실이지만 의미가 전혀 달랐다는 뜻일까."

"그럼 도메코 씨가 한 이야기는?"

"도메코는 미즈시 가의 하녀이긴 해도 속으로는 류지를 싫어한다고 생각해. 그렇다고 우리 편을 들어줄 생각은 눈곱만큼도 없지. 요는 양쪽이 서로 으르렁거려서 이 집에 소동이 벌어지면 재미있는 구경을 할 수 있겠다는 심보인 거야."

"너무하네."

"게다가 험담하는 게 취미니까 삼촌의 두 아내 이야기를 하고 싶어 좀이 쑤신단 말이지. 특히 나한테. 하지만 사실대로 말하자니 미즈시 신사의 건드려선 안 되는 부분이 마음에 걸려."

"외눈 광의 비밀……."

"그래. 아니, 어쩌면 도메코도 아무것도 모를 수 있어. 류지랑 두 며느리 사이에 무슨 문제가 있었다는 건 짐작했지만, 구체적으로는 아무것도 모르겠거든. 그래서 자기 나름대로 추측한 내용을 진짜처럼 나한테 넌지시 말한 거야. 류지도 바보는 아니니까 도메코를 그렇게까지 믿진 않을 거 아냐?"

"중요한 부분은 안 가르쳐줬다고?"

"아마. 그렇긴 해도 류마가 한 말이니 말이지."

사요코는 류마를 마을 사람들처럼 특공대 물 먹은 놈이라고 경멸

하고 두려워하지는 않았지만 워낙 평가가 낮았다. 그래서 별로 믿을 마음이 들지 않았으리라.

그러나 류마야 그렇다 치고 다쓰키치로의 말만은 그녀도 함부로 지나칠 수 없었다. 자신이 걱정하던 문제와는 별개의 위험이 쓰루코에게 닥칠 가능성을 사요코가 마음에 잘 새겨둔 것을 알 수 있었다.

그런데 그뒤 아무 일 없이 일 년이 지나고 이윽고 이 년이 지났다. 쓰루코는 류지의 마수에 걸려들지 않고, 또 외눈 광에 유폐되지도 않고 아름다운 처녀로 자랐다. 그동안 류지는 여전히 그녀를 특별하게 대했다. 무녀 역할을 시키는 것도 변함없었다. 그냥 그뿐이었다.

유일하게 큰 사건은 미즈치 신사에서 거행한 증의에서 쓰루코가 예녀를 맡은 것이었다. 사요코는 과거 증의에서 미즈시 신사의 류이치가 죽었다는 사실을 도메코에게 들어 알고 있었다. 그 때문에 사요코와 쇼이치는 쓰루코가 의식에 관계하는 것을 걱정했다. 둘이 같이 미즈치 신사로 찾아가 세이지와 상의했을 정도였다. 다쓰키치로는 두 남매에게 예녀는 아무런 위험이 없으며, 의식이 거행되는 동안 자신과 아들이 쓰루코가 춤추는 무대를 보고 있을 것이라고 알려주었다. 설사 무슨 일이 생긴다 해도 바로 자신들이 알아차릴 것이라며 오히려 안심시켜주었다.

그래도 사요코와 쇼이치는 증의가 끝날 때까지 걱정으로 제정신이 아니었다. 의식에 참가하는 것은 금지되었던 터라 미즈시 가에서 안절부절못하며 기다렸다. 결국 다쓰키치로의 말대로 변고는 일어나지 않았다. 쓰루코는 무녀 의상을 입고 무대 위에서 춤을 추었다고 무척 기뻐했다. 증의는 성공해 바로 비구름이 몰려왔다.

다만 작은 소동이 있었다고 나중에 세이지가 말해주었다. 의식에는 각 신사의 신관을 비롯해 한정된 사람들만이 참석하지만, 공물 등을 후타에 산 진신 호까지 운반하기 위해 관계자와 더불어 마을 젊은이들이 미즈치 신사에 모였다. 그때 쓰루코에게 반한 사람이 한둘이 아니었다는 것이다. 그것을 알기 무섭게 기분이 언짢아진 류지가 마치 파리라도 쫓듯 마을 젊은이들을 쓰루코에게서 떼어놓는 광경을 본 모양이다.

그렇지만 그냥 그뿐이었다. 그뒤로도 쓰루코에 대한 처우가 달라지는 일은 없었다. 옆에서 보면 분명히 할아버지가 편애하는 손녀를 예뻐하는 것으로 보였을 것이다. 전과 다른 점이라고는, 쓰루코의 미모를 새삼 깨닫고 술렁이기 시작한 마을 젊은이들에게 류지가 눈을 번득이는 것 정도였다. 그 모습에 본래라면 그의 호색이 드러날 만도 한데 어째선지 그런 면모는 전혀 느껴지지 않았다. 적어도 사요코는 그렇게 보았다.

"나나 사요코나 쓰루코 누나에 대한 걱정이 너무 과했던 걸까."

언젠가 쇼이치가 고개를 갸웃거리며 말하자, 사요코는 생각에 잠긴 표정으로 입을 열었다.

"그렇지만 말이지, 류지를 지금까지 계속 살펴보다 보니까 그 인간, 《겐지 이야기》의 히카루 겐지를 흉내 내려는 게 아닌가, 그런 의심이 들거든."

"그게 무슨 말이야?"

"너, 《겐지 이야기》도 몰라?"

"아, 알아. 제목만……."

"나도 읽어본 적은 없어. 어머니한테 이야기만 들었지."

"뭐야, 똑같잖아."

"바보, 왜 똑같니? 난 내용을 아는걸."

"그래, 그래, 사요가 이겼어. 그래서?"

쇼이치는 이야기를 진행시키기 위해 선선히 패배를 인정했다.

"히카루 겐지는 후지쓰보란 여자를 좋아하게 되는데, 그게 새어머니거든."

"뭐라고!"

"그렇지만 다섯 살 차이밖에 안 나고, 새어머니니까 피를 나눈 것도 아닌걸."

"그건 그렇지만……."

"응, 어쨌든 새어머니라도 어머니는 어머니니까 역시 무리잖아? 그래서 우여곡절이 있은 끝에 히카루 겐지는 후지쓰보의 조카 무라사키노우에를 데려다 자기가 키워."

"조카가 후지쓰보를 닮아서?"

"응, 그렇지. 그래서 히카루 겐지는 무라사키노우에를 자기 취향에 맞는 여자로 키우려고 하거든."

"어…… 그럼 할아버지가 히카루 겐지고, 쓰루코 누나는 무라사키노우에라고?"

"뭐, 쓰루 언니는 적역이지만, 류지가 히카루 겐지라니 절대 어울리지 않는 배역이지. 그리고 이 경우, 어머니가 후지쓰보야."

"……."

쓰루코의 아버지는 미즈시 류지가 아닌가 하는 악몽 같은 의혹이 다시금 뇌리에 되살아났다. 쇼이치의 생각을 짐작했는지 사요코는 고개를 흔들었다.

"그건 지금은 됐어. 우리는 이제부터 어떻게 할지를 생각해야지."

사요코는 만약 자신의 생각이 맞는다면 앞으로 몇 년간 지금 이상으로 주의할 필요가 있다고 말했다. 언제 어디서 류지가 만족할지는 모르는 일이지만, 성인이 될 때까지가 한 고비일지 모른다고 생각하는 듯했다.

또다시 일 년이 지나고, 이 년이 지났다. 그러나 미즈시 가에서 쓰루코를 둘러싼 환경은 조금도 변함이 없었다. 사요코와 쇼이치는 여전히 쓰루코의 신변을 경계했지만, 당초에 비하면 솔직히 상당히 느슨해졌던 것 같다. 사 년이나 아무 변화가 없었으니 경계심이 누그러지는 것은 어쩔 수 없었다.

그나마 변화라면, 미즈치 신사의 증의로부터 이 년 뒤 이번에는 미쿠마리 신사의 감의에서 쓰루코가 예녀 역할을 한 것이었다. 증의와는 달리 악천후인 터라 두 남매는 쓰루코의 안전을 걱정해 노심초사했으나, 이때도 의식은 무사히 끝났다. 다만 사요코가 묘한 사실을 깨달았다.

"세이지 아저씨한테 들었는데, 예녀의 역할을 하는 건 보통 의식을 거행하는 신사가 있는 마을에서 대대로 무녀를 배출한 집안의 딸인 모양이야."

"사요 촌의 아오야기 가처럼?"

"응. 그 이야기는, 전에 한 미즈치 신사의 증의 같으면 모노마네 촌의 처녀가 예녀 역할을 했어야 한다는 뜻이야. 이번 미쿠마리 신사의 감의라면 아오타 촌의 처녀였어야 하고. 그런데 둘 다 쓰루 언니가 했거든."

"할아버지가 부탁해서?"

"그런 모양이야."

"역시 쓰루코 누나를 무녀로 만들 생각일까."

"그랬다면 좀더 수행 같은 걸 시키지 않았을까."

사요코 말이 맞았다. 류지가 하는 일이라곤, 쓰루코에게 무녀 의상을 입혀 이따금 신사 행사에 참가하게 하는 정도였다. 증의와 감의에서 예녀 역할을 시키는 게 아마 가장 큰 소임이었을 것이다.

"하지만 류마 씨가 그러던걸. 쓰루코 누나의 춤은 엉터리였다고."

"그런 건 누가 해도 마찬가지야. 젊고 예쁜 처녀면 누구든 예녀가 될 수 있을걸."

"가이지 형은 잘 추더라고 했는데……."

"그건 널 생각해서 칭찬해준 거겠지."

이때 미쿠마리 신사의 감의에는 가이지도 참가했다. 장차 세이지의 뒤를 이어야 하기 때문이리라.

"처음부터 중요한 역이 아니란 뜻이야?"

"이야기를 듣기로 아무래도 그냥 장식 같거든. 즉 쓰루 언니여도 괜찮지만, 그러면 그냥 마을 처녀라도 충분하잖아. 그런데 왜 류지는 일부러 쓰루 언니를 써달라고 부탁했을까."

그것은 류마도 이상하게 여겼다. 류지가 뭔가 좋지 않은 일을 꾸민다고 생각한 듯했지만, 쓰루코는 예정대로 춤만 추었을 뿐 별반 이상한 일은 없었다고 했다. 결국 지금까지와 마찬가지로 변화가 없는 세월이 계속될 것처럼 보였다.

그런데 그해 여름 즈음부터 쓰루코에게 생각지도 못한 변화가 나타났다. 갑자기 사라지곤 하는 것이다. 그것도 류지가 외출할 때에 한해 종종 행방을 알 수 없게 되었다. 사요코도 처음에는 류지 탓이라고 생각한 모양이지만 어쩐지 아닌 것 같았다. 오히려 할아버지는 모르는 게 틀림없었다. 눈치 빠른 도메코조차 큰누나의 기묘한 행동을 알아차리지 못했다. 사요코와 쇼이치가 눈치챈 것은 역시 친동생이기 때문일까.

빈번하다고 할 정도는 아니었지만—그렇기에 류지도, 도메코도 못 알아차린 셈이다—상당히 뜻밖이었다. '자신'이 희박한 쓰루코가 자기의사로 어딘가에 가는 것이다. 사요코가 물어도 "산책이야"라고만 대답했다. "나도 같이 가" 하면 순순히 데려가주었다. 그러면서도 꼭 혼자 사라질 때가 있었다.

하미 땅에 온 뒤로 쓰루코는 자신에게 일어나는 일에 대해 처음부터 실감을 못 하는 듯 보였다. 특히 미즈시 가로 돌아와서부터는 육체적으로 힘들다든지 몸을 혹사한다든지 그런 일을 당하지 않았으니 더했다. 오히려 어머니와 살던 움막에 비해 이 집이 훨씬 살기 편하다고 느끼며, 동생들도 가혹한 노동을 할 필요가 없어 다행이라고 내심 기뻐하는지도 모른다. 그런 의미에서 큰누나에게 이 집은 의외로 극락이라 할 수 있을 듯했다.

그러나 쇼이치의 눈에는 쓰루코가 감옥에 있는 것처럼 보였다. 어디든 갈 수 있고 좋아하는 음식을 먹을 수 있고 원하는 것을 가질 수 있지만, 자세히 보면 주위에 보이지 않는 창살이 있고 그녀는 그 안에 갇혀 있었다. 혼이 봉해져 있었다. 다만 본인이 그것을 느끼지 못했다. 적어도 지금까지는······.

여름 이후로 쓰루코는, 보이지 않는 감옥의 창살과 창살 틈으로 스르르 빠져나와 자신만의 비밀 장소를 찾아가 시간을 보내다가 감옥으로 슥 돌아오는 것을 반복하고 있었다.

"류지가 관여하는 것만 아니면 쓰루 언니 하고 싶은 대로 하게 둬도 되지만……."

 사요코의 당혹감은 쇼이치도 잘 알 수 있었다. 원래 만주에 있던 시절부터 굳이 따지자면 동생인 사요코가 더 야무졌다. 그러다가 귀국선에서 쓰루코의 마음이 서서히 좀먹어들어간 것을 계기로 자매의 입장이 완전히 역전됐다. 하미 땅에 온 후로 두 사람의 관계는 줄곧 변함없었다. 게다가 미즈시 가의 환경이 예사롭지 않으니 사요코가 걱정하는 것도 당연했다.

 "뒤를 밟아볼까?"

 쇼이치의 제안을 곧바로 받아들이지 않은 것은 쓰루코의 자주성을 존중하고 싶은 마음 때문이리라. 무엇보다도 언니가 언제 문제의 '산책'을 나가는지 알 수 없다. 류지의 마수에서 지키는 것보다 이쪽이 훨씬 어려웠다.

 어쩐지 마음이 진정되지 않는 묘한 나날이 계속되었다. 그러던 늦가을 어느 저물녘, 쇼이치는 믿기지 않는 광경을 목격하게 된다.

 집 뒤편 대숲에서 나오는 쓰루코의 모습이었다.

8

귀녀

쓰루코 누나가 왜……

쇼이치는 반사적으로 별채 뒤에 숨어 들키지 않게 관찰했다.

그가 숨어 있는 맨 안쪽 별채에서 가운데 별채를 지날 때까지 쓰루코는 완전히 무방비 상태로 보였다. 그러나 그와 사요코가 사는 첫번째 별채 곁에 이르자 주변을 신경 쓰는 기색을 보이더니 빠른 걸음으로 본채로 들어가버렸다.

설마…… 외눈 광에 갔었나?

그렇게 생각할 수밖에 없었다. 쇼이치는 그뒤로 딱 세 번 그 광에 갔다. 거의 일 년에 한 번 꼴이었다. 무슨 변화가 있을까 싶어 갔던 것인데, 현재로서는 모든 게 처음 그대로였다. 한 번은 이쓰코와 마주칠 뻔했으나 처음부터 주의했던 덕에 쉽사리 피할 수 있었다. 무슨 일이 있었다면 그 정도다. 올해는 아직 가지 않았다.

그렇지만 쓰루코 누나가 대체 외눈 광에 왜……?

그녀와 광을 연결해 생각한 것은, 쇼이치 자신의 감과 다쓰키치로의 충고, 류마와의 대화 때문이었다. 그곳에 류지가 얽힌다. 쓰루코와 외눈 광 사이에는 분명히 할아버지가 있을 터였다.

그런데도 쓰루코는 혼자, 그것도 자기 의사로, 들키지 않도록 조심까지 하면서 외눈 광을 찾아가는 모양이다.

쇼이치는 서둘러 대숲을 가로질렀다. 쓰루코도 통과할 수 있었다는 것은, 언젠가 사요코가 말했던 어머니에게 물려받은 힘이 두 남매를 도와준다는 뜻이리라.

대숲에서 빠져나오자 섬뜩한 광이 눈앞에 홀연히 나타났다. 대숲을 통과하는 동안 대나무 사이로 어른어른 보였는데도, 광 정면으로 나오기 무섭게 늘 엄청난 압박감이 느껴졌다. 부분이 아니라 전체를 본 순간 사위스러운 독기에 압도되었다.

쇼이치는 조금 거리를 두면서 외눈 광 주위를 한 바퀴 돌아보았다. 딱히 달라진 곳은 보이지 않았다. 정면 1층 부분의 흙문에도, 2층 부분의 창문에도 여전히 튼튼해 보이는 자물쇠가 달려 있었다. 직사각형 광의 양 측면은 회반죽을 바른 벽이 펼쳐져 있을 뿐 아무것도 없다. 뒷면 2층에도 창문이 있는데, 그곳은 처음부터 열려 있었지만 창살을 박은 데다 망을 쳤고 아무리 올려다봐도 안쪽에는 캄캄한 어둠이 뒤엉켜 있을 뿐이었다.

정면으로 돌아온 그는 잠시 주저한 뒤 흙문에 귀를 갖다댔다. 순식간에 온몸이 부르르 떨렸다. 꾹 참고 귀를 기울였다.

아무도 없는데…….

광 안에서 아무런 기척도 느껴지지 않았다. 졸졸졸 물 흐르는 소리가 들릴 뿐, 그밖에는 조용했다.

하지만 꼭 인간이란 법은 없지…….

광 안에 뭔가가 살고 있다. 그런 식으로 생각한 순간, 흙문 저편에서 그것이, 자신이 내부를 탐색하듯 바깥을 살피는 광경이 퍼뜩 떠올랐다.

"으악!"

저도 모르게 소리를 지르며 뒤로 펄쩍 물러났다. 당장에라도 광 안에서 문을 쾅쾅 치는 소리가 나지 않을까 경계했다.

아무런 소리도 들리지 않았다. 으스스할 정도로 고요하다.

광에 뭔가가 살고 있다면, 쓰루코 누나는 그것을 만나러 오는 걸까.

한시라도 빨리 그곳을 벗어나고 싶다고 생각하면서도 쇼이치는 고개를 갸웃했다. 그것은 무엇인가. 누나는 어째서 그것을 만나는가. 누나는 자물쇠 열쇠를 갖고 있다. 즉 류지도 아는 일인가.

아니, 할아버지 몰래 하는 일인 것은 틀림없다.

사요코의 의견도 같았다. 그렇다면 류지의 방에서 열쇠를 몰래 들고 나온다는 뜻인데, 쓰루코라면 충분히 가능할 것이다.

좋아. 별채 근처에서 망을 보자.

끈기 있게 기다리다가 쓰루코가 대숲으로 향하면 들키지 않게 뒤를 밟는다. 외눈 광에 들어가면 자신도 숨어든다.

별채로 돌아와 의논하자 사요코도 바로 찬성했다. 자신도 교대로 망을 보겠다고 했지만, 대숲의 빨간 실 이야기를 하자 반신반의하면서도 납득하는 듯했다. 외눈 광에 관해서는 일단 쇼이치에게 맡기겠다고 했다.

그런데 아무리 기다려도 쓰루코가 오지 않았다. 나가기는 하는데 매번 미즈시 가 밖으로 나가지, 대숲으로 가지 않았다. 그때까지는 쓰루코가 산책을 나가면 늘 사요코가 미행했다. 정말 단순한 산책이었던 모양인데 도중에 놓친 적이 몇 번 있었다. 그게 고의로 따돌린 것인지 아닌지 쓰루코의 태평한 태도로는 판단할 수 없다고 했다. 이윽고 초겨울이 닥쳐 점차 추워지자 큰누나의 외출도 줄기 시작했다. 쇼이치가 이유를 묻자 "밖은 춥잖니, 쇼 짱" 하고 당연한 대답을 했다. 그 말대로 쓰루코는 눈이 흩날리기 시작하자 외출을 딱 그쳤다.

"진짜 산책이었을까."

사요코도 언니의 불가해한 행동에는 속수무책으로 휘둘렸다. 그렇기에 그녀가 얌전히 집에 틀어박히자 안도의 표정을 지었다.

"그러게, 그럴지도……."

그러나 쇼이치는 사실 얼마 전부터 쓰루코가 문제가 아니었다. 대숲에서 나온 그녀를 본 이래로 그의 관심은 줄곧 외눈 광에 쏠려 있었다. 별채 근처에서 망을 봐도 의미가 없다는 것을 알자, 종종 광까지 갔다. 물론 안을 살펴볼 수는 없다. 그러니 자연히 광 주위 산책을 부지런히 다니게 되었다.

외눈 광의 뒤쪽은 바위산이었다. 길다운 길은 보이지 않고 짐승들이 다니는 길인가 싶을 정도로 가느다란 선이 보일 뿐, 인간이 발을 들여놓은 흔적은 없다시피 했다. 그런 곳인데도 쇼이치는 기묘한 것을 발견했다. 산기슭 얼룩조릿대 밭에 누운 기다란 대나무 한 그루였다.

뭐지?

처음에는 단순히 대나무가 쓰러진 것인 줄 알았다. 그러나 자세히 보니 분명히 인공적인 흔적이 보였다. 게다가 중간에 다른 대나무를 이어가며 끝없이 뻗어 있었다. 문제의 대나무 관을 따라 얼룩조릿대가 우거진 비탈을 내려가자, 평지가 나오면서 대나무가 땅속으로 파고들듯 사라졌다. 문득 고개를 들자 바로 정면에 외눈 광 뒷벽이 보였다.

어떻게 된 거지?

갑자기 두근두근 심장 뛰는 소리가 시끄럽게 들렸다. 자신이 어떤 터무니없는 것을 발견하리라는 예감이 들었다.

 흥분한 나머지 다리가 와들와들 떨렸다. 쇼이치는 두 손으로 다리를 탁탁 쳐 자신을 고무한 뒤, 대나무 관을 따라 산비탈을 오르기 시작했다. 금세 얼룩조릿대가 대나무를 덮었다. 아무리 내려다봐도 보이지 않았다. 신발 옆면으로 대나무의 존재를 확인하며 조심스럽게 나아갔다.

 이윽고 길 왼편에 기슭에서 이어지는 짐승 길이 보였다. 거의 평행으로 비탈을 올라갔다. 어디서 만나는 건가 했는데 두 갈래로 갈라지듯 멀어져, 대나무 관은 큰 나무를 빙 돌아 거대한 암석 뒤로 돌아갔다. 그러자 눈앞에 작은 굴이 나타났다.

 어?

 대나무 관은 입을 빠끔히 벌린 굴속으로 이어졌다. 어른도 몸을 굽히면 들어갈 수 있을 듯했다.

 어쩌지…….

 조심조심 굴 안을 들여다보았다. 시험 삼아 대여섯 걸음 들어가보니 순식간에 눈앞이 보이지 않았다.

 쇼이치는 생각했다. 기껏 여기까지 왔는데 아무것도 확인하지 않은 채 돌아갈 수는 없다. 그렇다고 이대로 아무런 준비도 없이 캄캄한 굴속으로 들어가는 것도 문제다. 일단 돌아갔다가 다시 오는 게 좋을지도 모르겠다. 자기도 모르게 사요코에게 훈련을 받았는지, 그가 냉정하게 판단했을 때였다.

 후후…….

 굴속에서 정체를 알 수 없는 소리가 들렸다.

 악…… 우우…….

웃는 것 같기도, 우는 것 같기도, 신음하는 것 같기도, 소리 지르는 것 같기도 한 기묘한 목소리였다.

아아…… 히이이…….

너무나도 섬뜩한 소리에 순식간에 쇼이치의 목덜미에 소름이 좍 돋았다. 이어서 오한이 등골을 훑었다.

그는 몸을 돌려 뒤도 돌아보지 않고 밖으로 도망쳤다. 거대한 기암 괴석과 큰 나무를 돌아 얼룩조릿대로 뒤덮인 비탈로 나와서는 짐승 길로 단숨에 뛰어내려왔다. 외눈 광을 곁눈질하며 대숲에 뛰어들어 별채까지 돌아와서야 비로소 속도를 늦추었다.

아까 그 소리, 귀녀鬼女의 웃음소리 아닐까.

시게조에게 들은 하미의 무서운 전승이 떠올랐다.

이 지방의 산업은 예로부터 벼농사가 중심이었던 터라 사냥을 하는 사람이 없었다. 하지만 산에 들어가는 것을 기피하는 이유는 그뿐이 아니었다. 미즈치 님이 계시는 진신 호는 후타에 산에 있다. 독립된 산이라기보다 좌우의 산과 이어지며 하미 땅을 에워싸며 지키고 있다. 따라서 어느 산에서 사냥하든 후타에 산을 더럽히는 게 된다. 그 때문에 이곳에서는 절대로 산에서 살생을 하지 않는다.

그런데 어느 해 심한 가뭄이 들었다. 증의도 실패해 벼농사를 완전히 망쳤다. 어쩔 수 없다고 젊은이 네 명이 엽총을 들고 산으로 들어갔다. 어이없을 만큼 잔뜩 잡혔다. 이 정도면 충분하겠다 싶었을 때 거대한 멧돼지와 마주쳤다. 한 명이 죽이는 데 실패하는 바람에 다 같이 쫓자 멧돼지는 굴로 도망쳤다. 연기를 피워 나오게 하려고 굴 입구에 솔잎을 모아 불을 붙였다. 뭉게뭉게 솟는 연기를 두 사람이 굴속으로 보내고, 다른 두 사람이 뛰쳐나올 멧돼지를 쏘려고 총을 겨누었다.

그때 굴속에서 기묘한 소리가 들렸다. 울음소리도, 웃음소리도, 고함소리도, 신음소리도 아닌 이상한 소리가, 마치 미친 여자가 내지르는 것 같은 소리가 굴 안에서 들렸다. 게다가 점점 커졌다. 굴 밖으로 나오는 것 같았다.

이윽고 연기 속에 꿈틀거리는 그림자가 보였다. 멧돼지가 아니었다. 두 발로 선 어떤 것이었다. 엽총을 겨누고 있던 한 명이 별안간 웃기 시작했다. 그냥 웃음이 아니라 조소였다. 나머지 세 사람은 사냥한 짐승을 전부 버리고 허둥지둥 그를 데리고 도망쳤다.

남자는 마을로 돌아온 뒤로도 계속 그렇게 빈정거리듯 웃었다. 이튿날, 엽총을 겨누고 있던 나머지 한 명이, 그다음 날 또 한 명이 그렇게 웃기 시작했다. 첫번째 사람이 사흘을 내리 밤낮으로 웃다가 죽자, 마지막으로 남은 한 명은 부젓가락으로 자신의 두 귀를 찌르고 인두로 귓구멍을 지져 막았다. 그 덕분에 목숨만은 건졌다.

마을 노인에 따르면, 산의 여신님이 진노해 귀녀가 되어 네 사람 앞에 나타난 것이라고 했다. 그 모습을 잠깐이라도 봤다면 그 자리에서 바로 미쳐 죽었을 것이라고 한다. 조소는 귀녀에게 옮은 것으로, 옮은 사람은 자신의 웃음소리를 계속 듣다가 죽게 된다. 마지막 사내는 본능적으로 그것을 깨달은 덕에 목숨을 부지했을 것이다.

그뒤, 쇼이치는 사흘 밤을 뜬 눈으로 지새웠다. 자신도 언제 웃기 시작할지 모른다. 그렇게 되기 전에 두 귀를 막아야 하는 걸까 고민했다. 하지만 도무지 그런 일을 할 수 있을 성싶지 않았다. 사요코가 "요새 계속 가위눌리던데, 너 괜찮니?" 하고 물었다. 별일 없다고 대답했지만 누나는 믿지 않는 듯했다.

다행히 아무 일 없이 나흘째 아침을 맞았다. 안심한 것도 잠깐, 사요코가 무시무시한 소문을 가져왔다.

"미즈시 신사 뒷산에 귀신이 나온다는 소문이 마을 젊은이들 사이에 있는 모양이야."

"그, 그거 시게조 씨가 이야기했던 귀녀 아냐?"

"아, 산에 나오니까? 하지만 미쓰 천이 완전히 마른 것도 아닌데, 옛날이야기에서 그런 것처럼 사냥하러 들어갔겠어?"

"웃다가 죽은 사람은?"

"아직은 없나봐. 하지만 다들 겁먹은 모양이더라. 나이는 잔뜩 먹어갖고."

그러더니 사요코는 쇼이치를 꼼짝 않고 쳐다보았다.

"너, 뭐 숨기는 거 있지?"

"아니, 별일……"

"또 그 대답이구나. 뭐, 상관없지만."

사실은 사요코에게 의논하고 싶었다. 굴에 같이 가주기를 바랐다. 그러나 쇼이치는 혼자 하기로 결심했다. 계속 누나에게 의지할 수만은 없다.

그렇지만 그가 굴에 다시 간 것은 이듬해 여름이었다. 굴을 탐험할 결의를 다지는 사이에 날이 서서히 추워져 눈 내리는 계절이 오고 말았다. 그 때문에 해가 바뀌고 봄이 오기를 기다렸다. 봄이 오자 좀더 따뜻해진 뒤 가자고 생각했다. 아직 이르다, 아직 때가 안 됐다 하는 사이에 이번에는 장마가 시작됐다. 이렇게 계속 미루기만 하던 그도 장마가 걷히고 나니 드디어 핑계거리가 없어졌다.

그날은 아침부터 날이 맑았다. 쇼이치는 오후가 되기를 기다려 목제 손전등과 양초, 성냥, 연줄을 감은 대나무 토막을 준비해 기름종이에 싸들고 뒷산으로 향했다. 사요코의 시선이 느껴지던 터라 별채 쪽을 거치지 않았다. 멀리 돌기는 해도 미즈시 가 정문으로 나와 참배길을 동쪽으로 얼마 동안 가다가 남쪽으로 꺾어지는 길을 택했다.

기슭에 이르러 짐승 길을 찾았지만 이거다 싶은 게 좀처럼 눈에 띄지 않았다. 그러다가 좁다란 선 같은 것이 보이기에 일단 그것을 따라 올라갔다. 이윽고 오른편에 얼룩조릿대가 나타났다. 혹시나 싶어 조릿대를 헤치며 찾으니 대나무 관이 나왔다. 거기서부터 죽 뻗은 대나무를 따라 올라가 눈에 익은 큰 나무과 거대한 바위에 이르렀다.

뒤로 돌아가니 아니나 다를까 굴이 있었다. 쇼이치를 집어삼키려고 입을 벌리고 기다리듯 캄캄한 어둠을 드러내고 있었다. 낮인데도 섬뜩하고 기분 나빴다. 외눈 광 뒷산이다 보니 더더욱 그렇게 느껴졌다.

쇼이치는 오른손에 손전등을 들고 심호흡을 크게 한 다음 굴로 들어갔다. 대여섯 발짝 나아가니 벌써 바깥 빛이 들지 않았다. 두어 발짝 더 간 뒤 손전등을 켰다. 별안간 좌우 벽과 천장에 압박감을 느꼈다. 불빛이 비치면서 주위 바위와의 거리감이 파악됐기 때문이다. 걷기 어려울 정도는 아니지만 비좁고 답답한 것은 분명했다. 자연히 몸이 움츠러들었다. 폐쇄공포증이 있는 사람이라면 견딜 수 없을지 모른다.

외눈 광 뒤쪽 땅속에서 나온 대나무 관은 굴속으로 들어와서도 안으로 쭉 이어져 있었다. 그것을 따라 나아가다 보니 굴이 굽이굽이 감돌기 시작하고 어느새 오르막이 졌다. 아직 별로 걷지 않았을 텐데 꽤나 깊이 들어온 기분이 들었다. 그나마 땅속으로 들어가는 게 아니라 다행이라고 생각했는데 별안간 길이 아래로 내려가기 시작했다.

싫었지만 발을 내디뎠다. 그러자 금세 길이 평탄해지면서 조금 넓은 공간으로 나왔다. 일단 팔다리를 펴고 움츠러들어 있던 몸을 푼 쇼이치는 어디까지 가는 걸까 싶은 마음에 불안해져 불빛으로 앞쪽을 비추었다.

그런데 보이는 것은 벽뿐이었다. 막다른 곳에 이른 것이다. 게다가 작은 공간 안쪽에 물이 괴어 있고 대나무 관은 그 속으로 이어졌다. 주변을 비춰보니 천장에 종유석이 있고 땅에 석순이 돋아 있었다. 그냥 굴에서 갑자기 아주 본격적인 동굴로 변모한 양 주위 세상이 확 변했다.

손전등으로 이곳저곳 비춰본 끝에 간신히 왼쪽 벽 위쪽에 난 구멍을 발견했다. 이럭저럭 중간까지 기어올랐으나 그 이상 꼼짝할 수 없었다. 쇼이치의 키로는 무리인 듯했다. 또 다른 곳은 없나 찾아봤지만 인간이 들어갈 수 있을 만한 구멍은 없었다.

이 이상은 무리인가······.

낙심해서 그 자리에 주저앉았을 때였다.

아아아······ 우우우······.

귀녀의 으스스한 목소리가 들렸다. 물속에서, 왼쪽 위의 구멍 속에서, 눈앞의 벽 너머에서, 온갖 방향에서 들려오는 것처럼 느껴졌다. 굴 밖에서 들었을 때보다 몇 배, 몇 십 배 더 크게 왕왕 메아리쳤다.

나, 나, 나왔다······.

순간적으로 벌떡 일어난 쇼이치는 도망치고 싶은 것을 꾹 참았다.

무, 무섭긴 하지만, 싫지만······ 밝혀내야 해.

모순된 기분에 시달리면서도 그럭저럭 도망치지 않고 버텼다. 머릿속에 어머니, 쓰루코, 사요코의 얼굴이 잇따라 떠올랐다. 무의식중에 도움을 청한 걸까.

아냐, 혼자 할 수 있어.

본인은 알아차리지 못했지만 쇼이치는 이때 정작 중요한 목적을 잊고 있었다. 어째서 굴 안쪽으로 가는 건지 잊은 채, 그저 혼자서도 해낼 수 있다는 강박관념에 사로잡혀 있었다. 시계조라면 이렇게 말했을 것이다.

뭔가가 부르는 거야······.

쇼이치는 초를 꺼내 적당한 곳에 놓고 성냥으로 불을 붙였다. 그러고는 연줄을 풀어 물가 근처의 석순에 붙들어맸다. 이어서 손전등을 기름종이로 싸고 옷을 벗었다.

물속으로 들어가 그 너머를 살펴보기 위해서였다.

광기에 가까운 이 방법이 떠올랐을 때 그는 거의 주저하지 않았다. 오히려 훌륭한 생각이라고 자화자찬했다. '너머'가 존재하지 않고 수중동굴이 계속 이어질 가능성은 고려하지 않았다. 귀녀의 웃음소리가 들리니 이곳과 비슷한 공간이 있을 게 틀림없다.

움막에서 살던 시절 사요코에게 수영을 배웠다. 누나는 쇼이치가 헤엄칠 수 있게 되는 것에 집요하리만큼 집착했다. 십중팔구 귀국선에서 본 바다의 괴이 때문이리라. 하미 같은 산속에 살면서도 언젠가 바다 괴물이 동생을 잡으러 올 것이라고 생각하는 모양이었다. 솔직히 수영 자체는 별로 재미있지 않았지만 잠수는 즐거웠다. 물 위를 헤엄쳐가는 것보다 물속에 있는 게 더 좋았다. 누나는 유별나다고 웃었지만 실제로 그러니 어쩔 수 없다.

그게 이런 곳에서 도움이 될 줄이야.

몸에 물을 끼얹은 순간 부르르 떨렸다. 역시 잠깐 망설여졌다. 물이 심하게 찼다. 여름이라지만 동굴 속이라 수온이 기분 좋은 것과는 거리가 멀었다.

하지만 쇼이치가 주저한 것도 잠깐이었다. 온몸을 충분히 적시고 조심조심 물속으로 들어갔다. 이어서 숨을 한껏 들이마신 뒤 단번에 잠수했다.

어?

손전등으로 물속을 비추기도 전에 앞쪽에 반짝이는 빛이 보였다. 5, 6미터쯤 더 간 곳의 수면 위에서 빛나는 것처럼 보였다.

저기로 나갈 수 있을지도…….

다행히 물 밖으로 금방 나갈 수 있을 것 같다고 기뻐한 순간 빛이 슥 사라졌다. 마치 중요한 표지를 감추듯 희망의 등불이 느닷없이 꺼지고 말았다.

심한 불안감이 즉시 그를 사로잡았다. 하지만 그것도 한순간뿐, 그는 바로 불빛이 보이던 방향으로 헤엄치기 시작했다. 수중동굴이 별로 길지 않은 듯하다는 것만 의지하며 전진했다. 대나무 토막에 감은 연줄을 풀며 안쪽으로 들어갔다.

그런데 아무리 가도 머리 위에 천장이 있었다. 굴 자체는 의외로 커서 어른도 너끈히 헤엄칠 수 있을 정도였다. 그것은 다행이었지만 미끌미끌한 암벽이 머리 위로 죽 이어졌다. 천장까지 물이 가득 차 있어 도중에 숨을 쉴 공간도 없었다.

점차 조바심이 났다. 돌아가려면 지금이다. 이 이상 갔다가는 돌아오는 길에 숨을 못 쉬게 될 것이다. 알면서도 그는 돌아가지 않았다. 처음에 봤던 빛만을 생각하며 용감하게 안쪽으로 나아갔다.

이윽고 코가 시큰거리기 시작했다. 슬슬 호흡이 다했다는 뜻이었다. 이내 머리가 지끈거리고 위험 신호가 깜박이기 시작했다. 필사적으로 머리 위를 더듬어도 바위만 만져졌다. 작은 공간이라도 어디 있으면 그곳에서 잠시 숨을 쉴 수 있을 텐데, 아무리 가도 천장만 이어지고 물이 가득 차 있었다.

틀렸어…… 빠져죽겠어…….

오싹했다. 후회에 사로잡혀 말로 표현할 수 없는 공포를 맛보았다.

그가 이런 굴 안에 있는 것은 물론 아무도 모른다. 이대로 여기서 빠져죽어도 아무도 시신을 찾아주지 않을 것이다. 그의 시체는 이 어둡고 찬 수중동굴 속을 영원히 떠돌 것이다.

사요가 걱정하겠지…….

미친 듯이 자신을 찾아다니는 누나의 모습이 뇌리에 선명하게 떠올랐다. 쓰루코의 정신 상태도 지금보다 악화될 게 틀림없다.

미안…….

더는 견딜 수 없었다. 이제 한 번 더 숨을 내뱉으면 반사적으로 들이쉴 것이다. 물을 잔뜩 마시고 눈 깜짝할 새 빠져죽을 것이다.

어머니…….

눈을 감는 순간 어머니의 얼굴이 보였다. 어머니는 미소 띤 얼굴로 왜 그런지 보일 듯 말 듯 고개를 내젓고 있었다. 뭐라고 중얼거린다. 무슨 말인지 들리지 않아 가까이 다가간 찰나, 쇼이치의 머리가 수면 위로 올라왔다.

헉, 헉, 헉, 헉…….

캄캄한 굴속에 거친 숨소리가 한동안 울려퍼졌다. 구사일생으로 살아난 모양이었다. 하지만 호흡을 가다듬는 게 고작이라 좀처럼 실감이 나지 않았다. 서서히 호흡이 정상으로 돌아오면서 가슴속에 안도감이 서서히 밀려들었다.

그제야 손전등으로 주위를 비추면서 자신이 있는 곳을 살펴볼 여유가 생겼다.

쇼이치가 얼굴을 내민 곳은 수중동굴 천장에 난 작은 굴이었다. 평평한 바위가 마치 계단식 밭처럼 왼쪽에서 오른쪽으로 포개지며 올라갔다. 다섯 단 중 맨 꼭대기 단이 가장 넓었는데, 어디까지나 자연히 생긴 듯했다. 왼편 대각선 뒤쪽으로 사람이 들어갈 수 있을 듯한 굴이 보였다. 처음에 있었던 공간의 구멍은 저곳으로 통하는 게 틀림없다. 그 굴 맞은편, 왼편 대각선 앞쪽에도 또 다른 굴이 있었다. 동굴은 더 계속되는 모양이었다.

쇼이치는 일단 뭍으로 올라와 바위에서 잠시 쉬기로 했다. 이 앞으로 더 갈 것인지 생각해볼 필요가 있다. 그렇게 판단했을 때 앞쪽에서 소리가 들렸다. 안으로 이어지는 구멍 언저리에서 움직이는 기척이 느껴졌다. 반사적으로 손전등으로 그쪽을 비추었다.

귀녀가 있었다.

어둠 속에서 얼굴을 쑤욱 내밀고 그를 쳐다보고 있었다.

허둥지둥 물속으로 잠수하자 몸이 빙그르 도는 바람에 방향을 알 수 없어졌다. 그래도 도망치려고 헤엄치자 동굴 폭이 점차 좁아져 이윽고 더는 갈 수 없게 됐다. 쇼이치는 자신이 안쪽으로 더 들어왔다는 것을 깨달았다.

그래, 연줄이 있었지!

만일을 위해 여기까지 연줄을 풀면서 왔다. 그것을 잡고 따라가면 원래 있던 곳으로 확실하게 돌아갈 수 있다. 하지만 거기까지 숨을 참고 갈 수는 없다. 한 번 더 물 위로 떠올라 공기를 충분히 마셔야 한다.

손전등 불빛으로 천장의 구멍을 찾아낸 쇼이치는 그곳으로 얼굴을 내밀었다. 그러나 공기를 마시기도 전에 숨이 멎었다.

귀녀가 바로 위에서 내려다보고 있었다.

눈이 마주쳤다. 아마 그랬을 것이다. 상대방의 두 눈이 캄캄한 어둠이었던 탓에 잘 알 수 없었지만 그를 꼼짝 않고 보고 있었다.

멎었던 숨을 토해낸 순간, 쇼이치는 반 광란 상태에 빠질 뻔했다. 비명인지 절규인지 알 수 없는 소리가 입 밖으로 터져나왔다. 당장이라도 귀녀가 웃을 것이라 생각하니 물에 젖은 머리카락이 주뼛 곤두설 듯한 공포가 밀려들었다. 그 소리를 듣지 않으려고 아우성쳤다.

그런데 귀녀가 움직였다. 얼굴이 더 가까이 다가오고 좌우에서 손이 뻗어왔다. 그를 잡으려는 것이다. 그것을 깨닫고 정신이 든 쇼이치는 숨을 크게 쉬고 물속으로 들어가, 연줄을 따라 뒤도 돌아보지 않고 도망쳤다. 올 때와는 달리 금세 돌아갔다. 거리도 매우 짧게 느껴졌다. 만일을 위해 켜둔 촛불도 금방 발견했다.

뭍으로 올라와 주저앉았다. 호흡에는 여유가 있었지만 심장이 빠른 속도로 뛰었다. 정신적 충격이 너무 컸다. 산속에서 귀녀와 만나기만 해도 무서울 텐데, 이런 동굴 안에서, 그것도 그런 상황에서 마주쳤으니 자칫하면 심장마비를 일으켰을지도 모른다.

어쨌든 물속으로 들어오지 않아서 다행이야…….

귀녀가 따라왔다면 그것으로 끝장이었을 것이다. 지금쯤 수중동굴에 붙들려 물에 빠뜨려지든, 안쪽 공간으로 끌려가 심한 꼴을 당하든 했을 것이다.

정말 아슬아슬했어.

쇼이치가 구사일생이었음을 실감하는데, 무슨 소리가 들린 듯했다. 가만히 귀를 기울여보자 역시 안쪽에서 소리가 들렸다. 소리가 점차 이쪽으로 다가오는 것을 알 수 있었다.

귀녀가 쫓아왔구나!

쇼이치는 몸이 젖은 것도 아랑곳없이 재빨리 옷을 입은 뒤 손전등을 움켜쥐고 달아났다. 외길이니 길을 잃을 염려는 없다. 넘어지지 않도록 발치에 주의하며 걸음을 서둘러 굴 밖을 향했다. 이 정도면 따라잡힐 염려는 없겠다고 안심했을 때였다.

쇼이치…….

캄캄한 굴속에서 자신을 부르는 섬뜩한 목소리가 들려왔다. 등골이 오싹해 그 자리에 얼어붙고 말았다.

나, 날 안다고?

귀녀가 산신 님의 화신이라면 그쯤은 당연할지 모른다. 하지만 그는 이루 말할 수 없는 충격을 받았다. 뭐든 다 알고 있으니 도망칠 수 없다는 체념이 들었다. 그러는 사이에 뒤에 있는 굴속에서 기척이 다가왔다. 우두커니 서 있는 그를 그것이 쫓아온 것이다.

얄궂게도 그 덕분에 쇼이치는 정신이 번쩍 들었다. 현실적으로 닥쳐드는 공포가 관념적인 두려움보다 강했기 때문이다. 다시 움직이기 시작한 그는 굴 밖으로 나올 때까지 빠른 걸음으로 나아갔다. 밖으로 나와서는 뛰기 시작했다. 얼룩조릿대가 우거진 비탈에서 짐승길로 건너가 단숨에 달려내려갔다. 좌우지간 귀녀의 영역인 뒷산에서 한시라도 빨리 벗어나고 싶었다.

기슭의 덤불에서 빠져나온 쇼이치는 그제야 속도를 늦추었다. 걸으며 뒤를 돌아보자 산이 보고 있었다. 뒷산이 그를 내려다보고 있었다. 산속에서 사냥을 한 게 아니어서 무사했는지도 모른다. 그래서 귀녀가 웃지 않았다. 그런 생각이 들었다.

어깨를 축 늘어뜨리고 발을 질질 끌며 겨우 미즈시 가로 돌아왔다. 사요코나 도메코에게 들키지 않게 주의해서 욕탕으로 갔다. 살에 들러붙은 옷을 벗고 몸을 씻는데 하필이면 쓰루코에게 들키고 말았다.

"앗…… 어, 음……"

변명할 거리가 생각나지 않아 머릿속이 새하얘졌다.

"어머나, 쇼 짱, 더워서 씻는 거니?"

다행히 큰누나가 먼저 알아서 해석했다. 옷뿐 아니라 속옷까지 젖었으니 원래라면 이상하게 생각해야 할 텐데, 오히려 갈아입을 옷까지 갖다주었다. 남동생을 돌봐줄 수 있어서 즐거워 어쩔 줄 모르겠다는 태도였다. 실제로 그 무렵의 큰누나는 정신에 이상이 생기기 전 같은 모습이었다.

동굴에서 한 모험에 관해 얼마 동안은 사요코에게 말하지 않았다. 혼자 위험한 짓을 하지 말라고 야단맞을 염려가 있었기 때문이다. 원래 누나와 의논하지 않고 실행에 옮긴 것은 다 컸다고 인정받고 싶어서였는데, 그런 마음도 어디론가 사라지고 없었다. 지금은 좌우지간 혼날까봐 무서웠다. 그러나 언제까지고 감출 수도 없다. 일주일쯤 지났을 때 용기를 내서 이야기했다.

"어째 요새 이상하다 싶더라니."

사요코는 화를 내기 전에 이제야 이해가 된다는 표정을 먼저 보였다. 그러나 금세 얼굴이 험악해졌다.

"그렇지만 쇼이치, 이젠 광에도, 뒷산에도 가까이 가지 않는 게 좋겠어."

"왜?"

"널 데려갈 수도 있으니까."

"……."

"또 뭐 이상한 거 본 건 없고?"

사요코의 시선을 받고, 아오타 촌의 미쿠마리 신사에 갔다 오는 길에 꺼림칙한 논과 윗다리에서 진흙녀와 팽것을 마주쳤던 일을 이야기했다.

"역시 그렇구나. 쓰루 언니랑 넌 어머니한테 힘을 물려받았다고 했는데, 넌 그런 묘한 것들을 보게 되는 모양이지."

"응……."

"보이기만 하는 거면 문제없지만, 자꾸 그런 것들에 관여하다 보면 너도 영향을 받을 위험이 있어. 그러다가 저쪽에서 널 부를지도 몰라."

"따라가면 어떻게 되는데?"

"아마 두 번 다시 못 돌아오겠지. 설사 돌아와도 그건 진짜 네가 아닌 다른 어떤 거 아닐까."

누나의 그런 생각은 보아하니 어머니에게 물려받은 것인 듯했다. 시게조가 이야기하는 온갖 괴이담이 그에 더해져 한층 보강되었다.

쇼이치는 외눈 광에도, 뒷산에도 절대로 접근하지 않겠다고 약속했다. 굴은 그렇다 치고 광은 쓰루코와 무슨 관계가 있지 않을까 싶었지만, 그런 경험을 하고 나니 당분간은 피하고 싶었다. 미즈시 가의 첫번째 별채를 지나 그 남쪽 일대에는 한동안 발을 들여놓기 싫다는 게 본심이었다.

사요코에게는 말하지 않았지만 스이바 신사의 류마에게도 전부 이야기했다. 외눈 광 일 이래로 종종 찾아가면서 두 사람은 자연히 친해졌다. 아버지라기에는 다소 젊고 형이라기에는 나이 차가 너무 많이 났지만 묘하게 죽이 맞았다. 균형이 유별난 친구 사이라 할 수 있었다.

"뒷산의 수중동굴이라니 대단한데. 그나저나 너, 용케 그런 곳에 잠수했구나."

류마가 감탄하는 것을 듣고 쇼이치는 우쭐했다. 기묘하게도 또래 아이들에게 자랑하는 기분과 똑같았다.

"후타에 산의 진신 호에서 흘러오는 물일까요?"

"그건 틀림없을 거다. 류지가 일부러 외눈 광까지 끌어오는 걸 보면."

"역시 할아버지가……."

"그밖에 또 누가 있다는 거냐? 뭐, 류이치는 알고 있었을 수도 있겠지. 지금은 류조가 알 테고."

"하지만 왜요?"

"몰래 미즈치 님을 모시는 거야. 본당하고 별도로. 그래서 미즈시 신사가 다른 세 신사보다 힘이 센 게 아닐까, 난 그렇게 보는데……."

"그럼 혹시 다쓰키치로 신관님도요?"

"그 영감은 더 많은 걸 간파하고 있을걸."

"외눈 광의 정체는 알았어요?"

이 질문을 하면 류마는 늘 대답을 하지 못했다. 자기 나름의 생각이 뚜렷이 있는데 그것을 뒷받침할 증거가 없기 때문이다. 그는 준비를 완전히 갖추고 미즈시 류지를 규탄할 작정이었다. 실은 쇼이치에게 광의 존재를 가르쳐준 것도, 그렇게 해서 무슨 단서를 얻을 수 있지 않을까 해서였다고 나중에 고백했다.

그런 말을 들어도 화는 나지 않았다. 오히려 협조할 마음이 들었다. 처음에는 이용당한 것이었지만 지금은 진짜 친구였다. 게다가 본인은 농담처럼 말하지만 보아하니 류마는 누나들을 좋아하는 듯했다. 처음에는 쓰루코뿐이었으나 지금은 사요코에게도 마음이 있는 것 같다. 자신의 눈이 틀림없다.

"쓰루코는 올해 열아홉이던가."

"사요는 열여섯이에요. 세 살 차이니까 어느 쪽을 색시 삼아도 이상할 거 없어요."

"바, 바보, 그런 말이 아니라."

평소에는 뚱한 류마가 누나들 이야기만 나오면 표정이 풍부해졌다. 그러나 이때는 정말 진지하게 할 이야기가 있었던 듯했다.

"사요코랑 넌 미즈시 가에서 살기 시작해서 지금까지 쓰루코의 안전을 걱정했지만, 앞으로 이 년 동안 특히 더 주의해야 해."

"뭐가 다른데요?"

"예녀 역할을 맡는 무녀는 스무 살 이하의 숫처녀여야 하거든. 그거하고 마찬가지로 생각해도 되는 건지 모르겠지만, 만약 쓰루코한테 무슨 일이 생긴다면 아마 스물한 살이 되기 전일 거다."

"할아버지 말이에요?"

"아마 그렇겠지."

류마의 이런 충고, 일종의 예언은 이듬해 6월에 적중하게 된다. 다만 그 내용은 아무도 예상하지 못한 뜻밖의 것이었다. 류마조차 기절초풍했다.

류마의 예언이 있은 지 대략 열한 달이 지난 어느 날, 저녁식사 자리에서 류지가 별안간 발표했다.

"쓰루코가 시집갈 데가 정해졌다. 우리하고 연고가 있는 먼 곳의 신사야. 상당히 엄격한 집안이니 시집가면 미즈시 가로 두 번 다시 못 돌아와. 그야말로 살아선 영영 못 만나는 거다."

"……."

사요코도 쇼이치도 할 말을 잃었다. 그런 말은 큰누나에게 한마디도 못 들었다. 아니, 애초에 본인도 지금 처음 안 게 아닐까.

"잠깐만요. 저희는 그런 말 지금 처음 듣는데요. 뭣보다 쓰루 언니 자신이……."

누나가 항의했다.

"쓰루코는 다 알고 있는 일이야."

류마가 만족스러운 웃음을 지으며 믿기지 않는 소리를 했다.

"그럴 리가……."

사요코와 쇼이치가 저도 모르게 쳐다보자 쓰루코는 다정하게 미소를 지으며 말했다.

"미리 말 안 해서 미안해. 하지만 이 혼담은 실은 칠 년 전부터 있었던 이야기거든. 어머니는 반대하셨지만 난 좋은 이야기라고 생각했었어."

그날 밤 두 남매가 쓰루코를 추궁한 것은 말하나마나다. 하지만 어디에 있는 무슨 신사의 어떤 남자와 결혼하는 것이냐고 물어도 큰누나는 제대로 대답하지 못했다. 모르는 것이다. 그 사실을 지적하자 "전부터 정해져 있었던 일이야" 하며 쓸쓸하게 웃었다. 류지가 억지로 정한 혼담은 무효라고 부정하는 동생들에게 "나도 승낙했어"라고 했다. 그런데 아무것도 모른다는 것은 이상하다고 지적해도 "옛날에는 다 그랬다고 하잖니. 부모가 전부 정하고 본인은 결혼식 당일에야 남편의 얼굴을 봤대" 하고 얼버무렸다.

급기야 사요코가 발칵 화를 냈다.

"난 그런 말도 안 되는 이야기, 절대로 인정 못해! 쓰루 언니, 혹시 우리를 위해 희생할 생각이라면……."

그러자 쓰루코는 천천히 고개를 저었다.

"그런 게 아냐. 너희 둘 다 걱정 안 해도 돼. 음, 고생은 좀 할지 모르지만 행복해질 수 있을 것 같아."

"뭐?"

이 말에는 솔직히 둘 다 놀랐다. 결코 거짓말을 하거나 적당히 둘러대는 것처럼 보이지 않았다. 애초에 큰누나는 그런 일을 못한다.

"쓰루코 누나, 신의 신부가 되는 거야?"

쇼이치는 저도 모르게 핵심적인 질문을 했다.

"그런 걸까…… 하지만 역시 아닐 거야."

"무슨 뜻이야?"

"그런 어려운 건 난 몰라……."

"외눈 광 알아?"

"어째 무서운 이름이긴 한데, 난 모르겠는걸."

"먼 곳에 있는 신사로 시집간다는 건 거짓말이고 사실은 광에 갇히는 거 아냐?"

"어머나, 쇼 짱, 그런 걱정을 했던 거야? 대체 어쩌다 광이란 생각을 했을까? 나쁜 장난을 친 어린애가 벌 받는 것 같네."

자꾸만 이야기가 어긋나는데, 그렇다고 쓰루코가 시치미 떼는 것 같지는 않았다. 정말 모르는 것이다. 즉 쇼이치가 뚱딴지같은 질문을 했다는 뜻이다. 다쓰키치로와 류마, 쇼이치가 각각 했던 걱정들은 결국 단순한 망상이었을까.

쓰루코가 구체적인 이야기를 전혀 하지 않으니 아무리 이야기해도 결론이 나지 않았다. 언니의 기묘한 태도가 이해되지 않는 것은 사요코도 마찬가지인 듯했다. 하지만 그녀 역시 그 이상 어떻게 추궁하면 좋을지 몰라 곤혹스러운 눈치가 역력했다. 밤이 이슥해져 두 남매는 하는 수 없이 쓰루코의 방에서 나왔다.

최악의 사태는 피할 수 있었는지 모르지만 이대로 그냥 두고 볼 수는 없다는 게 사요코와 쇼이치의 결론이었다. 시집가는 것은 사흘 뒤라고 했다. 아무런 준비 없이 몸만 가지고 가는 모양이다. 역시 아무리 생각해도 이상하다. 두 남매는 어떻게든 쓰루코를 지키자고 결심했다.

그날 밤 쇼이치는 가위에 눌려 잠에서 깼다. 만주 꿈을 꾼 것 같은데 잘 기억나지 않았다. 좌우지간 무서웠다. 그래서 깼을 것이다.

다시 자려고 눈을 감으려다가 천장이 마음에 걸렸다. 어쩐지 이상하다. 어둠 속에서 뭐가 움직이고 있다. 큰 거미인가 했는데 아무래도 아닌 것 같았다. 천장널에서 뭐가 꿈틀거리는 게 아니라 천장 자체가 변화하고 있는 게 아닌가. 그것을 깨달은 순간 뻥 뚫린 구멍이 보였다. 천장널 한 장이 빠져 정사각형 구멍이 나 있었다.

그 구멍으로 잘린 머리가 쑥 나왔다. 여자가 쇼이치를 내려다보았다. 별안간 잘린 머리가 내려왔다. 아니, 정확히는 뻗어왔다. 천장 구멍에서 쇼이치의 얼굴 앞까지 그것이 단숨에 쑤우욱 내려온 것이다.

잘린 머리가 다가오는 동안 내내 마주 보고 있었다. 그래서 도중에 그것이 인간의 눈이 아니라 파충류의 눈이 아닐까 하는 생각이 잠시 들었다. 그러나 그것을 확인하기 전에 기절하고 말았다. 하지만 의식이 흐려지던 중 눈앞까지 내려온 여자의 잘린 머리가 속삭인 말은 가까스로 들을 수 있었다.
  누나가 죽어…….

9

미즈시 류지, 노발대발하다

"앗, 선생님!"
 미즈시 가 쪽에서 비명이 들리기 무섭게 소후에 시노가 말릴 틈도 없이 도조 겐야는 뛰기 시작했다.
 "실례합니다!"
 큰 소리로 인사하며 본채로 들어가 신발을 벗고 외침이 들렸다고 생각되는 방향으로 복도를 달려갔다.
 "비명이 들린 게 어느 방인지 아십니까?"
 도중에 별안간 나타난 낯선 사내를 보고 눈을 희번덕거리는 젊은 하녀에게 냉정하게 물어 쓰루코라는 여자의 방인 듯한 안쪽 방으로 향했다.
 복도를 돌아 바로 활짝 열려 있는 장지 앞에 이르자, 그곳에 있던 세 사람이 겐야를 보고 동시에 흠칫 놀랐다. 그러나 기겁한 것은 겐야 쪽이었다.
 방 중앙에 열일여덟쯤 되어 보이는 살빛이 희고 청초한 기모노 차림의 소녀가 모로 앉은 자세로 쓰러져 있었다. 그리고 그 옆에 육십 대 중반쯤 된, 여위었지만 군살을 모두 깎아내고 몸을 단련한 느낌에 눈빛이 날카로운 노인이 그녀의 헝클어진 긴 머리채를 움켜쥐고 버티고 서 있었다. 노인이 머리를 묶은 부분을 잡고 소녀를 이리저리 끌고 다닌 것처럼 보였다.

방 안 오른쪽 구석에 쓰러져 있는, 소녀와 비슷한 또래로 보이는 청년은 노인이 소녀에게 폭력을 휘두르던 중에 뛰어들어 구하려고 했으나 싱겁게 나가떨어지고 만 것처럼 보였다.

게다가 처음에는 노인에 가려 보이지 않았는데, 소녀의 자매일 듯한 또 한 소녀와 둘의 남동생인 듯한 열두 살쯤 된 소년이 서로 끌어안은 채 쓰러져 있었다.

눈앞의 광경은 마치 남녀노소 다섯 명이 각자 정해진 포즈를 취하고 있는 연극의 한 장면 같았다.

"뭐, 뭐, 뭐냐, 네놈은?"

노인이 놀라움에서 깨어나지 못한 채 물었다.

"처음 뵙겠습니다. 전 도조 겐야라고 합니다. 안내도 없이 멋대로 들어와서 죄송합니다. 실례지만 미즈시 신사의 류지 신관님이신지요?"

"앗…… 음, 그래."

"중요한 증의를 앞두고 이렇게 찾아뵙는 걸 허락해주셔서 감사합니다. 여기로 오기 전에 하미의 아름다운 전원 풍경을 찬찬히 둘러보고……. 아차, 이거 선 채로 실례 많았습니다. 편히 앉으시죠."

그렇게 말하며 겐야가 방 안으로 들어가 앉자, 류지는 "으음" 하고 신음하면서도 반사적으로 소녀의 머리에서 손을 떼고 그 자리에 앉았다. 쓰러져 있던 청년도 허겁지겁 몸을 일으켜 정좌했다. 그것을 본 소녀도 흐트러진 의복을 천천히 가다듬고 나서 똑바로 앉았고, 또 한 소녀와 소년도 그 뒤를 이었다.

"어, 음, 그런데……."

겐야는 이 성가신 상황에 어떻게 대처할 것인가 재빨리 머리를 굴리기 시작했다. 그러나 그가 그다음 말을 잇기도 전에 눈앞의 류지가 "예끼! 네놈들은 뭘 보고 있는 거냐!" 하고 빽 소리를 질렀다. 복도를 돌아보자 시노와 세이지, 다쓰조가 서 있었다. 그뒤에는 다른 신사의 신관 및 관계자인 듯한 사람들의 얼굴도 보였다. 다들 흥미진진한 눈초리로 방 안을 들여다보고 있었다.

"너! 어이, 거기, 너!"

얼굴을 앞으로 되돌리자 류지가 분노한 표정으로 겐야를 노려보고 있었다.

"네? 저, 저 말씀입니까……."

"너라면 너지. 하도 갑작스러운 일이라 얼렁뚱땅 넘어갈 뻔했는데, 도대체 네놈은 뭐냐?"

겐야의 기습이 효과를 거두려던 차에 비명을 들은 사람들이 모두 복도에 모여들고 말았다. 그 모습을 본 류지가 단번에 정신을 차린 모양이다.

"저, 그러니까 전……."

"시, 신관님, 이 분은……."

겐야가 순간적으로 대답하지 못하고 있으려니, 세이지가 복도에 선 채 주뼛주뼛 도조 겐야와 소후에 시노를 소개하고 두 사람이 온 경위를 설명했다.

"아아, 그거 말이군."

그제야 이해한 모양이었지만 류지가 겐야를 대하는 태도는 조금도 달라지지 않았다. 애초에 아부쿠마가와의 부탁도 별로 의미가 없는 눈치였다. 류지에게는 아부쿠마가와의 본가인 신사의 후광도 통하지

미즈치처럼 가라앉는 것 **267**

않는 모양이다.

다만 시노에 대해서는 아주 엉큼한 눈으로 바라보았다. 순식간에 그녀의 목덜미에 소름이 쫙 돋았을 정도로 추잡한 눈초리였다. 하지만 그것도 한순간이었다.

"난 지금 바빠."

"하지만 신관님…… 두 분은 도쿄에서……."

"세이지, 댁은 지금 그런 소리를 할 때가 아닐 텐데."

"그게 무슨……."

"댁의 아들놈이 저지른 불상사를 대체 어떻게 할 건가!"

"네?"

보아하니 방 안의 청년은 세이지의 아들인 모양이다. 그가 서 있는 위치에서는 샛장지에 가려 보이지 않는 듯했다.

"이런, 가이지 아니냐. 네가 왜……."

장지 앞으로 다가온 세이지가 방 안을 들여다보고 놀라 말했다.

"뭐라고, 가이지가 있느냐?"

그러자 복도에 있던 사람들 중 가장 나이가 많은 노인도 앞으로 나오기에, 겐야는 두 사람에게 자리를 내주고 복도로 돌아왔다. 십중팔구 세이지의 아버지요, 미즈치 신사의 신관인 다쓰키치로일 것이다.

다쓰키치로는 겐야에게 정중히 고개를 숙여 인사한 다음 류지와 마주 보고 정좌했다. 그러나 얼굴은 오른쪽에 앉은 가이지를 보고 있었다.

"네가 왜 여기 있느냐?"

"다쓰키치로 씨, 댁의 손자가 글쎄 기가 막힌 일을……."

"미안하지만 난 이 애한테 묻는 거네."

온건한 말투였지만 류지의 입을 다물게 하기에 충분한 기백이 느껴졌다.
"자, 어디 이유를 들어볼까."
가이지는 할아버지의 얼굴을 보면서도, 류지에게 힐끔힐끔 겁에 질린 시선을 던지는 한편 도움을 청하는 눈길로 아버지를 바라보았다. 그러나 다쓰키치로가 끈기 있게 질문을 계속하자, 이윽고 띄엄띄엄 대답했다.
"쓰, 쓰루코 씨를……."
쓰루코란 류지가 머리채를 잡고 있던 소녀이고 이곳은 그녀의 방이라 생각해도 될 듯했다.
"호오, 쓰루코 양을?"
"구, 구, 구하러 왔습니다."
"으음……."
다쓰키치로는 낮게 신음하더니 천장을 올려다보았다. 아무리 기다려도 계속 그러고 있으니, 급기야 류지가 더는 못 참겠는지 입을 열었다.
"댁의 손자가 우리 집 쓰루코를 납치하러 온 거야. 그것도 시집가기 전날."
"가이지, 그 말이 사실이냐?"
"아뇨, 같이 달아나려는 거예요."
다쓰키치로가 묻자 청년은 고개를 흔들었다.
"코흘리개 미성년자 주제에 같이 달아나긴! 네놈은 쓰루코를 호릴 작정이었던 거 아니냐!"
"그래, 쓰루코 양은?"

미쳐 날뛰는 류지와는 대조적으로 다쓰키치로는 어디까지나 침착하게 또 다른 당사자의 말도 들어보려 했다. 그러나 쓰루코는 어쩐지 넋이 빠진 사람처럼 멍한 표정으로 앉아 대답하려 하지 않았다.

얼마 동안 그녀를 관찰한 겐야는 이번 소동의 충격 탓이라기보다 원래 정신적으로 조금 미숙한 듯하다고 판단했다.

다쓰키치로가 손자를 대할 때 이상으로 참을성 있게 질문하자, 쓰루코가 겨우 "가이지 씨와 함께……" 하고 중얼거렸다. 그러고는 새빨개진 얼굴을 양 소매로 가렸다.

"그 말은, 둘이 같이 달아나기로 약속했다는 뜻이군?"

"내가 그런 걸 용납할 것 같아?"

다쓰키치로의 말에 곧바로 류지가 대들었다.

"이런 걸 자유연애라고 하던가?"

별안간 다쓰키치로가 말을 시키는 바람에 겐야는 화들짝 놀랐다. 실례되는 말이지만 여든 살 넘은 인물이 자유연애라는 표현을 썼다는 것도 놀란 이유 중 하나였다.

"그, 그렇죠. 양쪽 모두 상대방에 대해 연애 감정을 갖고 있다면 서로 사랑하는 사이인 셈이니까요."

"흠흠, 그렇지."

"자유연애는 무슨. 댁의 손자 녀석이 나한테 말도 없이 쓰루코를 데리고 나가려고 한 거라고."

또다시 사납게 대드는 류지를 다쓰키치로는 완곡히 달래며 말했다.

"아닌 게 아니라 같이 달아난다는 건 그다지 칭찬할 만한 수단은 아닐 수 있어. 다만 쓰루코 양이 워낙 세상물정 모르고 살아왔으니 달리 방법이 없었겠지."

겐야는 어라 싶었다. '세상물정 모르고 살아왔다'고 말한 다쓰키치로의 어조가 어쩐지 마음에 걸렸다. 안쪽에 있는 소녀와 소년이 그 말에 또렷이 고개를 끄덕인 것도 신경 쓰였다. 보아하니 무슨 사정이 있는 모양이다.

"류지 씨, 댁이 노여워하는 것도 지당하지만 젊은 애들이 실수했다 생각하고……."

"저 애새끼 때문에 쓰루코가 헌것이 됐다고."

"뭘 또 그렇게 과장되게……."

"과장되다니! 이제 시집도 못 갈 몸이 됐는데!"

다쓰키치로와 세이지가 숨을 훅 들이마시는 게 느껴졌다. 순식간에 방 안과 복도가 조용해지고 거북한 침묵이 흘렀다.

류지가 격노하는 이유의 태반은 그것인 듯했다. 서로 사랑하는 사이라느니 같이 달아나려고 했다는 사실보다, 그의 표현을 빌리자면 헌것이 됐다는 게 무엇보다도 용서할 수 없는 일인 셈이다. 아닌 게 아니라 내일 시집가야 하는 몸이라면 그럴 만도 하다. 하지만 당사자인 쓰루코는 결혼에 대해 납득했던 건가. 아니, 그렇다면 도피를 한다는 건 있을 수 없는데. 애초에 혼사 자체가 어쩐지 마음에 걸린다. 겐야는 그런 생각이 들었다.

그러자 다쓰키치로가 바로 그 문제를 언급했다.

"우리도 바로 어제에야 쓰루코 양이 내일 시집간다는 소식을 들었네. 아무리 그래도 너무 갑작스러운 게 아닌가."

"혼사는 이미 몇 년 전부터 정해져 있었어. 날짜는 저쪽 사정 때문에 그리된 거고."

"저쪽이란 건 어디 있는 무슨 신사인가?"

"그건 가르쳐줄 수 없고. 좀 특별한 신사라 말이야."

"우리 수리조합 사람들한테도 말인가."

"그래. 미안하게 됐네."

일단 사과하는 자세를 보이기는 했지만 그 이상은 어림없을 듯했다.

"그렇지만 예전 같으면 또 몰라도 요새는 본인의 의사를 존중해야 하는 게 아닌가."

"다쓰키치로 씨, 지금 손자가 한 짓을 정당화하려는 건가?"

"아니, 그 이전에 쓰루코 양이 그걸 받아들였다는 사실이 뭣보다 중요한 게 아니겠나. 즉 쓰루코 양은 내일 시집갈 마음이 전혀 없다는 뜻이지."

"데려다 길러준 은혜도 모르고."

류지가 밉살스럽다는 표정으로 쓰루코를 노려보았다.

"자, 그러지 말고 본인들 말도……."

"그게 다가 아니야. 쓰루코는 시집가기 전에 내일 중의에서 예녀로서 소임을 다했어야 했다고. 그런데 이렇게 된 걸세."

"지금까지 했던 것처럼 아오야기 가에 부탁하면 되잖나."

아부쿠마가와의 설명에 따르면, 아오야기란 대대로 미즈치 님 제의에서 춤을 출 무녀를 배출해온 사요 촌의 전 촌장 집안이다.

"흥, 그런 사이비 무녀는 필요 없어."

그러자 다쓰키치로의 어조가 또다시 변했다.

"그것참 이상한 소리를 다 듣는군. 아오야기 가는 대대로 딸들이 미즈치 님 제의에서 예녀 역할을 맡아온, 말하자면 정통 가계가 아닌가. 그런 걸 사이비라니……."

"사이비는 사이비지. 그 집 딸은 무녀 수행도 제대로 안 했는데."

"호오. 쓰루코 양은 수행을 했고?"

"……."

류지가 대꾸하지 못했다. 보아하니 쓰루코도 마찬가지인 듯했다. 그것을 입증하듯 안쪽의 소녀와 소년이 이번에는 고개를 가로저었다. 그렇다면 왜 아오야기 가의 딸보다 쓰루코가 무녀로 적합한 것인가.

다쓰키치로는 의미심장한 말에 이어 몸을 앞으로 내밀었다.

"류지 씨. 아무리 저쪽 사정 때문이라지만 쓰루코 양의 결혼이 하필이면 미즈치 님 제의와 같은 날이라는 게 난 우선 이해가 안 되는군. 게다가 시집가기 전에 구태여 예녀를 시키는 것도 이상하지 않나. 혹시 쓰루코 양한테 신부나 예녀가 아닌 뭔가 다른 역할을 시키려는 게 아닌가?"

겐야는 앗 하고 소리칠 뻔했다. 다쓰키치로는 미즈치 님 제의에서 미즈시 신사가 다른 세 신사보다 우위에 있는 이유 그 자체에 관한 말을 하는 게 아닐까.

그렇다면 외눈 광인가.

쓰루코는 그 광 안에서 어떤 중요한 역할을 수행할 예정이었다. 즉 결혼 이야기는 위장이다. 이 역할은 아오야기 가의 딸에게 부탁할 수 없을 만큼 매우 특수한 내용이라 대신할 사람을 간단히 찾을 수 없다. 그렇기에 류지는 격노했다. 하지만 진짜 이유를 말할 수 없으니 더더욱 노여움이 치밀어 화를 가라앉히지 못하는 게 아닐까.

외눈 광이 어째서 존재하는지, 그 비밀을 수리조합에서도 모르는 모양이다. 어렴풋이 눈치채고는 있지만 상대가 미즈시 신사의 류지다 보니 따져 묻지 못하는 것이리라.

하지만 자기 딸에게 그런 일을…….

용케 시키려 했다고 생각하다가, 류지와 쓰루코는 친 부녀지간이 아니라 다른 관계일지 모르겠다는 생각이 떠올랐다.

류지는 금세 태세를 바로잡았다.

"댁들이 감 놔라 배 놔라 할 일이 아냐. 어느 신사가 의식을 담당할지 정하는 건 수리조합이지만, 그다음부터는 해당 신사의 문제지. 어떻게 하면 미즈치 님께서 기뻐하실지 생각하는 게 하미 땅 신사의 소임 아닌가."

"그건 그렇지만……."

"그러기는커녕 신관이 미숙해 중대한 의식을 망치는 걸 생각하면, 시행착오를 하면서 이것저것 해보는 건 오히려 칭찬 받을 일이지."

"이거 봐, 류지 씨……."

다쓰키치로가 무슨 말을 하려 했을 때, 뒤에서 이를 부드득 가는 소리가 났다. 돌아보자 미쿠마리 다쓰조가 입을 한일자로 굳게 다물고 류지를 노려보고 있었다.

그러나 당사자는 모른 척했다. 뿐만 아니라 이어서 또 밉살맞은 소리를 지껄였다.

"의식엔 성공했어도 미즈치 님의 입에서 흰 손이 나왔다느니, 호수 속에 팽것이 있었다느니 하고 수선을 피워선 미숙하단 소리를 들어도 별수 없지."

복도에는 류마의 아버지 스이바 류코로 보이는 칠십대 중반의 노인도 있었다. 벌컥 화를 내겠거니 했는데, 반대로 부끄럽다는 듯 시선을 떨어뜨렸다. 미쿠마리 다쓰조와는 대조적인 모습이었다.

복도를 등지고 앉은 다쓰키치로에게는 그런 두 사람의 모습이 보이지 않았을 것이다. 그런데도 그는 느긋한 태도를 그대로 유지한 채

"뭐, 우리가 하는 수행은 나이하고 상관없이 계속되니 말이네. 그런 의미에선 한평생 미숙하다 할 수 있겠지"라는 말로 류지의 비난을 받아넘겼다. 그러더니 갑자기 진지한 어조로 말을 이었다.

"그렇지만 의식을 성공시키기 위해 무슨 일이든 다 해도 된다는 말은 아니야."

"그건 각 신사에서 판단할 일이지."

"아니, 경우에 따라선 수리조합에서 의견을 모을 필요가 있어."

"다른 사람들 의견이 필요할 것 같으면 해당 신사에서 의제를 제출하겠지."

"그걸 않고 알아서 행동하는 걸 조합에서 묵과할 수 없다는 이야기네."

"그런 건 내정간섭이야."

둘이 말씨름을 벌이는데, 다쓰조가 중얼거렸다.

"우리 신사만 의식 도중에 신남이 죽은 게 아니야."

다쓰키치로와 류지가 입을 다물고 모든 사람이 일제히 다쓰조를 돌아보았다.

"문헌을 보면 과거에도 의례 중에 진신 호에서 행방불명이 되거나 의식을 마치고 나서 죽은 신남의 사례가 있어."

그러더니 그는 또다시 류지를 노려보며 말했다.

"가장 최근 사례는 댁네 류이치가 아니던가?"

"닥쳐! 그때는 분명히 비가 왔어. 의식은 성공했다고! 네놈 아버지는 행방불명됐을 뿐 아니라 의식도 실패했잖아. 의식 도중에 사고로 미즈치 님의 입에 빨려든 게 아니라 실은 겁나서 도망친 거 아니야?"

"뭐, 뭐, 뭐야?"

너무나도 거센 노여움에 다쓰조의 몸이 부들부들 떨리기 시작했다. 류지는 한층 밉살스럽다는 어조로 말을 이었다.
 "덕분에 그 무더위에 마을 사람들이 일주일씩이나 삿갓에 머릿수건을 쓰고 도롱이까지 입고 다 같이 기우를 해야 했다고. 그래서야 우리가 왜 미즈치 님을 모시는 건지 알 수 없는 일이야."
 "하, 한 번 실패했다고……."
 "아니지, 네놈네는 애초에 하미 땅의 신사로서……."
 "그만들 두지."
 "그래, 원래 문제는 가이지야. 하여간 애송이 주제에 하는 짓은 어른 뺨치는군. 그나저나 다쓰키치로 씨, 댁네 집안엔 대대로 우리 집 아이를 건드리란 교훈이라도 있는 건가."
 다쓰키치로가 끼어들자 류지는 곧바로 공격 방향을 노인에게로 틀었다.
 "무, 무슨 바보 같은 소리를……."
 울컥해서 부정하는 다쓰키치로 곁에서 세이지의 안색이 달라졌다. 즉 가이지의 아버지인 세이지도 젊었을 적 미즈시 가의 딸과 사랑하는 사이가 되어 같이 도망치려 했다는 뜻일까. 그렇다면 쓰루코는 역시 류지가 초로가 지나 얻은 딸인가.
 이곳에서 벌어지는 소동에 자신이 휘말릴 것 같은 예감이 더욱 강하게 들어 겐야는 당황했다. 증의가 실패할 경우 마을 사람들이 삿갓과 머릿수건과 도롱이를 쓰고 기우를 하는 모양이라는 것을 알고 관심이 동했지만, 도저히 자세하게 물어볼 분위기가 아니었다. 오히려 어떻게든 싸움을 말릴 필요가 있었다.
 지푸라기를 잡는 심정으로 주위를 둘러보던 그의 눈에 마흔이 넘은 한 사내가 들어왔다. 방에 있는 사람들을 빈정거리는 시선으로 쳐다보는 류마 옆에 서 있었다.

류조 씨인가?

관계자 중에 안면이 없는 사람은 이제 류조 정도일 터였다. 나이로 봐도 미즈시 류조일 가능성이 높았다.

그렇지만 왜지?

겐야가 의아하게 생각한 것은 그의 표정이었다. 희미하게 웃음을 짓고 있다. 언제부터 소동을 보고 있었는지 알 수 없지만 웃음이 날 만한 상황은 없지 않았나. 그런데 그는 왜 그런지 기쁜 표정으로 미소를 짓고 있었다.

그때 류조로 여겨지는 남자 뒤로 나이 많은 여자가 보였다. 미즈시 가의 가족 같지는 않고 하인일까. 아마 류지에게 볼일이 있는 것이리라.

남자의 불가해한 웃음이 마음에 걸렸지만 지금은 사태를 수습하는 게 먼저라고 생각한 겐야는 일부러 큰 소리로 여자에게 말을 걸었다.

"무슨 일이시죠? 어느 분께 볼일이 있으신지요?"

모든 사람이 일제히 복도 뒤쪽을 돌아보자 여자는 순간 흠칫 놀란 듯했으나, 바로 아무 일도 없었다는 듯 억양이 없는 말투로 말했다.

"주인님, 저녁 진지가 준비됐는데요."

나중에 하녀 우두머리로 밝혀진 도메코라는 여자의 한 마디로 쓰루코를 둘러싼 소동은 뜻밖에 일단 막을 내렸다.

겐야가 보기에, 류지의 노여움은 전혀 풀리지 않았으나 그에게도 남들이 건드리기를 원치 않는 외눈 광이라는 문세가 있는 탓에 도메코의 말을 계기로 일단 한발 물러나는 듯했다.

"음, 일단 식사부터 할까."

류지의 무뚝뚝한 말에 모든 사람이 큰방으로 자리를 옮겼다. 도중에 복도에서 웃고 있던 남자에게 류지가 뭐라 말을 했다. 두 사람의 모습으로 겐야는 남자가 류지의 작은아들 류조임을 확신했다.

세이지의 안내로 겐야와 시노는 큰방 중간쯤에 앉았다. 그러자 바로 호화로운 상을 든 여자들이 잇따라 나타났다. 익숙한 동작으로 사람들 앞에 상을 놓자 순식간에 연회가 마련됐는데, 상석에 앉은 류지의 옆자리가 비어 있었다. 부인이 앉는 건가 생각하고 있으려니 말석 쪽이 술렁거렸다.

그때 큰방 상석에는 각 신사의 신관인 미즈시 류지, 미즈우치 다쓰키치로, 스이바 류코, 미쿠마리 다쓰조, 이렇게 네 명이 앉고, 이어서 도조 겐야와 소후에 시노, 그리고 세이지가 그 자리에서 소개해준 미즈시 류조—복도에서 웃고 있었던 남자가 맞았다—와 미즈우치 세이지 본인, 스이바 류마 등 다음 세대 세 사람, 그리고 마지막으로 방 안에 있던 소녀, 소년과 더불어 쓰루코와 가이지가 있었다. 술렁거린 것은 말석에 쓰루코와 가이지의 자리를 마련하기 위해서인 듯했다.

그것을 본 찰나, 겐야는 깨달았다. 류지의 옆자리는 본래 쓰루코 것이 틀림없다. 즉 그는 쓰루코라는 처녀를 그 정도로 중요하게 여긴다는 뜻이다.

류지에게 눈길을 주자, 그는 꼼짝 않고 말석을 바라보고 있었다. 당장이라도 성을 내는 게 아닐까 조마조마 해질 만큼 날카로운 눈초리였다. 하지만 이상하게도 그냥 지켜보기만 했다. 아니, 단순히 잠자코 보는 게 아니라 뭔가 속셈을 감춘 시선으로 그들을 보는 듯했다.

겐야가 슬그머니 관찰하고 있으려니 옆에서 시노가 작은 목소리로 말했다.

"저 류지란 사람의 눈초리, 소름 끼치네요."
"아까 그 소동은 그걸로 끝난 게 아닐 거야."
"여기서 재발할 거라고요?"
"아니, 그렇지는 않을 것 같은데……."
만약 그랬다면 이미 류지가 소리소리 질렀을 것이다.

겨우 말석에 새로 두 자리가 마련되고, 세이지가 건배를 선창하는 것으로 겐야와 시노를 환영하는 연회가 시작되었다. 하지만 이렇게 흥겹지 않은 연회도 흔치 않을 것이다. 화제를 제공하는 사람은 세이지와 겐야뿐이고, 그 두 사람 외에 말을 하는 사람이라곤 다쓰키치로와 시노 정도였다. 즉 미즈치 신사 부자와 겐야, 시노, 이렇게 넷이서만 대화를 나눈 셈이었다.

다만 분위기는 사람마다 다 달랐다. 미즈시 류지는 뚱하니 앉아서도 이따금 쓰루코가 앉은 쪽으로 흘끔흘끔 시선을 던졌다. 그것을 보고 겐야는 이루 말할 수 없는 불안을 느꼈다. 말석을 보지 않을 때는 가끔씩 시노를 응시했다. 내일 의식을 앞두고 있기 때문인지 좋아해 마지않는다는 술은 입에 대지 않았지만, 그녀를 보는 흐리멍덩한 시선에서 추잡함이 느껴졌다. 시노도 노골적으로 혐오감을 드러냈을 정도였다.

스이바 류코와 미쿠마리 다쓰조는 거의 입을 열지 않았지만, 류코가 다른 사람들이 주고받는 대화에 귀를 기울이며 요소요소에서 맞장구를 치는 데 비해 다쓰조는 관심을 전혀 보이지 않았다. 똑같이 말이 없어도 태도는 대조적이었다.

대조적인 것으로 말하자면, 류조와 류마도 마찬가지였다. 두 사람 다 말을 하지 않았지만 류조가 고개를 떨어뜨리고 자신의 세계에 틀어박혀 있는 데 비해 류마는 아버지처럼 이야기를 듣고는 있었다. 다만 류코와 반대로 비뚜름한 시선으로 사람들을 바라볼 뿐, 대화에 참여하는 태도라고 하기는 어려웠다.

류조 씨는 대체 어떻게 된 거지?

방금 전까지 그의 얼굴에는 웃음이 떠올라 있었다. 그런데 지금은 창백하게 핏기가 가신 얼굴로, 패기가 느껴지지 않았다. 음식에도 거의 손을 대지 않고 계속 고개를 떨어뜨리고만 있었다. 이런 급격한 태도 변화에 대체 어떤 이유가 있는 걸까. 어째서 갑자기 태도가 변한 것인가.

그때 문득 의식 전의 류이치에 관해 아부쿠마가와에게 들은 이야기가 생각난 겐야는 어떤 가능성을 깨달았다.

내일 증의는 류지가 아니라 아들 류조가 집전하는 게 아닐까.

그러고 보니 조금 전 쓰루코의 방에서 큰방으로 오는 길에 류지는 류조에게 뭐라 말했다. 그게 의식의 집전이라는 대역大役을 맡긴다는 이야기였다면.

그 때문에 형 류이치가 그랬듯이 류조도 뭔가에 겁을 먹었다……?

조리는 선다. '뭔가'가 미즈치 님인지 아닌지는 알 수 없지만 그의 갑작스러운 변화는 그것으로 설명된다. 하지만 복도에서 그가 짓고 있던 웃음의 의미는 여전히 수수께끼였다.

말석에서는 가이지가 끊임없이 쓰루코에게 말을 걸고 있었다. 그의 일방통행처럼 보였지만, 쓰루코의 여동생 사요코라는 또 한 소녀가 언니를 대신해 대답했다. 소년은 두 소녀의 남동생 쇼이치라고 했다. 쓰루코가 스무 살, 사요코가 열일곱 살, 쇼이치가 열두 살이었다. 쓰루코가 실제 나이보다 어려 보이는 것은 역시 보통 사람과 조금 다른 부분이 있기 때문일까. 그런 언니 몫까지 강해지려고 한 것인지, 사요코는 반대로 어른스러웠다.

남매의 어머니는 사기리라는 이름으로, 이미 세상을 떠난 모양이다. 류이치와 류조의 누이동생인데, 양녀인 탓에 피는 섞이지 않았다고 했다. 그녀의 이야기를 할 때 세이지는 살짝 괴로운 표정을 지었다. 전쟁 전, 교토의 구키라는 남자와 결혼해 만주로 건너갔다는데, 어쩌면 그전에 그와 연애관계였던 게 아닐까. 류지의 말과 세이지의 태도에서 그런 상상이 가능했다. 즉 류지에게 쓰루코 남매는 피는 섞이지 않았을망정 손주들이라는 뜻이다.

그런데도 외눈 광에 가두려고 한 건가.

겐야는 어머니 사기리가 궁금해졌다. 대를 이을 후계자가 필요해 사내애를 양자로 들였다면 이해되지만, 류지는 구태여 여자애를 양녀로 들였다. 대체 무슨 이유에서? 그 비밀을 알면 쓰루코와 외눈 광 문제도 풀릴 것 같았다.

사람들을 은근슬쩍 관찰하던 중, 겐야는 몇 번이고 쇼이치와 눈이 마주쳤다. 처음에는 타지 사람이 신기해서 그러려니 했다. 작가라는 생소한 인종인 데다 시골에서는 흔치 않은 청바지를 입었으니 더할 것이다. 그러나 이윽고 소년의 눈초리에 묘한 기대감이 어려 있음을 깨달았다. 아무래도 겐야에게 뭔가 바라는 게 있는 듯했다.

뭐지? 어째서 오늘 처음 만난 나에게?

하미 땅에 도착한 지 겨우 몇 시간이 됐을 뿐인데, 겐야의 머릿속에는 벌써부터 온갖 의문과 의혹이 소용돌이치고 있었다.

그날 밤, 겐야와 시노는 미즈시 가의 별채로 안내되었다. 본채 남쪽에 위치한 세 별채 중 가운데 별채였다. 류지가 두 사람을 환영하지 않는 것은 분명했지만, 그렇다고 도쿄에서 온 진기한 손님을 다른 신사에 넘겨주기는 싫다는 치사한 속셈이 뻔히 보였다.

이름뿐인 환영회가 끝나고 손님들이 돌아가자 류지와 류조도 금세 사라졌다. 쓰루코 남매까지 가버린 탓에 쇼이치와 이야기를 해보려던 겐야의 기대는 어긋나고 말았다. 곤란한 일이 있다면 어떻게든 소년에게 힘이 되어주고 싶었다.

목욕을 마친 겐야는 시원한 바람을 쐬러 정원으로 나왔다. 오랜 여행으로 지친 몸에 목욕은 더할 나위 없이 상쾌하고 좋았지만, 욕조에서 나오기 무섭게 땀이 쏟아졌다. 이 지방은 장마철이면 후텁지근한 날씨가 계속된다고 했다. 요 근래 한동안 더위에 잠을 설치는 밤이 이어지는 모양이었다.

"앗, 밤바람이 불잖아. 후우, 목욕하고 산책하니 기분 좋은걸."

겐야는 도메코에게 빌린 조리를 신고 태평하게 중얼거리며 별채와 본채 사이를 어슬렁거렸다. 소리 내어 한 말은 진심이기는 했지만, 다소 설명 조였던 것은 누가 보고 있을 경우 밖에 있는 것을 변명하기 위해서였다. 다른 목적도 있었기 때문이다.

외눈 광…….

하지만 위치를 모른다. 본채 뒤쪽에 해당되는 서쪽에 광이 모여 있는 것은 미즈시 가에 도착했을 때 파악했다. 그러나 광은 광이라도 외눈 광은 평범한 저장소가 아니다. 너무나도 특수한 존재다. 다른 광과 같이 있지는 않을 것이다. 신사처럼 미쓰 천에서 물을 끌어온다면 신사와 본채 사이에 있을 가능성이 높다.

아니, 그럼 눈에 띌 텐데.

신사를 찾아가든, 본채에 볼일이 있든, 그 중간에 광이 있으면 보이지 않을 수가 없을 것이다. 깊숙한 곳에 짓는다고 별 차이가 있지는 않을 것이다.

그럼 반대 방향인가.

겐야는 몸을 돌려 별채 안쪽, 남쪽에 위치한 산을 향해 서둘러 걷기 시작했다. 이렇게 된 이상, 본채에서 누가 자신을 발견하기 전에 얼른 별채 뒤로 숨고 싶었다.

자신과 시노의 방을 지나자 갑자기 불빛이 사라졌다. 다행이라고 하자니 마을 사람들에게 미안했지만 달밤이라 문제없었다. 하늘이 흐렸다면 애초에 미즈치 님 제의를 거행할 리 없다. 달빛의 은혜는 당연한 것이었다.

세번째 별채 뒤로 돌아가자 울창한 대숲이 나타났다. 느닷없이 앞을 가로막힌 기분이었다. 실제로 이 이상 진입금지라는 분위기가 감돌았다. 겐야가 제아무리 괴이를 좋아한다지만, 그냥 산책이었다면 그냥 되돌아갔을 수도 있다. 그러나 지금은 좌우지간 수상쩍어 보였다. 안쪽을 살펴봐야 한다는 느낌이 강하게 들었다.

발밑을 주의하며 대숲으로 들어섰다. 그 순간, 시야가 어두워졌다. 눈이 어둠에 익을 때까지 얼마 동안 가만히 서 있다가 안쪽으로 들어갔는데…… 아무리 가도 반대편으로 나갈 수가 없었다. 겨우 나왔나 싶으면 원래 있던 별채 뒤였다. 왜 그런지 출발점으로 돌아오고 말았다.

이상한데. 뭐가 있군.

십중팔구 결계 같은 것을 친 모양이라고 판단했지만 그것을 깰 힘은 없다. 결계의 종류나 수법이라도 알면 그나마 대처할 방법을 생각할 수 있겠지만, 그렇게 간단히 밝혀낼 수 있는 것도 아니다.

"이거 난감한걸."

세번째로 별채 뒤로 돌아온 겐야는 기껏 수상쩍은 곳을 알아냈는데 싶어 아쉬웠다. 시간은 걸리겠지만, 먼저 어떤 장치가 되어 있는지 조사한 뒤 그것을 풀 방법을 찾는 수밖에 없다.

겐야는 낙심해서 터덜터덜 별채로 돌아오며 몇 번씩 대숲을 돌아보았다. 그렇게 돌아보다 말고 어떤 것이 생각나 저도 모르게 "앗!" 하고 소리쳤다. 서둘러 방으로 돌아와 가방을 열고 교토 역에서 아부쿠마가와가 준 죽통을 꺼냈다.

한쪽 단면에 구멍이 있고 나무 조각으로 마개를 막았다. 속에 액체가 든 것이, 옛날 물통처럼 보인다. 이게 도움이 될 것 같았다.

겐야는 죽통을 들고 대숲으로 돌아가서 네번째로 시도했다. 맥 빠질 정도로 간단히 반대편으로 나올 수 있었다.

통 안에 역시⋯⋯.

진신 호의 물이 들어 있는 게 틀림없다. 또는 류쇼 폭포나 그보다 더 거슬러 올라간 원류의 물이 든 것이리라.

그러나 겐야가 죽통에 관해 생각한 것은 잠깐뿐이었다. 대숲에서 빠져나오자마자 눈앞에 홀연히 오래된 광이 나타났기 때문이다.

이게 외눈 광⋯⋯.

그렇게 생각하며 봐서 그런지, 2층의 닫힌 철창문이 외눈처럼 보이는 게 흡사 자신을 물끄러미 응시하는 것처럼 느껴졌다. 이 정도로 신사에서도, 본채에서도 떨어진 곳에 광을 지은 것은 처음부터 무서운 목적이 있었기 때문인가. 아니면 원래는 다른 용도가 있었는데 주술적인 장치로 개조한 것인가.

물은 어디서?

아부쿠마가와의 말이 맞는다면 미쓰 천에서 외눈 광으로 물을 끌어올 것이다. 광은 남쪽 산 쪽에 있으니 강과 꽤 떨어져 있다. 지면을 둘러봐도 관 같은 것은 보이지 않았다.

땅속에 묻었을 수도 있다.

여간 힘든 작업이 아니겠지만, 광의 비밀을 생각하면 당연하다고도 할 수 있었다. 게다가 신사가 강을 끼고 마을과 반대편에 있으니 어느 정도 비밀리에 움직일 수 있을 것이다.

아무도 없나?

천천히 외눈 광으로 다가가다 말고 문득 그런 생각이 들었다. 내일 증의를 앞두고 쓰루코를 가두려 했다는 의혹이 있으니 아무도 없을 게 틀림없다. 하지만 당장이라도 "살려주세요!" 하고 부르짖는 소리가…… 흙문을 쾅쾅 두들기는 소리가…… 벽을 벅벅 긁는 소리가…… 정말로 들릴 것만 같았다.

지저분한 흰 벽이 달빛 아래 불가사의하게 빛나는 광에는 뭐라고 말할 수 없는 끔찍한 기운이 들러붙어 있었다. 오랜 세월에 걸쳐 광 내부에 쌓여온 시커멓고 묵직한 뭔가가 벽 밖으로 서서히 배어나와 어느새 외벽 전체를 뒤덮은 것 같은, 그런 사위스러운 인상을 풍겼다.

흙문 앞으로 다가가자 커다란 철제 빗장이 질러져 있고 거기에 튼튼한 자물쇠가 걸려 있었다. 벽에 귀를 대고 꼼짝 않고 들어보니 졸졸졸 물 흐르는 소리가 어렴풋이 들렸다.

아니, 그런 게 아냐.

그냥 그런 생각이 든 게 아닐까. 환청일지도 모른다. 미쓰 천에서 물을 끌어온다는 정보가, 그런 선입견이 멋대로 물소리를 들려주는 것이다. 그런 식으로 판단이 헛갈릴 만큼 너무나도 작은 소리였다.

더욱 열심히 귀 기울여 듣다 보니 다른 소리가 들렸다. 사각, 사각하고 뭔가가 움직이는 기척이 느껴졌다.

광 안에 누가 있구나!

팔에 소름이 돋았다. 인간은 있을 리 없으니 만약 뭔가가 있다면 미즈치 님일 수밖에 없다.

말도 안 돼…….

자기가 상상해놓고도 믿기지 않았다. 하지만 몸은 다르게 반응했다. 당장이라도 몸을 돌려 도망치려고 했다.

저도 모르게 흙문에서 귀를 뗐지만 간신히 그 자리에 머물렀다.

어떻게든 안을 보고 싶은데…….

괴이 애호가의 버릇이 머리를 불끈 쳐들었다. 그냥 도망칠 수는 없다고 생각한 찰나, 묘한 점을 깨달았다. 광 안에서 여전히 소리가 들렸다. 문에 귀를 대고 있지 않은데 똑똑히 들렸다. 그것도 등뒤의 대숲 쪽에서 사각, 사각, 하고 다가왔다.

어? 외눈 광 안에서 들린 소리가 아니었어?

광 안에 지나치게 의식을 집중했던 탓에 터무니없는 착각을 한 모양이다. 하지만 그렇다면 뒤에서 다가오는 것은 대체 무엇인가.

목덜미에 소름이 돋았다. 광 안에 있다면 상대가 무엇이든 안전하다. 하지만 바로 뒤 대숲에서 다가오면 아무리 생각해도 도망칠 길이 없었다.

조심조심 돌아보자 대나무와 대나무 사이 어둠 속에 그것이 있었다. 희끄무레한 뭔가가 꼼짝 않고 서서 이쪽을 살피고 있었다. 처음에는 유령인가 싶어서 겁먹었다. 이윽고 대숲에서 나타난 모습을 보고 무덤에서 기어나온 송장인가 싶어 전율했다. 그러다가 달빛에 형체가 다 드러나자 겨우 노파인 듯하다는 것을 알았다. 그렇다고 마음이 놓이지는 않았다. 명백히 정상이 아니었기 때문이다. 머리는 봉두난발에, 의복은 온통 흐트러질 대로 흐트러진 데다 맨발이었다. 게다가 무엇보다도 흐리멍덩한 두 눈이 그야말로 실성했다는 증거라 할 수 있었다.

슬금슬금 다가오는 노파를 쳐다보며 겐야는 이 여자가 류지의 어머니일까 생각했다. 그런 것치고는 조금 젊은 듯도 했다. 부인일 가능성도 있지만, 그러면 이번에는 너무 나이가 들지 않았을까. 어쨌든 이런 시간에 이런 곳에서, 그것도 단둘이 마주치고 싶은 상대는 아니었다.

"아, 안녕하세요."

일단 인사했다. 그 순간, 다행히도 노파가 멈춰섰다.

"댁…… 누구지?"

"저, 전……."

"산에서 길을 잃었어?"

보아하니 노파는 겐야가 남쪽 산에서 내려왔다고 생각하는 듯했다. 길을 잃고 헤매다가 우연히 이곳으로 나온 나그네라고 착각했으리라.

뭐, 여행자는 맞지만…….

여기서 정식으로 자기소개를 한다고 알아줄지는 의문이다. 차라리 상대방에게 맞춰주는 편이 나을지 모른다. 어떻게 대답할지 망설이는데 갑자기 노파가 슬금슬금 다가왔다.

"도망쳐."

"네?"

"좋은 말 할 때 얼른 여기서 도망치는 게 좋아."

"왜, 왜죠?"

영문을 알 수 없는 말에 섬뜩했지만, 이유가 궁금했다.

"잡아먹힐 거야. 전부 잡아먹힐 거야."

"미, 미즈치 님께 말씀입니까?"

커다랗게 벌어져 있던 노파의 두 눈이 가늘어졌다.

"어떻게 미즈치 님의 이름을 알지?"

조금 전까지 흐리멍덩하던 반짝임 속에 날카로운 한 줄기 빛이 보였다.

"아……."

"그냥 타지 사람이 아니군. 누구지?"

실수를 깨달았을 때는 이미 늦었다. 상대방이 실성한 여자라고 생각해 방심하고 말았다.

"아, 아뇨, 미즈치 님은 워낙 유명하시니까요."

그래도 일단 둘러대자, 의심으로 가득 차 있던 노파의 눈초리가 살짝 흔들렸다.

"정말이야?"

"네. 특히 미즈시 신사에서 거행하는 미즈치 님의 증의는 효험이 아주 대단하다고 들었습니다."

"그래, 그렇지."

노파는 기쁜 표정으로 웃더니 갑자기 그 자리에서 춤을 추기 시작했다. 콧노래까지 흥얼거린다. 울창한 대숲을 배경으로 달빛 아래 춤추는 광녀의 모습은 매우 기이한 광경이었다. 악몽의 한 장면이라고 할 수 있을 만큼 으스스하고 기분 나빴다. 그러나 그 모습을 본 겐야는 저도 모르게 흠칫했다.

이 여자는 과거에 예녀로 의식에 임했던 게 아닐까.

"저, 죄송합니다만."

기분 좋아서 춤추는 노파에게 황급히 말을 걸었다. 본래 예녀였고 그 인연으로 미즈시 가로 시집왔다면 다른 신사의 신관들조차 모르는 뭔가를 알지 모른다.

"……왜?"

게다가 지금은 구태여 흐리멍덩하게 탁한 눈을 보지 않아도 정상적인 상태가 아님을 알 수 있다. 노파에게는 미안하지만, 절대로 말해서는 안 되는 비밀을 무심코 누설할 가능성이 높다.

"도망치지 않으면 미즈치 님께 잡아먹힐 거라고 말씀하셨죠?"

"호…… 그랬던가."

"네, 그렇게 충고해주셨습니다."

"아니, 그건 광 님이야."

"네?"

광 님이란 이 외눈 광을 말하는 걸까. 하지만 외눈 광이란 이름을 입에 담아도 되는 걸까. 겐야는 망설였다. 또 섣불리 건드리는 일이 될 수도 있으니 여기서는 무난하게 대처하는 게 좋을 것 같다.

"미즈치 님과는 다릅니까?"

"다르고 뭐고, 미즈치 님이라면 외눈……."

그때 대숲 쪽에서 사각사각, 하고 새로운 소리가 들렸다. 누가 그 안을 걷는 모양이다. 게다가 점차 이쪽으로 다가왔다.

"쉬이잇."

겐야는 반사적으로 노파에게 말하지 말라고, 또 자신에 대해 비밀을 지켜달라는 뜻을 담아 검지를 입술에 대는 시늉을 했다. 그러고는 재빨리 외눈 광 왼쪽으로 들어갔다. 그곳은 달빛이 닿지 않아 대숲 방향에서 온 사람에게는 보이지 않았다.

발소리는 곧장 노파에게 다가왔다.

"또 빠져나왔군. 다음번엔 창살 방에 가둘 테니 그리 알아."

짜증과 체념이 반반씩 섞인 류지의 목소리가 들렸다. 난처한 순간에 하필이면 가장 난처한 인물이 오고 말았다. 들켰다간 미즈시 가에서 쫓겨날 게 틀림없다.

"그리고 여기엔 오지 말라고 했을 텐데."

"방금…… 나그네 청년이 있었어."

"뭐라고?"

노파는 겐야의 바람도 헛되이 대뜸 말했다.

"꽤나 잘생긴 사내였는데……."

겐야는 움찔했다. 류지가 구체적인 인상을 듣고 만에 하나 자신을 떠올린다면 주위를 수색할 게 틀림없다. 광의 옆이나 뒤는 분명히 확인할 것이다. 그렇게 되면 계속해서 숨기는 쉽지 않을 것이다. 산으로 들어갈 수밖에 없을 텐데, 유카타 차림으로 어디까지 도망칠 수 있을까. 무엇보다도 도망친들 별채를 들여다보면 끝장이다.

"그래서 어떻게든 붙들어두려고 했지."

노파는 실제와 정반대되는 말을 했다. 자신이 무슨 말을 했는지 그새 잊었기 때문일까, 아니면 류지 앞이라 둘러대는 걸까.

"사내는 안 돼. 그건 당신도……."

알 텐데. 류지는 그렇게 말하려다 만 듯했다. 노파가 어차피 이해하지 못할 것이라 생각해서일지 모른다.

"그래서 사내는 어떻게 됐고?"

"붙들어두려고 했어. 집으로 불러들여서 언젠가…….."
"그보다 어디서 온 놈이야?"
"……산에서."
두 사람의 대화를 들으며 겐야는 일단 외눈 광 뒤로 이동하려고 발소리를 죽이고 뒷걸음치기 시작했다. 류지가 광 왼쪽을 조사하면 그 틈에 오른쪽으로 돌아 대숲으로 도망칠 수 있다. 그때 노파가 어떻게 움직일지, 어떤 반응을 보일지 예상할 수 없는 만큼 불안한 작전이기는 했지만, 아무것도 하지 않고 우두커니 서 있는 것보다는 낫다.
"산에서? 이런 시간에?"
"나그네야. 산을 넘다 길을 잃은 거야."
"어디로 갔어?"
"광 뒤로."
노파가 대답하는 목소리가 어렴풋이 들렸을 때, 마침 광 모퉁이에 이르러 있었다. 이제 되든 말든 광 뒤로 돌아 대숲으로 뛰어드는 수밖에 없다.
겐야가 외눈 광 뒤로 들어선 것과 동시에 류지가 왼쪽 옆을 들여다보는 게 느껴졌다.
"차림새가 어땠지?"
"아…… 기모노였지."
"기모노?"
"유카타 같기도 하고…… 잠옷 같기도 하고……."
"유카타를 입고 산에 들어가는 바보가 어디 있어."
류지는 뒤늦게나마 모두 실성한 여자의 헛소리라고 판단한 모양이었다. 그뒤로도 뭐라 우기는 노파를 달랬다 야단쳤다 하며 본채 쪽으로 데려갔다.

"어이구야…… 큰일 날 뻔했군."

겐야는 한숨을 크게 내쉬고는 얼마 동안 광 뒤에서 대숲을 살폈다. 류지가 혹시 모른다고 돌아올 수도 있다. 그 정도는 주의하는 게 좋을 것이다.

이제 괜찮을 것이라고 판단이 섰을 때 서둘러 별채로 향했다. 본채와는 다른 건물인 덕에 아무에게도 들키지 않고 방으로 돌아올 수 있었다. 불도 켜기 전에 안도부터 한 것도 잠시뿐, 옆방으로 통하는 샛장지가 슥 열리더니 누가 뛰어들었다.

젠장! 앞질렀나!

상대방이 한 수 위였다고 감탄하는 동시에 어떻게 얼버무릴 것인가 겐야가 필사적으로 생각하고 있을 때였다.

"아이 정말! 대체 어디 가셨던 거예요? 목욕하고 돌아왔는데 방은 텅 비어 있지……."

시노의 목소리가 들렸다.

"소, 소후에 군?"

옆방 불빛을 등지고 서 있는 사람은 아닌 게 아니라 여자였다. 허둥지둥 전등을 켜자 걱정하면서도 화가 난 시노의 얼굴이 보였다.

"그야 당연히 지죠. 아니면 뭐예요, 선생님, 밤에 누가 찾아올 예정이라도 있으신가요?"

"그, 그, 그럴 리 있어?"

"흠…… 〈엽기인〉엔 늘 그런 체험이 잔뜩 쓰여 있던데요."

"이거 봐…… 그 기사는 믿을 게 못 된다고 말한 사람, 소후에 군 아니었어?"

"물론 저는 선생님을 믿어요."

"응, 고마워. 아니, 그게 아니라 실은……."

겐야가 외눈 광에서 한 체험을 이야기하자, 시노는 자신을 두고 혼자 갔다며 한바탕 불평을 늘어놓은 뒤 그 노파는 류지의 아내인 이쓰코라고 가르쳐주었다. 연회의 뒷정리를 거들며 미즈시 가의 하녀들이며 일을 도우러 온 마을 여자들에게 정보를 얻은 모양이었다. 이쓰코는 전 촌장 집안인 아오야기 가의 딸로, 역시 과거에 예녀 역할을 한 적이 있다고 했다.

"그때 류지는 이쓰코가 예녀 이상의 존재가 될 거라고 한 모양인데, 그러고는 자기 아내로 삼은 거죠."

"살짝 노망이 난 것 같던데……."

"벌써 꽤 오래전부터 그랬대요. 그러니 나이 때문이 아니라 이 신사에서 오랫동안 마음고생을 한 탓이 아닐까요?"

"아마 그렇겠지. 예녀 출신에 류지 씨의 부인이라면 알고 싶지 않은 사실도 이것저것 알았을 테니까."

"무시무시한 집에 시집왔네요."

시노는 진심으로 그렇게 생각하는 얼굴로 말하더니 표정을 더욱 일그러뜨리고 이렇게 덧붙였다.

"요새 들어 노망이 더 심해져서 광에 가둬두기도 한다는데요."

그러고 보니 류지가 다음번에는 창살 방에 가둔다고 위협하더라는 이야기를 겐야가 하자, 시노는 문제의 광이 마음에 걸린 듯했다.

"그럼 설마, 외눈 광 안에……."

"아니, 아무도 없었다고 생각해. 다만 이쓰코 씨의 언동으로 볼 때 그 광에 어떤 끔찍한 비밀이 있는 건 틀림없겠지."

"내일 의식…… 괜찮을까요?"

시노가 걱정하는 것은 물론 의식의 성패 여부가 아니라 어떤 불길한 사건이 일어나지는 않을까 하는 것이었다.

무서워서 혼자 못 자겠다고 떼쓰는 그녀를 이럭저럭 달래서 옆방으로 보낸 뒤, 겐야는 잠자리에 들었다. 하지만 좀처럼 잠이 오지 않았다. 오 분 간격으로 "선생님, 거기 계시죠?" 하고 옆방에서 시노가 부르지 않아도, 잠이 영 오지 않았다.

이윽고 시노의 목소리가 점점 뜸해지며 급기야 "선생님, 원고는요?" "선생님, 너무해요!" 등 완전히 잠꼬대로 변하도록 겐야는 뜬눈으로 누워 있었다. 옆방이 시끄러워서가 아니었다.

내일 있을 미즈치 님의 증의는 무사히 못 끝나는 게 아닐까.

그 자신도 자꾸만 그런 생각이 들었기 때문이다.

10

신남,
미즈치 님 제의에서
죽다

"선생님! 사건이에요!"
이튿날 아침, 도조 겐야는 옆방에서 들려온 목소리에 잠이 깼다.
"뭐, 뭐?"
저도 모르게 벌떡 일어나 샛장지를 열자 소후에 시노가 이불 속에서 소리 지르고 있었다.
"어이구야……."
세수를 한 뒤 신사 쪽으로 어슬렁어슬렁 가보았다. 오늘도 아침 일찍부터 쨍쨍 갠 하늘이었다. 시계조가 경내에서 청소를 하고 있기에 잠시 이야기를 나누었다. 그때 의식 전에 수리조합 관계자들이 모여 아침식사를 한다는 것을 알고 아침부터 다툼이 일어나지는 않을까 걱정했다.
주위를 가볍게 산책하고 돌아오니 시노는 여전히 기분 좋게 자고 있었다. 겐야는 머리맡에 앉아 귓속말을 하듯 작은 목소리로 "미쓰마타 산에 뒤쫓기 꼬마란 요괴 이야기가 있는데……" 하고 괴담을 이야기했다. 얼마 지나자 그녀가 끙끙 신음하기 시작했다. 깰 것 같은 기색을 알아채자마자 겐야는 재빨리 자기 방으로 돌아와 시치미 떼고 옆방을 향해 말했다.

"소후에 군, 아침이야."

"으응…… 어…… 선생님, 벌써 일어나셨어요?"

"아까 일어났지."

"앗, 저도 일어날게요. 어젯밤은 무서워서 못 잘 것 같더니 어느새 잠이 들었나봐요. 선생님은 주무셨어요?"

"응…… 그럭저럭."

"전 꽤 푹 잔 것 같아요. 게다가 이것저것 재미있는 꿈도 꾼 것 같고요."

"다행이군."

"하지만 어쩐지 아침에…… 엄청나게 무서운 꿈을 꿨다고 할지, 꿈속에서 이야기를 들은 것 같은데……."

"재미있는 체험인걸."

"재미없어요. 어린애 요괴한테 쫓겼는걸요."

겐야는 웃음이 나려는 것을 참으며 아침식사 자리로 먼저 가 있겠다고 말하고 방을 나섰다.

"안녕히 주무셨습니까."

어젯밤과 같은 큰방에 들어가자 이미 모두 모여 있었다.

"아아, 잘 잤습니까."

"편히 주무셨는지요. 어제 여러모로 피곤하셨겠습니다."

다쓰키치로와 세이지 부자가 바로 친근한 분위기로 인사했지만, 다른 사람들은 입을 열지 않았다. 그래도 류코는 가볍게 미소를 지으며 답례를 했고 류마는 무표정한 채 턱을 살짝 당겨 그 나름대로 인사를 했으니, 일단 그 자리에 있던 사람의 반수 이상이 반응을 보인 셈이다.

쓰루코 남매의 모습은 보이지 않았다. 어젯밤 연회와는 달리 오늘 아침은 수리조합의 모임이라 그럴 것이다. 그렇다고 딱히 회의를 하는 것이 아니고 전원이 말없이 식사만 하고 있었다.

은근슬쩍 류조를 관찰하니 여전히 안색이 좋지 않았다. 잠을 설친 게 틀림없다. 그런데 이상하게도 다들 그의 분위기에 상관하지 않는 듯 보였다. 관심이 없었다. 세이지가 어디 안 좋으냐고 물었지만, 그것도 어디까지나 일상적인 대화였다.

류조 씨가 증의를 집전하는 게 아닌가.

겐야가 자신의 판단이 틀렸나 싶어 고개를 갸웃거리고 있을 때였다.

"안녕히 주무셨어요!"

시노가 기운차게 인사하며 큰방으로 들어왔다. 그에 답례한 사람은 역시 다쓰키치로와 세이지뿐이었다.

모두가 식사를 마치자 류지가 천천히 입을 열었다. 시노는 아직 먹는 중이었지만 그녀는 처음부터 그의 안중에 없는 모양이었다.

"이번 미즈치 님의 증의는 류조가 집전할 거야."

그 즉시 사람들이 웅성거리기 시작했다. 역시 그렇구나 생각한 겐야와 달리 다들 놀란 표정이었다. 그 말은 방금 전까지 수리조합도 몰랐다는 뜻이다.

"터무니없군. 당일 아침에 뜬금없이 그런 소리를 하다니 아무리 그래도 너무하지 않나."

어제 있었던 소동에도 별로 동요하지 않았던 다쓰키치로가 다소 허둥대며 말했다.

"지금까지 있었던 회의에서 그런 말은 한 마디도……."

이어서 세이지가 의견을 말하려 했으나 류지는 반론을 허용하지 않는 태도로 단호히 말했다.
"오늘 증의는 미즈시 신사에서 담당한다고 수리조합에서 결정했지. 우리는 그 결정을 삼가 받들지 않았던가?"
"그렇다고 신남을 멋대로 바꾸는 건 곤란하네."
"왜 사전에 말씀 안 하신 겁니까?"
세이지의 질문에 이번에는 류지도 대답했으나, 그 대답이라는 게 참으로 남을 업신여기는 것이었다.
"어젯밤에 갑자기 정했으니까."
"아니, 그런……."
"어쨌거나 류조가 신남을 맡네."
류지는 이미 결정된 것처럼 선언하고 바로 자리를 떴다.
"류조 군, 이렇게 갑작스럽게 변경하다니, 자네는 양해한 거야?"
세이지가 당사자에게 따졌다. 미즈시 신사의 후계자라지만 자신보다 연하인 류조는 아버지인 류지보다 훨씬 말하기가 편한 듯했다.
"괜찮습니다. 재계는 제대로 했으니까요."
"뭐? 그럼……."
"말씀은 그렇게 하셨지만, 제가 신남을 맡는다는 이야기는 우리 신사에서 증의를 거행하기로 결정된 직후에 아버지한테 들었거든요."
"그럼 왜 회의에서 그 말을 안 한 건가?"
다쓰키치로가 묻자 류조는 난처한 표정으로 대답했다.
"이번 가뭄은 상당히 심합니다. 무슨 일이 있어도 증의를 성공시켜야 하죠. 아버지는 전부터 이런 기회를 기다리고 계셨습니다. 심한 가뭄 때 일부러 저한테 신남을 시켜서 모두에게 인정받는 미즈시 신사의 차기 신관으로 만든다는 생각이신 거죠. …… 다만 제 형 류이치 일이 있으니까요."

"수리조합에서 반대하는 게 싫었던 건가."

"네…… 이번엔 무슨 일이 있어도 꼭 아버지가 해주십사, 그렇게 말씀하실까봐……."

"그야 뭐, 미쓰 천이 저런 상태니 말이지."

"다음에 이런 기회가 또 언제 올지 모르니까요."

그 말에 다쓰키치로는 한숨을 내쉬며 말했다.

"그야 그렇네만, 류지 씨는 미즈치 님 제의를 왜 올리는지 가장 중요한 걸 잊었군. 의식을 담당하는 신사의 발전을 위한 것도, 신남으로서 경험을 쌓기 위한 것도 아니란 말이네. 하미 땅의 안녕과 풍요를 기원해서 하는 일 아니었나."

"그 말씀이 맞습니다……."

류조가 고개를 깊이 떨구었다. 그렇다고 그가 신남 역을 포기하고 류지가 대신 의식을 거행할 것 같지는 않았다.

"으음."

다른 사람들도 그 점을 아는 것이리라. 수리조합 관계자들은 떨떠름한 표정이나마 류지가 멋대로 내린 결정을 받아들이는 수밖에 없다는 분위기였다.

그때 갑자기 류마가 내뱉듯 말했다.

"의미가 없어요. 의식의 본래 의미를 잊고 형식에만 구애되어서 올리는 증의에 대체 무슨 효과를 바랄 수 있다는 겁니까?"

"그렇다고 안 할 수는 없지 않나."

"애초에 수리조합이란 게 이미 오래전부터 기능을 못하잖습니까."

"이놈이, 다쓰키치로 신관님 앞에서 무슨 불경한 말이냐."

말수가 적고 온화한 듯한 류코가 강한 어조로 아들을 나무랐다.

"아니, 류코 씨, 류마의 지적도 당연하네. 앞으로는 옛 규칙이 통용되지 않게 되겠지. 우리도 그 점을 생각해야 할 테고, 다음 세대인 이 친구들도 노력해야 할 거네. 다만 지금은 눈앞의 증의를 어떻게 할 건가, 그게 가장 큰 문제야."

다쓰키치로는 마지막 말을 류마를 향해 했다. 그러나 류마는 갑자기 일어서더니 "전 빠지겠습니다"라고 했다.

"그, 그게 무슨 소리냐."

놀라는 류코에게 그는 아직 할 말이 남았다는 양 오른손을 들었다.

"수리조합에서 나가겠다는 말은 아닙니다. 번수는 꼭 필요하니까요. 하지만 빈껍데기가 됐다고 할지, 사유물이 된 의식에 참가할 마음은 손톱 끝만큼도 없어요."

"잠깐. 번수는 미즈치 님 제의와 떼려야 뗄 수 없는 관계인데……."

"네, 그렇죠. 그런데 본래 의의를 함부로 하고 있는 겁니다. 그런 의식이 대체 무슨 가치가 있다는 거죠?"

류마는 모든 사람에게 의문을 던지고 큰방에서 나가려 했다.

"자, 잠깐 기다려봐라, 류마……."

복도로 나가기 전에 그가 돌아보았다. 그러나 결코 아버지의 부름에 답해서 그런 것은 아니었다. 그는 세이지를 보며 "가는 길에 쓰루코를 들여다볼게. 가이지도 걱정할 테니까"라고 했다.

"그래, 그렇겠군. 부탁해."

머리를 숙이는 세이지에게 류마는 "알았어" 하는 말을 남기고 사라졌다.

"다쓰키치로 신관……."

당장이라도 머리를 조아리고 엎드려 사과할 듯한 류코를 다쓰키치로는 아무 일 아니라며 달랜 뒤 말했다.
"그보다 류코 씨, 다쓰조 씨, 이번에는 류조에게 맡겨볼까 하는데 어떤가? 완전히 경험이 없는 것도 아니고 말이지. 두 분의 의견을 듣고 싶군."
류코와 다쓰조가 동시에 류조를 보았다. 본인은 여전히 좋지 못한 안색으로 눈을 떨어뜨리고 있었다.
"괜찮겠나?"
류조에게 묻는지, 다른 사람들에게 묻는지 알 수 없는 어조로 류코가 중얼거렸다.
"류지 신관은 아주 자신 있는 것 같던데요."
다쓰조는 당사자의 상태보다 류지의 반응이 더 마음에 걸리는 듯했다.
"아닌 게 아니라. 그렇지만 역시 본인 문제지."
"류코 씨 말에 토를 달려는 건 아니지만, 이건 미즈시 신사의 문제라고 생각합니다."
그렇게 말하는 다쓰조의 뇌리에는 이십삼 년 전 증의에서 미즈치 님의 입에 빨려들었다고 여겨지는 아버지 다쓰오가 떠올라 있었는지 모른다.
"흠, 어쨌거나 네 생각이 어떤지 중요해지는구나."
다쓰키치로의 물음에 류조는 고개를 천천히 들고 대답했다.
"솔직히 불안합니다. 망설임도 있고요. 재계 기간 중에도 실은 고민했습니다. 하지만…… 원래 우리 미즈시 신사의 오랜 전통을 잇는 중대한 의식입니다. 그러니 하지 않을 수 없죠……. 아니, 제가 하겠습니다."

당일까지 사라지지 않고 남아 있던 망설임을 떨치듯 마지막은 단호하게 잘라 말했다. 그러나 겐야는 결의의 배후에 본인의 의사보다는 그보다 더 강하고 명확한 류지의 의도가 훨씬 강력하게 존재한다는 생각이 자꾸만 들었다.

그런데 다쓰키치로는 본인의 각오를 듣고 조금 안심한 듯했다.

"그래, 그럼 됐네. 의식을 마칠 때까지 긴장 풀지 말고 정신 똑바로 차리고 해야 해."

그때 시게조가 얼굴을 내밀었다. 이제 곧 마을 사람들이 미즈치 님께 바칠 공물을 들고 올 때가 됐다고 했다.

"같이 가도 되겠습니까?"

겐야의 부탁을 다쓰키치로는 흔쾌히 수락했다.

일동이 본채에서 나와 향한 곳은 배례전 옆의 작업장 같은 작은 움막이었다. 묘한 장소에 묘한 건물이 있구나 싶었던 겐야는 안을 들여다보고 놀랐다. 그곳에서 의식에 쓰는 통을 만든다는 것을 알았기 때문이다.

"여기는……."

"공방전工房殿이야."

감탄하며 실내를 둘러보고 있으려니 통 뒤에서 불쑥 나온 류지가 의기양양한 표정으로 대답했다. 지금까지 봤던 그와 어딘지 모르게 분위기가 달랐다.

"힘드시겠습니다. 전부 직접 제작합니까?"

"그야 당연하지. 진신 호의 무대도, 객석도, 나루도, 그리고 집배도, 처음엔 전부 여기 미즈시 신사에서 만들었거든."

"아, 그렇습니까?"

"그만큼 미즈치 님 제의를 중히 여겨왔다는 말이지."

"그럼 다른 분들도……."

겐야가 다른 신관들에게 눈을 돌리자, 다쓰키치로는 쓴웃음을 짓고 류코는 눈길을 떨어뜨리고 다쓰조는 외면했다. 그들의 반응을 보고 난처한 질문을 한 모양이라고 생각하고 있으려니, 다쓰키치로가 선뜻 털어놓았다.

"아니, 미즈치 신사에선 통을 만드는 게 고작이라 나머지는 전부 이쪽에 부탁하고 있다네."

"스이바 신사엔 이런 설비가 없어."

이어서 류코가 자조 어린 말투로 중얼거렸다.

"그런 미즈시 신사도 십 몇 년 전부터는 다른 신사의 의식에 통을 제공 못하게 됐는데."

그러나 다쓰조만은 빈정거리듯 그런 말을 했다. 류지가 즉각 반론했다.

"자기네 의식에 통을 다 마련하지도 못해서 우리한테 전적으로 의지하는 주제에."

"원래 옛날부터 그런 전통이었으니까. 자력으로 준비할 수 있는 미즈치 신사는 별개로 치고, 그렇지 못한 스이바 신사랑 우리는 댁네에서 비싼 돈 주고 통을 산다는 게 규칙이지. 마을 목수한테 부탁하면 훨씬 싼값에 만들 수 있는데."

"아무나 만들 수 있는 그냥 통이 아니야. 신관이라는 작자가 통 만드는 과정 자체가 의식의 일부라는 것도 모르나."

"그렇다면 더더욱 그 소중한 통을 확실하게 공급해줘야지. 아니면 뭐야, 술통만 만드느라 쌀통이나 땅통, 산통, 바다통, 보물통을 만들 틈이 없다는 건가?"

다쓰조가 한 '술통만 만드느라'라는 말은 십중팔구 술고래에 주사가 있는 류지를 비꼬는 것이리라.

"이, 이, 이놈이 무슨 소리를!"

류지가 격노했다. 다른 사람 같던 느낌이 확 줄었다.

미즈시 류지와 미쿠마리 다쓰조는 보아하니 늘 서로 반목하는 듯했다. 수리조합 내에서도 가장 격상과 가장 격하인 신사라는 관계 때문만이 아니라, 과거에 어떤 응어리가 있었던 게 틀림없다. 생각할 수 있는 것은 역시 다쓰오 사건일까.

"두 사람 다 그만두지 못하겠나. 중대한 의식을 앞두고 이게 무슨 일인가."

중재하는 다쓰키치로도 다소 주체하지 못하는 듯 보였다. 바로 준비를 진행해 두 사람의 관심을 다른 곳으로 돌리는 게 좋겠다고 생각했는지, 시계조에게 "마을 사람들은 아직 안 왔나?" 하고 물었다.

이윽고 미즈치 님께 바칠 공물을 산더미같이 실은 수레가 잇따라 공방전 앞에 도착했다. 맑은술부터 시작해서 곡물, 채소, 짐승 고기, 산나물, 해산물, 그리고 마을 사람들이 직접 만든 생활용품이 가득했다. 미즈치 님에 대한 신앙심이 얼마나 깊은지 다시금 알 수 있었다.

류지는 모든 물품을 하나씩 확인하며 선별했다. 몇 종류 있었던 술들은 정성스럽게 시음해 맛과 향을 가리고, 채소며 해산물은 신선도와 상한 정도를 보는 듯했다. 그중에서도 특히 뛰어난 것으로 골라 뚜껑이 달린 궤짝 같은 상자에 넣었다. 채소는 호박이며 무, 해산물로는 전복이며 해초를 확인하는 것으로 봐서 그쪽이 신찬인 듯했다.

그런데 다쓰키치로가 여기에 유난히 참견했다.

"호박은 너무 작고, 순무는 크기가 고르지 않잖나."

"미역이 너무 적군."

"이쪽 무는 둘 다 가느니 좀더 굵은 걸 골라야 하네."

"조롱박은 크면 클수록 좋지만, 이건 색이랑 윤기가 좋지 않군."

그런데 뜻밖에도 류지는 시끄럽다고 화를 내지 않았다. 다쓰키치로가 시키는 대로 순순히 신찬을 다시 골랐다. 그렇다고 경험이 풍부한 최고령 신관의 의견에 경의를 표한다는 생각은 들지 않았다. 어딘지 모르게 무관심한 느낌이었다.

통에 넣는 공물보다 신찬이 더 중요한 게 아닌가?

겐야는 고개를 갸웃했다. 술 시음을 열심히 한 것은 술을 워낙 좋아해서 그런 것일 수 있다. 그렇지만 입에 머금었던 술은 분명히 도로 뱉었다. 신남이 아니라도 당연한 일이리라. 나머지 다섯 통의 내용물도 상당히 엄선하는 것처럼 보였다. 그런데 정작 가장 중요한 신찬에 대해서만은 마치 다쓰키치로에게 전부 내맡기는 듯한 태도를 보이는 이유는 대체 무엇인가?

뒤집어 말하자면 다쓰키치로는 어째서 이 정도로 참견하는가?

문득 보니 그런 두 사람을 공방전 구석에서 시계조가 꼼짝 않고 지켜보고 있었다. 그러고 보니 어제 소동 때도 노인은 어느새 복도 모퉁이에 서서 바라보고 있었다. 결코 주제넘게 나서지 않지만, 미즈시가에서 일어나는 일은 전부 파악하고 있는 그런 존재인지도 모른다.

궤짝이 가득 차자, 류지는 따로 골라놓았던 공물을 술통에서 보물통까지 차례대로 넣도록 마을 사람들에게 지시를 내렸다. 그리고 여섯 개의 통이 충분히 차자 직접 뚜껑을 닫았다. 그뒤, 마을 사람들을 두 명씩 조를 짜게 해 둘이서 한 통씩 조심스럽게 배례전으로 운반하게 했다.

배례전의 큰 제단 앞에 오른쪽부터 차례대로 술통, 쌀통, 땅통, 산통, 바다통, 보물통이 옆으로 나란히 안치되었다. 그 앞에 류지가 직접 운반한 궤짝을 놓고 뚜껑을 열었다. 솥이나 냄비 뚜껑처럼 기름한 손잡이 두 개가 붙어 있어, 뒤집어놓으면 손잡이가 다리가 되어 받침대로 딱 적당했다.

궤짝에서 꺼낸 신찬 — 채소는 가는 무와 굵은 무 각각 두 개, 커다란 호박 하나, 둥글둥글 모양이 고른 순무 두 개, 해산물은 대량의 미역과 큰실말 한 움큼, 잘생긴 전복, 산에서 잡은 것으로는 멧돼지 간, 그리고 마을 사람이 기른 거대한 조롱박 — 을 받침대에 정중히 늘어놓았다. 마지막으로 맑은술이 든 한 홉들이 술병, 쌀을 듬뿍 담은 한 홉들이 되, 소금을 수북이 담은 접시를 놓은 굽 높은 상을 모셔놓고, 그 앞에 큼직한 식칼을 받들어 든 류조가 앉았다.

여기까지는 견학이 허락됐지만, 이다음부터는 신관과 신남이 축사를 읊는다고 해서 다른 사람들은 밖으로 나와야 했다.

"저리 보여도 류지는 역시 의식에 이르면 사람이 다르군."

다쓰키치로가 누구에게랄 것 없이 감탄하듯 말했다.

"연륜이 있다는 말씀인지요?"

겐야는 확인했다.

"그래, 그런 거지. 평소와 분위기가 확 바뀌는군."

듣고 보니 그렇다. 공방전에서 만났을 때 류지에게서는 명백히 위엄이 느껴졌다. 그뒤 다쓰조와 말다툼을 벌이면서 상당히 비속한 느낌으로 돌아왔지만, 배례전에 류조와 함께 틀어박히기 전의 그에게는 또다시 독특한 기운이 감돌았다.

"그에 비해 류조 씨는 본모습으로 돌아온 것 같습니다만."

"음…… 신찬과 공물을 고르는 구체적인 작업을 봤으니 대번에 긴장됐겠지."

"신찬 말씀입니다만, 공물에 비해 류지 씨의 선별이, 그게 좀…… 그러니까……."

"대충 했다고?"

"아, 아뇨, 물론 그런 말씀은……."

"도조 겐야 씨라고 했던가?"

"아, 네."

"젊은 사람이 관찰력이 제법 날카롭군."

다쓰키치로는 겐야를 빤히 보더니 빙긋 미소를 지었다.

"네? 아뇨, 그렇지는…… 감사합니다."

"하하하, 솔직한 분이군."

다쓰키치로가 즐겁게 웃는 것을 보고, 그때까지 얌전하게 있던—아직 잠이 덜 깨서 그랬을 것이다—시노가 별안간 겐야가 탐정으로 활약했던 이야기를 꺼내려 했다.

"네, 그렇답니다. 도조 선생님은 그 날카로운 관찰안으로……."

"소후에 군, 지금 그런 이야기는……."

"여러 기괴한 사건을 보기 좋게 해결하셨는데……."

"아니, 그러니까 갑자기 무슨 이야기를……."

"수많은 활약 중에서도 제가 추천해드리고 싶은 건……."

"뭐가 그렇게 많다고. 게다가 다른 분께 추천해드릴 정도로 많이 아는 것도 아니잖아."

"앗, 그럼 선생님, 아직 말씀 안 하신 사건이 있다는 건가요?"
"아……."
"후후후, 실수했군, 도조 겐야!"
"그건 또 누구 흉내야?"
"오늘 밤 어디 한번 찬찬히 들어볼까요? 그래서 재미있으면 〈서재의 시체〉에 연재해주시는 거예요."
"이거 봐……."

어리둥절한 표정으로 두 사람을 지켜보던 다쓰키치로가 또다시 사뭇 재미있다는 듯 웃음을 터뜨렸다.

"이 아가씨는 편집자라고 들었네만, 여자치고 제법 유능하시군."
"어머, 아닙니다. 그 정도는……."
"너무 칭찬하지 마십시오. 금세 기고만장하니까요."
"선생님, 지금 뭐라고 하셨죠?"
"……응, 아니……."
"아하하하."

다쓰키치로의 우렁찬 웃음소리에 이번에는 겐야와 시노가 어리둥절했다.

"꼭 부부 만담 같군."

그런데 다쓰키치로가 이렇게 한마디 한 순간, 시노는 얼굴이 새빨개져서 눈길을 떨어뜨리더니 변명처럼 뭐라고 중얼거리며 어디론가 사라져버렸다.

"왜 저러지?"

시노의 뒷모습을 배웅하며 고개를 갸웃거리던 겐야는 퍼뜩 다쓰키치로를 돌아보았다.

"이것 참 죄송합니다. 갑자기 저렇게 사라지다니…… 앗, 분명히 측간에 갔을 겁니다."

그녀가 들었다면 있는 힘껏 주먹을 날렸을 것 같은 엉뚱한 견해를 늘어놓았다.

"흠, 저 아가씨도 여간 큰일이 아니겠군."

다쓰키치로는 그런 겐야를 흥미 어린 눈초리로 바라보았다.

"네? 무슨 말씀이신지요?"

"아니, 그냥 혼잣말이네."

그러더니 다쓰키치로는 정색하고 말을 이었다.

"민속학에 조예가 깊은 것 같은데, 하미 땅에 관해서도 조사하고 오셨는가?"

"제가 직접 공부한 건 아니고 원래 이곳을 방문할 예정이던 아부쿠마가와라는 선배한테 이것저것 배웠습니다. 선배는 이 지방에 드나드는 종교가 분들께 기회가 있을 때마다 이야기를 여쭈었다고 합니다."

"아아, 교토 신사의 자제분 말이군."

"아, 아부쿠마가와를 아십니까?"

"아니, 모르네. 중간에 사람을 세워서 수리조합에 청했으니."

개인적으로 아부쿠마가와를 아는 게 아니라는 것을 알고 일단 안심했다.

"무리한 부탁을 드려 죄송합니다. 이곳 분들께 중대한 의식을 아무 관계도 없는 저희가 참관하다니……."

"아니, 그런 건 상관없어. 가끔은 제삼자의 시선이 있어야 우리도 자극을 받으니 말이네."

"대대로 물려받은 의식일수록 주의하지 않으면 빈껍데기가 될 우려가 있다는 말씀이신지요?"

"예로부터 이어져 내려온 전통엔 그 나름대로 의미가 있게 마련이네. 그야 시대에 따라 바뀌어야 할 부분도 생기겠지. 하지만 본래의 관습을 무시하고 멋대로 행동하면 주객이 전도되는 정도가 아니야."

매우 추상적인 말이었지만 어쩐지 미즈시 신사의 외눈 광에 대한 고언처럼 들렸다. 어떻게 하면 캐볼 수 있을까 겐야가 생각하고 있으려니, 다쓰키치로는 난감한 화제를 꺼냈다 싶었는지 얼른 말머리를 돌렸다.

"미즈치 님 제의를 올리는 신사는 수리조합에서 정한다는 건 아시겠지?"

"네, 차례대로 돌아가며 담당하신다고 들었습니다."

"네 신사가 공평하게, 사이좋게 돌아가면서 하는 건 아니네만. 그때 요구되는 증의며 감의 내용에 따라 가장 적합하다고 판단되는 신사에 맡기지. 그런데 왜 본사本社라고도 할 수 있는 미즈시 신사의 신관이 대표로 신남을 맡지 않는지 이상하지 않던가?"

"처음엔 그랬습니다만, 네 마을에 네 신사가 있고 거기에 번수를 관장하는 수리조합이 관여되니 자연히 분담제가 됐을 거라고 이해할 수 있었습니다. 또……."

겐야가 머뭇거리자, 다쓰키치로는 괜찮으니 말을 계속하라는 듯 고개를 끄덕였다.

"미즈치 님 제의에는 목숨을 걸어야 할 부분도 있으니 위험이 한 신사에 집중되지 않게 하려는 배려도 있지 않았을까……."

"폭풍우 속에서 거행될 때도 있는 감의를 말하는 건가?"

"감의 경우는 자연의 위협이고, 증의 경우는 초자연의 공포라고……."

"호오, 거기까지 아시는가."

다쓰키치로의 눈빛이 날카로워졌다. 여든이 넘은 나이와 사람 좋은 노인이라는 분위기에서 네 신관들 중 가장 친근함을 느꼈지만, 그는 당연히 **저쪽** 사람이다.

구로 선배한테 얻은 정보를 입 밖에 내지 않는 게 좋을지도 모르겠군.

겐야는 자신의 부주의를 반성했다. 아부쿠마가와에게 들은 이야기뿐 아니라 이곳에 와서 보고 들은 온갖 사건을 봐도, 네 신사 간에 갈등이 존재한다는 것은 짐작이 가고도 남았다.

좀더 신중해질 필요가 있겠어.

그가 그런 식으로 생각하는데, 다소 근엄했던 다쓰키치로의 표정이 문득 누그러졌다.

"뭐, 아닌 게 아니라 미즈치 님 제의를 계속 담당했다간 몸이 못 버틴다는 이유도 있지. 하지만 몸만 못 버티는 게 아니라 재산도 그렇거든."

"네? 그게 무슨 말씀이신지요?"

"아까 보셨다시피 통이 꽤 커."

"그렇더군요. 술 같으면 수십 되는 들어가겠던데요."

"술고래 류지 같으면 한 달도 못 돼서 다 마실걸."

술버릇이 나쁘고 주사가 있다죠? 하고 물으려다가 가까스로 그만두었다.

"저런, 대단한데요."

"술은 시가의 유명한 양조장에서, 해산물은 와카야마의 어촌에서, 산나물이며 짐승 고기는 인근 산촌에서 전부 사들이네. 쌀과 채소는 하미 것이지만 엄선에 엄선을 거듭하니 여간 까다로운 게 아니야."

"아, 혹시 그 비용을……."

"그래, 미즈치 님 제의를 거행하는 신사에서 전부 부담해야 하는 걸세."

대체 액수가 얼마나 될까. 게다가 통 여섯 개에 들어갈 양만 있으면 되는 게 아니다. 얼핏 봐도 수레로 실어온 물품은 그 양이 실제로 바치는 공물의 갑절은 될 듯했다. 그조차도 이미 엄선을 거쳤다는 사실을 생각하면 상당히 많은 돈이 들 것이다.

"물론 네 마을에서 기부가 들어오긴 하네만, 그래도 역시 신사에서 큰 부담을 떠안게 돼."

"양이 저렇게 많은 데다 질까지 좋다면……."

겐야는 자신이 내는 것도 아닌데 비용의 총액을 알기가 무서워졌다.

"전부 공물로 바치는 건 아니니 남은 건 활용할 수 있지. 하지만 한꺼번에 대량으로 장을 본 셈이니 다 먹지는 못하거든. 결국 대부분 마을 사람들한테 나눠줘야 해."

"신사엔 별로 남지 않는 셈이군요."

"그런 사정도 있어서, 그때그때 어느 신사에서 의식을 거행할지 수리조합에서 상의해 정하게 된 거네."

다쓰키치로는 나직이 한숨을 쉬고 말을 이었다.

"예전엔 신찬만 바쳤지, 공물은 없었어."

"시대가 바뀌면서 호화로워진 겁니까."

"뭐, 이것저것 사정은 있었겠네만, 좀 너무 많군."

겐야는 그런 매우 현실적인 이유까지 듣고 새로 수확이라고 기뻐했다. 그러나 한편으로 어쩐지 불리한 이야기를 은근슬쩍 회피한 것 같다는 불만도 들었다.

교묘하게 얼버무린 건가.

그런 생각이 들었지만 이상하게도 화는 나지 않았다. 다쓰키치로의 인덕이리라. 게다가 네 신관들 중 가장 협조적인 사람은 그였다. 류코도 물으면 대답은 하겠지만, 그렇게 말수가 적어서야 유익한 정보를 얻어내는 게 쉽지 않을 것 같다.

그때 배례전에서 류지가 나타났다.

"준비 다 됐어."

그도 조금 긴장한 듯 보였다. 그러나 대기 중이던 마을 사람들을 두 명씩 새로 조를 짜주고 배례전에서 궤짝과 통 여섯 개를 내오도록 지시하는 사이에 금세 오만방자한 본모습으로 돌아왔다.

그랬던 류지의 모습이 조금 이상해진 것은, 겐야가 다쓰키치로와 이야기하는 사이에 도착한 듯한 젊은 처녀와 삼십대 중반쯤 되는 남자를 사이좋게 나란히 세우려고 했을 때였다.

"네놈이 왜 여기 있는 거냐?"

"장인어른도 이제 연세가 많으시니 은퇴하시는 게 좋을 것 같아서요."

"난 아무 말 못 들었는데."

"죄송합니다. 장인어른이 간밤에 잠을 잘못 주무셨는지 계속 목이 아프다고 하셔서 제가 대신 왔습니다."

"이거 봐, 느닷없이 사공을……."

"염려하시는 마음도 이해합니다만, 그 점은 괜찮습니다. 어차피 조만간 장인어른의 뒤를 이어야겠다 싶어서 그런 대로 연습은 했습니다. 잘 부탁드립니다."

남자가 정중히 머리를 숙여 절하자, 류지는 불만스러운 표정을 지었지만 순간적으로 대꾸할 말이 없는지 그답지 않게 머뭇거렸다.

"저 두 분은 누구신지요?"

"처녀는 아오야기 가의 도미코라고, 이번 예녀라네. 아오야기 가는 예전 촌장 집안이거든. 대대로 그 집 딸이 예녀를 맡아왔지. 사내는 마을에서 주류 상점을 하는 시미즈라는 집의 데릴사위로, 고로라고 하네. 저 집은 대대로 남자들이 사공을 맡아왔어. 원래는 장인이 나와야 하는데, 보아하니 대가 바뀐 모양이군."

겐야가 묻자 다쓰키치로가 대답했다.

"류지 씨는 그게 불만이신 것 같은데요."

"사전에 알리지 않은 게 못마땅한 거겠지. 게다가 온 게 저 사내이니 말이야."

"고로 씨에게 무슨 문제라도 있습니까?"

"아, 음…… 하지만 벌써 이만큼 준비가 됐는데 이제 와서 사공의 인선을 놓고 다투느라 의식을 늦출 수는 없을 테지."

다쓰키치로의 말은 마음에 걸렸지만, 그가 지적한 대로 됐다.

류지는 언짢은 표정인 채로 아오야기 도미코와 시미즈 고로를 나란히 세우고 그뒤로 궤짝을 든 마을 사람 둘을 붙였다. 또 다른 궤짝을 든 두 명이 그뒤를 이었다.

"저 안엔 뭐가 들었습니까?"

"수리조합 사람들이 연주할 악기가 들었다네."

류지는 그 여섯 명 뒤로 술통부터 차례대로 통 하나씩 실은 수레 여섯 대를 늘어세웠다. 그리고 앞쪽에는 그와 류조가 선두에 서고,

이어서 미즈우치 다쓰키치로와 스이바 류코, 미쿠마리 다쓰조와 미즈우치 세이지, 이렇게 두 명씩 짝을 지어 나란히 섰다.

겐야가 줄 맨 끝머리의 보물통을 실은 수레 뒤에 서자, 어느새 돌아왔는지 시노가 옆에 슥 붙었다.

수리조합의 여섯 명, 예녀와 사공, 신찬 궤짝과 악기 궤짝을 든 사람이 네 명, 여섯 대 수레에 각각 두 명씩, 겐야와 시노, 다 합해서 스물여섯 명에 이르는 행렬이 미즈시 신사를 떠나 미쓰 천을 따라 거슬러 올라가기 시작했다.

구불구불한 강변길을 따라 나아가다 보니 후타에 산의 형체가 점차 뚜렷이 보이기 시작했다. 나라의 미카사 산은 '미카사三笠'라는 이름 그대로 산이 세 겹으로 포개져 있다. 그러나 후타에二重 산에는 그런 특징이 일절 없었다. 그런 의미에서는 평범한 산이었다. 다만 울퉁불퉁 바위가 많은 험한 산면이, 인간의 범접을 허락하지 않는 독특한 분위기를 자아내고 있었다. 그것은 이윽고 미쓰 천 상류에 나타난, 병풍처럼 우뚝 솟은 여러 거대한 기암에서도 생생하게 느껴졌다.

기암들이 모여 있는 언저리가 강의 종착점이었다. 거기서부터는 산비탈을 따라 흐르는 급류가 시작된다. 강줄기 옆으로 산길이 이어졌다.

"이거야 원…… 쉽지 않겠는데."

겐야는 눈앞의 가파른 산길을 올려다보며 무심코 중얼거렸다.

"선두의 술통은 특히 조심해서 다루도록."

류지가 조금 올라가더니 일부러 돌아보고 주의를 주었다.

일행 중에서도 가장 고생할 사람들은 둘씩 짝을 지어 통을 운반하는 마을 사람 열두 명일 것이다. 만약 맨 앞의 통이 굴러떨어지기라도 했다간 나머지 통 다섯 개도 무사할 리 없다. 물론 운반하는 사람들도 다칠 것이다.

"이게 감의였다면 더 힘들었겠지."

"감의 때는 대개 비가 억수같이 쏟아지겠죠."

구체적인 장면을 상상했는지, 시노가 믿기지 않는다는 표정을 지었다.

"진신 호에서 흘러넘치는 수량도 장난이 아닐 테니 자칫하면 물이 이 산길까지 흘러올 수도 있어."

"그런 상황에서 이런 통들을 나르다니 제정신이 아닌 게……."

"큰일 날 소리 말라고."

두 사람은 일행과 조금 떨어져 있었지만, 그래도 혹시 보물통을 운반하는 마을 사람에게 들릴지도 모른다. 겐야는 허둥지둥 시노를 나무랐다. 그러자 그녀는 목소리를 낮추고 말했다.

"그러고 보니 구로 선배님이 감의보다 증의가 무섭다고 말씀하셨는데요."

"그래. 하지만 그건 어디까지나 신남의 입장에서 봤을 경우 그렇다는 거겠지. 궤짝이며 통을 운반하는 마을 사람들한테는 역시 반대가 아닐까."

"그야 그렇겠죠."

"만일을 위해 좀더 거리를 두는 게 좋을지도 모르겠어."

그러나 겐야의 걱정은 다른 이유에서 기우로 끝났다.

처음에는 뻔질나게 그에게 말을 걸던 시노가 이윽고 말이 없어지더니 조금씩 뒤처지기 시작했다. 그녀가 따라붙기를 기다렸다가 올라갔는데 그 간격도 점점 더 벌어졌다. 즉 일부러 거리를 두지 않아도 두 사람은 계속 뒤처지고 있었다.

"선생님…… 진짜…….."

벌써 몇 번째인지 시노가 올라오기를 기다려 겐야가 걸음을 떼려 했을 때, 그녀가 가쁜 숨을 몰아쉬며 화를 냈다.

"지가, 겨우, 따라잡았나 싶으면…… 선생님은, 또, 그렇게, 금세 올라가려고, 하시네요. 진짜, 너무해요…….."

"뭐? 말은 그렇게 하지만 여기서 같이 쉬었다간 영영 못 올라갈 거 아냐."

"서, 선생님…….."

"어, 왜?"

시노의 표정과 어투에서 터무니없는 말이 나올 것을 예감한 겐야는 순간적으로 경계했다.

"지가 저 통보다는 가볍겠죠?"

"무, 무리야. 소후에 군을 업고 올라가는 건…….."

"앗, 역시 생각은 하셨군요?"

"그, 그건 아닌데…….."

"벌써 절반은 올라오지 않았을까요?"

"그럼 나머지 절반도 열심히 올라가자고."

"세상에…….."

"소후에 군, 이건 취재여행이잖아. 일 아냐?"

"이런 등산은 일에 안 들어가요."

겐야는 한숨을 쉬고 산길을 올려다보았다. 선두에 선 류지 일행은 이미 삼분의 이 정도를 올랐다. 이대로 가다가는 거리가 점점 더 벌어질 것이다.

"그럼 소후에 군은 여기서 기다리면 어때?"
"……"
"마을 사람들은 의식에 참가하지 않으니까 곧 내려올 거야. 사정을 설명하고 같이 내려가게 해달라고 하면 안심할 수 있잖아."
"그, 그렇지만 마을 사람들이 올 때까지……."
"이 이상 뒤처지면 곤란해."
"이, 이런 외진 데서……."
"진신 호에 도착하기 전에 의식이 시작될지도 몰라."
"무서운 곳에서……."
"그런 사태는 어떻게든 피하고 싶거든."
"지 혼자……."
"처음부터 참가하지 못할 거면 여기까지 온 의미가 없잖아."
"기다려야 하다니……."
"알았지? 갔다 올게!"

겐야는 한 손을 들어 시노에게 빙긋 미소를 지어보인 뒤 산길을 뛰어올라갔다.

"도조 겐야 바보! 사람도 아냐! 악마!"

뒤에서 절규가 들려왔지만 귀에 들어오지 않았다. 그의 생각은 이미 미즈치 님 제의에 태반이 집중되어 있었다.

가파른 산길을 끝까지 올라가자 갑자기 시야가 확 트이면서 짙은 녹색 물을 담은 늪 같은 진신 호가 나타났다. 그가 나온 곳은 나루의 정면으로, 이제 막 마지막으로 보물통이 집배에 실리는 참이었다.

"다행이다……."

바로 배로 다가가자, 통을 싣는 것에 대해 지시를 내리던 류지가 그를 보고 저리 가라는 듯 가볍게 턱을 으쓱했다.

다른 사람들을 찾아보자 전원이 객석에 앉아 있고, 무대 위에 예녀가 정좌하고 있었다. 배 곁에는 류지 외에 사공이 있고, 조금 떨어진 곳에 류조가 우두커니 서 있었다.

"곧 시작되겠군요."

겐야가 넌지시 말을 걸자, 류조의 두 어깨가 움찔했다. 그의 존재를 전혀 눈치채지 못했던 모양이다.

"그래……."

"이런 의식은 아무리 경험이 있어도 역시 긴장되죠."

수리조합 사람들 중에서도 류조와는 대화를 나눠본 적이 거의 없다. 미즈시 가에서 이야기를 할 기회가 없었던 것은 아닌데, 그의 신경이 너무나도 날카롭게 곤두서 있던 탓에 어쩐지 조심스러웠다. 그것은 사실 지금도 별 차이가 없었다. 하지만 의식 전에 그와 이야기할 수 있는 유일한 기회를 놓치고 싶지 않았다.

"하지만 신사神事란 원래 괜히 익숙해지는 것보다 늘 처음 하는 기분으로 임해야 하겠죠."

"미즈치 님 제의는 특히 그렇지."

류조가 불분명한 어조나마 대답했다.

"감의보다 증의가 더 무섭다고 들었습니다만……."

"특히 이번 증의가 그래."

"미쓰 천의 물 부족이 워낙 심각하니까요. 이전에 비해서도 금년의 가뭄은 특히 심하다고……."

그러나 류조는 겐야의 말을 듣고 있지 않았다.

"목숨이 걸려 있어."

"네?"

"이 증의에……."

"목숨이 걸려 있다는 건, 증의 때의 미즈치 님이 무섭다는 것 이상의 의미가 있는 겁니까?"

"그래, 내 목숨으로……."

"류조! 뭘 하는 거냐!"

그때 류지의 질책이 날아들었다. 겐야가 그쪽을 돌아보자 집배 앞에서 그들을 노려보고 있었다.

"신찬과 공물 준비가 끝났는데, 신남인 네가 그런 데서 꾸물대고 있으면 어쩌겠다는 거냐."

"네, 지금 갑니다."

류조는 머리를 가볍게 숙이고 빠른 걸음으로 배로 향했다.

"잘 들어. 의식의 순서에 관해선 이제 와서 더 설명할 필요는 없겠지."

류지는 배 안으로 아들을 재촉하며 이야기하기 시작했다. 그사이 겐야는 사공에게 말을 붙이려 했으나, 사공은 노골적으로 성가시다는 표정을 지으며 다른 데로 피했다.

"……거다. 알겠지? 똑바로 해야 해."

얼마 뒤 류지가 모습을 드러내며 배에서 내리자, 돌아온 사공이 올라탔다.

"여태 얼쩡거리고 있나."

류지는 겐야를 보고 어이가 없는 듯했다. 그러더니 어쩔 수 없다는 표정으로 따라오라는 듯 턱짓을 하고는 진신 호 남쪽에 설치된 객석을 향해 걷기 시작했다.

계단식 객석의 앞단에는 미즈우치 다쓰키치로와 스이바 류코가, 가운뎃단에는 미쿠마리 다쓰조와 미즈우치 세이지가 앉아 있었다. 류지가 다쓰키치로 옆에 앉기에 겐야가 세이지 옆에 앉으려 하자, 돌아보지도 않고 "맨 뒷자리"라고 했다.

외부 사람이니 어쩔 수 없는 건가.

겐야가 머리를 긁적이며 셋째 단에 앉자, 기다렸다는 양 수리조합 사람들이 각자 악기를 연주하기 시작했다. 류지가 소를, 다쓰키치로가 횡적을, 류코가 장구를, 다쓰조가 징을, 세이지가 현을 연주했다. 여기에 스이바 류마가 있었다면 어떤 악기를 담당했을까 싶었지만, 그가 없어도 지장이 없는 모양이었다.

솔직히 수리조합의 연주는 빈말로도 잘한다고 할 수 없었다. 또 그에 맞춰 무대에서 춤추기 시작한 예녀도 어찌나 서툰지 볼 게 못 되었다. 그런데도 이 괴상망측한 음악과 춤의 배웅을 받으며 집배가 물 위를 나아가기 시작하자, 그 즉시 뭐라 말할 수 없는 기묘한 풍경화, 아니, 영화의 한 장면처럼 보였다. 그것을 열심히 감상하는 기분이 들었다.

진신 호 동쪽에 설치된 무대와 나루, 그곳에서 출발해 짙은 녹색 물 위를 미끄러져 가는 집배, 그 앞쪽에 기다리는 류쇼 폭포. 그 구도를 바라보기에 객석만큼 좋은 자리는 없을 것이다. 게다가 겐야는 가장 높은 곳에 앉았으니 아주 잘 보였다.

객석을 포함해 진신 호 전체를 보는 사람이 있었다면 분명 한가하고 목가적인 광경이라 느꼈을 것이다. 실제로 겐야도 어느새 느긋한 기분을 맛보고 있었다. 울뚝불뚝하고 거친 후타에 산의 인상에 비해, 산속에 펼쳐진 진신 호는 어딘지 모르게 무릉도원 같은 분위기여서 더욱 그런 느낌이 들었을 것이다.

하지만 이런 잔잔한 물밑에 미즈치 님이 계신다.

수량이 줄었다고는 해도 배 밑으로 깊은 호수가 펼쳐져 있었다. 투명도가 낮은 녹색의 걸쭉해 보이는, 살갗에 들러붙는 듯한 물이 찰랑찰랑 가득하다. 그런 물을 보는 동시에 배가 흔들리는 것도 체감하고 또 담수호 특유의 냄새를 맡으며 류쇼 폭포를 향해 나아간다. 오로지 의식만을 생각하며 미즈치 님을 향해 다가간다.

겐야는 눈을 감고 지금 호수를 나아가는 배에 자신이 탔다고 상상하며 머릿속으로 신남이 되어보았다. 그 즉시 물속에 어떤 거대한 것의 존재가 느껴졌다. 깊은 곳에서 이쪽을 꼼짝 않고 쳐다보는 커다란 어떤 것이 있다. 그것을 감지한 순간, 발밑에서 한기가 스멀스멀 솟아올랐다. 그와 동시에 당장이라도 배와 함께 호수에 집어삼켜질 것 같은 터무니없는 공포에 사로잡혔다.

으아아악!

속으로 절규하며 부랴부랴 눈을 뜬 겐야는 필사적으로 자신이 있는 곳을 확인했다. 객석 맨 꼭대기 단이 분명했다. 그런데도 그는 물이 바로 밑까지 밀려들어와 있지 않은지 진심으로 의심할 만큼 동요하고 있었다.

바, 방금 그게 뭐지?

미즈치 님이 보여준 환영일까. 기슭에 있는데도 그 정도라면, 호수 가운데로 나아갔을 때, 또는 호수 속으로 잠수했을 때 대체 무슨 일을 당할지 모를 일이다.

증의가 더 무섭다.

그 말의 참된 의미를, 그 편린을 얼핏 본 기분이었다.

센야가 악몽 같은 세계에서 깨어나니 마침 집배가 류쇼 폭포 앞에 다다른 참이었다. 사공이 노 젓기를 멈추고 배를 안정시키려 하는 것이 보였다. 노력이 결실을 거두어 집배는 바로 눈앞에 폭포가 떨어지는데도 고요히 정박할 수 있었다.

그런 상태가 얼마 동안 계속되다가 별안간 배가 크게 출렁였다. 주위 수면이 물결쳤다. 이윽고 물결이 잠잠해지자 또다시 배가 흔들렸다. 그것이 반복되었다.

공물이 든 통을 던지는구나.

바닥에 난 구멍으로 통 여섯 개를 하나씩 물속에 빠뜨리는 게 틀림없다. 선내에서 던진다지만 속이 꽉 찬 무거운 통을 던지다 보니 아무래도 물결이 크게 이는 것이리라.

젠야가 주의해서 세어본 결과, 배는 모두 여섯 번 흔들렸다. 술통부터 보물통까지 류조가 모든 공물을 빠뜨린 모양이다. 이제 떠오르는 통이 없는지 주시하며 기다리는 수밖에 없다. 만약 젠야가 신남이었다면 통이 떠오르지 않게 해달라고 열심히 기도했을 것이다. 이 호수에 잠수해야 할지 말지를 가리는 분수령이니…….

징이 한층 크게 울리더니 수리조합의 연주가 갑자기 끝났다. 그에 맞춰 무대 위의 예녀도 춤을 중지하고 류쇼 폭포를 향해 정좌했다.

별안간 주위가 조용해져 적막함이 감돌았다. 그때까지 들리던 음악이 사라지고 시야 끄트머리로 보이던 춤이 없어진 탓인지 눈앞의 풍경이 텅 빈 듯했다. 진신 호의 류쇼 폭포 앞에 집배가 떠 있는 모습이 흡사 무성영화의 한 토막처럼 보였다.

"이만 되지 않았나."

다쓰키치로가 중얼거렸다. 이 정도면 충분히 기다렸다는 뜻인 듯했다.

"좀더."

그러나 류지가 이의를 제기했다. 신중해서 나쁠 것은 없다는 투였다. 물론 두 사람의 목소리는 집배에 있는 류조에게 들리지 않는다.

그런데 그때 배가 조금 출렁인 듯 보였다.

"음? 신남이 잠수했나?"

다쓰키치로의 말로, 류조가 바닥의 구멍으로 물속에 뛰어들었는지 모른다는 것을 알았다.

"배 북쪽으로 통이 떠올랐나보지."

구태여 류지의 지적을 듣지 않아도, 나머지 세 방면에 아무것도 보이지 않는 이상 통이 떠올라 신남이 잠수했다면 그들이 있는 곳에서는 보이지 않는 배 반대쪽이라고 생각할 수밖에 없다.

그뒤 또다시 시간이 조용히 흘렀다. 그 이상 배가 흔들리는 일도 없이 그저 신남이 돌아오기를 잠자코 기다리고 있었다.

"저……."

겐야가 조심스럽게 말하자 세이지가 돌아보았다.

"신남이 배로 돌아올 때도 마찬가지로 출렁이는지요?"

대답하고 싶어도 자신이 없는지 세이지가 말을 못하고 있으려니 다쓰키치로가 가르쳐주었다.

"돌아올 때 상황에 따라 다르다네. 수면으로 올라올 때 배 바닥의 구멍을 바로 발견하지 못하면 허둥대느라 배를 뒤흔들게 되지. 구멍으로 바로 돌아왔다면 쉽사리 배로 올라올 수 있을 테고."

"그렇군요. 하지만 물속은 시야가 영 나쁠 것 같은데요."

"아니, 그게 여기서 보는 것하곤 달라서, 실제로 물에 들어가면 제법 잘 보이거든. 안 그러면 이런 의식을 할 수 있겠나."

듣고 보니 맞는 말이다. 즉 류조는 별로 헤매지 않고 바닥의 구멍으로 돌아온 모양이다.

그런데 아무리 기다려도 배가 움직이지 않았다. 이미 모든 의례가 끝났을 텐데, 배는 여전히 류쇼 폭포 앞에 서 있었다. 아까부터 사공인 시미즈 고로가 몇 번씩 객석과 호면을 번갈아 보고 있었다. 선내를 들여다보고 싶지만, 보면 눈이 먼다는 말이 있으니 용기가 나지 않는 것이리라.

"뭐하는 거지?"

다쓰키치로가 의아한 표정으로 고개를 갸웃했다.

"아직 배로 안 올라왔다는 뜻이 아닐까요?"

겐야의 물음에 다쓰키치로는 고개를 갸웃한 채 내저었다.

"그런 일은 있을 수 없지. 아무리 그래도 그만큼 숨을 안 쉬고 버틸 순 없네."

"배로 돌아오고 나서 거행할 의식이 더 있습니까?"

"마지막으로 축사를 읊지만 금방 끝날 텐데."

"그러면 이미 오래전에⋯⋯."

"증의는 끝났네."

"앗! 무슨 짓이냐!"

별안간 류지가 벌떡 일어나더니 소리쳤다.

겐야가 집배로 시선을 돌리자 마침 고로가 선내로 모습을 감추는 참이었다.

"어떻게 된 걸까요?"

이변을 감지했는지도 모른다고 생각하고 있으려니, 고로가 허둥지둥 뛰쳐나왔다.
"크, 크, 큰일 났다! 시, 신남이, 주, 죽었어!"

11

진신 호, 밀실이 되다

나루를 향해 뛰기 시작한 미즈시 류지를 도조 겐야가 바로 뒤쫓았다. 뒤에서 미즈우치 세이지의 목소리가 날아왔다.
"류이치 씨 같은 일이 또 생긴 겁니까?"
"그건 아직 모릅니다. 하지만 상황이 매우 유사한 거죠?"
겐야가 돌아보면서 거꾸로 묻자, 세이지는 고개를 끄덕하면서 "똑같습니다"라고 대답했다.
류지는 나루에 이르자 짧은 선창에 매어져 있던 쪽배를 풀어 혼자 노를 저어 가려 했다.
"잠깐 기다려주십시오. 이런 때는 제삼자가 입회하는 편이……."
"시끄러! 이거 못 놔!"
겐야가 쪽배를 잡자 류지는 당장이라도 노를 휘둘러 그를 후려칠 듯 보였다.
"신관님, 위험합니다. 그만두십시오."
세이지가 필사적으로 말리는데도 상대하지 않았다.
"야아아아!"
그때 뒤에서 갑자기 기합이라도 넣는 듯한 소리가 들려와 세 사람의 언동이 딱 그쳤다.

"바보 같으니! 이런 때 대체 무슨 짓인가!"

어느새 뒤를 쫓아온 다쓰키치로가 역정을 내며 앞으로 나섰다.

"류지 씨, 이 사람은 데리고 가는 게 좋겠네."

"아니, 그건……."

"저 배에서 무슨 일이 일어났는지 전혀 알 수 없는 상황 아닌가. 이런 말은 하고 싶지 않네만 류이치 일도 있지. 이 사람은 기묘한 사건을 경험해봤다니까 만일의 경우 도움이 될지도 몰라."

"그렇지만……."

"나중 일을 생각해도 당사자가 아닌 타지 사람이 동석하는 편이 나을 것 같네만."

이 말에서 다쓰키치로가 벌써 이후의 사태까지 내다보고 있음을 알고 겐야는 뭐라 말할 수 없는 기분이 들었다.

"자, 가시죠. 제가 노를 젓겠습니다."

겐야는 류지가 반론하기 전에 쪽배를 밀어내며 재빨리 올라탔다.

"걱정 안 하셔도 됩니다. 저도 노 정도는 저을 수 있거든요."

배가 나아가기 시작한 동시에 말을 걸었지만, 류지는 집배 쪽으로 돌아선 채 입을 열지 않았다.

문제의 배 위에는 연신 손짓하는 고로의 모습이 있었다. 이따금 뒤를 힐끔힐끔 돌아보는 것은, 격자 너머로 선내의 상황을 살피는 것 같았다.

반쯤 갔을 때 겐야가 나루를 돌아보자, 이쪽을 뚫어지게 쳐다보는 다쓰키치로와 세이지가 보이고 무대 위에 무녀의 소임을 마친 아오야기 도미코가 멍하니 서 있었다. 한편 객석에서는 그 자리에 남은 스이바 류코와 미쿠마리 다쓰조가 각각 집배와 쪽배를 보고 있었다.

류코가 침착해 보이는 데 비해 다쓰조가 흥분한 듯 보이는 것은 이십삼 년 전 아버지의 사건을 떠올린 탓일까.

노를 저으며 수면을 바라보고 있으려니 객석에서 체험했던 공포가 불현듯 되살아나려 했다. 겐야는 황급히 집배로 시선을 돌렸다. 그런데도 왜 그런지 자꾸만 수면을 내려다보게 됐다. 게다가 잠깐이라도 보면 저도 모르게 그대로 응시했다. 빤히 쳐다보다 보면 이내 머리부터 빨려들 것 같은 기분이 들었다. 아니, 스스로 그러고 싶어졌다. 뛰어들고 싶어졌다.

말도 안 돼. 무슨 생각이야.

자신은 지금 이변이 발생한 현장으로 가고 있다. 그곳에서 사람이 죽었다고 한다. 그런데 어째서 호수가 마음에 걸리는가. 왜 의식이 물속으로 향하는가.

미즈치 님인가.

불가해하지만 그렇게 생각할 수밖에 없었다. 겐야는 그래도 자신은 그나마 나은 편이라고 다시 생각했다. 한시라도 빨리 집배로 가야 한다고 생각하면서도 자꾸만 무의식중에 호수에 홀리고 있다. 정신적으로 아무런 속박이 없는 상태에서 진신 호에 홀로 쪽배를 띄웠다면 대체 어떻게 됐을지 모를 일이다.

신남이 증의를 두려워할 만도 하다.

어지간한 정신력으로는 신남을 맡을 수 없겠다는 것을 몸으로 실감했다.

"어이! 얼른 못 저어!"

겐야는 류지의 질책을 듣고 정신이 퍼뜩 들었다. 어느새 노를 젓던 손이 멎었던 모양이다.

"아차, 죄송합니다."
억지로 얼굴을 들어 앞쪽 집배에 시선을 고정했다가 놀랐다.
"어느새……."
아침부터 화창했던 하늘에 구름이 뭉게뭉게 퍼지고 있었다. 그것도 먹물에 담근 듯한 검은 구름이 빠른 속도로 하늘을 뒤덮는 풍경이 머리 위에 펼쳐져 있었다.
"증의가 성공한 거야."
아닌 게 아니라 당장이라도 비가 쏟아질 듯했다.
"류조 씨가 신남이란 중대한 역할을 보기 좋게 완수하셨군요."
"그래."
그 결과 그의 몸에 무슨 일이 일어난 게 아닐까 싶었지만 말로 하지는 않았다.
이윽고 정박한 집배 옆에 이르러 겐야는 쪽배를 맬 밧줄을 고로에게 던졌다. 그러나 고로는 신남의 시체를 발견한 공포 탓인지, 흥분해서 몇 번씩 놓치고 말았다.
"뭘 하는 거야, 얼른 못해!"
류지의 독촉에 조바심을 치고 진정시키려는 겐야에게 고개를 끄덕이며 가까스로 밧줄을 잡은 고로는 그것을 고물에 꽉 묶었다.
"류, 류조 씨가……."
류지는 집배로 올라타자마자 설명하려는 고로를 무시하고, 오히려 밀쳐내며 선내로 들어갔다.
"놀라셨겠습니다."
겐야도 말을 붙이고 곧바로 류지를 뒤따랐다.
"어이, 들어오지 마!"

기척을 느꼈는지 류지가 돌아보고 말했다.

"아직 살아 있을지 모릅니다."

겐야는 그렇게 대꾸하고 곧바로 선내 한복판에 쓰러져 있는 남자에게 다가갔다.

"네 이놈……."

"지금은 말다툼을 벌이고 있을 때가 아닙니다."

신남의 복장을 한 미즈시 류조로 여겨지는 인물이 바닥의 구멍에 배 언저리까지 상반신을 넣은 채 엎드린 자세로 쓰러져 있었다. 그 자세 그대로 꿈쩍도 하지 않았다.

"그쪽을 부축해주시겠습니까?"

구멍 오른쪽에 무릎을 꿇고 앉은 겐야가 신남의 오른쪽 겨드랑이 밑을 받치자, 류지도 엉겁결에 왼쪽에서 같은 동작을 했다. 구령에 맞춰 같이 들어올렸다.

"앗……."

류지가 말을 잇지 못했다.

"이게 대체……."

신남은 류조가 틀림없었지만, 왼쪽 가슴에 기묘한 것이 꽂혀 있었다. 마치 짐승 뿔처럼 보이는 기름한 원뿔형 막대기 같은 것으로 가슴을 찔렸다. 그것을 그의 두 손이 움켜쥐고 있었다.

"설마 류조까지 미즈치 님의 산 제물이……."

류지의 중얼거림에 겐야는 놀라 무슨 뜻이냐고 물을 뻔했다. 흡사 아들의 죽음을 처음부터 어느 정도 예견했던 것처럼 들렸기 때문이다. 그러나 거의 동시에 다른 것이 생각나 우선 그쪽부터 말했다.

"혹시 이거…… 미즈치 님의 뿔 아닙니까?"

"어떻게 알지?"

류지는 아들의 시체를 발견한 충격보다 겐야가 흉기의 정체를 짐작했다는 놀라움이 더 큰 듯했다.

"칠종신기에 관해서는 여기 오기 전에 들어서 알고 있었습니다."

"……"

"그보다 이건……"

대체 어떻게 된 일일까요, 라고 말하려고 했을 때, 류지가 별안간 시신에서 손을 떼더니 일어섰다.

"아니, 자, 잠깐……"

그 바람에 하마터면 시신이 구멍으로 빠질 뻔해서 겐야는 허둥댔다. 그러나 그가 무슨 짓을 할 생각인지 눈치챈 순간, 더욱 허둥댔다.

"아, 안 됩니다! 아직 아무것도 모르는데요!"

겐야는 류조의 시신을 필사적으로 끌어올려 발견 당시의 상태로 되돌려놓고, 서둘러 고물로 향했다.

"왜 죽인 거냐?"

"네? 저, 저, 전 아닙니다."

"네놈 말고 누가 있다는 거야."

"그렇지만……"

염려했던 대로 류지는 아들을 죽인 게 사공 시미즈 고로라고 의심하고 있었다. 아니, 완전히 단정하고 있었다.

"신관님, 기다려주십시오. 이 사람이 범인이란 증거는 아직 전혀 없습니다."

"멍청한 놈! 이 배에 타고 있었던 건 신남인 류조와 사공인 고로 둘뿐이었잖아. 누가 봐도 이놈이 죽인 게 분명하지."

"그렇게 누가 봐도 분명한 상황에서 일부러 살인을 저지를까요?"

"……."

"의식 중에 집배는 수리조합 분들과 무녀인 도미코 씨의 시야 안에 항상 있게 됩니다. 그 사실을 가장 잘 인식할 수 있는 사람은 배를 젓고 있던 고로 씨가 아닐까요."

"이놈은 이번에 사공 역할을 처음 맡았는데 그런 것까지 알 리가……."

"처음엔 몰랐겠죠. 하지만 실제로 배를 저어 나와보고 십중팔구 여러 사람의 시선을 따갑게 느꼈을 겁니다. 설사, 만에 하나 이분이 이 사전에 의식 도중의 살인을 계획했다 쳐도, 그런 상황을 인지한 단계에서 중지하지 않을까요?"

"……."

입을 다물어버린 류지 옆에서 고로는 연신 고개를 내저으며 말했다.

"나, 난 그런 계획 같은 거 세, 세, 세운 적 없어."

"네, 죄송합니다. 어디까지나 예를 들자면 그렇다는 겁니다."

"이봐, 그럼 류조는 대체 누가 죽였다는 거지? 이 배 어디에 범인이 있다는 말이야?"

류지가 목소리를 낮게 깔고 말했다.

"어느 통에 범인이 숨어 있었다든지……."

류지는 얼마 동안 입을 딱 벌리고 있더니 말했다.

"네놈은 얼간이냐?"

"네?"

"통 속에 공물을 잔뜩 넣는 걸 네놈도 본 거 아니었어?"

"네…… 봤죠."

"배례전의 의례에선 나하고 류조 앞에 통이 내내 있었어. 거기서부터 마을 사람들이 진신 호까지 모든 통을 운반했고."

"그것도 뒤에서 봤습니다."

"그럼 묻겠는데, 범인이 대체 언제 통에 숨어들었다는 거지? 아니, 설사 내가 실수로 못 봤다 치자. 그럼 통에서 나온 범인은 류조를 죽이고 대체 어디로 도망친 거야?"

집배에서 도망칠 수 있는 곳이라면 진신 호 속밖에 없다. 그러나 물속에 잠수하면 언젠가 숨을 쉬러 수면 위로 떠올라야 한다. 그런 짓을 했다가는 객석에 있는 누군가, 또는 무대 위의 무녀의 눈에 띄어 이보다 일찍 소동이 벌어졌을 게 틀림없다.

"어, 음…… 그건 모릅니다."

"네, 네놈은……."

"그건 이제부터 경찰이 수사할 겁니다. 지금 우리가 해야 하는 일은 현장을 되도록 어지럽히지 않고 한시라도 빨리 신고하는 겁니다. 그렇긴 하지만 이대로 그냥 둘 수도 없죠. 나루로 돌아가고 싶은데 괜찮으시겠습니까?"

겐야가 묻자, 류지는 으르렁거리듯 대답했다. 그것을 대답으로 받아들인 그는 고로에게 배를 저어달라고 부탁했다.

류쇼 폭포 앞에서 집배가 천천히 방향을 틀었다. 폭포의 수량이 줄어든 탓에 옆 바위에 모신 석조 사당이 뚜렷이 보였다. 사당뿐 아니라 내부의 석상도 오랜 세월 물보라를 맞아 마모가 심하다 보니 미즈치 님의 모습이 상당히 불분명했다.

집배가 류쇼 폭포에서 멀어지면서 굵은 빗방울이 떨어지기 시작하더니, 나루에 도착한 순간 하늘에 구멍이 뚫린 양 억수같이 쏟아지기 시작했다.
 겐야가 선내에서 본 류조의 모습을 간략하게 설명하자, 사람들이 웅성거리고 예녀 도미코가 나지막이 비명을 질렀다. 급히 마을 주재소에 연락해달라고 하자, 다쓰키치로가 바로 고로를 보내려 했다. 그러나 이미 류지에게 뭐라 귀띔을 들은 그는 다쓰키치로의 지시를 듣지도 않고 신관에게 머리를 숙이더니 산길 쪽으로 달려갔다.
 시미즈 고로의 뒷모습을 바라보던 겐야는 불길한 예감이 들었다. 류지가 그에게 어떤 지시를 내렸을지 생각하니 불안해서 견딜 수 없었다.
 "여기 있은들 비를 맞을 뿐이니 무대 밑에서 기다리는 게 좋겠네."
 다쓰키치로의 말에 다들 무대 밑으로 들어갔다. 류지도 순순히 따랐다. 무대 위에 지붕이 있기는 했으나 비바람이 강해지면 그리 도움이 될 성싶지 않았다.
 "미즈치 님의 칠종신기는 지금 미즈시 신사에 모셔져 있습니까?"
 겐야가 류지와 다쓰키치로를 번갈아 보며 묻자, 류지는 무시했지만 다쓰키치로가 대신 대답했다.
 "본당에 안치되어 있을 걸세."
 "훔치기는 어렵지 않고요?"
 "흉기 말인가······."
 "간단해."
 "그렇다고 아무나 쉽사리 할 수 있는 일은 아니잖나."
 류지가 아무 일 아니라는 듯 시인했으나 다쓰키치로는 그보다 신중했다.
 "신사의 내부사정을 잘 아는 사람일 거란 말씀이신지요."

"그렇겠지."

"미즈시 신사에서 칠종신기를 모시기 시작한 건 언제쯤입니까?"

"미즈시 신사가 이번 증의를 맡는다고 수리조합에서 결정한 게 아흐레 전이네. 그다음 날, 몇 년 전 감의를 했던 미쿠마리 신사에서 전달했어."

"다음번에 감의나 증의가 있을 때까지 마지막으로 의식을 집전했던 신사에서 관리하는 겁니까?"

"그래. 미쿠마리 신사 전엔 우리가 증의를 하고 나서 모셨고, 그전엔…… 그래, 미즈시 신사에 있었으니……."

그러더니 다쓰키치로는 뭔가 생각났는지 문득 입을 다물었다. 그러나 바로 아무 일 없었던 것처럼 말을 이었다.

"뭐, 결국은 네 신사에서 돌아가며 모시는 셈이지."

"전에 미즈시 신사에 칠종신기가 있었을 때가 혹시 십삼 년 전 아닙니까?"

겐야는 노인이 잠시 주저한 것을 놓치지 않았다.

"음, 그랬지."

"류이치 씨가 돌아가신 의식이죠?"

"무슨 말을 하고 싶은 거냐?"

류지가 끼어들었다.

"그때 칠종신기는 미즈시 신사에 잘 모셔져 있었습니까?"

"그야 당연하지. 도대체가 류이치는 심장마비로 죽었단 말이다. 미즈치 님의 신기하고 관계없어."

"조금 전 류조 씨의 시신을 보셨을 때 '설마 류조까지 미즈치 님의 산 제물이……' 하고 무심코 말씀하셨는데, 그건 무슨 뜻입니까?"

"형에 이어서 동생까지 증의 도중에 죽었는데 그렇게 느끼는 게 뭐가 이상하다는 거야?"

"죄송합니다. 아닌 게 아니라 그렇죠."

겐야가 순순히 사과하면서도 생각에 잠기는 눈치를 보이자 다쓰키치로가 믿기지 않는다는 표정으로 말했다.

"설마 류조의 죽음이 십삼 년 전 류이치의 죽음과 관계가 있다는 말인가?"

"아뇨, 아직 뭐라 말씀드릴 순……."

"으음."

다쓰키치로가 신음하는 사이, 겐야는 험악한 얼굴의 류지에게 중요한 부분을 질문했다.

"오늘 아침 본당에 가셨습니까?"

"그래, 그게 일과야."

"칠종신기 는, 미즈치 님의 뿔이 있던가요?"

"……있었어. 맞아, 있었어."

"의식을 준비하신 다음엔 어땠습니까?"

"……아니, 그때는 배례전에서 축사를 읊었으니 본당엔 안 갔어."

"그럼 오늘 아침, 류지 씨가 본당으로 가고 나서 미즈치 님의 뿔이 도둑맞았다는 말인가?"

두 사람이 주고받는 말을 듣고 있던 다쓰키치로가 말했다.

"아마 그럴 겁니다. 그것도 의식 준비가 시작되기 전에 훔쳤겠죠. 일단 시작되고 나면 상당히 많은 사람이 드나드니까요. 본당에 다가가진 않으시겠지만 공방전과 배례전 주변엔 다들 모여 계시지 않았습니까."

"그런 상황에서 본당에 들어가면 안 들킬 수 없겠지. 하지만……."
거기까지 말하더니 다쓰키치로는 복잡한 표정을 지었다.
"지난 일주일 동안 칠종신기가 미즈시 신사 본당에 모셔져 있었는데 오늘 아침에야 훔친 건, 류지 씨 알아차릴까 봐 그랬겠지. 즉 범인은 류지 씨 일과를 알고 있다는 뜻이네. 아니, 딱히 류지 씨 개인이 아니라도 돼. 하미의 신사가 매일 어떤 참배를 드리는지 알고 있으면 되는 일이야."
"네."
"그렇다면 우리 중에 범인이 있다는 말인가?"
갑자기 조용해진 무대 밑에서 머리 위의 판자를 때리는 세찬 빗소리가 유난히 크게 들리기 시작했다.
"어떻게 그런……."
세이지가 입을 열었으나 뒷말을 잇지 못했다.
"우리가 용의자로군."
"게다가 십삼 년 전 류이치의 죽음도 관계있다?"
다쓰조가 야유하듯 중얼거렸지만, 다쓰키치로는 어디까지나 진지한 어조로 말했다.
"물론 지금 단계에서 단정은 할 수 없습니다. 하지만 상황이 너무나도 흡사하거든요."
"……."
다쓰키치로가 침묵하자 이번에는 다쓰조가 조금 전과는 딴판으로 정색하고 말했다.
"그럼 이십삼 년 전 미쿠마리 다쓰오 일도 류이치와 류조의 죽음과 상관있지 않겠나? 아버지는 의식에 실패한 게 아니라……."

"누구한테 살해당했다는 말인가? 그 범인이 류이치와 류조도 죽였다고?"

다쓰키치로가 어이없다는 표정으로 말했다.

"……."

"왜 이십삼 년씩이나 들여서 그런 짓을 해야 하는 건가? 뭣보다도 그사이 의식을 거행했던 우리는 어째서 무사했던 거지?"

"……."

"다쓰조 씨, 괴로운 심정은 이해하지만 다쓰오 씨는 역시 사고를 당한 거라고 생각하네. 그리고 류이치도 사고일 가능성이 높겠지. 뭐, 사인만 본다면 일종의 병사라고 할 수 있을지도 몰라. 하지만 류조는 살해된 게 아닌가."

"아, 예, 스스로 목숨을 끊은 게 아니라면……."

"뭐, 뭐라고?"

겐야의 말에 다쓰키치로뿐 아니라 전원이 놀라 기겁했다.

"방금 전 사건의 용의자엔 당연히 류조 씨 본인도 포함됩니다."

"하고 많은 때를 두고 의식 도중에 자해하는 신남은 없네."

다쓰키치로는 기분이 상했는지 울컥해서 대꾸했다. 그러나 겐야를 유심히 바라보더니 갑자기 달라진 목소리로 "아니면 뭐 짚이는 데라도 있나?" 하고 물었다.

"방금 말씀을 드리다가 생각났습니다만, 집배에 타기 전 류조 씨와 잠깐 이야기를 나눴을 때 자신의 목숨을 걸겠다고 말씀하셨거든요."

"그건 의미가……."

"네, 다른 의미라고 말씀하시려는 건 저도 압니다. 감의는 자연의 위협에, 증의는 초자연의 공포에 노출되는 터라 신남을 맡는 사람은 실제로 목숨을 걸게 된다. 원래는 그런 의미죠."

"뭐, 댁의 독자적인 해석이긴 해도 그리 다르지는 않을 테지."

"바꿔 말하자면, 아닌 게 아니라 목숨을 위험에 드러내긴 해도 스스로 내놓는 건 아닙니다."

"어이······."

"하지만 그때 류조 씨의 말투는 실제로 목숨이 걸려 있는 것처럼 들렸습니다. 끝까지 말씀을 나누진 못했지만, '내 목숨으로······'라는 말씀도 하셨죠."

"자살한 게 아니라 증의를 성공시키기 위해 자기 목숨을 내놓았다는 말인가?"

"류조 씨는 최근 어떠셨습니까?"

겐야는 류지에게 묻는 것보다는 나을 것이라 생각해 세이지에게 물었다.

"그 친구가 신남을 맡는다는 걸 몰랐으니 위문하러 간 적은 없지만······, 지금 생각하면 재계를 하는 일주일간 아닌 게 아니라 이상하긴 했군요."

"이런, 그게 정말이냐? 함부로 말하면 안 돼."

다쓰키치로가 놀라며 아들에게 다짐을 두었다.

"사실입니다. 어쩌면······ 고민한 걸지도 모르겠는데요."

"그렇게 생각하면 그 기묘한 흉기도 납득할 수 있죠. 미즈치 님의 칠종신기 중 하나니까요."

"흠."

"미쿠마리 다쓰오 씨 일과 관계가 있을지 없을지 솔직히 현재로선 모르겠습니다. 다만 증의 도중 류이치 씨가 죽은 사건이 상당히 강력한 강박관념이 됐을 가능성은 있죠."

"류지 씨는 어떻게 생각하나?"

다쓰키치로가 묻자, 류지는 뭐라 말할 수 없는 기이한 표정으로 겐야를 바라보며 말했다.

"하여간 묘한 사내란 생각은 했어도, 알고 보니 인상과 달리 무서운 녀석이었군."

"무, 무섭다고요?"

"이 경우의 '무섭다'는 말은 '우수하다'라든지 '유능하다'란 뜻이랍니다."

당황한 겐야에게 세이지가 보충 설명을 해주었다.

"아, 아뇨, 전 그냥……."

그때 산길을 뛰어내려갔던 고로가 돌아왔다. 겐야는 사십대 중반의 쓰보즈카라는 주재소 순사와 예순 전후의 다카시마라는 마을 의사가 같이 온 것을 보고 일단 안심했다.

"집배 안에서 류조 씨가 돌아가셨다고 들었는데 사실입니까?"

쓰보즈카는 비를 맞으면서도 직립부동 자세로 류지와 다쓰키치로를 번갈아 보며 물었다.

"그래, 그걸 확인해줬으면 해. 다쓰키치로 씨도 같이 가주겠나."

류지는 다쓰키치로와 함께 무대 밑에서 나가 쓰보즈카와 다카시마를 데리고 집배로 가려 했다. 그러더니 갑자기 돌아보고 말했다.

"댁도 따라와."

처음에는 누구에게 하는 말인지 알 수 없었지만, 그의 시선은 명백히 겐야를 채근하고 있었다.

"네? 저, 저 말씀입니까?"

"또 누가 있다는 거지?"

"아, 예……."

"얼른 못 와!"

겐야는 야단을 맞고 무대 밑에서 뛰쳐나가 쏟아지는 빗속에 집배를 향해 걸음을 서둘렀다.

맨 먼저 배에 올라탄 사람은 류지였지만, 그는 고물에 서서 쓰보즈카와 다카시마를 먼저 들여보내고 이어서 다쓰키치로와 겐야를 앞세웠다.

배의 선실 부분은 문이 양쪽으로 열리는 출입구에서 안쪽으로 깊이 들어가는 직사각형 공간으로, 좌우에 설치된 좌석 같은 긴 판자, 그리고 판자 사이에 낀, 통로라고도 할 수 있는 바닥, 이렇게 세 개의 길쭉한 공간으로 이루어져 있었다. 그것만이었다면 승객이 마주 보고 앉는 일종의 여객선으로 보였을지 모른다. 그러나 통로처럼 보이는 가운데 바닥의 거의 중앙에 네모난 목욕통처럼 나무로 짠 틀이 있고, 그 속을 들여다보니 직사각형 구멍으로 수면이 바로 보였다.

"여기 양쪽 판자에 공물 통을 놓는 겁니까?"

겐야가 작은 목소리로 묻자 다쓰키치로가 고개를 끄덕였다.

좌우 긴 판자에 빈틈없이 통을 놓을 경우, 적어도 열 개는 놓을 수 있을 것 같다. 물론 지금은 한 개도 남아 있지 않았다. 구멍 오른쪽 판자 위에 신찬을 넣었던 궤짝이 있을 뿐이었다. 혹시나 싶어 안을 확인하니, 역할을 끝낸 한 홉들이 술병과 한 홉들이 되, 굽 높은 상, 식칼이 들어 있었다.

안쪽으로 들어간 쓰보즈카와 다카시마는 나무틀과 좌우 판자 사이의 좁은 틈새에 쭈그리고 앉아 발견 당시의 상황을 류지에게 들으며 류조의 시신을 조사하기 시작했다.

"저, 시신을 구멍에서 끌어올렸다가 되돌려놨는데요."

겐야가 만일을 위해 말해놓는 게 좋겠다 싶어 설명을 보충하자 쓰보즈카는 노골적으로 화를 냈다.

"문외한이 왜 멋대로 그런 짓을 해!"

"죄송합니다. 아직 숨이 붙어 있다면 살려야 할 것 같아서……."

"이래서야 살 수 없지."

시신의 가슴 언저리를 살펴보던 다카시마가 담담히 대답했다.

"잘 들어, 현장보존은 수사의 철칙이고……."

"나도 거들었네."

"네?"

류지의 한마디로 쓰보즈카의 기세가 누그러들었다.

"나도 같이 류조를 부축해 끌어올렸다고. 이런 경우 왜 쓰러져 있는지 확인하는 게 당연하지 않나."

"마, 맞는 말씀입니다."

쓰보즈카는 즉각 긍정하면서도 의아함과 미심쩍음이 뒤섞인 표정으로 겐야를 보며 "그런데 이 사람은 대체……" 하고 물었다.

"우리 손님이네."

"앗, 미즈시 신사의 손님이셨습니까?"

류지가 자신을 손님이라고 말한 것도 뜻밖이었지만, 겐야는 그 말로 쓰보즈카의 태도가 백팔십도 변한 것에 기겁했다.

"실례 많았습니다. 시신을 발견하셨다고요. 고생 많으셨습니다."

"아, 아뇨, 이거 참……."

몸 둘 바를 모르겠습니다, 라고 하려다가 그만두었다. 이 자리와 너무나도 어울리지 않는 말이다.

"이분은 도조 겐야 씨라고, 도쿄에서 미즈치 님 제의를 견학하러 오신 민속학에 조예가 깊은 작가 분이라네. 동시에 명탐정이기도 한 특이한 인물이지."

안 되겠다 싶었는지 다쓰키치로가 겐야를 소개했다.

"며, 며, 명탐정이시라고요?"

눈을 희번덕거리는 쓰보즈카에게 겐야는 황급히 "아닙니다" 하고 부정했다. 스이바 류마가 도조 겐야에 관한 잘못된 정보를 전한 것은 보아하니 미쿠마리 다쓰조만이 아닌 듯했다.

뭐라 말할 수 없는 묘한 공기가 선내에 흘렀다. 그래도 쓰보즈카는 류지와 다쓰키치로가 겐야의 동석을 인정한다면 이의가 없는 듯했다. 다카시마는 처음부터 시신에만 관심을 보였던 터라 그의 정체를 알고도 태도가 조금도 변하지 않았다.

쓰보즈카는 류조의 시신을 중심으로 현장 사진을 몇 장 찍고 나서 다카시마와 협력해서 시신을 끌어올려 바닥에 누였다.

"심장을 단숨에 찔렀군. 상처가 상당히 깊은데."

"선생님, 그러면 범인은 남자입니까?"

쓰보즈카의 질문에 다카시마는 시신의 흉부를 바라보며 눈도 들지 않고 대답했다.

"글쎄, 이렇게까지 깊게 찌르려면 상당한 힘이 필요하긴 하겠지."

"성인 남자란 말씀이군요."

"다만…… 어디서 찔렸는지가 문제란 말이지."

다카시마는 그제야 고개를 들었다.

"그게 무슨 말씀이십니까?"

쓰보즈카가 설명을 청했지만, 다카시마는 의식이 도로 시신으로 옮겨간 듯 가슴의 상처를 유심히 관찰하고 있었다.
"쓰보즈카 순사한테 댁이 설명하지그래?"
류지의 느닷없는 말에 겐야는 기절초풍했다.
"제, 제가요?"
"그래, 댁의 생각을 가르쳐주라고."
"부탁드립니다."
쓰보즈카까지 진지하게 머리를 숙인 것은 오로지 그게 류지의 의사였기 때문이다.
"아, 예, 제가 알아차린 것만 말씀드리면……."
"괜찮습니다."
"에, 류조 씨는 심장을 단숨에 찔렸죠. 흉기가 어느 정도 마개 역할을 했을 수도 있지만, 상처로 짐작하건대 출혈이 적잖았던 것 같습니다. 그런데 출입구 쪽 통로엔 핏자국이 전혀 없으니 여기서 찔린 게 아니란 걸 알 수 있습니다."
"그렇군요."
"게다가 출입구 쪽에서 찔렸을 경우, 범인이 문과 피해자 사이에 있었다면 류조 씨는 구태여 방향을 백팔십도 틀어 저 구멍 위로 쓰러졌다는 뜻이 되거든요."
"하지만 그런 경우라면 범인을 피해 달아나려고……."
"언뜻 보면 그렇게 생각할 수 있지만, 이 배의 특수한 상황을 고려하면 오히려 부자연스럽습니다. 문 밖엔 사공인 시미즈 고로 씨가 있었습니다. 아니, 도움을 청할 수 있는 사람은 그분뿐입니다. 그런데 그분과 반대 방향으로 도망쳤다고 생각할 순 없죠."

"순간적으로 그랬을 수도 있지 않을까요?"

"물론 가능하긴 합니다만, 그래도 도움은 청하지 않았을까요?"

"앗, 정말 그렇겠군요."

"단 고로 씨가 범인이었을 경우는 별개입니다."

"뭐, 뭐라고요?"

"우리는 기슭에서 고로 씨가 선내에 들어갔다 나와서 '신남이 죽었다'라고 소리치는 모습을 목격했습니다. 이때 선내에 들어간 동안 고로 씨가 재빨리 살인을 저질렀다면 어떨까요? 갑자기 들어온 고로 씨를 보고 놀란 류조 씨를 찌른 겁니다. 피해자는 범인과 반대 방향으로 도망칩니다. 고로 씨는 바로 고물로 돌아와 우리에게 큰 소리로 알립니다."

"완벽하게 설명이 되는군요."

쓰보즈카는 당장이라도 뛰쳐나가 고로를 체포할 기세였다.

"아뇨, 단순히 이 상황을 설명할 수 있을 뿐입니다."

"뿐이라뇨?"

"이걸로는 정작 중요한 동기가 설명되지 않거든요. 고로 씨가 왜 류조 씨에게 살의를 품었나 하는 동기가 아니라, 어째서 미즈치 님 제의가 거행되는 중인 집배에서, 복수의 목격자가 있는 상황에서, 또 자신이 가장 유력한 용의자가 될 무대에서, 일부러 살인을 저질렀나. 그 동기가 전혀 설명되지 않는 겁니다."

"으음…… 그런 말씀이십니까."

쓰보즈카는 겐야의 지적에 납득하면서도 시미즈 고로가 범인이면 사건이 쉽게 해결될 텐데 하는 표정이었다.

"범인이 출입구 쪽 통로에서 피해자와 바닥의 구멍 사이에 있었을 경우에도 똑같은 말을 할 수 있습니다."

"그야말로 몸을 돌려 문 밖으로 달아났겠죠. 범인이 있는 구멍 쪽으로 구태여 갈 리가 없습니다. 또 범인이 보내줬을 것 같지도 않고 말이죠."

그래도 겐야가 이어서 말하자 곧바로 이야기에 참여했다.

"그렇다고 출입구의 반대편 통로에서 이 참극이 일어났느냐 하면, 발견 당시 피해자의 자세로 볼 때 그건 무리거든요."

"범인이 일부러 구멍 반대편으로 피해자를 옮겼다는 말이 되는데, 그런 건 의미가 없죠."

"생각할 수 있는 가장 큰 가능성은, 출입구 쪽 통로에 피해자가 구멍을 향해 서 있었고 범인이 그 반대편에서 구멍을 가로질러 찔렀다는 상황입니다. 그 직후 범인은 흉기에서 손을 뗐습니다. 하지만 흉기를 쥔 상태에서 손을 뗀 탓에 류조 씨가 앞으로 고꾸라졌습니다. 도움을 청하는 목소리도 구멍 안으로 빨려들어 들리지 않았고요."

"허어."

쓰보즈카가 감탄한 듯 말하자 겐야는 황급히 손을 내저었다.

"하지만 이렇게 되면 흉기가 피해자의 가슴에 그렇게 깊이 박힐 것 같지 않거든요."

"네?"

"흉기의 길이는 대략 30센티미터쯤 될까요. 구멍 이쪽에서 저쪽까지, 긴 부분은 80센티미터쯤 될 겁니다. 범인의 팔 길이를 포함하면 구멍을 가로질러 범행을 저지르는 건 가능합니다. 단, 시신의 상태만큼 깊이 찌를 수 없어요."

"선생님, 이분 말씀이 맞습니까?"

쓰보즈카가 묻자 다카시마는 여전히 시신을 보면서 대답했다.

"나도 똑같은 말을 하려고 했어."

"그럼 피해자는 대체 어디서 찔린 겁니까?"

쓰보즈카는 의사에게서 겐야에게로 시선을 돌리며 당황한 표정을 지었다.

"가능성을 따진다면, 고물에서 흉기에 찔린 피해자가 선내로 도망쳐 구멍까지 왔다가 쓰러졌다고 볼 수도 있습니다. 다만 이 경우, 범인이 또 시미즈 고로 씨란 뜻인데 그분이 피해자를 찌르지 않은 건 다쓰키치로 씨를 비롯해 우리가 증언할 수 있거든요. 애초에 류조 씨는 선내에서 나오지 않았고 말이죠. 게다가 심장을 찔린 류조 씨가 그렇게 여러 발짝 걸을 수 있을 리도 없습니다."

"그럼 그건 아니라고 봐야겠군요."

"아까 말씀드린 동기 문제가 해결되지 않는 한, 고로 씨 범인설은 보류해야 할 것 같습니다."

"하지만 피해자가 찔린 현장이 선내의 통로 이쪽, 저쪽 다 아니고 그렇다고 바깥 고물도 아니라면…… 이젠 더 없잖습니까?"

"아뇨, 한 군데 더 남아 있습니다."

"그게 어디죠?"

"저 구멍 속입니다."

"네?"

겐야가 바닥에 난 구멍을 가리키자, 쓰보즈카뿐 아니라 류지와 다쓰키치로, 그리고 시신에 열중하고 있던 다카시마마저 구멍에 눈을 돌렸다.

"구멍 속이라면, 진신 호 물속 말씀입니까?"

"류조 씨는 잠수한 흔적이 없잖습니까?"

"이 정도 젖은 걸로는 잠수했다고 볼 수 없지. 통을 던졌을 때 물보라를 맞았을 거야."

겐야의 말에 다카시마가 시체의 두발을 살펴보며 덧붙였다.

"그럼 이, 이 구멍에서…… 버, 범인이 나왔다……?"

"물론 가능성은 부정할 수 없습니다. 하지만 사건이 발생했을 때 집배의 상황을 생각하면 있을 수 없는 일이란 걸 알 수 있거든요."

"있을 수 없다니…… 방금 도조 씨가……."

쓰보즈카는 영문을 모르겠다는 표정이었다.

"제가 드리려던 말씀은, 피해자의 가슴이 흉기로 찔린 곳이 이 구멍 속 아닐까 하는 겁니다."

"……."

"즉 류조 씨는 미즈치 님의 뿔을 두 손으로 잡고 이 구멍 위로 몸을 내민 뒤 가슴을 찔렀다. 그 결과, 류조 씨 자신의 무게로 흉기가 더욱 깊숙이 박혔다."

"자, 자살……?"

겐야가 무대 밑에서 이야기했던 해석을 설명하자, 류지가 노여움과 어이없음이 반반씩 섞인 어조로 말했다.

"뭔 소리를 장황하게 지껄이나 했더니, 그걸 말하기 위한 설명이었군. 그럼 할 수 없지."

평소의 류지답지 않게 꾹 참고 남의 이야기를 듣고 있었던 모양이다.

"신관님도 류조 씨가 스스로 목숨을 끊었다고 생각하십니까?"

쓰보즈카의 물음에 류지는 잠자코 고개를 끄덕였다. 순사가 다쓰키치로에게도 시선을 주자, 노인은 생각에 잠겨 말했다.

미즈치처럼 가라앉는 것

"글쎄, 난 바로 믿기진 않았어. 하지만 이런 식으로 타살이 불가능하다는 설명을 듣고, 또 미즈치 님의 뿔이 깊숙이 박힌 이유를 알고 나니, 진상은 그것밖에 있을 수 없다는 생각이 드는군."

"선생님은 어떻습니까?"

"나쁘지 않은 해석인데."

쓰보즈카가 의견을 묻자, 다카시마는 선뜻 겐야를 지지했다.

미즈시 신사의 신관이자 피해자의 아버지인 류지, 장로 같은 존재인 다쓰키치로, 게다가 의사인 다카시마까지 겐야의 해석을 받아들였으니, 쓰보즈카도 불만이 없는 듯 보였다.

"좀 마음에 걸리는 게 있습니다만, 왜 구멍 속에서 그런 일을 했을까요?"

"어디까지나 제 상상입니다만, 류조 씨는 진신 호에 자신의 피를 붓고 싶었던 게 아닐까요?"

"무, 무슨 이유로 말씀입니까?"

"기우 의식은 각지에 존재합니다만, 그중에 용신 님이 계시는 못을 일부러 더럽혀 노여움을 사서 비를 내리게 한다는 방법이 있습니다. 민속종교에선 피를 부정하게 보는 경우가 많죠. 미즈치 님께 신찬과 공물을 바치는 구멍에서 자신의 가슴을 찔러 피를 흘리고 목숨을 바치면서 동시에 미즈치 님의 노여움을 사기도 한다는, 그야말로 이중의 기능을 한 셈입니다."

"허어, 그렇군요."

쓰보즈카는 그제야 전부 수긍이 되는지 감탄했다.

"저기, 제가 드릴 말씀은 아닌 것 같지만…… 현경에 연락은 하셨는지요?"

겐야가 그렇게 순사에게 물었을 때였다.

"쓰보즈카 순사, 다카시마 선생, 이제 마을 젊은 놈들을 들여놔도 되지 않겠나?"

류지가 묘한 소리를 했다.

"선생님, 이제 됐습니까?"

쓰보즈카가 다카시마에게 확인하고 나서 밖으로 나가더니 바로 젊은이 둘을 데리고 돌아왔다. 고로가 순사와 의사를 부르러 갔을 때 같이 데려온 모양이다.

"네? 아, 아니 잠깐만요."

갑자기 사람이 늘어나 좁아진 선내에서 겐야가 허둥댄 것도 당연했다. 젊은이들은 류지의 지시 아래 류조의 시신을 담요로 싸더니 밖으로 내가려고 했다.

"현경 분들이 오실 때까지 되도록 현장을……."

"그렇지만 도조 씨가 설명하신 대로 자살 아닙니까?"

쓰보즈카는 어느새 자살이라고 단정한 듯했다.

"아니, 그건 어디까지나 제 해석일 뿐입니다. 설사 누가 봐도 자살이 명백한 상황이라도 현경이 검시를 생략할 것 같지는 않은데요."

"괜찮습니다."

"하지만…… 누구보다도 순사님이 질책을 받지 않겠습니까?"

"정말 괜찮습니다. 문제없어요."

"그래도……."

"경찰에 연락 안 했으니까 상관없어."

류지의 입에서 터무니없는 말이 나왔다.

"네? 안 했습니까?"

"네, 안 했습니다."

겐야가 저도 모르게 다그치자 쓰보즈카는 당연하다는 듯 시인했다.

"이, 이유가 뭡니까?"

"그건 물론 류지 신관님께서 전갈을 보내실 때 그럴 필요 없다고 하셨기 때문입니다."

"……"

"류조 씨는 자살하신 거니 신관님의 판단이 옳았던 셈이군요."

겐야는 혼란에 빠졌다. 류지와 같이 집배에서 류조의 시체를 확인했을 때, 신관은 고로가 범인이라고 생각했다. 즉 그는 아들의 죽음을 타살로 봤다는 뜻이다. 겐야가 고로는 범인일 수 없다고 설명해 그럭저럭 수습됐지만, 그렇다고 그의 생각이 완전히 바뀔 성싶지는 않았다. 그것이 달라진 것은 무대 밑에서 겐야가 해석을 시도하면서부터다. 그러나 류지는 그전에 고로를 보냈다. 그런데도 쓰보즈카 순사에게 현경에 연락하지 말라고, 고로에게는 류조의 시신을 운반할 마을 젊은이 둘을 데려오라고 이미 지시를 내린 것이다.

아들의 죽음을 흐지부지 묻어버릴 작정인가.

그렇게 생각할 수밖에 없다. 처음부터 사건을 없던 일로 할 마음이었다. 하지만 그렇다면 고로에게 덤벼든 이유는 무엇인가.

모순되는데…….

류지가 무슨 생각인지, 무슨 의도인지 모르겠다. 그러나 겐야는 뒤늦게나마 깨달았다. 자신이 내놓은 류조의 자살설에 류지가 냉큼 달려들었다는 것을. 그때까지 거들떠보지도 않던 자신을 일부러 집배로 부른 것은 쓰보즈카와 다카시마에게 자살이라고 이야기하게 하기 위해서였다. 그 때문에 류지는 내내 끼어들지 않았던 것이다.

요는, 타살이든 자살이든 아들의 죽음을 얼렁뚱땅 처리할 생각이란 뜻이다.

하지만 대체 왜……. 겐야가 그런 생각을 하는 사이에 담요로 싼 류조의 시체를 두 젊은이가 집배 밖으로 내갔다. 류지가 뒤를 따르고, 쓰보즈카와 다카시마도 동행했다.

"다쓰키치로 씨, 이건 안 될 일입니다."

미즈시 신사의 신관에게 충고할 수 있는 사람은 이 노인뿐이라고 생각한 겐야는, 상대가 밖으로 나가기 전에 말을 걸었다.

"그래, 나도 바람직한 일이라고 생각하진 않네. 하지만 류조는 마을을 위해, 또 미즈시 신사를 위해 스스로 목숨을 던진 게 아닌가. 그 덕분에 증의가 성공해서 이렇게 비가 오고 있지."

"네, 그건 그렇습니다만……. 하지만 세간에서 볼 때 류조 씨는 자살한 겁니다. 병사나 자연사가 아닌 한, 어떻게 죽었든 경찰에 알려야 합니다."

그러자 다쓰키치로가 한숨을 쉬었다.

"바로 그걸세. 경찰에 연락하면 류조의 숭고한 죽음은 단순한 자살로 전락하고 말아. 말하자면 하미 땅을 위해 목숨을 바친 공로자한테 그런 몹쓸 처사를 어떻게 하겠나."

"아니, 그런 이야기가 아니라……."

"아니라고 생각하는 건, 그야말로 마을 밖 세계의 이야기네. 물론 하미 땅도 일본의 일부지. 나라의 법률에 따를 필요가 있어. 그렇지만 류조가 병으로 죽었다고 관청에 알린다고 누구한테 폐가 된다는 말인가. 무슨 문제가 있다는 건가."

"다카시마 선생님이 진단서를 그렇게 쓰는 겁니까?"

"도조 씨, 못 본 척 넘어가주지 않겠나? 류지는 비록 저런 인간이긴 해도 수리조합의 대표로, 미즈시 신사의 신관으로, 신남의 아비로, 류조가 세상 사람들의 호기심 어린 시선에 노출되지 않고 편히 잠들게 해주고 싶은 걸세. 그런 심정은 나도 가슴에 사무치게 알겠어. 제발 부탁하네."

머리를 깊이 수그리는 다쓰키치로를 보고 겐야는 이 지방에는 이곳만의 섭리가 있음을 통감했다. 그러나 이번 일은 그런 문제로 끝날 것 같지 않다는 생각이 매우 불길한 예감으로 가슴속 깊은 곳에서 부글부글 끓어올랐다.

"류조 씨의 죽음이 살인이라면 어떻게 됩니까?"

"……"

"그래도 의식이 성공했다고, 역시 병사로 처리하실 겁니까?"

"무슨 소리를 하는 건가? 가정을 말해봤자 소용없을 텐데. 뭣보다 그런 건 류조한테 실례가 아닌가."

다쓰키치로는 겐야의 진의가 가늠되지 않는 듯했다.

"아뇨, 가정이라기보다 가설입니다. 실은……."

겐야는 자신의 생각을 설명했다.

"으음…… 아닌 게 아니라 묘하군."

다쓰키치로는 신음했다.

"제 눈엔 류지 씨가 류조 씨의 죽음을 비밀리에 처리하려는 것으로만 보입니다."

"내가 말한 그런 이유가 아니란 말이지?"

"네. 그런 점을 깨닫고 나서 돌아보니 류조 씨의 죽음에 대한 류지 씨의 반응이 영 기이하더군요."

"어떻게?"

"시신의 상태를 봤을 때 무척 놀라신 건 사실입니다. 하지만 그 뒤 바로 받아들였다고 할지, 그런 사태를 미리 각오하고 있었다고 할지……. 그 때문에 '설마 류조까지 미즈치 님의 산 제물이……'란 말을 무심코 하신 게 아닐까요?"

"류이치에 이어 류조까지 의식 도중에 죽을지 모른다고 예상했다는 건가."

"그 부근이 미묘합니다만……. 류조 씨가 죽을지도 모른다는 가능성을 알면서 의식에 임했다기보다, 죽은 류조 씨를 보고 이렇게 될 운명도 분명 있었다고 인정했다는 느낌이랄까요."

"무슨 말을 하려는지 알겠네만, 그게 대체 뭘 의미하는 건가?"

"십중팔구 류이치 씨의 죽음도 단순 사고가 아니었다는 뜻이겠죠."

"류지는 그걸 알고 있었다. 그 때문에 류조의 죽음도 쉽게 받아들일 수 있었다?"

"그렇게 생각하면 조리가 섭니다. 물론 두 분의 죽음의 진상은 알 수 없고, 류지 씨의 태도에 대해서도……."

"후자는 대충 예상할 수 있지."

"무슨 말씀이신지요?"

"아까 내가 한 말하고 기본적으로 같은 걸세. 류지는 미즈시 신사의 체면을 뭣보다도 중시했어. 아들들이 왜 죽었는지 밝혀지면 신사에 오점이 남게 된다고 생각했겠지."

"세상에…… 자기 자식이 죽었단 말입니다! 같은 일본이라도 지방이나 촌락에 따라 그곳의 독자적인 문화며 풍습이 발생해서 계승되는 건 당연한 일입니다. 또 그걸 대대로 지켜가는 것도 필요하겠죠.

그 결과 특유의 세계관이 구축돼서 그곳 주민이 좋은 의미로든 나쁜 의미로든 영향을 받는 건 어쩔 수 없는 일이라고 생각합니다. 하지만 그것도 정도 문제가 아닐까요?"

겐야는 저도 모르게 부르짖었다.

흥분하는 그와 달리 다쓰키치로는 담담한 어조로 말했다.

"그렇지만 도조 씨, 얼마 전까지만 해도 아버지나 자식이 죽어도, 형이나 동생이 목숨을 잃어도 슬퍼하지 않고 나라를 위해 목숨을 바쳤다고 기뻐하지 않았나."

"……."

"말하나마나 진심으로 기뻐했던 가족은 물론 없었겠지. 하지만 당시엔 그래야 한다는 풍조가 있었네. 아니, 그런 세계관이 만들어져 있었어. 일본이란 나라 자체가 끔찍하고도 어리석은 인습에 사로잡힌 커다란 마을이었던 걸세."

"……."

"류지가 한 일이 그렇게 특수하고 이상하다고 할 순 없지 않겠나."

"하지만……."

"전쟁 중의 일본이 미쳤던 것처럼 하미 땅에도 이상한 부분은 있겠지. 그렇지만 그거야말로 정도 문제인 거네. 아까도 말했지만 누구한테 폐를 끼치는 것도 아니야. 오히려 그렇게 해서 상황이 잘 수습된다면 일부러 문제를 만들 건 없지 않나."

"전쟁 중의 일본엔 개인이란 개념이 없었습니다."

"그래, 그랬지."

겐야의 갑작스러운 발언도 다쓰키치로는 자연스레 받아주었다.

"이대로 가다간 류이치 씨와 류조 씨의 개인도 완전히 무시되는 셈입니다. 만약 두 분이 본인의 의사로 미즈치 님께 목숨을 바쳤다면, 류지 씨의 사후처리 방식에 개인적으로는 찬동할 수 있었을지 모릅니다. 하지만 제삼자에 의해 억울하게 목숨을 잃었다면 그건 역시 그냥 넘길 수 없습니다."

그러자 다쓰키치로는 다소 곤혹 어린 표정으로 말했다.

"그것 말이네만, 류지의 태도가 이상했다는 건 나도 인정하네. 그걸 바탕으로 류조의 죽음이 자살이 아니라고 해석하는 것도, 류이치의 죽음에도 의문이 생긴다고 생각하는 것도, 뭐, 타당하겠지."

"다행입니다. 그 부분이 가장 중요하거든요."

"아니, 잠깐."

안도하려는 겐야를 다쓰키치로는 더욱 곤혹 어린 시선으로 바라보며 말을 이었다.

"도조 씨의 우려가 옳다면 미즈시 신사의 형제는 대체 어떻게 살해된 건가. 두 번 다 진신 호에 있던 사람은 신남과 사공뿐이었단 말이네. 이런 경우 보통 범인은 사공이라고 생각하겠지만, 류이치 때 사공이 고물에서 한 발짝도 안 움직였다는 건 우리가 봐서 알고 있어. 게다가 류이치는 물속에서 죽은 것 같다는 것도 알고 있고. 한편, 류조 때는 아닌 게 아니라 고로가 선내로 들어갔지. 그렇지만 고로가 오늘 아침 미즈치 님의 뿔을 훔칠 수 있었을까를 생각한다면 글쎄, 어떨까. 설사 가능했다 쳐도 왜 하필 증의 중에 죽여야 했단 말인가. 게다가 고로가 범인이라면 류이치를 죽인 사람은 따로 있다는 뜻이 되네."

"그건 왜죠?"

"고로란 사내는 칠 년쯤 전 타지에서 와서 시미즈 가에 데릴사위로 들어갔거든. 즉 류이치가 죽은 십삼 년 전엔 여기 없었네."

"그렇다면 고로 씨는 점점 더 용의선상에서 멀어지는군요."

"역시 범인은 같은 인물인가."

"현 시점에선 아무런 근거도 없습니다. 두 분의 죽음이 십삼 년이란 세월이 지나 벌어진 신남 연쇄살인사건인지 아닌지 아직 뭐라 말씀드릴 수 없습니다. 다만 이렇게까지 흡사한 상황에서 불가해하게 죽었으니, 범인이 별도로 존재한다고 생각하는 편이 오히려 부자연스럽다고 할 수 있겠죠."

"그건 그렇지. 하지만……."

"네. 사건이 발생했을 때 집배는, 아니, 진신 호 자체가 거대한 밀실이었습니다. 아무도 드나들 수 없었죠. 이 수수께끼를 풀지 못하는 한 손쓸 방도가 없습니다."

12

와눈 광, 정체를 드러내다

도조 겐야와 미즈우치 다쓰키치로가 집배에서 무대 밑으로 돌아왔을 때, 그곳에 있었던 사람들은 미즈우치 세이지와 스이바 류코, 그리고 예녀를 맡았던 아오야기 도미코, 이렇게 셋뿐이었다.

"다른 사람들은 다들 내려갔고?"

"네, 류조 군의 시신과 함께 내려갔습니다. 오늘 밤 임시 밤샘을 하고서 내일 정식 장례를 치를 모양입니다."

그렇게 대답하면서도 세이지는 그렇게 멋대로 행동해도 되느냐는 표정으로 아버지를 보고 있었다.

"흠. 그렇다고 말릴 수도 없지."

"집배에서 대체 어떤 이야기가 오간 겁니까? 쓰보즈카 씨도 류조 군의 죽음이 자살이라고 납득한 겁니까? 그렇다고 시신을 멋대로 옮기고 장례까지 치르는 건 아무리 미즈시 가라도 곤란할 것 같은데……."

"그 이야기는 나중에 하마. 어차피 도조 씨하고 정한 일을 수리조합에서 상의할 필요도 있으니 말이지."

다쓰키치로가 말한, 두 사람이 정한 일이란 이런 것이었다. 우선 가능한 한 다쓰키치로가 류이치와 류조의 죽음에 관해 조사하고 결과를 겐야에게 숨김없이 알린다. 그뒤 둘이 함께, 경우에 따라서는 수리조합의 다른 관계자들에게도 협조를 얻어, 진상규명에 나선다. 그 결과, 두 사람의 죽음에 어떤 문제가 있었다고 판명되면 반드시 수리조합에서 책임지고 대처한다. 집배에서 나오기 전에 두 사람은 이상과 같이 합의했다.

"알겠습니다."

무슨 사정이 있음을 짐작한 듯한 세이지가 대답하자, 류코도 알았다는 듯 고개를 끄덕였다.

"용케 남아 있었구나. 왜, 다른 사람들하고 같이 안 가고?"

그뒤, 다쓰키치로는 도미코에게 말했다.

"그게 저…… 시신과 같이 내려가려니까 무서워서……. 앗, 류조 씨께는 정말 죄송하게 생각해요."

"아니다, 젊은 아가씨가 그럴 만도 하지. 마음 쓸 것 없어."

다쓰키치로는 그녀를 안심시키려는 듯 자상하게 말하고는 이어서 물었다.

"그런데 미즈시 가에서 너희 집에 예녀 이야기를 했던 게 언제지?"

"여드레 전이에요. 수리조합에서 증의를 결정했다고, 류지 신관님의 심부름으로 시게조 씨가 오셨어요."

"그래서 바로 너로 결정됐고?"

"네. 신남과 역할의 중요성이 다르긴 해도, 예녀를 맡는 자도 자주적으로 재계를 하니까요. 최소한 일주일 전엔 정해져야 하거든요."

쓰루코를 예녀로 삼을 예정이었다는 류지의 말은 역시 그 자리에서 적당히 둘러댄 핑계였다는 뜻이다.

"그렇구나. 고생 많았다. 그럼 오늘 말이다만, 넌 무대 위에 있는 동안 줄곧 집배를 보고 있었지?"

"아, 네. 춤을 추면서 옆을 향하거나 뒤로 돌아선 적은 있었지만 잠깐뿐이니까요."

의아한 표정을 지으면서도 순순히 대답한 도미코에게 겐야가 재차 다짐을 두듯 물었다.

"집배가 계속 시야에 있었던 셈이죠?"

"네, 그래요."

"배뿐 아니라 배 주변의 수면도 그렇습니까?"

"네? 아, 네, 그럴 거예요."

도미코가 불안한 표정으로 다쓰키치로를 보자, 노인은 의식을 취재하러 온 작가라고 겐야를 소개하고 질문에 답해주라고 부탁했다.

"보이지 않았던 건 배의 이물 방향뿐이죠? 요는 류쇼 폭포와 배 사이 말입니다만."

"네, 아닌 게 아니라 그곳은……."

"하지만 우리한테는 아주 잘 보였죠?"

겐야가 확인하자 다쓰키치로와 세이지, 류코가 힘차게 고개를 끄덕였으므로, 질문을 계속했다.

"의식 도중에 수면에 떠오른 것, 또는 물속에서 잠깐이라도 나타난 걸 보셨는지요?"

"통 말씀이신가요?"

"물론 통도 포함되지만, 다른 것도 상관없습니다. 좌우지간 수면에서 눈에 띈 것 전부라고 생각해주십시오."

"아뇨……."

"바로 대답하지 않으셔도 되니 찬찬히 생각해봐주시겠습니까? 서두르실 필요 없습니다."

미즈치처럼 가라앉는 것

마치 최면술사 같은 어조였다. 도미코는 실제로 눈을 감고 고개를 갸웃한 상태로 얼마 동안 꼼짝도 하지 않았다.

"아뇨, 역시 아무것도 못 봤어요. 의식 도중을 물으셨는데, 전 의식이 시작되기 전부터 집배가 돌아올 때까지 진신 호를 보고 있었거든요. 하지만 수면에 뭐가 떠오르거나 물속에서 나타난 적은 한 번도 없었어요."

이윽고 눈을 뜬 그녀는 딱 잘라 말했다.

"그렇습니까. 하나만 더 부탁드리겠습니다. 무대 북쪽에 호수에서 물이 흘러나오는 부분이 있죠. 후타에 산을 내려가 미쓰 천이 되는 물줄기의 시작이……."

"네, 있어요."

"그곳도 보였습니까?"

"네, 보였어요. 하지만 딱히 이상한 점은……."

"그곳으로 뭐가 호수에 침입했으면 눈에 띄었을까요?"

"반드시 그랬을 거란 자신은 없지만 알았을 것 같은데요."

"감사합니다."

겐야는 도미코에게 감사를 표한 뒤, 만일을 위해 다른 세 사람에게도 같은 질문을 했다.

"난 아무것도 못 봤네."

"저도 못 봤습니다."

다쓰키치로와 세이지가 부정하는 옆에서 류코도 고개를 가로저었다.

"저도 그렇습니다. 그건 류지 씨와 쪽배를 타고 집배로 향했을 때도 마찬가지였습니다. 그때는 배 북쪽도 시야에 있었지만 이상은 없었습니다. 즉 의식이 시작되기 전부터 끝난 뒤까지 수면에 사각은 없었고,

게다가 누구 하나 뭘 목격한 사람이 없었다는 이야기가 됩니다."

"방금 하신 질문은 우리가 모르는 제삼자가 이번 증의에 관여한 게 아니란 사실을 확인하는 게 목적입니까?"

겐야가 사건 당시의 현장 상황을 정리하자, 세이지가 조심스럽게 물었다. 에둘러서 표현한 것은 도미코를 의식해서일까. 그녀가 마을로 돌아가 묘한 소문을 퍼뜨리기라도 했다가는 곤란하다고 생각했는지도 모른다.

"뭐, 그렇지."

다쓰키치로도 구체적인 대답을 하지 않아서, 겐야가 일단 이야기를 맺는 게 좋을까 생각하고 있을 때였다. 도미코 본인이 직설적으로 말했다.

"우리가 보는 앞에서 진신 호에 들어간 사람도, 거기서 나온 사람도 없었다고, 저, 그런 말씀을 하시는 거죠?"

"네, 그걸 확인하고 싶었습니다."

"그럼 류조 씨는 역시 스스로 목숨을 끊으신 게……."

"그렇겠죠."

겐야는 도미코에게 류조가 자살했다고 생각하게 놔두는 편이 낫겠다고 판단했다. 그러나 그녀는 그 생각에서 멈추지 않았다.

"아니면 물속에서 나타난 어떤 것에 당했다거나……."

"어떤 것이라니, 그게 뭐죠?"

"……팽것 말이에요. 아무것도 못 본 건 사실이지만, 배가 잠깐 흔들린 것 같은……."

도미코는 잠시 주저하더니 중얼거렸다.

"그게 언제죠?"

"통을 여섯 개 다 던진 다음이었어요."

자신도 비슷한 느낌을 받았다는 게 생각났다. 다쓰키치로에게 확인하자 "그러고 보니……"라 하고, 그뿐 아니라 류코도 그 사실을 인정했다.

"그때 혹시 팽것이 물속에서……."

도미코가 말하자 세이지가 고개를 크게 가로저었다.

"아니, 아무리 그래도 그런 일은 있을 수 없지."

"하지만……."

"배가 흔들린 건 사실일 수도 있어. 그렇다고 느닷없이 팽것을 거론하는 건 터무니없어."

세이지가 단호히 부정했다. 한편 다쓰키치로와 류코는 긍정도, 부정도 하지 않았다. 두 사람의 침묵이 어쩐지 섬뜩했다.

"하지만 신남을 맡으셨던 신관님이 실제로 보셨다고……."

도미코는 그 신관이 눈앞에 있는 두 사람이라는 것을 알고 한 말일까. 겐야는 순간적으로 의심했지만 그런 눈치는 눈곱만큼도 없었다. 확실한 것은, 비밀로 해두어야 할 목격담이 어느새 마을 사람들 사이에 퍼졌다는 사실이었다.

"그, 그건……."

세이지는 잘못 봤거나 환각이었을 것이라고 말하려 했던 걸까. 하지만 당사자들을 앞에 두고 머뭇거렸다.

"만약 팽것의 소행이라면 형님이신 류이치 씨도 같은 일을 당한 게 아닐까요?"

"아닌 게 아니라 류이치 씨의 죽음은 정말 물속에서 팽것하고 마주친 것처럼 섬뜩하긴 했지. 그렇지만 류조 군은 미즈치 님의 뿔로 심장을 단숨에 찔린 거야. 설사 팽것이 정말 있다 쳐도 흉기를 쓰진 않을 거 아니야?"

"그건 그렇죠."

도미코는 세이지의 지적에 할 말이 없어졌는지 시선을 떨어뜨렸다.

"의식의 전후로, 또 의식 도중 진신 호로 들어간 사람은 아무도 없고, 팽것의 소행이라고 보는 것도 무리가 있다면, 류조 군의 죽음은 역시 자살 아닐까요."

세이지는 다쓰키치로와 겐야를 돌아보며 그 외의 해석은 있을 수 없다는 듯한 어조로 말했다.

"그럼 우리가 호수에 도착하기 전에 누군가 이미 잠수하고 있었을 가능성은 어떻습니까?"

겐야가 말했다.

"뭐, 뭐라고요? 하, 하지만 그래선 숨을 못 쉴 텐데요. 숨을 쉬러 몇 번씩 수면 위로 올라와야 했을 테니, 그거야말로 들키고 말았을 겁니다."

세이지는 도미코가 팽것에 대한 이야기를 꺼냈을 때 이상으로 놀란 듯했다.

"맨몸이라면 그렇죠."

이때 겐야의 머릿속에는 어떤 것의 존재가 있었다. 그리고 그의 말을 들은 순간, 보아하니 세이지의 뇌리에도 같은 것이 떠오른 듯했다. 그러나 여기서 구체적으로 이야기할 수는 없다. 그도 그 점을 이해했는지, 시선을 마주친 것만으로 의사소통을 할 수 있었다.

"이제 곧 점심때군. 우리도 그만 돌아가는 게 좋겠지."

겐야와 세이지 사이에 오간 무언의 대화를 짐작했는지, 다쓰키치로가 그렇게 말하며 일어섰다.

"도조 씨, 뭣하면 우리 집에서 점심을 들겠나. 미즈시 가로 돌아가 봤자 다들 정신없이 어수선할 테니, 식사를 제대로 할 수 있을지 없을지 모를 일 아닌가."

"말씀은 감사하지만, 의식이 거행되는 동안 신사 쪽에 무슨 이상한 일이 없었는지 마음에 걸려서요."

"하긴 쓰루코 양 일도 있지."

"쓰루코 양에 관해 나중에 드릴 말씀이 있습니다."

다쓰키치로에게 단도직입으로 외눈 광에 관해 물어볼 생각이었다. 겐야와 협의를 했다지만, 하미 땅 사람이자 수리조합의 장로 같은 존재요, 미즈치 신사의 신관이라는 입장에 있는 그가 어디까지 대답해 줄지 불안한 마음은 있었다.

그렇지만 그 광의 비밀이 의식과 무관할 것 같지는 않았다.

류조뿐 아니라 류이치의 불가해한 죽음도 외눈 광과 연관된다는 생각이 들었다. 류지의 협조를 바랄 수 없는 이상, 의지할 수 있는 사람은 다쓰키치로뿐이었다. 다만 잘 접근하지 않으면 입을 다물어버릴 염려가 있다.

가는 길에 어떻게 말을 꺼낼까 생각하며 겐야도 일어섰을 때였다.

"선생님……."

모기처럼 힘없는 목소리가 들려왔다. 쫄딱 젖은 소후에 시노가 무대 밖에 서 있었다.

"소, 소후에 군…… 여긴 어떻게?"

겐야는 놀라 허둥지둥 그녀를 무대 밑으로 들어오게 했다.

"그게…… 통을 운반한 마을 사람들한테 완전히 무시당해서……

도저히 같이 하산할 수 없어서……. 혼자 올라가는 것도 무서워서 어쩌나 하는데, 얼마 있다가 사공이 엄청난 기세로 달려내려오길래 무슨 일이냐고 물었더니 신남이 죽었다고……. 그뒤 사공이 남자 넷을 데리고 올라가는가 싶더니, 이번엔 담요로 싼 시신이랑 같이 내려와서……. 그때마다 선생님에 관해 물어봐도 아무도 제대로 대답해주질 않으니, 지도 점점 걱정이 돼서……. 게다가 그런 데 혼자 있는 것도 무섭고…… 그래서 지는…….”

"소후에 군, 처음 하산한 마을 사람들은 빼고, 산에서 내려온 사공 시미즈 고로 씨, 고로 씨와 같이 올라간 네 남자, 그리고 미즈시 류지 씨와 미쿠마리 다쓰조 씨, 담요로 싼 시신 외엔 산길을 오르내린 사람이 아무도 없다고 단언할 수 있어?"

"……네, 틀림없어요."

"도조 씨, 그건 어째서 묻나?"

"의식이 시작되기 전에 산길 도중에 남은 소후에 군은 뜻하지 않게 망보는 역할을 한 셈입니다."

다쓰키치로의 질문에 겐야는 조금 흥분한 목소리로 대답했다.

"진신 호에 잠수하기 전에 후타에 산으로 올라간 사람이 아예 없었다는 뜻인가."

"네, 그렇습니다. 혹시나 해서 묻는데……"

겐야는 다시 시노를 돌아보며 물었다.

"호수에서 흘러내려오는 물을 거슬러 올라간 사람도 못 봤지?"

"그야 당연하죠. 수량이 그렇게 어중간하니 애초에 잠수는 못할 테고, 그럼 모습을 숨길 수가 없다고요. 아니, 설사 잠수할 수 있다 쳐도 그렇게 가파른 곳을 어떻게 거슬러 올라간다는 거예요?"

"응. 산을 올라가는 것만 해도 힘들 텐데, 위에서 물이 흘러내려오기까지 하니……. 그래도 가능성을 완전히 부정할 순 없으니까 소후에 군의 증언이 있어서 다행이야. 고마워."

"지가 어째 엄청 도움이 된 것 같네요."

"소후에 군, 역시 대단한걸. 생각지도 못한 데서 멋지게 한 건 해줬어."

"아, 아뇨, 그런 건……."

"좋아, 가자."

"네? 가다니, 어디를요?"

"그야 당연히 미즈시 신사지."

"네? 지는 바, 방금 올라왔는데……."

"자세한 이야기는 나중에 해줄게."

말을 마치기 무섭게 겐야는 다쓰키치로와 함께 무대 밑에서 나갔다.

"악마…… 잔인해…… 피도 눈물도 없어…… 사람도 아냐…… 요괴나 좋아하고…… 냉혈한……."

뒤에서 시노의 기운 없는, 하지만 원한만은 듬뿍 담긴 목소리가 들려왔지만 빗소리 탓에 그의 귀에는 들리지 않았다.

"괜찮습니까? 천천히 내려갑시다."

세이지가 자상하게 말을 걸어주고 도미코가 손을 잡아주어, 시노는 하는 수 없이 무대 밑에서 도로 빗속으로 나와 류코의 인도를 받으며 걷기 시작했다.

네 사람보다 먼저 출발한 겐야와 다쓰키치로는 이미 산길을 내려가기 시작한 뒤였다.

"편집자 아가씨, 그냥 둬도 되겠나?"

"네? 소후에 군 말씀입니까? 아, 예, 저래 봬도 튼튼하거든요."

겐야가 외눈 광 이야기를 꺼내기도 전에 앞서 걷는 다쓰키치로가 시노를 걱정했다.

"그래도 익숙지 않은 산길 아닌가. 게다가 비까지 이렇게 쏟아지고. 불안할 것 같은데."

"하지만 소후에 군하고 같이 내려가려면 같은 여자라고 도미코 씨도 함께 가게 될지 모릅니다. 도미코 씨는 현재 아마 류조 씨가 스스로 목숨을 끊었다고 생각하고 있을 겁니다. 하지만 하산하면서 저와 다쓰키치로 씨가 심상치 않은 이야기를 주고받는 걸 들으면 곧바로 의심에 빠질 테죠."

"그 결과, 사요 촌뿐 아니라 하미 땅 전체에 좋지 않은 소문이 퍼질 거란 말인가."

"이번 같은 사건의 진상을 추적할 때, 미신이나 관습의 영향을 받은 소문이 큰 걸림돌이 되기도 하거든요."

"과거의 경험에서 학습한 건가. 진짜로 명탐정이었군."

"아, 아닙니다."

겐야가 즉각 부정하자, 다쓰키치로는 재미있다는 듯 웃으며 말했다.

"아무리 경험이 있다지만, 아직 젊은 사람이 앞을 내다보며 대처하다니 이거야 원, 대단한걸."

"가, 감사합니다."

"그런 배려를 사건에 대해서만 말고 좀더 가까운 사람한테도 하는 게 좋을 것 같네만."

"아, 예…… 그게 무슨 말씀이신지요?"

"아니, 아닐세. 내 쓸데없는 소리를 했군. 그런 도조 씨를 저쪽에서도 충분히 이해하고 있는 것 같으니 그 덕분에 관계가 잘 유지되는 거겠지."

"저쪽?"

겐야는 무슨 말인지 몰라 의아하게 여겼으나, 이런 상황에도 다쓰키치로가 묘하게 기분이 좋은 것 같았다. 외눈 광 이야기를 꺼내려면 기회는 지금이다 싶었다.

"여쭙고 싶은 게 있는데요."

"뭐지?"

"미즈시 신사의 남쪽 끝에 외따로 있는 광이 있죠. 그 광은 대체 어떤 역할을 하는 겁니까?"

뒷모습만 보이니 다쓰키치로의 표정은 알 수 없었다. 그러나 방금 전까지 있던 쾌활함이 슥 사라진 것만은 알 수 있었다.

"아시는 모양이군."

"언제부터 있었던 겁니까?"

"그건 나도 확실히 모르네만, 류지의 선대 아니면 그 선대 때가 아닐까 싶네."

"그게 통칭 외눈 광인지요?"

"음…… 거기까지 알고 있나. 그 이름으로 부른 건 실은 나라네."

다쓰키치로의 이 말에 힘을 얻은 겐야는 아부쿠마가와에게 들은 이야기와 자신의 생각을 단숨에 늘어놓았다.

"주술적인 장치라……. 나도 비슷한 생각을 갖고 있어."

"수리조합에선 문제 삼지 않았습니까?"

말하고 나서야 겐야는 비난처럼 들렸을지 모른다는 것을 깨닫고 순간 아뿔싸 싶었다. 그러나 다쓰키치로는 담담한 말투로 오히려 질문을 던졌다.

"그 주술적인 장치 말이네만, 구체적으로 어떻게 생각했나?"
"이곳에 오기 전까지는 그게 저······."
미즈치 님으로 간주하는 생물을 광 안에서 기르는 게 아닐까 하는 해석을 머뭇머뭇 설명했다.
업신여기지 않을까 했는데, 다쓰키치로는 명랑함을 조금 되찾았다.
"호오, 역시 재미있는 사람이군. 그래서, 실제로 외눈 광을 보고 생각이 바뀌었나?"
"네. 하지만 실은 광을 보기 전에, 쓰루코 씨 방에서 신관님과 류지 씨가 하시는 말씀을 듣고 좀더 현실적으로 생각하게 됐습니다."
"······."
입을 다물어버린 다쓰키치로의 뒷모습에 또다시 무거운 분위기가 감돌았다.
"외눈 광이 본당처럼 미쓰 천에서 물을 끌어온다면 분명히 종교적 장치란 뜻이죠. 그런데도 광 안에 뭐가 있다, 기척이 느껴진다는 증언은 확실히 이상하거든요. 만약 인간이라면 광에서 생활한다는 뜻이 될 수 있습니다. 그게 사실이라면 신사 본당에 사람이 사는 것 같은 일이니 어떻게 봐도 이상하죠."
"그래서 도조 씨는 미즈치 님을 생물로 상상했군."
"하지만 그런 게 실재하느냐를 따지기 이전에, 그렇다면 개 신이며 구다나 마찬가지로 그 존재와 관련된 전승이 하미 땅에도 있어야 하거든요."
"음, 내가 알기로는 없네만."
"그럼 만약 광 안에 있는 게 사람이고, 게다가 처음부터 의도적으로 들어갔다, 또는 넣어졌다고 한다면 어떨까요? 반대로 어떤 가능성을 생각할 수 있게 됩니다."

"어떤 가능성을 말인가?"

"외눈 광이란 이름을 아무 까닭 없이 붙이신 건 아니죠? 만약 그렇다면 우연의 일치가 너무 섬뜩합니다만."

"무슨 뜻이지?"

"제물 아닐까요."

"……"

"인신공양인 겁니다."

"……"

"류지 씨는 쓰루코 씨가 헌것이 됐다고 격노하셨습니다. 그건 처녀가 아니면 산 제물이 될 자격이 없어지기 때문 아닐까요."

"……"

"야나기다 구니오 씨는 다이쇼 6년(1917) 〈도쿄 일일신문〉에 '외눈 꼬마'란 논고를 연재했습니다. 여기서 야나기다 씨는 아주 오래전에는 '제식祭式이 있을 때마다 신관을 한 명씩 죽이는 풍습이 있었다'는 매우 대담하고도 흥미로운 고찰을 하셨죠."

"논고의 제목이 왜 '외눈 꼬마'인가?"

"일본 전승엔 외눈박이 신이나 요괴가 등장하곤 합니다만, 이건 실제로 한쪽 눈을 못 쓰게 된 사람이 존재했던 흔적이 아닐까 하는 게 야나기다 씨의 생각이었습니다. 어쩌다 한쪽 눈을 못 쓰게 됐느냐 하면, 그들이 신의 대리인인 신관이라 성별聖別을 위해 그랬다는 거죠."

"그게 '제식이 있을 때마다 신관을 한 명씩 죽이는 풍습이 있었다'는 해석으로 이어지는 건가."

"네. 하지만 그런 설명은 필요 없으실 것 같습니다만. 다쓰키치로 씨는 '외눈 꼬마'를 알고 계실 테니까요. 미즈시 신사의 수상쩍은 광의 비밀도 이와 똑같다는 걸 알아차리셨습니다. 하지만 공개적으로 이야기할 순 없거든요. 그래서 예전에 읽었던 '외눈 꼬마'에 빗대어 외눈 광이라 명명하셨고, 그게 수리조합 관계자들 사이에 자연히 퍼졌습니다. 아닌가요?"

"즉 미즈시 가에서 증의며 감의를 집전할 때마다 외눈 광 안에 미즈치 님께 바치는 산 제물로 누가 갇혔다가 죽임을 당한다는 말인가?"

"아닙니까?"

"의식이 있을 때마다는 무리가 있을 것 같네만. 미즈시 신사가 아무리 하미 지방의 권력자라도 그렇게 계속 감출 순 없지. 뭣보다도 산 제물을 어디서 조달해온다는 말인가? 역할이 끝난 시신의 처리는 어떻게 하고? 문제가 이것저것 발생하지 않겠나?"

"그건 그렇습니다만."

"애초에 산 제물을 이용한 의식이 실제로 있었는지 아닌지, 그 판단이 쉽지 않아."

"야나기다 구니오 씨는 '외눈 꼬마' 이후, 이듬해에 '농업에 관한 토속'을 발표해 농경의례와 공양의례의 관계를 고찰했습니다. 이때 야나기다 씨는 인신공양의 실재성을 확신하고 있었다 보입니다. 그런데 이윽고 점차 반대 입장을 취하게 됩니다. 이건 당시의…… 앗, 역시 아시잖습니까."

겐야가 항의하자 다쓰키치로는 장난스레 웃었다. 그러나 곧 정색하고 말했다.

"문제는 이 지방에 그런 풍습이 있었느냐 하는 거겠지."

"미즈시 신사에서 어느 날 갑자기 생겨났다고 생각하는 건 다소

무리죠. 그런 전승은 존재하는지요?"

"여기 오는 길에 윗다리는 거치셨나?"

"네. 강길에서 참배길로 들어갈 때 건넜습니다. 사요 촌의 그 다리 말고는 사호 촌의 동쪽 끝에 있는 아랫다리밖에 없는 것 같던데요."

"실은 그 윗다리도 놓기가 영 쉽지 않았나보더군."

"떠내려가는 겁니까?"

"그래서 인간기둥을 세웠다는 걸세."

"아……."

"아니, 실제로 그랬는지 아닌지는 몰라. 윗다리 어귀에 수신탑이 있잖나? 진흙녀의 남편인 팽것을 위해 세웠다고 하지만, 실제로는 생매장 당한 사람을 모셨다는 전승이 있어. 다른 수신탑이 마을 경계의 표지 역할도 하는 걸 생각하면 아닌 게 아니라 그것만 특이하긴 하지."

"그런 역사적 배경이 있다면……."

"물론 확증은 없네만, 외눈 광이 미즈치 님께 산 제물을 바치는 장소라는 건 적어도 틀림없다고 생각하네."

다쓰키치로는 모호하게 말했다.

"뭔가 다른 점이 있는 겁니까?"

"보통…… 보통이라 말하는 것도 이상하네만, 우리가 떠올리는 산 제물하고 달리 완만한 산 제물이라고 할까."

겐야가 기묘한 표현에 고개를 갸웃거리자 다쓰키치로가 느닷없이 기이한 이야기를 꺼냈다.

과거 하미 땅에 아름다운 순례자 모녀가 나타났다. 비렁뱅이나 다름없었는데도 류지가 거두어 보살펴주기에, 마을 사람들은 그의 나뻔 버릇이 발동된 줄 알았다. 그런데 두 사람이 금세 모습을 감추었던지라 엉큼한 류지를 피해 달아났을 것이라고 다들 뒤에서 수군거리며 웃었다. 그로부터 몇 년 뒤, 굶주리다 못해 금세 쓰러져 죽을 것처럼 보이는 노파와 어린애 순례자가 찾아왔다. 이때 마을 사람들 사이에 으스스한 소문이 퍼졌다. 이번에 온 노파와 어린애가 아름다웠던 모녀와 동일인물이 아니냐 하는 소문이.

"완만한 산 제물이란 게 그, 그런 의미였습니까."

"아시겠나."

"그때 미즈시 신사의 신관이 외눈 광을 모녀에게 거처로 제공했다."

"선대 때였지."

"또 식사와 의복까지 제공했겠죠. 다만 절대로 광에서 나가면 안 된다, 외부와의 접촉도 일절 금한다, 하는 조건이 붙었습니다. 비렁뱅이나 다름없는 상태로 전국을 행각했을 모녀한테 비록 토광이라지만 의식주가 보장되는 생활은 매력적으로 비쳤을 게 틀림없습니다. 그래서 승낙하고 말았습니다. 그 결과가…… 몰라보게 변해버린 노파와 어린애의 모습이었군요."

"십중팔구 그럴 테지."

"확인은 불가능했습니까?"

"금세 다른 데로 가버렸으니 결국 지금도 확실한 건 몰라. 게다가 겨우 몇 년 만에 그렇게 뛰어났던 외모가 간 데 없었으니 마을 사람들 중에도 다른 인물이란 의견은 많았어. 그럴 만도 하지. 외눈 광의 존재를 알고 있던 나조차 당시엔 그 두 개를 연결해서 생각하지 못했으니까."

"두 사람의 모습이 이상했다는 건 어떤 식으로 이상한 겁니까?"

"음식을 못 먹어서 말랐다기보다 혼을 빼앗겨서 생기를 잃고 쇠약해진 것처럼 보이더군."

"……."

"류지의 아내 이쓰코를 아시나?"

"아, 예. 한 번 뵙고 이야기를 나눴습니다만……."

"이쓰코는 외눈 광을 광 님이라고 부른다네. 즉 광 자체에서 신격을 느끼는 걸세."

"정리해보면 이렇게 되는 걸까요? 외눈 광 안에 살게 된 사람은 미즈치 님 제의와 무관하게 평소 제물로서 역할을 다해야 합니다. 일상적으로, 조금씩 미즈치 님께 잡아먹히는 거죠. 광은 그걸 위한 장치입니다. 물론 이때 잡아먹는다는 표현은 비유입니다. 옛날이야기나 전승에 나오는 것처럼 정말 잡아먹는 건 아니죠. 제물이 된 사람은 십중팔구 우리 눈에 안 보이는 정신적인 어떤 걸 매일 조금씩 미즈치 님께 빼앗기는 게 아닐까요. 미즈시 신사가 증의와 감의에 대해 절대적인 자신을 갖고 있었던 건 외눈 광의 기능이 있었기 때문입니다. 신찬이며 통에 든 공물 외에 더욱 가치가 있는 제물을 평소에 바치고 있으니까요. 그걸 매개하고 있었던 게 미쓰 천의 물입니다."

"난 그 광에 미쓰 천이 아니라 진신 호에서 직접 물을 끌어오는 게 아닐까 보고 있네. 아니면 그보다 더 원류原流일지도 몰라."

"앗, 그렇군요. 그쪽이 더 직접적이겠습니다. 그나저나 잔인한데요. 서서히, 차츰차츰 죽이는 셈 아닙니까."

"아닌 게 아니라 그렇지."

"신관님."

겐야의 어조에서 무슨 말이 나올지 짐작했으리라. 다쓰키치로의 등이 긴장했다.

"증거가 전혀 없었다. 전부 상상에 불과하다. 그건 알겠습니다. 하지만 거기까지 외눈 광의 비밀에 접근하고도 신관님, 수리조합은 아무 조처도 취하지 않으신 겁니까?"

"수리조합 사람들은 아무것도 몰라. 아니, 아무것도 모른다는 건 과언일 수 있겠지만 적어도 나만큼 의혹을 갖고 있진 않을 걸세. 스이바 신사의 류마가 혼자 이것저것 캐고 다니는 정도고. 물론 류이치와 류조는 기회를 봐서 류지가 가르쳐주었겠네만……."

"하지만 신관님은 눈치채고 계셨죠."

"변명 같네만 도조 씨 말대로 확증은 아무것도 없어. 설사 그 모녀가 광에서 살았다는 사실을 밝혀냈다 해도, 좀전에 도조 씨가 말한 대로 거처를 제공해준 거라고 대꾸하면 손 쓸 방도가 없는 걸세. 게다가 지난 십 몇 년 동안은 외눈 광도 사용되지 않았고 말이지."

"그렇다고……."

"그래, 그냥 둬도 되는 문제는 아니지. 결국 보고도 못 본 척했다고 비난을 받아도 변명할 말이 없어."

다쓰키치로가 솔직하게 본심을 털어놓고 있다는 것은 알 수 있었다. 그러나 겐야의 마음속에는 외눈 광에 갇힌 게 만약 타지 사람이 아니라 하미 땅의 누군가였다면 다쓰키치로도 가만있었겠느냐는 물음이 끓어오르고 있었다. 그렇지만 여기서 그를 추궁하는 것은 번지수를 잘못 찾는 행동이다.

"광 안에 사람이 있었던 기간은 아십니까? 몇 년 몇 월부터 언제까지 있었고 이 기간엔 없었다 하는 걸 아시는지요?"

"아니, 거기까진 무리네. 하녀 우두머리 도메코라면 식사를 준비했을 테니 알지도 모르지."

"묻는다고 가르쳐줄 내용이 아니겠죠."

"그렇지. 게다가 그 여자는 성격이 비뚤어져서 말이네. 아무렇지도 않게 류지를 흉보고 다니거든."

"그럼 이야기를 잘 꺼내면 알 수 있을지도 모른다는 말씀이십니까?"

"그렇겠지. 하지만 자신도 가담했던 일이니 역시 경계할 거야. 문제는 그 여자가 그 광의 비밀을 어디까지 이해하고 있느냐 하는 건데……."

"의식과 상관있다는 인식은 없을까요?"

"내 보기에 류지가 일부러 착각하게 하는 것 같단 말이지. 요는 류지가 광 안에 여자를……."

퍼뜩 입을 다물어버린 다쓰키치로를 대신해 겐야가 말했다.

"두었다고 생각하게 했다. 그 때문에 이쓰코 씨는 식사 준비에 대해서도 딱히 의문을 품지 않았다. 류지 씨의 호색은 신물이 날 정도로 알고 있으니까."

"정말 탐정 사무소를 하고 있는 게 아닌가?"

"어, 어째서 그러시죠?"

"정보 수집 능력이 여간이 아니군."

"아아, 이건 제 능력이 아니라 미즈치 님 제의의 존재를 가르쳐준 제 선배 아부쿠마가와의…… 아니, 그것도 아니라 선배의 본가인 신사의 위력이랍니다."

"음, 대단하군."

한동안 감탄하던 다쓰키치로가 문득 고개를 갸웃했다.

"어쩌면 류지는 그런 식으로 얼버무릴 수 없는 일을 했을지도 모르네."

"네?"

"사공을 맡은 고로가 시미즈 가의 데릴사위란 말은 했지?"

"네, 하셨습니다."

느닷없이 무슨 말인가 싶었지만 겐야는 순순히 대답했다.

"그 친구가 하미 땅으로 온 게 지금으로부터 칠 년 전이었네. 본가는 오사카의 다루미樽味란 주류 상점이거든. 참으로 직업에 딱 맞는 이름이네만, 이 다루미 가를 원래는 큰아들인 이치로가 물려받았어야 했는데 전쟁 중에 징병을 피해 도망친 모양이야."

"저런! 그거 예삿일이 아니잖습니까."

"물론 가족도 당국의 미움을 사고 동네에서도 비국민 취급을 받아서 갖은 고생을 했네. 다행히 형은 붙들리지 않았네만, 어디로 달아났는지 가족도 몰랐어. 이윽고 전쟁이 끝나고 주류 상점을 재건하면서 큰형을 찾기로 했네. 소문을 따라 여기저기 수소문하고 다니던 고로가 다다른 게 여기 하미 땅이었어."

"목격된 정보라도 있었던 건가요?"

"못 알아차렸는지도 모르겠네만, 진신 호 북서쪽에 동굴이 있거든. 전쟁이 끝나고 거기서 밀랍처럼 변한 남자 시체가 발견됐다네."

"그 사람이……."

"소지품으로 보건대 징병 기피자 같다는 소문을 듣고 고로가 찾아온 거야. 결국 고로의 형은 아니었네만."

"고로 씨의 형님 이치로 씨가 집을 나간 건 언젭니까?"

"고로가 사요 촌에 왔을 때 육 년 전이라고 했었지."

"그럼 지금으로부터 십삼 년 전…… 류이치 씨가 증의를 집전했던 시기와 겹치는데요."

"그렇지."

"그때 이치로 씨는 외눈 광에 살고 있었던 겁니까?"

"확증은 전혀 없어. 이치로가 미즈시 신사에 드나드는 걸 마을에서 누가 본 것도 아니고 말이네. 설사 누가 봤다고 해도 그것만으론 어떻게 할 방도가 없어."

"그렇지만 시기도 그렇고, 인선도 그렇고, 상황증거로선 일치하죠. 징병을 기피하고 도망 중인 사람이라면 오히려 자진해서 광 안에 숨었을 테니까요."

"그럴 테지."

"외눈 광의 산 제물로 남자도 가능한 걸까요?"

"나한테 물은들 알 수 없네만, 어쩌면 시도해보지 않았을까 싶네. 눈앞에 안성맞춤의 재료가 나타난 걸 기회로."

"아!"

별안간 겐야가 소리 지르는 바람에 다쓰키치로가 멈춰섰다.

"무슨 일이야, 놀랐잖나."

"죄, 죄송합니다. 실은……."

겐야는 어젯밤 외눈 광에서 한 체험을 이야기했다.

"이쓰코하고 그런 대화를……. 류지란 사내는 이따금 당치도 않은 악마적인 발상을 할 때가 있어. 십삼 년 전 여기까지 도망쳐온 이치로는 불행히도 그 악마를 만난 게 아니겠나."

"그런데 의식 도중 류이치 씨가 불가해하게 죽었다……. 류지 씨가 쓰루코 씨한테 그렇게 집착했던 이유를 막연히 알 것 같습니다."

"호오."

"남자는 외눈 광의 산 제물로 안 어울리는 정도가 아니라 완전히 부적격이라는 게 이치로 씨 일로 판명됐습니다. 과거에 여자는 시험해봤죠. 하지만 류지 씨는 만족하지 않았던 겁니다. 좀더 완벽한 산 제물을 원했습니다. 그래서 산 제물에 더 어울리는 인간의 새로운 조건을 검토해봤습니다. 그 결과 신직과 관련된 숫처녀야말로 최고의 제물이 아닐까 하는 생각을 해낸 거죠."
"역시 예사 인물이 아니군."
겐야는 자신의 해석에 푹 빠진 나머지 다쓰키치로의 찬사도 귀에 들어오지 않았다.
"게다가 가족이 산 제물이면 위력이 더할 것이라고 생각했습니다."
"그래서 자기 손녀를……."
"거기서 문제가 되는 게 쓰루코 씨의 혈통인데요. 세이지 씨께 쓰루코 양의 어머니 사기리 씨는 양녀였다고 들었습니다. 그럼 류지 씨와 피를 나누지 않았다는 뜻이거든요. 그런데 산 제물로 적임이었나 하는 의문이 생깁니다만, 그전에 류지 씨는 왜 대를 이을 양자가 아니라 일부러 양녀를 들였나, 이 의문이 더 크다고 생각합니다."
"류지는 사기리의 출생을 감추려고 했네."
"이름 있는 신사 출신이라 그랬을까요."
"오히려 그 반대겠지."
"반대라고요?"
"유서 깊은 신사의 딸이었으면 류지가 자랑했을 걸세. 하지만 그런 곳에선 그렇게 간단히 양녀를 얻을 수 없거든."
"상대방 쪽에 어지간한 사정이 있었는지도 모르죠."
"그렇다 해도 우리한테만은 신사 이름을 밝히고 자랑했을 인간이 류지란 사내야."

"수리조합에도, 심지어 다쓰키치로 씨께도 안 가르쳐준 겁니까?"

"그래. 그러니 그 반대인 걸세. 내가 처음 생각했던 건, 사기리의 본가가 민간의 수상쩍은, 그렇지만 대단한 힘을 가진 행자의 가계가 아닐까 하는 거였네만."

"그런 의미였군요. 지금도 자세한 건 모르는 겁니까?"

겐야는 납득하는 동시에 사기리의 출생이 더욱 궁금해졌다.

"아니, 시간이 흐르면서 대강 알게 되더군. 신불과 관련된 자의 세계는 일반 민속신앙까지 포함하면 꽤 넓거든. 하지만 그 덕분에 정보도 전달되지. 곧바로는 무리라도 몇 년, 몇 십 년 지나면서 어느새 소문이 돼서 귀에 들어오게 마련이네."

아부쿠마가와의 본가로 들어오는 막대한 양의 정보가 그 증거일지도 모른다.

"도조 씨, 소류 향의 가가구시 촌이란 곳을 아는가?"

"잠깐만요, 들어본 적이 있는 것 같은데……."

"음, 댁 같으면 그렇겠지. 그쪽 세계에선 아주 두려워하는 어느 마귀 가계가 대대로 이어지는 곳이라네."

"그러고 보니 마귀 촌이란 별명이 있다고……."

"그래, 별별 이름이 있는 모양이더군. 어쨌든 문제의 집안에 대대로 쌍둥이 딸이 태어나는데, 전부 '사기리'라고 이름을 짓거든."

"그래서 사기리 씨……."

"다만 쌍둥이는 둘 다 그 집안의 소중한 후계자란 말이지."

"지방의 구가에서 그러는 것처럼 쌍둥이는 불길하니 한쪽은 남의 집에 준다는 풍습 때문에 양녀로 보낸 게 아니란 말씀이십니까?"

"분명히 특수한 사정이 있었겠지. 어쨌거나 사기리가 특별한 힘을 갖고 태어났다는 사실은 변함없는 걸세."

"어떤 힘일까요?"

"글쎄, 나도 자세히는 모르네. 게다가 사기리는 그곳에서 자란 게 아니니까."

다쓰키치로가 의미심장하게 말했다.

"그게 무슨 말씀이신지요?"

"그 집에서 자랐다면 후계자로서 교육을 받았겠지. 그 과정에서 자신이 가진 힘을 쓰는 방법뿐 아니라 아마 제어하는 방법도 배웠을 걸세. 딸 쌍둥이가 가지는 힘의 정체를 그 집 사람들은 이해하고 있을 테니까."

"하지만 사기리 씨는 사요 촌에서 자란 탓에 힘이 어떻게 성장했는지 아무도 모른다는 말씀이군요."

다쓰키치로는 느닷없이 사기리 가족의 만주 생활과 귀국선의 상황에 관해 이야기하기 시작했다. 본인에게 들은 게 아니라 사요코와 쇼이치가 세이지에게 말한 내용을 전해 들은 모양이다.

"예를 들어 사기리는 기총소사를 당하기 전이나 소련군 병사의 습격을 받기 전 그걸 미리 예지한 것처럼 행동했지. 그 힘이 최대한으로 발휘된 게 귀국 때가 아닐까 싶네. 특히 귀국선 안에서 쓰루코, 사요코, 쇼이치까지 자식들이 잇따라 쓰러졌을 때…… 아니, 그보다 더 전부터 사기리는 자신의 힘을 사용한 게 틀림없어."

"설마…… 사요란 부인의 갓난아기를 뺀 세 아이들……."

겐야는 그때 터무니없는 상상이 들었다.

"그래. 자기 자식의 목숨이 위험해졌을 때 자식들을 대신하도록 세 아이한테 미리 어떤 주술을 쓴 게 아닐까, 난 그렇게 보고 있네. 식량 사정이 여의치 않은 상황에 제 자식도 아닌 아이들한테 음식을 나눠줬다는 행위가 아무리 생각해도 부자연스럽지 않나."

"……."

"하기야 사기리가 어디까지 자기의사로, 의도적으로 그랬는지는 알 수 없지. 자연스럽다고 할지, 본능적인 행동이었을 수도 있어."

"아무런 교육을 못 받았기 때문이란 말씀이시죠. 하지만 자신한테 기묘한 힘이 있다는 건 알고 있었습니다. 애초에 류지 씨도 그걸 노린 거고요."

"그래."

"하지만 그렇다면 류지 씨는 어째서 일부러 그런 집의 딸을 양녀로 들였나."

"지금 무시무시한 생각을 하고 있지?"

"네……."

겐야가 대답하자 다쓰키치로는 멈춰서서 돌아보았다.

"어디 말해보겠나?"

"쓰루코 씨를 노리기 훨씬 전부터 류지 씨는 너무나도 끔찍한 계획을 꾸미고 있었던 게 아닐까요. 외눈 광의 산 제물을 처음부터 직접 길러낸다는 계획을……."

13

대체

사요코가 없어졌다.

누나를 찾는 쇼이치의 마음은 무척 혼란스러웠다.

설마…….

어떤 불길한 생각이 뇌리에 들러붙어 사라져주지 않았다.

아침식사를 마친 뒤, 쇼이치는 공방전에서 미즈치 님 제의를 준비하는 것을 어른들 몰래 숨어서 엿보고 있었다.

증의가 됐든, 감의가 됐든 미즈시 신사에서 거행하는 것은 십삼 년 만이다. 지난 의식에서 류이치가 죽었다고 들었다. 사인은 심장발작이라고 하니 사고 같다. 하지만 마을 사람들은 이십삼 년 전 진신 호에서 행방불명된 미쿠마리 다쓰오의 팽것이 불렀다고 지금도 뒤에서 수군거린다.

의식에 관련된 이야기는 이 지역에서 살기 시작한 이래로 이것저것 많이 들었다. 그러다가 보니 쇼이치도 어느새 예사롭지 않은 관심을 갖게 되었다. 사 년 전 미즈치 신사가 증의를, 이 년 전 미쿠마리 신사가 감의를 올렸지만, 당연히 준비 과정조차 보지 못했다. 그 때문에 이번 미즈시 신사의 증의에 대해 무척 흥분했다. 하지만 가장 큰 이유는 따로 있었다.

류지는 **이때**를 한결같이 기다려 온 게 아닐까.

드디어 외눈 광이 가동해 쓰루코가 어떤 형태로 의식에 관여하는 게 아닐까.

쇼이치뿐 아니라 사요코까지 그런 생각이 들었다. 두 남매의 의심을 뒷받침하듯, 의식을 사흘 앞둔 저녁식사 자리에서 류지가 난데없이 쓰루코의 결혼 이야기를 꺼냈다. 명백히 부자연스럽고 수상쩍었다. 그런데 놀랍게도 당사자가 납득하고 있었다. 동생들이 아무리 다그쳐도 괜찮다고 할 뿐, 이야기가 진전이 없었다.

그런데 어제 저녁, 생각지도 못한 일이 일어났다. 미즈우치 가이지가 쓰루코와 달아나려 한 것이다. 여기에는 사요코도, 쇼이치도, 또 류지도 모두 똑같이 기절초풍했다. 두 사람의 계획을 눈치챈 사람은 아무도 없었다. 아니, 애초에 두 사람의 관계조차 아무도 몰랐다.

미즈시 가의 본가로 숨어든 가이지를 도메코가 눈치 빠르게 발견하고 수상하게 생각해 류지에게 보고한 모양이다. 말하나마나 류지와 세이지 사이에는 응어리가 있다. 그 때문에 가이지가 미즈시 가에 얼굴을 내미는 일은 거의 없었다. 그런데 남의 눈을 꺼리듯 가택침입을 했으니 도메코가 수상하게 여긴 것도 당연하리라. 류지가 바로 쓰루코의 방으로 간 것은, 감이 작용했다기보다 단순히 의식을 하루 앞둔 그때 그녀가 무엇보다도 중요했기 때문이다.

쓰루코의 비명을 듣고 사요코와 쇼이치가 달려가자, 류지가 무시무시한 형상으로 쓰루코의 머리채를 잡고 이리저리 끌고 다니는 중이었다. 두 사람이 말리려고 했지만 맥없이 나가떨어지고 말았다. 방 구석에 같은 꼴을 당한 듯한 가이지가 보였다. 처음에는 영문을 알 수 없었지만, 류지와 가이지의 말을 듣고 그제야 사정을 이해했다.

보아하니 가이지는 아버지 세이지를 따라 찾아갔던 그 허름한 움막에서 쓰루코를 보고 첫눈에 반한 모양이었다. 당시 그녀는 열세 살, 가이지는 열한 살이었다. 그 감정을 가슴에 품은 채 세월이 흘러 이윽고 쓰루코 남매가 미즈시 가에서 살게 되면서 한층 더 만나기 어려워졌다. 가이지가 일대 결심을 한 것은, 미쿠마리 신사의 감의에서 쓰루코가 예녀를 맡았을 때였다고 한다. 의식 준비를 거들러 갔을 때 무녀 의상을 입은 그녀를 보고 다시금 반했다.

감의가 끝난 뒤, 가이지는 쓰루코를 만나려고 용기를 내어 미즈시 가에 숨어들었다. 다행히 쓰루코가 그의 마음을 받아들여 그뒤 세 번쯤 더 침입했던 모양이다. 그러나 하마터면 도메코에게 들킬 뻔한 탓에 밖에서 만나기 시작했다. 작년 여름께부터 쓰루코가 빈번히 외출했던 이유가 이것이었음을 알고 사요코와 쇼이치는 그제야 이해가 됐다. 그러나 두 사람이 만난 장소를 들은 순간, 쇼이치는 입을 딱 벌린 채 한동안 넋이 나가 있었다.

가이지와 쓰루코는 미즈시 가의 뒷산에 있는 동굴에서 몰래 만났던 것이다. 그리고 만에 하나 마을 사람에게 들킬 때를 대비해 둘 다 귀신 가면을 썼다고 했다. 실제로 효과가 있었다는 것은 마을 젊은이들이 '귀녀가 나왔다'고 소동을 벌인 데에서도 알 수 있었다. 다만 결코 쇼이치에게 겁을 줄 생각은 없었던 모양이다. 동굴 안쪽까지 누가 들어오는 기척이 나기에 귀신 가면을 쓰고 숨어 있었는데, 물속에서 누가 나타나는 바람에 놀랐다. 가이지가 정체를 확인한 결과 쇼이치라는 것을 알았다. 그래서 불러 세우려고 했는데 뒤도 돌아보지 않고 달아났다. 걱정이 된 쓰루코가 상태를 보려고 돌아가자, 동생이 욕탕에 있었다. 딱히 다친 것 같지는 않고 자신들을 알아차린 눈치도 없었다. 그래도 한동안 만남의 횟수를 줄이는 사이에 겨울이 되어 눈이 오기 시작했다. 하는 수 없이 올봄까지 기다리기로 했다.

결혼에 관해 진지하게 생각했지만 두 집안의, 아니, 류지와 세이지의 관계를 떠올리면 상황은 절망적이었다. 그래도 시간을 들여 어떻게든 하고 싶다. 일단 할아버지인 다쓰키치로에게 의논하자고 생각한 찰나, 갑자기 쓰루코의 결혼 이야기가 나오는 바람에 허둥댔다. 그녀 본인은 의식이 있기 나흘 전에야 들었다고 한다. 바로 가이지에게 알렸으나 시간이 너무 촉박했다. 가이지가 전날 오후 일찍 맞이하러 갈 테니 일단 도망치자고 제안했다. 그런데 이것저것 문제가 생기는 바람에 저물녘이 다 되어 오게 됐다. 더욱이 도메코에게 들켜 류지까지 알게 됐다. 그 결과가 그 소동이다.

결혼 발표가 있었던 날 밤, 동생들에게 '걱정하지 마라' '괜찮다' '고생은 좀 할지 모르지만 행복해질 수 있다'고 쓰루코가 말한 것은 가이지와 같이 달아나기로 약속했기 때문이었다. 쇼이치가 "신의 신부가 되는 거야?" 하고 물었을 때, "그런 걸까…… 하지만 역시 아닐 거야" 하고 대답한 것은 미즈치 신사 후계자의 아내라는 입장을 큰누나 나름대로 생각했기 때문인 모양이다.

쓰루코와 가이지에 관해서는 다쓰키치로가 두 집안, 류지와 세이지 사이를 어떻게든 중재하기로 되어 있다. 다쓰키치로가 미즈우치가의 사람이다 보니 일이 그리 간단하지는 않을 것 같지만, 그렇다고 다른 적임자가 있는 것도 아니다. 무엇보다 이곳 하미 땅에서 류지에게 바른말을 할 수 있는 사람은 아무리 뒤져봐도 다쓰키치로뿐이다.

사요코와 쇼이치는 일단 안도했다. 쓰루코에 대한 류지의 예사롭지 않은 집착이 흔적도 없이 사라졌다는 게 가장 마음이 놓였다. 오랜 세월 쓰루코를 소중히 해온 것은 특별한 증의를 거행할 때 그녀에게 어떤 특수한 역할을 시키기 위해서였다는 게 판명된 셈이었다. 하지만 숫처녀가 아니게 된 쓰루코는 이제 불필요한 존재다. 게다가 이번 같은 증의를 미즈시 가에서 담당할 날이 대체 언제 또 올지 아무도 예측할 수 없다. 류지가 무슨 생각이었는지 자세한 것은 여전히 알 수 없지만, 이런 기회는 이제 두 번 다시 돌아오지 않는 게 아닐까. 즉 류지의 속셈 자체가 완전히 망쳐진 것이다. 그렇게 이해한 사요코와 쇼이치는 무척 기뻐했다.

그런데 사요코가 사라졌다. 의식이 거행되는 날 아침, 그녀의 모습이 보이지 않았다.

처음에는 별 생각 없이 찾던 쇼이치도 점차 초조해지기 시작했다. 본채에도, 별채에도 없다. 혹시나 싶어 들여다본 배례전에도 없다. 의식을 올릴 일행은 이미 오래전에 출발했지만 같이 갔을 리 없다. 사요코는 원래 미즈치 님 제의에 관심이 없었다. 그저 류지가 쓰루코에게 무녀 의상을 입히고 예녀를 시키고 한 탓에 나름대로 주의를 기울인 것뿐이다. 언니가 안전해진 지금, 그녀가 관심을 둘 것 같지 않았다.

우리가 할아버지를 너무 만만히 봤나.

쇼이치는 후회했다. 쓰루코가 안 된다면 사요코로 대체하면 그만이다. 류지라면 그렇게 생각할 법하다고, 어째서 미리 알아차리지 못했을까. 제아무리 미즈시 신사라도 미즈치 님 제의를 멋대로 올릴 수는 없다. 이 기회를 놓치면 다음은 언제가 될지 모른다. 하지만 쓰루코를 대신할 것은 그럭저럭 찾을 수 있다. 실제로 사요코라는 동생이 있지 않나.

누나가 죽어…….

쓰루코의 도피행을 둘러싼 소동 탓에 까맣게 잊어버리고 있었는데, 그 계시는 쓰루코가 아니라 사요코를 가리켰나.

별채 뒤에 펼쳐진 대숲으로 향하며 쇼이치는 두려움에 벌벌 떨었다.

사요가 죽다니…….

만약 정말 그런 일이 생긴다면 어머니를 여의었을 때 이상의 상실감에 사로잡힐 것 같았다. 상상만 해도 몸이 사시나무 떨리듯 떨렸다. 그런데 그렇게 떨리던 게 대숲에 다 와서 딱 멎었다. 우람한 마을 청년 둘이 못 지나간다는 듯 그 앞에 서 있었다.

"이런 데 네가 무슨 볼일이지?"

아무리 봐도 망을 보는 것 같다. 물론 류지가 시킨 일이리라. 쇼이치의 예상대로 사요코가 쓰루코를 대신하기 위해 외눈 광에 갇혀 있을 가능성이 매우 높아진 셈이다.

"일없으면 당장 꺼지라고."

두 사람이 차례로 으름장을 놓는 바람에 쇼이치는 몸을 돌려 뛰어갔다. 도망친 게 아니다. 미즈시 가 부지 밖에서 뒷산으로 들어가 얼룩조릿대가 우거진 지점을 통해 외눈 광으로 가면 된다.

그러나 뒷산 기슭에서도 두 명이 지키고 있었다. 어떻게 숨어들 수 없을까 서성거렸지만, 그럴 만한 틈새가 보이지 않았다. 그러다 그중 한 명에게 들켜 호되게 쫓겨나고 말았다. 류지가 아무도 못 지나가게 하라고 단단히 이른 게 틀림없다.

어쩌지…….

윗다리 부근까지 도망쳐온 쇼이치는 멈춰서서 생각했다. 다쓰키치로와 세이지는 미즈치 님 제의에 가고 없다. 증의가 끝나 하산하기를 기다렸다간 너무 늦을 것이다. 지금 당장 사요코를 구해내야 한다.

맞아, 가이지 형이 있지.

가이지는 의식에 참가하지 않았다고 기뻐하려다가 류지를 상대로도 쪽을 못 썼던 게 생각났다. 그런데 마을 젊은이를 둘씩이나 상대할 수 있을 리 없다. 쓰루코에게 말해봤자 걱정시킬 뿐이라고 어쩔 줄 몰라하던 중 안성맞춤인 인물이 떠올랐다.

류마 씨!

오늘 아침에도 수리조합의 아침식사 뒤 쓰루코가 잘 있는지 보고 갔다. 가이지와 달아나려 했다는 데는 그도 놀란 듯했다. 어쩌면 나름대로 상처 입었을지 모른다. 하지만 두 사람의 사이를 선뜻 인정한 것은 과연 류마다웠다. 가이지에게 전할 말이 있으면 자신에게 말해달라고 쓰루코에게 다정하게 말했다. 그때 분명히 증의에 참석하지 않을 것이라고 했다.

쇼이치는 사호 촌의 스이바 신사를 향해 뛰기 시작했다. 좌우지간 지금은 그를 의지하는 수밖에 없다. 자신과 상관없는 일이라고 거절할 가능성은 있다. 하지만 그는 쓰루코뿐 아니라 사요코에게도 마음이 있을 터였다. 무엇보다도 류지를 싫어한다. 사정을 설명하면 아마 가만있지는 않을 것이다.

스이바 가로 가는 동안 희망과 불안이 번갈아 쇼이치의 마음을 차지했다. 류마의 도움을 받을 수 없을 경우에는 혼자서 어떻게든 해보자. 일단 그것만은 결심했다.

그런데 전부 기우였다.

"사요가 없어요."

그렇게 한마디 하자마자 류마가 밖으로 뛰쳐나갔다.

"나도 이제 다 됐군."

"그, 그게 무슨 뜻이에요?"

쉬지도 못하고 바로 돌아가게 된 쇼이치는 숨을 가쁘게 몰아쉬면서도 뒤처지지 않게 달리며 물었다.

"쓰루코가 저렇게 된 이상 류지가 사요코를 노릴 거라는 것쯤은 당연히 예상해야 했는데."

"역시 그런가요."

쇼이치는 망을 보던 마을 사람들에 대해 이야기하려고 했으나 그러려면 일단 멈춰설 필요가 있었다. 필사적으로 류마를 불러 세워 되도록 간략하게 설명했다.

"역시 대숲 쪽으로 돌파하는 게 좋겠어."

그는 잠시 생각하더니 말했다.

"왜요?"

"전에 네가 그랬잖나. 대숲 안에 묘한 장치가 있다고."

"아아, 그거요."

"내가 두 놈을 맡을 테니까 넌 그 틈을 타서 대숲으로 돌진하라고. 혹시 한쪽을 놓쳐서 그놈이 널 쫓아갈 경우, 잘못하면 난 나머지 한 놈을 상대하는 것만으로 벅찰지 몰라. 그렇게 되면 대숲의 장치가 너한테 유리하게 작용하지 않겠냐."

"전 통과할 수 있지만 마을 사람한테는 무리일 수도 있다고요?"

"아마 그렇겠지. 그럼 류지한테 참 얄궂은 결과가 되는 거지."

"대숲에서 붙들리면요?"

"이런 바보 같으니, 죽을힘을 다해 뛰어야지."

"네, 알았어요."

"만일을 위해 묻는데, 대숲에서 외눈 광하고 뒷산 기슭에서 외눈 광하고 어느 쪽이 더 가깝지?"

"대숲에서가 더 가까워요. 뒷산에 망보는 사람들이 있는 곳에서 광까지 좀 멀거든요."

"역시 그러냐. 그럼 더더욱 이쪽이 낫지. 혹시 광 앞에서 큰 소리가 나도 뒷산 쪽 놈들이 못 알아차릴 가능성이 있으니까. 하지만 그 반대는 있을 수 없잖아?"

쇼이치가 고개를 끄덕이자 류마는 다시 뛰었다. 그러나 미즈시 신사의 도리이가 보이는 곳에 이르자 그는 일단 뒷산 쪽으로 갔다. 망보는 사람이 누구인지 확인하려는 듯했다. 저쪽에 비해 이쪽 사람들이 더 만만할 수도 있어서라는 말을 듣고 쇼이치는 감탄했다.

미즈시 가에 도착하자, 류마는 밧줄과 수건을 찾아오라고 이르고 그동안 자신은 대숲 앞에서 망보는 사람들을 확인하러 갔다. 미리 약속한 대로 첫번째 별채 앞에서 만나자, 체격은 뒷산 쪽 두 명과 별 차이 없으니 처음 계획대로 가자고 했다.

"넌 마지막 별채 뒤에 숨어 있어. 내가 두 놈한테 말을 붙이면서 기회를 봐서 덤벼들 테니까, 바로 대숲으로 뛰어들어 외눈 광으로 뛰어가는 거야."

"그렇지만 문에 자물쇠가……."

"어떤 자물쇠인지 몰라도 아마 부수기는 쉽지 않을 거고, 또 그럴 시간도 없지. 좌우지간 광 안에 사요코가 있는지 확인하라고. 갇혀 있다는 사실만 밝혀내면 이쪽도 더 쉽게 움직일 수 있거든. 지금 상태에선 확증이 없으니 저쪽에서 잡아떼면 그걸로 끝이야. 하지만 확인이 되면, 그리고 사요코가 도움을 청하고 있으면 마음껏 날뛰어도 돼."

괜히 일을 크게 만들지 않는 편이 낫지 않을까 싶기도 했지만, 여유 부릴 상황이 아니라고 곧바로 생각을 고쳤다.
쇼이치는 세 별채 뒤를 지나 미리 정한 장소에서 대기했다. 그러자 거의 그 즉시 류마의 목소리가 들렸다.
"여, 수고 많군."
"류, 류마 씨."
"여기엔 무슨 일로?"
망보는 남자들은 명백히 당황한 듯했다.
"어? 류지 신관한테 못 들었어?"
"네? 그게 무슨…… 으악!"
"뭐, 뭐…… 욱!"
말을 붙이며 기회를 엿본다더니 눈 깜짝할 새에 일을 벌였다. 류마는 우선 오른쪽 남자의 사타구니를 걷어차고, 이어서 왼쪽 남자의 얼굴에 주먹을 날렸다. 그뒤 밧줄로 남자들의 손발을 결박해 자유를 빼앗고 수건으로 재갈을 물렸다.
"뭘 하고 있어!"
류마의 날랜 솜씨를 넋 놓고 구경하고 있던 쇼이치는 야단을 맞고 허둥지둥 별채 뒤에서 뛰쳐나왔다.
낮에도 어둑어둑한 대숲 속을 달려가며 빨간 실 결계에 가로막힐지 모른다고 각오했는데, 대번에 반대편으로 빠져나올 수 있었다. 하지만 안심한 것도 잠깐뿐이었다. 그가 외눈 광으로 다가가자, 광 옆에서 또 다른 남자 둘이 불쑥 나타났다.
"뭐야, 막된 것의 자식이잖아."
"이런 데 뭘 하러 온 거지?"

대숲과 뒷산을 지키던 사람들보다 더 질 나쁘고 힘이 세 보였다.

"혼나기 전에 얼른 꺼지라고."

수염을 기른 사내가 으름장을 놓았다. 쇼이치는 움찔했지만 용감하게 대꾸했다.

"사, 사요를 구하러 왔어요."

"사요? 네 녀석 누나 말이냐? 전부터 그런 생각은 들었지만 그 계집, 꽤나 미인으로 컸어."

"신관님은 쓰루코한테 푹 빠졌으니 사요코는 우리한테 주면 좋을 텐데 말이지."

수염 기른 사내의 말에 대머리 사내가 야비한 웃음을 지으며 대답했다.

"그러게 말이야. 언제 기분 좋아 보일 때 넌지시 부탁해볼까."

본인이 들으면 펄펄 뛸 소리를 했다. 그러나 쇼이치는 두 사람의 말이 마음에 걸렸다.

"사요, 여기 있죠?"

"뭐? 이 광 안에 말이냐?"

"그래서 할아버지가 지키라고 한 거 아니에요?"

남자들은 놀란 기색이 역력했다. 보아하니 목적도 모르는 채 류지에게 좌우지간 외눈 광을 지키라는 지시를 받은 모양이다. 두 사람은 작은 목소리로 "쓰루코 아니었어?" "갈아탔나?" "그런데 사요코가 말을 안 들으니까 가둬놨나?" 하고 멋대로 해석하기 시작했다.

"여, 수고들 많군."

그때 류마가 나타났다. 대숲에서 조달했는지 오른쪽 어깨에 적당한 대막대기를 하나 멨다. 그가 쉽사리 통과한 것은, 아마 망보는 사내들의 출입을 생각해 류지가 사전에 결계를 풀어놨기 때문이리라.

"사호 촌 스이바 신사 인간이 여기 뭔 볼일이지?"

"오늘 아침은 미즈치 님의 중의가 있을 텐데. 거기 가지 않고 뭘 하는 거냐?"

대숲 앞에 있던 남자들은 그나마 류마를 두려워하는 것 같았다. 미즈시 신사의 후계자이자 특공대 물 먹은 놈이라는 서로 다른 두 개의 입장에 대해 복잡한 마음을 갖고 있는지 모른다. 그러나 수염 사내와 대머리 사내는 달랐다. 처음부터 류마를 인정하지 않는, 혐오하는, 여태 타지 사람으로 보는, 그런 부정적 감정이 물씬 풍겼다.

"순찰."

그러나 당사자인 류마는 느긋한 어조로 대꾸했다.

"네놈이 왜 미즈시 가 부지를 순찰한다는 거지?"

"그야 네놈들이 광을 잘 지키고 있는지 감독하기 위해서지."

"……"

"누구 부탁을 받고?"

두 사람은 순간 마주 보았으나, 곧 수염 사내가 노려보며 물었다.

"어이구, 그야 당연히 류지 신관이지."

"신관이 하고 많은 사람 중에 네놈한테 부탁할 리가 있냐?"

"허어, 그럼 네놈들은 이 광 안에 뭐가 있는지, 자기들이 뭘 지키는 건지 아는 모양이지?"

"……"

순간적으로 수염 사내가 대꾸하지 못했다. 대머리 사내도 할 말이 없는 듯했다.

류마는 짐짓 으스댔다.

"그거 봐, 아무것도 모르잖냐. 네놈들, 사요 촌의 주먹 쓰는 젊은 녀석들 중에서도 특히 류지의 손아귀에 있는 놈들이지. 그런데도 류지한테 아무 말도 못 들은 걸 보면 아직 신뢰를 못 받는 모양인데."

"뭐야?"

대머리 사내가 한 발짝 앞으로 나섰다.

"나한테 화낸들 소용없다고. 사실 순찰은 그다음 순서고, 신관이 나한테 부탁한 가장 큰 목적은 광 때문이거든."

"이 광 안에…… 사요코가 있다는 말이 진짜냐?"

수염 사내가 류마에게 물으려니 울화가 치미는 양 주저하며 물었다.

"으음, 가르쳐주고 싶긴 한데, 신관이 말하지 말라고 해서."

"네놈도 가담한 거냐?"

"뭐, 자세한 말은 해줄 수 없고, 어쨌든 그래서 이젠 됐으니까 뒷산 녀석들하고 그만 가봐. 대숲에 있던 두 놈은 벌써 갔으니까 괜찮아. 아, 이 꼬맹이가 누나가 있는 데를 알아차린 모양인데, 이쪽에서 알아서 처리할 테니까 신경 쓰지 말고."

"그, 그렇지만……."

수염 사내는 반신반의라기보다 류마의 말을 믿지 않는 듯했다. 하지만 그의 태도가 워낙 자연스럽다 보니 거짓말이라고 일축하지 못하는 것이다. 만에 하나 사실이라면 류지에게서 불벼락이 떨어질 것이다.

"어, 어이…… 저거……."

그때 대머리 사내가 쇼이치의 뒤를 가리켰다. 돌아보자 류마가 결박했을 두 사람과 청년단 대표 구보가 대숲에서 빠져나온 참이었다.

"구보 씨, 무슨 일이야?"

수염 사내가 말했다.
"너희, 돌아간 거 아니었어?"
대머리 사내가 대숲을 지키던 두 사람에게 물었다.
"류마한테 당했어."
"그뒤에 내가 온 모양이더군."
구보가 대숲 앞에 두 사람이 뒹굴고 있더라는 이야기를 한 순간, 수염 사내와 대머리 수내가 무시무시한 표정으로 류마를 노려보며 으르렁거리기 시작했다.
그렇건만 류마는 구보의 등장에 감탄하고 있었다.
"정말 순찰 담당이 있을 줄이야. 역시 류지는 다르군. 하긴 그만큼 이놈들을 안 믿는다는 소리지. 그나저나 아깝게 됐어. 이 수염하고 대머리는 워낙 멍청해서 조금만 더 있었으면 속일 수 있었을 텐데."
"이 자식…… 이 특공대 물 먹은 놈이!"
대머리 사내가 덤벼들었다. 그러나 류마가 그보다 먼저 대막대기로 상대방의 머리를 후려쳤다. 이어서 달려든 수염 사내를 몸을 굽혀 피했다가, 바로 대막대기를 고쳐 들고 목덜미를 갈겼다. 곧바로 흉부, 복부에 잇따라 대막대기를 먹였다. 대머리 사내가 일어서 다시 달려들려고 할 때였다.
"그만!"
구보가 소리쳤다.
세 사람은 반사적으로 동작을 멈추었지만 당장이라도 싸움을 재개할 마음이 가득해 보였다. 하지만 대막대기는 이미 부러져서 도움이 못 될 성싶다. 맨주먹으로 싸우게 되면 일대 이니 류마가 불리하다. 게다가 뒤쪽에는 그에게 기습공격을 당했던 두 명도 있다.

쇼이치는 안절부절못했다. 여차하면 대숲으로 뛰어들어 무기가 될 만한 대막대기를 찾아와 류마에게 가세하는 수밖에 없다고 비장하게 결의까지 했다. 그런데 구보가 싸움을 중단시켰다. 구보는 류지 쪽 인간이니 방심할 수 없지만, 냉정해 보이는 것은 그나마 다행일지 모른다.

"우리 편이 당했는데 원수를 갚아야지."

"맞아, 그냥 둘 순 없어."

수염 사내와 대머리 사내가 류마에게 시선을 고정한 채 말했다.

"신관님께서 지시하신 건 이 광에 아무도 접근하지 못하게 하라는 거였어. 그놈이랑 싸우란 말씀은 안 하셨다고."

"너희, 류마한테 갑자기 당했지?"

수염 사내는 대숲에 있던 두 사람에게 확인하더니 구보를 흘깃 보고 "그런데도 가만있으라고?"라고 했다.

"이렇게 상대방을 꼼짝 못하게 했으니 됐잖아."

"아니, 당한 만큼 정확히 갚아줘야지."

"이런 멍청한 놈, 수리조합 인간을 건드리겠다고?"

구보의 표정이 험악해졌다.

"이놈은 타지 사람이잖아."

"원래는 그랬어도 지금은 스이바 가의 양자라고. 장차 류코 신관의 뒤를 이을 거야."

"아니, 이놈은 타지 사람이 아니지. 이놈 어미는 사호 촌 인간이라고 하니 말이야. 그런데 스이바 신사의 선대……."

불쾌한 웃음을 지으며 말한 대머리 사내의 얼굴에 류마의 주먹이 날아들었다. 수염 사내가 옆에서 달려들어, 두 사람은 땅바닥을 뒹굴며 난투를 벌이기 시작했다.

"둘 다 그만둬."

구보는 코피를 줄줄 흘리며 일어선 대머리 사내를 붙들며, 뒤에 있던 두 사람에게 지시해 류마와 수염 사내를 억지로 떼어놓게 했다.

"넌 대체 누구 편인 거야!"

"이 일이 류지 신관님 귀에 들어가면 네놈들은 주어진 역할을 제대로 다하지 못했다고 꾸중을 들을 거다."

수염 사내의 고함에 구보는 담담한 어조로 대꾸했다.

"그, 그건 이 녀석들이나 그렇지."

수염 사내가 대숲에 있던 두 사람을 턱짓으로 가리켰다. 원수를 갚아준다는 말은 단순히 방편이었던 모양이다.

"신관님께선 아무도 광에 가까이 가지 못하게 하라고 하셨어. 그러니 네놈들도 같은 죄야."

"뭐야?"

그때 류마가 슥 나섰다.

"이야기 중에 미안한데, 그러면 아무 일 없었던 걸로 하는 게 어때?"

"이, 이 자식……."

수염 사내가 얼굴을 시뻘겋게 붉히는 옆에서 대머리 사내도 또다시 싸울 태세를 취했다.

"아무 일 없었던 걸로 하는 건 찬성이지만, 류마 씨, 이대로 그냥 가게 둘 순 없습니다."

"호, 왜지?"

"신관님께서 돌아오실 때까지 이 이상 문제를 못 일으키게 우리가 감시해야겠습니다."

"허, 못 보내주겠다?"
"얼마 동안 얌전히 계시죠."
"내가 싫다면, 가겠다고 하면 어쩔 건데?"
"이쪽은 다섯 명인데, 아무리 류마 씨라도 못 당합니다. 게다가 저 애까지 지켜야 할 텐데요."
그러더니 구보는 쇼이치를 보았다.
"그나저나 댁은……."
"전 아무것도 모릅니다. 제가 알 필요가 있는 일이었다면 신관님께서 사전에 가르쳐주셨겠죠. 그러니 전 그저 지시하신 대로 따르고 있을 뿐입니다."
구보는 류마의 의도를 재빨리 알아차리고 자신의 무지를 선뜻 시인했다.
"어이구야, 바보들만 있으면 편할 걸, 이런 녀석이 있으니."
"류마 씨, 그런 식으로 괜히 싸움 걸지 마십시오. 싸움을 틈타 도망치려는 속셈이겠지만."
"저 애를 놔두고?"
"도와줄 사람을 데리고 바로 돌아올 생각이겠죠."
"여기 하미 땅에 내 편을 들어줄 놈이 어디 있다고."
"아아, 그래, 네놈처럼 천한 출신의 타지 인간한테 누가……."
류마의 말에 수염 사내가 바로 반응을 보였다.
"그렇진 않죠. 설사 그렇다고 해도 군대 시절의 권총을 꺼내면 우리가 몇 명이든 이길 수 있을 테니까요."
구보가 자연스레 이야기를 이었다.
"허어, 내가 그런 걸 갖고 있던가?"

"전에 사요 촌 사람하고 싸울 때 권총의 존재를 암시하셨잖습니까."
"그게 언젯적 이야기지? 뭐, 됐고, 그래서 날 묶겠다고?"
"그래도 되겠습니까?"
 말이 끝나기 무섭게 구보는 류마가 대숲을 지키던 사람들을 묶었던 밧줄로 손을 등뒤로 돌려 결박했다.
"광 옆에 계시는 건 곤란하니 대숲 앞으로 돌아갑시다. 아니, 너희는 여기를 지켜. 맡은 구역에서 멋대로 벗어나지 마."
 그는 같이 가려고 한 수염 사내와 대머리 사내를 야단치고 계속해서 광을 지키라고 명령했다.
 대숲을 지나 별채 뒤로 나오자, 구보는 근처의 튼튼해 보이는 대나무를 골라 류마를 묶은 밧줄 끝을 붙들어맸다. 원래 대숲 앞을 지키던 두 사람은 가운데 별채 옆에서 망을 보라고 보내고 류마, 구보, 쇼이치, 이렇게 셋만 남았다.
"너희 집은 미즈시 신사하고 무슨 깊은 관계라도 있는 건가?"
 류마는 자신이 묶인 대나무에 기대서며 잡담이라도 하듯 물었다.
"그렇게 말하자면 관계가 없는 집이 거의 없겠죠. 사호 촌에 스이바 신사와 관계없는 집이 있습니까?"
"정도의 문제지. 사요 촌 아오야기 가의 딸들은 대대로 미즈치 님 제의에서 예녀를 맡아. 시미즈 가의 남자들은 대대로 집배의 사공을 맡고. 다른 집에 비해 당연히 미즈시 신사와의 사이가 긴밀하지. 한편, 광을 지키는 멍청이들은 그런 신사와 집안의 관계가 아니라 어디까지나 류지와의 개인적인 관계거든. 선대나 선선대 신관은 저런 인간들을 안 썼을 것 같은데."
"맞습니다. 구보 가 사람들이 있었으니까요."

"꼭 도쿠가와 요시무네의 밀정처럼 들리는데."

"비슷한 존재일지도 모르죠."

"하지만 그런 거라면 시게조가 있잖아."

"미즈시 신사의 선선대 신관께서 어디서 데려온 게 당시 아직 어린애였던 시게조 씨라고 들었습니다. 그 이래로 미즈시 가를 위해 일하고 있는 셈이죠."

"충성을 맹세했을 테지. 그런데 그게 사기리의 출현으로 흔들렸어."

"네?"

쇼이치는 저도 모르게 소리쳤다. 별안간 어머니의 이름이 나오는 바람에 놀랐다.

"괜찮은 겁니까? 그런 이야기를 여기서 해도?"

물론 쇼이치를 가리키는 것이다.

"뭐, 이젠 어린애가 아니니까. 게다가 이 녀석도 사정은 어렴풋이 알아채고 있고."

"그런가요."

구보의 시선을 받고 쇼이치는 반사적으로 고개를 끄덕였다.

아닌 게 아니라 이곳에서 사는 기간이 길어지면서 어머니에 관한 온갖 소문이 귀에 들어왔다. 어머니의 출생에 어떤 큰 비밀이 있다는 것. 어느 유명한 마귀 가계와 관련이 있는 듯하다는 것. 어머니는 특별한 힘을 타고났다는 것. 그 때문에 류지가 양녀로 데려왔다는 것.

지금 생각하면 마을 사람들이 어머니를 싫어했던 것은 이 마귀 가계 운운하는 소문 탓이었다. 그렇다고 완전히 따돌리기에는 망설여졌다. 앙갚음이 두려웠기 때문이다. 마귀의 종류에 따라 당사자의 의사와 상관없이 화를 내리는 경우도 있다. 즉 마을 사람들에게 괴롭힘을 당한 어머니 자신이 그에 대해 원한을 품지 않아도 마귀가 제멋대로 복수할지 모른다는 이야기다. 그런 공포 탓에 어머니에게 자잘하게나마 일감을 준 것이리라. 사요코와 쇼이치가 일할 수 있었던 것은 어린애의 힘이 그나마 낫다고 여겼기 때문이다. 그렇기는 해도 마을 사람들은 자식들도 힘을 물려받았다고 판단했다. 특히 같은 여자인 사요코가 어머니의 영향을 강하게 받았다고 착각했던 모양이다.

움막에 몰래 식료품을 갖다놓았던 것은 실은 불특정 다수의 마을 사람들이 아니었을까.

쇼이치는 어느새 그런 생각이 들었다. 친절한 마음에서, 또는 죄의식에서가 아니다. 어머니에게 심한 소리를 하고, 함부로 대하고, 일을 방해하고, 품삯을 속이고…… 그런 여러 행동에 대한 속죄로, 보복이 겁나서, 지벌로 마귀에 썰까봐 은밀히 갖다놓았던 것이다.

그러느니 처음부터 차별하지 말지…….

무슨 일이 있었는지 어렴풋이 깨달았을 때, 쇼이치는 놀라는 동시에 어이가 없었다. 그러나 하미 땅 생활이 길어지면서 막연히 이해가 됐다.

류지에게 쫓겨난 양녀와 그 자식들에게 마을 사람들이 상관한다는 일은 있을 수 없다. 그렇지만 어머니는 매우 강한 힘을 가진 마귀 가계 태생인 것 같다. 마을 단위로 따돌림을 했다간 무슨 일을 당할지 모른다. 마을 사람들은 십중팔구 그런 복잡한 심정이었을 것이다.

그렇게 새삼 과거를 돌아봤지만 지금은 그게 문제가 아니다. 사요코가 걱정되어 미칠 것 같았다. 하지만 이 상황에서 무슨 일을 할 수 있다는 말인가. 류마는 자신의 편을 들어줄 사람이 없다고 자조적으로 말했지만, 쇼이치도 상황은 같았다. 아니, 류마와는 비교도 되지 않을 만큼 고립무원이었다.

세이지 아저씨가 돌아오시기 전까지는 방법이 없나…….

다쓰키치로와 세이지라면 분명 어떻게든 해줄 것이다. 의식이 끝날 때까지 기다리는 것은 물론 불안하지만, 두 사람에게 맡기는 수밖에 없을 것 같다. 그렇게 냉정하게 생각하고 나자, 어머니와 시게조의 관계가 궁금해졌다.

"무슨 뜻이에요?"

류마를, 이어서 구보를 돌아보며 물었다.

"확실한 건 모르지만, 보아하니 두 사람은 같은 고향 출신 같거든. 시게조 씨한테 사기리 씨의 생가는 상당히 두려워하고 공경해야 할 존재였던 게 틀림없어. 우리 아버지 생각이지만."

"어머니는 그걸 알고 있었을까요?"

"글쎄…… 하지만 시게조 씨가 자기 입으로 말하진 않았을 거야. 사기리 씨가 태어났을 때 시게조 씨는 이미 미즈시 가에서 고용살이를 하고 있었으니 사기리 씨는 알았을 리가 없고."

"그런데도 어느새 주종관계 같은 게 생긴 거야. 시게조도 미즈시 신사의 선선대, 선대 신관에 대해선 순종적이었어. 그런데 류지한테는 미묘하다고 할지. 경우에 따라선 사기리의 의사를 더 존중하는 것 같았단 말이지."

구보에 이어 류마가 말했다.

"류마 씨, 잘 아시는군요."

"타지 인간이 무사히 살아남으려면 그곳 정보를 잘 파악해둘 필요가 있으니까. 하물며 하미 땅처럼 대단히 특수한 곳이라면 더 그렇지."

"스이바 신사의 류코 신관의 뒤를 이으실 분답군요."

"흥, 얌전히 이을지 아닐지는 두고 봐야 알지만."

류마는 그답게 빈정거리듯 웃더니 구보를 유심히 살피며 물었다.

"요는 겉으로 드러나는 일은 시계조가, 은밀히 처리할 일은 구보 가에서 맡았다는 거야?"

"저희 집안이 무슨 범죄자 집단처럼 들리는군요."

"이런 난폭한 짓을 해놓고 무슨 소리야."

"제가 보기에 폭력을 휘두른 사람은 류마 씨뿐인 것 같습니다만."

"네놈이 없었으면 지금쯤 난 어떻게 됐을까?"

"구보 가가 아무리 미즈시 가의 밀정 역할을 한다지만 범죄에 관여하진 않습니다. 적어도 전……."

"아니, 이런, 꼭 할아버지나 아버지는 그랬다는 것 같잖아."

"과거는 저도 모르죠."

"그렇군. 모른다는 입장은 편리한 거지. 외눈 광에 대해서도 아무 말 못 들었으니 망을 볼 수 있다, 그런 논리로군. 저 멍청이들보다 네놈이 더 악질일 수 있겠어."

"조상 대대로 이어져오는 관계는 후손도 이어가야 할 필요가 있습니다. 다만 시대와 더불어 변화하기도 하죠. 특히 전후, 일본은 크게 변했습니다. 하미 같은 시골도 그건 마찬가지입니다. 아까 이름이 나온 아오야기 가에선 예녀를 배출하는 것뿐 아니라 미즈시 가로 딸을 시집보내기도 했다고 하더군요. 그런 사례가 줄어들면서 무녀의 역할이 빈껍데기만 남았습니다. 또 아오야기 가에서도 예전만큼 미즈시 가와의 혼인을 바라지 않거든요. 그렇다고 관계를 완전히 끊을 순 없는 겁니다."

"구보 가도 마찬가지라고? 그러니까 알아봤자 좋을 거 없는 이야기는 처음부터 안 듣고, 류지도 구태여 말하지 않는다?"
"그 부분에 대한 해석은 알아서 하시고요."
"쳇, 기분 나쁜 녀석."
"제 대에서 끝내고 싶은 마음은 분명히 있습니다."
"지금 당장 끝내면 될 거 아냐."
"그럴 순 없어서 말입니다. 하지만 오늘 아침 시미즈 가에서 사공으로 고로 씨가 나온 건 뜻밖이었습니다. 류지 신관님은 납득하지 못했지만 어쩔 수 없이 받아들이신 것 같더군요."
"네놈이 말하는 변화가 그거냐?"
"고로 씨도 원래는 타지 사람입니다. 그런 사람이 미즈치 님 제의에 관여하는 겁니다. 그것도 미즈시 신사의 의식에 말이죠. 전쟁 전이었다면 생각도 할 수 없는 일입니다."
"아오야기 가와 시미즈 가가 떨어져나가면 미즈시 신사에서 중의고 감의고 못하게 되겠군."
"언젠가는 미즈치 님 제의 자체가……."
구보는 입을 잘못 놀렸다고 생각했는지 별안간 어조를 달리했다.
"아오야기 가의 경우, 이쓰코 님이 돌아가시면 자연히 두 집안이 소원해질지 모릅니다. 하지만 시미즈 가는 미즈시 가와 완전히 무관해질 순 없을 겁니다."
"그건 왜?"
"아주 큰 고객이니까요. 벌써 수십 년 전부터 미즈치 가는 무시할 수 없는 액수의 술값을 시미즈 가에 지불하고 있거든요."
호기심이 동한 류마가 묻자, 구보는 엷게 웃음을 띠고 대답했다.
"너희 집안은 그런 장부 문제까지 파악하고 있는 거냐?"

"돈의 흐름은 중요하니까요."

"그런 것까지 알고 있다면 좀더 건강에 주의하게 한다든지……."

"타인의 충고를 들을 분이 아니라는 건 류마 씨도 아실 텐데요. 게다가 워낙 술고래 아닙니까."

"그게 다가 아니지. 주사도 있다고."

"그래도 미즈치 님 제의를 올렸던 해의 6월만큼은 달랐죠. 이번에도……."

"아니, 잠깐."

류마는 손을 들어 이야기를 중단시키고는 기억을 떠올리듯 고개를 갸웃거리며 말했다.

"저번에 미즈시 신사가 의식을 거행했던 건 십삼 년 전 아니던가?"

"네, 류이치 씨가 돌아가셨을 때입니다. 그 때문에 더욱 신관님은 그 달만큼은 좋아하는 술을 끊으시고…….

"아니, 아버지한테 들은 기억이 있어. 류이치가 죽고 나서 미즈시 가에서 수리조합 모임이 있었는데, 그때 류지가 평소보다 더 몸을 못 가눌 정도로 퍼마셨다고."

"그럴 리가……."

"그래, 네 말이 맞는다면 그럴 리 없겠지. 즉 누가 몰래 술을 먹였다고 생각할 수밖에 없어."

"무슨 목적으로 말입니까?"

"그 시기에 술 좋아하는 류지를 취하게 할 목적은 어떻게 봐도 하나밖에 없잖아?"

"류이치 씨의 죽음과 관계가 있다는 겁니까?"

"주사가 있는 인간들은 대부분 술 마시는 동안의 기억이 없다더군. 그런데 류지의 경우는 마시기 전, 정신이 멀쩡할 때의 언동까지 모호해지는 모양이거든. 그 말은, 술을 먹이면 먹일수록 누군가한테 불리한 뭔가가 그 녀석 머릿속에서 지워지는 셈이야."

"설마……."

"류이치의 죽음은 역시 단순한 사고가 아닐 수도 있겠는데."

"그걸 신관님 자신도 아신단 말입니까?"

구보가 충격에 말을 잇지 못하고 있으려니 하늘에서 빗방울이 뚝뚝 떨어졌다. 순식간에 솨 하고 비가 쏟아지기 시작했다.

"증의가 성공한 것 같군요."

구보의 표정에는 아직 놀라움이 남아 있었지만, 동시에 기쁨과 안도감도 엿보였다. 그는 곧 미즈시 가에서 사람 수만큼의 삿갓과 도롱이를 빌려오라고 망보던 사람 중 한 명을 보냈다.

"좌우지간 비가 와서 다행입니다."

"이 빗속에 여기 있으라고?"

류마는 그와 대조적으로 넌더리난다는 목소리였다.

"류지 신관님께서 돌아오실 때까지 참으십시오. 의식은 끝난 것 같으니 조금만 더 참으시면 됩니다."

그런데 아무리 기다려도 아무도 돌아오지 않았다.

"이상한데요. 무슨 일이 있었던 걸까요."

"비가 너무 많이 와서 집배가 뒤집힌 거 아냐?"

걱정하는 구보를 무시하고 류마가 농을 했다. 그러나 그런 류마도 시간이 계속 지나자 연신 고개를 갸웃거리기 시작했다.

"비가 오는데 왜 아직 안 돌아오는 거지? 이거, 무슨 일이 있었던 게 틀림없군."

이윽고 머리끝부터 발끝까지 쫄딱 젖은 상태로 나타난 시미즈 고로가 이변의 내용을 알려주었다.
"구, 구보 씨, 한참 찾았잖습니까. 큰일 났어요. 류, 류조 씨가……살해됐습니다."

14

미즈치 님의 신부, 모습을 감추다

도조 겐야와 미즈우치 다쓰키치로가 미즈시 가로 돌아오자, 새로운 소동이 벌어지고 있었다.

본채의 널따란 방에 이미 제단을 마련하고 새로 짠 관을 안치해 밤샘 준비를 거의 마친 상태였는데, 그 앞에서 미즈시 류지와 스이바 류마가 서로 노려보고 있었다. 두 사람 사이에 감도는 긴박감이 어찌나 대단한지, 도무지 가까이 갈 수 있는 분위기가 아니었다. 하기야 방 안에 있는 사람이라곤 눈앞의 대결을 잠자코 바라보는 미쿠마리 다쓰조와 안절부절못하는 쇼이치뿐이었다.

"무슨 일이지?"

"사요코가 없어졌어요!"

다쓰키치로가 입을 열기도 전에 쇼이치가 그가 온 것을 보고 소리쳤다.

류마가 바로 아침에 있었던 일을 설명했다.

"그게 사실인가, 류지 씨?"

"난 도무지 무슨 말인지 모르겠군."

험악한 표정으로 묻는 다쓰키치로에게 류지는 뻔뻔한 어조로 대답했다.

"그러면 망보는 사람은 왜 세운 건가?"

"작년부터 어째 그 광 주변을 얼씬거리는 인간들이 있어서 말이지. 만일을 위해서였네."

"그거 이상하군. 작년부터 그런 일이 있었는데 왜 이제 와서 그러지? 그것도 미즈치 님 제의 당일에?"

"어쩌다 그렇게 된 거야."

"류지 씨, 그 광이 뭐하는 곳인지 가르쳐주겠나?"

"그냥 광이야."

"왜 그런 외진 곳에 지은 건가?"

"대숲을 베어내는 게 쉽지 않아서 그 너머에 지었어. 다쓰키치로 신관, 우리 집 부지 어디에 뭘 짓든 그건 내 맘 아닌가?"

"거기 누굴 가두지만 않으면 그렇지."

다쓰키치로는 엄한 어조로 그렇게 말하더니 겐야에게 외눈 광에 관한 해석을 말해보라고 했다.

"제, 제가 말씀입니까?"

"거의 다 댁이 생각한 게 아닌가."

"아뇨, 신관님도……."

"난 됐어. 게다가 이런 경우 완전한 제삼자라야 객관적으로 이야기할 수 있을 테지."

"아, 예……."

그때 미즈우치 세이지와 스이바 류코, 소후에 시노가 돌아왔다. 아오야기 도미코는 집에 간 모양이다.

"마침 다들 모였군. 자, 도조 씨."

그렇게 해서 겐야는 등 떠밀리듯 외눈 광의 정체에 관해 이야기하게 되었다.
　사람들의 반응은 가지각색이었다. 스이바 류코와 미쿠마리 다쓰조는 어느 정도 예상하고 있었는지 꿈쩍하지 않았다. 그러나 이 두 사람은 원래 별로 반응을 드러내는 성격이 아니라 실제로 어떤지는 알 수 없다. 류마와 쇼이치는 겐야의 말에 일일이 고개를 끄덕였다. 자신들도 사실에 꽤 근접하게 추리했지만 마지막을 알 수 없었는데 이제야 똑똑히 알았다는 표정이었다. 세이지와 시노는 줄곧 경탄과 혐오감과 공포에 젖어 탄성을 질렀다. 시노야 그렇다 치고 세이지가 외눈 광에 관해 아무것도 몰랐다는 것은 좀 곤란하지 않나 싶을 지경이었다.
　류지 본인은 매우 흥미진진하게 듣고 있었다. 이따금 놀람, 노여움, 비웃음 같은 표정이 얼굴을 스쳤지만, 대체로 얌전히 들었다.
　다쓰키치로는 사람들의 그런 반응을 눈여겨보면서 보충할 말이 있으면 겐야의 말허리를 끊지 않는 정도로 잠깐씩 곁들였다.
　"……그 광은 그런 주술적 장치로 기능했던 것으로 보입니다."
　그 이상 설명해도 될지 망설여졌다. 거기서 더 나아가면 사기리의 출생을 이야기하게 된다. 쇼이치가 듣는 데에서 해도 되는 걸까.
　"왜 쓰루코가 선택됐는지, 그 이야기도 있지 않나."
　다쓰키치로가 당연하다는 듯 독촉했다.
　"저, 그렇지만……."
　"마음 쓸 필요 없네. 저 애도 사실을 알고 있어야 할 테고, 우리가 생각하는 이상으로 이미 여러 가지를 알아차린 것 같으니까. 쇼이치, 알겠느냐. 이제 네 어머니 이야기를 할 거다만 동요하지 말고 잘 들어둬야 한다."

다쓰키치로의 말에 쇼이치는 힘차게 고개를 끄덕이고 겐야를 똑바로 바라보았다.

"알겠습니다. 우선 사기리 씨의 출생에 관해……."

출신지와 생가의 특수성을 설명한 뒤, 류지가 그녀를 미즈시 가의 양녀로 들인 그 무서운 이유까지 이야기했다.

"사기리 씨는 성장하면서 양아버지의 사악한 속셈을 알아차렸습니다. 그래서……."

"그건 아닙니다."

세이지가 중얼거리듯 끼어들었다.

"뭐가 말씀입니까?"

"도조 선생님이 말씀하신 대로, 사기리 씨는 미즈시 가의 양녀가 된 이래로 줄곧 미즈치 님의 산 제물로서 키워졌습니다. 하지만 사기리 씨 자신도 그걸 알고 있었습니다."

"뭐, 뭐라고요?"

"당시 아직 어렸던 사기리 씨는 미즈치 님의 신부가 되는 거라고 천진난만하게 믿으며 자랐습니다."

"세뇌……."

"그런 식으로 길러지면 어른이 됐다고 쉽게 변하진 않습니다. 하물며 이런 시골에서, 세상물정 모르고 자랐으니 말이죠."

"그럼 사기리 씨의 생각이 달라진 건 어째서입니까?"

"제가…… 저와…… 연애를 했기 때문입니다."

쇼이치가 세이지를 뚫어지게 쳐다보았다.

"사기리 씨는 고민했습니다. 어렸을 때부터 받아온 각인은 그렇게 간단히 사라지지 않습니다. 그래도 결국엔 저와 하미 땅을 떠나기로 결심했습니다."

"흥, 하여간 당치도 않은 짓거리를."

류지가 밉살스럽다는 듯 세이지를 노려보았다.

"내가 그때 좀더 일찍 너희 둘의 관계를 알아차렸다면……."

다쓰키치로는 뭐라 말할 수 없이 애석함이 깃든 시선으로 아들을 보았다.

"그런데 사기리 씨만 마을을 떠나신 겁니까?"

"네. 구키라고, 제 학창 시절 친구의 본가가 교토에 있었습니다. 그곳에 같이 몸을 의탁할 예정으로, 일단 사기리 씨만 먼저 보냈습니다."

"쓰, 쓰루코 누나는……."

쇼이치가 무의식중에 입을 열었다가 그 자리의 긴박한 공기에 기가 눌린 듯 금세 머뭇거렸다.

그런데 세이지가 그에 대답했다.

"제 딸일지도…… 아니, 제 딸입니다."

류지의 눈빛이 더욱 험악해졌고, 다쓰키치로의 눈은 더욱 애수를 띠었다.

"사기리 씨가 마을을 떠나자마자 류지 신관이 사람을 풀어 뒤를 쫓았습니다. 구키 가에 관한 일은 몰랐겠지만, 사기리 씨의 자취를 따라가다 보면 조만간 발견될 게 틀림없었습니다. 그때 마침 구키가 만주로 가게 돼서…… 그래서 사기리 씨도……."

"세이지 씨께도, 사기리 씨께도 힘든 결단이셨겠습니다."

"사기리가 네놈 애를 밴 줄 알았다면 구태여 뒤를 쫓게 하지도 않았어."

겐야의 숙연한 어조와는 대조적으로 류지가 내뱉듯 말했다. 숫처녀가 아니게 된 사기리는 가치가 없다는 뜻이리라.

"사기리 씨가 돌아오신다는 소식을 듣고 놀라셨겠습니다."

"네. 처음엔 이해가 안 됐지만 생각해보면 달리 갈 데가 없죠. 다만 쓰루코를 보고 첫눈에 이거 큰일일지 모르겠다 싶었습니다."

"류지 씨가 쓰루코 씨를 제2의 사기리 씨로 삼을 위험이 있었기 때문이군요. 한편으로 류지 씨는 따님이 손주들을 데리고 돌아왔을 때 처음엔 착각하고 기뻐하시지 않았는지요?"

"무슨 소리지?"

"손주들의 이름을 듣고 당치 않은 상상을 하시지 않았습니까?"

"……"

"그게 무슨 말씀입니까?"

고개를 돌려버린 류지를 대신해 세이지가 몸을 내밀며 물었다.

"인간기둥 전승은 아시겠죠."

"계속 다리를 놔도 폭우가 쏟아질 때마다 떠내려갔다, 그래서 사람을 산 채로 매장해 주술적인 힘으로 튼튼한 다리를 완성할 수 있었다, 하는 이야기죠? 사요 촌의 윗다리에도 같은 전승이 있습니다."

"네, 다쓰키치로 신관님께 들었습니다. 유명한 이야기로 《신토슈神道集》에 다리 아가씨에 관한 게 있죠. 나가라 다리 건설이 난항을 겪으면서 인간기둥이 필요하다는 말이 나왔습니다. 그때 흰 천으로 하카마를 기운 사내가 처자와 함께 지나갔습니다. 그런데 꿩이 울다가 잡히는 모습을 보고 울지 않았으면 됐을 것을, 하고 독백했습니다. 이어서 다리를 보더니 흰 천으로 옷을 기운 사람을 인간기둥으로 삼으면 된다고 무심코 입을 놀리고 말았습니다. 그 말을 들은 공사 책임자가 남자가 바로 그렇다는 걸 깨닫고 즉시 잡아 인간기둥으로 매장했습니다. 남자의 아내는 자식을 업은 채 남편 뒤를 따르듯 물에 빠져 죽었는데, 그때 '말해서 나가라 다리의 기둥, 울지 않았으면 꿩도 잡히지 않았을 것'을 읊었습니다. 이 여자가 후일 다리 아가씨가 됐다는 유래가 기록되어 있죠."

"미즈시 신사의 외눈 광은 인간기둥을 참고로 했단 말씀입니까? 하지만 다리 아가씨의 유래나 윗다리의 전승은 그렇다 치고, 인간기둥이 정말 있었던 겁니까?"

"다이쇼 14년(1925) 4월에 황거皇居에서 인간기둥 소동이 있었지."

다쓰키치로가 중얼거리듯 말했다. 겐야는 자연스레 그 말을 이었다.

"이 년 전, 간토 대지진의 복구공사 중 황거의 망루 밑에서 인골 여러 구가 발견된 사건이죠. 게다가 모두 서 있는 자세였고, 머리 위에 옛날 동전이 한 닢씩 있었습니다."

"참으로 주술적인 광경이군요. 그게 인간기둥이었던 겁니까?"

세이지의 질문에 겐야는 고개를 내저었다.

"당시 그렇게 생각한 지식인이 많았습니다. 하지만 궁내청에서 의뢰한 정식 조사 결과, 완전히 부정됐거든요. 하지만 이 조사엔 문제가 있었습니다. 첫째……."

"도조 씨, 설마 여기서 인간기둥에 대해 강의할 생각은 아니겠지?"

"아뇨, 선생님은 그럴 생각 맞으세요."

시노가 즉각 긍정했다.

"어…… 그게, 저……."

"내가 황거 이야기를 꺼낸 게 잘못인가."

"어머, 아니에요. 선생님은 기회만 있으면 늘 이러시는걸요."

반성하는 다쓰키치로를 시노가 신경 쓰지 말라고 위로했다.

미즈치처럼 가라앉는 것　**427**

"음, 황거로 말하자면 쇼와 9년(1934)에 사카시타 문 근처에서 역시 옛날 동전과 함께 인골이……."

"선생님, 문제는 인간기둥이 아니라 쓰루코 씨 남매 이름이라니까요!"

겐야가 질리지도 않고 이야기를 계속하려 하자, 시노가 강한 어조로 나무랐다.

"응…… 그렇지만 인간기둥이 관계없는 건 아닌데. 아니, 미즈치 님이란 신의 산 제물이라 생각하면, 인간기둥을 예로 드는 건 좀 다르긴 한데……."

"뭘 그렇게 주절주절하시는 거죠!"

"아니, 그러니까 산 제물은 어디까지나 신께 바치는 거지만 인간기둥은 그렇지 않거든."

"미즈치 님께 바치는 산 제물이랑 다르다고요?"

"그래. 인간기둥의 경우, 매장되는 사람의 영이랄지, 혼이랄지, 말하자면 그 힘으로 다리를 지탱하는 거야. 그 때문에 다리뿐 아니라 제방처럼 사나운 물줄기에 의해 붕괴되는 곳에도 전승이 남아 있지. 하지만 인간의 목숨을 바친다는 공통점이 있거든. 사기리 씨는 거기에 착안한 게 아닐까 싶어."

"좀더 알기 쉽게, 분명하게 말씀해주세요."

"그, 그러니까 전승에서 인간기둥이 되는 사람의 이름이, 소녀는 '쓰루鶴'나 '사요小夜', 소년은 '쇼松'나 '이치いち'인 경우가 많거든. 또, 어머니와 자식인 경우도."

한자까지 설명하자 쇼이치가 '앗' 하고 놀라는 표정을 보였다. 뭔가 짚이는 데가 있는 걸까.

그러나 겐야는 '사요'를 '佐用'이라고도 쓴다는 사실은 말하지 않았다. 귀국선 안에서 쇼이치 가족 옆에 있던 게 사요佐用 부인이었다. 단순한 우연에 불과하겠지만, 사기리는 그 사실에 운명을 느꼈을 게 틀림없다. 이 모자가 자신들의 인간기둥이 될 것이라는 운명을.

"사기리 씨는 왜 아이들의 이름을 그렇게 지었을까요?"

시노가 쇼이치를 마음 쓰는 기색을 보이면서도 단도직입으로 물었다.

"류지 씨도 놀라셨을 거야. 집을 나갔어도 딸은 역시 자신의 생각을 받아들여 자식들 이름을 그렇게 지었구나, 아마 그렇게 착각하시지 않았을까."

그 자리에 있던 모든 사람이 류지에게 시선을 돌렸으나, 본인은 모른 척했다.

"물론 사기리 씨는 그런 마음은 털끝만큼도 없었어. 오히려 자식들을 지키려고 했지."

"그렇지만……."

"어제 다오 정에서 하미로 오는 차 안에서 류마 씨가 이 일대에 전해져 내려오는 흥미로운 풍습을 가르쳐주셨거든."

"네?"

"이 지방에선 옛날 자식한테 일부러 나쁜 이름을 지어줘서 재난을 물리치는 풍습이 있다고 말이야."

"그, 그랬던가요?"

"소후에 군은 차멀미를 하는 중이었어."

말 한마디로 넘어가자 시노가 심통이 났다.

"만주로 건너간다고 해도 사기리 씨는 불안했을 겁니다. 몸을 의탁한 세이지 씨의 친구 분, 결국 사기리 씨의 남편이 되셨습니다만,

그분의 성은 '구키宮木'였습니다. 이건 공양의례供儀[구키]를 연상시키거든요. 억지에 불과하지만 당시의 사기리 씨께는 그런 우연의 일치가 무섭게 느껴졌을지도 모릅니다. 만주에서 살면서도 두려움은 사라지지 않았습니다. 그 때문에 사요코 양도 같은 식으로 이름을 지었습니다. 쇼이치 군에 이르러 겨우 다소간 떨쳐버릴 수 있었을지 모르죠. 그래도 '松'과 발음이 같은 '正'에 'いち'를 한자 '一'로 써서 '쇼이치正一'로 지었으니, 걱정이 완전히 사라진 건 아니었을 겁니다."

"사기리 씨가 미즈시 가로 돌아왔다가 다시 나온 건 역시……."

세이지의 안색이 변했다.

"쓰루코 씨가 나이가 들면 미즈치 님의 신부로 삼겠다고 류지 씨가 말했기 때문일 겁니다."

류지에게 쏠려 있던 사람들의 시선이 더욱 날카로워졌다.

"때가 되면 그 광에 넣겠다고……."

"그거 재미있군. 역시 작가는 상상력이 풍부한데."

그런데 류지는 조금도 동요하는 기색 없이 시치미를 뗐다.

"전부 제 망상인가요?"

"그래. 하지만 그걸 소설로 써도 항의하진 않을 거야."

"아니, 그런 문제가……."

"류지 씨, 방금 그 이야기가 사실무근이라면 광 안을 봐도 되겠지?"

그때 다쓰키치로가 끼어들었다.

"그게 왜 그렇게 되는데?"

"켕기는 데가 없으면 광 안을 본들 문제없을 것 아닌가."

"그 논리는 이상하군. 그런 식으로 말하자면 어디든 가택수색을 당해도 뭐라 못하겠어."

아닌 게 아니라 류지 말이 맞았다. 그가 하는 말이 정론이었다. 그렇다고 납득하는 사람은 아무도 없었다. 그런 분위기가 방 안에 감돌았다.

"가택수색이 아니지, 이건 부탁이야."

다쓰키치로가 순간적으로 저자세로 나온 것은 역시 연륜 덕일까.

"여기 있는 쇼이치를 생각해주게. 이 애는 누나가 없어져서 걱정인 걸세. 그 광 안을 확인하면 걱정을 조금은 덜 것 아닌가. 나도 부탁하네. 그 광을 보게 해주게."

머리를 숙여 부탁하는 다쓰키치로를 류이치는 얼마 동안 꼼짝 않고 바라보더니 말했다.

"으음, 이거 난처하군. 일이 이렇게 됐으니 말하는데, 작가 선생의 설명 중 절반은 사실이야."

"뭐라고?"

"그 광은 본당과 별도의 방법으로 진신 호의 미즈치 님을 모시는 곳이네. 하지만 산 제물 같은 건 쓰지 않아."

"그럼 뭐지?"

"그건 비밀이고. 미즈시 가의 가보라고 생각하라고. 그러니 광 안을 보여줄 순 없어."

류지란 사내는 역시 만만치 않다. 겐야의 해석을 절반만 시인함으로써 중요한 인신공양 문제를 덮으려는 듯했다.

이대로 가다간 결론이 안 나겠어.

겐야는 생각했다. 결정적인 증거를 들이미는 수밖에 없을 것 같다. 하지만 그런 게 없다는 것은 그도 잘 알고 있었다. 그나마 있다면 도메코의 증언뿐이다. 광 안에 있는 사람을 위해 식사를 준비했다고 말한다면……. 그러나 식사를 운반한 사람이 류지라면 의미가 없다. 적당히 핑계를 대고 끝날 가능성이 높다. 요는 물적증거가 필요하다.

쉽지 않겠는데.

원래라면 경찰과 상의할 일이지만, 주재소의 쓰보즈카 순사는 믿을 수 없다. 이렇게 되면 다오 정으로 돌아가 경찰을 찾아가는 수밖에 없다.

"류지 씨, 그런 식으로 적당히 넘기려 들면 곤란하네."

다쓰키치로의 무거운 목소리가 들려왔다.

"뭐, 뭐가 적당히라는 건가!"

"도조 씨의 해석은 아닌 게 아니라 상황증거를 바탕으로 하고 있네. 하지만 그 배경이 되는 상황을 내가 자세히 알고 있다는 건 댁도 인정하겠지?"

"뭐, 그야……."

"그런 내 눈에 도조 씨의 해석은 상당히 신빙성이 있다고 보였네. 적어도 사요코가 없어졌다는 말을 듣고 그 광 안을 한 번은 확인하는 게 좋겠다고 판단할 정도로."

"그런가."

"그래. 그러니 댁이 끝내 협조를 못하겠다면 나한테도 생각이 있네."

"어쩌려고?"

"마을로 돌아가서 사람들을 모아 직접 그 광으로 가야지."

"……."

류지가 말을 잇지 못했다. 아니, 류지뿐 아니라 세이지까지 입을 딱 벌렸다. 스이바 류코와 류마 부자, 그리고 미쿠마리 다쓰조도 마찬가지인 듯했다.

겐야도 같은 심정이었다. 언제 어느 때나 온화한 다쓰키치로가 이런 말을 할 줄은 몰랐다. 게다가 단순한 으름장이 아니라 진심으로 하는 말이라는 게 충분히 느껴졌다. 다쓰키치로가 모노다네 촌에서 사람들을 모으면, 상대가 미즈시 신사의 류지라도 그를 따를 사람이 여럿 있을 게 틀림없다. 어쩌면 다른 마을에서도 달려올지 모른다.

류지도 당연히 그것을 아는 것이리라. 처음에는 다쓰키치로를 노려보더니 지금은 시선을 다른 데로 돌리고 궁리하는 듯 보였다.

이윽고 류지는 자세를 바로잡은 뒤, 뜻밖에도 머리를 깊이 숙였다.

"결례를 사과하겠네. 더불어 부탁이 있네만."

"뭔가?"

"류조의 장례가 끝날 때까지 기다려주면 좋겠네."

"그게 무슨 뜻이지?"

"아들을 편히 잠들게 해주고 싶네. 그때까지는 소동을 일으키고 싶지 않아."

"말썽을 일으키려는 게 아니야. 그 광에서 사요코를 풀어주기만 하면 돼."

"그러니까 잠시 기다려달라는 걸세."

"어이, 설마 사요코한테 무슨 일이 있는 건 아니겠지?"

류마가 끼어들었다.

"……."

"지금 광에서 사요코를 풀어주면 소동이 일어나리란 걸 아는 말투잖아."

"그렇군."

다쓰키치로뿐 아니라 다른 사람들도 류마가 그녀를 걱정하는 까닭을 이해할 수 있었다.

"류지 씨, 그런 건가."

"아니, 그런 게 아니야."

"이런 녀석 말을 어떻게 믿어!"

"자, 자, 그러지 말고. 사요코는 무사하겠지?"

흥분하는 류마를 다쓰키치로가 점잖게 말린 뒤 물었다.

"……괜찮아. 다소 쇠약해졌을 수는 있지만……."

"뭐야?"

"하지만 이젠 문제없어. 미즈치 님 제의가 끝났으니."

류마가 언성을 높이자 류지는 곧바로 고개를 가로저었다.

"그러면 지금 당장 광에서 꺼내도 될 것 아닌가."

"지금은 곤란해. 사요코의 안전을 생각하면……."

"그게 무슨 뜻이지?"

"그 광 안은 일종의 별세계야. 살아 있는 인간이 일단 들어가면 그렇게 간단히 나올 수 없어. 나오려면 어느 정도 시간을 들일 필요가 있는 걸세."

"이 자식, 사요코한테 무슨 짓을 한 거냐!"

"……."

당장이라도 덤벼들 듯한 류마, 고개를 돌린 채 침묵하는 류지, 곰곰이 생각하는 다쓰키치로. 그 상태로 시간이 흘렀다.

"언제까지 기다리면 되겠나?"

이윽고 다쓰키치로가 입을 열었다.

"이, 이놈 말을 믿는단 말입니까?"

류마가 따져도 다쓰키치로는 조용히 몸짓으로 진정시켰을 뿐, 류지에게서 시선을 떼지 않았다.

"오늘 밤 류조의 밤샘을 치르고 내일 정식 장례를 끝낼 거야. 장례 바로 뒤에 매장할 테니, 그러고 나서 시작하면 모레 아침엔……."

"그렇게 오래 못 기다리네."

다쓰키치로가 딱 잘라 말했다.

"하지만 밤샘하고 장례가……."

"류조한테는 미안하네만, 죽은 사람보다 산 사람을 우선해야지."

"류조의 장례를 뒷전으로 미루란 말인가!"

그 순간 류지가 격노했지만, 다쓰키치로는 조금도 흔들리지 않고 대꾸했다.

"애초에 아무 죄 없는 사요코를 광에 가둔 건 류지 씨, 댁이 아닌가. 류조도 신남을 맡았다면 그 사실을 알고 있었겠지."

"그래서 류조 씨의 안색이 어두웠군요."

겐야가 중얼거린 말을 듣고 세이지도 납득했다는 듯 고개를 끄덕였다.

"……그럼 내일은 어떤가?"

"내일 언제?"

"아침……."

"……."

"이 이상은 무리네."

류지와 다쓰키치로 사이에 오가는 말을 모두가 마른침을 삼키며 지켜보았다.

"지금 당장 사요코를 광에서 나오게 하는 것보다 어떤 조치를 취하고 내일 아침에 나오게 하는 게 그 애한테 낫다는 말이지?"

"그래."

"저 말을 믿습니까?"

류마가 다쓰키치로에게 따지자, 류지는 그를 쳐다보며 말했다.

"그럼 지금 당장 나오게 했다가 사요코한테 문제가 생기면 네놈이 책임지겠다는 말이냐?"

"뭐야?"

류마는 상대방을 노려보았지만 목소리에 힘이 없었다. 외눈 광의 주술이 어떤 것인지 모르는 이상, 확실한 말을 못 하기 때문이리라.

방 안에 침묵이 흘렀다. 이내 다쓰키치로가 대답했다.

"알겠네. 단, 그때까지 사요코를 잘 보살펴야 하네. 조치도 충분히 취하고."

"그래. 이제 곧 점심식사를 갖다줄 거야. 광에서 나오게 할 준비도 빈틈없이 할 테고."

류마는 불만스러운 표정이었지만 그 이상 이의를 제기하지 않았다. 다쓰키치로의 판단에 따를 작정인 듯했다. 쇼이치도 노인을 신뢰하는지, 신관이 돌아보자 동의한다는 표시로 고개를 끄덕였다.

대부분의 사람들이 점심식사를 사양했다. 쇼이치는 미즈시 가에 남을 수밖에 없는 처지였으므로 다쓰키치로가 "우리 집에 오겠느냐" 하고 권했다. 그러나 쇼이치는 누나들 곁에 있겠다고 거절했다.

다쓰키치로와 세이지, 겐야와 시노, 스이바 류코와 류마, 그리고 미쿠마리 다쓰조, 이렇게 일곱 명은 일단 미즈시 가에서 나와 여전히 퍼붓는 비를 맞으며 미즈우치 가로 향했다.

"중의가 성공한 건 다행이네만, 너무 많이 오는군."

"이렇게 비가 계속 오면 이번엔 반대 걱정을 해야겠는데요."

다쓰키치로와 겐야가 나란히 앞장서서 걷고 그뒤를 나머지 다섯 사람이 따르는 형태로 참배길을 동쪽으로 나아갔다.

"진신 호에 신남의 피를 흘린 게 안 좋았는지도 모르겠군."

"필요 이상으로 미즈치 님의 노여움을 샀다는 말씀이신지요?"

"……."

다쓰키치로는 말없이 심각한 표정으로 하늘을 올려다보았다.

"그런데 사요코 양 말씀입니다만, 내일 아침이면 풀려난다지만 역시 걱정입니다."

"음, 류이치와 류조의 죽음을 조사하고 있을 때가 아니었네."

시선은 내렸지만 신관의 심각한 표정은 여전했다.

"물론 지금은 사요코 양의 구출을 우선해야 한다고 생각합니다. 다만……."

"뭔가?"

"오늘 아침 류지 씨가 외눈 광에 사요코 양을 가두고 미즈치 님의 신부로, 산 제물로 삼으려고 했다는 게 사실이라면, 류조 씨의 자살설은 신빙성을 잃습니다."

"녀석이 말한 목숨의 의미가 달라지기 때문인가?"

"네. 그렇게 되면 류조 씨가 아니라 사요코 양의 목숨이었다고 봐야 합니다. 말하자면 류조 씨는 사요코 양의 목숨이라는 대단히 효과적인 부적을 지니고 미즈치 님 제의에 임한 셈입니다. 우리는 결코 볼 수 없는, 알 수 없는 비장의 수단으로 무장하고 우위에 서서 증의를 집전한 겁니다. 그런 유리한 상황에서 구태여 자기 목숨을 내놓을까요?"

"있을 수 없는 일이지."

"즉 사요코 양 일로 류조 씨의 죽음이 타살일 가능성이 더욱 짙어진 셈입니다."

"사요코가 광에서 나오면 쓰루코와 쇼이치까지 세 아이들을 우리 집으로 데려올 생각이네."

너무나도 갑작스러운 말이라 겐야는 대답하지 못했다. 그러자 뒤에서 세이지가 "정말이십니까?" 하고 물었다.

"그래."

다쓰키치로는 돌아보지 않은 채 대꾸하고 다시 겐야에게 말했다.

"그리고 류조의 매장을 막을 생각이야."

"네?"

"댁한테 내 이런 말 저런 말을 했고 그런 마음은 지금도 변함없네만, 류지의 행위는 아무리 그래도 도를 넘었군. 사요코 일로 이대로 두면 안 되겠다는 걸 통감했네."

"경찰에 연락하시겠다고요?"

"확약은 할 수 없지만 그러고 싶네."

"무슨 말씀이십니까?"

"역시 류지를 한 번은 설득해야 해. 이쪽에서 멋대로 경찰을 불렀다가 녀석의 태도를 강경하게 하는 건 현명한 일이 못 돼."

사람이 죽었고 그것도 살인일지 모르는데 설득이고 뭐고 할 게 어디 있나. 그러나 겐야는 아무 말도 하지 않았다. 다쓰키치로의 생각이 바뀐 것만 해도 진전인 셈이다. 게다가 류지와 싸움이 붙겠지만, 결국은 경찰에 연락하리라는 예감이 들었다.

미즈우치 가에서 점심을 먹고 나도 빗발이 가늘어질 기미가 없었다. 그런데도 겐야는 류마에게 쇼이치의 가족이 살던 움막에 안내해

달라고 부탁했다. 류마는 의아한 표정을 지으면서도 승낙했다.

　같이 가고 싶어하는 시노에게 겐야는 다른 사람들 옆에 있어 달라고 부탁했다. 수리조합의 회의에 참석해 그 내용을 파악해둘 필요가 있기 때문이다. 그녀의 동석은 이미 다쓰키치로에게 허가를 받았다. 그 말을 듣고 시노는 불만스러운 표정을 지었지만, 우수한 탐정 조수가 있으니 효율적으로 움직여야 하지 않겠느냐고 하자 태도가 싹 바뀌었다.

　"류조는 증의 중에 죽었다던데, 어떤 상황이었지?"

　미즈우치 가에서 나오자마자 류마가 질문했다. 류코와 세이지에게도 물었지만, 집배 안에 들어갔던 류지와 겐야가 가장 자세히 알 것이라고 들은 모양이다. 겐야는 자신이 아는 대로 설명했다.

　"류이치하고 아주 똑같은 건 아니군."

　"류이치 씨는 바닥의 구멍 안에 떠 있는 채로 발견됐습니다. 사인은 심장마비였죠. 류조 씨는 배 안에서 구멍에 상반신이 들어가 있는 자세로 발견됐습니다. 게다가 가슴에는 칠종신기 중 하나인 미즈치 님의 뿔이 박혀 있었고요."

　"류조가 진신 호에 잠수한 흔적은 있었고?"

　"구멍에서 통을 던졌으니 몸이 젖어 있긴 했습니다. 하지만 머리가 젖은 정도가 어중간하더군요. 물속에 잠수했다면 더 흠뻑 젖었을 텐데요."

　"비슷한 것 같지만 전혀 딴판인가."

　"네?"

　목소리를 높이지 않으면 빗소리에 묻혀버렸다.

　"류이치하고 류조의 죽음이 비슷한 것 같아도 다르다고."

"사인과 사망한 장소는 그렇죠. 다만 두 분을 둘러싼 상황은 지나치게 똑같거든요."

"가까이 간 사람이 아무도 없고, 애초에 가까이 가는 게 불가능했다는……."

"네. 류이치 씨뿐이었다면 사고로 판단해야겠죠. 그런데 대단히 유사한 상황에서 이번엔 동생이 살해됐다면, 형의 죽음도 의심해볼 필요가 생깁니다."

"게다가 죽은 류이치의 표정이 예사롭지 않았었고 말이지."

류이치와 류조 사건을 이야기하는 사이에 윗다리에 이른 두 사람은 다리를 건너 강길을 따라 동쪽 마을 경계로 향했다.

"비 때문인지 나와 있는 마을 사람이 거의 없군요."

"류조가 죽었다는 소식이 눈 깜짝할 새에 퍼진 거야. 그러니 다들 밖에 나오기 싫은 거지. 저길 보라고."

류마가 별안간 오른손을 들어 앞쪽을 가리켰다. 겐야가 눈을 가늘게 뜨고 보자, 빗줄기로 차단된 저편에 뭐가 꿈틀거리고 있었다.

"저게 뭐죠?"

그렇게 말하자마자 사라져버렸다.

"아마 삿갓을 쓰고 도롱이를 입은 마을 사람이겠지. 그렇지만 이렇게 비가 오면 잘 안 보여. 게다가 다들 차림새가 비슷하니 어디의 누군지 금방 알 수도 없고. 인간이 아닐지도 몰라."

"그렇군요."

"이런 날엔 그냥 집에 틀어박혀 있는 게 상책이야. 하물며 사람이 죽었다면 더하지."

"그럼 방금 그 사람은……."

"진흙녀거나…… 팽것…… 그도 아니면…….."
"그도 아니면?"
"아니, 그냥 마을 사람이겠지. 마을 경계 근처에서 사라졌으니 류조의 정보를 갖고 돌아가는 모노다네 촌 인간이거나, 다른 마을에 안 좋은 소문을 퍼뜨리러 가는 사요 촌의 중뿔난 인간이거나."

그러는 사이에 마을 경계의 수신탑이 보이는 곳에 이르렀다. 이제 거의 다 왔다는 류마의 말대로 그곳에서 강길을 벗어나 북쪽으로 올라가자 빗속에 움막이 나타났다.

"여기야."

류마는 덜컹거리는 문을 힘들게 열더니 마치 자신이 사는 곳인 양 거침없이 안으로 들어갔다. 겐야도 바로 뒤를 따랐다.

"심하지. 마을에서 제일 가난한 사람도 이보다는 낫게 살 거야."

그 말대로 움막은 밖에서 보나 안에서 보나 폐가나 다름없었다. 안으로 들어가면 봉당이 왼쪽으로 좁다랗게 뻗어 있다. 도중에 흙으로 만든 아궁이가 있고, 안쪽에 칸막이로 가린 목욕통이 보였다. 그 오른쪽이 널을 깐 주거 부분으로, 앞쪽에는 바닥을 사각형으로 파 노를 만들어 천장에 사슬로 갈고리를 달아 냄비를 걸어놓았다. 안쪽에는 개켜놓은 돗자리 위에 초라한 이부자리가 쌓여 있었다.

"세이지 씨랑 시게조가 여러모로 도와줘서 그나마 근근이 살 수 있었지, 그게 아니었으면 네 식구가 굶어죽었을지도 몰라."

"이따 밤에라도 쇼이치 군의 이야기를 들어볼까 합니다."

"그 녀석 어머니며 누나들이 류조의 죽음하고 상관있다는 말이야?"

"그건 아직 모릅니다. 다만 사건을 거슬러 올라가다 보면 사기리 씨가 양녀로 들어온 문제에 다다를 것 같거든요. 모든 게 거기서 시작됐다고나 할까요."

"그럴지도 모르지. 하지만 댁도 특이한 사람이군. 이런 움막에까지 관심을 갖고 이런 빗속에 일부러 보러 오다니."

"만주며 소류 향까지 갈 겨를은 없지만 여기는 금세 올 수 있으니까요. 게다가 류마 씨께 하나 여쭤보고 싶은 게 있었거든요."

"호, 미즈우치 가에선 못 물어볼 일인가 보지? 상관없으니 물어보라고."

류마는 또다시 빈정거리는 웃음을 지으며 말했다.

"감사합니다. 이렇게까지 이목을 피할 필요는 없었는지도 모릅니다. 하지만 누가 우연히 들었다가 지레짐작해서 불필요한 소문이 마을에 퍼지면 그것도 곤란하니까요."

"이거야 원, 어떤 질문이 나올지 기대되는걸."

"그럼 단도직입으로 여쭙겠습니다. 후쿠류 특별 공격대에서 사용하셨던 잠수복이며 압축 공기통 같은 장비는 전쟁이 끝나고 어떻게 하셨는지요?"

"……."

"혹시 갖고 돌아오신 건 아닙니까?"

움막 안에 있어도 빗소리가 시끄러울 지경이었다. 두 사람이 입을 다물자 지붕을 때리는 빗소리만이 실내에 울렸다.

"도조 겐야는 역시 명탐정이군."

"네?"

"류조의 시체를 보자마자 내 이야기가 생각난 거지. 잠수복과 압축 공기통만 있으면 간단히 집배로 접근할 수 있지 않을까, 하고."

류마는 자못 유쾌하다는 듯 웃으며 말했다.

"아뇨, 바로 그랬던 건 아닙니다. 게다가 잠수 장비에 관해선 세이지 씨도 알아차리신 것 같으니 딱히 저만……."

"세이지 씨가 알아차리는 건 당연해. 나름대로 오래 알고 지낸 사이니까."

"그래서요?"

"그래, 맞아. 종전의 혼란을 틈타 잠수 장비뿐 아니라 기뢰까지 챙겨왔지."

"어, 어디 두셨습니까?"

"우리 집 광에."

류마는 서슴없이 겐야에게 자세한 위치를 가르쳐주었다.

"광 안에 아직 있는지, 있으면 사용한 흔적이 있는지 확인해보고 싶은데요."

"그건 상관없는데……. 내가 후쿠류 특별 공격대의 잠수 장비를 써서 류조를 죽였다고 생각하는 거야?"

"아뇨, 류마 씨가 범인이라고 단정하는 건 아닙니다. 장비의 존재를 알고 있었던 사람들은 모두 용의자죠."

"그러게…… 신사 관계자라면 알고 있어도 이상할 것 없긴 한데."

"범위를 좀더 좁힐 수 없을까요?"

"유감이지만 그래. 그런데 범인은 어째서 구태여 중의 중에 잠수 장비 같은 것까지 동원해서 류조를 죽일 필요가 있었던 거지?"

"그 반대입니다."

"반대?"

"그 상황에서 류조 씨를 죽이려면 대체 어떤 방법이 가능할지 이 것저것 생각해본 결과, 류마 씨의 잠수 장비에 다다른 겁니다."

"그래?"
"그러니까 잠수복과 압축 공기통이 사용됐다고 판명돼도 살해 방법만 알게 된 것뿐, '왜'라는 동기는 여전히 수수께끼…… 아니, 반대로 수수께끼가 더 깊어질지 모릅니다."
"살해 방법도 완전히 해결되는 건 아니지 않소?"
"아, 물에 들어간 장소 말씀이죠?"
"역시 벌써 눈치채고 있었군."
"잠수 장비를 썼다면, 어디서 진신 호로 들어갔나. 요는 범인한테도 그 호수는 범행 당시 완전한 밀실이었던 셈입니다."
겐야는 자신이 객석에서 목격한 상황, 무대 위에서 보고 있던 예녀 아오야기 도미코의 증언, 그리고 후타에 산 산길에서 뜻하지 않게 망보는 역할을 한 소후에 시노의 이야기를 소개했다.
"보답으로 소년의 흥미로운 모험담을 가르쳐주지."
그런 말에 이어 류마가 이야기한 것은, 미즈시 가 뒷산에 존재하는 동굴에서 쇼이치가 겪은 놀라운 일이었다.
"그, 그 수중동굴은 진신 호로 이어지는 겁니까?"
"틀림없다고 봐도 되겠지. 외눈 광의 정체에 대한 댁의 해석을 보강해주는 발견 아냐?"
"그럼 그 수중동굴을 따라가면……."
"아니, 그건 무리야."
"왜죠?"
"쇼이치 말로는 굴이 좁아져서 자기도 못 지나갈 정도라더군."
"다른 수중동굴은 더 없습니까?"
"굴은 외길인 데다 막다른 곳에 다다라. 그 사이에 물이 흐르는 곳은 쇼이치가 잠수했던 곳뿐이고. 이건 가이지한테 확인했으니 틀림없어. 그 녀석하고 쓰루코가 숨어 있던 지점에서 안쪽으로 좀만 더 들어가면 굴이 끝난다고 했어."

"어쩌면 사기리 씨와 세이지 씨도 그 동굴에서 밀회를 거듭했을지 모르겠군요."

"부모자식 이 대에 걸쳐 유용하게 활용한 동굴이군."

"네. 하지만 그렇게 되면 진신 호에서 물이 흐르는 동굴이 또 있는 게 아닐까요?"

"글쎄……. 다쓰키치로 영감이라면 알 수도 있겠지만……."

"가능성이 희박할까요? 사람이 지날 수 있을 만한 폭이어야 하니까요."

"그런 굴이 있으면 벌써 소문이 났을 거야."

"다른 신사의 뒷산이나 마을 주변 같으면 그렇겠죠. 하지만 같은 미즈시 가의 뒷산이라면 아무도 모를 겁니다."

"그래, 댁의 말이 맞겠지. 하지만 그럼 그 굴의 존재를 아는 사람이 한정되지 않나?"

"동시에 스이바 신사의 광에서 잠수 장비를 훔칠 수 있는 인물이 류조 씨를 살해한 가장 유력한 용의자가 됩니다."

"난 혐의를 벗는 건가?"

"아뇨, 죄송하지만 아직……."

"왜지?"

"류마 씨는 쇼이치 군의 이야기를 듣고 나서 미즈시 가의 뒷산을 산책할 시간이 오늘 아침까지 충분히 있었습니다."

"호, 거기까지 생각하는 건가?"

"어디까지나 가능성의 문제니까요."

"아니, 감탄한 거야. 저런 생각이 가능해야 명탐정이 될 수 있구나 싶어서."

류마의 표정으로는 진지하게 하는 말인지 비아냥거리는 건지 알 수 없었다. 하지만 다음 질문을 했을 때, 그의 어조는 명백히 빈정거리는 것이었다.

"그렇지만 류이치가 죽은 십삼 년 전엔 잠수 장비가 없었다고. 난 아직 마을에 오지도 않았고."

"그렇죠. 그게 성가신 부분입니다."

"류이치의 죽음도 살인일 가능성을 생각해야 된다고 했는데, 그러면 류조는 형을 죽인 범인한테 당한 게 되나?"

"단정할 순 없습니다만……."

"그럼 당시 아직 마을에 없었던 난 완전히 용의선상에서 벗어나지 않나?"

"미즈시 가 형제의 죽음은 다음 조합 중 하나입니다."

겐야는 류마의 물음에 직접 대답하지 않고 두 죽음을 분류하기 시작했다.

"1. 류이치 씨는 사고사, 류조 씨는 자살이다.

2. 류이치 씨는 사고사, 류조 씨는 타살이다.

3. 류이치 씨는 타살, 류조 씨는 자살이다.

4. 류이치 씨, 류조 씨, 둘 다 타살이다."

"그렇군. 그렇지만, 일단 3번은 지워야겠는걸."

질문을 얼버무린다고 화를 내지 않을까 했는데, 류마는 순순히 이야기에 응했다.

"네, 가장 있을 수 없는 조합으로 보이죠. 그렇지만 그런 이유만으로 제외시키는 건 아닙니다. 사요코 양 일을 생각하면 류조 씨가 자살했다고 볼 수 없기 때문입니다. 그렇게 되면 자동적으로 1번도 사라지죠."

"남는 건 '2. 류이치는 사고사, 류조는 타살이다'하고, '4. 류이치, 류조, 둘 다 타살이다', 이렇게 두 개인데…… 아아, 그런 뜻이군. 2번일 경우, 난 여전히 용의자라는……."

"네. 그리고 아까 어째서 의식 도중에 살인을 저질렀나 하는 수수께끼가 문제가 됐는데, 그것도 설명할 수 있을지 모릅니다."

"호, 그게 무슨 말이지?"

"류이치 씨와 같은 상황에서 류조 씨가 죽으면 형 때처럼 흐지부지 넘어갈지 모른다. 범인이 그걸 노렸다면 어떨까요?"

"그 때문에 잠수 장비를 이용했다고? 뭐, 미친놈 생각이지만 나름대로 조리는 서는군."

"그런 의미에선 '2. 류이치 씨는 사고사, 류조 씨는 타살이다'가 이번 사건을 해결하는 데 그나마 편한…… 편하다는 말은 어폐가 있지만, 해석하기 쉬운 조합이긴 합니다."

"편하다는 건, 실제로 그게 진상이라 편한 거 아니야?"

류마가 날카로운 지적을 했다.

"복잡기괴한 현상의 진상이 지극히 단순한 경우가 많긴 하죠. 하지만 처음부터 그런 식으로 생각하는 건, 곤란한 문제를 회피하기 위해 일부러 또는 무의식중에 편한 쪽을 선택하는 행동일지 모릅니다."

"혹시 마조히스트야?"

"아, 아뇨, 그런 게 아니라……. 이쪽 해석이 더 편하다는 이유로 판단하는 건 잘못일 뿐 아니라, 결국은 진상이며 결론에 도달하기까지 한참 우회할 우려가 있다는 사실을 명심해야 한다는 말씀을 드리고 싶었던 건데……."

"그래, 알아. 농담이야."

겐야는 저도 모르게 한숨을 쉬었다. 그러나 곧 마음을 다잡고 말을 이었다.

"하지만 실제로 범인이 정말 그런 식으로 생각했을 것 같진 않거든요."

"왜?"

"류이치 씨의 죽음을 모방한다면 적어도 사고로 가장할 필요가 있습니다. 가장 이상적인 건 익사겠죠. 그런데도 범인은 칠종신기 중 하나를 흉기로 골랐단 말이죠. 바꿔 말하자면 처음부터 계획적 살인을 꾀했다는 뜻입니다."

"잠수 장비가 있으면 물속에서 사고를 꾸미기 쉽지. 물 위로 떠오르는 통이 없어도 자기가 밀어올리면 그만이고. 그럼 류조가 물속으로 들어올 테니까 그때 덮쳐서 빠뜨려 죽여. 그러고는 집배의 바닥에 난 구멍으로 시체를 운반하면 완벽하지 않겠어?"

"심장마비와 익사, 사인은 달라도 불행한 사고가 겹쳤다고 누구나 생각하겠죠."

"팽것의 소행이란 소문이 순식간에 퍼지겠지."

"두 분이 돌아가신 상황이 흡사하니, 초자연적인 힘이 작용했다고 무의식중에 인정할 수 있습니다."

"그런데도 범인은 구태여 류조를 죽였다……."

"범인한테 증의 중에 류조 씨가 살해된다는 상황이 필요했던 게 아니라면 난센스죠."

"그러게."

"이렇게 되면 두 사건이 아예 무관하다고 해석해야겠지만, 이번 경우 그건 무리일 겁니다. 확실한 증거가 있는 건 아니지만……."

"아니, 댁의 추리도 포함해서 이 정도로 여러 가지가 밝혀졌는데 두 사람의 죽음이 무관하다고 하긴 어렵지 않겠어?"

"제 생각도 그렇습니다."

"좋은 걸 하나 더 가르쳐주지."

류마는 미즈치 님 제의를 거행하는 달에는 금주했어야 할 류지가 류이치의 사건 뒤 누군가가 준 술을 마셨다는 이야기를 했다.

"어디서 난 술인지는 모르고요?"

"구보도 모른다니까 밝혀내기 쉽지 않을 거야."

"류지 씨에게 술을 먹인 사람이 범인……?"

"그렇겠지."

"하지만 그러면 류지 씨가 어째 묘하다고 알아차릴 것 같은데요."

"그놈이 아무리 주정뱅이라지만 마시기 전에 알 거란 말이지? 하지만 그래도 마시는 게 주정뱅이 아닌가?"

"그렇게 말하자면…… 아! 아니면 범인은 아니지만 그 인물은 류이치 씨 죽음의 진상을 알았는지도 모릅니다. 하지만 어떤 사정으로 그게 밝혀지는 걸 원하지 않았습니다. 그런데 류지 씨가 사건 현장에서 진상과 연관된 중대한 뭔가를 목격했을 염려가 있죠. 사건 직후 맨 먼저 집배에 올라탄 사람은 류지 씨뿐이니까요. 다행히 본인은 그걸 아직 못 깨달은 것 같았습니다. 알아차리기 전에 술을 먹여서 잊어버리게 하자고 생각했다면……."

"역시 작가로군."

이번에는 솔직하게 감탄한 모양이다.

"어쨌거나 남는 건 '4. 류이치, 류조, 둘 다 타살이다'라는 제일 성가시고 제일 있을 수 없는 조합인데."

"류마 씨도 용의선상에서 제외되죠."

"왜 아쉽다는 투야?"

두 사람은 힘없이 웃었다. 그러더니 겐야는 정색하고 말했다.

"이게 십삼 년의 세월을 건너뛴 신남 연쇄살인사건이라면, 류조 씨보다 류이치 씨 살해의 수수께끼를 푸는 게 훨씬 곤란하다고 할 수 있습니다."

"혹시나 해서 묻는 건데, 류이치를 죽인 방법은?"

"오리무중이죠."

"하기야…… 하지만 연쇄살인이라면 용의자가 꽤 좁혀지지 않나?"

"십삼 년 전에도 하미 땅에 있었고 어떤 형태로 미즈치 님 제의에 관여한 인물이라고 생각하면, 역시 수리조합 분들이란 뜻이 됩니다. 그런데 그분들은 모두 두 번 다 객석에 있었다는 어엿한 현장 부재증명이 있단 말이죠."

"음……."

"게다가 살해 방법 이상으로 알 수 없는 게 동기입니다. 왜 일부러 미즈치 님 제의 도중에 죽여야 했을까요? 신남이란 존재를 죽이고 싶었던 건가, 아니면 류이치 씨와 류조 씨라는 개인인가. 왜 두 사람의 죽음 사이에 십삼 년이란 세월이 자리하나. 미즈시 가의 증의를 기다렸다는 게 답이라면, 처음의 의문으로 돌아갑니다. 왜 의식 도중에 살해하는 데 집착하는가?"

"도통 모르겠군. 난 세이지나 류조에 비하면 사이비 후계자지만, 어쨌든 수리조합 사람이긴 하다고. 하미 땅에 관해서도, 미즈치 님 제의에 관해서도 웬만큼 알고 있어. 그런데도 범인의 의도가 뭔지 당최 읽히질 않아."

두 사람은 그뒤로도 움막에서 사건을 검토한 뒤, 겐야는 미즈시 가로, 류마는 미즈우치 가로 돌아가기로 했다. 류마를 통해 시노에게 전갈을 보냈다. 쓰루코와 가이지가 이용했던 동굴 같은 것이 하미 땅에 더 없는지 다쓰키치로에게 확인해달라는 내용이었다.

미즈시 가에서 겐야는 소용없으리라 생각하면서도 류지에게 같은 질문을 했다. 예상대로 류지는 모른다, 그런 굴은 없다고 대답했지만, 이유를 듣고 납득했다.

"그런 걸 발견했으면 그 광하고 같은 역할을 하는 사당이라도 지었을 거야. 굳이 고생해서 동굴에서 광으로 물을 끌어올 필요가 없지 않나."

아닌 게 아니라 그렇다. 이번 의식에도 외눈 광을 사용한 것을 보면, 그에 해당되는 수중동굴은 존재하지 않는다, 또는 최소한 류지는 모른다는 것을 알 수 있다. 미즈시 가 뒷산에 있는 동굴을 류지가 모르는데 다른 사람이 알 것 같지는 않다.

역시 그런 굴은 없는 것인가.

겐야는 의기소침했으나, 류마에게 들은 술 이야기에 관해서도 질문했다.

"그런 걸 왜 묻지?"

"금주 중인 신관에게 술을 먹인다는 건……."

미심쩍은 표정의 류지에게, 겐야는 신중하게 말을 골라 류마와 자신의 생각을 설명했다.

"아!"

류지가 갑자기 나지막이 소리를 지르더니 입을 다물어버렸다.

"짚이는 데가 있으시군요?"

겐야는 저도 모르게 흥분했지만, 그뒤로 류지는 무슨 말로 어떻게 부탁해도 끝내 입을 열지 않았다.

누가 왜 술을 먹였는지 기억난 게 틀림없다.

그런데도 말하지 않는다. 그 인물을 감싸는 건가. 아니면 류지 자신이 아는 어떤 사실이 드러나는 것을 두려워하는 건가.

겐야가 새로운 수수께끼 때문에 끙끙거리며 괴로워하는데 시노가 돌아왔다.

수리조합 회의에서 다음과 같은 결정이 내려졌다고 했다. 우선, 사요코의 안전확보를 가장 우선할 것. 이어서 류지에게 경찰의 개입을 인정케 할 것. 거부할 경우 미즈시 신사의 장래에 대해 조합이 검토할 것. 이 세 가지가 주된 의제였던 모양이다.

"그런데 제가 보기에 다쓰키치로 신관 혼자 애쓴다는 인상이 강하더라고요."

"다른 사람들은 그만큼 의욕이 없다고?"

"아드님인 세이지 씨랑 스이바 류코 씨는 기본적으로는 찬성이었어요. 그렇지만 미즈시 신사랑 수리조합이 적대하는 사태는 되도록 피해야 한다는 생각인 거죠. 그 영향을 고스란히 번수가 받을 거라는 게 가장 큰 이유였어요."

"그렇겠지. 미쿠마리 다쓰조 씨는?"

"그 사람은 좌우지간 미즈시 신사가, 류지가 마음에 안 드나봐요.

그렇지만 경찰을 들여놓으면 신성한 의식이 더럽혀진다면서 싫어하더라고요. 본인도 그게 고민인 모양이에요."

"류지 씨를 궁지에 몰아넣기 위해선 경찰을 부르고 싶다. 하지만 경찰이 와서 이것저것 수사를 벌이기 시작하면 미즈치 님 제의가 더럽혀질 것이다. 다쓰조 씨는 진신 호가 망쳐질까 걱정인 거겠지. 그 때문에 딜레마에 빠진 거야."

"그렇지만 다쓰키치로 신관이 워낙 단호하셔서 다른 분들도 완전히 반대하는 건 아니었어요."

"다행이네. 동굴은 어땠고?"

"스이바 류코 씨랑 미쿠마리 다쓰조 씨께도 여쭤봤는데 그런 건 없다고 하셨어요. 다쓰키치로 신관도, 있으면 아마 미즈시 가 뒷산일 거라고……."

겐야가 류지와 한 이야기를 설명하자, 시노도 잠시 생각하더니 동의했다.

"선생님이 기껏 잠수 장비란 가능성을 생각해내셨는데, 후타에 산이랑 진신 호 자체가 밀실 상태였으니 방법이 없네요."

"그렇다고 류조 씨한테 접근할 방법이 달리 있을 것 같지는……."

"선생님!"

"까, 깜짝이야."

"류조 씨 살해부터 생각하면 막다른 골목으로 들어가게 되지 않나요?"

시노는 겐야가 놀라든 말든 아랑곳없이 웃음을 띠며 말했다.

"십삼 년 전엔 잠수 장비가 없었으니까?"

"네. 이게 신남 연쇄살인사건이고 범인이 동일인물이라면, 이번에도 십삼 년 전이랑 같은 방법을 썼을 거예요."

"즉 류이치 씨 살해를 중심으로 생각해야 한다?"

"아닌가요?"

"소후에 군, 날카로운데."

시노의 얼굴에 웃음꽃이 활짝 피었다.

"그 경우 가장 큰 수수께끼는, 범인이 어째서 류조 씨를 찔러 죽였나 하는 거지."

겐야는 움막에서 류마와 했던 추리를 시노에게 설명해주었다.

"어머, 선생님, 벌써 거기까지 생각하신 거예요?"

그녀는 금세 낙심한 표정을 지었다.

"아니, 이건 생각한 내용이 아니라 어떻게 생각할 것인지가 문제야. 그런 의미에서, 류이치 씨 살해를 먼저 생각해봐야 한다는 소후에 군의 의견은 아주 중요하다고 할 수 있어."

"정말로요? 역시 선생님이랑 같이 여러 사건을 겪으면서 지한테도 자연히 추리능력이 생긴 걸까요? 앗, 혹시 원래 있던 재능이 자극을 받으면서 눈뜨기 시작한 걸지도…… 선생님? 어딜 보시는 거예요?"

겐야는 그녀의 이야기를 들은 척도 하지 않고 별채 창문으로 바깥만 연신 내다보고 있었다.

"선생님!"

"쉿!"

겐야는 검지를 입에 대 시노를 입 다물게 하고는, 조금 열어둔 창문으로 살금살금 다가가 밖을 엿보았다. 시노도 허둥지둥 따라와 그의 어깨 너머로 밖을 보았다.

"뭐 보이세요?"

"류지 씨가 보퉁이 같은 걸 들고 대숲 쪽으로 갔어."

"사요코 양 줄 저녁이겠네요."

"아마 그렇겠지. 다쓰키치로 신관하고 한 약속은 일단 지키고 있다는 뜻인데."

얼마 뒤, 대숲 방향에서 돌아온 류지는 손에 아무것도 들고 있지 않았다. 곧 젊은 하녀가 저녁식사가 준비됐다고 알리러 왔다.

날이 저물어 류조의 밤샘이 시작됐다. 얼굴을 내민 사람은 수리조합 사람들과 각 마을 촌장, 다카시마 의사, 아오야기 가와 시미즈 가 대표, 주재소 쓰보즈카 순사 외 몇 명뿐이었다. 류지가 처음부터 사람을 많이 부르지 않으려고 했기 때문이다. 그나마 간략하게 마친 탓에 어쩐지 쓸쓸한 느낌이 남았다.

밤샘에 참석한 뒤, 겐야와 시노는 별채에서 쇼이치의 이야기를 들었다. 처음에는 어머니에 대한 추억이며 움막 시절, 미즈시 가에서의 생활 같은 내용이었으나, 이윽고 이야기가 만주 시절로 거슬러 올라갔다. 과장되게 말하자면 소년이 지금까지 살아온 인생을 죽 훑은 셈이었다. 도중에 겐야는 쇼이치와 같이 목욕했다. 쇼이치는 부끄러워했지만 나란히 욕조에 들어가고 서로 등도 밀어주었다. 목욕 중에도 소년의 이야기가 계속되었던 터라 시노도 들어오고 싶어했지만, 겐야는 물론 안 된다고 했다. 농담으로라도 그러라고 했다간 정말로 들어올지 모를 일이다. 겐야가 아무리 속세에 초연해도 그런 사태는 곤란하다.

쇼이치의 이야기는 밤이 이슥해진 다음에야 끝났다. 연신 하품을 하는 소년에게 겐야가 고맙다고 한 뒤, 시노가 외눈 광 앞 별채로 데려가 재웠다.

사기리 씨의 힘을 물려받은 건 쓰루코 씨도, 사요코 양도 아니고 쇼이치 군이었구나.

　홀로 남은 겐야는 새삼 생각했다. 쓰루코도 영향을 받았지만 안타깝게도 그 힘을 견디지 못했다. 사요코는 처음부터 전무했다. 그러나 류지의 머릿속에는 사기리의 생가에 대대로 특별한 힘을 가진 딸 쌍둥이가 태어난다는 고정관념이 있었다. 그 때문에 처음부터 쇼이치를 염두에 두지 않았다. 어쩌면 과거에 징병을 피해 하미 땅으로 도망온 시미즈 고로의 형, 이치로가 미즈치 님의 산 제물로 실패했던 경험 때문에, 자동적으로 남자를 제외했는지 모른다.

　지금까지 어머니와 누나들이 소년을 지켜온 것도 그가 타고난 힘 때문이라면……

　자신 때문에 어머니가 죽고, 큰누나가 정신에 병이 들고, 이제 또 한 누나의 목숨이 위험하다는 것을 쇼이치가 알면 견딜 수 없을 게 틀림없다.

　운명……

　안이하게 쓰고 싶지 않은 말이지만, 이 경우에는 무게감이 느껴진다.

　"쇼이치, 잠들었어요."

　얼마 뒤 시노가 돌아왔다. 그새 소년과 친해진 모양이다.

　"그렇게 이야기를 한참 했으니 자리에 누워서도 흥분이 가라앉질 않아 잠이 안 오는 모양이더라고요. 하지만 역시 어린애네요. 제가 옛날이야기를 해줬더니 스르르 잠들었어요."

　소후에 군의 옛날이야기가 수면제 역할을 한 셈이네, 하는 말을 겐야는 가까스로 삼켰다.

　'아니, 뭐예요. 지금 지 이야기가 재미없다는 말씀이신가요?'

　자칫하면 완전히 잠들 때까지 문제의 옛날이야기를 끝도 없이 들어야 할지 모른다.

겐야는 무난하게 잘 자라고 인사하고 자리에 들었다. 그러나 도무지 잠이 찾아올 기미가 없었다. 시노에게 옛날이야기를 부탁할까 진심으로 생각했다. 몸은 쉬려고 하는데 뇌는 계속 활동하려 했다. 사건에 관해 이것저것 생각하려 했다.

머리를 비우고…… 편안한 기분으로…….

그렇게 애쓰다 보니 이번에는 그때까지 아무렇지도 않았던 빗소리가 신경 쓰이기 시작했다. 증의 뒤 내리기 시작한 비는 아직도 멈출 기미가 없었다.

빗소리에 섞여 뒷산 쪽에서 들개 짖는 소리가 어렴풋이 들렸다. 어젯밤은 조용했는데. 설마 비에 반응하는 것도 아닐 테고. 그런 생각을 하는 사이에 불쾌한 상상을 하고 말았다.

미즈치 님에게 생기를 빨려 미라 같이 된 사요코.

그런 그녀를 외눈 광에서 지고 나와 뒷산으로 버리러 가는 류지.

시체나 다름없이 된 그녀 주위에 모여들어 다투는 들개들.

그런 장면들이 영화처럼 떠올랐다. 사실적인 영상이 잇따라 뇌리를 스쳤다. 이때 겐야는 이미 잠들어 있었지만, 본인은 자신이 외눈 광에서 시작해 뒷산을 샅샅이 수색하는 중인 줄 알고 있었다. 그런 꿈을 꾸고 있었다.

덕분에 다음 날 아침 일찍 깨자마자 단박에 피로가 몰려들었다.

그런데…….

별채로 뛰어든 미즈우치 세이지가, 피로가 순식간에 달아날 소식을 들고 왔다.

"도조 선생님! 아, 아버지가…… 사, 살해됐습니다."

15

신남 연쇄살인, 마침내 발생하다

"뭐, 뭐, 뭐라고요?"

도조 겐야는 벌떡 일어나 통곡하는 미즈우치 세이지를 일으키고 상대방의 눈을 똑바로 바라보며 확인했다.

"다쓰키치로 신관님이 살해되셨단 말씀입니까?"

"배례전 안에서…… 저희 신사 배례전에서…… 제, 제가 발견했습니다."

"바로 준비하겠습니다."

겐야는 유카타를 벗고 옷을 갈아입으면서 질문을 계속했다.

"의사는 부르셨습니까?"

"이미 숨을 거두신 상태라……."

"주재소 쓰보즈카 순사님은요?"

그러자 세이지는 고개를 흔들었다.

"아직 아무도 모릅니다. 무의식중에 이리로 달려왔습니다."

"네……."

순간적으로 무슨 말을 해야 할지 알 수 없었다. 그 정도로 겐야를 신뢰한다기보다 그만큼 의지할 인물이 없다고 봐야 할 것이다.

"모노다네 촌에 의사는 있습니까?"

"아뇨, 늘 사요 촌의 다카시마 선생님이 봐주십니다."
"쓰보즈카 순사님과 다카시마 선생님, 그리고 수리조합 분들께 알려야겠군요."
"그건 그렇지만 우선 선생님 혼자······."
무슨 사정이 있는지 모르겠다고 생각한 겐야는 말했다.
"알겠습니다. 그럼 지금 같이 댁으로 가서 관계자 분들께 사람을 보내주시겠습니까? 그럼 다른 분들이 달려오실 때까지 시신을 조사할 수 있을 테니까요."
세이지가 고개를 끄덕였다. 겐야는 아무에게도 들키지 않게 조심하며 밖으로 나왔다. 세이지 자신은 밖에서 직접 별채로 온 듯했다. 한발 먼저 나간 그와 대문 밖에서 합류해 장대비를 맞으며 미즈치 신사로 달려갔다.
겐야의 제안으로, 배례전으로 가기 전에 일단 미즈우치 가 본채에서 옷의 물기를 잘 닦았다. 현장을 되도록 어지럽히지 않으려고 신경 쓴 것이었다.
본채에서 연결복도를 지나 배례전 옆의 널문으로 들어갔다. 제단 앞에 쓰러져 있는 다쓰키치로가 바로 눈에 들어왔다. 천천히 다가가 일단 합장부터 했다. 시신을 봐도 아직 실감이 나지 않았다. 하지만 틀림없는 현실이었다.
"정면의 문으로 누가 침입한 흔적이 있군요."
경내를 면한 배례전 앞문에서 다쓰키치로의 바로 뒤까지 흡사 거대한 지렁이가 기어온 양 바닥이 젖어 있었다.
"범인이······."
"아마 그렇겠죠. 빗소리가 이렇게 크니 어지간한 소리는 안 들렸을 겁니다. 게다가 신관님은 아침참배를 드리시던 중 아니었습니까?"

"네. 제가 좀 늦는 바람에…… 와봤더니 이렇게……."

"정말 유감스러운 일입니다. 죄송합니다, 먼저 조의를 표해야 했는데 그만……."

"아닙니다. 신경 쓰지 마십시오. 이렇게 냉정하게 대처해주신 덕분에 범인의 행동을 추측할 수 있었는데요. 저만 있었으면 다짜고짜 앞문으로 뛰어들어 범인의 흔적을 지워버렸을 겁니다."

아버지가 살해되어 상당한 충격을 받은 상황에서도 세이지는 의연하게 처신했다.

"그렇게 말씀해주시니 다행입니다."

겐야는 정중히 묵례를 한 뒤 시신으로 다가갔다.

"아무튼 지금은 현장의 상황을 확인해둘 필요가 있습니다. 시간이 지나면 아무래도……."

다쓰키치로는 제단 앞에 왼쪽을 보고 모로 누워 있었다. 등에 매우 기묘한 것이 튀어나와 있었다.

"이, 이거…… 혹시……."

"네, 틀림없습니다. 미즈치 님의 수염입니다."

다쓰키치로의 등에 꽂힌 것은 미즈치 님의 신기라 불리는 칠종보물 중 하나, 길쭉한 원뿔 같은 미즈치 님의 수염이었다.

"미즈시 신사의 본당에 모셔져 있어야……."

겐야는 말하다 말고 후회했다.

"어제 후타에 산에서 내려와 바로 본당을 확인할 걸 그랬습니다."

"류조 군을 죽인 뿔 외에 수염도 도둑맞았다는 뜻입니까?"

"어쩌면 그밖에도 없어진 신기가 있을지 모르죠."

"네? 그게 대체……."

"류조 씨는 어디까지나 첫번째 피해자였다. 범인은 처음부터 신남 연쇄살인사건을 벌일 작정으로 미즈치 님의 신기를 흉기로 선택했다. 그렇게 생각할 수 있는 겁니다."

"세상에……."

세이지는 말문이 막힌 듯했다.

"제가 부주의했습니다. 신기가 없어진 걸 알아차렸다면 연쇄살인을 사전에 예측하고 주의하시라고 말씀드릴 수 있었을 텐데…… 모처럼의 기회를 놓치고 말았습니다."

"범인은 수리조합 관계자들을 노리는 걸까요?"

"피해자가 류이치 씨, 류조 씨, 다쓰키치로 씨인 걸 보면 그렇다고 볼 수 있겠죠."

"류이치 씨도 들어갑니까? 사건은 십삼 년 전에 시작됐다고요?"

"현 시점에선 류이치 씨도 포함된다고 봐야 합니다."

류마와 했던 이야기를 간략히 설명하자 별안간 세이지가 허둥대기 시작했다.

"가, 가이지는요? 그 애도 피해자 후보입니까?"

"신남을 맡은 적이 있습니까?"

"없습니다. 미즈치 님 제의에 참가한 적은 있지만 아직 수리조합의 일원이 아니거든요."

"단정은 할 수 없지만 괜찮지 않을까 싶군요."

그때 별안간 앞문이 열렸다. 어둑어둑한 바깥 복도에 서 있는 사람은 젖은 우산을 든 류지였다.

"여긴 어떻게 오신 겁니까?"

아직 어디에도 전갈을 보내지 않았다. 그런데도 류지는 미즈우치 신사의 본당에서 무슨 일이 일어났는지 알고 온 것처럼 보였다.

"다쓰키치로 신관……."

류지가 우산을 내팽개치고 제단으로 다가왔다.

"앗, 그 이상 들어오시면 안 됩니다!"

겐야가 황급히 주의를 주었지만 남의 말을 듣는 상대가 아니다. 서슴없이 발을 들여놓더니 순식간에 시신 곁에 섰다.

"현장을 어지럽히면 안 됩니다. 지금 범인의……."

"윽, 이건……."

류지가 다쓰키치로의 등을 응시한 채 얼어붙었다.

"알아보시겠습니까?"

일단 현장 상황은 뇌리에 똑똑히 새겨놓았다. 게다가 류지를 상대로 항의해봤자 소용없다. 겐야는 재빨리 생각을 바꾸었다.

"미즈치 님의 수염이지? 아니, 틀림없어."

"어제 증의 뒤에 본당에 모신 칠종신기를 확인하러 가셨는지요?"

"아니, 그럴 경황이 없었어."

"네, 그러시겠죠. 그럼 미즈치 님의 수염이 뿔하고 같이 도둑맞았는지, 아니면 류조 씨 사건 뒤에 없어졌는지 알 수 없다는 뜻이군요."

"증의 다음이겠지."

겐야가 유감스럽다는 표정으로 세이지를 돌아보자, 류지가 중얼거리듯 말했다.

"미즈치 님의 수염이 도둑맞은 게 말씀입니까?"

"그래."

"어떻게 아시죠?"

"……."

"범인은 처음에 미즈치 님의 뿔만 훔쳤다. 그걸 흉기로 써서 류조 씨를 살해했다. 그뒤 수염을 훔쳤다, 그런 말씀입니까?"

"……."

"그럼 중의 뒤에 다쓰키치로 씨를 살해할 동기가 생겨서 범인이 또다시 움직였다고 해석할 수 있겠군요."

"설마 사요코 일로 아버지께 추궁당해서…… 시, 신관이……."

그렇지 않아도 창백하던 얼굴에서 핏기가 더욱 가신 세이지가 괴물이라도 보는 듯한 시선으로 류지를 응시하며 말했다.

"내가 다쓰키치로 신관을 죽였다고? 그깟 어린 계집애 하나 때문에? 어처구니가 없군."

"사요코 양의 안부만이 아닙니다. 아버지는 류조 군 사건에 관해서도 확실하게 밝힐 작정이셨습니다. 신관을 설득할 생각이셨던 겁니다."

"그런 생각을 내가 어떻게 알았다는 거지?"

"……."

"그때 그러고 나서 수리조합 인간들하고 그렇게 결정했겠지. 그 정도는 예상할 수 있어. 하지만 상상만으로 살인을 한다고?"

"……."

"류지 씨, 여기엔 어떻게 오신 겁니까?"

침묵한 세이지를 대신해 겐야가 입을 열었다.

"어떻게는 뭐……."

"다쓰키치로 신관님이 살해되셨기 때문이죠? 그걸 어떻게 아신 겁니까? 세이지 씨는 아버님의 시신을 발견하고 바로 저한테 오셨습니다. 그리고 둘이 함께 이 현장으로 달려왔죠. 도중에 누굴 만난 것도 아니고, 아무한테도 이야기하지 않았습니다. 사건에 관해 아는 사람은 아직 저희 둘뿐입니다. 그런데 류지 씨는 여기로 오셨습니다. 어째서죠?"

움막에서 미즈시 가의 뒷산에 있다는 동굴 이야기를 했을 때, 류마는 구보라는 사내에 관해서도 가르쳐주었다.

"미즈시 신사의 신관으로서 독자적인 정보원을 갖고 계신 게 아닌지요?"

"구보 가에서……."

세이지는 역시 아는 듯했다. 하지만 겐야가 지적할 때까지 눈치채지 못했나보다. 구보가 평소 은밀하게 행동하기 때문이리라.

"제아무리 구보라도 다쓰키치로 신관의 머릿속까지 알 순 없지."

그러나 류지는 즉각 부정했다. 그러더니 심술궂은 표정으로 말을 이었다.

"아니면 뭐지? 미즈우치 신사에 구보의 첩자라도 있다는 건가?"

"우리 신사 사람들이 그럴 리는……."

"그럼 내가 알 리가 없지. 뭣보다 내가 다쓰키치로 신사를 미즈치 님의 수염으로 찔렀다면, 뿔로 류조를 찌른 것도 나란 뜻 아닌가? 내가 왜 아들을 죽여야 한다는 거지? 그것도 증의 도중에?"

겐야는 오히려 충분히 있을 수 있는 일 아닌가 싶었다. 미즈치 님 제의에 대한 광신적이라고도 할 수 있는 류지의 언동을 접하다 보면, 자신의 아들을 희생하는 것쯤 아무렇지도 않게 할 것 같다. 그보다 문제는 범행 당시 류지가 객석에 있었다는 현장 부재 증명이다.

지금 여기서 류지를 규탄한들 소용없으리라고 판단한 겐야는 한시라도 빨리 경찰에 연락해야겠다고 생각했다.

"이 이상 시간을 낭비하지 않는 게 좋겠죠. 세이지 씨, 모노다네 촌에 주재소가 있습니까?"

"없습니다. 하미에선 사요 촌과 사호 촌 두 곳에만 있습니다."

"그럼 사호 촌 주재소에 사람을 보내주시겠습니까? 동시에 스이바 신사와 미쿠마리 신사에도 알리고 싶은데요."

"알겠습니다. 당장……."

"류코하고 다쓰조한테는 내가 벌써 알렸어."

류지가 끼어들었다.

"쓰보즈카 순사님께도 말입니까?"

겐야가 물었다.

"그래. 하는 김에 사호 촌의 아마기 순사하고 다카시마 선생도 불렀고."

류지가 말한 대로였다. 얼마 뒤, 그가 이름을 언급한 사람들이 속속 나타났다.

우선 사요 촌 주재소의 쓰보즈카 순사와 다카시마 의사, 사호 촌에서 스이바 신사의 류코와 류마, 주재소 아마기 순사, 아오타 촌에서 미쿠마리 신사의 다쓰조 등이었다. 다만 쓰보즈카는 오자마자 류지가 뭐라 귀띔하니 바로 어디론가 가버렸다.

아마기와 다카시마가 시신에 다가가고, 류지가 두 사람을 감독하듯 그 옆에 섰다. 다른 사람들은 일단 배례전 구석에 모여 이를테면 검시의 진행 상황을 지켜보았다.

류마가 즉각 겐야에게 말을 걸었다.

"소식을 듣고 기절초풍했어. 하지만 어째서 다쓰키치로 신관이……"

살해되느냐는 놀라움이 어린 말투였다. 그 자리에 있던 전원―이 범인이 있었다면 그를 빼고―같은 심정이었을지 모른다.

"실은……."

세이지는 조금 망설이다가 방금 전 주고받은 대화를 재현했다.

"아무리 그래도 그렇다고 류지 씨가 다쓰키치로 신관을……."

류코가 부정적인 투로 말했다. 그러나 류마는 그 반대였다.

"아니, 그놈은 미즈치 님과 미즈시 신사가 얽히면 뭔 짓을 할지 모르는 인간이야. 알고 보니 사요코만으로는 부족할 것 같아서 류조까지 산 제물로 바쳤다고 해도 난 놀라지 않을걸."

"저도 비슷한 생각입니다."

겐야가 동의하자 류코가 "으음" 하고 신음했다. 무척 곤혹스러운 듯했다.

"하지만 류지 씨가 류조 씨를 죽이는 건 불가능합니다."

"류지 씨가 아들을 죽였다느니 뭐니 그런 말을 그렇게 경솔하게 하면 안 되지."

류코의 말에 겐야는 순순히 사과했다. 그러나 류마는 잠자코 있지 않았다.

"도조 씨는 류지가 류조를 죽이는 건 무리였다고 한 거잖아요."

"그건 안다. 하지만 도조 선생이나 너나 불가능한 상황이긴 했어도 무슨 수가 있었을 거라고 의심하는 게 아니냐?"

"아, 예, 맞는 말씀입니다. 아니, 최소한 전……."

"나도 그래요."

"그렇다고 신남 연쇄살인사건의 범인이 미즈시 류지 씨라고 단정하는 건 아닙니다."

겐야의 이 말에 류코와 다쓰조가 흠칫했다.

"신남 연쇄살인? 그게 도조 선생의 생각인가?"

"피, 피해자는 누구랑 누구고?"

류코에 이어 그때까지 한마디도 하지 않았던 다쓰조가 다소 초조하게 질문했다.

"첫번째 피해자를 류이치 씨로 볼지, 류조 씨로 볼지 판단이 쉽지 않습니다만, 전 류이치 씨부터 쳐야 한다고 생각합니다."

"우리 아버지는…… 미쿠마리 다쓰오는…… 안 들어간다고?"

낙담하는 다쓰조를 겐야는 측은한 눈빛으로 바라보며 고개를 저었다.

"미쿠마리 다쓰오 씨가 행방불명되신 건 역시 사고가 아니었을까요. 다쓰조 씨도 말씀하셨죠. 문헌에 따르면 과거에도 의례 중에 진신 호에서 행방불명되거나 의식이 끝나고 죽은 신남이 있었다고."

"그래, 맞아. 하지만 류이치가 포함된다면 우리 아버지도……."

"두 분의 가장 큰 차이는 시신의 유무입니다. 만약 다쓰오 씨가 살해돼서 진신 호의 수중동굴에 시신이 유기됐다면, 범인은 왜 류이치 씨한테도 같은 방법을 쓰지 않았을까요? 류이치 씨는 공포에 질린 표정으로 돌아가셨다고 했죠. 그 상태로 발견되면 갖은 소문이 나리란 건 예측할 수 있습니다. 즉 범인은 그런 걸 전혀 신경 쓰지 않았던 겁니다. 그렇다면 다쓰오 씨도 마찬가지로 그냥 호수에 띄워놓지 않았을까요?"

"무, 무슨 사정이 있었을지도 모르지."

"물론 그런 가능성을 부정할 순 없습니다. 하지만 그런 가정을 토대로 추리를 계속하면 앞뒤가 맞지 않게 됩니다. 현재 알고 있는 사실을 바탕으로 해석할 필요가 있는 겁니다. 그렇긴 해도 다쓰오 씨

사건은 이십삼 년 전, 류이치 씨 사건은 십삼 년 전 있었던 일입니다. 물적증거와 상황증거를 고루 참고하기가 쉽지 않죠. 아무래도 상황증거가 주가 되거든요. 그런 결점을 고려할 때도 류이치 씨와 류조 씨가 돌아가신 상황은 역시 지나치게 흡사합니다. 그런데 이 두 분과 다쓰오 씨를 비교하면 그런 느낌은 안 든단 말이죠."

"도조 씨만 그런 게 아니라 내 생각도 그래요. 그건 불행한 사고였어요."

거들어준 게 아니라 류마도 정말 그런 느낌을 받는 듯했다.

입을 다물어버린 다쓰조에게 류코가 조용히 말했다.

"다쓰오 씨 일 때문에 다쓰조 씨가 여러모로 힘들어했던 건 나도 모르지 않아. 그래도 자기 아버지가 누구한테 죽임을 당했다는 것보다는 의식 도중 사고로 죽었다는 게 역시 더 좋지 않겠나."

"……."

"게다가 신남 연쇄살인사건 같은 일의 첫번째 피해자라고 판명되면 미쿠마리 신사로서도 더할 나위 없이 불명예스러운 일이야. 그러니…… 아차, 이거야 원, 미안하군."

제3의 피해자인 다쓰키치로의 아들이 바로 옆에 있다는 사실이 생각났는지, 류코는 허둥지둥 세이지에게 사과했다.

"괜찮습니다. 아버지는 남한테 원한을 살 분이 아니었으니까요. 분명히 범인이 제정신이 아닌 겁니다."

"그 말은 맞지."

세이지의 말에 류마가 고개를 끄덕였을 때, 류지와 다카시마, 아마기가 다가왔다.

다카시마는 사람들의 얼굴을 둘러보더니 누구에게랄 것 없이 소견을 말했다.

"신관은 등뒤에서 심장을 찔렸군. 범행 시각은 오늘 아침이겠지. 앉아서 축사를 읊다가 등뒤에서 당했을 거야."

"즉사입니까?"

세이지가 물었다.

"심장이니 말이야. 숨을 거두기까지 시간이 있었다고 해도, 신관은 바로 의식을 잃어서 무슨 일이 일어난 건지 몰랐을 테지. 고통은 없었을 걸세."

겐야는 다카시마가 류조의 시체를 살펴봤을 때 오로지 직업적 관심밖에 없다고 느꼈던 터라, 이번에는 조금 분위기가 다른 것을 보고 놀랐다. 이것도 미즈우치 다쓰키치로의 인덕이리라.

"문제는 범인이 어디 있었느냐 하는 건데……."

그 말에 겐야가 발견 당시 배례전의 상황과 예측되는 범인의 행동을 설명했다.

"그렇군. 그럼 신관은 뒤에 범인이 있다는 것도 몰랐다는 말이지. 그럼 더 아무것도 모르는 채 극락으로 편히 갔을 거야."

세이지의 표정이 어쩐지 조금 편해진 듯 보였다.

"쓰보즈카 순사님은 현경에 연락하러 가신 겁니까?"

다카시마의 뒤에 선 류지에게 묻자, 어째선지 겐야를 외면하며 대답했다.

"잠깐 심부름을 보낸 거네. 곧 돌아올 거야."

그 말대로 이윽고 쓰보즈카는 안경을 낀 삼십대 중반쯤 된 남자와 함께 나타났다.

"저놈이 구보야."

류마가 작은 목소리로 가르쳐준 순간, 겐야는 불길한 예감이 들었다. 실제로 구보라는 남자는 다쓰키치로의 시신도, 다른 사람들도 거들떠보지 않고 류지와 저쪽 구석으로 가더니 단둘이 수군수군 이야기하기 시작했다. 그 모습이 명백히 수상쩍었다. 류코조차 의심 어린 눈초리로 바라보고 있었다.

이내 이야기가 끝났는지 류지 혼자 돌아왔다.

"미즈치 님의 신기는 모조리 도둑맞은 모양이군."

"네?"

"본당을 확인하게 시켰거든. 하나도 안 남았어."

"오늘 아침 없어진 건지 아닌지는 알 수 없는 거죠?"

"아까도 그렇게 말했을 텐데."

"아니죠, 어제 증의가 끝난 뒤 도둑맞은 게 아니겠느냐고 말씀하셨습니다."

"왜 말이 달라졌어?"

류마가 즉각 물었다. 그러나 류지는 무시하고 세이지를 돌아보았다.

"다쓰키치로 신관의 밤샘하고 장례는 자네만 괜찮다면 우리 신사에서 합동으로 하지 않겠나? 수리조합장으로 같이하면 서로 부담도 줄 테고."

"저도 그 편이 좋을 것 같습니다. 하지만 지금은 한시라도 빨리 경찰에 연락해서 범인을 잡아야······."

"그럴 필요 없어."

"네?"

"경찰에 안 알려도 돼."

"그게 대체 무슨 말씀입니까? 아버지가 살해됐단 말입니다. 류조 군은 그나마 자살일 가능성이 있을지 모르지만, 아버지는 틀림없이 죽임을 당한 겁니다. 그렇죠, 선생님?"

세이지가 확인하듯 묻자 다카시마는 당연하다는 듯 "문외한한테 물어봐도 이건 살인이라고 할걸" 하고 대답했다.

"그런데 경찰을 안 부르시겠다고요?"

"그래. 그런 놈들이 미즈치 님을 더럽게 둘 순 없어."

"증의는 이미 끝났습니다."

"마찬가지야."

"경찰이 오면 류조 군 사건도 조사할 테니까, 그래서 그런 겁니까? 그럼 류조 군은 의식 중에 급사했다, 류이치 씨처럼 심장마비로 죽었다고 하죠. 도조 선생님이 불만스럽게 생각하시는 마음은 알지만, 이 경우 그런 양보도……."

"류조도 다쓰키치로 신관도 상관없어. 좌우지간 경찰엔 연락 못해."

배례전 안이 조용해졌다. 설사 앞으로 신남 살인이 계속된다 해도 경찰의 개입은 용납할 수 없다는 류지의 강한 의지가 생생히 느껴졌다.

"그건 수리조합 수장으로서의 의견입니까?"

세이지가 감정을 억누른 어조로 물었다.

"그래."

"그렇지만 신관님, 이건 살인사건이란 말입니다. 수리조합이고 뭐고 관계없습니다."

"하미 땅에서 미즈치 님을 모시는 자인데 관계없을 리 있어!"

"알겠습니다. 저 개인 자격으로, 피해자의 아들로서 경찰에 연락하겠습니다."

"용납 못 해."

"당신한테 그런 권리는 없어요."

"사요코가 못 돌아와도 된다는 거냐?"

"뭐?"

"아니, 잠깐. 사요코는 오늘 아침 광에서 풀어준다고 약속했을 텐데? 그런데 못 돌아오다니 무슨 뜻이지?"

류마가 중요한 일이 생각났다는 표정으로 말했다.

"다쓰키치로 신관 사건 탓에 그럴 경황이 없었어."

"그럼 지금 광에 가서……."

"그건 다쓰키치로 신관하고 한 약속이야. 그러니 이젠 무효야."

"뭐, 뭐야?"

겐야는 류지에게 덤벼들려는 류마를 필사적으로 붙들었다.

"사요코만이 아니야. 쇼이치도 못 돌아올걸."

"그게 무슨 뜻입니까?"

세이지나 류마보다 겐야가 더 빨리 물었다.

"쇼이치도 광에 넣었거든."

"서, 설마……."

"그래, 외눈 광은 아니고. 옛날에 귀찮은 병자나 광인을 가두던 광이 있어서 말이지. 누가 이름을 붙인 것도 아닌데 죄수 광이라고 불리지."

아부쿠마가와가 말한 창살 방이 있는 광이 아닐까. 그런 곳에 갇힌 쇼이치가 얼마나 불안할지 생각하니 겐야는 기분이 암담해졌다.

"그 광 근처에 벼락이 두 번이나 떨어졌지 뭐야. 그래서 광 용도로 쓰는 걸 그만둔 거지."

"그런 위험한 곳에…… 아니, 그보다 쇼이치 군은 어째서 가두신 겁니까? 우리가 경찰을 못 부르게 하려고?"
"그게 다가 아니야. 사기리의 힘을 물려받은 건 쓰루코도, 사요코도 아니고 쇼이치라는 걸 알았거든."
아……. 겐야는 하마터면 소리칠 뻔했다. 어젯밤 별채에서 쇼이치와 한 이야기를 엿들은 게 틀림없다. 분명 대숲 앞에서 망을 보던 둘 중 한 사람이리라. 오늘 아침도 마찬가지였을 것이다. 별채로 뛰어들어온 세이지가 다쓰키치로 이야기를 했을 때도 분명 몰래 듣고 있었던 것이다. 그 때문에 소식을 전하지도 않았는데 류지가 미즈치 신사의 배례전에 나타날 수 있었다.
"아직도 외눈 광을 쏠 생각입니까?"
"다음 증의를 언제 할지는 모르지만 이번엔 내가 할 거야."
"그런 일이 용납될 리 없잖습니까."
"타지 인간이 참견할 문제가 아니지."
"전 반대할 겁니다."
세이지가 즉각 선언했다. 그러고는 스이바 류코와 류마, 미쿠마리 다쓰조를 차례대로 돌아보며 "수리조합도 여기엔 단호히 반대하죠?" 하고 물었다.
"그야 당연하지."
류마가 대답했다. 뿐만 아니라 류코와 다쓰조도 고개를 끄덕였다.
"네놈들, 하미 땅 생각은 안 하는 거냐?"
그러자 류마가 사납게 대꾸했다.
"댁이 생각하는 건 미즈시 신사뿐일 텐데? 아니, 신사조차 아무래도 상관없는지도 몰라. 댁은 시험해보고 싶은 거야. 미즈치 님 제의에서 뭘 하면 효과가 있을지, 어떤 걸 할 수 있을지, 그냥 실험해보고 싶은 거잖아. 그 때문에 사람이 죽건 말건 상관없는 거지? 댁 같은 부정한 인간은 미즈치 님 제의를 거행할 자격이 없어."

"류지 씨, 어쨌든 애들을 광에서 꺼내주지 않겠나? 경찰에 관해선 그러고 나서 다 같이 의논해보고."

류코가 온건한 말투로 말했다.

"류코 신관님, 그런……."

세이지가 저도 모르게 항의하자, 류코는 손을 저었다.

"세이지 군, 일단 하나씩 해결해 가야지, 안 그러면 언제까지고 진전이 없네."

"그, 그렇지만……."

"경찰은 절대 못 불러. 멋대로 연락하면 사요코도, 쇼이치도 두 번 다시 못 돌아올 테니 그렇게 알라고."

류지가 마치 결론을 내리듯 단언했다. 그러자 류마가 오른손 검지를 들이대듯 하며 대꾸했다.

"아니, 부를 거야. 댁이 애들을 납치해다가 감금했다고, 경찰한테 광을 부수게 하겠어."

"호오, 그렇게까지 하려면 정식 영장이 필요할 텐데. 하지만 아무리 그래도 몹쓸 장난을 친 손자의 교육을 위해 광에 가둔 정도로 경찰이 움직이진 않지."

"그런 거짓말 따위, 우리가 사실이 아니라고 증언하면……."

"난 현경 상부에 아는 사람이 많아. 과연 누구 말을 믿어줄지, 정하고 싶으면 한번 해보든지? 대신 실패하면 네놈들은 그걸로 끝장이야. 사요코도, 쇼이치도 평생 광에서 살게 되겠지."

"잠깐만요. 지금 이곳에서 벌어지고 있는 건 신남 연쇄살인사건이라 보입니다."

겐야가 끼어들었다.

"그렇군. 류이치가 첫번째 희생자인지 아닌지는 알 수 없지만, 이게 신남 연쇄살인이란 건 아마 맞겠지. 역시 대단하군."

류지는 겐야가 자신의 생각을 설명하는 동안 잠자코 듣더니 이윽고 말했다.

"그 점을 인정하신다면 경찰에 연락하게 해주십시오. 범인을 밝혀내 잡으려면 경찰의 수사가 꼭 필요합니다."

"안 돼."

"이대로 범인을 못 알아낸 채 다음 피해자가 나와도 된다는 말씀입니까?"

"그건 곤란하지."

"신관님도 피해자 후보 중에 있단 말입니다."

"그럴 테지. 더더욱 어떻게든 해야겠군."

"그러니까……."

"댁한테 부탁하지."

"네?"

겐야는 순간 무슨 말을 들은 건지 이해되지 않았다.

"댁은 명탐정이라며? 범인이 어디에 숨어 있는지 정도는 대번에 알아낼 수 있겠지."

"그, 그게 무슨……."

"걱정 안 해도 돼. 실제로 잡는 건 마을 젊은 놈들한테 시킬 테니까. 댁은 이것만 쓰면 돼."

류지는 자신의 머리를 가리켰다.

"무리입니다. 아니, 당치도 않습니다. 어떤 사정으로 교통수단이 끊겨서 부르고 싶어도 경찰이 못 오는 상황이라면 또 몰라도, 순전히 개인적인 사정으로 민간인한테 탐정 흉내를 시키다니요. 그런 건 결코 용납될 수 없는 일입니다."

"무리건, 당치 않건 해야 할걸."

"왜죠?"

"안 그러면 그 여자 편집자를 두 번 다시 못 만나게 될 테니까."

16

죄인 광, 인질을 삼키다

"지, 지금 뭐라고 하셨습니까? 소후에 군을 어떻게 하신 겁니까? 호, 혹시 사요코 양처럼……."

겐야는 놀라는 동시에 등골이 오싹했다.

"나보다 댁이 더 외눈 광에 새로운 산 제물을 넣고 싶어하는 것 같은데."

"대답해주십시오. 소후에 군한테 뭘 하신 겁니까? 소후에 군은 지금 어디 있죠?"

빈정거리는 류지를 겐야는 험악한 표정으로 다그쳤다.

"걱정 안 해도 돼. 여자 편집자는 쇼이치랑 같은 광에 있어."

"정말입니까?"

"그래. 그런 일 갖고 거짓말은 안 해."

겐야는 일단 안심했다. 그렇다면 쇼이치도 불안하지 않으리라고 조금이나마 좋은 방향으로 생각할 수 있어 다행이었다. 하지만 물론 기뻐하고 있을 때가 아니다.

"소후에 군을 풀어주십시오. 이 일과 아무 상관도 없는 사람 아닙니까."

"아무 상관도 없는 사람이 우리 중대한 의식에 참견하는 게 애초에 이상한 일이지."

"그건 사전에 허가를…… 아니, 지금은 그런 이야기가 아니잖습니까. 소후에 군을 풀어주십시오."

"댁이 명탐정의 능력을 발휘하면 된다니까."

그뒤 세이지와 류마, 그리고 류코에 다쓰조까지 가담해 대화를 거듭했으나 진전이 없었다. 세이지는 무엇보다도 광에 유폐된 세 사람의 안전을 우려했다. 류마는 좌우지간 경찰을 불러 강행수단을 쓰자고 주장했다. 류코는 심정적으로는 세이지 편이었으나 어떻게든 화해의 길을 찾으려고 했다. 다쓰조는 류지를 비난하면서도 경찰의 개입에는 반대했다.

오십대 중반쯤으로 보이는 사호 촌 주재소의 아마기 순사는 쓰보즈카 이상으로 류지의 안색만 살피고 도움이 되지 않았다. 다카시마 의사는 완전히 방관하는 자세였다.

"언제까지 이러고 있을 거지? 이래선 시간만 허비하고 아무도 광에서 못 나와."

류지가 짜증스럽게 말했다.

"우선 사요코 양과 쇼이치 군, 그리고 소후에 군을 만나게 해주십시오."

겐야가 제안했다.

"그러니까 사요코는 무리라니까."

"아침에 풀어준다고 약속했잖아!"

류마가 고함쳤지만 류지는 무시하고 겐야를 바라보며 "그냥 나오게 했다가 후유증이 남아도 난 몰라"라고 말했다.

"어떤 조처가 필요하다는 말씀이죠?"

"그래."
"그럼 지금 해주십시오."
"그렇겐 못해."
"……."
"일이 이렇게 된 이상 사요코도 경찰의 개입을 막기 위한 협상수단이야."
"그럼 최소한 쇼이치 군과 소후에 군이라도 만나게 해주십시오."
"안 돼."

류지는 고개를 내저었으나, 구보가 뭐라 귀띔하자 잠시 생각한 뒤 마지못해 허락했다. 양보도 필요하다는 말이었는지 모른다.

겐야는 세이지와 상의해 일단 다쓰키치로의 시신을 옮기지 않고 담요를 덮어 그대로 두기로 했다. 되도록 현장을 보존하자는 방향으로 의견이 일치했기 때문이다.

전날부터 내리는 비를 맞으며 미즈시 가로 간 사람은 류지를 비롯해 스이바 류코와 류마, 미즈우치 세이지, 도조 겐야, 이렇게 다섯 명이었다. 미쿠마리 다쓰조는 미즈치 님께 참배를 드린다고 해서 윗다리에서 헤어졌다. 강길을 따라 모셔진 수신탑을 돌 예정인 듯했다.

"이런 때 혼자 행동하시면 위험합니다."

겐야는 황급히 만류했지만 다쓰조는 말을 들으려 하지 않았다. 증의가 성공해 비가 온 것까지는 좋았으나, 이대로 계속 쏟아지면 거꾸로 감의가 필요해질 것이다. 그런 얄궂은 사태가 벌어지지 않게 물의 신께 빌어야 한다고 주장했다. 류지와 류코는 그런 판단을 내리기에는 아직 시기상조라고 했다. 그러나 다쓰조는 참배를 드려야겠다면서 끝끝내 뜻을 굽히지 않았다.

결국 쓰보즈카와 아마기 둘 중 한 명이 다쓰조와 동행하기로 했다. 둘 다 미즈시 가 방문을 보류한 것은, 아무리 그래도 감금된 것을 목격하고 못 본 척할 수는 없었기 때문이리라. 다카시마는 관심이 없는지 아예 같이 갈 생각을 하지 않았고, 구보는 어느새 사라지고 없었다.

류조의 장례는 일단 연기한 듯했다. 대단히 이례적인 사태였지만, 류지에게도 다쓰키치로의 죽음은 그만큼 충격이었다는 뜻이다.

문제의 죄인 광은 신사와 미즈시 가 사이에 있는 몇몇 광에서 서쪽으로 더 들어간 곳에 있었다. 외눈 광만큼은 아니지만 명백히 다른 광들과 떨어져 있다. 겉으로 드러나는 특징은 없어도 어딘지 모르게 갑갑하게 짓눌리는 듯한 느낌이, 단순히 물건을 넣어두는 건물 같지 않았다.

수염을 기른 사내와 대머리 사내 둘이 광을 지키고 있었다. 류지가 열쇠를 주자 수염 사내가 흙문의 자물쇠를 풀고 문을 조금 열더니 대머리 사내와 둘이 문 바로 앞에 버티고 섰다.

"또 저놈들이군."

류마가 넌더리난다는 목소리로 말했다. 겐야가 까닭을 묻자 어제는 외눈 광을 지키고 있었다고 했다.

"그 이상 접근하지 말고."

겐야와 세이지가 문 앞으로 다가가려 하자 류지가 즉각 주의를 주었다.

"하지만 더 가까이 가야……."

"거기서도 이야기는 할 수 있을 거 아냐."

세이지의 항의를 단칼에 퇴짜 놓고 류지는 죄인 광 안을 향해 말했다.

"쇼이치! 대답해라."

"네……."

"야, 이 영감탱이야! 당장 애를 풀어주지 못해! 이런 무서운 곳에 애를 가둬놓다니 대체 무슨 생각이야! 바보냐!"

얼마 뒤 힘없는 목소리가 들려오는가 싶더니, 소후에 시노의 위세 좋고 팔팔한 목소리가 바로 이어졌다.

"보시다시피 둘 다 무사해."

류지가 문을 닫도록 신호를 보내려고 하기에 겐야는 허둥지둥 나섰다.

"잠깐만요. 쇼이치 군! 괜찮아? 아무 일 없어? 어디 아프진 않고?"

그러나 그에 대답한 사람은 시노였다.

"어? 혹시 선생님이세요? 바, 방금 제가 한 말 들으신 거예요?"

"훌륭한 주장이었어."

"……"

"소후에 군?"

"……"

"소후에 군!"

"네…… 다른 분들도 모두 계신 거예요?"

"아니, 미쿠마리 신사의 다쓰조 신관은 수신탑에 참배 드리러……."

겐야는 설명하려다가 미즈우치 다스키치로가 살해됐음을 시노가 모른다는 게 생각났다.

"다쓰키치로 신관님은 계시고요?"

아니나 다를까, 그녀는 신관에게 도움을 청하려 했다.

"소후에 군, 실은……."

간략하게 사건을 설명하자 "어떻게 그런 일이……" 하고는 말문이 막힌 듯했다. 쇼이치도 충격을 받았을 게 틀림없다.

"소후에 군, 광 안은 어떤 상태지?"

"그게…… 창살 방이……."

"거, 거기 갇힌 거야?"

"저만요. 얌전히 시키는 대로 안 했다고……."

겐야가 노려보자 류지는 불쾌한 웃음을 지으며 "원래는 이쓰코가 쓰는 곳인데, 저 둘 때문에 일부러 비운 거야"라고 했다.

"쇼이치 군은 어때?"

겐야는 상대하지 않고 질문을 계속했다.

"처음엔 무서워했지만 지금은 괜찮아요. 어쨌거나 사내애니까요."

"소후에 군은…… 소후에 군은 괜찮고?"

"선생님……."

"저희를 구해주실 거죠?"

"그야 물론이지."

"저 영감탱이 말로는, 선생님이 범인을 잡으면 저랑 쇼이치 군을 풀어주겠다고……."

"응, 그렇게 들었어."

"전 류조 씨 일이라고만……."

"아니, 류조 씨도 포함될 거야."

"연쇄살인인가요?"

"그것도 신남 연쇄살인사건이지."

"일이 엄청나게 됐네요."

"그러게."

"제가 선생님의 조수로 이것저것 해야 하는데……."

"그런 건 신경 안 써도 돼."

"그렇지만……."
"그보다 소후에 군, 만약 광 안에서 무슨 힘든 일이……."
"괜찮아요."
"그렇지만 창살 방에 갇혔잖아……."
"아뇨. 제가 아니라 선생님이 괜찮다고요."
"뭐?"
"도조 겐야는 어떤 사건이든 해결할 수 있어요. 지는 그걸 믿어요."
순간적으로 말을 잇지 못한 겐야의 눈앞에서 무정하게도 문이 닫히고 다시 자물쇠가 채워졌다.
"자, 이제 명탐정이 나설 차례야."
농담처럼 말했지만 보아하니 류지는 진심인 듯했다. 그런 의미에서는 소후에 시노와 마찬가지로 도조 겐야에게 맡기면 범인을 반드시 잡을 것이라고 확신하는 듯 보였다.
"류지 씨."
"왜?"
"범인을 밝혀내려면 류지 씨의 협조도 필요합니다."
"상관없어."
"류지 씨가 아시는 걸 전부 말씀해주셔야 합니다."
"흥, 이런 데서 선 채로 이야기할 순 없지."
류지는 수염 사내와 대머리 사내에게 광을 잘 지키라고 이른 뒤, 미즈시 가 본채를 향해 성큼성큼 걷기 시작했다. 다른 사람들도 그 뒤를 따랐으나, 세이지는 몇 번씩 뒤를 돌아보았다. 겐야도 발길이 떨어지지 않았지만 애써 참았다.
지금은 뒤를 돌아볼 때가 아니다. 앞을 향해, 말 그대로 눈앞의 류지를 향해 나아가야 한다.

"그래서 뭘 알고 싶다는 거지?"

다같이 손님방에 자리를 잡고 앉자, 류지가 성가시다는 표정으로 입을 열었다.

"미즈시 신사가 미즈치 님을 모시면서 독자적으로 해온 의식에 관해서입니다."

"무슨 말인지 모르겠군."

겐야의 직설적인 질문에 류지는 낯 두껍게도 잡아뗐다.

"외눈 광 말입니다."

"우리 집엔 그런 괴상한 이름을 가진 광이 없는데."

"별채 근처 대숲 남쪽에 있는 광 말입니다."

"이제 와서 모른 척하는 거냐! 네놈도 도조 씨의 해석을 인정했잖아?"

겐야는 어디까지나 냉정함을 잃지 않았으나, 그 즉시 류마가 화를 벌컥 냈다.

"절반은 그렇지."

"아니, 그뒤 사요코를 가둔 것도, 사요코를 바로 나오게 하면 지장이 생긴다는 것도 네놈 입으로 한 말이라고."

"호오, 그랬던가?"

"이 자식, 다쓰키치로 신관님이 돌아가셨다고 몽땅 잡아뗄 생각이군."

류마가 '어떻게 하지?' 하는 눈빛으로 겐야를 보았다. 그러나 그가 대답하기도 전에 류코가 설득하는 것 같기도 하고 달래는 것 같기도 한 어조로 말했다.

"류지 씨, 도조 선생한테 협조하는 게 좋겠네. 류조 군 일만 있었다면 나도 아무 말 안 했을지 몰라. 하지만 다쓰키치로 신관이 저리 됐고 그게 신남 연쇄살인인 것 같다는 게 밝혀진 지금, 이건 수리조합 존속의 위기이기도 하지 않나."

"그야 나도 그렇게 생각하지……."

다쓰키치로 정도는 아니라도 연상인 류코가 차분하게 말하니, 류지도 조금은 듣는 척을 했다.

"류지 씨의 두 어깨에 미즈시 신사하고 사요 촌뿐 아니라 하미 땅의 장래도 걸려 있는 거야."

"그러니까 난…… 아니, 선대도, 선선대도 미즈치 님 제의를 성공시키기 위해 어떻게 하면 좋을지 열심히 생각해온 거네."

"그래, 그건 훌륭한 일이야."

류마가 끼어들려는 낌새를 챘는지, 류코는 아들이 입을 열기 전에 재빨리 말을 이었다.

"하지만 그런 노력이 반드시 보답을 받는다는 보장은 없고, 처음엔 생각지도 못했던 사태를 일으키는 경우도 있지 않나."

"그건 그렇지……."

구체적으로 짚이는 데가 있는지 류지의 대답에서 실감이 느껴졌다.

"도조 선생은 분명 그런 이야기가 알고 싶은 걸세."

"왜지?"

류지가 정색하고 묻기에 겐야도 진지하게 대꾸했다.

"동기가 도무지 안 보이니까요."

"동기?"

"살인사건이 벌어지면 보통 피해자의 주변에서 어떤 동기가 발견되게 마련입니다. 그 동기를 바탕으로 용의자가 떠오르죠. 처음엔 동기가 안 보여도 관계자들을 조사하다 보면 나오거든요. 또 혐의를 둘

만한 인물을 좀처럼 찾아내지 못해도 몇 가지 동기만 보이면 이윽고 용의자도 나타나게 마련입니다."

"그렇군."

"그런데 이번 사건은 아니란 말이죠. 동기가 전혀 안 보입니다. 굳이 중의 중에 류이치 씨와 류조 씨를 살해할 이유가 무엇인가? 두 분을 죽인 범인의 동기는 무엇인가? 그리고 왜 이어서 다쓰키치로 신관이 살해되어야 했나?"

"짐작도 안 가지."

류마가 중얼거리자 세이지도 말없이 고개를 끄덕였다.

"나아가 미즈치 님의 칠종신기가 없어지고 류조 씨에 다쓰키치로 씨를 죽이는 데 사용된 걸 보면, 범인은 살인을 계속할 작정인 것 같습니다. 류이치 씨와 류조 씨는 신남으로서 살해됐습니다. 그럼 범인은 어째서 신남을 연이어 죽이는 건가? 신남이라면 누구든 상관없는 건가? 아니면 신남을 모조리 죽일 생각인가? 왜 신남인가?"

"번수를 둘러싼 다툼 때문…… 아니, 이건 아니지."

류코가 의견을 말해놓고 그 즉시 스스로 부정했다.

"아닌 게 아니라 피해자는 미쓰 천 상류에 위치하는 미즈시 신사와 미즈치 신사에서 나왔습니다. 다른 세 마을에 비해 사요 촌이 번수 덕을 더 많이 보는 것도 사실이겠죠. 하지만 모노다네 촌은 그에 포함되지 않죠?"

"게다가 사요 촌이 딱히 문제가 될 만큼 대단한 덕을 보는 것도 아니지."

류코가 고개를 끄덕이며 말했다.

"이번 가뭄에 관해서도, 비가 이렇게 쏟아지는데 다툼이 벌어질

리 없습니다."

"그럼 신남이 살해될 이유가 없지 않나."

"개인적인 동기는? 류이치와 류조, 그리고 다쓰키치로 신관, 각각에 대해 범인이 동기를 갖고 있었다면…… 아니, 그건 있을 수 없지. 세 사람한테 공통되는 건 역시 수리조합, 미즈치 님 제의, 신남이야."

류마가 아버지와 겐야를 보며 말했다.

"류이치 씨와 류조 씨뿐이라면 공통되는 동기를 발견할 수 있을지도 모릅니다. 하지만 다쓰키치로 신관님이 거기에 들어가면 동기의 범위가 상당히 좁아진단 말이죠."

"저도 그렇게 생각합니다."

겐야의 지적에 세이지가 바로 동의했다.

"그러면 어떻게 되는 거지?"

"전 여기서 신기에 주목해야 한다고 생각합니다."

"신기가 언제 없어졌나 하는?"

"칠종신기가 어제 아침 일찍 한꺼번에 없어졌다면, 범인은 처음부터 류조 씨를 첫번째 피해자로 신남 연쇄살인사건을 계획했다고 볼 수 있습니다."

"신기를 흉기로 쓴 건가."

"다른 분들도 알아차리셨는지 모르겠는데, 수리조합은 미즈시 류지 씨와 류조 씨, 미즈우치 다쓰키치로 씨와 세이지 씨, 스이바 류코 씨와 류마 씨, 미쿠마리 다쓰조 씨, 이렇게 일곱 명으로 구성됩니다. 칠종신기와 수가 일치하죠."

"……"

침묵 속에 전원이 서로 마주 보았다.

"어제 증의 전에 범인이 미즈치 님의 뿔만 훔쳤다면 어떻게 되는 겁니까?"

세이지가 생각에 잠겨 물었다.

"범인의 목적은 류조 씨의 살해였을 가능성이 높아집니다. 전 사실 그게 진상에 가깝지 않을까 싶습니다."

"어째서죠?"

"류이치 씨 때는 칠종신기가 사용되지 않았으니까요."

"……."

"그건 이런 뜻입니다. 범인은 미즈치 님 제의 도중에 신남을 살해하고 싶었다. 아니, '미즈시 가의 증의 중에'라고 단정해도 되겠죠. 이유는 모르지만 그게 목적이었습니다. 미즈시 가에서 집전하는 의식 중에 신남을 죽일 수만 있으면 방법은 뭐든 상관없었습니다."

"그럼 류이치 씨가 심장마비로 죽은 건 우연이었단 말씀입니까? 범인은 신기를 흉기로 준비했을지도 모른다고요?"

"네. 류이치 씨 때는 결국 필요가 없었다. 하지만 류조 씨한테는 쓸 수밖에 없었다. 그렇게 생각하면 흉기의 유무에 관한 수수께끼가 설명되죠."

그러자 이번에는 류마가 생각에 잠겼다.

"그럼 십삼 년 전엔 신남 살인으로 끝났는데 이번엔 신남 연쇄살인으로 발전했다?"

"아마……."

"무슨 이유로?"

"십삼 년 전 증의 뒤엔 일어나지 않았던 어떤 일이 이번 증의 뒤에 일어났기 때문이 아닐까요? 또는 반대로 십삼 년 전엔 일어났는데 이번엔 일어나지 않았거나."
"……."
"그 '어떤 일'이 신남 연쇄살인을 실행에 옮긴 범인의 동기입니다."
그러자 류코와 세이지, 류마가 제각각 말했다.
"십삼 년 전하고 이번은 대체 무슨 차이가 있는 건가?"
"두 번 다 중의가 성공해 비가 왔는데요."
"류이치의 죽음은 팽컷의 소행이고 다쓰오 신관의 저주란 소문이 퍼졌지. 하지만 류조는 지금으로선 자살이라고 알려져 있는 모양이던데."
"그렇지만 그건 범인이 흉기를 썼기 때문이지."
"더 큰 변화는 없는지요? 수리조합이나 각 신사, 또는 마을과 관련해서……."
"그런 게 있던가?"
세이지와 류마가 류코를 쳐다보았다. 다쓰키치로가 죽은 지금, 그가 수리조합의 최고령자이기 때문이리라.
"내가 생각나는 가장 큰 차이라곤 다쓰키치로 신관의 죽음밖에 없네만."
"음……."
"그 죽음의 동기를 찾는 거잖아요."
세이지는 신음하며 하늘을 우러르고 류마는 투덜거렸다.
"도조 선생, 면목 없네만 도무지 모르겠군."
류코가 미안해하는 표정으로 머리를 숙여 사과했다.
"아닙니다. 바로 알 만한 일이면 이미 오래전에 화제에 올랐을 겁니다. 다만 사건의 여러 국면과 상황을 고려할 때 동기의 종류가 어느 정도 한정되지 않을까 싶습니다."
"가령 어떤 거?"
"종교적인 동기입니다."
"즉 미즈치 님의……."
"네, 미즈치 님과 관련이 있을 가능성이 높다는 생각이 듭니다. 그래서 류지 씨께 여쭤봐야겠다고 생각한 거죠."
"그렇지만 류이치는 사고랄지, 병이었고, 류조는 역시 자살이라고."
류지는 무표정하게 말했다.
"네, 네놈은 아직도 그런 소리를 하는 거냐. 부모로서 아무렇지도 않아? 아들이 살해된 걸지도 모르는데 눈감고 넘어가려고 하다니 이해가 안 되는군. 그런 인간이 잘도 신관을……."
류마가 화가 났다기보다 어이없다는 표정으로 말했다.
"그만둬라!"
류코가 황급히 제지했으나 류마는 멈추지 않았다.
"이놈은 신사의 체면이 뭣보다 중요한 거야. 하미 땅에서 제일이다, 수리조합에서도 최고다, 그런 입장에 고집하는 거지. 이십삼 년 전 미쿠마리 신사의 다쓰오 신관이 의식 도중 행방불명되고 증의도 실패해서 그 때문에 미쿠마리 신사가 실추한 걸 봤으니, 자기네도 그렇게 될까봐 무서운 거야. 싫은 거라고. 그래서……."
"류마 씨, 지금은 그런 이야기보다 사건을 검토해야 할 때입니다."
"어…… 그래, 그렇지."
류마가 조그만 목소리로 "미안해" 하고 사과했다. 겐야는 가볍게 고개를 끄덕이고 질문을 재개했다.
"십삼 년 전 6월, 증의가 시작되기 전 다루미 이치로 씨가 사요 촌으로 찾아왔습니다. 정확히는 징병을 기피해 주류 상점을 하는 오사카의 본가에서 도망쳐온 겁니다."

"고로의 형 말이군."

"네, 이번 증의에서 사공을 맡았던 시미즈 고로 씨의 큰형입니다. 그 사람을 외눈 광에 살게 하신 게 아닙니까?"

"……."

"제가 여쭤보고 싶은 건 그 결과입니다. 그게 류이치 씨의 증의에 어떤 영향을 미쳤는지. 또 다루미 이치로 씨는 그뒤 어떻게 됐는지."

"……."

"참고로 그 사람이 외눈 광과 관계가 있었던 게 아닌가 하는 건 다쓰키치로 신관님도 하셨던 해석입니다."

"……."

"가르쳐주실 수 없습니까?"

"증의는 성공했어."

"그랬죠. 그럼 효과는 있었던 셈이군요?"

"그렇겠지."

"그럼 류이치 씨가 돌아가신 걸 어떻게 생각하십니까?"

"그러니까 난 사고라고 했잖아. 그게 살인이라면 범인을 밝혀내는 건 댁의 역할 아닌가?"

"아뇨, 이 경우 사고든 살인이든 상관없습니다. 제가 여쭈려는 건 원인이 무엇이든 류이치 씨가 돌아가셨다는 사실을 류지 씨가 어떻게 받아들이셨나 하는 겁니다."

"그건……."

뒷말을 잇지 못했다.

"외눈 광의 산 제물이 안 좋은 영향을 미쳤다. 그 때문에 류이치 씨가 죽었다. 그렇게 생각하신 게 아닙니까?"

"으……"

"류지 씨는 산 제물이 남성이었던 게 주된 원인이라고 생각했습니다. 그 때문에 다음 증의엔 여성을 쓰기로 결심했습니다. 원래 예정했던 사기리 씨를 대신할 인물을 어떻게든 찾아야겠다고 생각하셨죠. 하지만 그렇게 일이 생각대로 되진 않거든요."

"그런데 육 년 뒤 사기리가 애들을 데리고 돌아온 거군."

류마가 흥분해서 끼어들었다.

"네. 하지만 그 이야기를 하기 전에……"

겐야는 다시 류지를 쳐다보며 말을 이었다.

"다루미 이치로 씨는 증의 뒤 어떻게 됐습니까? 그대로 숨어 살았습니까? 아니면 다른 곳으로 달아났습니까, 그것도 아니면……"

"몰라."

"류지 씨가 모를 리 없습니다."

"전후에 진신 호 근처 동굴에서 징병 기피자란 사내의 시체가 발견됐어. 그게 그 사내겠지."

"그러면 이치로 씨를 일단 외눈 광에서 풀어주셨다는 말씀이군요?"

"그래."

"하지만 동굴에서 발견된 시체는 밀랍처럼 된 상태라 얼굴을 알아볼 수 있었습니다. 동생인 고로 씨가 형이 아니라는 걸 확인했죠."

"저, 저 자식이 다루미 이치로란 사내를 처리했군."

류마는 류지를 가리키며 끔찍하다는 투로 말했다.

"쯧……"

무의식중에 말리려고 했던 류코가 뒷말을 잇지 못한 것은, 그도 아들과 같은 의혹을 품고 있었기 때문인지 모른다.

"비는 왔지만 류이치는 죽고 말았어. 반은 성공했고, 반은 실패한 거야. 아무리 그래도 아들의 죽음을 용서할 순 없었나보지. 그래서 중의가 끝나고 외눈 광 안에서 쇠약해져 있는 사내를 죽이고 진신 호의 수중동굴에 떠내려보낸 게 틀림없어."

"즈, 증거는 있고 하는 소리냐?"

"그 사내의 행방을 말 못하는 게 가장 확실한 증거지!"

"징병을 피해 도망친 타지 인간의 행방이 나하고 무슨 상관이야!"

"애당초 타지 인간을 광에 가둔 게 네놈이잖아."

"나온 다음은 몰라."

"광에서 정말 나왔으면 마을 사람 중에 누가 모습을 봤을 만도 하다고."

"멍청한 놈, 그때도 지금처럼 비가 퍼부었어. 안 그래, 류코 씨?"

"으음…… 아닌 게 아니라 그랬지."

"그 말은 즉 마을 사람들 대부분이 집 안에 있었다는 뜻이야. 타지 인간이 큰 소리로 노래하면서 마을을 떠났어도 아무도 못 알아차렸을 거다."

"이런 녀석한테 물어봤자 의미가 없어. 자기한테 불리한 건 처음부터 대답할 생각이 없다고. 시간낭비야."

의기양양한 류지의 태도에 류마는 이를 갈더니 내뱉듯 말하고 나가버렸다.

"시끄러운 놈이 없어지니 개운하군."

노골적으로 기뻐하는 류지를 보며 겐야는 참을성을 잃으면 지는 것이라고 생각했다.

지금은 시간이 걸리든, 상대방이 뺀질거리며 대답을 피하든, 끈기 있게 질의응답을 되풀이하는 수밖에 없다. 그러다가 보면 모순되는 점이 반드시 나올 것이다. 앞뒤가 맞지 않는 문제가 드러날 것이다. 그것을 상대방에게 날카롭게 지적하는 동시에 그것들을 바탕으로 추리해야 한다. 경찰의 수사를 바랄 수 없는 지금, 사건의 진상에 다가설 방법은 그것뿐이다.

일단 이야기를 진행시키기로 했다.

"알겠습니다. 다루미 이치고로 씨 문제는 일단 넘어가죠. 십삼 년 전 미즈시 신사의 증의가 끝난 뒤, 미즈치 님 제의에서 변고가 있었던 건 이번이 처음입니까?"

류지와 류코가 동시에 고개를 끄덕였다.

"그리고 칠 년 전, 사기리 씨가 세 아이를 데리고 돌아오셨습니다. 쓰루코 씨를 보고 류지 씨는 외눈 광의 산 제물에 적합하겠다고 판단했습니다."

"……."

류지는 여전히 침묵했지만, 부정하지 않으면 긍정하는 것이라는 암묵의 양해가 이미 이루어져 있었다.

"하지만 그렇게 아무 때나 미즈치 님 제의를 거행할 수 있는 게 아니죠. 증의나 감의를 올리게 돼도, 갈수나 증수의 규모가 웬만큼 돼서 산 제물의 위력을 최대한 발휘할 수 있는 게 아니면 의미가 없다. 류지 씨는 그렇게 생각하셨습니다."

"……."

"사 년 전 미즈치 신사에서 증의를, 이 년 전 미쿠마리 신사에서 감의를 올렸는데, 이때 갈수와 증수 상황은 어땠는지요?"

"글쎄, 평균적인 정도겠지."

류코가 대답했다.

"이번 가뭄이 훨씬 심각했군요?"

"그래."

"그 때문에 류지 씨는 이번 증의는 어떻게든 미즈시 신사에서 올릴 생각이었습니다."

"실제로 이 정도 가뭄을 다룰 수 있는 건 우리뿐이야. 다쓰키치로 신관이라도 애먹었을걸."

"당신의, 미즈시 신사의 힘이 아냐. 외눈 광의 산 제물 덕이잖아!"

세이지가 그답지 않게 감정을 드러냈다.

"흥, 그런 방법을 생각해낸 건 우리 신사라고. 우리 공으로 돌려서 안 될 게 뭐 있지?"

"당신은……."

세이지는 더 할 말이 있는 듯했으나 겐야를 얼핏 보더니 입을 다물었다. 자신이 그를 방해했다고 생각했으리라.

"이번에 증의를 하기 전, 류지 씨는 사 년 전 증의와 이 년 전 감의 때 쓰루코 씨에게 예녀를 시키셨죠. 본래는 의식을 담당하는 신사의 마을 처녀가 맡아야 할 예녀를 일부러 부탁까지 해서 쓰루코 씨한테 시키게 했습니다. 이유가 뭡니까?"

"선보인 거야."

"진신 호의 미즈치 님께 장래의 산 제물을 선보였다는 겁니까?"

엄숙하게 고개를 끄덕이는 류지를 보고 세이지가 나지막이 중얼거렸다.

"미쳤어……."
"쓰루코 양은 그 사실을 알고 있었습니까?"
"그래, 말귀를 잘 알아듣는 계집애였지."
"있는 그대로 전부, 상세히 말씀하셨는지요?"
류지가 울컥한 표정을 지었다.
"아무리 그래도 그건 아니지. 사기리처럼 어렸을 때부터 교육했다면 또 몰라도…… 뭐, 결국 그래도 소용없긴 했지만. 다만 다행히 쓰루코는 여기가 좀 부실하니까."
그러면서 자신의 머리를 검지로 톡톡 쳤다.
"그 때문인지 자아가 좀 희박하거든. 덕분에 설득하긴 쉬웠지."
"신의 신부가 되는 거라는 설명으로 말씀입니까?"
"그래."
"그 대신 사요코 양과 쇼이치 군을 미즈시 가에서 계속해서 돌봐 줄 거라고 하셨고요?"
"그랬지."
"그런데 미즈우치 가이지 군과 달아나려고 했군요."
"그 애새끼가 전부 망쳐버렸어."
그렇게 말하며 아버지인 세이지를 노려보자, 그도 시선을 맞받아쳤다. 전처럼 류지를 윗사람으로 대하며 경의를 표하는 태도는 찾아볼 수 없었다.
"그로 인해 소동이 한창 벌어지던 중에 제가 미즈시 가에 도착한 셈입니다만, 그때 류조 씨의 변화가 매우 인상적이었습니다."
"증의를 앞두고 뭔가 고민하는 듯한 태도 말씀이죠?"
세이지가 확인하듯 보충했다.

"네. 류조 씨는 그 며칠 전에도 그랬다고 들었습니다. 그런데 그 소동 때, 류조 씨는 웃음을 짓고 있었단 말이죠. 쓰루코 씨가 산 제물의 자격을 잃었다고 생각해서 자기도 모르게 기뻐한 겁니다."

"하지만 그날 저녁식사 때는 기운이 없었던 것 같은데……."

"알아차리셨군요. 그 지나치게 빠른 변화는 저도 마음에 걸렸습니다. 하지만 류지 씨가 쓰루코 씨 방에서 나와 류조 씨한테 귓속말을 하시던 광경이 생각나면서 이해가 되더군요. 사요코 양을 새로운 산 제물로 삼을 테니 걱정 마라. 십중팔구 그런 이야기를 하셨을 겁니다."

두 사람이 류지에게 시선을 돌리자, 그는 거만하게 고개를 끄덕였다.

"그 때문에 류조 씨의 태도가 또 이상해졌던 겁니다. 하지만……."

겐야는 말을 중단하고 류지를 똑바로 바라보았다.

"그래도 류조 씨의 반응이 다소 과장됐다는 생각이 들거든요."

"그 녀석은 심약한 부분이 있었어."

"그럴지도 모르죠. 하지만 전 류조 씨가 의식에 임하기 직전 말을 나눴습니다. 그때 류조 씨는 완전히 각오를 굳힌 상태였습니다. 사요코 씨의 목숨을 걸고서라도 의식을 성공시키겠다고 결심한 겁니다."

"도조 선생님, 류조 군은 쓰루코나 사요코가 산 제물이 될 걸 알고 고민했던 거잖습니까? 그런데 그 반응이 과장됐다는 말씀은 어떨까 싶군요. 최종적으로 결단을 내렸어도 그때까지 고민하는 건 정상적인 사람의 마음을 가졌으면 당연한 일 아닙니까?"

"맞는 말씀입니다. 저도 처음엔 그렇게 생각했습니다. 그런데 외눈 광의 기능을 고려하면 어째 어긋난다 싶더군요."

"어긋난다고요? 뭐와 뭐가 말입니까?"

"류조 씨의 심리 상태와 외눈 광의 비밀이 말입니다."

"그게 무슨 뜻입니까?"

겐야는 세이지뿐 아니라 류지와 류코도 돌아보며 설명했다.

"외눈 광의 역할에 관해선 이미 말씀드렸죠. 다쓰키치로 신관님은 그 광에 갇힌 사람을 가리켜 완만한 산 제물이라고 표현하셨습니다. 과거에 왔던 아름다운 걸인 모녀가 가장 생생한 예라 할 수 있습니다."

"측은한 일이야."

류코가 시선을 내리깔며 중얼거렸다.

"네. 동시에 매우 끔찍한 일이기도 합니다. 그래도 광 안에서 지낸 기간이 짧으면 그나마 원 상태로 회복될 가망이 있거든요. 모녀의 경우는 광에서 몇 년이나 생활했기 때문에 외모가 몰라볼 만큼 달라진 겁니다."

"십중팔구 그랬겠죠."

세이지가 맞장구를 쳤다.

"즉 외눈 광의 인신공양은 그야말로 완만한 산 제물인 셈입니다. 그 성질상, 증의나 감의 유무와 관계없이 평소에도 계속 미즈치 님께 산 제물을 서서히 바치는 셈이니까요."

"어? 어째 이상한데요?"

"맞습니다. 쓰루코 씨의 도피 소동이 벌어진 건 이번 증의 전날입니다. 원래라면 이미 오래전에 광에 들어가 있어야 하죠. 이건 제 근거 없는 상상입니다만, 신남이 재계를 시작하는 날, 의식을 올리기 일주일쯤 전이 타당하지 않을까요?"

"네, 그럴 테죠."

"그런데 사요코 양이 사라진 시간을 생각해보면 의식 당일일 것 같거든요."

"그거 이상하군요."

"그런데 사요코 양한테는 뭐라고 하셨습니까? 언니인 쓰루코 씨를 대신해 책임지라고 해도 사요코 양 같으면 거절했을 겁니다. 쓰루코 씨와 쇼이치 군을 돌봐주겠다고 해도 거래에 그렇게 쉽게 응했을 것 같진 않은데요."

겐야는 류지에게 중요한 질문을 던졌다.

"흥. 미즈치 님의 신부가 되는 영예를 모르는 놈한테도 쓸 수단은 있다고."

"서, 설마 독을……."

"멍청한 놈, 죽여서 어쩌게? 가볍게 재운 것뿐이야."

"그게 정말입니까?"

저도 모르게 따지듯 물은 세이지를 류지는 성가시다는 표정으로 무시했다.

"사요코 양의 성격과 역할을 생각하면 아닌 게 아니라 재울 수밖에 없겠죠."

하지만 겐야가 그렇게 중얼거린 덕에 세이지도 조금은 마음을 놓은 것 같았다.

"그럼 쓰루코도 처음부터 의식 당일 외눈 광에 넣을 예정이었던 겁니까?"

"네, 분명 그렇겠죠. 여기서 류조 씨의 반응이 문제가 됩니다. 의식 당일 광에 들어갔다가 끝나면 나온다. 정말 그것뿐이라면 류조 씨가 그렇게 고민했을까요?"

"아버지가 말씀하신 완만한 산 제물이라면, 아닌 게 아니라 좀 묘한데요."

"그게 다가 아니라는 걸 류조 씨가 알고 있었다면……."
"무, 무슨 의미입니까?"
"외눈 광의 기능이 더욱 증폭됐다면……."
"……."
"십삼 년 전부터 그랬는지 아닌지 그건 잘 모르겠습니다만, 다루미 이치로 씨가 행방불명된 걸 생각하면 그럴 가능성이 높다고 보입니다."
"그, 그럼 사요코는……."
"광에서 풀어주고 싶어도 나올 수 없는 상태일지 모릅니다."
"류지 씨!"
세이지가 대들려고 한 바로 그때, 누군가 이쪽으로 급히 다가오는 발소리가 들렸다.
네 사람이 순간적으로 동작을 멈추자, 장지가 벌컥 열리고 조금 전 화를 내며 돌아간 류마가 흥분해서 뛰어들었다.
"미쿠마리 신사의 다, 다쓰조 신관이…… 참배길에서 살해됐어."

17

유폐

소후에 시노는 어둠 속에서 창살 방의 출입구를 향해 앉아 있었다. 줄곧 뒤를 돌아보지 않고 문살문 앞을 지켰다.

램프와 성냥은 있었지만 불을 켤 마음은 나지 않았다. 처음 갇혔을 때는 창살 방 밖에 걸린 램프에 불을 환히 밝혔다. 그 불빛 아래 그녀와 쇼이치가 문살문을 사이에 두고 마주 앉아 있었다.

서로가 상대방의 존재에서 위안을 얻었다고 생각한다. 물론 시노는 자신이 소년을 지켜야겠다고 느꼈다. 그래서 일단 도조 겐야가 얼마나 대단한 명탐정인지를 이야기하고, 그러면 반드시 사건을 해결할 수 있을 테니 걱정 없다고 안심시켰다. 그러고는 일부러 사건과 관계없는 즐거운 이야기를 하려 했다.

그런데 보아하니 쇼이치도 자신이 시노를 도와야 한다고 생각한 모양이었다. 당사자인 자신은 어쩔 수 없지만 운 나쁘게 덤터기를 쓴 그녀가 딱했으리라. 어떻게든 기운을 북돋워주려고 자기 나름대로 마음을 쓰는 것을 알 수 있었다.

두 사람은 그렇게 꿋꿋하게 서로 상대방을 걱정하며 시간을 보냈다. 점차 말수는 줄었지만 서로를 보는 시선은 변함없이 따뜻했다.

이윽고 광문이 조금 열리는가 싶더니 가는 틈새기로 빛이 비쳐들었다.

풀려나는구나.

기뻐한 것도 잠깐, 시노는 "쇼이치! 대답해라!" 하는 류지의 기분 나쁜 목소리가 들려오는 바람에 실망했다. 그러나 다음 순간, 노여움이 부글부글 끓어올랐다.

"야, 이 영감탱이야!"

저도 모르게 소리를 꽥 지르고 말았다. 좌우지간 쇼이치만이라도 어둠 속에서 내보내고 싶었다. 솔직히 소년이 나가고 혼자 남으면 도저히 못 견딜 것 같았지만 그래도 나가게 해주고 싶다는 마음이 훨씬 컸다.

그러자 밖에서 너무나도 반가운 목소리가 들려왔다. 벌써 몇 달째 못 들은 것처럼 느껴지는 목소리가 흙문의 좁다란 틈새로 들어왔다.

도조 선생님!

겐야와의 대화에 시노는 금세 용기를 얻었다. 도조 겐야가 틀림없이 도와줄 것이다. 그런 마음만으로도 창살 방에서 며칠 지낼 수 있을 것 같았다.

당연히 쇼이치에게 하는 말도 명랑함을 되찾았다. 억지로 밝은 척하는 게 아니라 진심에서 우러나는 말은 그만큼 설득력이 있었다. 그런데도 쇼이치는 점차 어두워졌다. 아무리 기운을 북돋워주려 해도 반응이 영 신통치 않았다.

아무렇지 않은 척해도 아직 어리니까 말이지. 이런 곳에 갇힌 영향이 조금씩 나타나기 시작한 게 아닐까.

걱정하던 시노는 이윽고 묘한 사실을 깨달았다. 쇼이치가 정신이 딴 데 팔린 것처럼 건성으로 대답할 뿐 아니라 뒤를 흘끔거리기 시작한 것이다. 시노가 말을 걸면 얼굴은 그녀를 향하는데, 시선은 늘 그녀의 뒤에 고정되어 있었다.

시노도 몇 번인가 뒤를 돌아보았다.

아무것도 없는데.

정사각형에 가까운 창살 방의 한구석에 문살문이 있다. 그곳에서 뒤를 돌아보면 대각선 반대편의 귀퉁이가 보인다. 아니, 실제로는 볼 수 없다. 램프 불빛으로는 기껏해야 창살 방의 절반 정도가 보일 뿐이다. 그나마 어느 정도 또렷이 보이는 것은 문살문 언저리뿐, 거기서 조금이라도 안으로 들어가면 확 어두워졌다.

캄캄한 어둠에 싸여 아무것도 보이지 않을 구석을 쇼이치는 이내 시노의 어깨 너머를 빈번히 바라보기 시작했다.

"왜 그러니?" 하고 물어도 고개를 흔들 뿐 대답하지 않았다. 그런데 시간이 지나면서 이번에는 얼굴을 드는 횟수가 줄었다. 그녀가 말을 걸어도 고개를 들지 않은 채 대답했다.

어째 이상한데.

시노가 고개를 갸웃거리는데, 쇼이치가 광 안을 둘러보고 오겠다고 했다. 어두워서 위험하다고 말렸지만, 도움이 될 만한 게 있을지도 모른다고 대답했다. 그럼 램프를 들고 가라고 하자 기묘한 대답이 돌아왔다.

"어쩌면 여기선 불을 안 켜는 게 좋을지도……."

무슨 뜻이냐고 묻자 쇼이치는 겁에 질린 얼굴로 "그 자리에 그냥 계세요. 절대 반대편 구석으로 가까이 가면 안 돼요"라고 했다.

"뭐?"

영문도 모르는 채 팔에 소름이 좍 돋았다.

"얘……."

그러나 불러 세우기도 전에 쇼이치의 모습은 어둠 속으로 사라지고 말았다.

얼마 뒤 이쪽저쪽에서 소리가 들리기 시작했다. 어둠에 눈이 익을 때까지 기다린 것이리라. 쇼이치가 돌아다니는 기척이 나니 그것만으로 조금은 마음이 놓였다. 덜걱거리는 소리가 일상생활 속의 소리처럼 느껴졌기 때문이다.

그런데 쇼이치가 내는 소리에 익숙해지고 나니 시노는 점차 자신의 등뒤가 신경 쓰이기 시작했다. 창살 방의 반대편 귀퉁이가……

쇼이치는 어째서 줄곧 그쪽을 보고 있었나.

왜 그쪽으로 가까이 가지 말라고 했나.

홀로 남은 시노는 이것저것 생각하다 보니 겁이 났다. 동시에 그때까지 별달리 의식하지 않았던 냄새가 갑자기 신경 쓰이기 시작했다.

처음 광에 들어왔을 때 환기가 되지 않는 공간의 퀴퀴한 냄새와 곰팡내가 났다. 하지만 감금된다는 공포와 노여움, 불안 때문에 금세 냄새를 잊었다. 이질적인 냄새가 났어도 시노 자신이 그것을 인식할 여유가 없었다.

그런데 이제 축축한…… 끈적끈적 들러붙는 듯한…… 미끌미끌한…… 땀이 끈끈하게 찬 듯한…… 그런 온갖 냄새가 뒤섞여, 코를 찌르는 배설물 냄새와 더불어 반대편 귀퉁이에서 흘러왔다.

욱.

시노는 저도 모르게 두 손으로 코와 입을 감싸며 주저주저 뒤를 돌아보았다.

아무것도 없는데.

캄캄한 어둠이 뒤엉켜 있을 뿐이었다. 그러나 속이 메슥거리는 냄새는 명백히 그쪽 방향에서 났다.

이거 혹시…….

사람 냄새 아닐까. 동물처럼 좁은 공간에 갇혀 제대로 씻지도 못하고 같은 자리에서 배변까지 해야 하면 인간도 이런 냄새가 날지 모른다. 그런 생각을 했을 때였다.

어둠 속에서 뭐가 꿈틀거렸다.

헉!

소리 없는 비명이 시노의 목구멍에 메아리쳤다.

사람처럼 생긴 그림자로 보였다. 광의 어둠보다 더 짙은 그림자가 사람의 형태로 창살 방 구석에 우두커니 서 있었다.

저, 저게 뭐지?

착각이 아니다. 눈을 감았다 떠도 여전히 보였다. 아니, 그게 다가 아니다. 눈을 감기 전보다 아주 조금 더 앞으로 나오지 않았나? 어둠 속에서 조금씩 나와 이쪽으로 다가오는 것 같다.

어쩌면 여기선 불을 안 켜는 게 좋을지도…….

순간적으로 쇼이치의 말을 떠올린 시노는 허둥지둥 램프를 훅 불어 껐다. 그러고는 문살문을 향해 두 무릎을 끌어안고 앉았다.

과거에 창살 방에 유폐되어 미쳐 죽은 사람…….

문득 머릿속에 그런 인물상이 떠올랐다. 물론 시노는 아무것도 몰랐다. 예전 이곳에 누가 갇혀 그뒤 어떻게 됐는지, 그런 사람이 몇 명이나 있었는지, 아무런 지식이 없었다. 그런데도 거의 틀림없다는 생각이 들었다. 이곳의 공기가 그것을 이야기했다. 가르쳐주었다.

아! 쇼이치 군은 저게 보였던 걸까?

그 때문에 그녀의 등뒤를 흘끔흘끔 보았다. 그러다가 무서워져서 얼굴을 숙였다. 이윽고 견디지 못하고 창살 방 앞을 떠났다.

말해주지…….

그런 생각이 들었지만, 저것의 존재를 가르쳐주었다고 해서 과연 자신이 믿었을까를 생각하니 확신할 수 없었다. 쇼이치도 불안했던 게 틀림없다. 말해도 그녀의 눈에는 보이지 않을 수도 있다. 게다가 가르쳐준들 어차피 시노는 창살 방에서 나올 수 없다. 그런 지경에 몰아넣느니 차라리 아무것도 모르는 편이 낫다고 판단했으리라.

하지만 이제 시노는 알아차리고 말았다. 유일한 희망은 불을 끈 효과다. 이로써 저것이 목표를 잃으면 좋겠다. 원래 있던 어둠 속으로 돌아가주면 더 좋겠다.

시노는 문살문에 바짝 다가앉아 숨을 죽였다. 꼼짝도 하지 않고 가만히 있었다. 자신이 창살 방에 들어오기 전과 되도록 같은 상황을 만들려고 했다.

저것이 사라지게…….

창살 방은 캄캄했다. 광도 마찬가지였다. 2층 창문은 열려 있는 듯했지만 밖에 비가 오니 어둑어둑할 게 틀림없다. 그래도 광 안에 비하면 꽤 밝을 테니 쇼이치는 2층 창가에 있는지, 아까부터 광 전체가 조용했다. 그녀가 바랐던 대로 창살 방은 어둠과 정적에 싸여 있었다.

이따금 부스럭부스럭 나는 소리는 쇼이치가 내는 것이리라. 그 소리에 저것이 반응하지 않을까 겁이 났지만, 그런 한편으로 소년의 존재가 마음 든든하게 느껴지기도 했다. 광 안 어딘가에 있다고 생각하는 것만으로도 조금은 안심할 수 있었다.

하지만 좀 조용히 하는 게 좋지 않을까…….

그런 생각을 했을 때, 시노는 비로소 그 소리가 자신의 뒤에서 들려온다는 것을 깨달았다.

슥, 슥.

등뒤에서, 대각선 맞은편의 구석에서, 다다미에 발을 스치며 걷는 듯한 소리가, 이쪽으로 다가오는 듯한 소리가, 확실히 들렸다.

저것이 오는 거야?

순식간에 목덜미에 소름이 돋고 오한이 등줄기를 훑었다.

사라지지 않았어?

창살 방에 어둠과 정적을 되돌려놓았는데도 **저것은** 여전히 존재했다.

나, 날 알아차려서?

인기척을 채고 찾기 시작했는지 모른다.

이러다가 들키면……?

어떻게 될 것인가 생각하니 끔찍함에 소리를 지를 뻔했다.

안 돼! 진정해!

여기서 비명을 질렀다간 절규를 멈추지 못할 듯한 공포에 휩싸였다. **저것에게** 자신이 있는 곳을 알려주는 셈이다.

내가 있는 곳?

시노는 허둥지둥, 그러면서도 소리를 내지 않고 천천히 일어섰다. 그러고는 왼손으로 창살을 짚으며 벽을 따라 다른 구석으로 이동하기 시작했다. 그런 그녀의 대각선 왼쪽 뒤에서 슥, 슥 하고 섬뜩한 소리가 들렸다. 방금 전까지 그녀가 앉아 있던 구석을 향해 똑바로 나아가는 발소리였다.

시노가 다른 구석에 다다른 것과 **그것이** 창살문 쪽 구석에 이른 것이 거의 동시였다. 그녀가 손으로 더듬어 구석을 확인하고 안심하자마자, 조금 전까지 자신이 있던 방향에서 묘한 소리가 들렸기 때문이다.

의성어로는 도무지 표현할 수 없을 만큼 사위스럽고 불쾌한, 계속 듣다 보면 머리가 이상해질 듯한 소리였다. 소리의 정체는 알 수 없었지만 목적은 바로 알았다.

날 찾고 있구나.

또다시 소리를 지를 뻔한 것을 두 손으로 입을 틀어막고 필사적으로 참았다. 그래도 목구멍에서 끅, 끅, 하고 신음 소리가 나는 것 같아 미칠 것 같았다.

슥, 슥.

그것이 다시 움직이기 시작했다. 어디로 갈 셈인가 귀 기울여 들어보자, 시노가 이동한 방향과 대각선 위쪽에 위치한 구석을 향해 그녀가 그랬던 것처럼 창살을 짚으며 나아가는 듯했다. 자신이 있는 곳에서 가장 먼 곳으로 가는 셈이다.

그러나 안도할 겨를도 없이 또다시 시노를 찾는 오싹한 기척이 느껴졌다. 그리고 그곳에도 없다는 것을 알아차리자 그녀가 지금 있는 구석으로 슥, 슥 다가오기 시작했다.

도망쳐야 해.

그뒤로도 어둠 속의 술래잡기는 계속되었다. 시노가 구석에서 구석으로 도망치면, 그것은 귀퉁이에서 귀퉁이로 쫓아왔다. 그것의 걸음이 느린 덕에 그녀가 붙들릴 염려는 없었다. 하지만 슥, 슥, 하고 다다미를 스치는 소리와 그녀를 찾을 때의 꺼림칙한 소리를 듣다 보니 점차 머릿속이 일그러지는 듯한 공포를 느꼈다. 기분 나쁜 소리가 귀를 통해 들어와 뇌를 마구 휘젓는 것만 같았다.

당장이라도 두 귀를 틀어막고 웅크릴 것 같았다.

그렇게 되면 물론 조만간 그것에 붙들리게 된다. 저 무시무시한 기척이 온몸에 엉겨붙게 될 것이다.

안 돼. 그런 건 싫어.

시노가 기력을 쥐어짜 다른 구석으로 도망치려 했을 때였다.

삭, 삭.

낯선 소리가 들렸다.

어?

다다미에서 나는 소리라는 것은 틀림없었다. 그런데 발이 스치며 나는 소리가 아니라 다른 것이었다.

이거······.

시노의 뇌리에 순간적으로 떠오른 것은 엎드린 자세로 두 팔을 벌리고 다다미 바닥을 손바닥으로 쓸면서 기어다니는 그것의 모습이었다. 이 방법이라면 찾을 수 있는 범위가 넓어진다. 게다가 움직임까지 달라졌다. 구석에서 구석으로 다니는 게 아니라, 좌우로 크게 왔다 갔다 하며 느닷없이 방향을 틀었다. 즉 창살 방 다다미 바닥 위를 그야말로 종횡무진 기어다니기 시작한 것이다.

시노는 초조해졌다. 느긋하게 도망칠 여유가 없다. 항상 상대방의 기척을 파악하며 그것이 가는 곳과 다른 방향으로 이동해야 하는데, 그것의 움직임을 예측하지 못하겠다. 법칙성이 전혀 없이 그저 무질서하게, 닥치는 대로 기어다니고 있었다.

시노는 금세 정신적으로, 육체적으로 피폐했다. 그래도 도망칠 수 있다고 생각했다.

삭, 삭······ 삭, 삭, 삭······ 사삭, 삭······ 삭삭삭삭······.

다다미 바닥을 스치는 소리가 갑자기 늘어났다.

어, 어째서?

흡사 그것 여럿이 배를 깔고 엎드려 바닥을 기어다니며 그녀를 찾는 듯한 기척이 창살 방을 메웠다. 이곳에서 미쳐 죽은 사람들이 어둠 속에서 우르르 나온 것처럼.

창살 방 안에 서서히 광기의 냄새가 감돌기 시작했다. 그것도 하나가 아니었다. 몇 가지 서로 다른 냄새가 곳곳에서 풍겼다. 그것이 시노에게 들러붙어 코뿐 아니라 밖으로 노출된 살갗을 자극했다.

이, 이래선…… 못 도망치겠어…….

창살을 등진 시노는 절망감에 사로잡혀 꼼짝도 하지 못했다.

18

신남 연쇄살인, 또다시 발생하다

사호 촌 동쪽 끝에 위치한 아랫다리를 조금 지나 강길을 벗어나서 미쓰 천의 천변 비탈을 반쯤 내려간 지점에 미쿠마리 다쓰조의 시신이 뒹굴고 있었다.

"미즈치 님의 송곳니야……."

피해자의 등에 꽂힌 흉기를 보고 스이바 류코가 중얼거렸다.

"다쓰조 씨는 강길에서 습격을 받고 이 비탈로 떨어졌거나, 아니면 범인에게 떠밀린 걸로 보이는군요."

도조 겐야가 강길에서 내려다보기로 현장은 그런 식으로 보였다.

"미끄러진 자국이 다쓰조 씨 것밖에 없어서?"

류마가 확인했다.

"비가 이렇게 쏟아지니 어지간한 흔적은 다 지워졌을 겁니다. 다쓰조 씨가 떨어진 흔적은 아직 가까스로 남아 있거든요. 그렇다면 범인이 내려갔다면 그 흔적도 조금은 남아 있어야 한다는 뜻이죠."

겐야는 고개를 끄덕이며 대답했다.

"발견한 사람이 신관의 생사도 확인을 안 했나?"

"보기만 해도 죽었다는 걸 알 수 있었어."

미즈시 류지의 비아냥거리는 말에 류마가 당장 반응했다.

"호, 네놈이 의사냐?"

"숨이 붙어 있었어도 저래선 어차피 못 살아."

"요는 죽게 그냥 뒀단 말이지."

"뭐, 뭐라고! 네놈이 남의 목숨 운운할 자격이 있어?"

덤벼들 듯한 기세로 고함치는 류마를 보고 겐야는 고개를 갸웃했다. 시신의 상태를 확인하지 않은 이유가 어쩐지 따로 있다는 생각이 들었다.

"일단 저만 내려가서 살펴보고 오겠습니다."

겐야가 제안했다. 두 사람의 싸움을 중단시키려는 의미도 있었다. 미즈우치 세이지와 류코는 바로 찬성했다. 그때 마침 류지가 사람을 보내 불러온 다카시마 의사와 두 주재소 순사가 달려왔다.

"두 분 중 한 분이 다쓰조 씨와 동행하겠다고 하셨잖습니까?"

겐야는 저도 모르게 쓰보즈카와 아마기에게 따지듯 말했다.

"아뇨, 그러려고 했는데…… 신관님이 방해된다고 하셔서……."

고개를 떨구는 쓰보즈카 옆에 아마기는 불편한 듯 멀거니 서 있었다.

"이번엔 다쓰조 신관이……."

그다지 감정을 드러내지 않는 다카시마의 얼굴에도 놀람과 두려움의 빛이 떠올랐다.

"저도 같이 가도 될까요?"

"음……."

겐야의 물음에도 건성으로 대꾸하고 비척비척 비탈을 내려가기 시작했다.

"두 사람 다 조심하라고. 비 때문에 미쓰 천의 물이 불었어. 빠지기라도 했다간 순식간에 휩쓸려갈 걸세."

류코가 즉각 주의를 주었다.

하미 땅에 겐야가 처음 왔을 때 미쓰 천의 갈수는 심각했다. 그뒤로 겨우 하루 남짓 지났는데 엄청나게 많은 물이 출렁이고 있었다.

기우가 성공했다기보다 미즈치 님이 진노하신 게 아닐까.

성난 파도처럼 흘러가는 강물을 보다 보니 자꾸만 그런 생각이 들었다. 게다가 그 노여움을 달래기 위해 저도 모르게 몸을 강물에 던질 것만 같았다. 자신을 제물로 바치면…… 문득 그런 생각에 사로잡혔다.

팽것이 부르는 건가?

겐야는 황급히 거친 강물에서 눈을 뗐다.

"심장은 비껴났군."

시신을 살펴보던 다카시마의 목소리가 들렸다.

"일부러 그랬을까요?"

"다쓰키치로 신관은 앉아 계셨지만, 다쓰조 신관은 걷고 있었으니 말이지. 게다가 비가 이렇게 쏟아지니 빗나갔는지 몰라. 어쨌든 뒤에서 위장 언저리를 단번에 찔렀군."

"미즈치 신사에서 나와 윗다리까지 다같이 참배길을 걸으셨죠?"

"그래. 그래서 나랑 다쓰조 신관, 그리고 순사 둘이 윗다리를 건넜어. 난 사요 촌의 의원으로 돌아가고, 아마기 순사는 쓰보즈카 순사의 주재소까지 갔을걸. 그전에 다쓰조 신관한테 같이 가겠다고 했는데 신관이 단칼에 거절한 모양이더군. 뭐, 어느 마을이든 신사의 신관 말에 거역하는 녀석은 없으니 순사를 탓하는 건 가혹할 수도 있어."

"하지만 순사의 입장에 있는 사람이……."

"이런 시골엔 사건다운 사건도 없으니 말이야."

두 사람에게 경찰관으로서의 활약을 요구해봤자 소용없다는 말투였다.

"……그럼 결국 다쓰조 씨는 마을 경계의 수신탑을 돌고 미쿠마리 신사로 돌아가려다가 변을 당한 겁니까?"

"아마 그렇겠지. 다만 이렇게 비를 맞았으니 사망 추정 시각도 범위가 넓어져."

"일단 집으로 돌아간 다쓰조 씨를 불러내서 범행을 저질렀다, 실제로 찔린 건 겨우 몇 분 전이다, 라는 가능성도 있다는 말씀입니까?"

"그렇지."

그뒤 겐야는 류마 및 두 순사와 함께 시신을 강길로 옮겼다. 아마기가 미쿠마리 신사로 달려가 소식을 전했다. 시신은 미쿠마리 가로 운반되었다.

물론 미쿠마리 가에서는 큰 소동이 벌어졌다. 미즈시 류조와 미즈우치 다쓰키치로가 죽었다는 것은 알고 있었지만, 자세한 사실은 다쓰조에게 듣지 못한 상태였다. 연쇄살인이 벌어지는 중이며 자신들의 신관이 그 피해자가 되리라고 아무도 상상하지 못했다. 온 집안이 발칵 뒤집힐 만도 했다.

그러나 그것도 류지의 한마디로 가라앉았다.

"지금 이쪽에서 조사 중이니까 당분간 소란 피우지 말고. 장례는 우리 신사에서 다쓰키치로 신관까지 합동으로 치를 테니까 걱정할 필요 없어. 전부 우리한테 맡기면 돼."

일방적인 말이었지만, 류지가 자신만만하게 말하면 대단히 설득력이 있었다. 겐야조차 그렇게 느꼈으니 미쿠마리 가 사람들이 군소리 없이 따른 것도 무리가 아니었다.

류지는 당장 이튿날 오후부터 미즈시 신사에서 류조와 다쓰키치로, 다쓰조의 합동장례를 치르기로 했다. 그 때문에 그날 밤 다쓰키치로와 다쓰조의 밤샘이 열렸다. 류조의 장례를 하루 연기한 모양새였다.

다쓰조의 시신은 일단 방에 안치되었으나, 다카시마도 겐야도 딱히 조사할 것이 없었다. 아니, 정확히 말하면 조사할 방법이 없었다. 쓰보즈카와 아마기는 처음부터 아무것도 할 마음이 없는 듯했다. 류지의 지시가 없는 한 주재소 순사로서의 임무를 포기하는 것처럼 보였다. 하미 땅은 이제 완전히 치외법권 지역이나 다름없었다.

미쿠마리 가의 방에서 류마는 다쓰조의 시신을 발견하게 된 경위를 다음과 같이 이야기했다.

미즈시 가에서 뛰쳐나온 류마는 바로 스이바 신사로 돌아가려고 했다. 그러다가 조금 전 대화에 다쓰조가 참여하지 않았다는 게 떠올라 그를 만나야겠다고 생각했다. 류지와 적대적인 사이임에도 불구하고 다쓰조는 경찰의 개입을 꺼리는 탓에 거꾸로 류지를 돕는 형국이 되었다. 그 사실을 일깨우고 자신들 편을 들도록 설득할 작정이었다.

다쓰조는 수신탑에 참배하겠다고 말한 터라, 류마는 윗다리를 건너 강길로 나와서 동쪽으로 갔다. 도중에 사요 촌과 모노다네 촌, 모노다네 촌과 사호 촌의 경계에 있는 수신탑에 들렀지만 다쓰조는 보이지 않았다. 이미 사호 촌과 아오타 촌 경계로 간 모양이라고 걸음을 서둘렀다.

이윽고 아랫다리가 보였다. 저곳을 지나 조금 더 가면 아오타 촌이다. 수신탑도 가깝다. 어쩌면 참배를 마친 다쓰조가 미쿠마리 신사로 돌아가려고 아랫다리로 돌아올지 모른다고 생각한 류마가 앞쪽을 살펴보고 있을 때였다.

시야를 가로막는 빗줄기의 장막 너머로 사람 같은 것이 흐릿하게 보였다. 조금씩 이쪽으로 다가오는 듯했다.

"다쓰조 신관!"

류마는 큰 소리로 부르며 빠른 걸음으로 다가갔다. 아랫다리 앞에서 만나면 같이 미쿠마리 신사로 돌아가면 되겠다고 생각해서다.

그런데 저쪽에 보이는 사람의 동작이 딱 그친 듯 보였다. 비 때문에 확실히는 알 수 없었지만 그 자리에 우두커니 서 있는 것 같았다.

"접니다, 스이바의 류마예요!"

자신이 누군지 몰라 수상하게 여기는 것이라 생각해서 큰 소리로 이름을 밝혔다.

상대방은 멈춰서 있고 류마만 계속 걸음을 옮기다 보니 어느새 아랫다리도 지나쳤다. 이렇게 되면 가까이 가서 얼굴을 보여주는 수밖에 없겠다. 귀찮지만 어쩔 수 없다. 그렇게 자신을 타이르는데 문득 시야 오른쪽으로 묘한 게 보였다. 눈길을 주자, 미쓰 천 강변 비탈에 누가 쓰러져 있었다. 마을 사람인가 해서 놀랐다가 입은 옷을 자세히 보고 기겁했다. 미쿠마리 다쓰조였다. 그렇다면 앞쪽에 보이는 인물은 누구란 말인가.

류마도 무의식중에 멈춰섰다. 등에 미즈치 님의 송곳니인 듯한 흉기가 꽂힌 다쓰조의 시체를 대각선 오른쪽으로 내려다보며, 장대비 저편에 우두커니 서 있는 섬뜩한 사람 그림자와 대치하며, 그는 꼼짝도 하지 못했다.

그때 그림자가 흔들렸다. 휘청휘청하는가 싶더니 자신을 향해 걸어오기 시작했다. 아니, 그렇게 보였다.

"누, 누구냐?"

즉각 물었다. 그러나 아무 반응도 없었다.

"어, 어이! 대답해!"

생각해보니 그 사람이 가령 아오타 촌 쪽에서 왔다면 쓰러져 있는 다쓰조가 보였을 것이다. 그런데 도움도 청하지 않고 가만히 있는 것은, 아무 반응이 없는 것은 이상하지 않나.

대체 누구지?

애써 비의 장막 저편을 응시하자, 이윽고 삿갓과 도롱이 차림의 사람이 빗속에서 슥 나타났다. 머리에 수건이라도 썼는지 얼굴은 잘 보이지 않았다. 그러나 말없이 다가오는 그것을 본 순간, 류마의 등줄기를 오한이 훑었다. 이미 비에 젖은 등에 찬물을 부은 것처럼 부르르 떨렸다.

순간적으로 몸을 돌린 그는 온 길을 돌아가기 시작했다. 좌우지간 미즈시 가로 돌아가 알려야겠다는 생각밖에 없었다.

아랫다리를 지나 돌아보자 비의 장막 저편에 아직 사람 그림자가 보였다. 류마는 걸음을 빨리했다. 일단 저것이 보이지 않는 곳으로 가야겠다. 더 급히 걷다가 다시 돌아보았다. 아직 있었다. 게다가 크기가 조금 전과 비슷했다.

따라오는구나.

그것이 자신을 쫓아온다는 것을 깨달은 류마는 느닷없이 달리기 시작했다. 도중에 몇 번씩 뒤를 확인했다. 돌아보면 얼마 동안은 모습이 보이지 않았다. 그러나 이내 검은 그림자가 흐릿하게 나타났다. 그것은 일정한 속도로 담담히, 그러나 확실하게 그를 따라오고 있었다.

그뒤, 류마는 뛰다가 돌아보고 뛰다 돌아보고를 반복했지만 결과는 매번 같았다. 그것은 계속해서 따라왔다. 강길에는 그와 그것밖에 없고 개미 새끼 한 마리 지나가지 않았다. 그와 그것의 술래잡기가 한없이 이어졌다.

윗다리까지 돌아왔을 때였다. 아무리 기다려도 그것이 빗속에서 보이지 않게 된 것은…….

"포기했겠지. 윗다리를 건너 참배길로 갔으니 내가 단숨에 미즈시 신사까지 뛰어갈 거라고 생각했을 거야."

류마는 그런 말로 이야기를 마쳤다.

"그게 다쓰조 신관을 죽인 범인이냐?"

"어쩌면 살해한 직후에 마주쳤는지도 몰라요."

류코의 물음에 류마는 고개를 끄덕이며 대답했다.

"모처럼 좋은 기회였는데 왜 안 잡은 거지? 나이는 잔뜩 먹은 놈이, 겁먹은 거냐?"

류지가 즉각 비난했다.

"그래……, 하지만 그건 정말 무서웠어."

당장이라도 노여움을 폭발시킬까 싶었으나 류마는 뜻밖에도 선선히 인정했다. 그러고는 이어서 류지에게 말했다.

"그것이 인간이었는지 아닌지 아무리 생각해도 난 모르겠어. 다만…… 아주 꺼림칙했다는 것만은 틀림없다. 이렇게 억수로 비가 퍼붓는데도 씻기지 않는 엄청난 악의를 갖고 있다고 할지, 그 정도로 끔찍한 존재였어."

"어처구니가 없어서."

류지는 한마디로 일축했다. 들을 가치도 없다는 태도였다. 그러나 부정하는 말이 그것뿐이었다는 사실이 되레 류마의 체험을 무시하지 못한다는 증거라 할 수 있었다.

겐야는 류마의 초대를 받아들여 스이바 가에서 류코와 함께 늦은 점심을 먹었다. 그뒤 잠수 장비가 보관된 광을 보러 가는 길에 쇼이치가 말한 우물에 들러 류마가 꿈속에서 받았다는 계시 이야기를 들었다. 조금 점 체험담을 들은 뒤다 보니 묘하게 신빙성이 있었다.

문제의 광은 신사 북쪽에 있었다. 참배길에서 가까우니 스이바 가 사람들에게 들키지 않고 간단히 드나들 수 있을 것 같다. 게다가 흙문은 자물쇠도 채워져 있지 않았다.

"원래 그냥 열어놓습니까?"

"하미 땅에선 아무도 광을 잠그지 않아. 뭐, 잠그는 건 외눈 광하고 지금 같으면 죄인 광 정도일걸."

류마가 문을 열고 들어가려다가 말고 멈춰섰다.

"누가 들어간 모양인데."

겐야가 옆에서 들여다보니 입구에서 안쪽으로 진흙투성이 발자국 같은 게 점점이 찍혀 있었다.

"많이 지워지긴 했지만 누가 걸어간 자국이군요. 이 댁 분 아닙니까?"

"아니, 여기 들어오는 사람은 나뿐이야."

"자국을 따라가보죠."

겐야는 류마와 함께 광 안으로 들어갔다.

"안으로 곧장 가는데."

도중에 발자국은 사라졌지만, 류마는 그대로 나아가더니 안쪽 벽 앞에 놓인 커다란 궤짝 앞에 섰다.

"이거야. 내 청춘의 어리석은 추억이 여기 들어 있어."

"궤짝도 처음부터 안 잠그신 겁니까?"

"그야 물론이지. 이런 걸 누가 갖고 싶어한다고."

류마는 빈정거리듯 말하고는 다소 거칠게 뚜껑을 열었다.

해군 공작학교의 제모와 제복, 신발, 교과서, 가방 등이 있었다. 아무런 가치도 없다던 언동과는 달리 하나같이 소중히 보관되어 있었다. 그런데 그것은 궤짝 왼쪽 절반뿐, 오른쪽은 명백히 조금 어질러진 데다 빈 자리가 크게 나 있었다.

"혹시 여기에……?"

"그래. 잠수복하고 압축 공기펌프가 있었는데."

"갖고 싶어한 사람이 있었군요."

"정말 없어졌을 줄이야……."

"신사 관계자는 모두 류마 씨한테 잠수 장비가 있다는 걸 알고 있었습니까?"

"그래."

"하지만 이 광에, 이 궤짝 안에 있었다는 것까지 아는 사람이라면 범위가 꽤 축소될 것 같은데요."

"음…… 여긴 내 전용 광 같은 거라 말이지. 그걸 누가 알고 있었느냐고 한들……."

"가령 쓰루코 씨나 사요코 양, 이쓰코 씨, 류조 씨의 부인이신 아에 씨, 또 미즈시 가의 하녀 우두머리인 도메코 씨는 역시 모르지 않을까요?"

"그야 그렇겠지. 여자가 관심을 가질 물건이 아니니까."

"그런 식으로 범위를 좁힐 수 없겠습니까?"

"역시 수리조합 사람일 거야. 그 주변 사람도 포함될 수 있겠고."

"사공을 맡은 시미즈 고로 씨나 류지 씨의 오른팔이라 할 구보 씨는 어떻습니까?"

"아무래도 그런 인간들도 포함되지."

"그중에 이 궤짝에 관해 알 만한 사람은 누구죠?"

"아마 없을걸. 하지만 거기까지 몰라도 문제는 없어. 광 안에서 수상해 보이는 데를 모조리 찾으면 되니까."

류마는 바닥의 흔적이 끊긴 곳을 가리키며 말을 이었다.

"발자국은 저 언저리에서 희미해졌잖아. 범인이 곧장 이 궤짝으로 왔다는 증거는 없어."

"그건 그렇지만, 그런 것치고는 발자국이 끊기는 곳까지 도중에 멈춰서서 다른 궤짝이나 버들고리, 상자 등을 열어본 흔적이 없다는 게 영 부자연스럽거든요."

겐야는 입구에서 점점이 이어지는 발자국을 돌아보며 대답했다.

"그게 무슨 뜻이지?"

"범인은 적어도 발자국이 희미해지기 시작한 지점까지 주저 없이 걸어왔다는 말입니다."

"그렇군."

"문에서 궤짝까지 거리의 오분의 이쯤 될까요. 거기까지 곧장 왔습니다. 나머지 오분의 삼의 공간에 자기가 찾는 게 있다는 걸 알고 있었던 겁니다."

"아무리 그래도 그건 너무 어중간하고, 역시 궤짝의 존재하고 대략적인 위치를 알고 있었겠지."

"네. 그런데 범인이 잠수 장비를 사용했다고 해도, 언제 어디로 진신 호에 들어갈 수 있었는지 하는 새로운 수수께끼가 생긴다는 말씀은 드렸죠?"

겐야는 고개를 들고 말했다.

"그래, 움막에서 했지."

"실은 아주 단순한 해석이 존재한다는 걸 잊고 있었습니다."

"어떤?"

"잠수 장비를 착용한 범인이 증의가 시작되기 전부터 잠수하고 있다가 류조 씨를 살해합니다. 그리고 사람들이 모두 떠날 때까지 물속에서 기다렸다가 당당히 뭍으로 올라와 도망쳤다. 즉 진신 호가 밀실이 되기 전과 밀실이 아니게 된 뒤라면 아무 지장 없이 자유롭게 드나들 수 있는 겁니다."

"으음……."

"여기서 문제가 되는 게 잠수 시간입니다. 후쿠류의 장비로 얼마나 오래 잠수할 수 있을까요?"

"여섯 시간이야."

"그렇게 오래…… 그럼 충분히 가능하겠군요."

"댁의 추리가 옳다면 범인의 범위가 꽤 축소되는데."

"미즈시 신사에서 의식에 참가할 일행이 출발하기 **전**에 후타에 산에 올라가, 세이지 씨 등이 소후에 군과 함께 **내려온** 뒤 하산한 인물, 그게 범인인 셈입니다."

"……."

"하지만……."

"그럼 범인이 없잖아?"

"네, 맞습니다. 아무리 생각해도 그렇게까지 현장 부재 증명이 없는 인물은 아무도 없거든요. 앞부분만이면 조건에 딱 맞는 사람이 있는데요."

"누구지?"

"류마 씨, 당신입니다."

"……그렇군. 미즈시 가에서 아침식사 중에 사유물이 된 의식에 참가할 마음이 없다고 하고 혼자 가버렸으니까."

"네. 그뒤 스이바 가로 돌아가 잠수 장비를 챙기고 후타에 산에 올라갔다면, 아무도 모르게 진신 호에 잠수할 수 있습니다."

"가능하겠지."

"그런데 류마 씨는 류지 씨 일행이 하산하기 전에 이미 스이바 신사에 계셨단 말이죠."

"쇼이치가 증인이군."

"그뒤는 외눈 광을 지키던 사람들과 구보 씨가 류마 씨의 현장 부재를 증명해줍니다."

"이거야 원, 녀석들한테 고마워해야겠는걸."

류마가 빈정거리듯 웃었다.

"류지 씨 일행보다 먼저 하산하려면 우리가 호숫가에 있는 사이 뭍으로 올라와야 합니다. 하지만 그런 인물은 아무도 못 봤고, 소후에 군도 산 위에서 내려온 수상쩍은 인물을 목격하지 않았거든요."

"탈출 불가능이군."

"그 무렵 여기 계셨습니까?"

"집에 있긴 했어도 누굴 만난 게 아니니까 입증하는 건 무리야."

"쇼이치 군은 좀더 있다가 찾아왔죠."

"아침보다는 낮에 더 가까웠지."

"그때까지 아무도 안 만나신 겁니까?"

"이거 봐. 후반만이라도 현장 부재 증명이 있으니 범행은 무리라고 말한 건 댁이잖아. 게다가 후타에 산 근처에 있었으면 또 몰라도 여기에 있었다고. 아무리 그래도 류지랑 다른 사람들을 앞질러 진신 호에서 사호 촌 스이바 신사까지 오는 건 불가능해."

겐야의 말투가 마음에 걸렸는지 류마가 허둥지둥 말했다.

"쇼이치 군이 찾아왔을 때 류마 씨가 스이바 가에 계셨다는 사실이 바로, 진신 호에서 몰래 돌아왔다는 증거였다면 어떨까요?"

"호오, 대체 어떻게?"

"류쇼 폭포의 지하 수로를 지나 스이바 신사 경내의 우물로 나오는 방법입니다."

"……"

"쇼이치 군이 쓰루코 씨를 걱정해 뭔가를 찾아다녔을 때, 두 곳에서 반응을 보였죠. 하나는 스이바 신사의 우물이고, 또 하나는 외눈 광입니다. 둘 다 물하고 상관있거든요. 그런데도 쇼이치 군은 미즈시 신사와 미즈치 신사, 스이바 신사의 배례전이며 본당을 살펴봤을 때는 아무것도 못 느꼈습니다. 이 차이는 물의 출처 때문이 아닐까요? 각 신사의 본당은 미쓰 천에서 물을 끌어옵니다. 한편, 수중동굴에서 외눈 광으로 끌어오는 물의 원류는 진신 호죠. 그럼 여기 우물도 마찬가지가 아닐까, 그래서 쇼이치 군이 반응을 보인 게 아닐까, 그런 생각이 들었습니다."

"그럼 쇼이치가 찾던 게?"

"진신 호입니다. 더 정확히 말하자면 그곳에 계시는 미즈치 님이겠죠."

"쇼이치는 쓰루코가 외눈 광에서 미즈치 님의 산 제물이 될 걸 예지했던 건가?"

"그렇게까지 확실히 알았던 건 아닌 모양입니다. 더 막연한 불안 감이었죠. 하지만 어쩐지 가만있을 수 없어서……."

"명탐정의 추리란 건 그런 모호한 느낌까지 증거로 삼아?"

"원래 명탐정이 아니니까요."

두 사람은 얼마 동안 서로의 얼굴을 꼼짝 않고 쳐다보았다. 하지만 노려보는 것은 아니었다.

"뭐, 좋아. 내가 지하 수로를 지나 진신 호에서 신사의 우물까지 왔다는 거지?"

류마가 씩 웃었다.

"물론 처음엔 반대였겠죠."

"처음?"

"류마 씨가 꿈에서 계시를 받고 우물을 모셨을 때 말입니다."

"호오."

"전후 스이바 신사의 양자가 된 류마 씨는 수리조합이며 미즈시 신사에 대해 이것저것 생각하는 바가 많았습니다. 그러다가 진신 호의 지하 수로 이야기를 듣고 혹시 신사의 우물하고 이어져 있지 않나 생각했습니다. 왜 그런 상상을 했나 하면……."

"자유롭게 진신 호에 드나들 수 있으면 껍데기만 남은 전통 의식을 깨부수는 것도 가능하다고 생각해서?"

"아닌가요?"

"딱 내가 할 법한 생각인걸."

"차로 마중 나오셨을 때 류마 씨는 마치 앞으로 일어날 일을 예견하는 듯한 말씀을 하셨습니다. 또 미쿠마리 다쓰조 씨를 비롯해 관계자들한테 제가 탐정이라고 가르쳐주고 다니셨죠. 수리조합에 무슨 소동이 일어나면 재미있겠다고 평소 생각하셨기 때문 아닙니까?"

"뭐, 부정할 생각은 없어. 그보다 지금은 우물 이야기를 해야지."

"대단한 비밀을 발견했는지도 모른다고 생각한 류마 씨는 우물 주위에 담을 치고 아무도 모르게 탐색을 시작했습니다. 그 결과, 추측이 맞았다는 걸 입증했죠."

"그거 재미있는데. 역시 특이한 친구군."

"아, 예……"

당황하는 겐야에게 류마는 뜻밖에 정색하고 말했다.

"그렇지만 그걸 확인하려면 잠수 장비를 갖추고 우물에 들어가 진신 호까지 지하 수로를 한참 따라가야 하는데. 물론 양쪽이 이어져 있고 인간이 지나갈 만한 공간이 있다는 걸 미리 알고 있으면 그런 모험도 가능하겠지. 하지만 상식적으로 상상만으로 보통 그런 일을 하겠어? 잘 생각해보라고. 도중까지 순조롭게 갔어도 어디서 길이 막히면 그걸로 끝장이야. 댁은 모를 만도 하지만 그 장비는 부피가 꽤 나간다고. 자칫해서 어디 좁은 데라도 걸렸다간 산소가 바닥나서 꼼짝 못하고 죽을지 몰라, 아무도 모르게."

"아닌 게 아니라 그렇죠."

"그리고 댁도 말했다시피, 내가 그렇게까지 해서 미즈치 님 제의 중에 류조를 죽여야 하는 이유가 대체 어디 있다는 거지? 단순히 의식을 훼방놓고 싶은 거라면 다른 방법도 얼마든지 있는데."

"괴이한 현상을 일으켜 팽굿의 소행처럼 꾸밀 수도 있겠죠."

"그래, 굳이 살인까지 할 필요가 없는 거야."

"일리 있는 말씀입니다."

"게다가 이건 내가 한 말인데, 십삼 년 전엔 잠수 장비가 없었어.

우물은 있었겠지만 진신 호랑 연결되어 있다 해도 장비도 없이 맨몸으로 잠수하는 건 무리야."

"결국 중요한 건 동기입니다."

"뭐?"

"류이치 씨하고 류조 씨를 죽인 방법을 완전히 안 건 아니지만, 후자는 광명이 절반은 보이는 것 같거든요."

"역시 잠수 장비야?"

"네. 수수께끼는 아직 남아 있지만 큰 단서임엔 틀림없겠죠. 하지만 두 사람의 살해 방법에 관한 수수께끼가 깨끗이 풀려도, 동기 문제가 여전히 앞을 가로막거든요."

"음……."

"범인은 왜 의식 도중에 신남을 살해했나, 어째서 신남 연쇄살인 사건을 일으켰나."

"종교적인 동기?"

"저도 그렇게 보긴 하는데……."

"난 여전히 용의자란 말이군."

류마는 겐야에게 광에서 나가자고 신호를 보내며 별반 화난 것도 아닌 투로 말했다.

"조금만 더 기다려주십시오."

"그거야 상관없는데, 도조 씨."

"네?"

"정말 사건을 해결할 수 있는 거지?"

"그건 알 수 없습니다."

그러자 류마는 긴장이 풀린 듯 웃으며 말했다.

"나 개인적으로는 자신감만 있는 오만한 명탐정보다 도조 겐야 쪽이 마음에 드는걸."

"아, 예……."

"연쇄살인이 발생해 몇 명 죽고 난 다음에야 겨우 사건을 해결해놓고 실은 처음부터 범인을 알고 있었다고 지껄이는 명탐정보다, 모른다고 솔직하게 말하는 댁이 훨씬 더 믿음이 가."

"그렇지만 모르는 것보다는 알고 있는 편이 나을 것 같은데요."

겐야의 말에 류마는 또 웃었으나, 금세 정색하고 말했다.

"하지만 이번엔 사요코랑 쇼이치, 그리고 여자 편집자의 목숨이 걸려 있으니까 댁이 애써주지 않으면 곤란해."

"제가 범인을 못 찾으면 류지 씨가 정말 위해를 가할 거란 말씀입니까?"

"괜히 다치게 하진 않겠지만 일단 광에서 안 풀어주겠지. 외눈 광에 있는 사요코는 말할 것도 없고, 죄인 광의 창살 방에 갇힌 여자 편집자도 오래 끌면 끌수록 육체적으로나 정신적으로나 피해가 클 거야. 이쓰코가 창살 방 신세를 진 건 머리가 이상해졌기 때문이지만, 거기서 살면서 더 이상해진 건 분명히 장소의 영향도 있을걸. 보통 사람이 그런 곳에 있는 건 아무리 생각해도 위험해."

"명심하고 좌우지간 최선을 다하겠습니다."

"그래."

"답례로 드리는 말씀은 아니지만, 류코 씨의 안전에 충분히 주의해주시고요."

류마가 흙문 앞에서 멈춰섰다.

"역시 다음 순서는 우리 아버지라고?"

"미즈치 님의 칠종신기와 수리조합의 일곱 분을 생각하면, 피해자는 일곱 분 모두일 거다 싶었습니다. 류이치 씨와 류조 씨가 살해됐으니 개연성이 있는 해석이 아닐까 했는데……."

"다쓰키치로 신관에 이어 다쓰조 신관까지 당했다."

"두 분 다 현직 신관이고 류마 씨나 세이지 씨의 부모 세대입니다. 어쩌면 범인은 그 세대의 네 명을 먼저 처치할 작정일지 모릅니다."

"날 노렸던 건 내가 다쓰조 씨 살해 현장에 나타났기 때문이고 우연이다?"

"아마 그럴 겁니다. 그것도 진심으로 노린 게 아니라 어디까지나 겁만 주려고 했다는 생각도 들거든요."

"그렇군. 날 통해 류지하고 아버지한테 말이 들어가게 말이지."

"네. 그 효과를 노렸다 해도 이상할 것 없죠."

"그나저나 왜 류지를 맨 처음 안 죽인 거지? 그랬으면 이렇게까지 상황이 꼬이지 않았을 텐데."

"음, 역시 그런가요?"

"당연하잖아. 아닌 게 아니라 범인의 동기는 수수께끼지만, 수리조합 연쇄살인사건이 벌어지고 있다면 원인은 누가 봐도 류지라고. 다들 그놈 탓에 덤터기를 쓴 거잖아. 그런데 그놈이 맨 먼저 죽지 않았으니 이상하다고 할지, 불가사의한 일이야."

"애초에 전 류조 씨 다음이 다쓰키치로 씨란 게 이해가 안 됩니다. 제가 범인이라면 경계했다간 귀찮아질 상대부터 처리할 텐데요."

"나 말이야?"

"네, 그리고 세이지 씨, 다쓰조 씨, 류코 씨, 이렇게 젊은 순서로 노릴 겁니다."

"그런데 범인은 늙은 사람부터 죽이고 있다? 게다가 류지를 건너뛰고?"

"그런 순서에 의미가 있을지, 없을지……."

류마와 광 앞에서 헤어진 겐야는 미즈우치 가에서 세이지를 만나 사건에 관해 이야기했다. 그뒤 사요 촌의 아오야기 가로 가 어제 중의에서 예녀를 맡았던 도미코와 이야기하고, 이어서 시미즈 가에 들러 사공을 맡았던 고로와도 이야기했다. 그러나 딱히 새로운 정보는 얻지 못했다.

미즈시 가로 돌아왔을 즈음에는 이미 날이 저물고 있었다. 하기야 종일 비가 쏟아져 어둑어둑했던 터라 내내 황혼녘 같았다.

저녁때가 되어 겐야는 우선 두 광에 식사를 날라다주는지 눈에 띄지 않게 주시했다. 그 결과, 죄인 광의 시노와 쇼이치에게는 하녀 우두머리 도메코가, 외눈 광의 사요코에게는 류지가 직접 갖다주는 모습을 확인했다.

일찌감치 목욕을 마친 겐야는 서궤 앞에 앉았다. 그리고 늘 들고 다니는 취재노트를 펴 류이치 살해와 류조 살해, 나아가 신남 연쇄살인사건과 관련된 의문점을 하나씩 정리하며 적기 시작했다.

솔직히 오리무중이었다. 그의 경우, 추리의 실마리가 되는 것을 하나라도 찾아내면 거기서부터 시행착오를 거치며 추리에 추리를 거듭해 이윽고 진상에 도달할 수 있다. 아니, 도달할 가능성이 있음을 경험상 알고 있었다.

하지만 이번에는 그 실마리가 무엇인지 도무지 알 수 없었다.

그러면 남는 방법은 의문점이며 문제점, 모순점 등을 나열하고 그것을 조감으로 파악한 다음, 그 전부를 설명할 수 있는 해석을 찾는 것뿐이다.

하지만······.

이것은 직감 승부였다. 사건 전체를 바라본 순간 영감처럼 번득 떠오르지 않으면 끝이다. 그야말로 명탐정에게만 허락되는 '특기'라 할 수 있다.

십중팔구 도조 가조라면······.

겐야가 적은 모든 항목을 척 보기만 해도 바로 그 자리에서 사건의 진상을 간파했을 것이다. 그 이전에 류조 살해 현장에 있었던 단계에서 즉각 사건을 해결하고 그뒤의 신남 연쇄살인을 저지했을 게 틀림없다.

아버지는 지금 이 일과 상관없잖아.

겐야는 자신이 도피하려 한다는 공포에 사로잡혔다. 사요코와 쇼이치, 그리고 시노를 구해야 하는 중대한 이때 마음이 약해져 있다. 영감이 찾아들지 않는다면 노트를 몇 번이고 거듭 읽어야 한다. 포기하지 말고 몇 번이고 도전하면 된다. 그게 명탐정에게는 없는, 또 명탐정에게는 불가능한, 문외한 탐정의 강점이 아닐까.

겐야는 노트에 적은 항목을 처음부터 찬찬히 읽기 시작했다. 하나씩 살펴보며 가급적 사건 전체를 바라보려고 의식했다. 개개의 의문점에 너무 얽매이면 사고가 막다른 골목에 이르게 된다. 그게 추리의 돌파구로 이어진다면 좋겠지만, 막연하기만 한 지금 직감형 추리를 시도할 필요가 있다.

얼마 동안 그렇게 노트를 보고 있었을까. 뒷산 쪽에서 어제와 마찬가지로 개 짖는 섬뜩한 소리가 들려왔다. 그 순간, 류지가 매장한 사요코의 시신을 파내 탐욕스럽게 물어뜯는 들개의 모습이 머리에 어른거려 마음을 어지럽혔다.

이튿날 아침, 겐야는 잠 부족인 상태로 깼다. 무심코 옆방의 시노에게 말을 걸려다가 흠칫해서 말을 삼켰다. 본채로 건너가 얼굴을 씻고 별채로 돌아와 옷을 갈아입었다.

비는 잦아들 기미가 전혀 없이 여전히 세차게 쏟아지고 있었다.

오늘은 오후에 미즈시 신사에서 류조와 다쓰키치로, 다쓰조의 합동장례가 열린다. 그러라고 시킨 사람은 없지만, 역시 그 후에 관계자들을 모두 모아놓고 사건을 해결해야 할 것이다. 그 자리에서 단번에 결판내지 않으면 장례가 계속 이어질 듯한 불길한 예감이 들었다.

그런데 그것으로 끝나지 않을 사태가 곧 발생했다.

"당했어. 아버지가 찔렸어."

류마가 느닷없이 별채에 뛰어들었다.

"네? 그, 그래서요?"

"아니, 급소는 빗나갔다니까 아마 살 수 있을 거야. 우리 집 누굴 시켜서 다오 정의 병원으로 보냈어."

"류마 씨는 안 가보셔도 됩니까?"

"내가 옆에 있은들 무슨 도움이 되겠어? 아버지도 남아서 도조 씨를 도와주라고 했고."

"어떤 상황이었습니까?"

"아버지가 습격을 받은 건 배례전에서 아침축사를 읊고 본채로 돌아오는 길이었어. 배례전에 갈 때까지하고 축사 중엔 아버지나 나나 경계했는데, 그뒤 그만 긴장을 늦추는 바람에……. 배례전에서 내가 잠깐 볼일을 보는 사이에 먼저 가게 놔둔 게 잘못이었어."

"범인은 어디서 류코 신관이 홀로 남는 순간을 기다리고 있었군요."

"그런가 봐. 하지만 아버지도 주의하긴 했는지, 범인이 덤벼들었을 때 순간적으로 몸을 비틀어서 허리 언저리를 찔렸어."

"흉기는 미즈치 님의 신기입니까?"

"꼬리야."

"범인은 보셨고요?"

"아버지는 못 봤어. 뒤에서 덮쳤거든. 외침 소리를 듣고 배례전에서 뛰쳐나왔더니, 삿갓에 도롱이 차림의 사람 그림자가 빗속에 흐릿하게 보였지만…… 아버지한테 달려가느라 그만 놓치고 말았어."

"어쩔 수 없습니다."

"그래서 말인데 댁한테는 미안하지만 난 경찰에 연락해야겠어."

"……."

"아버지가 병원으로 실려가면 어차피 조만간 경찰에서 알게 될 거야. 미즈치 님의 꼬리가 허리에 박혀 있으니 말이지."

"의사도 사정을 물을 테고, 그렇게 되면 병원에서 경찰에 알리겠죠."

"당장 류지한테 말하러 갈 거야."

"저도 같이 가겠습니다."

본채로 가 도메코에게 묻자, 류지는 아직 배례전에서 돌아오지 않았다고 했다.

"설마……."

반사적으로 마주 본 두 사람은 비를 뚫고 배례전으로 달려갔다.

"류지 씨!"

겐야가 그를 부르며 널문을 열자 류마가 먼저 뛰어들었다. 어둑어둑한 실내에는 촛불 불빛밖에 없었다. 그곳에서 기이한 광경을 보고 겐야는 움찔했다. 류마도 마찬가지인 듯 바로 옆에서 숨을 훅 들이마시는 기척이 느껴졌다.

두 사람이 본 것, 그것은 칼집에서 뺀 일본도를 들고 당장이라도 달려들 듯한 류지의 모습이었다.

"뭐야, 네놈들이었나."

류지는 아무 일 없었다는 듯 칼을 내려 칼집에 넣었다.

"어떻게 된 거야?"

"뭐, 뭘 하시는 겁니까?"

칼에 베일 뻔한 공포를 맛본 두 사람은 거의 동시에 류지에게 따졌다.

"보면 알 거 아냐. 언제 습격을 받을지 모르는데 맨몸으로 있는 바보가 어디 있어?"

"맨몸인 바보라 미안하군."

류마가 그렇게 말하고 아버지의 사건을 전하자, 류마는 "으음" 하고 신음하더니 침묵했다. 매우 심각한 표정이었다. 그러나 다오 정병원으로 데려갔다고 말한 순간, 별안간 화를 냈다.

"누구 마음대로 그런 짓을 해!"

"병원에 데려가는 건 당연한 일이야."

물론 류마도 가만있지 않았다.

"경찰에 알릴 생각은 말라고."

"아버지가 죽게 두란 말이야?"

"다카시마 의원으로 데려가면 돼. 급소를 빗나갔으면 그 의사로도 충분해."

"그걸 어떻게 알아? 어쨌든 이미 늦었어. 난 이제 집에 가서 경찰에 연락할 거야."

"그럼 나도 바로 전화해서 저쪽 높은 사람한테 말할 테니 그렇게 알아. 마을에서 아무도 상대 않는 특공대 물 먹은 놈이 뭐라 헛소리를 지껄인 모양인데 진지하게 받아들일 필요가 전혀 없다고."

"언제까지 거짓말이 통할 줄……."

"거짓말이 아니지. 마땅한 입장에 있는 사람이 말하면 사실이 되는 거야. 실제로는 흰색이라도 내가 검정이라고 하면 검정이 돼."

"뭐야?"

"류코 씨건 너건 경찰에 주둥이를 놀리면 광에 있는 저 셋은 평생 저대로 있을 줄 알아."

"흥, 내가 억지로라도 꺼내겠어."

"그래, 어디 할 테면 해봐라. 미즈시 신사의 힘을 얕봤다고 후회해도 그땐 이미 늦어."

"네놈의 신사가 뭐 그렇게 대단하다고."

"멍청한 자식! 이 하미 땅에서 맨 처음 개척된 게 사요 촌이고, 사요 촌을 다스린 게 우리 미즈시 신사야. 네놈네하고는 역사부터가……."

"맨 처음이니 최초니 하는 게 그렇게 대단해? 언제까지 거들먹거리면서……."

"사요 촌이 없었으면 모노다네 촌도, 사호 촌도, 아오타 촌도 없었어. 그럼 미즈치 신사도, 스이바 신사도, 미쿠마리 신사도 생기지 못했겠지. 네놈은 그런 간단한 것도 몰라?"

"그런 문제가……."

"아니, 그런 문제다. 처음에 우리 조상님이 미즈치 님을 잘 모신 덕에 지금의 하미 땅이 있는 거야. 감사를 받으면 받았지, 비난받을 이유가……."

그때 겐야가 별안간 끼어들었다.

"알겠습니다. 사건을 해결하죠."

19

도조 겐야, 사건의 해석을 시도하다

도조 겐야는 별채에 틀어박혀 취재노트를 다시 펴고 의문점을 정리한 다음, 본채의 안방으로 돌아왔다.

"오래 기다리셨습니다."

그곳에는 미즈시 류지와 스이바 류마, 그리고 미즈우치 가로 사람을 보내 불러온 세이지, 이렇게 셋이 있었다.

"사건을 해결하셨군요?"

세이지가 기대와 불안이 뒤섞인 표정으로 물었다.

"솔직히 아직 잘 모르겠습니다."

겐야가 고개를 흔들자, 세이지는 놀란 투로 "그렇지만 제가 불려온 건 그 때문이……" 하고 말했다.

"류코 신관 말씀은 들으셨습니까?"

"이야기했어."

류마가 무뚝뚝하게 대답했다.

"어떻게 이런 끔찍한 일이…… 무사하시단 말을 듣고 안심했습니다만……."

"모든 정황을 생각할 때 시간이 이제 얼마 없습니다. 이젠 사건의 수수께끼를 푸는 수밖에 없어요. 그 정도로 급박한 상황입니다."

"그건 알지만…… 명확한 어떤 게…… 이 경우 핵이 되는 추리라고나 할까요. 그게 없으면 역시 무리가 아닐지…….''

"맞습니다. 하지만 전 명탐정이 아니거든요. 그 때문에 시행착오를 통해 추리를 구축했다 허무는 과정을 반복해 진상에 다가가는 수밖에 없습니다."

"그 점에 관해선 믿고 있어. 지금까지 여러 번 나한테 추리를 들려줬잖아. 아닌 게 아니라 왔다 갔다 하긴 하지만 분명히 전진하고 있다고 생각해."

류마가 끼어들었다.

"아뇨, 전 선생님의 탐정으로서의 재능을 의심하는 건……."

"걱정하시는 것도 지당합니다."

허둥대는 세이지를 달래며 겐야는 말을 이었다.

"사건의 본질을 파악하지 못한 상태에서 추리를 거듭해봤자 다람쥐 쳇바퀴 돌듯 할 뿐이겠죠. 본질에 접근할 수 없다면 최소한 실마리라도 찾아야 합니다. 뭐가 단서가 될지, 그걸 가려내야 하는 거죠."

"혹시……."

"네, 방금 그걸 발견했습니다. 원래 좀더 일찍…… 아니, 인식하고도 깊이 생각을 안 해서……."

"아니, 잠깐, 방금이라니……."

류마가 놀란 표정을 지었다.

"네. 류마 씨와 류지 씨의 말씀을 듣다가 지금까지 아주 근본적인 의문을 못 보고 넘어갔다는 걸 깨달았습니다. 게다가 그걸 파고들면 일련의 사건의 본질이 보이리라는 걸 직감으로 알았죠."

겐야의 말에 류마뿐 아니라 류지까지도 몸을 앞으로 내밀었다.

"뭐, 뭔데? 그 실마리라는 게?"

채근하는 류마에게 겐야는 취재노트를 보여주며 말했다.

"그것도 포함해서 여기에 사건의 의문점을 적어봤습니다. 이제 제가 읽고 나서 그 내용에 입각해 세 분과 함께 사건의 진상을 규명해볼까 합니다. 경칭은 생략했으니 그 점 양해해주시고요."

겐야는 그런 말로 말머리를 뗀 뒤 노트를 펴고 읽기 시작했다.

"의문점은 크게 여섯 개 항목으로 나뉩니다.

하미 땅에 관해

1. 네 마을의 이름은 맨 처음 개척된 사요 촌에 대응해 모노다네 촌, 사호 촌, 아오타 촌으로 지어졌다. 그렇다면 왜 첫번째 마을을 사요 촌이라고 지었나.
2. 미쓰 천, 진신 호, 류쇼 폭포의 이름은 그 유래를 짐작할 수 있다. 그렇다면 후타에 산은 왜 그렇게 불렸나.

미즈치 님 제의에 관해

1. 신남과 예녀가 원래는 가남과 가녀였다는 사실에 뭔가 의미가 있나.
2. 미즈치 님께 왜 신찬뿐 아니라 공물까지 바치게 됐나.
3. 미즈시 류조가 집전할 중의에서 류지는 왜 신찬의 선별을 대충 했나. 미즈우치 다쓰키치로는 왜 반대로 열심히 골랐나.
4. 미즈시 류지가 미즈치 님 제의에 자신감을 갖고 있었던 것은 외눈 광의 존재가 있어서인가.

미즈시 가의 외눈 광에 관해

1. 광은 '완만한 산 제물'을 미즈치 님께 바치기 위해 지어졌나.
2. 미즈치 님의 신부가 된다 함은 외눈 광에 유폐됨을 의미하는가.
3. 만약 1항과 2항의 답이 '그렇다'라면, '미즈시 신사에서 자라면 언제나 신과 같이 사는 셈이니, 그 어떤 화도 당하지 않고 병도 안 걸리고 늘 건강하고 쾌적하게 살 수 있을 것'이라고 류지가 사기리에게 한 말과 모순되지 않나.
4. 만약 1항과 3항의 답이 '그렇다'라면, 왜 구키 쓰루코는 의식 전날까지, 또 사요코는 당일까지 광에 들어가지 않았나.
5. 이쓰코가 말한 광 님은 미즈치 님을 일컫는가.
6. 다루미 이치로—시미즈 고로의 형—는 십삼 년 전 미즈시 류이치가 집전한 증의에서 외눈 광의 산 제물로 바쳐졌나. 그렇다면 의식이 끝난 뒤 어떻게 됐나.
7. 구키 사요코는 미즈시 류조가 집전한 증의에서 외눈 광의 산 제물로 바쳐졌나. 그렇다면 현재 어떤 상태인가. 왜 광에서 나오게 할 수 없나.
8. 류지는 예녀를 맡은 아오야기 이쓰코에게 '예녀 이상의 존재가 될 것'이라고 말했다는데, 진의는 무엇인가. 자신의 처로 합당하다는 의미뿐이었나.

미즈시 류이치 살해에 관해

1. 미즈치 님 제의를 앞두고 그는 무엇을 그렇게 두려워했나.
2. 왜 류이치는 의식 도중에 살해됐나
3. 류이치를 살해한 동기는 무엇인가.

4. 미즈치 님 제의 도중 그는 진신 호 물속에서 무엇을 보고 심장 마비를 일으켰나.
5. 심장마비를 일으키게 한 '무엇'은 어디에서 진신 호로 드나들었나. 또 그 시기는 언제인가.
6. 의식을 위해 금주 중이던 류지에게 술을 마시게 한 사람은 누구인가. 또 그 동기는 무엇인가.

미즈시 류조 살해에 관해

1. 미즈치 님 제의를 앞두고 그는 무엇을 그렇게 두려워했나.
2. 왜 류조는 의식 도중에 살해됐나.
3. 류조를 살해한 동기는 무엇인가.
4. 1항부터 3항까지의 수수께끼는 형 류이치의 1항부터 3항까지의 수수께끼에 대한 답과 모두 일치하는가.
5. 통을 전부 다 빠뜨린 뒤 왜 집배가 흔들린 것처럼 보였나. 통은 한 개도 떠오르지 않아 류조가 바닥의 구멍을 통해 물속에 잠수하지도 않았는데.
6. 왜 미즈치 님의 뿔이 흉기로 사용됐나.
7. 류조는 어디에서 흉기에 찔렸나. 집배 바닥의 구멍 속인가.
8. 범인은 스이바 류마의 잠수 장비를 범행에 사용했나.
9. 만약 8항의 답이 '그렇다'라면 범인은 어떻게 잠수 장비가 보관된 광과 그 장소(궤짝)를 알고 있었나.
10. 범인은 어디에서 진신 호로 드나들었나. 또 그 시기는 언제인가.
11. 류지가 한 '설마 류조까지 미즈치 님의 산 제물이……'라는 말은 대체 무슨 의미인가.

12. 11항의 말을 하고도 류지는 왜 류조를 죽인 범인으로 시미즈 고로를 의심했나.
13. 11항과 12항 같은 언동을 하고도 류지는 왜 류조가 자살했다는 설을 선뜻 받아들였나.

신남 연쇄살인사건에 관해

1. 류이치의 죽음과 류조의 죽음은 동일범에 의한 신남 연쇄살인인가.
2. 1항의 답이 '그렇다'일 경우, 범인의 정체는? 동기는?
3. 1항의 답이 '아니다'일 경우, 어째서 류이치의 죽음과 류조의 죽음에 유사점이 많은가. 또 각 범인의 정체는? 동기는?
4. 1항의 답이 '그렇다'일 경우, 왜 이번에는 그뒤 신남 연쇄살인이 이어지는가.
5. 신남 연쇄살인의 동기는 무엇인가.
6. 범인은 처음에 미즈치 님의 뿔을 훔쳤다가 이어서 나머지 여섯 신기를 훔쳤나. 그 이유는 무엇이며 시기는 언제인가.
7. 류지는 어떻게 다쓰키치로를 살해한 흉기인 미즈치 님의 수염이 없어진 것이 '증의 다음'이라고 단언할 수 있었나.
8. 신남 연쇄살인의 피해자 후보는 수리조합의 일곱 명, 미즈시 류지와 류조, 미즈우치 다쓰키치로와 세이지, 스이바 류코와 류마, 미쿠마리 다쓰조인가.
9. 류조를 살해한 뒤, 미즈우치 다쓰키치로, 미쿠마리 다쓰조, 스이바 류코를 습격한 순서에 특별한 의미가 있나. 경계하면 귀찮아질 젊은 세대를 왜 먼저 노리지 않았나. 또 왜 미즈시 류지만

건너뛰었나.
10. 신남 연쇄살인은 앞으로도 계속될 것인가.

이상입니다."

겐야가 모든 항목을 천천히 소리 내어 읽자, 방 안에 얼마 동안 침묵이 흘렀다. 세 사람이 각자 여러 수수께끼를 곱씹는 듯 보였다.

이윽고 세이지가 조심스럽게 입을 열었다.

"맨 처음 나온 '하미 땅에 관해서' 말씀입니다만, 사건하고 정말 관계가 있습니까? 그렇게 말하자면 그다음의 '미즈치 님 제의에 관해서'도 그렇습니다만."

"앗, 그렇군. 아닌 게 아니라 방금 전 나랑 저 녀석은 맨 처음 개척된 사요 촌하고 미즈시 신사가 그렇게 대단하냐 하는 이야기를 했는데."

겐야가 대답하기 전에 류마가 불현듯 생각났다는 듯 말했다. '저 녀석'이란 물론 류지를 가리킨다.

"선생님은 그 대화를 듣고 사건의 단서를 잡으신 겁니까?"

"네. 이곳에 오기 전에 아부쿠마가와에게 하미 땅과 미즈치 님 제의에 관해 대충 들었습니다. 그때 소후에 군의 질문을 받고 전 마을이 개척된 순서대로 계절이 5월, 4월, 3월로 거슬러 올라가는 식으로 마을 이름을 지었으리라고 설명했습니다. 네번째 마을인 아오타가 6월을 뜻하는 계절어인 건, 2월이면 겨울이 되기 때문이라고 했고요."

"아마 그 지적이 맞을 겁니다."

"그러자 소후에 군은 첫번째 마을을 아오타 촌이라고 했으면 6월부터 3월까지 딱 맞을 텐데, 하더군요. 그에 대해 전 사요 촌 사람들이 자신들 뒤에 또 사람들이 들어와 마을을 만들리란 생각을 못했기 때문 아니겠느냐고 대답했는데…….”

"네?"

"그럼 더더군다나 왜 사요 촌일까요? 아닌 게 아니라 5월은 모를 심는 시기입니다. 벼농사에 적합한 하미 땅의 마을 이름으로 잘 어울릴지도 모르죠. 하지만 막 이주한 마을 사람들의 심정을 생각하면, 모를 심어 이제부터 자랄 계절보다 이미 생육해 벼가 푸르게 우거진 계절 쪽이 더 강하게 와 닿지 않을까요? 아니면 아예 수확의 계절이라든지요.”

"듣고 보니 그런데요.”

"사요 촌이란 이름이 꼭 이상하다는 건 아닙니다. 그저 어떤 다른 이유가 있어 그런 이름을 선택하지 않았나 싶은 거죠.”

"그 이유란 게 뭡니까?"

겐야는 세이지의 물음에 직접 대답하지 않고 또 다른 의문점을 추가했다.

"미즈치 님 제의의 가남과 가녀라는 명칭도 잘 생각해보면 묘합니다. 무대에서 춤추는 무녀도, 의식을 거행하는 신관도 '대역'이라면 대체 뭐의 대역일까요? 원래는 뭐가 주체였죠?"

"대역과 주체…….”

"신찬과는 별도로 왜 여섯 개씩이나 되는 통을 공물로 준비해야 하는가. 그 통들도 혹시 뭔가의 대역이 아닌가.”

"공물이 든 통이 대역…….”

"후타에二重 산은 아무리 봐도 두 겹으로 포개진 산이 아닙니다. 좌우 산과 기슭에서 이어지지만 어디까지나 하나의 산이죠. 그런데 왜 후타에 산이라고 부르나.”

"잠깐만요. 그게 전부 연결되는 겁니까?"

세이지가 당황한 표정을 지었다. 그것은 류마도 마찬가지였다.

"또 있습니다. 다쓰키치로 신관님께서 신찬의 선별에 특별히 신경 쓰셨던 이유도 그에 포함됩니다만…… 아니, 단순히 연결되는 이상으로, 바로 여기에 사건의 본질이 숨어 있는 겁니다."

"네? 아닌 게 아니라 아버지는 다른 신사에서 의식을 집전할 때도 신찬을 고를 때 곧잘 참견하곤 하셨습니다만……, 그건 장로 같은 존재로서 일종의 의식처럼 생각하셨기 때문이 아닌지……."

"내 생각도 그런데."

"그런데 거기에 의미가 있단 말씀입니까? 대체 어떤 의미죠?"

"이 경우, 신찬을 해석해보면 가장 이해가 빠를지도 모르겠군요."

겐야는 그렇게 말하고는 노트를 펴고 백지에 그림을 그리며 설명했다.

"큼직한 호박은 머리, 대량의 미역은 머리털, 크고 윤기 흐르는 조롱박은 몸통, 가느다란 무 두 개는 양 팔, 둥글고 모양이 고른 순무 두 개는 좌우 유방, 멧돼지 간은 내장, 전복은 여성의 성기, 큰실말 한 움큼은 음모, 굵은 무 두 개는 양다리. 이런 식으로 신찬은 산 제물로 바치는 소녀의 몸을 나타내는 겁니다."

"아니, 그런……."

"……."

세이지와 류마는 말문이 막힌 듯했다.

"신찬을 넣은 궤짝의 뚜껑에 솥이나 냄비 뚜껑처럼 기름한 손잡이 두 개가 붙어 있죠. 그 때문에 뒤집어놓으면 손잡이가 다리 같은 역할을 합니다. 그 모습이 꼭 커다란 도마 같지 않습니까? 그런 도마 같은 판 위에 신찬의 재료와 더불어 쌀과 소금, 식칼이 곁들여집니다. 이건 과거 신이 산 제물을 요리했다, 제물을 산 채로 상에 올려 먹었다고 여겼던 잔재인 겁니다."

"그, 그러면 미즈치 님 제의란……."

"마을을 개척한 당초, 심한 가뭄이 들면서 그때 증의의 원형이 생겨났을지 모른다고 들었습니다."

"네, 그건 맞습니다만……."

"그때 아마 인신공양이 있었을 겁니다."

"……."

"이렇게 되면 윗다리의 인간기둥도 정말로 있었던 일인지도 모르죠."

"……."

"사요 촌은 계절이 아니라 사요코 양의 '사요'처럼 그 음에 의미가 있었던 겁니다. 후타에 산에 대해서도 같은 말을 할 수 있습니다. 원래는 산 제물贄 산이었던 게 이중二重 산이 되고일본어로 둘 다 [니에], 그게 다시 후타에 산으로 바뀌었겠죠."

"그럼 가남과 가녀도?"

"의식의 주역은 어디까지나 산 제물이었습니다. 그 끔찍한 풍습이 시대와 더불어 폐지되고 신관과 무녀가 의식을 주관하게 됐습니다. 하지만 임시적인 존재라는 의미로 가남과 가녀로 불렸습니다. 그리고 소녀를 산 제물로 바치지 않게 된 대신 신찬이 생겨났습니다. 그런데 형태만 남기긴 했지만, 공물로선 너무 빈약하단 말이죠. 그래서 통을 준비하게 된 건데, 그 내용물과 수가 시대와 더불어 점점 호화로워지면서 현재에 이르렀다 보입니다."

"아버지는…… 산 제물에 관해 알고 계셨던 겁니까?"

세이지의 얼굴에서 핏기가 가셨다.

"알고 계셨을 겁니다. 물론 미즈치 님 제의에 관련된 전승의 하나로서 그러셨다는 뜻입니다. 그 때문에 신찬의 의미도 이해하고 계셨고, 그렇기에 참견하셨겠죠."

"어디까지나 전통을 따르기 위해……."

"네. 그런데 이 꺼림칙한 풍습을 부활시킨 인물이 있었습니다."

겐야는 상석에 앉은 류지를 똑바로 바라보았다. 그러나 본인은 꿈쩍도 하지 않고 되레 시선을 맞받아쳤다.

"십삼 년 전 류이치의 증의 때 말이야?"

"하지만 본래의 산 제물 부활과 외눈 광의 산 제물이 겹치지 않습니까?"

겐야는 류마의 물음에 고개를 끄덕이고 세이지의 의문에는 가로저은 뒤, 또다시 류지를 똑바로 바라보며 말했다.

"다쓰키치로 신관님 말씀으로는, 미즈시 신사의 외눈 광이 생긴 건 선대나 선선대 신관 때일 거라고 합니다. 아름다운 걸인 모녀 이야기도 선대 때라고 하고요. 즉 류지 씨가 의식에 관여하게 됐을 때는 이미 외눈 광이 기능하고 있었던 겁니다."

"그렇겠죠."

세이지가 맞장구를 쳤다.

"하지만 그 광의 산 제물은 어디까지나 '완만한 산 제물'에 불과합니다. 아직 경험이 적은 류이치 씨한테 대단히 중요한 증의를 맡기는 상황에서 류지 씨가 과연 확신을 가질 만한 존재였을까요?"

"외눈 광만으로는 부족하다고 생각했다, 그래서 본래의 산 제물을 부활시켰다고요?"

"그렇습니다. 이번 류조 씨 때도 마찬가지고요. 그렇기에 류지 씨는 절대적인 자신감을 가질 수 있었던 겁니다. 중요한 신찬선별을 건성으로 한 건, 그런 가짜가 아닌 진짜 산 제물을 준비했기 때문이었습니다."

"그, 그 산 제물이란 게……."

"설마……."

세이지와 류마의 어조에서 견딜 수 없는 슬픔이 느껴졌다.

"네…… 징병을 피해 하미 땅으로 도망쳐온 다루미 이치로 씨와 구키 쓰루코 씨를 대신하게 된 사요코 양입니다."

"세상에……."

"사요코 양이 안 될 경우엔 쇼이치 군을 썼을 겁니다. 이쓰코 씨는 쇼이치 군한테 '넌 세 눈'이라고 했다 합니다_{일본어로 '세 눈'과 '세번째' 같은 발음.} 밥을 든든히 먹으란 말도 했다더군요. 이건 쇼이치 군이 세번째로 대기하는 산 제물 후보라는 걸 이쓰코 씨가 깨닫고 있었기 때문이겠죠."

"……."

"류이치 씨와 류조 씨는 살인사건의 피해자지만 동시에 가해자이기도 했던 겁니다. 류이치 씨는 다루미 이치로 씨를, 류조 씨는 구키 사요코 양을 죽인……."

"그, 그러면 이치로 씨와 사요코는 증의 도중에 신남에 의해 살해됐다고요?"

"네."

"대체 어떻게……."

"통에 담아 진신 호에 빠뜨린 겁니다."

"뭐, 뭐라고요……."

"아니, 설마…… 신찬처럼 몸을 절단해서 토막 시체를 통 여섯 개에 담았다는 거야?"

류마가 창백한 얼굴로 물었다.

"아뇨, 그런 발상이 무리는 아닙니다만, 실제로 직접 살해한 건 아닙니다. 산 제물은 어디까지나 산 채로 바쳐야 가치가 있으니까요."

"산 채로……."

"대체 어디서 그런 짓을……."

"공물을 담은 통 여섯 개는 일단 배례전으로 운반됩니다. 그때 류지 씨와 류조 씨가 미리 산 제물을 담아놓은 통하고 바꿔치기를 한 거죠."

"앗, 예비 통은 공방전에서……."

"얼마든지 만들 수 있죠."

"어, 어느 통하고 바꿔치기한 겁니까?"

"물론 첫번째인 술통입니다. 그 때문에 본래 공물로 바쳤어야 할 술이 고스란히 남았습니다. 술을 좋아하는 데다가 인색한 류지 씨는 시가 현의 양조장에서 일부러 사온 술을 처분하기가 아까웠습니다. 그래서 자기가 마신 겁니다."

"녀석이 마셨다는 술이 그거였군!"

류마가 입을 딱 벌렸다.

"진신 호로 갈 때, 류지 씨는 왜 맨 첫 통을 특히 조심해서 다루라고 마을 사람들한테 주의를 주었나. 여섯 개 통의 선두라는 이유도 있었지만, 그 이상으로 만에 하나 떨어뜨려 부서졌다간 안에 든 게 들키기 때문이었습니다."

"술통을 배례전으로 운반했다가 술통을 수레에 싣는 마을 사람이

미심쩍게 생각하진 않았을까요? 통을 졌을 때 이상하다는 생각이 들었을 것 같은데요."

 세이지가 지당한 지적을 했다.

 "그 언저리도 빈틈이 없었습니다. 배례전에 들여갈 때와 내올 때, 류지 씨는 두 명씩 조를 짠 조합을 바꿨거든요.

 "그렇게까지 주의를……."

 "이쓰코 씨와 외눈 광 옆에서 이야기했을 때, 이쓰코 씨는 광 님이란 말을 했습니다. 그전에 잡아먹힌다는 말이 나왔던 터라 미즈치 님하고 다른 거냐고 물었더니, '미즈치 님이라면 외눈……'이라고 말하다가 말았거든요. 그건 '첫번째 통'을 말하려고 했다는 생각이 듭니다 일본어로 '외눈'과 '첫번째'는 같은 발음. 즉 미즈치 님은 첫번째 술통에 든 산 제물을 잡아먹는다는 뜻이죠. 한편, 광 님은 외눈 광을 말하는 것이었고요. 저도 다쓰키치로 신관님도 광 님이 곧 미즈치 님이라고 착각했습니다."

 "미즈치 님의 신부란 건……."

 "산 제물이 된다는 뜻입니다. 신에게 잡아먹히면 곧 신과 하나가 되는 셈이니 언제까지고 행복하게 살 수 있다. 인간이란 존재를 초월해 영원히 살 수 있다. 이쓰코 씨며 사기리 씨, 또 쓰루코 씨는 그런 식으로 가르침을 받았던 겁니다."

 "그럼 사요코는 지금 외눈 광에 있는 게……."

 "네, 유감스럽게도……. 만약 그랬다면 그나마 희망을 가질 수 있었겠습니다만."

 "사요코가 광에 있는 척했을 뿐……."

 "식사를 날라다 줘서 우리가 믿게 한 겁니다. 음식은 뒷산에 버렸겠죠. 그 결과 들개들이 모여들었습니다. 여기 온 첫날엔 별채에 있어도 밤에 울음소리가 전혀 안 들렸는데, 이틀째, 사흘째엔 들리기에 이상하다 싶었습니다."

"그랬습니까."

세이지가 어깨를 축 늘어뜨렸다. 그러더니 기력을 쥐어짜는 듯한 목소리로 "두 번의 증의 중에 대체 무슨 일이 있었던 겁니까?" 하고 물었다.

"류이치 씨와 류조 씨는 피해자인 동시에 가해자이기도 하다고 말씀드렸는데, 그건 다루미 이치로 씨에 대해서도 같은 말을 할 수 있기 때문입니다."

"네?"

"유감이라고 해야 할지 아닐지, 사요코 양은 다릅니다. 사요코 양의 역할은 피해자뿐이었습니다. 두 사람의 그런 입장 차가 두 번의 증의 살인사건이 비슷하면서도 다르다는, 참으로 기묘한 상태를 만들어낸 겁니다."

"그, 그러면……."

"산 제물이 된 다루미 이치로 씨가 바로 신남이었던 류이치 씨를 죽인 범인입니다."

"산 제물이 신남을 죽였다고요?"

"정확히는 사고라고 해야 할지 모릅니다. 첫번째 술통은 짐배에 실을 때 맨 안쪽에 놓게 됩니다. 그 때문에 산 제물을 진신 호에 빠뜨리는 게 맨 마지막이 되죠. 의식의 핵심이니 오히려 적합한 순서라 할 수 있을 겁니다. 그런데 가장 중요한 술통이 가라앉지 않고 떠올랐다. 그래서 류이치 씨는 물속으로 들어가 통을 지하 수로에 밀어

넣으려 했다. 그때 통 뚜껑이 열리면서 안에서 이치로 씨가 나왔다. 생각지도 못한 사태에 놀란 류이치 씨는 심장마비를 일으켰다. 한편, 이치로 씨는 그대로 지하 수로로 빨려들고 말았다. 이에 근접한 일이 십삼 년 전에 일어났다고 보입니다."

"맙소사……."

"신남과 산 제물이 각각 본의 아니게 가해자와 피해자란 두 가지 역할을 한 탓에 불가해한 상황하에 불가사의한 살인사건이 벌어진 겁니다."

"류이치의 사건은 말하자면 발생과 동시에 완결됐다는 말이군."

류마가 대단히 적확하게 표현했다.

"그렇습니다. 류지 씨는 그 사실을 깨달으셨던 게 아닙니까?"

겐야는 또다시 류지를 똑바로 바라보았다.

"그래, 대충 그렇게 된 일이 아닐까 했어."

"그런데도 포기하지 않았습니다. 오히려 성인 남성이 아니라 그보다 연약한 소녀를 산 제물로 삼았어야 했다고 반성했습니다. 아닌가요?"

"그건 당시에도 생각했어. 신찬은 원래 여체를 표현하니 말이지. 하지만 때마침 징병 기피자가 도망쳐 왔길래 그냥 놓치기엔 아깝다 싶었던 거야."

"이, 이 자식이……."

흥분하는 류마를 겐야는 한 손을 들어 저지했다.

"비가 왔으니 의식은 성공했지만, 신남이 죽었으니 역시 실패했다고 봐야 합니다. 그래서 다음 중의에선 소녀를 산 제물로 삼자고 생각했습니다. 그뒤 전쟁이 일어났고 몇 년 후 끝이 났습니다. 당신은 만주에서 귀국선이 들어오는 걸 알고 시게조 씨를 마이즈루 항으로 보냈습니다. 사기리 씨가 자식들을 데리고 귀국할 가능성 때문입니다. 예측대로 사기리 씨는 쓰루코 씨 남매를 데리고 돌아왔습니다. 당신은 사기리 씨의 큰딸을 보자마자 산 제물로 삼기로 정했습니다. 그것도 잡은 고기를 수조 안에서 기르듯 쓰루코 씨를 세상물정 모르는 아가씨처럼 다루었습니다. 당신은 쓰루코 씨를 그야말로 산 제물로 길렀던 겁니다."

"악마……."

세이지가 나지막이 중얼거렸다. 눈앞의 노인이 바야흐로 인간으로 보이지 않았을 것이다.

"그런데 직전에 쓰루코 씨가 산 제물의 자격을 잃고 말았습니다. 당신은 바로 사요코 양을 점찍었죠. 하지만 언니와는 달리 사요코 양은 그렇게 호락호락 속아넘어가지 않았을 겁니다. 그래서 결국엔 약 같은 수단을 써서 잠재워 통에 넣었습니다. 아닙니까?"

"쓰루코의 결혼 이야기는 거짓이고 사실은 의식을 돕기로 돼 있었다고 설명했어. 그러고는 사요코가 언니 대신 돕는 걸로 합의를 봤지. 쓰루코하고 가이지의 결혼을 허락한다는 조건으로 말이야. 하지만 그 애가 워낙 의심이 많아야 말이지. 그래서 결국엔 댁의 말대로 재워야 했어."

점점 험악해지는 겐야의 어조와는 대조적으로 류지는 담담하게 대답했다.

"사요코……."

"이 빌어먹을 자식!"

세이지의 중얼거림에는 슬픔이, 류마의 욕설에는 증오심이 서려 있었다.

그래도 겐야는 감정에 휩쓸리지 않고 사건의 해석을 계속했다.

"류조 씨가 죽었을 때 당신은 '설마 류조까지 미즈치 님의 산 제물이……'라고 했습니다. '설마 류조까지 미즈치 님의 산 제물이 된 건가'가 아니라 '설마 류조까지 미즈치 님의 산 제물이 죽인 건가'였던 겁니다. 류이치 씨가 말하자면 다루미 이치로 씨의 역습으로 죽었다고 생각했던 당신은, 류조 씨도 사요코 양한테 반격을 당해 죽었다고 착각했습니다."

"그렇게 생각했지."

"그래서 순간적으로 사공인 시미즈 고로 씨를 의심하는 척했죠."

"도조 선생님이 산 제물의 존재를 알아차리실까 봐 그런 겁니까?"

세이지의 지적에 겐야는 고개를 끄덕였다.

"그 상황에서 자연스럽게 생각할 경우 맨 먼저 의심할 사람은 역시 고로 씨입니다. 류지 씨는 일부러 저한테 그런 당연한 반응을 보이는 척한 겁니다."

"그렇군요."

"하지만 고로 씨를 범인으로 보는 건 아무리 그래도 무리란 말이죠. 류지 씨도 그렇게 생각하던 참에 제가 자살설을 꺼내서 마침 잘 됐다고 편승했습니다. 그리고 류조 씨의 시신을 한시라도 빨리 매장해 전부 비밀로 묻어버리려 한 겁니다."

겐야는 새삼 세 사람을 순서대로 둘러보며 말을 이었다.

"그런데 이어서 미즈우치 다쓰키치로 씨가 살해됐습니다. 류조 씨와 사요코 양이 서로 죽고 죽였다고 생각했던 류지 씨는 기겁했죠. 생각해보니 류이치 씨 때와는 달리 류조 씨는 집배 안에서 살해됐거든요. 류조 씨가 잠수했던 흔적은 없습니다. 그렇다면 사요코 양이 통에서 탈출해 집배로 올라왔다는 뜻이죠. 미즈치 님의 뿔에 관해선, 류지 씨를 전적으로 신뢰할 수 없었던 사요코 양이 몰래 갖고 있었다고 생각할 수 있습니다. 뭘 돕는지는 몰라도 미즈치 님 제의에 임하는 건 틀림없거든요. 혹시 위험이 닥쳐도 칠종신기를 갖고 있으면 도움이 될 게 틀림없다. 사요코 양이 그렇게 생각해 들고 나왔을 가능성이 있습니다. 하지만 그걸로 류조 씨를 찔렀다 해도 사요코 양은 도망칠 방법이 전혀 없단 말이죠. 배 안 또는 수면에서 반드시 들켰을 겁니다. 즉 실제로는 통에 든 채…… 그렇게 되는 겁니다."

겐야의 머리가 자연스럽게 수그러들었다. 세이지와 류마도 마찬가지였다.

겐야는 이내 고개를 슥 들었다.

"그럼 류조 씨를 죽인 사람은 누구인가. 그 범인이 다쓰키치로 씨도 죽였나. 류지 씨는 자신이 사건을 오해하고 있었다는 걸 깨달았습니다. 하지만 경찰을 부를 순 없거든요. 산 제물에 관해 들킬 염려가 있으니까요. 그래서 저한테 탐정 노릇을 시킨다는 고육지책을 쓴 겁니다."

"불가해한 상황은 유사하지만 두 사건의 진상은 전혀 다른 겁니까?"

역시 머리를 든 세이지가 고개를 갸웃하며 물었다.

"류이치 씨 사건은 류마 씨가 적확하게 표현하신 대로 발생과 동시에 완결됐습니다. 이건 대단히 특이한 사례라 할 수 있죠. 그런데 류조 씨의 사건에도 실은 아주 독특한 특징이 있습니다."

"그게 뭐죠?"

"애초에 범인은 류조 씨를 죽이러 진신 호에 간 게 아니란 사실입니다."

"네? 그, 그럼 무슨 목적으로……?"

"사요코 양을 **구출**하러 간 겁니다."

"산 제물로 바쳐지지 않게…… 통 속에서 구해내려고 말입니까?"

"네. 그런데 너무 늦었던 겁니다."

"……"

"그러면서 류조 씨에 대한 살의가 비로소 **생겼습니다**."

"동기는 복수……."

"신남 연쇄살인의 동기도 같습니다. 아니, 정확히 말하자면 신관 연쇄살인이었던 겁니다."

"범인이 노린 건 신관들뿐이었다고요?"

"범인은 류조 씨를 죽인 뒤, 산 제물을 부활시킨 건 수리조합의 신관들이라고 생각했습니다."

"그래서 연쇄살인을……."

"범인은 사요코 양을 구하러 오면서 부적으로 미즈치 님의 뿔을 들고 왔던 게 아닐까, 전 그렇게 봅니다. 그런데 뜻하지 않게 흉기로 쓴 거죠."

"그렇군요."

"다쓰키치로 씨를 살해한 흉기인 미즈치 님의 수염은 중의 뒤에 없어졌다고 류지 씨가 단언한 건, 연쇄살인에 나선 범인의 동기를 알아차렸기 때문입니다."

"류조 군만으로 끝나지 않으리라고……."

"그 때문에 범인은 칠종신기를 훔쳤습니다. 어떤 의미에선 그럼으로써 연쇄살인을 벌일 결심을 다졌는지도 모릅니다. 물론 주모자는 류지 씨가 틀림없다고 생각했겠죠. 그렇기에 마지막으로 죽이기로 했습니다. 연쇄살인이 계속되는 동안 충분히 공포를 맛보도록 말입니다."

"흥."

겐야의 해석에 류지가 코웃음을 쳤다. 허세를 부리는 건지, 정말 아무렇지도 않은지, 표정을 봐서는 전혀 알 수가 없었다.

"설마…… 아버지도 산 제물이 부활한 걸 알고 계셨다는……."

세이지가 경악에 두 눈을 한껏 크게 뜨고 겐야를 쳐다보았다.

"아뇨, 모르셨을 겁니다."

"저, 정말입니까?"

"네, 이건 완전히 범인이 오해한 겁니다."

"그런가요……."

세이지는 조금 안심한 듯했으나, 금세 의아한 어조로 말을 이었다.

"그나저나 범인은 어떻게 산 제물에 관해 알아차린 걸까요? 부끄럽지만 전 수리조합의 일원이면서도 까맣게……."

여기서 겐야는 류마의 잠수 장비가 도둑맞았다는 것을 설명했다.

"저런, 역시 그랬군요."

느닷없이 다른 이야기가 나오자 세이지는 당황한 듯했으나, 그도 같은 의혹을 품고 있었는지 여기에 대해서는 납득했다는 표정을 지었다.

"류조 씨 살해는 여러 가지 의미에서 너무나도 특수한 사건이었다고 할 수 있습니다. 경찰의 수사를 바랄 수 없다는 특이한 사정까지 포함됐으니 더 말할 것도 없죠."

겐야의 말에 세이지와 류마가 고개를 끄덕이고 류지가 빈정거리듯 웃었다.

"그 때문에 물적증거를 수집해 상황증거와 더불어 검토하고 범인을 추리한다는 통상적 방법을 쓸 수 없습니다. 하기야 저한테 그런 정공법이 가능할지 의심스럽습니다만……. 뭐, 그건 일단 넘어가기로 하고, 어쨌든 사건이 너무나도 불가해하다 보니 누가 범인인가가 아니라 누구여야 범인이 될 수 있나 하는 한정적인 시각에서 생각하는 게 가능하거든요."

"범인의 조건이란 말씀이죠?"

"네. 조건을 열거해보자면,
1. 미즈치 님 제의에 산 제물이 부활했다는 걸 알 수 있는 인물.
2. 쓰루코 씨가 산 제물이 될 예정이었으나 사요코 양으로 바뀌었다는 걸 알 수 있는 인물.
3. 산 제물이 통 안에 들어 있다는 걸 알 수 있는 인물.
4. 사요코 양이 산 제물로 바쳐졌음을 알고 범행을 결심할 만한 인물.
5. 류마 씨의 잠수 장비가 어느 광의 어느 궤짝에 들어 있는지 알 수 있는 인물.
6. 5항의 잠수 장비를 착용하고 활동할 수 있는 인물.
7. 진신 호에 드나드는 방법을 알 수 있는 인물.
이상입니다."

"1부터 3까진 수리조합 사람, 또는 미즈시 신사나 신관과 가까운 사람이 아니면 무리겠는데요."

세이지가 찬찬히 생각해보더니 말했다.

"하지만 세이지 씨처럼 전혀 눈치를 못 챈 사람이 더 많을 거라고 생각합니다."

"면목 없습니다……."

"앗, 비난하는 게 아닙니다. 그게 보통이란 뜻이죠."

"그렇게 말씀해주시면······."

"5번과 6번은 1번부터 3번까지보다 범위가 더 좁습니다."

"아닌 게 아니라 그렇군요. 그게 4번으로 더 좁아지고, 7번쯤 되면 이름을 거론할 수 있을 정도입니다만."

"1번부터 3번, 그리고 5번에 관해선 아는 게 가능했는지 아닌지를 입증하긴 쉽지 않습니다. 이 네 가지 항목은 어디까지나 조건의 보완으로 생각하는 편이 좋겠죠. 이 일곱 개 중에선 우선 4번에 주목해야 하지 않을까요."

"사요코의 복수······."

"네. 주저 없이 그걸 실행할 만한 인물은 미즈우치 세이지 씨와 스이바 류마 씨, 두 분 외엔 달리 없을 것 같습니다만."

순간적으로 두 사람은 마주 보더니 이내 각자 입을 열었다.

"네, 그걸 부정할 마음은 없습니다."

"나도 그래. 동기로선 충분하고도 남지."

"감사합니다."

겐야는 두 사람에게 각각 머리를 숙여 인사하고 말을 이었다.

"하지만 세이지 씨는 산 제물에 대해 모르셨죠."

"아, 아니, 그건 자진신고 같은 거니까요."

"외눈 광의 비밀 때도 꽤 놀란 것처럼 보이셨는데요."

"그, 그것과 이건 별개입니다. 게다가 저희 아버지는 수리조합에서도 가장 연장자인 장로 격이었으니······."

그러자 류마가 웃음을 터뜨렸다.

"세이지 씨, 그러니까 꼭 범인 후보에서 제외되기 싫은 것 같잖아."

"어……."

"사기리 씨 애들을 걱정하는 마음은 모르지 않지만, 여기선 도조 씨를 도와야지."

"아, 음, 그렇지."

겐야는 이야기를 계속했다.

"만약 세이지 씨가 산 제물에 관해 아셨다면 처음부터 미즈치 님 제의를 중단시켰을 겁니다. 적어도 객석에 앉아서 반주를 하며 증의를 지켜보시진 않았겠죠. 알면서 증의에 임했다 해도…… 표현이 이래서 죄송합니다만, 세이지 씨가 류조 씨를 죽일 수 있을 리 없거든요. 완전한 현장 부재 증명이 있으니까요."

"……."

세이지가 조용해지는 것을 보고 류마가 입을 열었다.

"그럼 범인은 나밖에 없다는 건가?"

"그러게요. 외눈 광의 존재를 알고 그 비밀을 캐고 있었던 류마 씨라면 산 제물의 부활을 알아차렸어도 이상할 것 없습니다. 류지 씨가 어째서 쓰루코 씨를 특별대우하는가. 그에 대한 의문이 실마리가 됐을 수도 있겠죠."

"잠수 장비가 어디 있는지 당연히 알고 있고, 다루는 것도 식은 죽 먹기고."

"범인의 조건 중 1번부터 6번까지 딱 들어맞습니다. 도둑맞은 것처럼 꾸민 건 물론 범인이 따로 있는 것처럼 보이게 하기 위한 연출입니다."

"하지만 문제는 7번이지."

"진신 호에 어떻게 드나들었나."

"들어가는 건 문제없잖아. 난 사람들이 호수에 도착하기 전에 잠수할 시간이 있었으니까."

"아닙니다. 사요코 양에 대한 복수가 동기였다는 걸 안 지금, 그건 있을 수 없습니다. 산 제물이 사요코 양이고 통 안에 들어 있다는 걸 사전에 알고 있었다면 류마 씨는 의식 자체를 저지했을 겁니다. 언제 알아차렸는지 그것까지 추리할 순 없지만, 최소한 일행이 미즈시 신사에서 준비하고 있을 때, 또는 후타에 산으로 출발한 다음일 테죠."

"그랬으면 왜 달려가서 중단시키지 않은 거지?"

"죄송하지만 류마 씨가 중단시켰다간, 산 제물에 관해 고발해도 단순한 악질적 장난이나 방해로 여겨질 가능성이 있습니다. 게다가 류지 씨가 한마디 하면 곧바로 마을 사람들한테 제압당할지 모릅니다. 류마 씨 본인도 그런 생각을 했던 거죠."

그 말을 듣고 류마는 빈정거리듯 웃었다.

"홍, 아닌 게 아니라 그렇군. 그럼 말 그대로 진신 호에 어떻게 드나들었느냐 하는 문제가 되는데……"

"네, 그 부분을 해결하지 않는 한 류마 씨한테도 어엿한 현장 부재 증명이 성립됩니다."

"하지만 그거 까다로운 문제잖아?"

"그래서 가장 단순하게 해석해봤습니다."

"어떻게?"

"스이바 신사의 우물이 진신 호와 이어져 있고 류마 씨는 잠수 장비를 써서 지하 수로를 왕복했다는 겁니다."

"그러니까 아무리 나라도 그런 불확실한 추측만으로 우물에 잠수하진 않는다니까."

빈정거리는 웃음이 한층 깊어졌다.

"그래서 저도 확실한 증거가 있었던 게 아닐까 생각했습니다. 류마 씨가 주저 없이 우물에서 진신 호로 향했을 정도로 결정적인 증거가……."

"그게 대체 뭔데?"

"류이치 씨가 거행했던 증의에서 산 제물로 바쳐져 미즈치 님의 입에 빨려든 다루미 이치로 씨의 시신이 우물 바닥으로 떠내려왔다는 놀라운 사건입니다."

"……."

"우물 옆 석비는 실은 다루미 이치로 씨의 묘비 아닙니까?"

"……."

"쇼이치 군이 그러더군요. 석비 앞에서 합장했을 때 마치 누군가의 무덤 앞에서 절하는 기분이 들더라고요."

"하, 하지만 선생님, 류이치 씨가 증의를 집전한 건 십삼 년 전인데, 류마 군이 스이바 신사로 온 건 칠 년쯤 전이란 말입니다. 육 년이나 지나서 시신이 떠내려올까요? 만에 하나 그런 일이 있었다 해도 이미 오래전에 백골이 돼서 누군지 못 알아볼 겁니다. 그럼 어디서 떠내려왔는지조차……."

"십중팔구 시신은 밀랍처럼 변해 있었을 겁니다."

"네?"

"진신 호의 북서쪽에 있는 동굴에서 종전 뒤 밀랍처럼 변한 남성의 시신이 발견됐는데 소지품으로 징병 기피자인 듯하다는 걸 알았다는 말씀을 다쓰키치로 신관님께 들었는데요."

"네, 그런 일이 있었죠."

"미즈치 님의 입에 빨려든 이치로 씨의 시신은 지하 수로를 지나다가 물이 없는 곳으로 밀려 올라간 게 아닐까요. 그러면서 이치로 씨의 시신에도 같은 현상이 일어났습니다. 그뒤, 우연히 물이 조금 불었을 때 또다시 떠내려가 스이바 가의 우물에 다다랐습니다. 밀랍처럼 변한 상태이니 얼굴은 알아볼 수 있단 말이죠. 류마 씨는 마침 하미 땅에 큰형을 찾으러 와 있던 고로 씨와 닮았다는 걸 깨닫고……."

류마는 한 손을 들어 겐야의 말을 가로막았다.

"아니, 잠깐. 만약 도조 씨 말이 맞는다면 그 시점에서 난 류이치의 증의에 산 제물이 사용됐다는 걸 안 게 되는데. 그랬으면 류조의 증의가 결정됐을 때 쓰루코의 안전을 염려해서 무슨 수를 쓰지 않았겠어? 의식이 시작되기 직전까지 가만있었다는 건 이상하잖아."

"그렇지."

세이지가 납득했다는 듯 중얼거렸다. 그러나 겐야는 고개를 내저었다.

"우물 속에서 이치로 씨의 시신을 발견했다고, 꼭 류마 씨가 곧바로 미즈치 님의 제의에 산 제물이 사용됐다는 걸 깨달았다는 법은 없죠."

"그건 이상한걸. 산 제물에 관해 알아차린 게 아니라면 우물하고 진신 호가 이어져 있다는 생각을 보통 하겠어?"

"당시엔 그랬겠죠."

"……."

"시신이 어디서 떠내려왔는지, 고로 씨의 큰형이 왜 그렇게 됐는지, 류마 씨한테도 수수께끼였습니다. 그러다가 최근에 와서야 감 잡기 시작한 거죠. 외눈 광의 존재를 알고 그 비밀을 좇으면서 겨우 이해했습니다."

"허, 어떻게?"

"류이치 씨의 증의에서 외눈 광의 산 제물로 바쳐진 다루미 이치로 씨의 시신을 류지 씨가 진신 호에 유기했다고요."

"……."

"제가 류지 씨께 다루미 이치로 씨의 행방을 추궁했을 때, 류마 씨는 이런 말을 하셨습니다. 비는 왔지만 류이치 씨가 죽었으니 의식은 반은 성공했으나 반은 실패했다. 하지만 아들의 죽음을 아버지로서 용서할 수 없었다. 그래서 증의가 끝나고 외눈 광 안에서 쇠약해져 있는 이치로 씨를 죽여 진신 호의 수중동굴로 떠내려보낸 게 틀림없다."

"그래, 그랬지."

"외눈 광에서 죽였다면 보통 뒷산에 묻는다고 생각하지 않나요? 아뇨, 다른 방법이라도 상관없는데, 최소한 굳이 산 위의 진신 호까지 운반해 물 속 지하 수로로 떠내려보내는 그런 수고스러운 사체유기를 생각해낼 것 같진 않단 말이죠. 그런 식으로 생각하는 건, 그런 사실이 있었다고 착각할 일을 류마 씨가 경험했기 때문입니다."

"우물에서 다루미 이치로를 발견한 거 말이군? 밀랍처럼 변한 시체를……."

"네. 얼굴을 확인할 수 있었으니 시신은 별로 손상이 심하지 않았겠죠. 그 사실에서 류마 씨는 폭이 어느 정도 되는 지하 수로의 존재를 확신했습니다."

"그렇군."

"범인의 조건 중 가장 중요한 건 '6. 잠수 장비를 착용하고 활동할 수 있는 인물'이란 항목일지 모릅니다."

"왜?"

"인간의 시신이 지나갈 수 있는 폭이 있다곤 하지만, 부피가 나가는 잠수 장비를 갖추고 미지의 지하 수로를 나아가는 셈이니 세이지 씨처럼 키가 큰 사람한테는 무리죠."

"나 정도로 키가 작으면 딱 좋다는 말이군."

"네, 따라서 조건에 부합됩니다."

"후쿠류 특별 공격대의 훈련이 그것 참, 엄청난 데서 도움이 됐는데."

"류조 씨의 증의가 끝나갈 무렵 집배가 딱 한 번 흔들렸던 건, 류마 씨가 물속에서 배 바닥을 향해 떠올랐기 때문입니다."

"……."

"그 소리를 들은 류조 씨가 구멍을 들여다봤습니다. 그와 동시에 류마 씨가 수면에 나타나 밑에서 미즈치 님의 뿔로 찔렀습니다. 반사적으로 뿔을 두 손으로 붙든 류조 씨가 쓰러지면서 뿔이 등까지 관통하고 말았습니다. 이게 류조 씨 살해의 진상입니다."

"그렇지만 신관 연쇄살인에선 비록 양아버지라지만 우리 아버지도 습격을 받았는데."

"그렇기에 미수로 끝났습니다. 아무리 그래도 주저했겠죠. 다쓰조 신관의 경우엔 강길로 쫓아가 아랫다리 부근에서 따라잡을 시간이 충분히 있었습니다. 삿갓에 도롱이 차림의 범인을 지어낼 시간도 말이죠."

"류마 군……."

세이지가 곤혹 어린 표정으로 상대방을 쳐다보았다. 류지는 여전히 입을 다문 채 노려보듯 류마를 바라보고만 있었다.

"다만, 한 가지 설명이 안 되는 게 있어서요."

겐야는 팔짱을 끼고 오른손을 턱에 갖다 대며 중얼거렸다.

"네? 그게 뭐죠?"

세이지가 바로 의아스레 물었다.

"류마 씨는 대체 언제 미즈시 신사의 본당에서 미즈치 님의 뿔을 훔쳤나."

"그건…… 그날 아침, 식사 뒤에 이 친구 혼자 미즈시 가를 뛰쳐나갔을 때……."

"만약 그때 훔쳤다면 류마 씨는 그 시점에 이미 산 제물에 관해서도, 사요코 양의 실종도 전부 알고 있었다는 뜻이 됩니다. 그럼 아직 의식을 준비하기 전이었으니, 사요코 양을 찾아 공방전이랑 배례전을 뒤져서 무사히 보호했을 테죠."

"아, 그렇군요."

"하지만 실제로는 의식을 중지시키기엔 너무 늦었다고 판단해 잠수 장비를 착용하고 우물을 통해 진신 호로 갔단 말이거든요. 그럼 일단 스이바 가로 돌아갔던 류마 씨가 우리가 미즈시 가를 출발한 뒤 다시 미즈시 가로 돌아와 미즈치 님의 뿔을 훔쳤다고 생각할 수밖에 없습니다."

"하지만 그건……."

"네, 너무 느긋하죠. 아무리 미즈치 님의 뿔이 사요코 양을 구출하기 위한 부적이 될지 모른다고 해도, 스이바 신사와 미즈시 신사를 왕복해서까지 손에 넣을까요? 도무지 그런 식으로 시간을 낭비했을 것 같진 않은데요."

"칠종신기는 포기하고 다른 걸 들고 갔겠죠. 신사니까 도움이 될 게 있었을 겁니다."

"그렇다고 류마 씨가 미즈시 신사로 안 돌아오고 미즈치 님의 뿔을 손에 넣을 수 있을 리 없고요."

"그러면 어떻게 되는 겁니까?"

"류마 씨는 범인이 아닐지 모릅니다."

"어이구, 지금 뭐하는 거야."

"지, 진범은 따로 있다고요?"

당사자인 류마뿐 아니라 세이지도 몸을 앞으로 내밀었다.

"범인의 조건으로

'8. 미즈시 신사 본당에서 미즈치 님의 뿔을 훔칠 시간이 있었던 인물.'

이게 추가됩니다."

"하지만 이제 범인 후보가 없잖습니까. 이제까지 나온 선생님의 해석과 일치하며 더불어 범인의 조건 전부에 해당되는 사람은 아무도 없는 것 같은데요."

세이지가 불안한 표정으로 말했다.

"네, 그렇습니다. 그래도 우리가 못 보고 놓친 인물이 틀림없이 존재할 겁니다."

겐야는 선뜻 긍정하면서도 계속 골똘히 생각하며 말했다.

"그렇지만……."

"신남 연쇄살인을 실행한 자가……."

"아니, 그래도……."

"수리조합 관계자는 아니지만 아주 가까운 이가……."

"더는 용의자가 없어요."

"아뇨, 딱 한 명 존재합니다."

"그, 그게 누굽니까?"

"미즈시 신사의 시게조 씨입니다."

"네? 서, 설마……."

세이지가 바싹 다가앉은 것과는 달리 류마는 고개를 떨구었다.

"류마 씨는 혹시 시게조를 의심하셨던 겁니까?"

"글쎄."

대답은 모호했지만 힘없는 말투였다.

"시게조 씨가……."

"미즈시 신사에서 오랜 세월 일했고 지난 수십 년간 류지 씨를 뒤에서 보좌해온 시게조 씨라면, 미즈치 님 제의에 본래 산 제물을 바쳤다는 전승도 알고 있었을 테죠. 또 그게 부활했다는 걸 감 잡는 것도 충분히 가능했을 겁니다."

"저희 아버지처럼 이 지역의 살아 있는 사전 같은 분이니까요."

"한편으로 사기리 씨를 아주 깊이 경애하셨다고 들었습니다. 그러니 사기리 씨가 돌아가시고 미즈시 가에서 삼남매를 거둬서 쓰루코 씨만 특별대우를 받기 시작했을 때, 시게조 씨가 큰 불안감을 품었어도 부자연스럽지 않을 겁니다."

"사요코나 쇼이치가 그랬던 것처럼 쓰루코의 안전을 걱정했군요."

"하지만 미즈시 가에 대한 입장이 있으니 대놓고 행동할 순 없단 말이죠. 뒤에서 지켜보는 수밖에 없었습니다."

"류이치 씨의 증의 때는 아직 못 알아차렸던 겁니까?"

"다쓰키치로 신관님과 시게조 씨의 지식과 견식이 합쳐졌다면 산 제물의 부활을 좀더 일찍 알았을 수도 있겠습니다만……."

"……."

"시게조 씨가 의혹을 품은 건 류조 씨가 증의를 집전한 날 아침, 사요코 양을 찾는 쇼이치 군을 본 순간이 아니었을까 싶습니다."

"그래서……."

"순간적으로 본당에서 미즈치 님의 뿔을 갖고 나와 서둘러 스이바 신사로 갔습니다. 쇼이치 군한테 듣기로, 시게조 씨는 사요 촌뿐 아니라 하미 땅 전역을 잘 알아서 마을마다 각 집의 가정 사정에 밝다고 하더군요. 류마 씨의 잠수 장비가 보관된 장소며 우물의 비밀을 알고 있었다 해도 별로 이상하지 않을걸요. 물론 동기 면에서도 충분히 해당되고 남죠."

"네……."

"그렇게 생각하면 역시 신관 연쇄살인이 아니라 신남 연쇄살인을 의도했다고 생각할 수 있습니다."

"수리조합 전원한테 책임이 있다는 거군요."

"미즈치 님의 신기도 칠종 전부 없어졌죠. 다만 세이지 씨 세대보다 다쓰키치로 신관님 세대의 죄가 더 크다고 본 건 확실합니다. 그래서 처음엔 신관들만 노린 겁니다."

"그러면서 상황을 살펴본 걸까요?"

"산 제물을 부활시킨 게 신관들만의 결정이었다는 의심을 완전히 버리지 못했을 가능성은 있습니다. 시게조 씨라면 수리조합에 세대 간의 단절이 있었다는 걸 알지 않았을까요."

"그건 그렇겠군요."

"하지만 사요코 양에 대한 애정이 아무리 깊어도 오랜 세월 모셔 온 류지 씨를 죽이려니 망설여졌습니다. 다쓰키치로 신관님을 맨 먼저 노린 건 그 때문입니다."

"으음……."

세이지가 신음하더니 고개를 떨어뜨린 것은 어쩌면 시게조의 심정이 이해되기 때문이 아닐까. 아버지 다쓰키치로가 착각으로 인해 살해된 것은 착잡하지만, 말하자면 정상참작의 여지가 있다고 느꼈을지 모른다.

겐야는 진범을 지적한 후로 고개를 들지 않는 류마를 향해 말했다.

"류마 씨, 전 류마 씨에게 자신이 의심을 받아도 일부러 그에 맞춰주신다는 인상을 받았습니다. 시게조 씨가 어쩐지 수상하다는 걸 눈치챘지만 동기를 막연히 짐작할 수 있었다. 그래서 고발하지 않았다. 오히려 자신을 의심하게 놔두었다. 아닙니까?"

"글쎄, 그랬던가."

"하지만 시게조 씨가 진범이라고 생각할 경우, 실은 좀 성가신 문제가 하나 있어서요."

"그, 그게 뭔데?"

류마가 고개를 번쩍 쳐들었다. 세이지도 놀란 눈초리로 겐야를 바라보았다.

"시게조 씨도 키가 작으니 6번의 잠수 장비를 착용하고 활동할 수 있는 인물이란 조건엔 합치합니다."

"그렇지."

"하지만 류마 씨랑은 달리 시게조 씨는 체격이 있단 말이죠. 그 연세의 노인 같지 않게 체격이 아주 다부집니다."

"……"

"류마 씨, 그때 잠수복과 압축 공기 펌프는 상당히 부피가 나간다고 말씀하셨죠. 그런 걸 입고 짊어지고 했으니 몸이 꽤 커진 상태였을 겁니다. 그런데 진신 호의 지하 수로를 왕복할 수 있었을까요?"

"······."

"류마 씨, 어떻게 생각하시죠?"

"글쎄, 해봐야 알긴 하겠지만······ 무리일 거야."

그는 조용히 고개를 저으며 대답했다.

"자, 잠깐만요. 류마 군도, 시게조 씨도 범인이 아니면, 아니 그 자체는 기쁜 일입니다만, 그러면 대체 진범이 누구란 말씀입니까?"

세이지가 당황한 어조로 물었다.

"하여간 돌팔이 탐정이군. 미즈치 님 제의의 산 제물을 간파한 걸 보고 과연 명탐정이라 불릴 만하구나 싶어 솔직히 감탄했다고. 그런데 류마가 범인이라고 했다가, 금세 또 진범은 시계조라고 했다가, 오락가락하고 말이야. 이럴 거면 애초에 의뢰를 안 하는 편이······."

류지가 내뱉듯 말했다.

"당신은 도조 선생을 비난할 자격이 없습니다. 자신이 무슨 짓을 했는지, 어떤 범죄를 저질렀는지 알고 있는 겁니까?"

세이지가 단호하게 말했다. 그러나 류지는 모른 척 외면하고 아무 말도 하지 않았다.

"이 녀석한테 그런 죄의식이 있을 리 없잖아."

류마는 상대방을 노려본 뒤, 세이지와 겐야에게 시선을 돌리고 말을 이었다.

"산 제물에 관해 밝혀낸 것만 해도 대단해. 이렇게 되면 한시라도 빨리 경찰에 연락해서 도조 씨가 지금까지 한 추리를 이야기하고 뒷일을 맡기는 게 좋겠어."

"하지만 류마 군, 이 상태에선 경찰까지 가기 전에 새로운 희생자가 나올 수도 있어. 게다가 중의 이래로 내린 비를 생각하면 경찰이 다오 정에서 하미 땅까지 과연 올 수 있을지……."

"산사태 때문에?"

"충분히 있을 수 있는 일이야."

"그렇지만 아까 세이지 씨가 말했다시피 이젠 용의자가 없다고."

그때 류지가 끼어들었다.

"이 이상 돌팔이 탐정한테 맡겨봤자 무리야. 그리고 경찰은 절대 못 불러."

"닥쳐! 아무도 네놈 의견은 안 물었어."

"이게 어디서……."

"시끄러!"

"이런 때 싸움은……."

류지와 류마가 언성을 높여 싸우고 두 사람을 말리는 세이지의 목소리에 섞여 겐야가 중얼거렸다.

"의심스러운 인물은 있습니다."

세 사람이 조용해졌다. 보아하니 겐야는 누구의 말도 들리지 않았던 듯 그저 골똘히 생각에 잠겨 있었다.

"가령 시미즈 고로 씨라면, 큰형인 다루미 이치로 씨가 산 제물로 바쳐졌다는 걸 알고 가해자인 류이치 씨의 동생 류조 씨한테 살의를 품어도 이상할 것 없죠. 그뒤 신남 연쇄살인을 벌인 것도 이해가 갑니다."

"그러고 보니 그 사람은 그때 집배 안에……."

"네, 잠깐이지만 들어갔죠. 그 틈을 이용해 죽이는 게 가능합니다."

세이지가 조심스럽게 한 말에 겐야는 담담하게 대답했다.

"범인의 여덟 가지 조건도 상관없겠군요."

"미즈치 님의 뿔을 훔치는 것도 아침에 의식을 준비하기 전에 가능했을 테죠."

"그뒤 우리 앞에 나타나면 되니까요."

"어째서 굳이 증의 도중에 류조 씨를 살해했는가 하는 수수께끼도, 증의에서 죽임을 당한 형에 대한 복수라고 생각하면 풀립니다."

"오히려 그때를 기다린 셈이겠군요."

"자신이 맨 먼저 혐의를 받을 위험을 감수하면서까지 증의 중에 신남을 살해하고 싶었던 겁니다."

"조리는 서는데요."

"다만 심리 면에서 설명할 수 없는 문제가 생긴단 말이죠."

"시미즈 고로의 심리 말씀입니까?"

세이지가 의아스레 물었다.

"산 제물에 관해 알면서 왜 사요코 양을 구하지 않았는가 하는 문제입니다. 물론 통에 누가 들었는지 알 길은 없었습니다. 하지만 고로 씨라면 큰형이 그랬던 것처럼 통에 누가 있으리라는 걸 짐작할 수 있었을 텐데요."

"형의 죽음에 대한 진상을 알았다면 당연히 그렇겠죠."

"아무 상관도 없는 사람이 죽을 걸 빤히 알면서 그 사람의 목숨을 희생시키면서까지 복수를 결행할까요."

"그건……."

"복수의 동기를 생각해도 모순되는 심리라고 할 수 있죠."

"또 다른 산 제물이 생기는 걸 묵과했을 것 같진 않습니다."

"게다가 증의 중의 신남 살해는 가능해도, 그뒤의 신남 연쇄살인은 힘들거든요. 가장 살의를 품을 상대방은 이 경우 역시 미즈시 류지 씨일 테니 이건 주객이 전도됐다고 하지 않을 수 없습니다."

"누구보다도 류조 씨 곁에 있던 시미즈 고로가 진범이 아니라면, 이제 정말 의심할 인물이 아무도 없는데요."

"류조 씨에게 다가간 사람이 한 명 더 있습니다."

세이지가 당혹한 목소리로 말하자, 꼼짝 않고 허공을 바라보던 겐야가 대답했다.

"그, 그게 누굽니까?"

"류지 씨입니다."

"네?"

"제가 선내로 들어갔을 때, 류지 씨는 피해자에게 다가가는 도중으로 보였습니다. 하지만 그게 류조 씨를 재빨리 죽이고 시신에서 떨어진 직후의 모습이라면 어떨까요?"

"도, 동기는 뭡니까?"

"류지 씨가 말한 '설마 류조까지 미즈치 님의 산 제물이……'가 '설마 류조까지 미즈치 님의 산 제물이 될 수 있을 줄은'이었다면……."

"시, 신남을 산 제물로 삼은 겁니까?"

"최고의 인신공양 아닙니까? '외눈 꼬마'에서 야나기다 구니오 씨는 신에게 바치는 산 제물이 원래 신관의 역할이었다는 대담하고도 흥미로운 고찰을 한 바 있습니다. 그걸 생각하면 오히려 자연스러운 일이라고 할 수 있죠."

"……."

세이지가 할 말을 잃고 섬뜩한 듯 류지를 흘끔거렸을 때였다. 별안간 당사자가 웃음을 터뜨렸다.

"와하하하! 이거 웃기는군."

"아닙니까?"

"그래, 유감이지만 난 아직 그런 경지에까지 이르진 못했어."

겐야의 물음에 류지는 기묘하리만큼 기분 좋게 대답했다.

"윽······."

"신남을 산 제물로 바친다는 생각은 제법 괜찮군."

"네?"

어째 칭찬을 받는 것 같아 겐야는 기분이 영 이상했다.

"처음엔 마을로 흘러들어온 비렁뱅이도 괜찮겠거니 했지."

"선대 때 마을에 온 아름다운 모녀 말입니까?"

"그래, 그런 인간들. 하지만 보다 보니 똑같이 유랑하는 몸이라도 순례자가 더 낫겠다는 걸 알겠더군. 보통 사람하고 달리 수행도 하겠다, 나름대로 힘을 가진 자도 있으니 말이야."

"산 제물로 더욱 적합하다고요?"

"그렇지. 그래서 예녀 중에서 고를까 생각한 적도 있었어."

"이쓰코 씨 말이군요."

"이쓰코도 후보 중 하나였지. 그렇지만 결국은 생무지니 말이야."

"그래서 사기리 씨 같은 분을······."

"그건 참 아깝게 됐어."

"······."

"하지만 쓰루코를 보니 사기리를 데려온 보람이 있다 싶더군."

"귀여운 손주란 생각은 안 들던가요?"

"무슨 소리, 길러준 은혜도 잊고 집을 뛰쳐나간 딸의 자식인데."

"사기리 씨를 양녀로 데려온 이유가 애당초 문제가 아닙니까?"

겐야의 목소리는 조용하면서도 강한 노기를 띠고 있었다. 그러나 류지에게는 전혀 통하지 않았다.

"그런데 쓰루코보다 쇼이치가 사기리의 힘을 더 많이 물려받았을 줄이야. 나도 까맣게 몰랐어. 게다가 사요코는 힘이 전혀 없는 모양이고. 그런 줄 알았으면 처음부터 쇼이치를 택했을 텐데. 그야 계집애가 더 낫긴 하지만, 아직 사내 냄새 안 나는 어린애라면 얼마든지 대신할 수 있었을 테지. 그랬으면 사태가 이렇게 되지도……."

"이게 정말, 대체 언제까지 망발을 지껄이고 있을 거냐! 네놈은 의식을 위해 친아들을 죽였다고!"

류마가 고함을 치며 오른손 검지를 류지에게 들이댔다.

"아직 그 경지에까지 이르진 못했다고 했을 텐데."

류지는 넌더리난다는 표정으로 대꾸했다.

"꼭 앞으로 그럴 가능성도 있다는 말처럼 들립니다만……."

겐야가 믿기지 않는 심정으로 묻자, 류지는 또다시 유쾌하게 웃으며 "지금부터 열심히 애를 낳아볼까"라고 했다.

그 말을 들은 순간, 류마와 세이지가 동시에 입을 열었다.

"역겨운 녀석."

"미쳤어…… 완전히 제정신이 아냐……."

그러나 류지는 불쾌한 웃음을 지으며 대꾸했다.

"호, 그럼 돌팔이 도조 탐정도 미쳤다는 뜻인데. 신남을 산 제물로 바친다는 생각은 이 작자가 했으니 말이지. 게다가 친자식을 산 제물로 바칠 때 비로소 의미가 있다는 생각도 명백히 갖고 있는 거잖아?"

"부정하진 않겠습니다. 하지만 그런 발상과 해석이 가능했던 건 당신의 광신적인 언동 때문입니다."

겐야는 인정하면서도 반론에 나섰다. 그러나 류지는 이제 만면에 불쾌한 웃음을 짓고 있었다.

"이거야 원, 댁도 이쓰코처럼 죄인 광의 창살 방에 가둬놔야겠는데."

"쇼이치하고 편집자를 당장 풀어주지 못해!"

류마가 중요한 사실을 잊어버리고 있었다는 듯 덤벼들었다.

"웃기지 마, 돌팔이 탐정은 실패했다고."

"산 제물의 존재를 밝혀냈잖아."

"약속은 사건의 범인을……."

"범인으로 말하자면 네놈도 범인이잖아! 네놈이 다루미 이치로하고 사요코를 죽였지. 그게 다가 아니야. 분명히 전에도 외눈 광에서 희생된 사람들이 있을 거야."

"죽인 게 아니지. 미즈치 님에게 공물로 바친 거야. 존귀한 산 제물이야."

"그런 헛소리가 경찰한테 통할지 어디 두고 보자고."

"현실에서의 살인으로 따지자면 그야 범인은 류이치하고 류조지."

"이 치사한 자식!"

그때 겐야가 나지막이 중얼거렸다.

"이쓰코 씨는 죄인 광에 갇혀 있었다……."

"무, 무슨 소리야?"

류마가 어안이 벙벙해 물었다.

"드디어 진범을 알았습니다."

"지, 진짜야?"

류마뿐 아니라 세이지도, 그리고 류지까지 겐야를 빤히 쳐다보았다.

"진범이 누군데?"

"쇼이치 군입니다."

"……."

세이지는 입을 벌린 채 소리 없이 얼어붙었다. 류마는 또다시 고개를 떨구고 움직이지 않았다.

"류마 씨가 정말로 감쌌던 건 쇼이치 군이었군요?"

겐야의 물음에도 답하려 하지 않았다.

"서, 선생님, 아무리 그래도 쇼이치가……. 그건 무리입니다."

세이지가 드디어 말문이 트였는지 항의했다.

"냉정하게 생각해보십시오. 쇼이치 군은 범인의 조건 중 1번부터 8번까지 완벽하게 들어맞습니다."

"아무리……."

"쇼이치 군은 미즈시 가에서 살며 쓰루코 양의 신변을 지키면서 큰누나에게 닥칠 위험의 정체를 밝혀내려 했고, 그 과정에서 외눈 광의 존재를 알게 됐습니다. 쇼이치 군이 부탁하면 시게조 씨가 이것저것 가르쳐줬을 게 틀림없어요. 지장이 있는 사실은 적당히 얼버무렸겠죠. 하지만 거짓말을 잘 못하는—특히 사기리 씨의 자식들한테—정보통이 곁에 있었던 셈이니, 우리가 상상하는 이상으로 미즈치 님 제의의 비밀에 접근했을 겁니다. 류마 씨 덕도 여러모로 봤고 말이죠. 게다가 뭣보다 쇼이치 군한테는 사기리 씨에게 물려받은 힘이 있었습니다."

"으……."

세이지가 신음하더니 입을 다물어버린 것은 반론할 수 없기 때문이리라.

"동기는 설명할 것도 없죠."

"……."

"산 제물을 부활시킨 건 신관들뿐인가, 아니면 수리조합 관계자 전원인가. 이건 아무래도 판단이 서지 않았겠죠. 그래서 만일을 위해 남은 신기 여섯 개를 훔쳤습니다. 물론 미즈치 님의 뿔을 훔칠 시간도 쇼이치 군한테는 충분히 있었습니다."

"류마 군의 잠수 장비는······."

"두 사람은 나이 차가 많이 나는 친구 같은 사이였다고 하더군요. 그런 관계였는데 남자애가 관심을 가질 법한 잠수 장비를 안 보여준다면 그게 오히려 부자연스럽죠."

"하, 하지만 아무리 그래도 우물에 관해선 몰랐을 텐데요? 아니면 류마 군, 진신 호하고 이어져 있다는 걸 그 애한테 말한 건가?"

류마가 힘없이 고개를 저었다. 겐야가 같은 동작을 하는 것을 보고 세이지의 얼굴에 절망의 빛이 떠올랐다.

"쇼이치 군 스스로 알아차렸을 겁니다. 쇼이치 군은 외눈 광에서 받은 것과 같은 느낌을 스이바 신사의 우물에서도 받았거든요. 광의 물은 뒷산의 수중동굴에서 끌어오는데, 수중동굴은 진신 호와 이어지는 것 같단 말이죠. 그래서 우물도 마찬가지란 걸 깨달았습니다. 우물 옆의 석비가 다루미 이치로 씨의 묘비라는 것까지 알아차렸을지는 모르겠습니다만."

"그럼 우물을 통해 진신 호까지 갈 수 있을지 어떨지 확신할 수 없었을 텐데, 그런 모호한 상태에서······."

"쇼이치 군의 입장에서 생각해보십시오. 그런 모호한 상태라 해도 사요코 양을 구할 방법이 그것밖에 없다면 어쩌겠습니까?"

"······."

"쇼이치 군이라면 망설이지 않고 실행하지 않을까요?"

"하, 하지만 아직 어린애란 말입니다. 잠수 장비를 착용하고 우물에서 지하 수로까지 가려면 어른도 겁날 텐데 아무리 그런 게 가능하겠습니까?"

"세이지 씨, 쇼이치 군은 미즈시 신사 뒷산의 수중동굴에 이미 잠수한 적이 있습니다."

"아……."

세이지는 나지막이 탄식하더니 고개를 떨구었다.

"다쓰키치로 신관님은 앉아 있었으니 흉기로 심장을 찌를 수 있었습니다. 하지만 다쓰조 씨도 류코 씨도 습격을 받았을 때 서 있었죠. 그 때문에 위장 부근이며 허리를 찌르게 됐습니다. 쇼이치 군이 어린애라서 그런 겁니다."

그러자 류마가 입을 열었다.

"아닌 게 아니라 쇼이치는 류조를 죽일 수 있었을지도 몰라. 하지만 다쓰키치로 신관이 살해된 날 아침, 그 녀석은 여자 편집자랑 같이 죄인 광에 갇혔다고. 그런데 댁이 방금 말한 다쓰조 신관이나 우리 아버지를 찌를 수 있을 리 없잖아?"

"그래, 맞아, 류마 군! 쇼이치는 신남 연쇄살인을 벌일 수 없었어! 선생님, 안 그렇습니까?"

세이지가 느닷없이 흥분한 표정으로 말했다.

"그게 실은 그렇지 않습니다."

겐야의 대답을 듣고 두 사람은 말문이 막힌 듯했다.

"류지 씨가 조금 전 저도 죄인 광의 창살 방에 가두는 게 좋겠다고 하셨을 때, 이쓰코 씨에 관해 생각난 게 있습니다."

"……어떤 거죠?"

"소후에 군이 미즈시 가에서 듣기로, 이쓰코 씨는 최근 노망이 심해져서 광에 갇혀 있었다더군요."

"그건 저도 어렴풋이 눈치채고 있었습니다만."

"소후에 군에게 그 이야기를 듣기 전에 전 외눈 광에 몰래 갔다가 그 앞에서 이쓰코 씨를 만났습니다. 유감스럽게도 별로 이야기할 겨를도 없이 류지 씨가 나타나는 바람에 광 옆에 숨었는데……."

"네놈이었냐?"

어이없어하는 류지의 시선을 무시하고 겐야는 이야기를 계속했다.

"이쓰코 씨를 본 류지 씨는 또 빠져나오면 다음번엔 창살 방에 가두겠다고 위협했습니다. 즉 이쓰코 씨는 그때 죄인 광에 갇혀 있다가 빠져나와서 외눈 광으로 왔다는 말입니다. 그렇기에 류지 씨는 다음번엔 창살 방에 가두겠다고 한 것이고요."

"광에 개구멍이……."

"처음부터 있었던 건 아니겠죠. 류지 씨의 설명으론 광 근처에 벼락이 두 번이나 떨어지는 바람에 광 용도로 쓰는 걸 그만뒀다고 했습니다."

"앗, 기억납니다."

"어쩌면 그때 근처의 나무가 쓰러지면서 광 뒤편이 일부 파손됐는지도 모릅니다."

"광으로 쓰지 않아서 일단 응급처치만 해놨다…… 있을 수 있는 일인데요."

"이쓰코 씨는 조금 노망이 났으니 그런 광으로도 충분하겠죠. 다만 이따금 제정신이 들 때가 있습니다. 그럼 구멍으로 빠져나와 외눈 광으로 가는 겁니다."

"자꾸 그러면 다음번엔 창살 방에 가두겠다고…….'"

"쇼이치 군은 십중팔구 그 구멍을 발견했겠죠. 소후에 군은 창살 방에 갇혀 있으니 쇼이치 군이 밖으로 빠져나가도 모릅니다. 2층에서 자고 있었다고 하면 의심하지 않겠죠. 애당초 광에 구멍이 있으리란 생각은 안 할 테고요."

"그래도 그렇게 오랜 시간 비울 순 없을 텐데요. 류코 신관께서 습격을 받은 건 아침참배 뒤였으니 쇼이치도 시간을 예측할 수 있었을지 모릅니다. 하지만 다쓰조 신관은 수신탑에 참배를 드리며 강길을 동쪽으로 가는 중이셨습니다. 우연히 시간이 맞았다는 건 너무 억지 아닙니까?"

"죄송합니다, 그건 제 불찰입니다."

"네? 그게 무슨 말씀입니까?"

"죄인 광 앞에서 두 사람의 안부를 물었을 때, 다른 분들도 모두 계시냐는 소후에 군의 질문에 '아니, 미쿠마리 신사의 다쓰조 신관은 수신탑에 참배를 드리러……' 하고 대답했거든요."

"그러고 보니……."

"그러니 쇼이치는 그때 다쓰조 신관이 어디 계시는지 알 수 있었습니다. 신관 연쇄살인은 쇼이치 군이 범행을 저지르기 쉬운 순서대로 벌어진 겁니다."

"……."

세이지가 침묵했다.

"동기를 생각하면 정상참작의 여지가 있지 않아?"

류마가 얼굴을 들고 겐야를 똑바로 바라보았다.

"그 이전에 쇼이치 군의 나이로는 경찰도 체포할 수 없거니와 재판을 받지도 않습니다."

"그, 그게 정말입니까?"

"정말이야? 몇 살까지 괜찮은 건데?"

세이지가 덤벼들 듯한 기세로 묻고, 류마도 놀란 표정으로 확인하듯 말했다. 이때 두 사람의 얼굴에는 분명히 어렴풋하나마 희망의 빛이 떠올라 있었다.

그런데…….

"멍청한 것, 이대로 끝날 줄 알고! 어이, 돌팔이 탐정, 할 말은 다 끝났어?"

류지가 으르렁거렸다.

"아, 아닙니다."

겐지는 황급히 고개를 저었으나 상대방은 자기가 물어놓고도 그를 보지 않았다.

"쇼이치를 광에서 끌어내 꺼림칙한 논 옆 소나무에 매달아야겠군."

"아니, 그런……"

"당연한 일이야. 네놈이 쓸모가 없으니……"

"쇼이치한테 이제 손가락 하나 댈 생각 말아!"

류마가 격노해서 소리쳤다.

"당신을 수리조합에서 제명하겠습니다. 물론 대표 자리도 몰수합니다. 저와 류코 신관, 류마 군의 동의가 있으면 아무 문제도 없습니다. 그리고 당신을 경찰에 넘기겠습니다."

세이지가 냉정한 어조로 단호하게 말했다.

"머, 머리에 피도 안 마른 녀석이 어디서 감히……"

당장 류지의 눈꼬리가 치올라가고 얼굴이 벌겋게 물들었다. 노여운 나머지 말도 제대로 나오지 않는 듯했다. 몸을 부들부들 떨었다.
 그때였다.
 탕, 하고 메마른 소리가 뒤에서 났다.
 겐야가 반사적으로 돌아보려 한 순간.
 탕, 탕, 탕, 하고 연속으로 파열음이 울리면서 그에 맞춰 눈앞에 있는 류지의 몸이 펄쩍 뛰어올랐다.
 소리가 그치고 나자, 가슴에서 피를 흘리는 류지의 시체가 누워 있었다.

20

미즈치 님, 모든 것을 집어삼키다

"초, 총에 맞았다고?"

도조 겐야는 눈앞에서 무슨 일이 벌어진 건지 순간 이해되지 않았다.

전쟁 중, 미군 전투기의 기총소사에 사람이 벌집이 되는 광경은 본 적이 있다. 그러나 전쟁이 끝난 뒤, 사람이 총에 맞는 순간을 볼 기회는 없다시피 했다. 게다가 지금은 미즈시 가 안방에서 한창 사건을 검토하던 중이다. 그런 때 느닷없이 관계자가 총에 맞아 죽을 줄이야…….

하지만 겐야가 꼼짝 못했던 것은 잠깐이었다. 류지가 죽은 것을 한눈에 확인하고 바로 일어나 복도로 뛰쳐나가려고 했다. 마지막 총소리가 난 뒤 다다다 달려가는 발소리를 분명히 들었다.

그런데 스이바 류마가 그의 앞을 가로막았다.

"잠깐."

"비켜주십시오."

복도에 면한 장지가 가늘게 열려 있었다. 쇼이치는 그 틈으로 권총을 넣고 쏜 게 틀림없다. 여느 상황 같으면 방해가 될 장지가 소년에게는 되레 총을 고정해주는 역할을 해준 셈이다.

"잠수 장비뿐 아니라 권총도 없어졌다는 사실을 숨기셨군요."

스이바 가의 광에서 궤짝을 확인했을 때 권총이 이미 없었다는 게 생각났다. 류마는 반응을 보이지 않았다. 피 냄새가 감돌기 시작한 방 안에 세이지가 숨을 삼키는 소리만 허무하게 울렸다.

"복수를 거듭했다간 조만간 미즈치 님의 신기를 못 쓸 상황이 될 테니까."

"죄를 계속 짓게 하실 생각입니까?"

"동기는 동정할 여지가 있잖아."

"그렇다고 살인을 해도 되는 건 아닙니다. 게다가 다쓰키치로 신관과 다쓰조 신관은 말하자면 억울하게 죽은 셈이잖습니까."

"그건…… 하지만 확증은 없어. 신관들이 산 제물의 부활에 관여 안 했다는 증거는 없다고."

"관여했다는 증거도 없습니다. 그저 각 신사의 신관이었다는 이유만으로, 수리조합의 윗세대였다는 이유만으로 네 분이 같은 죄라고 생각한 것뿐입니다."

"어쨌거나 이미 끝난 일이잖아. 가장 큰 목적은 류지였으니까 이제 다 끝난 거야."

"쇼이치 군을 보호할 필요가 있습니다."

"그냥 놔주잔 소리야."

"그런 일을 해서 대체 어떻게 된다는 겁니까? 앞으로 어디서 어떻게 혼자 살아갈 수 있다는 거죠?"

"선생님, 류마 군과 말다툼을 벌일 때가……."

세이지의 말에 겐야는 퍼뜩 정신이 들었다.

"그렇군요. 죄송합니다."

앞으로 나서려고 하자 류마가 슥 비켜주었다. 쇼이치가 달아날 시간을 충분히 벌었기 때문이리라.

장지를 연 겐야는 쫄딱 젖어 복도를 걸어오는 소후에 시노를 보고 황급히 달려갔다.
"소후에 군! 괜찮아?"
"선생님…… 지……."
"창살 방에서 어떻게 나온 거야?"
"시계조 씨가 구해주셨어요. 그때까지 창살 위로 기어올라서 죽을 힘을 다해 참아……."
무슨 말을 하는지 잘 알 수 없었지만, 보아하니 시계조는 광을 지키던 사람에게 수면제를 탄 술인지 뭔지를 먹이고 쇼이치와 그녀를 풀어준 듯했다.
"그, 그럼 쇼이치 군은?"
"시계조 씨가 창살 방 열쇠를 줘서 지가 직접 열고 밖으로 나왔는데, 그땐 이미 둘 다 안 보이더라고요."
"이 집 정도가 아니라 이미 하미 땅에 없어."
류마가 나직이 한숨을 쉬며 중얼거렸다.
"일단 경찰에 연락하죠."
세이지의 제안에 겐야는 고개를 끄덕이고 시노에게 옷을 갈아입고 오라고 일렀다. 그러고 나서 가까운 빈 방으로 들어가 류마의 이야기를 들으려 했다.
하지만 알 수 있었던 것이라곤 그가 언제부터인지 모르게, 또 뚜렷한 확신도 없는 채 막연히 쇼이치를 의심했다는 것뿐이었다.
"시계조 씨도 눈치를 챘던 거군요."
"그야 그렇겠지. 나도 의심했을 정도니까. 게다가 난 방관했지만 그 영감 같으면 뒤에서 도와줬는지도 몰라."

"쇼이치 군의 공범이라기보다 어디까지나 은밀한 지원이었다는 생각이 듭니다."

"그래, 영감의 입장을 생각하면 그렇겠지. 쇼이치도 자기를 지켜보는 존재가 있다는 걸 모르지 않았을까."

"그렇겠죠."

그때 세이지가 허둥지둥 돌아와 두 사람이 있는 방으로 들어왔다.

"전화가 불통입니다."

"네?"

"미즈시 가뿐 아니라 아마 하미 땅 전역의 전화선이 끊겼을 겁니다. 비바람이 엄청납니다. 잦아들 기미가 안 보이는데요. 이 상태가 계속되면 고립되는 것도 시간문제일지도 모릅니다."

"차는 다닐 수 있을까요?"

"이런 날씨에 가겠다고?"

겐야가 묻자 류마가 놀란 표정을 지었다.

"경찰에 직접 가는 방법밖에 없잖습니까?"

"그야……."

"세이지 씨 말씀을 들어선, 기다리는 사이에 점점 더 악화될 것 같습니다."

"그렇지만 설사 우리가 다오 정 경찰서까지 간다고 해도 그땐 돌아올 수 있는 상태가 아닐지 몰라."

"그럴 가능성은 분명히 있습니다만, 우리가 그쪽에 갈 수만 있으면 날씨가 회복되길 기다려 경찰이 바로 움직일 수 있습니다. 돌아올 때 혹시 도로가 끊겨 있을 경우에도 바로 대처할 수 있겠죠. 반면 지금 손 놓고 기다렸다간 가까스로 출발해도 도중에 발이 묶일 염려가 있어요. 그렇게 되면 연락이 더 늦어질 겁니다."

"그렇군. 그럼 지금 가자고."

납득하고 나자 류마의 행동은 신속했다. 사람을 보내 바로 스이바가의 차를 미즈시 가로 갖고 오게 했다.

"다카시마 선생님과 사요 촌의 쓰보즈카 순사, 사호 촌의 아마기 순사는 어떻게 합니까? 출발하기 전에 알릴까요?"

세이지의 물음에 겐야는 망설였다.

"류지 씨가 돌아가신 지금 별일은 없을 것 같지만⋯⋯."

"네? 그 영감탱이도 죽었어요?"

옷을 갈아입고 돌아와 세 사람을 찾던 시노가 방 안으로 뛰어들었다.

"쉿! 목소리가 너무 커."

"어⋯⋯ 그럼 이 댁 사람들은 아직⋯⋯."

"아무도 몰라. 박정하지만 소동이 벌어지기 전에 출발해야 할 것 같아."

"그게 좋을 겁니다. 그렇지만 그 두 순사한테만 맡겨도 될지 걱정되는데요. 제가 남는 게 좋지 않을까요."

세이지가 고개를 끄덕이더니 금세 불안한 표정으로 덧붙였다.

"아닙니다. 세이지 씨는 수리조합의 대표로서 같이 가주셔야 합니다."

"난 남아봤자 소동만 늘어날걸."

류마가 빈정거리듯 웃었다.

"류마 씨는 차를 운전해주셔야 하니 역시 같이 가주셔야 합니다."

"선생님은 상황을 설명해주셔야 하고요."

겐야가 고개를 흔들고 세이지가 말을 받았다.

"지, 지는 절대 안 남을 거예요!"

뜬금없이 시노가 절박한 표정으로 주장했다.

"소후에 군을 남겨놓고 갈 리 있어?"

"전례가 있는데 선생님을 어떻게 믿어요!"

겐야가 어이없다는 듯 대답하자 시노가 대들었다.

"아, 응……."

결국 하미 땅을 출발하기 전, 세이지가 미즈우치 가에 들러 촌장이며 의사, 또 주재소에 대한 연락을 포함해 지시를 해놓고 가기로 했다. 다만 사건의 진상은 당분간 감추기로 했다. 시게조와 쇼이치가 붙들려 사형私刑을 당할 우려가 있기 때문이다.

류마의 차가 도착하기 전에 겐야와 시노는 별채에서 짐을 쌌다.

"사건의 진상…… 선생님, 역시 해결하셨군요."

"응, 그 이야기는 차 안에서 할게."

샛장지를 열어놓은 터라 옷가지를 가방에 꾸리는 시노를 보며 겐야는 일단 미쿠마리 다쓰조 살해와 스이바 류코 살인 미수에 관해 가르쳐주었다.

"수리조합 연쇄살인사건이군요."

그녀의 얼굴이 굳었다.

"현재로선 신관 연쇄살인이라고 해야겠지."

"아, 그러네요. 어머, 그러면 세이지 씨랑 류마 씨도 포함되는 거잖아요."

"아니, 사건은 이미 종언을 고했다고 생각해. 이제 더는 살인이 없을 거야."

"그 영감탱이가 마지막이었군요. 잘됐어요."

"소후에 군, 피해자가 누구든 살인을 긍정하는 발언은……."

"죄송해요······."

"아, 맞다, 시게조 씨가 구해주러 오기 전에 창살을 타고 올라가 있었다고 했는데 그게 무슨 말이야?"

고개를 떨군 시노를 보고 겐야는 분위기를 바꾸듯 명랑한 목소리로 물었다.

"아, 그거 말이죠."

시노는 물어봐주어서 고맙다는 양 얼굴을 들었다가 얼른 입을 다물었다. 여기서 섣불리 창살 방의 괴이담을 이야기했다가는 겐야의 나쁜 버릇이 발동해 손쓸 수 없는 지경이 될지 모른다. 그렇게 되면 출발에 지장이 생길 위험이 있다.

"그 이야기는 나중에 기차 타고 집에 갈 때 해드릴게요."

"어, 왜? 설마 사건의 진상하고 맞교환하자는 건 아니겠지?"

"그야 그렇죠."

"그럼······."

"안 돼요."

"앗, 소후에 군, 혹시 광 안에서······."

그때 차가 왔다고 해서 두 사람은 급히 현관으로 향했다. 그러나 겐야는 별채에서 나와 차에 올라탈 때까지 계속 시노에게 괴이한 체험을 한 게 아니냐고 끈질기게 물었다.

"아이참, 진짜! 어린애도 아닌데 왜 이렇게 말귀를 못 알아들으세요? 기차 안에서 말씀드릴 테니까 그때까지 참으세요. 아시겠죠?"

끝에 가서는 거의 위협하듯 해야 할 지경이었다.

운전석에 류마, 조수석에 세이지, 뒷좌석 오른쪽에 겐야, 왼쪽에 시노. 처음 왔을 때와 같은 모양새로 일행은 미즈시 가를 출발했다.

비가 그야말로 억수같이 퍼부었다. '은혜로운 비' 수준을 이미 오래전에 넘어 시간이 흐를수록 오히려 위협으로 변해가고 있었다. 당장 감의를 올릴 필요가 있겠다 싶을 만큼 하미 땅은 물로 뒤덮여 있었다. 겨우 이틀 전만 해도 극심한 물 부족에 시달렸던 게 마치 거짓말 같았다.

"그렇게 무서우리만큼 비가 안 오더니 이젠 이렇게 쏟아지는군요. 이런 양 극단은 분명 하미 땅의 역사가 시작되고 처음일 겁니다."

차가 참배길로 나오자 세이지가 사요 촌 쪽을 보며 큰 소리로 말했다. 차 지붕을 때리는 빗소리가 워낙 시끄러워 크게 말해야 겨우 들렸다.

"미쓰 천이 범람할 위험은 없습니까?"

"이대로 가다간 강길이 말 그대로 강길이 되겠어."

겐야가 시노 너머로 창밖을 살펴보며 묻자 류마가 빈정거리는 투로 대답했다.

"류마 군, 길을 잘못 보고 강에 빠지지 않게 조심해."

세이지가 즉각 주의를 주었다.

"아직은 괜찮아. 이거야 원, 더 늦게 출발했으면 큰일 날 수도 있었겠어."

앞 유리를 후려치는 빗줄기에 와이퍼를 작동해도 앞이 잘 보이지 않는 모양이었다.

안전 운전으로 미즈치 신사까지 가서 세이지가 일단 내렸다. 그가 돌아오는 대로 바로 출발할 예정이었다.

그런데 차까지 뛰어온 세이지가 역시 자신은 남아야겠다고 했다.

"하, 하지만 세이지 씨……."

"도조 선생님 혼자 말씀하셔도 괜찮을 겁니다."

"그렇지 않습니다. 전 타지 사람인 데다가, 류마 씨 말은 과연 어디까지 믿어줄지……."

"어이구, 이제 아주 대놓고 말하는군."

"죄송합니다. 그럴싸하게 포장하고 있을 상황이 아니라……."

"흥, 뭐, 됐어."

"류마 군은 아닌 게 아니라 걱정스럽지만 스이바 신사의 후계자란 입장이 분명 도움이 될 겁니다. 물론 저도 가는 편이 좋겠지만 아무래도 이 날씨를 그냥 둘 순 없습니다. 수리조합의 일원으로 남아서 책임을 져야겠죠."

세이지는 쓴웃음을 지으며 두 사람의 말을 듣더니 이렇게 말했다.

"세, 세이지 씨, 설마 혼자 감의를 올리실 생각은……."

"그건 무리야! 하려면 최소한 누가 더 있어야지, 혼자 한다는 건 말도 안 돼."

"아직 감의를 하겠다고 결정한 건 아니야. 먼저 각 마을 촌장하고 의논도 해봐야 하고."

"그럼 나도 남겠어."

"바보 같은 소리 말라고. 류마 군은 선생님과 소후에 씨를 경찰서까지 무사히 모셔다드려야지. 그건 류마 군만 할 수 있는 일이잖아. 조심해서 부탁해. 도조 선생님, 잘 부탁드립니다. 소후에 씨, 멀미 때문에 고생 않으시길 바랍니다."

세이지는 머리를 숙여 정중히 절하고 손을 흔들며 그들을 배웅했다. 세 사람을 태운 차는 참배길을 동쪽으로 나아갔다.

"세이지 씨, 혼자 전부 짊어지실 생각 아닐까요?"

시노가 뒤를 돌아보며 비장한 목소리로 말했다.

"수리조합에서 남은 사람이라곤 류코 신관과 류마 씨, 그리고 세이지 씨뿐이야. 현재 세 분 중 하미 땅에서 움직일 수 있는 사람은 아무리 생각해도 세이지 씨밖에 없지."

"미쓰 천의 범람 대책이나 유사시의 피난 안내 같은 건 각 마을의 촌장들로 조직된 촌장회에서 대처할 수 있어. 하지만 그걸 주도하는 게 수리조합이라면 아무래도 세이지 씨한테 부담이 가겠지."

겐야가 냉정하게 대답하자 류마가 앞만 보고 운전하며 말했다.

"그럼 더더욱 세이지 씨가 남는 게 정답이라고 할 수 있겠군요."

"그건 그런데…… 문제는 수리조합에서 감의를 요구할 때야."

"세이지 씨밖에 없다는 걸 알면 그런 터무니없는 요구는 안 하지 않을까요."

"……"

류마가 입을 다물자 차 안에 무거운 공기가 흘렀다.

"하지만 선생님, 교토에서 이런 말씀을 하셨죠. 그 지역에 밀착된 종교가란 존재는 가문이나 가족, 개인 같은 단위를 넘어서 완전히 지역의 일부로 화하는 경우가 종종 있다. 말하자면 자연의 일부인 셈이다. 세이지 씨가 바로 지금 그런 입장 아닌가요?"

시노가 조심스레 말했다.

"……"

이번에는 겐야가 입을 다물고 말았다.

참배길을 동쪽으로 달린 차는 이윽고 아랫다리를 건너 강길로 들어섰다. 그리고 계속 가서 하미 땅을 벗어나 산길을 오르기 시작했다.

"류마 씨, 잘 부탁드립니다."

평소에도 익숙한 사람이 아니면 차로 지날 수 없는 곳이다. 하물며 이런 악천후여서, 믿을 것이라곤 류마의 운전 실력뿐이라 할 수 있었다.

"맡겨만 두라고. 산에 들어와서 그나마 다행인 건 나무가 비를 막아준다는 거야. 덕분에 앞을 보기가 한결 쉬워졌군. 하지만 지반이 약해져 있을지 모르니까 조심해서 운전해야 해."

그 때문에 속력을 낼 수 없었다. 꾸물꾸물 굼벵이 같은 속도라도 어디까지나 안전제일로 갈 수밖에 없었다.

"올 때보다 시간이 걸릴 거야."

"선생님, 사건의 진상을 가르쳐주세요. 시간은 충분하니까요."

시노는 아직 멀쩡한 듯했다. 그녀가 멀미를 시작하기 전에 전부 이야기해두는 편이 좋을 것이다. 지붕을 때리는 빗소리도 나아진 터라 목청을 많이 높일 필요도 없다. 그렇게 생각한 겐야는 류지와 세이지, 류마 앞에서 했던 추리를 이야기했다.

"뭐라고요!"

미즈치 님의 산 제물이 부활됐다는 대목에서 시노는 놀라 한층 더 큰 소리를 질렀다. 그뒤, 계속해서 바뀌는 범인의 정체에 정신을 못 차리고 휘둘리느라 간신히 이야기를 따라오는 지경이었다.

그런데 쇼이치가 진범으로 지목된 순간, 숨을 훅 들이마시더니 그때까지 소란스럽던 그녀가 갑자기 얌전해졌다.

"쇼이치 군은 아마 지금쯤 시게조 씨하고 같이 산을 넘고 있을지도 몰라."

"우리가 있는 방면으로 도망치지 않은 건 분명하지."

그때까지 한마디도 끼어들지 않던 류마가 그런 말로 보충했다.

"시게조 씨가 있으니 조난당할 걱정은 없을 것 같지만……."

"그러길 바라야지."

차 안에 또다시 무거운 공기가 가득 차려 했을 때였다.

"저, 선생님…… 그렇지만 쇼이치 군은 줄곧 광 안에 있었던 것 같은데요."

시노가 도무지 이해할 수 없다는 표정으로 엄청난 발언을 했다.

"뭐, 뭐야?"

"그 광에 개구멍이 있는지 없는지 그건 모르지만, 애초에 쇼이치 군은 광에서 나간 적이 없는 것 같거든요."

"하지만 소후에 군은 창살 방에 갇혀 있었잖아. 그러니 쇼이치 군을 내내 보고 있었던 건 아니지. 안 그래?"

"그건 맞아요. 그 애가 1층 안쪽으로 들어가거나 2층으로 올라가면 제 눈엔 전혀 안 보였으니까요."

"그러면……."

"하지만 소리는 들렸거든요."

"……"

"물론 계속 소리가 들렸던 건 아니에요. 그렇지만 다쓰조 신관님과 류코 신관님이 칼에 찔린 대략적인 시간대에 어땠는지 기억을 떠올려봤더니 그 애의 인기척이 있었던 것 같거든요. 적어도 범행이 가능할 만큼 몇 십 분씩이나 소리가 안 들리진 않았어요."

"……"

"그러니까 쇼이치 군은 진범이 아니에요."

"……"

"그, 그게 진짜야?"

골똘히 생각하는 겐야와는 대조적으로 류마는 뒤를 돌아볼 듯한 기세로 시노에게 확인했다.

"……네. 잘 생각해봤는데 그 광에서 쇼이치 군의 기척이 제 마음에 유일한 힘이 돼주었으니까 틀림없을 거예요."

시노는 그렇게 대답하면서도 목소리를 되도록 낮추었다. 겐야가 사고의 실마리를 잡아 입을 열 때까지 방해하고 싶지 않았다.

류마는 그녀의 대답을 듣고는 그뒤로 운전에만 집중했다. 그러면서도 뒷좌석의 겐야를 마음에 걸려하는 눈치가 뒷모습에서 생생하게 느껴졌다.

이윽고 겐야가 입을 뗐다.

"이번 사건의 범인은 범행 당시 진신 호 밖에서 왔거나, 원래 진신 호 안에 있었거나, 둘 중 하나입니다. 밖에서 왔을 경우, 앞서 든 범인의 여덟 가지 조건에 해당되는 사람은 스이바 류마 씨, 시게조 씨, 쇼이치 군, 이렇게 세 명입니다. 한편, 안에 있었을 경우 용의자가 될 수 있는 사람은 시미즈 고로 씨와 미즈시 류지 씨, 이렇게 둘입니다."

"그렇죠."

시노가 추임새를 넣어주었다.

"그런데 다섯 명 모두 범인일 가능성이 부정됐습니다. 게다가 류지 씨는 본인이 피해자가 된 데다가 애초에 신관 연쇄살인을 벌일 동기가 없으니 완전히 제외할 수 있죠."

"시미즈 고로 씨는 류조 씨를 살해할 동기랑 기회가 있었고 신관 살해에 대해서도 같은 말을 할 수 있지만, 산 제물로 바쳐진 사요코 양을 그냥 죽게 두는 심리가 아무래도 마음에 걸리고요."

"그게 본인의 동기인 셈인데 자기도 같은 일을 했을 것 같진 않지."

그러자 운전석에서 류마의 목소리가 날아들었다.

"시미즈 고로가 범인이라면 광에서 내 권총만 훔쳐갔다는 말이 돼. 하지만 녀석이 그게 보관된 장소를 알고 있었을 것 같진 않지."

"맞아요. 뭣보다 광에서 문제의 잠수 장비가 없어졌잖아요."

"즉 범인은 진신 호 밖에서 왔다. 하지만 세 용의자 모두 혐의를 부정할 재료가 있다."

"그밖에 범인의 조건에 부합되는 사람은요?"

"없어."

"그럼……."

"남는 가능성은 용의자의 조합뿐이야."

"공범이라고요?"

"누나의 위기를 알아차린 쇼이치 군은 순간적으로 미즈치 님의 뿔을 들고 진신 호로 달려가려 했다. 그러다 저지당할 거라고 생각을 바꿔 류마 씨한테 도움을 청했다."

"그래서 류마 씨는 미즈치 님의 뿔을 흉기로 쓸 수 있었군요!"

"아니면 역시 어른인 자신은 잠수 장비를 착용하고 우물로 들어가는 게 무리라는 걸 알았어. 그래서 쇼이치 군이 사요코 양을 도우러 갔는지도 몰라."

"거의 순식간에 공범 관계가 성립됐군요."

"류조 씨를 죽인 뒤 쇼이치 군은 신관 연쇄살인을 시작하려고 했어. 그런데 류지 씨가 죄인 광에 가두고 말았지. 그래서 그때부터는 류마 씨가 범행을 이어받아 신관 불연쇄살인을 실행한 거야."

"조리는 서는군."

류마가 담담한 투로 말했다.

"네, 앞뒤는 맞습니다. 하지만 아니죠?"

"내가 부정해봤자 증거가 되겠어?"

"이게 정말 진상이라면 류마 씨는 깨끗이 인정할 것 같거든요."

"용의자를 믿어도 되는 거야?"

"물론 그 사람이 누구냐에 따라 다릅니다."

"그럼 남은 조합은 쇼이치 군이랑 시게조 씨예요?"

"그 경우, 이해가 안 되는 건 류코 씨의 살인미수란 말이지."

시노의 질문에 겐야는 고개를 내저었다.

"왜요?"

"시게조 씨 체격이라면 설사 첫 공격엔 실패했어도 꼭 숨통을 끊어놨을 것 같거든. 아차, 류마 씨 앞에서 이런 말씀을 드려 죄송합니다만……"

"괜찮아. 나도 비슷한 생각을 했으니까. 그나마 내가 범인이고 친아버지는 아니지만 그래도 자기 아버지라서 못 죽였다는 추리가 더 말이 되지."

"아니면 역시 쇼이치 군이 진범이라든지요?"

"그래."

"류마 씨는 쇼이치 군이 진범이 아닐까 생각하셨습니다. 그건 맞습니까?"

"그래. 댁이 생각한 범인의 여덟 가지 조건에 완전히 들어맞는 건 그 녀석뿐이잖아. 관계자의 얼굴을 죄 떠올려봐도, 어디를 어떻게 뒤져봐도 쇼이치 말고는 범인이 될 수 있는 사람이 없어."

"광 안에서 들렸던 소리…… 제 환청이었을까요?"

"솔직히 말해서 그런 생각도 안 한 건 아니야. 하지만 쇼이치 군의 기척이 소후에 군의 마음에 힘이 돼주었단 말을 듣고 아니겠다 싶었어. 그런 중요한 소리였다면 소후에 군의 신경은 귀에 집중돼 있었을 거야. 유폐가 사흘, 나흘 계속됐다면 집중력도 끊겼겠지. 하지만 그렇지 않거든."

시노가 머뭇머뭇 말을 꺼내자 겐야가 바로 대답했다.

"전 자신이 있긴 한데……."

"그럼 환청일지 모른다는 말을 그렇게 쉽게 하는 게 아냐."

"하, 하지만……."

"소후에 군, 이런 사건에서 증언이 얼마나 중요한지 알고 있는 거야?"

"그래도……."

그때 류마가 끼어들었다.

"둘 다 그쯤 해두라고. 쇼이치가 죄인 광에서 나오는 게 가능했는지는 광을 조사해보면 알 수 있는 일이고 말이야. 나중에 은폐공작을 하더라도 흔적이 남을 테지."

"출발 전에 광을 먼저 볼 걸 그랬습니다."

"서두르고 있었으니 거기까지 생각이 못 미치는 것도 당연해요."

풀죽어 고개를 떨어뜨린 겐야를 시노가 즉각 위로했다. 그런데 별안간 그가 이상해졌다. 뭐라 중얼거리면서 골똘히 생각에 잠겼다.

"아니, 잠깐, 광에 남는 흔적……."

"이런 단순한 걸……. 그래, 실제론 나중이었구나."

"잠수 장비는 어디 있지……. 아니, 그보다 대체 언제? 어디서?"

"설마…… 그럴 리가…… 설마……."

"선생님, 왜 그러세요? 정신 차리세요."

점점 이상해지기에 시노가 참지 못하고 말을 걸었다.

"이제 정말로 진범을 알았어."

"네? 누, 누군데요?"

"사요코 양."

"뭐라고요?"

"말도 안 돼……."

기겁하는 시노와는 대조적으로 류마는 아연했다.

"하지만 사요코 양은 술통에 갇혀서……."

"진신 호에 빠뜨려진 셈인데, 거기서 다루미 이치로 씨하고 같은 일이 벌어진 거야."

"통이 가라앉다가 뚜껑이 열려 물속으로 나왔다고요?"

"그래. 하지만 류이치 씨하고 달리 류조 씨는 호수로 잠수하지 않았지. 즉 사요코 양이 집배로 떠올라 바닥의 구멍으로 수면을 들여다보고 있던 류조 씨를 밑에서 찌른 거야."

"살해 장면에 대한 해석은 전에도 들었으니까 알겠는데, 사요코 양의 경우 거기서 도망칠 수 없었으니 생존 자체가 절망적인 게 아닌가요?"

시노가 영문을 알 수 없다는 표정으로 물었다.

"그래서 난 물속에 잠수할 수 있는 잠수 장비에 주목했어."

"그랬죠."

"하지만 실은 잠수 장비가 아예 안 쓰였던 거야."

"저, 정말요?"

"류마 씨, 그 광 문간에서 안쪽으로 발자국이 남아 있었던 거 기억나십니까?"

"그래, 있었지."

류마가 앞을 본 채 의아스레 대답했다.

"만약 범인이 증의가 시작되기 전 잠수 장비를 훔쳤다면 그런 진흙투성이 발자국이 남을 리가 없습니다."

"윽……."

"그 발자국은 비가 내리기 시작한 뒤 범인이 광에 침입했다는 사실을 명백히 보여주는 겁니다. 이렇게 단순한 단서를 놓치다니…… 그저 부끄러울 따름입니다."

"모, 목적이 뭐지?"

"위장입니다. 잠수 장비가 사용된 것처럼 꾸며서 진상을 감추려고 한 거죠."

"그럼 선생님, 사요코 양은 대체 어떻게 진신 호에서 탈출했나요?"

"술통으로 돌아가서."

"네?"

"다루미 이치로 씨처럼 사요코 양도 통에서 나올 수 있었어. 하지만 아주 큰 차이점이 하나 있었던 거야. 통 뚜껑이 열렸을 때 이치로 씨는 십중팔구 머리부터 나온 데 비해, 사요코 양은 발부터 나오지 않았을까 싶어. 즉 통의 위아래가 반대였던 거지. 그 때문에 사요코 양의 통엔 공기가 남아 있었어."

"아……."

"통에 상반신이 든 채 사요코 양은 통과 더불어 떠올랐어. 그러다가 집배의 바닥을 들이받았지. 그 때문에 배가 약간 흔들렸어. 일단 통에서 나온 사요코 양은 류조 씨를 살해한 뒤 도로 통으로 돌아가 물속에 잠수했어. 그리고 우리가 진신 호를 떠날 때까지 기다린 거야."

"하지만 모든 사람이 하산할 때까지 공기가 그렇게 오래 갈까요?"

"그때까지 기다릴 필요는 없어. 금세 큰비가 오기 시작했으니까.

그렇게 세차게 비가 쏟아지는데, 사요코 양이 물 위로 얼굴을 내밀고 주변 상황을 살핀들 누가 알아차렸을까. 게다가 우리는 무대 밑에 들어가 있었어. 사요코 양은 적당한 기회를 봐서 통에 물을 넣어 가라앉히고 지하 수로로 떠내려보낸 뒤, 아마 진신 호 북서쪽의 동굴에 숨어 있지 않았을까. 그러다가 이제 안전하다 싶었을 때 하산했어."

"하지만 사요코가 잠수 장비에 관해 알고 있을 리 없는데."

겐야의 추리를 잠자코 듣고 있던 류마가 반론했다.

"쇼이치 군한테 들었을까요?"

"광에 관해선 들었을지 모르지만, 쇼이치도 그 안 어디쯤 있는 어떤 곳에 보관되어 있다는 것까지 말했을 것 같지 않은데."

시노가 의견을 말하자 류마는 고개를 가로저으며 말했다.

"그건……"

"네, 사요코 양은 몰랐다고 생각합니다."

겐야의 지적에 두 사람은 놀람을 감추지 않았다.

"그럼 어떻게……"

"사요코가 알 수 있었던 거지?"

"사기리 씨 가족이 살던 움막에서 제가 류마 씨하고 사건 이야기를 했을 때, 사요코 양도 거기 있었기 때문입니다."

"뭐……"

류마가 저도 모르게 뒤를 돌아보려 하는 바람에 순간 차가 벼랑 쪽으로 주르르 미끄러졌다.

"꺅!"

시노의 짧막한 비명이 차 안에 울려퍼지고, 류마가 허둥지둥 운전에 집중했다. 얼마 동안 긴장된 공기가 감돈 뒤, 류마가 "그때 사요코가……." 하고 중얼거렸다.
"움막으로 가기 전, 근처에서 삿갓에 도롱이 차림의 인물을 목격했죠. 그게 사요코 양이 아니었을까 합니다."
"뭐, 뭐야?"
"사요코 양은 휴식을 취하려고 움막으로 갔던 건지 모릅니다. 그런데 우리가 찾아왔습니다. 도망갈 곳이 없어요. 그래서 순간적으로 목욕통을 가린 칸막이 뒤에 숨었겠죠."
"거기 있었군."
"움막에서 우리는 사건을 검토했습니다. 그때 류마 씨의 잠수 장비도 언급했죠."
"어디에 보관했는지 자세히 설명했지."
"사요코 양은 그걸 모조리 들었던 겁니다."
"사요코 양은 움막을 은신 장소로 이용한 건가요?"
시노가 질문했다.
"달리 갈 데가 없었던 탓도 있겠지만, 예전에 세이지 씨가 갖다준 통조림 같은 보존 식품이 남아 있었기 때문이겠지."
"시게조한테 도움을 청하지 않고?"
"끌어들이기 싫었던 게 아닐까요. 게다가 미즈시 가에 접근했다간 류지 씨나 도메코 씨한테 들킬 염려가 있죠. 특히 사요코 양이 범인이란 걸 아는 류지 씨한테는 역시 가까이 가고 싶지……."
"뭐, 뭐야?"
류마가 또다시 돌아보려다가 가까스로 그만둔 듯했다.
"사요코가 범인이란 걸 류지가 알고 있었다고?"
"미즈시 가 안방에서 사건의 해석을 이야기했을 때, 류지 씨의 죽음에 관한 진상을 알아차린 류지 씨는 류조 씨 사건도 같은 식으로 생각한 결과 사요코 양을 의심했습니다. 하지만 다쓰키치로 신관님이 살해되면서 범인이 따로 있다고 생각해 저한테 탐정을 의뢰했다고 설명했죠."

"그래."

"그런데 전반은 맞고 후반은 틀렸습니다. 연쇄살인이 일어난 탓에 되레 사요코 양에 대한 의심이 깊어진 겁니다."

"왜지?"

"본인이 사망한 지금 실제로 어땠는지는 알 수 없습니다. 저처럼 추리해서 통에 공기가 있었을 가능성을 알아냈는지도 모릅니다. 또 사요코 양이 진신 호에서 어떻게 살아 돌아왔는지 방법은 몰라도, 사요코 양의 복수라는 걸 직감적으로 알아차렸을 수도 있겠죠."

"도조 씨는 그걸 어떻게 안 거야?"

"저한테 탐정 역할을 강요했을 때, 류지 씨는 이런 의미의 말을 했습니다. 명탐정이면 범인이 어디에 숨어 있는지 정도는 대번에 알아낼 수 있을 거다."

"맞아, 그런 말을 했어."

"그런 경우 보통, 명탐정이라면 범인의 정체 정도는 대번에 알아낼 수 있을 거라고 하지 않을까요? 범인이 어디 숨어 있는지…… 꼭 정체는 이미 아니까 잠복 장소를 알아내라고 하는 것처럼 들립니다."

"그러게."

"그뒤 류지 씨는 실제로 잡는 건 마을 젊은 사람들한테 시킨다는 말까지 했습니다. 범인이 누군지 짐작하고 있었던 겁니다."

"그렇지만 이름을 밝힐 순 없었지."

"네. 그리고 아까 절 돌팔이 탐정이라고 하셨는데……."

"네? 대체 어디의 어떤 멍청이가 그런 근거 없는 중상을……."

흥분하는 시노를 겐야는 달래며 말을 이었다.

"언제까지고 제가 진범을 지적 못하니까 화가 나는 동시에 어이가 없었던 걸 테죠. 또 사요코 양이 아니라 쇼이치 군을 산 제물로 삼았으면 사태가 이렇게 되지 않았을 거라고 한 말은, 사요코 양의 류조 씨 살해 및 신남 연쇄살인을 가리켰습니다. 그리고 쇼이치 군을 광에서 끌어내 꺼림칙한 논 옆 소나무에 매달겠다고 한 건, 쇼이치 군을 미끼로 사요코 양을 잡으려는 계획이었고요."

"빌어먹을, 그런 뜻이었나."

"류지란 그 영감탱이, 정말 악랄한 인간이었군요!"

시노는 매우 분개하더니 곧 걱정스러운 표정으로 "사요코 양은 지금 어디 있을까요?" 하고 물었다.

"시게조 씨를 따라 쇼이치 군이랑 같이 도망치는 중일지도 모르지."

"그럼 좋겠지만……."

"신남 연쇄살인이 아니라 역시 신관 연쇄살인이었군. 사요코의 범행은 이제 끝났다고 봐도 되겠지?"

"미즈치 님의 뿔 다음 나머지 여섯 신기를 훔쳤다는 사실을 봐도 처음엔 신남 연쇄살인을 의도했다고 보입니다. 하지만 냉정하게 생각해보면 자신들을 그렇게 걱정해줬던 세이지 씨, 쇼이치 군하고 친했던 류마 씨가 쓰루코 씨며 자신을 산 제물로 바치려고 했겠나, 그렇게 다시 생각했을 가능성이 있습니다. 또 류지 씨를 살해한 전후로 시게조 씨한테 설득 당했을 수도 있겠고요."

"시게조는 도중에 사요코의 범행이란 걸 눈치챘을 테지."

"네, 아마……. 하지만 사요코 양이 모습을 드러낸 건 류지 씨를 죽이기 전이나 죽인 다음 아니었을까요."

"전이었더라도 시계조는 암말 안 했을지도 몰라."

"네. 그저 쇼이치 군을 구해달라고만 부탁했습니다. 그래서 사요코 양은 미즈시 가로 숨어들어 안방에 있는 류지 씨를 찾아내 복도에서 장지 너머로 총을 쏜 겁니다."

"본래 목적을 달성한 셈이군."

"세 명의 신관을 등뒤에서 찌른 건, 단순히 범행을 하기 쉬워서 그런 것 말고도 어쩌면 신사의 신관이란 입장에서 사요코 양이 부성을 느꼈기 때문일 수도 있습니다."

"부성? 그게 무슨 말이지?"

"가족에게 등을 돌리고 나간, 사요코 양이 미워했다는 아버지 말입니다."

차 안이 조용해졌다. 나무들 사이로 후드득후드득 떨어지는 빗소리와 포장이 안 된 산길을 덜컹덜컹 달려가는 차 소리만 유난히 크게 들렸다.

"이제 절반은 왔겠죠?"

기이한 분위기를 감지했는지 시노가 명랑한 목소리로 말했다. 그러나 겐야는 그녀를 돌아보지 않은 채 류마의 뒤통수에 시선을 고정하고 있었다.

"선생님?"

"류마 씨, 무슨 생각을 하시죠?"

"……"

"잠깐만요, 선생님, 그게 대체 무슨……."

"소후에 군. 어쩌면 나머지 절반이 문제일지도 몰라."

"네?"

"도조 겐야는 역시 명탐정인데. 하지만 왜 그 능력을 좀더 일찍 발휘하지 않은 거지? 적어도 증의가 시작되기 전에 미즈치 님의 산 제물을 알아차리기만 했으면……."

"면목 없습니다. 제가 계속 선수를 빼앗기는 바람에……."

"말도 안 돼요, 선생님은 작가라고요. 탐정이 아니잖아요."

시노는 겐야의 명탐정으로서의 활약을 자랑했던 것을 까맣게 잊어버린 듯했다.

"그나저나 두 분 다 무슨 일이세요? 어째 이상해요."

"보아하니 도조 씨가 내 생각을 꿰뚫어 본 모양이야."

"류마 씨 생각이라고요?"

"그래. 이대로 벼랑 쪽으로 핸들을 꺾으면 사건의 진범이 사요코란 걸 아는 사람이 이 세상에 아무도 없게 된다는 생각."

"네? 어…… 네?"

시노는 기겁해 겐야에게 매달리려 했다. 그는 그것을 스르르 피하며 류마를 향해 "하지만 그만두셨죠"라고 했다.

"세이지 씨는 쇼이치가 진범이라고 알고 있어. 여기서 내가 댁들을 저승길의 길동무로 삼은들, 워낙 성품이 강직한 사람이니 경찰이 오면 도조 씨의 추리를 이야기하겠지. 쇼이치가 쫓기나 사요코가 쫓기나 그게 그거야."

"저, 저, 저승길……."

"그러면 마지막까지 데려다주시겠습니까?"

수선을 피우는 시노를 달래며 겐야는 말을 이었다.

"그래, 세이지 씨도 부탁했고 말이지. 단 경찰서 앞까진 안 가. 외곽에 내려줄 테니까 나머지는 걸어서 가라고."

"알겠습니다. 그 정도면 충분합니다."

그뒤 세 사람은 내내 침묵했다. 겐야와 류마는 뭔가 생각하는 듯했으나, 시노는 운전석을 경계하는 한편 연신 걱정스러운 눈길을 옆으로 주었다. 입을 열지 않은 것은 겐야를 방해하지 않기 위해서였다.

결국 다오 정에 면한 산을 내려와 거리가 시야에 들어올 때까지 그 상태가 계속되었다.

"다 왔어."

"감사합니다. 저희는 여기서 내리겠습니다."

"산을 넘는 사이에 비도 꽤 얌전해졌군."

"하지만 하미 땅은 전혀 잦아들지 않았는지도 모릅니다."

"그래."

"바로 돌아가실 겁니까?"

"그래야지."

"사요코 양을 찾으시게요? 어디 짚이시는 데는 있습니까?"

"그래. 미안하지만 마을은 세이지 씨한테 맡겨야지."

"부디 조심하십시오. 참고로 저하고 소후에 군은 배가 고파서요, 천천히 식사를 할까 합니다."

"서, 선생님, 그게 무슨 말씀이세요?"

"그러니까 경찰서엔 그뒤에 갈 겁니다. 아침 겸 점심이니 적어도 한 시간은 걸리지 않을까요?"

"그렇군."

류마의 빈정거리는 웃음에 배웅을 받으며 겐야와 시노는 차에서 내렸다.

"무사히 산길을 갈 수 있으면 좋겠는데요."

"아슬아슬하게 가능할지도 몰라."

"네? 그럼 류마 씨는 돌아갈 수 있지만 경찰은……."

그때 차를 돌린 류마가 경적을 울렸다.

"지금은 류마 씨의 안전을 빌자고."

겐야가 그렇게 말하며 머리를 숙여 인사하자 시노도 황급히 그에 따랐다. 류마는 씩 웃으며 한 손을 들어보이고는 온 길을 맹속력으로 돌아갔다.

차가 산속으로 사라질 때까지 지켜본 뒤, 겐야는 가방에서 비옷을 꺼내 시노에게 입히고 다오 정을 향해 걷기 시작했다.

나중에 안 일이지만, 바로 그 무렵 어마어마한 물살이 하미 땅의 거의 모든 마을을 집어삼키던 중이었다.

종장

하미 땅이 입은 피해는 막대했다. 다행히 마을 사람들 중 다수는 주위의 산에 피난한 덕에 목숨을 건졌다. 그러나 거의 모든 논밭이 물에 쓸려갔고 거의 모든 가옥이 무너졌다.

미즈치 님께서 진노하셨구나.

모두가 그렇게 생각했다. 아니, 몸으로 실감했다. 몸속 깊은 곳에서 치미는 강렬한 공포감을 마을 사람 전원이 맛보았다.

물이 빠진 뒤, 상당히 많은 사람들이 하미 땅을 떠났다. 부흥이 이만저만 어려운 일이 아니리라는 문제보다 미즈치 님에 대한 공포 탓이 더 컸는지 모른다. 미즈치 님을 다시 진좌시켜 모신다는 것은 생각조차 할 수 없었으리라.

사요코와 쇼이치, 시게조는 행방불명으로 처리됐다. 경찰은 세 사람이 물살에 휩쓸렸다고 판단했다. 도조 겐야가 그렇게 보이도록 설명했기 때문이라는 게 소후에 시노의 생각이다.

행방을 알 수 없는 것으로 말하자면 미즈우치 세이지도 마찬가지였다. 마을 사람의 말로는, 세이지가 혼자 후타에 산 쪽으로 달려가는 모습을 봤다고 한다. 그가 과연 감의를 올리러 갔는지 아닌지는 아무도 모른다.

결국 과거의 사분의 일쯤 되는 사람들이 하미 땅에 남았다. 예전의 사요 촌 인구보다 다소 적은 정도다. 그중에는 미즈우치 가이지와 쓰루코, 그리고 스이바 류코와 류마도 있었다. 그들은 사요 촌이 있던 자리에 새로운 마을을 일구었다. 이윽고 미즈우치 가와 스이바 가에 의해 신사도 재건되어 또다시 미즈치 님을 모시게 되었다.

몇 년 뒤, 미즈우치 가이지와 쓰루코가 혼례를 올리는 동시에 류마도 신부를 맞았다. 일정 연령 이상의 마을 사람들은 신부가 사기리의 젊은 시절을 닮았다고 수군거렸다. 그러나 그것도 곧 지나갔다. 쇼코라는 이름의 신부는 명랑하고 다정한 성격에 일도 아주 부지런히 잘했고 금세 마을 사람들 틈에 섞여들었기 때문이다. 특히 시아버지 류코를 정성껏 모시는 터라 효부라고 칭찬이 자자했다. 그런 그녀가 남편과 시아버지를 제외하고 가장 친하게 지낸 사람이 가이지의 아내가 된 쓰루코였다. 두 사람은 흡사 친자매처럼 사이가 좋았다고 한다.

누나가 죽어…….

쇼이치가 들은 잘린 머리의 계시는 사요코라는 존재가 이 세상에서 사라진다는 것을 의미했을까. 아니면 계시 따위 본인이 하기 나름으로 얼마든지 바뀌는 걸까.

도조 겐야도 그 진상은 알 수 없었다. 그저 먼 하늘 아래에서 두 쌍의 부부가 행복하기를 기원했다. 그리고 새로운 하미 땅의 발전을 진심으로 바랐다.

과거가 잠에서 깨어나 새로운 참극을 일으키는 일이 없기를, 그저 한결같이 기도했다.